ANABELLE
STEHL

# Break AWAY

ROMAN

LYX

LYX in der Bastei Lübbe AG
Dieser Titel ist auch als E-Book und Hörbuch erschienen.

MIX
Papier aus verantwortungsvollen Quellen
FSC® C014496
FSC
www.fsc.org

Originalausgabe



Textredaktion: Christin Ullmann
Covergestaltung: ZERO Werbeagentur GmbH
Coverabbildung: © Elisabeth Fredriksson (Arcangel);
© djero.adlibeshe yahoo.com, YamabikaY; Bokeh Blur Background
(shutterstock.com); Aufnahme von Berlin: Image courtesy
of the Earth Science and Remote Sensing Unit, NASA Johnson Space Center
ISS047-E-29989 (http://eol.jsc.nasa.gov)
Satz: Greiner & Reichel, Köln
Gesetzt aus der Adobe Caslon
Druck und Einband: GGP Media GmbH, Pößneck
Printed in Germany
ISBN 978-3-7363-1451-1

1 3 5 7 6 4 2

Sie finden uns im Internet unter: lyx-verlag.de
Bitte beachten Sie auch: luebbe.de und lesejury.de

Liebe Leser*innen,

dieses Buch enthält potenziell triggernde Inhalte.
Deshalb findet ihr auf S. 450 eine Triggerwarnung.

ACHTUNG: Diese enthält Spoiler für das gesamte Buch.

Wir wünschen uns für euch alle das bestmögliche Leseerlebnis.

Eure Anabelle und euer LYX-Verlag

*Für meine Eltern.*
*Danke, dass ihr meine Familie seid.*

*Und für die PJS.*
*Danke, dass ihr meine Familie wurdet.*

# PLAYLIST

Lennon Stella – Breakaway
Florence + The Machine – Hunger
Woodkid – Run Boy Run
Jessie Reyez – FIGURES
Bea Miller – feel something
Hozier – Movement
Arcade Fire – My Body Is a Cage
Shawn Mendes – A Little Too Much
Tom Walker – Leave a Light On
Gabrielle Aplin – Please Don't Say You Love Me
Ava Max – So Am I
Passenger – Hell or High Water
Foo Fighters – The Pretender
Pitbull, Kesha – Timber
Backstreet Boys – Everybody
Taylor Swift – You Need To Calm Down
Athlete – Wild Wolves
Walking on Cars – Speeding Cars
Gary Go – Berlin
Dermot Kennedy – An Evening I Will Not Forget
Kesha – Praying
dodie – Burned Out
Billy Raffoul – You Be Love
Christina Aguilera – The Voice Within
Selena Gomez – Look At Her Now
Rachel Platten – Fight Song

# 1. KAPITEL

## Lia

»Noch jemand nach Berlin? Nach Berlin bitte einsteigen!«, hörte ich von Weitem.

Ich sprintete an einer Gruppe von Schülern vorbei, stolperte fast über die Reisetasche einer jungen Mutter und kam schließlich schwer atmend vor dem roten Bus zum Stehen. Ich hätte gedacht, einmal die Woche Yoga wäre genug, um mich fit zu halten, aber mein Schnaufen und die Schmerzen in den Beinen teilten mir etwas anderes mit. Mit leicht zitternden Fingern öffnete ich den Reißverschluss meines Rucksacks und kramte in dem Chaos darin nach meinem Handy.

»Magst du mit?«, fragte mich der Mann, der eben noch über den Busbahnhof gerufen hatte und dessen Shirt vom gleichen Rot war wie der Bus.

Ich nickte, unfähig, eine klare Antwort zu formulieren, da mein Atem immer noch zu schnell ging und meine Zunge trocken am Gaumen klebte.

»Dann pack deinen Koffer da rein.« Er deutete auf die geöffnete Klappe an der Seite des Busses. »Flughafen auf die andere Seite, Alex gleich hier vorne rein.«

Ich schob meinen kleinen Koffer zu den anderen ins Innere des Busses und streckte dem Mann dann mein Smartphone entgegen, auf dem ich vor wenigen Minuten das Ticket gekauft hatte.

Er scannte den QR-Code, nickte mir knapp zu und schloss dann die Türen an der Seite des Busses, sodass mein Koffer außer Sichtweite verschwand.

Ich machte das hier wirklich. Wow. Mein Herz schlug kräftig weiter in meiner Brust, nur dass es jetzt nicht alleine an dem Sprint durch die morgendliche Sommerhitze lag, sondern ganz eindeutig an Aufregung. Und Angst. Denn die, so wurde mir gerade bewusst, hatte ich. Ich merkte erst, dass ich mich keinen Zentimeter gerührt hatte und nach wie vor auf die Kofferraumtür starrte, als sich ein roter Farbklecks in mein Sichtfeld bewegte und meine Aufmerksamkeit verlangte.

»Na, Fräulein, wenn du mitfahren magst, musst du auch einsteigen.«

»Entschuldigung«, murmelte ich, verbiss mir meinen Kommentar auf das »Fräulein« und schob die Daumen unter die Riemen meines Rucksacks. Ich konnte das hier. Nicht weil ich besonders mutig oder abenteuerlustig war, sondern schlicht und ergreifend, weil es keine Alternative gab. Ich musste das hier können.

Ich setzte den rechten Fuß auf die kleine Treppe, die ins Innere des Busses führte und blickte mich noch ein letztes Mal um. Alles, was ich sah, war der etwas heruntergekommene Busbahnhof dieser Kleinstadt, den ich so oft auf dem Weg zur Hochschule passiert hatte. Keine Ahnung, was ich erwartete. Vielleicht, dass sich dieser Moment besonders anfühlte, dass ich Wehmut spüren würde oder einen Abschluss. Erleichterung oder das aufregende Kribbeln eines Neuanfangs. Aber alles, was ich fühlte, war Gleichgültigkeit. Und so drehte ich mich wieder herum und setzte auch den linken Fuß auf die Stufe.

Ich war an Bord. Immerhin.

Der Bus war von ein paar Plätzen abgesehen ziemlich leer, sodass ich zwei Sitze für mich beanspruchen konnte. Eigentlich keine große Überraschung, schließlich war es ein Dienstagmorgen. Ich schob mich in eine Reihe im hinteren Teil des Busses und streifte mir den Rucksack von den Schultern. Mein T-Shirt klebte unangenehm am Sitz, obwohl es hier drinnen erfrischend kühl im Vergleich zu draußen war. Ich zog einen der Haargummis von meinem Handgelenk und drehte mir die langen kupferroten Haare zu einem unordentlichen Dutt auf den Kopf. Kühle Luft traf angenehm auf den feinen Schweiß in meinem Nacken.

Ich atmete tief durch. *Ich schaffe das.*

Nach Berlin waren es über vier Stunden mit dem Bus. Zum Glück. Je mehr Zeit ich hier drin verbrachte, desto mehr Distanz schaffte ich zwischen mir und diesem Ort. Der Bus gab ein tiefes Brummen von sich, als der Fahrer den Motor startete. Ich öffnete meinen Rucksack und kontrollierte noch ein letztes Mal, dass ich auch alles Wichtige dabeihatte: Portemonnaie, Ladekabel, Handy. Meine Hand fand wie automatisch ihren Weg an meinen Hals. Kamera. Ich atmete erleichtert aus und strich mit dem Daumen leicht über den Rand des Objektivs, als würde ich das Gerät beruhigen wollen. Dabei war in Wahrheit ich diejenige, die Beruhigung gebrauchen konnte. Sonst funktionierte das auch und das kalte Metall unter meinen Fingern erdete mich für gewöhnlich. In letzter Zeit jedoch trug es viel eher zu meiner Unruhe bei. So sehr sogar, dass ich die Kamera fast zu Hause gelassen hätte. In letzter Sekunde hatte ich mich aber doch noch umentschieden. Ob aus Hoffnung oder in dem naiven Versuch, Normalität zu wahren, wusste ich nicht. Mein Zeigefinger verharrte in der Bewegung und ich blickte nach unten auf die Kamera. Auf mein kreatives Ventil. Auf die Erinnerung an alles, was in letzter Zeit schiefgelaufen war. Ich umklammerte das Gerät, hob es an, befreite meinen Kopf aus dem Lederband und stopfte es in den unteren Teil meines Rucksacks unter ein kleines Handtuch. Sofort fühlte ich mich etwas leichter, was mich gleichzeitig traurig stimmte. Ich schloss den Rucksack und hoffte einfach, dass ich die wichtigsten Dinge dabeihatte oder würde nachkaufen können. Zum Überlegen war keine Zeit gewesen. Ich hatte alles an Kleidung, was noch einigermaßen tragbar aussah, in meinen Koffer gestopft, Make-up und Zahnbürste aus dem WG-Bad genommen und dann das Haus verlassen, bevor ich meiner Mitbewohnerin Lisa oder irgendjemandem aus dem Wohnheim in die Arme laufen konnte. Ich hatte keine Lust auf die Blicke gehabt. Oder noch schlimmer, auf die Frage von Lisa, wieso ich nicht an der Uni war und meine Klausur in Medienrecht schrieb.

Mit dem Blick aus dem Fenster zwang ich mich, an etwas anderes zu denken. Nicht daran, wie ich im Seminarraum auf das leere Blatt gestarrt hatte und einfach alles Gelernte weg gewesen war. Wie mein Stift in der Hand gezittert hatte, weil die geflüsterten Worte auf dem Gang viel zu laut in meinen Ohren widerhallten. In Dauerschleife. Bei dem Gedanken an die Blicke und das Tuscheln, als ich aufgesprungen und aus dem Seminarraum gelaufen war, zog sich mein Bauch schmerzhaft zusammen und mir wurde flau im Magen. Ich atmete tief ein und wieder aus und versuchte, mich zu beruhigen. Ich war jetzt hier, in diesem Bus. Und mit jeder Sekunde bewegte er sich weiter von der Hochschule weg. Von meinen Kommilitonen. Von den Blicken und dem Gerede. Alles, was ich wollte, war eine Auszeit. Ein paar Wochen Ruhe in einer Stadt, in der mich niemand kannte. Ich schob mir die Kopfhörer in die Ohren und startete meine Playlist. Zu Florence + The Machine konzentrierte ich mich mit all meinen Gedanken auf Berlin und das, was vor mir lag. Denn genau darum ging es bei diesem Trip doch: alles hinter mir zu lassen und endlich, endlich wieder nach vorne zu schauen.

»Flughafen Schönefeld«, riss mich die tiefe Stimme des Busfahrers aus dem Schlaf. Ich wischte mir die Strähnen aus dem Gesicht, die sich aus dem Dutt gelöst hatten, und streckte mich, so gut es in der engen Sitzreihe ging. Meine Schulter knackte und mein Hals fühlte sich unangenehm steif an. Ich hatte keine Ahnung, wann genau ich eingeschlafen war, aber offensichtlich hatte ich mein Ziel fast erreicht. Durch das Fenster konnte ich die vielen Menschen beobachten, die in den Flughafen eilten oder den überdachten Weg vom Terminal zur S-Bahn liefen. Wie gern ich ebenfalls einfach in ein Flugzeug gestiegen und ans andere Ende der Welt geflogen wäre. Aber sowohl mein Kontostand als auch das schlechte Gewissen meiner Mutter gegenüber hatten mir einen Strich durch die Rechnung gemacht. Na ja, und die Tatsache, dass ich bis heute Morgen gar nicht vorgehabt hatte, mein Zuhause zu verlassen. Da ich zwei Wochen lang das Haus gar nicht verlassen hatte, war eine Fahrt quer durchs Land für mich ein Meilenstein.

»Nächster Halt: Alexanderplatz. Wir kommen um etwa 15:30 Uhr an. Nehmen Sie bitte wieder Platz und schnallen Sie sich an.«

Ich reckte ein letztes Mal die Arme in die Höhe und befreite dann das Kabel meiner Kopfhörer aus der Lücke zwischen den beiden Sitzen. Irgendwann im Schlaf hatten sie sich wohl verabschiedet. Ich entsperrte mein Smartphone und wollte gerade wieder meine Musik starten, als mein Blick über die anderen Apps schweifte. Facebook. Instagram. Twitter. In der oberen rechten Ecke prangten Zahlen in kleinen roten Kreisen, die neue Nachrichten ankündigten. Etliche neue Nachrichten. Die bunten Logos der Apps brannten sich in meine Augen, mein Finger schwebte regungslos über dem Display. Dann senkte ich meinen Daumen auf das pink-lilafarbene Viereck, das einer Kamera ähnelte und so lange mein kreatives Ventil gewesen war. Ich widerstand dem Drang, mir die neuen Benachrichtigungen anzeigen zu lassen – Direct Messages, Kommentare, ich ignorierte alles. Stattdessen tippte ich auf mein Profilbild, scrollte durch die Einstellungen und klickte durch den Hilfebereich der App, bis ich endlich das fand, wonach ich suchte. Ohne zu zögern, landete mein Finger auf dem Link, unter dem ich mein Konto dauerhaft löschen konnte. Ich spürte ein kleines aufgeregtes Kribbeln in der Magengegend, das sich überraschend angenehm anfühlte. Angespornt von dem Gefühl wiederholte ich den Vorgang für meine anderen sozialen Kanäle. Es waren nur wenige Klicks und es hatte sich nicht wirklich etwas verändert, aber ich spürte dennoch, wie eine unsichtbare Last von meinen Schultern genommen wurde. Dann fiel mein Blick auf WhatsApp. Nur wenige Leute hatten meine Handynummer, es gab keine neuen Nachrichten. Dennoch öffnete ich die App, scrollte etwas nach unten und klickte auf den Chat mit Alexander. Alexander, dem ich fälschlicherweise vertraut hatte. Ich merkte, wie sich das Kribbeln in meinem Bauch in Wut verwandelte, die nur noch verstärkt wurde, als ich seine letzte Nachricht las.

*Wir müssen reden. Bitte.*

Beinahe hätte ich laut aufgelacht. Ich wollte nicht reden. Er war schuld, dass ich überhaupt hier war. Ich hatte die Nachricht unbeantwortet gelassen. So wie die Nachrichten davor. Mir wurde schon schlecht, wenn ich nur seinen Namen las. Jetzt jedoch tippten meine Finger eine Antwort.

*Lass mich in Ruhe. Lösch meine Nummer.*

Ich drückte auf Senden. Dann klickte ich auf seinen Namen über dem Chatverlauf, scrollte nach unten und blockierte Alexander. Geräuschvoll atmete ich aus und hoffte, dass all das reichen würde. Ich startete meine Musik, lehnte den Kopf an die Scheibe und beobachtete die vorbeiziehende Landschaft draußen. Die Felder waren gelblich verfärbt, als könnten sie dringend etwas Regen vertragen. Während ich der vorbeiziehenden Landschaft zusah, beruhigte sich mein Herzschlag langsam wieder. Und obwohl man das Umland Berlins wohl kaum als idyllisch oder pittoresk bezeichnen konnte, war der Anblick für mich traumhaft schön. Weil er bedeutete, dass ich es geschafft hatte. Ich war weg. Und konnte zumindest für eine Weile atmen, alles hinter mir lassen und so tun, als wäre nichts geschehen.

Die vorbeirauschenden Bäume und Häuser wirkten so hypnotisierend auf mich, dass meine Augen ohne mein Zutun wieder zufielen – bis ich eine Sekunde später jäh zusammenzuckte, als ein lautes Hupen ertönte, das sogar durch meine Kopfhörer den Weg in mein Trommelfell fand. Ich sah, wie der Busfahrer in einer rüden Geste eine Hand durchs Fenster streckte. Dann wechselte der Bus auf die rechte Spur. Beim Blick über die Schulter konnte ich gerade noch erkennen, wie sich ein dunkelroter Opel mit ungesund klingendem Motor und fetter Delle in der rechten Hintertür links am Bus vorbeischob. Der Mann auf der Beifahrerseite trug eine Sonnenbrille und schüttelte sichtlich genervt den Kopf, als der Wagen den Bus überholte. Auf Höhe des Busfahrers hupte er erneut, dann raste er, vermutlich ohne die Geschwindigkeitsbegrenzung zu beachten, davon.

»Idiot«, murmelte ich stumm, lehnte mich zurück und beobachtete, wie die Umgebung immer städtischer wurde, bis sich schließlich Hotels mit kleineren Geschäften abwechselten. Menschen liefen geschäftig an ihnen vorbei, ohne ihr Glück zu begreifen, in einer so großen, pulsierenden und vor allem anonymen Stadt zu leben. Gleich würde ich endlich mein Ziel erreichen und, zumindest für eine Weile, zu ihnen gehören. Zum ersten Mal seit Wochen hatte ich das Gefühl, dass ich mich wieder vorwärtsbewegte, anstatt wie ein Hamster im Rad zu strampeln und trotz der körperlichen Anstrengung kein Stück voranzukommen.

Ich zog meinen Koffer aus dem seitlichen Gepäckfach und verabschiedete mich vom Busfahrer, der allerdings schon umgekehrt war, um einen Kollegen zu grüßen. Mit der freien Hand schützte ich meine Augen vor der Sonne, während ich mich umsah, die andere hielt meinen Koffer fest umklammert. Ich legte den Kopf in den Nacken und ließ meine zusammengekniffenen Augen den Fernsehturm hinaufwandern. Dann schweifte mein Blick weiter über den Alexanderplatz, den ich bisher nur aus dem Fernsehen kannte. Wir waren nie viel gereist und obwohl ich das immer vorgehabt hatte, hatten sich diese Pläne nach der Trennung meiner Eltern geändert. Ich konnte und wollte meine Mutter nicht auch noch alleine lassen. Also fiel die Wahl ganz automatisch auf eine Hochschule in ihrer Nähe. Ich unterdrückte das schlechte Gewissen, das mich bei diesen Gedanken sofort heimsuchte. Zumindest ihr hätte ich Bescheid geben sollen. Aber dann hätte sie eine Erklärung verlangt und die konnte ich ihr nicht geben.

Ich schüttelte die lästigen Gedanken ab und betrachtete die Szenerie vor mir. Menschentrauben standen an der Ampel zu meiner Linken, gelbe Straßenbahnen fuhren ratternd an ihnen vorbei, kleine Buden rahmten den Platz und die Sonne ließ die Hitze vom Boden aufsteigen. Es roch nach frittiertem Essen, Abgasen und Sommer. Es war laut. Und alle gingen einfach ihres Weges, ohne mir Beachtung zu schenken. Ich liebte es.

Meine Hände glitten wie automatisch an die Stelle unter meiner Brust, an der normalerweise meine Kamera an ihrem Lederband baumelte. Erst als meine Finger den Stoff meines Shirts berührten, fiel mir auf, dass das Gewicht in meinem Nacken fehlte. Kurz verspürte ich Wehmut. Normalerweise würde die Linse die Szene, die sich vor meinen Augen abspielte, für immer festhalten. Immer, wenn ich filmte, betrachtete ich meine Umgebung mit anderen Augen. Nahm sie in all ihren Facetten wahr. Meine Kamera war nicht nur mein Ventil, sie half mir auch, mehr im Jetzt zu leben. Innezuhalten in einer schnellen Welt, diese Geschwindigkeit einzufangen und mit jedem erneuten Zuschauen etwas zu entdecken, was mir sonst entgangen wäre. Unsere Augen mochten die besten Linsen sein, aber unser Gehirn filterte notwendigerweise alles und sortierte aus, was es für unnötig erachtete. Eine Kamera hingegen war in der Lage, jedes noch so kleine Detail für alle Ewigkeit auf einer Speicherkarte festzuhalten – Bild, Ton, Bewegungen und Emotionen. Sie fing Erinnerungen nicht nur ein, sie schaffte neue, indem sie auch zeigte, was wir sonst nicht wahrgenommen hätten.

Ich ließ meinen Blick über die nun ungefilmten Szenen wandern, wie es sonst die Linse meiner Kamera getan hätte. Jetzt erst sah ich, dass die Kugel des Fernsehturms die Sonne in einem kreuzförmigen Muster reflektierte. Jetzt erst bemerkte ich die drei Kinder, die auf dem Parkplatz auf der gegenüberliegenden Straßenseite Hüpfkästchen spielten.

Es fühlte sich sonderbar an, diese Szenen nicht festhalten zu können, als würde mir die Erfahrung wie Sand durch meine Finger rinnen. Aber es war schön, Momente wie diesen wieder wahrzunehmen. Wieder zur Kamera greifen zu wollen. Vielleicht würde ich genau das in meiner Zeit hier ja wieder tun. Meine Mundwinkel schoben sich leicht nach oben. Es mochte noch nicht für ein Lächeln reichen, aber es war ein Anfang.

Ich atmete die warme Luft ein und stieß sie hörbar wieder aus.

*Und jetzt?*

Unschlüssig stand ich mit meinem Rucksack und dem kleinen Koffer vor der Grünfläche, an der mich der Bus rausgeworfen hatte. Ich mochte wenig Gepäck haben, aber was ich noch viel weniger hatte, war ein Plan.

# 2. KAPITEL

## Noah

Er sah richtig scheiße aus. Die Leute sagten immer, Elias wäre eine etwas zu groß geratene, ältere Version von mir, aber meine Fresse: Er sah nach wie vor groß und muskulös aus, die eingefallenen Wangen jedoch waren neu. Seine Augen waren noch genauso hellbraun wie meine, doch unter ihnen lagen dunkle Schatten. Wo er sonst nur wenige Stoppeln erlaubte, bevor er zum Rasierer griff, war ihm ein Bart gewachsen, etwas heller als sein braunes Haar. Es sah nicht einmal schlecht aus, doch alles an meinem Bruder wirkte plötzlich stumpf und glanzlos. Als läge ein Filter über ihm, der allem ein wenig Farbe entzog.

Elias unterbrach meine Musterung, indem er sich mit beiden Händen über das Gesicht fuhr und mir somit den Blick auf die so offensichtlichen Veränderungen nahm.

»Sieh mich nicht so an. Ich weiß«, seufzte er, rieb sich noch einmal die Stelle zwischen den Augen und sah dann wieder zu mir.

»Sorry«, murmelte ich. »Hat dir Mama noch nicht damit in den Ohren gelegen, dass du dich mal rasieren solltest?«

Elias lachte kurz auf und schüttelte leicht den Kopf.

»Was?«, fragte ich irritiert.

»Ich dachte, sie hat dir erzählt, was passiert ist. Oder wieso bist du hier? Glaubst du wirklich, unsere Eltern lassen sich grad hier blicken?« Er verschränkte die Arme vor der Brust und sah mich mit hochgezogenen Augenbrauen an.

Ich stutzte. Das konnte er doch nicht ernst meinen. »Sie hat erzählt, dass ihr Streit hattet. Nicht, dass ihr nicht mehr miteinander redet.«

»So kann man es auch nennen«, murmelte er. »Und was genau führt dich hierher? Solltest du nicht gerade in Bolivien oder Argentinien oder so sein?«

Ich schnaubte. »Als ob ich unter diesen Umständen dortbleiben könnte. Ich wäre schon früher gekommen, aber ich habe erst am Freitag erfahren, was passiert ist.«

Ich hatte immer noch nicht verdaut, dass unsere Eltern nicht nur Elias aus der Firma geworfen, sondern auch den Kontakt zu ihm abgebrochen haben sollten. Und mir tagelang verschwiegen hatten, was vorgefallen war. Ich hätte für Elias da sein müssen. Stattdessen hatte ich nichts ahnend Tausende Kilometer entfernt mein Leben gelebt und Elias' Antworten auf meine Nachrichten klangen, als wäre alles in Ordnung.

Wenn ich mir das Chaos, das in seiner Küche herrschte, so betrachtete, seine glanzlosen Augen, war ganz und gar nichts in Ordnung. Ich nahm einen Schluck Wasser und schluckte meine Frustration gleich mit hinunter. Hätte meine Mutter sich nicht am Telefon verraten, würde ich wohl immer noch unwissend am anderen Ende der Welt sitzen. Sie hatte es klingen lassen, als wäre das Ganze nur halb so wild, und mich davon abbringen wollen, zurück nach Deutschland zu fliegen. Als ob ich mich noch auf etwas anderes hätte konzentrieren können.

»Du hättest deine Reise nicht abbrechen sollen. Es ist nicht so, als könntest du hier etwas ändern«, sagte nun auch Elias. »So habe ich nur eine Sache mehr, die ich auf die lange Liste meines schlechten Gewissens schreiben kann.«

Elias' breite Schultern sackten noch ein wenig weiter nach unten, was ich kaum für möglich gehalten hätte. So kannte ich ihn nicht. Lebensbejahend, positiv, rebellisch und über alle Maßen loyal, das war mein Bruder. Nicht dieses personifizierte Häufchen Elend, das scheinbar jegliche Hoffnung aufgegeben hatte.

»Das ist doch scheiße, Mann«, stieß ich frustriert aus.

»Spar dir den Atem«, sagte Elias deutlich gefasster. »Wut hat mich auch nicht weitergebracht.«

»Und du nimmst das einfach so hin? Wie lange soll das bitte so weitergehen? Mama und Papa können doch nicht ewig sauer auf dich sein.«

Elias hob die Schultern. »Schätze, das hängt ganz davon ab, ob Rothe junior wieder der Alte wird.« Er stieß ein verächtliches Schnauben aus. »Wobei ich nicht weiß, ob ich darauf hoffen sollte.«

Nein, so kannte ich meinen Bruder ganz und gar nicht.

»Was ist in der Nacht genau passiert? Wieso hast du Christopher angegriffen?«, wiederholte ich die Worte, die ich bereits am Telefon an ihn gerichtet hatte und die mich seit dem Anruf meiner Mutter Tag und Nacht beschäftigten.

Jetzt konnte ich beobachten, was ich zuvor nur Elias' Stimme am Telefon entnehmen konnte: Er machte dicht. Die Arme erneut vor der Brust verschränkt, blickte er mir direkt in die Augen.

»Ich war betrunken, wir hatten Streit, es gab eine Schlägerei. Ende der Geschichte.«

»Die du begonnen hast?« Denn das konnte ich mir kaum vorstellen.

»Offensichtlich. Wie gesagt, ich war betrunken. Ich erinnere mich nicht mehr an Details.«

Frustriert rieb ich mir über das Gesicht.

»Elias, wenn du nicht mit mir redest, kann ich dir nicht helfen.«

»Richtig, du kannst mir nicht helfen.« Seine Züge wurden sanfter und die Wärme kehrte in seine braunen Augen zurück. »Noah, du bist mein kleiner Bruder. Wenn überhaupt, sollte ich dir helfen.«

»Ich bin nur ein Jahr jünger«, murmelte ich genervt.

Elias streckte einen Arm über den Küchentisch und legte mir seine Hand auf die Schulter. »Mama und Papa haben deutlich gemacht, dass ich mich bei ihnen gerade nicht blicken lassen brauche. Es liegt nicht an dir, das hier zu fixen. Du warst ja nicht einmal dabei.«

»Es tut mir leid«, begann ich, aber Elias hob die Hand.

»Das war nicht als Vorwurf gemeint.«

»Und was machst du jetzt? Suchst du dir einen neuen Job? Studierst du einfach nur?« Ich hielt inne. »Das Geld haben sie dir nicht gestrichen, oder?«

Elias schwieg.

»Was?«, fragte ich.

»Ich werd erst mal nicht zur Uni gehen.«

»Wie bitte? Aber du hast deinen Bachelor fast.«

Elias lächelte grimmig. »Ist ja nicht so, als bräuchte ich ihn, wenn ich jetzt eh nicht in der Firma anfangen kann.«

»Dann fängst du woanders an. Außerdem kriegen wir Mama und Papa mit Sicherheit überzeugt. Du kannst doch nicht einfach die Uni abbrechen.« Das konnte Elias nicht ernst meinen. Er liebte sein Studium und hatte genauso hart für seine Noten geackert wie ich. Wenn nicht härter.

»Ich hab ja nichts von Abbrechen gesagt. Vielleicht nehme ich ein Urlaubssemester.«

»Aber wieso?«, fragte ich.

Elias seufzte und rieb sich erneut über das Gesicht und massierte mit den Fingern seine Nasenwurzel, als bereitete ihm unser Gespräch Kopfschmerzen.

»Weil ich jetzt erst einmal rausfinden muss, wie es weitergehen soll. Das wäre mein Praxissemester in der Firma gewesen. Auf die Schnelle finde ich keinen anderen Betrieb, der mich nimmt. Und der Deal ist, dass ich erst mal nicht in die Firma zurückkomme«, sagte er nun leiser.

»Der Deal?«

Ich wartete darauf, dass Elias weitersprach, aber in der Küche war nichts zu hören außer dem leisen Summen des Kühlschranks und dem Rauschen des Verkehrs, das durch das geöffnete Fenster drang.

»Was für ein Deal?«, fragte ich erneut.

Elias gab ein genervtes Geräusch von sich. »Der Deal, dass die Geschäfte zwischen Rothe und uns weitergehen, wenn ich mich von Christopher und seiner Familie fernhalte und von allen Projekten abgezogen werde. Also, so richtig fernhalte. Nicht nur ein bis zwei Wochen, sondern langfristig. Dass ich dort dieses Semester für meine Credits arbeiten kann, kann ich also vergessen. Aber wen kümmert's, ich hab ja nur jahrelang darauf hingearbeitet«, endete Elias mit sarkastischem Ton.

»Das willst du einfach so hinnehmen?« Ich konnte und wollte es nicht glauben. Dass Elias das getan haben sollte und noch viel weniger, dass er und meine Eltern einem solchen Deal zugestimmt hatten. Denn leider machte diese Tatsache die erste realer: Wieso sollten sie bei so etwas Absurdem zustimmen, wenn Elias nicht wirklich auf Christopher losgegangen wäre?

»Ich finde etwas Neues. Und je nachdem, was mit Christopher ist, kann ich mit etwas Zeit zurück in den Betrieb kommen. Uns bleibt einfach nichts anderes übrig, als abzuwarten, okay?« Elias drückte meine Schulter und lächelte mir zu, aber es erreichte seine Augen nicht.

Ich schaltete durch die einzelnen Radiosender und drehte die Musik auf, bis sie lauter als meine kreisenden Gedanken war. Dann kurbelte ich das Fenster herunter, damit wenigstens etwas frische Luft in den aufgeheizten Wagen drang.

»Sicher, dass du nicht reden magst?« Daniel, mein bester Freund, Mitbewohner und nun auch Chauffeur, musterte mich mit kritischem Blick. »Du warst ganz schön schnell fertig da drinnen.«

»Ich wünschte, dein Auto hätte Bluetooth«, murmelte ich und ignorierte Daniels Frage. Ich drückte ein paar weitere Knöpfe und blieb letztendlich bei irgendeinem Chartsender hängen.

»Hey, nichts gegen Betty«, sagte Daniel und streichelte das Lenkrad seines in die Jahre gekommenen Opel Corsa. »Sonst setz ich dich aus und du kannst die S-Bahn nach Frohnau nehmen.«

Als ich nicht reagierte, warf Daniel mir erneut einen kurzen Blick zu. »Also …?«, fragte er gedehnt.

Ich senkte den Kopf gegen das Sitzpolster und seufzte. »Ich hab nichts zu erzählen, was ich dir nicht auch schon am Telefon gesagt hab. Der Besuch bei Elias hat rein gar nichts gebracht.«

»Tut mir leid«, sagte Daniel. »Aber um der Situation was Gutes abzugewinnen: Ich bin echt froh, dass du zurück bist.«

Ich lächelte leicht. Daniel war mein bester Freund seit Kindertagen, und wir teilten uns in Berlin eine Wohnung. Es wäre der erste Sommer seit Jahren gewesen, den wir nicht zusammen verbracht hätten. Insofern war das tatsächlich ein kleiner Trost.

»Viel wichtiger«, begann ich und drehte das Radio schlagartig leiser. »Shit, ich hab es echt fast vergessen: Wie war dein Casting?«

Daniel atmete laut aus und antwortete nicht. Stattdessen schaltete er endlich den Motor des Wagens ein und blinkte links, um sich in den Verkehr einzufädeln. Noch wenige Minuten vor dem Boarding meines Rückflugs hatte er mir von dem Casting erzählt, an dem er teilnehmen würde. Irgendeine Band suchte einen neuen Drummer. Sie hatten sogar schon in einigen namhaften Clubs gespielt. Seit wir uns kannten, wollte Daniel nichts anderes als Musik machen, und so aufgekratzt, wie er am Telefon gewesen war, wunderte es mich, dass er eben nicht sofort damit rausgeplatzt war.

»Es war … okay?«, sagte er.

»War das eine Frage?«

»Sicher, dass wir darüber reden wollen?«, fragte Daniel. »Du warst zwar nur zwanzig Minuten bei deinem Bruder in der Wohnung, aber ihr habt euch doch sicher unterhalten?«

»Glaub mir, ich kann mir gerade nichts Schöneres vorstellen, als nicht daran denken zu müssen.« Ich drehte mich leicht im Beifahrersitz, um Daniel besser ansehen zu können.

»Wie war das Casting? Hast du die anderen Bandmitglieder schon alle kennengelernt?«

Und mit diesen zwei Fragen schien der Damm gebrochen. »Es war *so* gut«, begann Daniel. »Also nicht ich, keine Ahnung, ob ich gut war. Aber die anderen sind alle so nett! Und Felix, der Sänger, schreibt die Lieder bisher alle selbst. Als ich gesagt hab, dass ich auch manchmal schreibe, wollte er direkt was sehen. Es wäre so, so cool, wenn das klappt, Noah.«

Ich ließ den Kopf wieder nach hinten an die Kopfstütze fallen, hörte lächelnd Daniels Erzählungen zu und beobachtete, wie der schleichende Verkehr Kreuzbergs am Fenster vorbeizog. Es war gut, dass Daniel mich nach seinem Casting am Flughafen abgeholt hatte. Seine Anwesenheit vertrieb die lästigen Gedanken zwar nicht, sorgte aber dafür, dass ich mich zusammenriss. Durch den Besuch bei Elias war ich noch völlig durch den Wind und hatte es nicht gerade eilig, heim zu meinen Eltern zu fahren. Ich war angefressen. Mein Bruder vertraute mir anscheinend nicht genug, um mir die ganze Wahrheit zu erzählen. Denn ich war mir sicher, dass in der Nacht seiner Verhaftung mehr geschehen war als eine durch Alkohol ausgelöste Partyschlägerei. Noch wütender war ich, dass meine Eltern es nicht für nötig gehalten hatten, mir direkt Bescheid zu sagen. Am Telefon hatte meine Mutter erklärt, sie hätte mir meine Zeit im Ausland nicht verderben wollen. Das hielt ich allerdings für eine lahme Ausrede, schließlich waren meine Eltern von Anfang an nicht begeistert von meinen Reiseplänen gewesen. Ihrer Meinung nach hätte ich das Praxissemester, genau wie mein Bruder, gleich in unserer Firma machen können – oder aber, wenn ich schon reisen musste, in Europa, um nebenbei zahlende Kundschaft akquirieren zu können. Aber Südamerika? Fehlanzeige. Trotzdem hatten sie mich letzten Endes finanziell unterstützt.

Aber Kyra – wieso hatte Kyra nicht wenigstens etwas gesagt? Meine Schwester stand mir vielleicht nicht so nahe wie Elias, aber wir hatten dennoch ein gutes Verhältnis. Und gerade, wenn es um unsere Eltern ging, hielten wir Geschwister zusammen. Immer. Zumindest hatte ich das geglaubt. Denn bisher hatte sie auf keine meiner Nachrichten geantwortet.

Ich wurde jäh aus meinen Gedanken gerissen, als Daniel auf die Bremse trat. Der Gurt schnitt in meine Schulter, als mein Oberkörper durch den abrupten Tempowechsel nach vorne fiel. Der rote Bus vor uns war, ohne zu blinken, auf die linke Spur gewechselt und versuchte nun im Schneckentempo, einen Rollerfahrer zu überholen.

»Idiot«, zischte Daniel neben mir und drückte entnervt auf die Hupe. »Deshalb fahr ich nie in der Stadt.«

Wie aus Protest wurde der Bus noch langsamer, um sich dann schleichend wieder rechts einzuordnen und uns endlich überholen zu lassen. Jedoch nicht ohne einen uns durchs Fenster entgegengestreckten Mittelfinger des Busfahrers.

Daniel klopfte im Vorbeifahren kurz auf die Hupe und ich zog nickend meine Sonnenbrille wie zum Gruß, was der Busfahrer mit einem Kopfschütteln quittierte. Dann drückte mein bester Freund das Gaspedal durch und brachte mich, so schnell es sein Auto erlaubte, näher zum Haus meiner Eltern – und zu der Konfrontation, die dort auf mich wartete.

# 3. KAPITEL

## *Lia*

*Und jetzt?*

Da war ich also. Zum ersten Mal kamen mir Zweifel an meinem Plan. Wobei Plan die falsche Bezeichnung war, denn er bestand nur aus einem Wort: Berlin. Das war's. Aber auch wenn es ungeplant und unfreiwillig geschehen war, hatte ich es immerhin aus meiner Komfortzone herausgeschafft. Wie meine Mitbewohnerin Lisa es mir seit Tagen gepredigt hatte. Am Ende hatte sie sogar gedroht, meine Mutter anzurufen, wenn ich nicht endlich wieder das Haus verließ. Nur hatte sie vermutlich nicht gemeint, dass ich gleich die Stadt verlassen und ans andere Ende Deutschlands fahren sollte. Der Bus war mittlerweile abgefahren, und ich stand immer noch mehr oder weniger an der gleichen Stelle. Durch meine Kurzschlussreaktion heute Morgen war mir nicht einmal Zeit geblieben, mir ein Hotel oder Airbnb zu suchen. Ich hatte nichts.

»Ups, sorry!«, rief eine Stimme hinter mir im gleichen Moment, als jemand an meine Schulter stieß. Der Kerl, der mich angerempelt hatte, hielt in der einen Hand ein Longboard und in der anderen einen Kaffeebecher. Er warf mir ein entschuldigendes Lächeln zu, wodurch sich ein Grübchen in seiner rechten Wange abzeichnete. Eilig winkte er mir nur noch einmal entschuldigend zu, bevor er auf sein Longboard sprang und kurz darauf um die Ecke bog. Der Geruch seines Kaffees blieb. Ich beschloss, es als Wink des Schicksals zu sehen – außerdem war Kaffee immer eine gute Idee – und wandte mich in die Richtung, aus der er gekommen war. Während ich der Straße folgte, beobachtete ich die Menschen, die hier alle ihr Leben lebten: Familien mit Kindern, Berufstätige in ihrer Mittagspause, Schulkinder auf dem Heimweg, Studenten an Laptops in Bistros. Sicher hatten auch sie mit ihren eigenen Problemen zu kämpfen, aber von außen betrachtet wirkte alles wie ein friedliches, lebendiges Zusammenspiel. Vielleicht war diese spontane Reise ja genau das, was ich brauchte. Vielleicht konnte ich zumindest für die nächsten paar Wochen mitspielen, meine Probleme zurücklassen und einfach nur leben.

Es brauchte noch weitere fünfzehn Minuten, bis meine Augen auf eine Klapptafel fielen, die am Rand des Bürgersteigs aufgestellt war. Aus der Tür strömte der verlockende Duft von Kaffee und im Gegensatz zu den anderen Cafés, die ich auf dem Weg gesehen hatte, war drinnen sogar noch Platz. Die langen Bänke mit Sitzkissen draußen vor dem Fenster waren unbesetzt. Kein Wunder bei der prallen Hitze. In der Hoffnung auf WLAN und Koffein betrat ich den Laden. Eine kleine Glocke ertönte und kündigte mich an.

»Hey!«, begrüßte mich eine fröhliche Stimme, »bin sofort da.«

Die Stühle und Sessel im Café passten alle nicht zusammen. In der hinteren Ecke standen zwei Schaukelstühle neben einem breiten Bücherregal, das von oben bis unten gefüllt war. Die rechte Wand aus roten Backsteinen passte so gar nicht zur weißen Außenfassade des Gebäudes und überall standen und hingen Pflanzen. Auf einem der runden Tische stand ein großer, kupferfarbener Globus. Diesmal registrierte ich das Zucken meiner Finger und stoppte sie in der Bewegung, bevor sie zu der leeren Stelle vor meiner Brust greifen konnten. Ich verdrängte den Gedanken und betrachtete stattdessen die Auswahl in der Kuchentheke. Neben einfachen Scones gab es Muffins, Käsekuchen und einige Torten, die mir das Wasser im Mund zusammenlaufen ließen. Ich war verliebt.

»Du guckst wie ich, als ich das erste Mal hier reingekommen bin.«

Ich blickte auf und sah in ein freundlich lächelndes Gesicht, in dem sich strahlend weiße Zähne und ein goldenes Nasenpiercing von gebräunter Haut abhoben.

»Ich würde am liebsten alle nehmen«, erwiderte ich. »Kannst du einen davon empfehlen?«

Die junge Frau lachte. »Tatsächlich alle«, sagte sie. Dann zeigte sie auf einen roten Kuchen mit weißem Frosting. Die Ringe an ihren schlanken Fingern reflektierten das durchs Fenster hereinfallende Licht. »Aber der Red Velvet Cake ist mein liebster. Die meisten Kuchen werden morgens geliefert, aber den hier macht Karl, der Besitzer, jeden Tag selbst.«

»Dann nehm ich einen davon und einen Flat White.«

Das Lächeln der Frau verstärkte sich noch und brachte ihre dunklen Augen zum Strahlen. »Cool. Setz dich schon mal, ich bring's dir an den Tisch.«

Ich hatte gerade den Rucksack unter meinem Sessel verstaut, als sie auch schon das Stück Kuchen vor mir auf den Tisch stellte. Jetzt erst sah ich die pinkfarbenen Spitzen ihres dunklen Haars, das in einem Pferdeschwanz bis zu ihren Schultern reichte. Abgesehen davon, dass sie mir mit ihrer herzlichen Art sowieso gleich sympathisch war, konnte ich nicht anders, als ihren Stil zu bewundern. Sie trug kurze, zerfranste Hotpants, in denen ein lockeres weißes Shirt steckte, und um die Hüften hing ein rot kariertes Hemd. Das Ganze hatte sie trotz der

Hitze mit klobigen schwarzen Boots mit Nieten kombiniert. Sie sah aus, als wäre sie einem Fashion Board auf Pinterest entsprungen.

»Dein Flat White kommt sofort.« Sie bemerkte meinen Blick und sah mich mit erhobenen Augenbrauen an. »Alles okay?«

»Ja, entschuldige.« Ich lächelte. »Ich habe nur gerade beschlossen, dass du meine neue Stilikone bist.«

Zum dritten Mal in der kurzen Zeit schenkte sie mir ein strahlendes Lächeln, und ich fragte mich, ob es irgendjemanden gab, der diese Frau nicht auf Anhieb mochte.

»Oh, danke. Alles secondhand von einem Laden hier in der Stadt. Ich kann dir gern die Adresse aufschreiben.« Sie hielt mir die Hand hin. »Ich bin übrigens Phuong.«

Ich ergriff ihre ausgestreckte Rechte und schüttelte sie.

»Freut mich. Ich bin …«, ich zögerte kurz. »Lia.«

Phuong schmunzelte. »Dann herzlich willkommen, Lia.« Sie nickte in Richtung meines Rucksacks. »Ich vermute, du bist zu Besuch hier? Oder auf der Durchreise?«

»Das weiß ich ehrlich gesagt noch nicht.«

»Das klingt nach einer längeren und vor allem interessanten Geschichte.« Phuong musterte mich kurz und sah sich dann im Café um. »Ich mach schnell deinen Kaffee. Hier ist gerade eh nichts los, also wenn es dir nichts ausmacht …« Sie zuckte mit den Schultern. »Ich liebe Reisegeschichten.«

Ich stutzte. »Viel zu erzählen gibt es nicht, ich bin gerade erst angekommen.« Und wenn ich eines in diesem Moment nicht wollte, dann war es, über mich zu reden. Phuongs Lächeln geriet kurz ins Wanken und ich gab mir einen Ruck. »Ich bin eher auf dich und dein WLAN angewiesen. Noch habe ich nämlich gar keine Ahnung, wie es weitergehen soll«, sagte ich. »Also … falls du mir helfen magst.« Ich deutete auf den dunkelgrünen Sessel mir gegenüber. »Hier ist mehr als genug Platz für zwei.«

»Und dann bist du einfach los? Verrückt.« Phuong sah mich mit großen Augen an. Nachdem sie sich versichert hatte, dass die anderen zwei Kunden versorgt waren, hatte sie sich mit einem Americano für sich und dem Flat White für mich an den Tisch gesetzt. Es hatte nicht lang gedauert, bis sie mich doch zum Reden gebracht hatte. Auch wenn ich eine sehr abgespeckte Version des heutigen Tages wiedergegeben hatte. Um nicht zu sagen, eine völlig andere. Denn ich hatte ihr gesagt, dass ich leidenschaftlich gern filmte, Inspiration suchte und glaubte, der Tapetenwechsel würde mir dabei helfen, diese zu finden.

»Wow, du bist echt mutig.«

Ich stutzte und hätte fast laut aufgelacht. »Glaub mir, das denkst du nur, weil dieser kleine Ausschnitt das Erste ist, was ich dir von mir und meinem Leben erzählt habe.« *Und weil ich dir verschwiegen habe, dass ich mitten in der Prüfung weggerannt bin. Und wovor ich weggerannt bin.*

Obwohl ich ihre Worte abtat, merkte ich, wie meine Wangen warm wurden. Nach den letzten Wochen fühlte es sich seltsam an, ungezwungen in einem Café zu sitzen und sich zu unterhalten. Noch seltsamer war es aber, dass Phuong mir gegenüber so aufgeschlossen und nett reagierte. In ihren Fragen lag ehrliches Interesse. Und hinter ihren Worten schien sich keinerlei Verurteilung zu verstecken. Um die Verlegenheit zu überspielen, nahm ich schnell einen Schluck von meinem Kaffee. Er schmeckte himmlisch.

»Und wenn der nächste Bus nicht nach Berlin, sondern nach München oder Paris gefahren wäre, dann wärst du jetzt dort?«, fragte Phuong.

Ich hatte tatsächlich einfach die App geöffnet und den nächstbesten Bus gewählt, der mich einigermaßen weit wegbrachte. Berlin hatte an oberster Stelle gestanden. Irgendetwas daran hatte sich sofort richtig angefühlt.

»Paris vermutlich nicht, ich kann kein Wort Französisch«, gab ich zu bedenken. »Aber ja, vom Prinzip her schon. Alles, was meine Ersparnisse zugelassen hätten.«

»Das ist so cool. Und von deinen Freunden wolltest du niemanden dabeihaben?«

Ich schüttelte den Kopf und ignorierte den Stich, den ihre Worte bei mir auslösten. *Meine Freunde …*

»Ich habe niemandem gesagt, dass ich gehe«, ergänzte ich, als Phuong mich fragend ansah. »Nur meiner Mitbewohnerin hab ich einen Zettel auf den Tisch gelegt, dass ich im Urlaub bin.« Ich lächelte schief. »Und selbst sie wird mir vermutlich erst glauben, wenn ich ihr ein Selfie vorm Bundestag schicke. Ich bin sonst nicht besonders abenteuerlustig. Also … so viel zum Mutigsein.« Ich schluckte. Die Worte waren mir einfach herausgerutscht, ohne dass ich bedacht hatte, wie sie auf Phuong wirken mochten.

Zu meiner Überraschung schüttelte sie vehement den Kopf, sodass sich einzelne Strähnen aus ihrem Zopf lösten.

»Nein, Lia, du siehst das falsch. Wer ist mutiger: Derjenige, der ständig ein Abenteuer nach dem anderen erlebt, immer auf Achse ist? Oder die Person, die ihre gewohnte Umgebung und Routine liebt und es dann plötzlich wagt, aus ihr auszubrechen? Ich glaube, wir Menschen sind alle Gewohnheitstiere. Es kommt einfach nur darauf an, was deine Gewohnheit ist. Die zu durchbrechen, das ist mutig.«

»Vielleicht hast du recht.« Nur dass das auf mich nicht zutraf. Denn ich brach nicht mit meinen Gewohnheiten. Ich lief einfach nur davon.

Phuong betrachtete den Globus am Tisch nebenan. »Vielleicht sollte ich das auch mal machen. Den Globus drehen, drauftippen und sehen, wo er mich hinschickt.« Sie seufzte. »Aber die Miete will ja bezahlt werden und ein Urlaubssemester ist echt nicht drin.«

Ich seufzte mit. »Das kenne ich zu gut. Was studierst du denn?«, fragte ich und schob mir mit dem kleinen Löffel einen Rest Milchschaum in den Mund.

»Jura«, meinte Phuong. Man musste mir meine Verwunderung ansehen, denn als sie meinen Blick erwiderte, lachte sie auf. »Keine Sorge, du bist nicht die Erste, die so guckt. Überraschung: Wir leben im 21. Jahrhundert. Man kann auch mit bunten Haaren, Piercings und Tattoos Jura studieren.«

»Nein, das ist es gar nicht«, beeilte ich mich zu sagen, »nur klingt Jura so trocken. Und du wirkst wie das genaue Gegenteil. Ich hatte einfach was Künstlerisches erwartet.«

Phuong grinste. »Ich habe leider keine Ahnung von Kunst. Ich seh sie mir gern an, aber ich kann nicht einmal einen anständigen Kreis zeichnen, geschweige denn singen oder so was.«

»Und warum Jura?«

»Weil ich Menschen helfen will, aber kein Blut sehen kann.« Sie schmunzelte. »Na ja, und dass ich damit ziemlich sicher einen Job finde, ist auch nicht gerade schlecht.«

Ich verzog den Mund, was Phuong nicht entging. Im nächsten Moment lächelte sie schmal.

»Mist. Ich bin grad in ein Fettnäpfchen getreten, oder?«, fragte sie. »Du studierst was Geisteswissenschaftliches?«

Ich zögerte. Dann winkte ich ab, bevor sie weitere Fragen zu meinem Studium stellen konnte. »Ich studiere noch nicht.« Die Lüge kam mir erstaunlich leicht über die Lippen.

»Hast du überlegt, was Künstlerisches zu machen?«, wollte

Phuong wissen. »Wo du so gern filmst«, fügte sie hinzu, als ich nicht direkt antwortete.

»Mal sehen«, sagte ich ausweichend. »Aber selbst wenn, du hast ja recht. Es ist überhaupt nichts verkehrt daran, bei der Studienwahl ein bisschen aufs Geld zu gucken.« Wie oft hatte ich mich während meines ersten Semesters gefragt, ob ich das nicht auch besser hätte tun sollen.

Phuong stützte den Kopf auf ihrer Handfläche auf. »Ja. Zumal ich bisher die Einzige in der Familie bin, die studiert. Irgendwie erwarten dadurch alle, dass ich in spätestens fünf Jahren reich bin. Völlig realistisch natürlich.«

Ich zuckte mit den Schultern. »Aber auch nicht völlig unrealistisch.«

»Ich mag deinen Optimismus. Gib mir gern was davon ab. Aktuell sieht es eher so aus, dass ich ständig arbeite und die Semesterferien über bei meiner Mom wohne, damit ich mein Wohnheimzimmer in der Zeit untervermieten kann.« Sie stutzte und sah mich eindringlich an. »Behalt das bitte für dich, sonst flieg ich mit Sicherheit raus.«

Ich schmunzelte. »Okay. Meine Verschwiegenheit gegen euer WLAN-Passwort.«

»Oh, ups. Voll vergessen.« Phuong sprang auf und lief zur Theke. Sie holte einen kleinen Rucksack hervor und kam mit ihrem Laptop zurück zum Tisch. Er war über und über mit Stickern beklebt – von feministischen Sprüchen bis hin zu Aufklebern, bei denen der aktuelle Präsident der Vereinigten Staaten nicht gerade gut wegkam. Das machte sie mir gleich noch sympathischer. Phuong tippte auf ihrem Laptop und drehte ihn dann zu mir herum.

»Hier, such dir gern ein Hostel oder so raus. Das ist einfacher als am Handy.«

»Danke«, sagte ich. »In welchem Stadtteil sind wir gerade?«

Phuong lachte. »Du bist süß. Mitte. Aber wenn du sparen willst, schau vielleicht besser im Umfeld.«

Phuong stand auf und ging zur Theke, bevor sie sich wieder zu mir an den Tisch setzte. Sie legte etwas neben den Laptop. »Bisschen altmodisch, aber hier hast du eine Karte.« Sie grinste. »Das klang nämlich, als könntest du eine gebrauchen. Und hier«, sie tippte auf den Flyer, der auf der Karte lag, »ist mein erster Veranstaltungstipp für dich. Eine Freundin von mir gibt morgen Abend ein Konzert, falls du auch kommen magst. Der Eintritt ist frei.«

Ich nahm den Flyer in die Hand. Zuerst sprang mir die blonde Frau darauf ins Auge. Sie strahlte pures Selbstbewusstsein aus und stand, eine Gitarre vorm Körper, auf der Bühne. Zu ihrer Linken war ein Mann mit weißblonden Haaren am Mikrofon auszumachen und schräg hinter ihr ein Schlagzeuger, dessen Gesicht jedoch im Schatten lag. In der Mitte stand diagonal in geschwungener goldener Schrift »Gone Gone Gone«. Vermutlich der Bandname. Ich kniff die Augen zusammen. Nicht, weil das Foto so schlecht geschossen war, sondern weil die restliche Schrift winzig und leicht verschwommen war. Ich hoffte, sie spielten besser, als sie Flyer entwarfen, denn den hätte meine kleine Cousine mit Paint vermutlich ähnlich gut hinbekommen. Und die war sieben.

Phuong schien meinen Blick bemerkt zu haben, denn sie lachte. »Ich weiß, sag nichts. Mach dir einfach selbst ein Bild.«

Ich nickte, auch wenn ich genau wusste, dass ich es nicht tun würde, so nett diese Einladung auch war. Ich wollte mich nicht aufdrängen.

Hinter mir am Eingang ertönte die Glocke und unterbrach unser Gespräch. Phuongs Augen wanderten an mir vorbei Richtung Tür.

»Hey«, rief sie, wobei sich ihr Gruß wie eine Frage anhörte.

»Na, sieh mal einer an …«, sagte sie, zu leise, als dass es der Hereinkommende hören konnte.

»Kundschaft?«, fragte ich, schob den Flyer in die zusammengefaltete Karte und drehte mich um, um zu sehen, wer da das Café betrat.

Der Kunde war maximal ein paar Jahre älter als ich. Als die Tür hinter ihm ins Schloss fiel, schob er sich die dunkle Sonnenbrille auf den Kopf, wodurch einzelne Strähnen seines braunen Haars nach oben abstanden. Er griff sich an den V-Ausschnitt seines grauen Shirts und schüttelte ihn, vermutlich, um sich abzukühlen. In der anderen Hand hielt er einen übergroßen Rucksack, der beinahe den Boden berührte. Ich kniff die Augen zusammen und versuchte, ihn gegen das hereinfallende Licht besser sehen zu können. Der Kerl kam mir vage bekannt vor.

»Warte kurz«, sagte Phuong und stand auf. Allerdings ging sie nicht hinter die Theke, um die Bestellung aufzunehmen, sondern lief auf den Mann zu.

»Was machst du denn hier?«, fragte sie. Zwei Meter vor ihm blieb sie stehen und knetete die Finger vor ihrem Körper, als wäre sie unsicher, was sie mit ihren Händen anfangen sollte. Dann verschränkte sie die Arme vor der Brust und blickte zu ihm auf. Phuong wirkte plötzlich gar nicht mehr so selbstsicher wie noch zuvor. Ob zwischen den beiden mal was gelaufen war?

Zu gerne hätte ich ihr Gesicht gesehen. Gleichzeitig verfluchte ich meine blöde Neugier.

»Lange Geschichte«, erwiderte der Neuankömmling und ließ von seinem T-Shirt ab. Er sah sich im Café um, wobei sein Blick meinen gefangen hielt, bevor er weiterwanderte. »Hier hat sich ja nicht viel verändert.«

Phuong lachte kurz. »Du warst nur zwei Monate weg. Was hast du erwartet?«

Er zuckte mit den Schultern. »Fühlt sich anders an als vorher.«

Eine Weile sagten beide nichts und selbst von hier hinten konnte ich spüren, dass es keine angenehme Stille war.

Phuong räusperte sich. »Kaffee?«, fragte sie.

Er schien erleichtert und nickte lächelnd. »Ja, to go. Danke dir.« Phuong verschwand hinter der Theke und füllte die Bohnen in der Maschine nach.

Als ich in Richtung Tür blickte, sah ich, wie der Mann mich musterte. Ich hob die Augenbrauen. Anstatt ertappt wegzusehen, wie es die meisten getan hätten, kam er auf meinen Tisch zu. Dabei gab er den Blick durch die Tür auf die Straße frei. Plötzlich wusste ich, warum er mir – mitsamt der Sonnenbrille – so bekannt vorkam.

»Du bist neu hier.« Er zog sich einen Stuhl vom Nachbartisch heran und blieb mit etwas Abstand im Gang sitzen. Seinen Reiserucksack lehnte er gegen das Tischbein.

»Du kennst jeden in Berlin?« Ich musterte ihn mit hochgezogenen Augenbrauen. Seine Stimme war angenehm tief und ruhig, aber unter seinen Augen lagen dunkle Schatten, als hätte er seit Tagen nicht richtig geschlafen. Das kannte ich zu gut.

Er nickte zu meinem sperrigen Rucksack. »Nein, aber du hast Gepäck dabei. Und siehst nicht aus, als ob du in Berlin wohnst.«

*Bitte was?*

»Gerade angekommen?«

Ich lächelte ihm zu. »Ja. Zum Glück. Es war ganz schön knapp, denn beinahe wäre ein ziemlich aufdringlicher roter Opel meinem Bus hinten aufgefahren. Der Fahrer war sicher betrunken.« Ich blickte durchs Fenster nach draußen zu dem roten Auto mit der tiefen Delle, das vor seiner Ankunft noch nicht dort gestanden hatte, und hielt mir gespielt erschrocken die Hand vor den Mund. »Oh, das tut mir leid!«

Wider Erwarten lachte er. »Okay, okay, schon verstanden.« Er strich sich kurz durchs dunkle Haar, wodurch es noch ein wenig mehr abstand. »Nicht gerade der beste erste Eindruck, was? Zu meiner Verteidigung: Ich hatte einen echt miesen Tag.«

»Es sah zwar nicht so aus, als hättest du eine besucht, aber in der Fahrschule lernt man eigentlich, nicht wütend Auto zu fahren.« Obwohl ich versuchte, es nicht zu tun, zuckten meine Mundwinkel.

»Ich bin nicht selbst gefahren. Mein Freund saß am Steuer.«

»Wo ist Daniel überhaupt?«, fragte Phuong über den Lärm der Kaffeemaschine hinweg.

»Der muss weiter, seine Drums wegbringen.«

»Er hätte ja wenigstens kurz Hallo sagen können«, sagte Phuong. »Er hat sich, seit du weg warst, genau ein einziges Mal hier blicken lassen.«

»Er hat einfach viel zu tun, glaub ich.«

Durch die großen Fenster des Cafés beobachtete ich, wie der rote Wagen losfuhr.

Phuong kam neben dem Dunkelhaarigen zum Stehen und drückte ihm einen Pappbecher in die Hand. »Geht aufs Haus. Willkommen zurück.«

»Danke.« Er prostete mir mit dem Becher zu. »Ich glaube, ich trinke ihn doch hier. Ich muss meine Ehre verteidigen.« Seine Augen blitzten auf, als er mich angrinste. Mir verschlug es die Sprache, sodass ich stumm zurückprostete.

Phuong zog die Augenbrauen in die Höhe. »Na, dann viel Erfolg. Lass auf keinen Fall die Geschichte aus, wie du dich vor Daniels Party an dem Baileys für unseren Latte macchiato betrunken hast.« Ihr Blick wanderte zu mir. »Dreimal darfst du raten, wer die leeren Baileys-Flaschen erklären musste und ein verwüstetes Café aufzuräumen hatte.«

Grinsend schüttelte er den Kopf. »Nicht hilfreich, Phuong. Außerdem war das nicht meine Idee, sondern die meines Bruders.«

Sein Grinsen verschwand schlagartig und Phuong biss sich auf die Unterlippe. »Wie geht's Elias?«

»Gut«, antwortete er knapp, wobei sich seine Miene noch weiter verdunkelte.

»Ich hab von Kyra gehört, was passiert ist«, murmelte Phuong. »Ich weiß, wie wichtig dir das war. Wenn du …«

»Ich will nicht drüber reden. Ich muss das Ganze gleich schon mit meinen Eltern durchkauen.« Er seufzte und drehte den Kaffeebecher in seinen Händen.

Phuong nickte knapp, schwieg und schien plötzlich sehr interessiert an ihren dunkel lackierten Fingernägeln.

Ich wurde nicht wirklich schlau aus diesem Wortwechsel. Aber ich hätte schon sehr schwer von Begriff sein müssen, um nicht zu merken, dass irgendetwas zwischen den beiden stand. Ich schluckte meine Neugier hinunter. Die Stille, die sich über uns legte, war sogar mir als Außenstehende unangenehm. Um die Stimmung wieder zu lockern, räusperte ich mich und schlug ein neues Thema an.

»Also … ich weiß, dass du Freunde mit fragwürdigem Fahrstil hast und dass du gerne Baileys trinkst. Aber wie heißt du überhaupt?«

»Oh, verdammt. Du erwischst mich wirklich an einem extrem schlechten Tag. Normalerweise sind meine Manieren besser.« Er stellte den Kaffeebecher auf dem Tisch ab und hielt mir seine Hand entgegen. »Noah.«

»Freut mich.« Ich ergriff seine Hand, die warm war und rauer, als ich gedacht hätte. »Ich bin Lia.«

Er drückte leicht zu und sah mir dabei tief in die Augen. »Ist das eine Abkürzung?«, fragte Noah.

»Ja, kurz für Emilia. Aber du kannst mich ruhig Lia nennen, das reicht.«

»Okay. Und was bringt dich nach Berlin, Lia?«

An die Art, wie er meinen Namen aussprach, könnte ich mich gewöhnen. Noch dazu sah er ehrlich interessiert aus. Seine braunen Augen musterten mich eingehend.

»Ehrlich gesagt, ein Zufall.«

Er legte den Kopf schief, eine stumme Aufforderung, weiterzusprechen.

»Ich hab es Phuong gerade schon erzählt. Ich wollte einfach verreisen und das Zufallsprinzip entschied sich für Berlin.« Ich zuckte mit den Schultern. »Und jetzt bin ich hier.«

»Also einfach ein Tapetenwechsel?«, hakte Noah nach.

»Sozusagen.«

»Sie filmt«, sprang Phuong ein. »Das ist quasi ihre Recherchereise. Oder sagt man dann Inspirationsreise?«

»Wenn du das sagst, klingt es wesentlich cooler, als es eigentlich ist«, sagte ich und bemühte mich um ein Lächeln, auch wenn mir das schlechte Gewissen aufgrund meiner Lüge schwer im Magen lag. Phuong war mir gegenüber von der ersten Sekunde an offen gewesen und wie ich mich verhielt, war das genaue Gegenteil von offen.

»Hast du jetzt eigentlich einen Schlafplatz gefunden?«, fragte Phuong und deutete zu ihrem Laptop.

Ich schüttelte den Kopf. »Nein, sorry. Ich wurde da von jemandem abgelenkt.« Ich warf Noah einen Blick zu, bevor ich mich wieder dem Display zuwandte. »Ich weiß auch noch gar nicht, wie lange ich bleibe und ob ich noch weiterreisen soll.« Beim Scrollen durch die verschiedenen Angebote überschlug ich grob, was ich mir leisten konnte. In den letzten Wochen war ich nicht auf der Arbeit erschienen, das hatte meinem Kontostand nicht wirklich gutgetan. Phuong hatte recht, die Hostels und Pensionen, die bezahlbar waren und einigermaßen gut aussahen, lagen alle außerhalb. Ich klickte auf eines der Angebote und seufzte.

»Hm?«, fragte Phuong und schob sich neben mich, um mit mir auf den Bildschirm schauen zu können.

»Hier sind nur noch gemischte Zimmer frei«, sagte ich und klickte mich zurück zu den Suchergebnissen.

Phuong zuckte mit den Schultern. »Ist doch nicht so schlimm. Du bist ja eh nur zum Schlafen da. Ich mache das auf Reisen auch immer, ist echt halb so wild.«

Ich lächelte verkrampft und scrollte weiter. Phuongs Zeigefinger tippte auf den Bildschirm.

»Hier, das ist in Friedrichshain und nicht zu teuer.« Ich klickte auf das Angebot. Es war eines der wenigen Zimmer, das mich unter vierzig Euro die Nacht kosten würde. Allerdings war es trotzdem über meinem Budget.

*Meinem nicht vorhandenen Budget.*

»Ein paar Blocks von dort ist eine Pension«, meinte Noah. »Sie gehört der Großmutter meines besten Freundes. Daniel, von dem ich eben erzählt habe. Da ist sicher auch noch was frei und wenn ich sage, dass du eine Freundin von mir bist, bekommst du sicher einen Rabatt. Außerdem ist das Frühstück der Wahnsinn. Wenn du magst, bringe ich dich hin. Es liegt sowieso auf dem Weg zur S-Bahn.«

Überrascht blickte ich ihn an. Wieso waren hier alle so nett? Oder war das normale Höflichkeit und ich war sie einfach nicht mehr gewohnt? Möglich, aber ich war keine Freundin von Noah. Und auch wenn er es nur vorgab, um mir zu helfen – wer tat so etwas schon, ohne eine Gegenleistung dafür zu erwarten?

Noahs Blick ruhte abwartend auf meinem Gesicht, während ich mich so ruhig und neutral wie möglich gab. Trotzdem konnte ich nicht verhindern, dass sich mein Herzschlag beschleunigte. Und im Gegensatz zu eben, als ich meinen Namen zum ersten Mal aus seinem Mund gehört hatte, war es diesmal kein angenehmes Gefühl. Ich schluckte und fühlte, wie trocken mein Hals war. Schnell trank ich den letzten Schluck meines nun lauwarmen Kaffees – mehr um Zeit zu schinden, als um meinen Rachen zu befeuchten.

»Das ist wirklich lieb«, begann ich und wich Noahs Blick aus. Stattdessen betrachtete ich wieder das Angebot für das Hostelzimmer. Meine Hand bewegte sich schneller als meine Gedanken und berührte das Trackpad des Laptops. Ich klickte auf Buchen, bevor ich es mir anders überlegen konnte. »Aber ich will gar keine Umstände machen. Das Hostel ist echt bezahlbar und vielleicht lerne ich so auch noch ein paar andere Reisende kennen. Das ist bestimmt besser, als Berlin auf eigene Faust zu erkunden.« Ich lächelte Noah an und hoffte, dass es überzeugend wirkte. »Aber danke dir trotzdem.«

Noah zuckte mit den Schultern. »Klar, wie es dir lieber ist.«

Die Muskeln in meinen Schultern entspannten sich und ich atmete erleichtert aus. Kurzerhand gab ich die Zahlungsinformationen auf der Website ein, schloss den Vorgang ab und schob Phuong dann ihren Laptop zu.

Sie klappte ihn zu, ließ sich wieder auf den Stuhl mir gegenüber fallen und zog die Beine zum Schneidersitz hoch.

»Also bist du nach den Semesterferien wieder an der Uni?«, fragte sie an Noah gewandt.

Noah nickte. »Jap, sieht so aus. Etwas früher, als geplant, aber eigentlich freu ich mich sogar.«

»Studiert ihr an der gleichen Uni?« Ich sah von Noah zu Phuong.

»Nein«, sagte Phuong. »Ich bin an der Humboldt und er an der HTW. Wir kennen uns über seine Schwester.«

»HTW?«, fragte ich.

»Hochschule für Technik und Wirtschaft. Ich mach Environmental Engineering«, meinte Noah.

»Wow. Also du rettest die Umwelt und Phuong Menschen.« Meine Finger spielten mit dem Griff der nun leeren Tasse.

»Noch rette ich gar keine Menschen, sondern spiele Quizduell in den Vorlesungen.«

Noah lachte auf. »Immer noch? Ist das nicht ein bisschen 2014?«

»Aus dir spricht nur der blanke Neid, weil du mich nie besiegt hast.«

»Sie lügt«, sagte Noah an mich gewandt. »Studierst du auch?«

Ich schüttelte den Kopf, da ich die Lüge nicht schon wieder aussprechen wollte. Ich hasste Lügen eigentlich. Und wenn ich so weitermachte, würde ich mich garantiert in einem Lügennetz verstricken. Also entschied ich mich für Halbwahrheiten.

»Ich würde gern was mit Film studieren«, erwiderte ich auf Noahs Frage. »Die Ferien wollte ich zum Filmen nutzen. Bei den Bewerbungen muss man in der Regel ein Portfolio mit einreichen. Also dachte ich, ich sammle hier Material für einen Kurzfilm.« Okay, das war keine komplette Lüge. Ich hatte letztes Jahr nach dem Abitur tatsächlich ein Portfolio an meiner Hochschule einreichen müssen. Anscheinend war ich in Halbwahrheiten mittlerweile ein richtiger Profi. *›Es geht mir gut‹*, war eine weitere, die ich fast täglich äußerte.

»Das klingt so cool!«, sagte Phuong. »An welche Uni willst du denn?«

»Ähm«, sagte ich wenig eloquent. *Shit.* »Ich weiß noch nicht genau. Ich …« Ich räusperte mich und spürte das Herz in meiner Brust hämmern. Eigentlich war ich hier, um das hinter mir zu lassen. Die Uni, das Studium, die Leute. Einfach alles. Ich wollte nicht daran denken, geschweige denn darüber sprechen.

*Halt einfach die Klappe, Lia. Verhalt dich wie ein normaler Mensch.*

Als ich Noahs und Phuongs abwartende, irritierte Blicke sah, räusperte ich mich erneut. Wahrscheinlich hielten sie mich für komplett bescheuert. »Vielleicht sollten wir nicht über die Uni reden, schließlich sind gerade Semesterferien«, sagte ich in einem lahmen Versuch, mein seltsames Verhalten zu rechtfertigen.

Phuong stützte den Kopf auf ihrer Hand ab und hob die Schultern. »Okay, fair enough.«

»Hast du irgendwo was hochgeladen?«, fragte Noah.

Ich schüttelte den Kopf und wünschte, die beiden ließen mich das Gespräch wieder von mir auf sie lenken. »Nein. Ich hab einige Videos und Konzepte für Kurzfilme herumliegen, aber irgendwie bin ich mit nichts zu einhundert Prozent zufrieden.« Ich zögerte, doch Noahs interessierter Blick brachte mich wider Erwarten zum Weiterreden. »Ich will keine bloßen Landschaftsaufnahmen machen, aber wenn man diejenige mit der Kamera ist, führt das zwangsläufig dazu, dass man wenig Foto- und Filmmaterial von sich selbst hat.«

»Dann helfen dir die Kurse an der Uni sicher«, sagte Noah. »Da habt ihr dann Gruppenarbeiten und du lernst Leute kennen, die genauso dafür brennen und dir beim Dreh helfen können.«

Ich hätte am liebsten laut aufgelacht, biss mir aber auf die Zunge. Noahs Vorstellung war auch einmal meine gewesen. Und die hatte ganz toll funktioniert.

»Vielleicht bist du auch einfach zu kritisch mit dir selbst«, warf Phuong ein.

In dem Moment klingelte ein Handy und rettete mich vor weiteren Fragen. Noah zog sein Smartphone aus der Tasche.

»Sorry, eine Sekunde.« Mit zusammengepressten Lippen blickte er auf das Display. Er stand auf und ging einige Schritte in Richtung Tür, bevor er abhob.

»Was gibt's?«, fragte er leise, wobei seine Stimme deutlich kühler klang als zuvor.

Phuong lächelte mir kurz zu, es wirkte jedoch nicht sonderlich überzeugend.

Am liebsten hätte ich sie auf die Situation angesprochen. Aber es ging mich nichts an. Ich kannte die beiden nicht und es gab nichts Schlimmeres als Fremde, die sich in die Angelegenheiten anderer einmischten.

Ich blickte über die Schulter zu Noah, der das Gespräch schon beendet hatte und zurück zu uns an den Tisch kam.

»Sorry, Leute. Ich muss los.«

Bei seinen Worten warf ich einen Blick auf meine Uhr.

»Ich mache mich auch besser auf den Weg«, sagte ich. Dann stand ich auf und lächelte Phuong zu. »Vielen Dank für den Kaffee und alles. Ich hätte mir kein besseres Willkommen vorstellen können.«

Ich holte mein Portemonnaie aus der Tasche, um zu zahlen, doch Phuong reagierte mit einem bestimmten »Nope«.

»Das ist der zweite Kaffee innerhalb weniger Minuten, den du verschenkst. So geht der Laden pleite«, widersprach ich.

»Sieh es als Willkommensgeschenk an. Und als Einladung, noch mal vorbeizuschauen. Das nennt sich Kundenbindung.«

Sie nahm die beiden leeren Tassen in die Hand und nickte uns zum Abschied zu. »Ihr seid hier immer willkommen, um mich vom Arbeiten abzulenken.«

Ich lachte. »Ich komme ganz sicher darauf zurück.«

»Mach das wirklich«, sagte Phuong. »Wann immer du Koffein, WLAN oder Touri-Tipps brauchst.«

Ich schwang mir meinen Rucksack über die Schulter und griff nach meinem Koffer. Noah warf im Rausgehen seinen Pappbecher in den Mülleimer und hielt mir dann die Tür auf.

Vor der Tür drehte ich mich noch einmal um und winkte Phuong mit der freien Hand zu. Lächelnd winkte sie zurück. Dann schob ich mich mit meinem Gepäck nach draußen und wurde im nächsten Moment von der schwülen Hitze umschlossen, die von den Straßen aufstieg. Doch sie wirkte sehr viel weniger erdrückend als noch zuvor. Ich war hier. Ich hatte einen Schlafplatz für die ersten paar Nächte. Und ich hatte sogar jemanden kennengelernt und mal wieder ein normales Gespräch geführt. In Hallingen hatte ich es nicht einmal aus der Tür geschafft. Ein Gespräch mit fremden Personen in einem Café wäre in den letzten Tagen und Wochen undenkbar gewesen. Hier hatten sich meine kreisenden Gedanken beruhigt. Die Angst, Getuschel hinter meinem Rücken zu hören, war in den Hintergrund gerückt. Und ich hatte es sogar geschafft, Noah Kontra zu geben. Für einen schönen, kurzen Moment war ein Teil der alten Lia wieder da gewesen. Ich bildete mir nicht ein, dass alles wieder okay war. Ich bildete mir auch nicht ein, dass ich mit Phuong wieder eine Freundin gefunden hatte, nur weil wir uns nett unterhalten hatten. Aber das war auch gar nicht nötig. Es tat schon überraschend gut, all diese normalen Dinge zu tun, ohne dabei ständig auf der Hut zu sein. Ich hatte so wenig von mir preisgegeben wie möglich – und dennoch hatte ich das Gefühl, ein Stück meines Selbst zurückgewonnen zu haben. Und das war doch ein Anfang.

# 4. KAPITEL

## Noah

Die Glocke erklang in meinem Rücken, als die Tür hinter uns zufiel. Der Temperaturunterschied traf mich so schlagartig, dass es sich anfühlte, als wäre ich gegen eine Wand gelaufen. Schnaubend atmete ich aus. »Ich hab so richtig Bock auf die S-Bahn.« Selbst schuld. Ich hatte ja unbedingt einen Zwischenstopp einlegen wollen, um die Konfrontation mit meinen Eltern noch ein bisschen weiter hinauszuzögern.

Lia drehte sich zu mir um und ein amüsierter Zug umspielte ihre Lippen. »Hat Phuong nicht eben gesagt, dass du in Südamerika warst? Solltest du da nicht an Hitze gewöhnt sein?«

»Hitze ja«, stimmte ich zu. »Aber hier ist die deutlich erdrückender.«

Lia lächelte nur zur Antwort. Das konnte ich ihr nicht verübeln. Ich war heute wirklich nicht der beste Gesprächspartner. Wenn unser Überholmanöver am Bus sie nicht abgeschreckt hatte, meine Zerstreutheit eben hatte es ganz sicher geschafft.

»Weißt du, wie du zum Hostel kommst?«

Lia griff an die Hintertasche ihrer Jeans, zog ihr Smartphone heraus und wedelte damit kurz in der Luft.

»Google Maps.«

Mein Blick glitt von ihrer Hand zurück zur Jeans. Wie sie es bei dem Wetter in langen Hosen aushielt, war mir unerklärlich. Mir war schon in meinen Shorts viel zu warm.

»Okay«, sagte ich. »Steig am besten am Rosenthaler Platz ein, dann musst du nicht den Weg zum Alex zurück.«

Lia nickte. »Du musst auch zur U-Bahn?«

»Nein, ich nehm die S am Oranienburger Tor und fahr zu meinen Eltern, die wohnen etwas außerhalb.« Ich zeigte in die entgegengesetzte Richtung und Lia nickte erneut, wobei sich eine rote Strähne löste, die sie sich sofort aus dem Gesicht strich.

»Na dann«, sagte sie und schenkte mir ein leichtes Lächeln, das die Sommersprossen auf ihrer Nase zum Tanzen brachte. »Ich sicher mir mal besser mein Zimmer, damit ich noch was vom Tag hab.«

»Viel Spaß in Berlin«, sagte ich und fühlte mich im gleichen Moment wie ein mittelmäßiger Touristenführer. War ich nervös? Falls ja, dann doch sicher nicht wegen Lia. Wahrscheinlich war ich generell durch den Wind. Jetlag. Und der Tonfall meines Vaters am Telefon hatte das Ganze nicht verbessert. Der Gedanke an den Streit, der gleich unweigerlich folgen würde, zerrte schon jetzt an meinen Nerven. Ich hasste Streit.

»Danke!«, sagte Lia und wandte sich zum Gehen. *Sei vernünftig*, sagte ich mir in Gedanken eindringlich, als ich sie beim Weggehen beobachtete. Ein Schritt, zwei Schritte. »Hey, Lia«, rief ich ihr zu – leider nicht in Gedanken, sondern laut genug, um das Rattern ihres Koffers zu übertönen.

*Toll, das war alles andere als vernünftig.*

»Ja?«

Ich machte einen Schritt auf sie zu. »Soll ich dir meine Nummer geben? Dann kannst du dich melden, falls du was brauchst.«

Sie schmunzelte und in ihren Augen lag ein fragender Ausdruck. Nein, nicht fragend. Eher verwirrt.

»Danke, aber ich komm schon klar.« Sie winkte zum Abschied mit der freien Hand.

Autsch. Wenn das mal kein Korb war. Zum Glück hatte Daniel das nicht mitbekommen. Das hätte ich mir wochenlang anhören dürfen.

Die Tür fiel hinter mir ins Schloss. Viel zu laut in dem ruhigen Haus. War niemand daheim? Ich horchte auf die Stimmen meiner Eltern oder auf die nervige Musik meiner kleinen Schwester. Eine Weile hörte ich nichts, dann ertönte das hastige Tapsen von Hundepfoten auf dem Parkettboden und kurz darauf eine Mischung aus Bellen und Jaulen. Ich ging in die Hocke und begrüßte Balloon, unseren Golden Retriever. Freudig sprang er an mir hoch und warf mich beinahe um. Er drehte sich winselnd zweimal um sich selbst, bevor er wieder auf mich zusprang. »Ich weiß, ich hab dich auch vermisst, mein Großer. Tut mir leid, dass ich so lange weg war.« Ich drückte meine Nase in sein warmes, weiches Fell und klopfte ihm liebevoll auf die Seite. Sein Schwanz schlug an mein Bein und für einen kurzen, wunderschönen Moment war alles gut. Dann ertönte die Stimme meiner Mutter.

»Noah!« Schritte erklangen auf dem Boden und kurz darauf bog sie um die Ecke und breitete die Arme aus. Ihre Haare mussten frisch gefärbt sein, sie waren dunkler als sonst. Sie trug ein blaues Kleid, das ihr bis über die Knie ging. Als sie mich an sich drückte, erwiderte ich die Umarmung nicht. Ich merkte, wie sie sich anspannte. Sie ließ mich los und trat einen Schritt zurück.

»Noah, ich … Komm am besten erst mal rein.«

Wortlos ließ ich den Schlüssel in die Schale auf der Kommode fallen. Meinen Rucksack stellte ich an die Wand. Meine Mutter folgte der Bewegung mit ihrem Blick. »Wo ist denn dein restliches Gepäck?«

»Bei Daniel im Wagen«, sagte ich. »Ich war noch spontan bei Phuong im Café und wollte nicht alles mitschleppen.« Dass es auch praktisch war, falls alles eskalierte und ich gleich eine Pension brauchen würde, sprach ich nicht aus. Ich hoffte nicht darauf, hatte mich auf der Fahrt hierher jedoch auf alles Mögliche vorbereitet.

»Hat Daniel dich am Flughafen abgeholt?«

Ich nickte und die Miene meiner Mutter wirkte für einen kurzen Moment unsicher. »Du hättest anrufen können, das weißt du, oder? Ich dachte, du nimmst die S-Bahn hierher.«

Ich hob die Schultern zur Antwort. Dieses Gespräch hatte ich ganz sicher nicht im Auto führen wollen. Mit den Händen fuhr sie sich über den Rock ihres Kleides, als wollte sie es glatt streichen. Dabei gab es dort rein gar nichts in Ordnung zu bringen.

»Es ist so schön, dass du wieder da bist, auch wenn ich dir gesagt habe, dass das nicht nötig ist. Dein Vater meinte nur, du hast ihm eine Nachricht geschrieben. Das Haus ist so leer momentan … Kyra ist gerade in Paris bei eurer Tante. Aber das hat sie dir ja sicher schon geschrieben. Ich weiß gar nicht, wie das werden soll, wenn sie auch noch zum Studieren auszieht.«

Ich folgte meiner Mutter durch das Wohnzimmer in den Garten und Balloon tapste hechelnd hinter uns her. Auf ihren Wortschwall reagierte ich nicht. Sie redete viel und schnell, wenn sie nervös war, dabei war sie sonst die Ruhe in Person. Immerhin wusste ich jetzt, warum meine Schwester sich nicht gemeldet hatte – sie war einfach nach Frankreich abgehauen.

»Hat sie eine andere SIM?«, fragte ich. Das würde erklären, weshalb sie auf die letzten Nachrichten nicht mehr geantwortet hatte.

»Nicht dass ich wüsste«, erwiderte meine Mutter und öffnete das Fliegengitter zur Terrasse.

»Jonathan«, rief meine Mutter, woraufhin mein Vater aufblickte und den Gartenschlauch zudrehte, mit dem er gerade die Hecken bewässert hatte. Er trug dunkle Jeans und ein locker sitzendes T-Shirt, was ein ungewohnter Anblick war. Man sah ihn selten ohne Hemd. Es gab wenige Tage, an denen mein Vater nicht arbeitete, besonders seit mein Großvater gestorben war und er Seger Solar – unseren Familienbetrieb – von ihm übernommen hatte. Auch er kam auf mich zu, um mich zu umarmen, hielt aber inne, als er meine Miene sah. Gut so. Innerlich brodelte ich und musste all meine Selbstbeherrschung aufbringen, ruhig zu atmen.

Mit einem Nicken deutete er auf die Sitzecke am kleinen künstlichen Teich, den wir vor etwa drei Jahren zusammen angelegt hatten. Ein solarbetriebener Wasserfall plätscherte fröhlich vor sich hin und passte so gar nicht zu der angespannten Stimmung zwischen uns. »Setz dich«, sagte er und nahm dann selbst auf einem der Stühle Platz.

Widerwillig ließ ich mich nieder. Meine Eltern saßen mir gegenüber und ich fühlte mich wie auf einer Anklagebank, dabei war ich eigentlich derjenige, der sie zur Rede stellen wollte. Balloon legte sich neben meinem Stuhl auf den Rasen und stützte den Kopf auf seine Vorderpfote.

»Wir haben dir gesagt, du sollst nicht kommen«, sagte mein Vater. Sein Ton war nicht mehr so kühl wie am Telefon, aber begeistert klang er auch nicht. »Deine Ausbildung ist wichtiger.«

»Wann hattet ihr vor, es mir zu sagen?«, fragte ich, ohne auf seine Bemerkung einzugehen.

Mamas Augen zuckten kurz zu meinem Vater, bevor sie mich wieder ansah.

»Schatz, ich …«

»Elias sagt, ihr habt ihn vor drei Wochen aus der Firma geworfen.«

»Wir haben lange überlegt, wann wir es dir am besten sagen«, setzte sie erneut an.

»Du meinst, *ob* ihr es mir sagt«, erwiderte ich. »Weiß Kyra davon?«

Meine Eltern nickten, was meine Wut nur noch vergrößerte. Also hatte auch Kyra die Situation einfach vor mir verschwiegen und war dann entspannt in den Urlaub nach Paris geflogen.

»Wow.« Mehr brachte ich nicht hervor. Es war die eine Sache, wenn meine Eltern Dinge vor mir geheim hielten. Aber bei meiner Schwester traf es mich noch ein bisschen mehr.

Meine Mutter holte tief Luft. »Dir ging es so gut. Du hast unglaublich viel gelernt und du klangst so glücklich in deinen Nachrichten. Wir wollten dich da nicht rausreißen.«

Ich ballte die Hände unter dem Tisch zu Fäusten. »Ihr sorgt dafür, dass mein Bruder arbeitslos wird, brecht den Kontakt zu ihm ab und sagt mir nichts, weil ich *so glücklich* klinge? Geht's noch?« Die letzten Worte brüllte ich fast.

»Noah, beruhig dich. So führen wir ganz sicher kein Gespräch miteinander«, sagte mein Vater.

»Ich habe gar keine Lust, mich zu beruhigen. Ich hab Elias heute gesehen. Wisst ihr, wie dreckig es ihm geht? Nein, natürlich nicht. Denn ihr redet ja nicht mal mehr mit ihm!« Ich schlug mit der Faust auf den Tisch und meine Mutter zuckte zusammen. Balloon hob den Kopf, senkte ihn aber wieder, als keiner von uns sich weiter rührte.

»Dein Bruder hat einen großen Fehler begangen und jetzt

trägt er die Konsequenzen dafür«, erklärte mein Vater, und im Gegensatz zu meiner Mutter hielt er meinem Blick stand.

»Und deshalb ist er nicht mehr euer Sohn, oder was? Er hat sich geprügelt. Das habe ich früher auch. Ich kann mich nicht daran erinnern, dass ihr mich so behandelt habt. Ihr reagiert komplett über!«

Meine Mutter zog zischend die Luft ein. »Noah, natürlich ist Elias noch unser Sohn. So was darfst du nicht denken.«

»Was glaubt ihr denn, was er denkt? Ihr habt ihn aus eurem Leben geschmissen und er sitzt seit drei Wochen untätig in seiner Wohnung rum. Er sieht schrecklich aus, und ihr habt es beide nicht für nötig gehalten, ihn auch nur ein einziges Mal zu besuchen.«

Meine Eltern setzten gleichzeitig an, etwas zu sagen, aber ich war noch nicht fertig.

»Habt ihr ihn überhaupt einmal nach seiner Sicht der Dinge gefragt? Glaubt ihr etwa allen Ernstes, dass Elias in der Lage wäre, jemanden krankenhausreif zu prügeln?«

»Noah, er hat es zugegeben.« Mein Vater wurde nun auch lauter und sah mich eindringlich an. »Ich weiß, du möchtest an das Gute in ihm glauben. Natürlich möchtest du das. Denkst du, uns geht es da anders? Er ist unser Kind.« Mein Vater schluckte sichtbar. »Was meinst du, wie hart die letzten Tage waren? Wir sind mit ihm aufs Polizeirevier und können von Glück reden, dass Christopher kein Strafverfahren in die Wege geleitet hat. Aber Elias hat gestanden. Er hat sich nicht einmal entschuldigt oder einen Grund für sein Handeln genannt. Und glaub mir, wir haben oft genug danach gefragt. Wir haben den Kontakt nicht abgebrochen, er weiß, dass er sich jederzeit melden kann. Sobald er sich bei Christopher entschuldigt hat. Wozu er sich weigert. Genauso, wie er sich weigert, uns zu erzählen, was vorgefallen ist.«

Ich schüttelte den Kopf. Nein, das war nicht Elias. Da musste mehr dahinterstecken.

»Er fängt doch nicht grundlos eine Schlägerei an.«

Mama griff über den Tisch nach meiner Hand, die noch immer zur Faust geballt auf dem Holz lag. Sie drückte sie einmal.

»Du warst nicht da, Noah. Wir haben gesehen, wie er über Christopher gebeugt stand. Es waren zweihundert Leute geladen und die Feier war in vollem Gange. Hätten dein Vater und Stefan ihn nicht zurückgehalten … ich will mir nicht ausmalen, wie weit Elias gegangen wäre. Da war so viel Blut …« Sie stockte und holte zitternd Luft. »Ich weiß nicht, was in ihn gefahren ist.« Ihre Augen, die von ebenso tiefem Braun waren wie meine, suchten meinen Blick. Sie glänzten und obwohl ich mir vorgenommen hatte, nicht nachzugeben, mischte sich Sorge in meine Wut. Ich hasste es, meine Mutter traurig zu sehen. Das hatte ich schon als Kind.

»Hat er Probleme, von denen er uns nichts gesagt hat? Nimmt er Drogen?«, fragte sie und ließ mich dabei nicht aus den Augen.

Ich schnaubte auf, so lächerlich war der Gedanke. Mein Bruder trank schon kaum Alkohol und verabscheute Zigaretten. Eher würde die Hölle zufrieren, bevor er Drogen anrührte. »Natürlich nicht. Das wisst ihr doch selbst. Für wen haltet ihr ihn eigentlich?«

Sie legte ihre andere Hand nun ebenfalls um meine Faust, die sich unter der warmen Berührung langsam entspannte.

»Wir haben ihn auch nicht für jemanden gehalten, der zur Gewalt neigt. Aber Christopher hat im Krankenhaus gelegen. Mit einem gebrochenen Jochbein, Platzwunden und etlichen Prellungen. Seine Schulter war ausgerenkt, und es ist immer noch nicht klar, ob er diese Saison antreten kann. Man sagt, seine Mannschaft hat gute Chancen, diese Saison eine Liga aufzusteigen. Wenn sich die Heilung verzögert oder er dauerhafte Schäden davonträgt …« Die Stimme meiner Mutter wurde dünner, aber sie brauchte auch gar nicht weiterzusprechen. Ich wusste selbst, was das für Elias bedeuten würde – und auch für uns und die Firma.

Mein Vater fuhr mit Daumen und Zeigefinger seinen Brillenrand entlang, wie er es manchmal tat, wenn er vor Präsentationen nervös war.

Ich betrachtete meine Eltern eingehender, ohne den Schleier des Zorns, der meinen Blick bis eben getrübt hatte. Meine Mutter hatte Ringe unter den Augen und sah so müde aus, wie ich sie sonst nur gesehen hatte, wenn eines von uns Kindern krank war und sie an unserem Bett wachte. Und das war eine Weile her. Und mein Vater, der sonst nie auch nur Stoppeln im Gesicht trug, konnte definitiv eine Rasur vertragen. Sie sahen mitgenommen aus. Älter. Und auch wenn ich mir vorgenommen hatte, für Elias stark zu bleiben, so sah ich neben meiner Wut zum ersten Mal, dass das Ganze auch an ihnen nicht spurlos vorbeigegangen war.

»Aber wieso habt ihr ihn rausgeworfen?«, fragte ich. »Hätte er nicht auf einen anderen Posten in der Firma wechseln können?«

»Was denkst du, wie unser Verhältnis zu Stefan seitdem ist?«, wollte Papa wissen. Stefan Rothe war Inhaber einer der größten Immobilienfirmen Berlins und darüber hinaus auch politisch tätig. Er war seit Jahren unser engster Geschäftspartner. Mein Vater war unter anderem deshalb so erfolgreich, weil Herr Rothe – sowie auch schon dessen Vater – Seger Solar in seine Bau- und Renovierungsprojekte mit einbezog und darüber hinaus Fördergelder in unsere Forschungsprojekte investierte. Mein Vater hatte die Firma von reiner Solartechnik dem breiteren Feld der Umwelttechnik geöffnet. Etwas, was mir mit meinem Studiengang nur in die Karten spielte. Ich konnte es kaum erwarten, richtig in den Betrieb mit einzusteigen.

Im Gegenzug steigerten wir den Wert von Rothes Immobilien um ein Vielfaches, indem sie $CO_2$-neutral wurden und anderen Angeboten auf dem Markt durch unsere Innovationen, die wir ihnen zuerst anboten, immer ein Stück voraus waren. Es war ein Geben und Nehmen und eine jahrelange Partnerschaft, die sich zur Freundschaft entwickelt hatte. Das fünfzigjährige Bestehen dieser Partnerschaft war in genau derselben Nacht gefeiert worden, in der Elias beschloss, auf Christopher, den einzigen Sohn der Rothe-Familie und aufstrebenden Handballstar loszugehen. Die Frage meines Vaters war also mehr als berechtigt.

Ich zog die Nase kraus. »Vermutlich nicht gerade glänzend?«

Papa nickte einmal. »Erfasst.«

»Aber Elias sollte euch wichtiger sein.«

»Ist er«, stimmte mein Vater zu, »genau wie du auch. Und deshalb gefährden wir eure Zukunft und die der Firma ganz sicher nicht, indem wir Elias weiter auf Projekte ansetzen und uns so gegen Stefan und seinen Sohn stellen.« Er holte tief Luft. »Wir haben verdammtes Glück, dass Elias' Handeln kein Strafverfahren zur Folge hat.« Er rieb sich über die Nase, wobei die Brille ihm von ebendieser zu fallen drohte. »Wenn Christopher bleibende Schäden an seiner Schulter behält, könnte das bedeuten, dass es doch noch ein Verfahren gibt.« Mein Vater sah mich an und in seinen Augen lag neben all der Müdigkeit auch die Bitte, ihn zu verstehen. »Natürlich möchten wir Elias sehen und natürlich wollen wir ihn zurück in der Firma haben. Aber hier steht viel mehr auf dem Spiel, Noah. Und solange Elias uneinsichtig ist und zu stolz, sich für sein Verhalten zu entschuldigen …« Er hob die Schultern. »Alles was wir gerade tun können, ist abwarten.«

Ich schnaubte. Genau das hatte Elias auch gesagt, aber jeder Tag, den er untätig und umgeben von seinen Gedanken verbrachte, war einer zu viel.

»Und ihr meint, bald kann er problemlos in der Firma weiterarbeiten?«

Mein Vater zögerte, bevor er antwortete. Währenddessen schaute meine Mutter betreten auf ihre Hände, die sie wieder in ihren Schoß legte.

»Nun …, er wird nicht direkt in die gleiche Position zurückkehren können, nehme ich an.«

Ich schüttelte den Kopf und sah zum Teich, der weiter vor sich hin plätscherte und die heiße Sonne reflektierte, als wäre nichts geschehen.

»Nur weil er mein Sohn ist, kann ich keine Sonderregeln für ihn erfinden und darüber hinwegsehen. Das wäre den anderen Mitarbeitern gegenüber nicht fair. Aber er wird den Luxus haben, die Lücke im Lebenslauf in keinem Vorstellungsgespräch erklären zu müssen. Und ich bin mir sicher, mit der Zeit legt sich auch Stefans Wut auf ihn. Zeit heilt alle Wunden, nicht wahr?« Fast klang er überzeugend.

»Und Stefan trifft am wenigsten Schuld«, fügte meine Mutter hinzu, »ich weiß nicht, wie wir reagieren würden, wenn es andersherum wäre. Wenn du oder Elias im Krankenhaus gelandet wären. Wir sollten dankbar sein, dass er überhaupt noch Geschäfte mit uns machen will.«

Ich schluckte. So wie sie es darstellten, ergab es einen Sinn. Aber ich kannte meinen Bruder. Er war nicht gewalttätig. Vor allem aber liebte er seinen Job. Er liebte, was er tat. Wieso sollte er das aufs Spiel setzen?

»Ich hoffe einfach, dass dieser eine Fehler nicht über seine Zukunft bestimmt«, sagte ich. »Ohne dass er die Chance bekommt, es wiedergutzumachen.«

Nur wollte er die Chance gar nicht. Er wusste nicht, ob er darauf hoffen sollte, dass Christopher Rothe wieder der Alte würde. Das waren seine Worte. Es gab zwei Möglichkeiten. Entweder Elias verschwieg uns allen etwas oder aber ich kannte meinen Bruder doch nicht so gut, wie ich von mir behauptete. Ich hoffte einfach, dass es die Erstere war. Nur so konnte ich ihm helfen. Und das, so schwor ich mir, würde ich. Ich würde für ihn da sein, wenn unsere Eltern es schon nicht waren. Denn das war er all die Jahre auch immer für mich gewesen.

# 5. KAPITEL

## *Lia*

Ich ließ den Rucksack von meiner Schulter auf den Boden gleiten und atmete einmal tief ein und aus. Das Zimmer war leer, wobei vier der sechs Betten bereits bezogen waren. Natürlich waren alle unteren Etagen belegt, sodass ich wohl oder übel würde oben schlafen müssen. Ansonsten war das Zimmer eher karg eingerichtet. Es gab einen Spind für jeden, zwei Mülleimer und kleinere Fotografien von Berlin hingen an den Wänden. Das war es aber auch schon. Da ich eines der günstigsten Zimmer gewählt hatte, würde ich mir das Bad mit den anderen Gästen auf dem Flur teilen. Das war mehr als okay, zumal ich es aus dem Wohnheim gewohnt war, kein Bad für mich alleine zu haben.

Ich legte mein Gepäck ab und kletterte die schmale Leiter am Bett hinauf. Die Bettwäsche, die die Frau an der Rezeption mir mitgegeben hatte, verbreitete einen sauberen, blumigen Geruch, als ich sie auseinanderfaltete. Nach getaner Arbeit ließ ich mich, Arme und Beine von mir gestreckt, auf die Matratze fallen.

Den Blick an die weiße Decke gerichtet, lag ich einfach nur da und lauschte meinem Atem und den Straßengeräuschen, die trotz des geschlossenen Fensters gedämmt hereindrangen.

Hier war ich nun. Ich lachte einmal auf und hielt mir dann die Hand vor den Mund, auch wenn es völlig egal war, ob mich jemand hörte. Ich war hier. Ich hatte es wirklich geschafft. Ich war nicht länger in Hallingen. Und ich hatte nicht nur ein paar Tage, sondern Wochen, bis ich zurückmusste. Vor Freude strampelte ich mit den Beinen, was das Bett zum Quietschen brachte. Kindisch, ja. Aber für einen kurzen Moment sorgten die Endorphine in meinem Blut für ein solches Hochgefühl, wie ich es schon ewig nicht mehr erlebt hatte. Für ein paar Sekunden, die ich einfach nur dalag und geradeaus blickte, war es, als hätte mir jemand eine Last von den Schultern genommen.

Und dann vibrierte das Handy in meiner Hosentasche und mein Herzschlag beschleunigte sich von einer Sekunde auf die andere. Sofort verkrampfte sich mein ganzer Körper, doch ich setzte mich auf und zog in einer fahrigen Bewegung das Handy aus der Jeanstasche. Ich entließ einen langen, zitternden Atemzug, als ich den Namen auf dem Display las.

»Hey, Mama«, sagte ich und hoffte inständig, dass meine Stimme normal klang.

»Hallo, Schatz«, ertönte die helle Stimme meiner Mutter am anderen Ende der Leitung. »Wie geht es dir? Wie war deine letzte Prüfung? Es war doch die letzte, oder?«

Ich schluckte. »Mir geht's gut«, antwortete ich und ignorierte das schlechte Gewissen, das sich erneut wie ein Gewicht auf meine Brust legte. »Die Klausur war auch okay, glaub ich. Schätze, das erfahr ich dann in ein paar Wochen.«

»Ich bin mir sicher, du hast das toll gemacht!« Ich konnte ihr Lächeln durch die Leitung hören. »Hast du heute noch was Schönes vor?«

»Mal sehen, ich geh einfach noch ein bisschen raus und genieß das Wetter.«

»Oh, schön. Mit Lisa?«

»Nein, Lisa ist nicht da«, antwortete ich. »Ich nehm mir ein Buch oder so und leg mich in den Park.«

»Das klingt gut. Gönn dir ein bisschen Ruhe, das hast du dir nach der ganzen Lernerei auch verdient«, sagte meine Mutter.

Mein schlechtes Gewissen wurde schlagartig noch größer. Ich hatte meine Mutter nicht komplett anlügen wollen, daher wusste sie, dass ich in den letzten Wochen nicht arbeiten gewesen war – allerdings dachte sie, das läge an meinem Pensum für die Uni und dass ich rund um die Uhr am Lernen gewesen war. Was wirklich geschehen war, hatte ich ihr nicht erzählen können.

»Aber Lisa geht's auch gut?«, erkundigte sie sich.

»Jap«, sagte ich und war froh, das Gespräch von mir auf Lisa lenken zu können. Ich saugte mir noch etwas über die Uni aus den Fingern und hörte meiner Mutter dann mit halbem Ohr zu, wie sie von der Arbeit am Theater erzählte. Nach einigen Minuten verabschiedeten wir uns.

Das Hochgefühl von eben war verflogen. Ich musste mich in Berlin vielleicht nicht mehr verstecken, aber dafür hatte ich mich in weitere Lügen verstricken müssen. Und es war naiv und dumm zu glauben, dass meine Flucht hierher irgendetwas besser machen würde.

Ich zog die hellen Vorhänge des Fensters zur Seite und sah nach draußen. Die Sonne schien nach wie vor und es war kaum ein Wölkchen am Himmel zu entdecken. Kniend durchwühlte ich mein Gepäck und packte die wichtigsten Dinge von meinem Rucksack in die schwarze Handtasche: Portemonnaie, meine Wasserflasche, die Karte, die Phuong mir mitgegeben hatte … Ich zögerte, als ich die Kamera am Boden meines Rucksacks berührte. Behutsam holte ich sie heraus und strich über das Lederband. Einige Sekunden verstrichen, in denen ich die abgedeckte Linse einfach nur betrachtete. Ich schloss kurz die Augen, dann wickelte ich sie sorgfältig in eines meiner T-Shirts ein und legte sie zwischen mehrere Schichten Kleidung in meinen Koffer. Meine Zuversicht hatte ich Phuong und Noah gegenüber nur vorgetäuscht, in Wirklichkeit glaubte ich gerade nicht daran, etwas zustande zu bringen. Meine Kamera war nun als Beule in dem Berg aus Kleidung in meinem Koffer zu sehen. Ich zögerte, dann zog ich ein frisches, locker fallendes Shirt sowie eine hellblaue Washed Jeans aus meinem Koffer hervor, klappte den Deckel zu und machte mich auf den Weg ins Bad.

Eine Dusche, eine Mahlzeit und drei Stunden später schlenderte ich durch einen Park, in der Hand verschiedene Flyer zu Ausflugszielen und Tagestouren. Die Graffiti-Tour hatte es mir direkt angetan, und die Fotos der umliegenden Seen sahen so friedlich aus, dass ich sie niemals in so einer großen Stadt vermutet hätte. Das Angebot erschlug mich förmlich. Um meinen Campus herum gab es Mittwoch bis Samstag irgendwelche Partys, ein Kino, ein Theater und ein paar Restaurants. Aber das war es auch schon. Hier wusste ich gar nicht, wo ich anfangen sollte. Es gab an jeder Ecke etwas zu entdecken. Ich hatte Musiker gesehen und Streetdancer, haushohe Graffitis und belebte Straßen. Ich hatte sogar alleine in einem Lokal gesessen. Und das Schönste daran? Niemand, wirklich niemand schenkte mir Beachtung.

Erschöpft ließ ich mich auf eine Bank fallen, die glücklicherweise im Schatten eines Baumes stand, und verstaute die Flyer, die man mir unterwegs in die Hand gedrückt hatte, in der Tasche. Ich würde mir zurück im Hostel ein Programm erstellen, das mit meinem Geldbeutel vereinbar war. Gedankenverloren massierte ich meine Oberschenkel, die durch die Bewegung leicht spannten. Kein Wunder, die letzten Wochen hatte ich die meiste Zeit im Bett herumgelegen und das Haus maximal verlassen, um einkaufen zu gehen. Es war schön, wieder draußen zu sein, ohne das Gefühl, beobachtet zu werden. Doch warum konnte ich mich dann einfach nicht entspannen?

Frustriert ließ ich den Kopf nach hinten fallen und betrachtete das Laubdach über mir. Wieso ging es mir hier nicht besser? Ich hatte bisher nur nette Menschen getroffen, hatte all diese neuen Eindrücke. Und doch fühlte ich mich immer noch nicht wie ich selbst. Meine Hand wanderte schon wieder zu der nackten Stelle an meinem Hals. Früher hätte ich das Haus nie ohne meine Kamera verlassen. *Davor.* Ich hasste es, dass es ein Davor und ein Danach gab. Und ich hasste es, dass das fehlende Gewicht um meinen Hals mich jedes Mal daran erinnerte.

Normalerweise sah ich Geschichten an jeder Ecke, aber in letzter Zeit war diese innere Stimme still. Und ich konnte nicht den Finger darauflegen, woran es lag. Es fühlte sich an, als hielte ich etliche lose Fäden in der Hand, die ich einfach nicht zusammenführen konnte. Als hätte ich meine Stimme verloren. Im Café hatte ich gesagt, dass mir ein Konzept fehlte. In Wirklichkeit steckte mehr dahinter. Nur wusste ich nicht, wie ich das Problem lösen sollte.

*Was tue ich hier eigentlich?*

Ich zog meine Beine auf die Bank, wechselte in den Schneidersitz und beobachtete die Leute. Es war noch hell und ein so warmer Abend, dass ich keine Lust hatte, schon zurück ins Hostel zu gehen. Seltsamerweise war ich trotz der Anreise und des turbulenten Tags noch kein Stückchen müde. Doch ich hatte absolut keine Ahnung, was ich an einem Abend allein in Berlin tun sollte. Jede andere Studentin in meinem Alter machte sich vermutlich gerade für eine Party fertig. Ich hatte vielleicht alleine etwas gegessen, aber ich würde ganz sicher nicht alleine einen Club betreten. Seufzend holte ich mein Handy wieder aus der Tasche. Vielleicht sollte ich einfach ein paar Folgen *Queer Eye* downloaden und es mir im Hostel gemütlich machen.

Mein Smartphone zeigte mir eine neue Nachricht an. Lisa. Darunter zwei verpasste Anrufe einer mir unbekannten Nummer. Die Vorwahl war aus Hallingen. Sofort war die Enge in meiner Brust zurück.

Ich öffnete Lisas WhatsApp-Nachricht.

*Ist der Zettel auf dem Tisch dein Ernst? Was machst du in Berlin? Wie war die Klausur? DU HAST DAS HAUS VERLASSEN!*

Ich beschloss, ihr später zu antworten und kopierte stattdessen die Nummer des Anrufers. Google brauchte weniger als zwei Sekunden, um mir zu zeigen, zu wem sie gehörte. Zu meiner Hochschule. Ich wollte erst erleichtert aufatmen, doch dann gefror das Blut in meinen Adern zu Eis.

Riefen sie *deshalb* an? Nein, oder? Ich starrte auf das Display und sah, wie mein Daumen, der darüberschwebte, zitterte. Ich atmete einmal tief durch, dann drückte ich die Wahlwiederholung.

Das Freizeichen ertönte nur zweimal, bevor eine automatische Ansage ansprang: »Leider rufen Sie außerhalb unserer Öffnungszeiten an. Sie erreichen uns …«

Ich legte auf und schmiss mein Handy frustriert zurück in die Tasche. In meinem Magen machte sich ein ungutes Gefühl breit und ich wünschte mir, ich hätte weniger gegessen.

Mit einem Mal war die gute Laune, die ich durch den Cafébesuch, die Straßenkünstler und meine Wanderung durch die Stadt angesammelt hatte, verpufft. Ich stieß ein Schnauben aus und hätte mich am liebsten selbst ausgelacht. Was hatte ich eigentlich erwartet? Dass sich durch einen einfachen

Ortswechsel all meine Probleme in Luft auflösten? Dieser eine Anruf zeigte ja bereits, wie kindisch diese Hoffnung war.

*Und was, wenn sie doch deswegen anrufen?*

Ich entknotete meine Beine wieder, warf mir meine Tasche achtlos über die Schulter und machte mich auf den Rückweg zum Hostel. Denn plötzlich klang ein Abend auf dem Zimmer sehr viel verlockender als noch vor wenigen Minuten.

# 6. KAPITEL

## *Lia*

Schweißgebadet schreckte ich hoch. Mein Herz hämmerte in meinem Brustkorb. Ich konnte das Pochen durch den nassen Stoff meines T-Shirts an der Handinnenfläche fühlen. Auch meine Stirn war schweißnass. Ich zwang mich zu einigen tiefen Atemzügen, um meinen Puls zu beruhigen. Es half eher weniger. Wieso sollte es auch? Es hatte auch in den letzten Wochen nie geholfen. Ich blieb einige Momente lang so sitzen und versuchte, den Albtraum aus meinen Gedanken zu verdrängen.
*Es ist okay.*

Die Stimme in meinem Kopf klang sanft und beruhigend, aber das Gefühl übertrug sich nicht auf mich.

*Du bist in Berlin. Alles ist okay.*

Langsam ließ ich den Blick durch den Raum wandern. Ich hatte keine Ahnung, wie viel Uhr es war. Durch die schweren Vorhänge drang bereits Licht herein. Irgendwann in der Nacht mussten meine Zimmernachbarinnen zurückgekommen sein, denn die anderen Betten waren nun belegt und über den Stühlen in der Ecke hing achtlos Kleidung. Vorsichtig, darauf bedacht, möglichst wenig Lärm zu machen, kletterte ich die schmale Leiter nach unten, nahm meine Waschsachen aus dem Spind und ging ins Bad, um mir den Schweiß und das ekelerregende Gefühl von der Haut zu waschen.

Stunden später saß ich vor dem Rest eines Croissants, das ich nur zur Hälfte gegessen hatte, starrte auf das Display meines Handys und wartete darauf, dass die Uhrzeit von 9:59 auf 10:00 Uhr sprang. Denn dann hätte das Sekretariat meines Instituts endlich geöffnet. Ich tippte mit dem Finger auf den Bildschirm, bevor dieser schwarz wurde, als die Anzeige sich endlich änderte. Sofort wählte ich die Nummer und umklammerte mit der freien Hand krampfartig die dünne Tischplatte. Das Freizeichen ertönte in meinem rechten Ohr, während ich durch die Fenster nach draußen sah, ohne wirklich etwas wahrzunehmen.

»Studentensekretariat des Mediacampus Hallingen. Krämer am Apparat, was kann ich für Sie tun?« Die Stimme am anderen Ende ratterte monoton ihre Begrüßung hinunter.

Ich räusperte mich. »Martens hier«, sagte ich. »Sie haben mich gestern von dieser Nummer aus angerufen.« Ich schob meine Matrikelnummer hinterher, doch die benötigte sie anscheinend nicht, denn sie unterbrach mich nach der vierten Ziffer.

»Ah, Frau Martens, ja«, sagte die Stimme, nun deutlich weniger monoton.

»Herr Hofmann hat mich informiert, dass sie während der Prüfung den Saal verlassen haben. Vor Beginn der Prüfung hat er wie üblich gefragt, ob Sie alle sich gesundheitlich in der Verfassung sehen, an der Klausur teilzunehmen. Hat sich das im Verlauf des Tests bei Ihnen geändert?«

Mir fiel ein Stein vom Herzen. Der Druck auf meiner Brust, der seit gestern Abend dort gewesen war, ließ schlagartig nach und meine Finger um den Tisch entspannten sich.

»Frau Martens?«

»Ja, ähm …« Ich dachte nach. Sie hatte mir bereits die perfekte Ausrede geliefert. »Mir wurde unfassbar schlecht.«

»Leiden Sie unter Prüfungsangst?«

»Vielleicht«, sagte ich. »So viele Klausuren habe ich ja noch nicht geschrieben.«

»Wieso haben Sie sich nach der Prüfung nicht gemeldet?«

Ja, wieso? Weil ich nicht einmal daran gedacht hatte und das mit dem Unwohlsein eine reine Lüge war?

Frau Krämer schien mein Schweigen nicht groß zu stören, denn sie erklärte mir, was nun zu tun war, damit ich die Klausur nachschreiben konnte. Ich hörte mit halbem Ohr zu, versprach ihr, mich erneut dafür einzutragen und legte dann auf. Ich ließ den Kopf in den Nacken fallen.

Gott. Sei. Dank.

Wer hätte gedacht, dass man sich freuen konnte, durch eine Prüfung zu rasseln? Natürlich war das der Grund für den Anruf gewesen. Unsere Kurse und der Campus generell waren klein, die Dozenten kannten ihre Studenten beim Namen. Es war also kein Wunder, dass Herr Hofmann mich beim Rausrennen erkannt hatte. Erleichtert strich ich mir die Haare nach hinten aus dem Gesicht. Ich biss in mein Croissant, dann deaktivierte ich die mobilen Daten und schaltete mein Smartphone aus.

Um die Klausur konnte ich mich auch später noch kümmern. Für den Rest des Tages wollte ich einfach nicht erreichbar sein, die Stadt erkunden und nicht an zu Hause denken.

Ich konnte das Brandenburger Tor, das Reichstagsgebäude, das Pergamonmuseum und nun auch die East Side Gallery auf meiner imaginären Liste abhaken. Meine Beine schmerzten, weil ich alle Wege zu Fuß zurückgelegt hatte. Es war seltsam, die Eindrücke nicht zu fotografieren, nichts in der Story auf Instagram zu posten, sondern einfach nur dazustehen und sich alles anzusehen. Ich hatte keine Ahnung, wann ich das zuletzt einfach so getan hatte. Normalerweise sah ich alles durch die Linse einer Kamera. Jetzt hatte ich die Kamera zum ersten Mal absichtlich nicht dabei und keine Möglichkeit, die Bilder zu einem späteren Zeitpunkt noch einmal anzusehen.

Etwas planlos lief ich die Spree entlang. In der Innenstadt war es einfach gewesen, sich anhand der zahlreichen Schilder zurechtzufinden. Doch zur East Side Gallery war ich ein gutes Stück gelaufen und hatte nun absolut keine Ahnung mehr, wo ich war. Ich überquerte die Brücke zu meiner Rechten, in deren Mitte zwei rötliche Türme in die Höhe ragten. Von der Brücke aus konnte ich den Fernsehturm deutlich sehen. Immerhin ein Orientierungspunkt, wenn auch kein besonders hilfreicher, da ich keine Ahnung hatte, wo ich als Nächstes hingehen sollte.

Um mein Handy nicht einschalten zu müssen, zog ich die Karte, die ich von Phuong bekommen hatte, aus meiner Tasche. Vielleicht waren darin weitere Attraktionen markiert. Wenn sie am späten Nachmittag überhaupt noch geöffnet hatten. Im Gehen faltete ich die Karte auseinander. Dabei fiel etwas zu Boden. Ich bückte mich und klaubte den Flyer auf, den ich schon wieder völlig vergessen hatte. Erneut studierte ich die primitiv erstellte Werbung.

*Warum eigentlich nicht?*

Ich war ewig nicht mehr auf einem Konzert gewesen. Und Phuong würde da sein. Wäre sie wirklich einverstanden, wenn ich einfach vorbeischaute? Sonst hätte sie es nicht angeboten, oder? Und es wäre weniger aufdringlich, als noch einmal im Café vorbeizuschauen. Und selbst wenn sie nicht da war: Bei einem Konzert würde ich gut in der Menge verschwinden können. Ich hatte nichts zu verlieren.

Auf der Rückseite des Flyers war der Veranstaltungsort namens Darn Donkey rot markiert. Ich verglich den Kartenausschnitt mit der größeren Karte von Phuong. Nach einer gefühlten Ewigkeit konnte ich endlich meinen Standort ausmachen. Kreuzberg – ich war gar nicht allzu weit von der Location entfernt. Ich warf einen Blick auf meine Uhr. Um sieben war Einlass und um acht Uhr sollte die erste Band spielen. Zum Hostel und zurück würde ich es wohl nicht mehr rechtzeitig schaffen. Aber das hier war Berlin – hier musste man sich bestimmt nicht extra fertig machen. Darn Donkey klang nicht unbedingt nach einem Szene-Club. Jeans und Shirt mussten reichen. Ich biss mir auf die Unterlippe und betrachtete die Sängerin auf dem Flyer – in kurzem Kleid und in einer Pose, die von purem Selbstbewusstsein sprach. Ich holte einmal tief Luft, bis ich die Spannung in meinem Brustkorb spüren konnte. Dann entließ ich alle Luft in einem Stoß.

Diesen Abend würde ich genießen. Ich hatte es bis hierhin geschafft. Ich würde nicht zurückblicken.

Nicht, solange ich nicht musste.

Als mir laute Musik von innen entgegenschallte, befürchtete ich schon fast, ich wäre zu spät. Doch es handelte sich dabei nur um mitgeschnittene Livemusik, die aus den Lautsprechern dröhnte. Ich kannte den Song nicht, aber falls er von einer der drei Bands stammte, hatten sie es wirklich drauf. Ein Mann mit Tunneln in den Ohren und einem Shirt, das das Logo der Bar zierte, stand hinter einem provisorisch aufgebauten Holztisch an der Seite des Eingangs.

»Stempel«, nuschelte er und streckte seine Hand aus, damit ich meinen Arm hineinlegte.

*Mist, hat Phuong nicht gesagt, es wäre kostenlos?*

Als ich nicht direkt reagierte, ließ er den Stempel wieder sinken. »Keine Sorge, du musst nicht. Alle, die vor 21 Uhr kommen, kriegen ein Bier umsonst. Dafür brauchst du aber den hier.« Er winkte mir kurz mit dem hölzernen Stempel zu.

»Oh, klar«, sagte ich und streckte ihm mein rechtes Handgelenk entgegen, das kurz darauf von einem kleinen schwarzen Esel geziert wurde.

»Wunderschön«, sagte ich und er grinste.

»Viel Spaß dir.«

Ich bedankte mich und betrat die Bar. Mein Blick wanderte durch den schummrigen Raum, der mich mit wohltuender Kühle empfing, obwohl er bereits gut mit Menschen gefüllt war. Es gab überall kleine Sitznischen mit gemütlich wirkenden Bänken. Vereinzelt standen Sessel und Stühle herum, alle mit dunkelgrünen Polstern bezogen. Außerdem gab es einige Stehtische mit Kerzen in Whiskeyflaschen, um die sich die meisten Leute drängten. Es herrschte eine lockere, angenehme Atmosphäre und ich spürte, wie ich mich entspannte. Zumindest, bis ich den Kerl bemerkte, der zu meiner Rechten an einem der Stehtische stand und mich ansah. Ich erwiderte seinen Blick – was ich nicht hätte tun sollen, da ich nun mitbekam, wie er ihn einmal über meinen gesamten Körper wandern ließ. Mein Gesicht wurde schlagartig warm, während sich Kälte in meinem Bauch bemerkbar machte.

Eilig ging ich zur Bar und schob mich zwischen zwei Barhocker, um etwas zu trinken zu bestellen und inmitten der Menschen dem Blick des Fremden zu entgehen.

»Hey, du«, begrüßte mich der Barkeeper. Er warf ein gerade frisch poliertes längliches Bierglas hoch. Es drehte sich zweimal in der Luft, bevor er es, ohne den Blick von mir abzuwenden, wieder fing. Ich fragte mich, wie lange er das einstudiert hatte, um es so perfekt hinzukriegen.

»Was darf ich dir bringen? Das erste Bier geht bei der Bandnacht aufs Haus.«

Ich lächelte und zeigte ihm den kleinen Esel auf meinem Handgelenk. »Dann nehme ich wohl eins.«

Er nickte und hielt das Glas unter den Zapfhahn, wobei seine Schultern sich im Takt zur Musik bewegten. Dann schob er mir das volle Glas über den Tresen zu.

»Viel Spaß! Es geht in etwa einer halben Stunde los.«

»Danke dir.« Ich trank einen kleinen Schluck ab, um nichts zu verschütten. Am besten stellte ich mich nach vorne an einen der Tische. Es war weniger unangenehm, in der Nähe lauter Fremder herumzustehen, als sich alleine an einen Tisch mit anderen zu setzen. Hatte ich nicht genau das gewollt? Allein sein? Dennoch verunsicherte es mich in diesem Moment mehr, als ich mir eingestehen wollte. Aber ich hatte es so weit geschafft, trotz meiner Ängste. Da würde ich es wohl auch schaffen, alleine einem Konzert zuzuhören.

Der unangenehme Kerl von eben war immer noch da, starrte jedoch nicht mehr in meine Richtung, als ich mich zwischen den Menschen hindurchschob, die sich in der Zwischenzeit vor der Bar versammelt hatten. Schnell, aber bedacht darauf, mein Getränk nicht zu verschütten, schlängelte ich mich durch, auf einen freien Tisch zu, der weit genug von dem Kerl entfernt war. Kurz bevor ich mein Ziel erreicht hatte, kam ich ins Stocken. Nicht, weil mich der unbekannte Mann wieder musterte. Sondern, weil mein Blick auf einen mir sehr wohl bekannten Mann fiel.

Na toll. Wäre es seltsamer, zu ihm zu gehen und ihn zu begrüßen oder mich ohne ein Zeichen des Erkennens an ihm vorbeizustehlen? Er unterhielt sich mit jemandem, vermutlich ein Freund von ihm. Wir hatten uns nur ein einziges Mal gesehen. Und auch wenn er wirklich nett gewesen war, sollte ich mir besser nichts darauf einbilden. Am besten tat ich einfach so, als ob ich ihn nicht gesehen hätte.

Ich nahm meine Handtasche von der Schulter, um niemanden anzurempeln, und schob mich zwischen den Menschen hindurch nach vorne. In der kurzen Zeit, die ich gebraucht hatte, um mein Getränk zu holen, war es wesentlich voller geworden. Ich wich zwei Mädchen aus, die sich zur Begrüßung umarmten und weit mit den Armen ausholten, als eine tiefe Stimme meinen Namen rief.

»Lia! Hey!«

*Mist.* Ich drehte mich um und bemühte mich um einen überraschten Gesichtsausdruck.

»Oh, Noah. Hi!« Ich blieb stehen, unschlüssig, ob ich weiter- oder zu ihm an den Tisch gehen sollte. Er nahm mir die Entscheidung ab, indem er mich herbeiwinkte. Als ich mir einen Weg zu ihnen bahnte, entging mir Noahs warmes Lächeln nicht. Ebenso wenig sein Blick, der die ganze Zeit auf mir lag. In meinem Bauch flatterte es kurz und ich widerstand dem Drang, mit der Faust daraufzuschlagen, um das alles im Keim zu ersticken.

»Lia, das ist Daniel«, sagte Noah, als ich bei ihm und seinem Kumpel ankam. »Daniel, Lia. Wir haben uns gestern bei Phuong im Poet's Corner getroffen.«

Daniel lächelte und hielt mir seine Hand hin.

»Freut mich«, sagte er. »Du hast einen ausgezeichneten Geschmack.« Sein Lächeln wurde noch breiter, woraufhin sich ein Grübchen in seiner linken Wange bildete.

»Ähm, wie bitte?«, fragte ich nach.

Noah rollte mit den Augen. »Daniel spielt heute Abend.«

»Du bist in einer der Bands?«, fragte ich überflüssigerweise. Noahs Blick ruhte wieder auf mir und brachte mich viel zu sehr aus der Fassung, um klare Gedanken formen zu können.

»Jaaa …«, sagte er gedehnt. »Na ja, genau genommen hat sich die Band aufgelöst. Oliver, der Sänger, ist zum Studieren nach Hamburg gezogen und damit hat sich das Thema dann ganz von allein erledigt. Aber wir spielen heute noch einmal.«

»Bist du traurig, dass es dann vorbei ist?«, fragte ich.

Er dachte kurz nach. »Nein, eigentlich nicht. Ich liebe die Band und all die Dinge, die wir erlebt haben, aber das war einfach eine Teenie-Sache aus der Schulzeit. Wir haben uns alle weiterentwickelt und das hätten wir nicht tun können, würden wir an der Vergangenheit festhalten.« Er zuckte mit den Schultern. »Trotzdem ist es schön, heute noch mal gemeinsam aufzutreten.«

»Dann fühle ich mich natürlich geehrt, dass ich dabei sein darf.«

Daniel grinste. »Siehst du, sie hat's verstanden. Es ist eine Ehre, dass du hier sein kannst, Noah!«

Noah seufzte, das Geräusch endete allerdings in einem Lachen. »Ich hab dich vermisst, Mann.«

Daniel zog eine Grimasse. »Igitt. So viel Liebe bin ich von dir nicht gewohnt.«

Ich merkte, wie ich mich langsam entspannte und stellte mein Bier auf den Tisch in unserer Mitte.

»Ist es okay, wenn ich hierbleibe?«

Noah sah mich irritiert an. »Ja klar.«

Daniel griff nach seinem Bier und prostete mir zu. »Ist mir eh lieber, wenn Noah einen Babysitter hat. Phuong ist wie immer zu spät und irgendjemand muss Noah davon abhalten, seinen Schlüpfer auf die Bühne zu werfen.«

»Keine Sorge. Heute trag ich keinen«, sagte Noah trocken und ich folgte dem Schlagabtausch zwischen den beiden amüsiert, bis sie durch einen lauten Ton unterbrochen wurden.

»Heeey«, ertönte es hinter Daniel und das blonde Mädchen, das mir vom Flyer bekannt war, schob sich zwischen die beiden. Sie trug einen dunklen Lippenstift, entweder lila oder schwarz, das war bei den Lichtverhältnissen nicht so genau zu erkennen, dazu ein dunkles Shirt, Jeans-Shorts und eine schwarze Netzstrumpfhose. Sie umarmte die beiden und zog mich dann, bevor ich mich wehren konnte, ebenfalls in eine Umarmung. Völlig perplex ließ ich es zu, war aber noch zu überrumpelt, um die Geste zu erwidern.

»Hi, ich bin Kat«, sagte sie, nachdem sie sich von mir gelöst hatte.

»Lia«, sagte ich. »Du bist die Gitarristin, richtig?«

»Bist du ein Fan oder weißt du das, weil Daniel dir einen seiner miesen Flyer aufgezwungen hat?«

»Die sind nicht mies«, protestierte Daniel.

Kat zog im gleichen Moment eine Grimasse, in dem auch meine Augenbrauen kritisch in die Höhe schossen.

»Okay, vielleicht sind sie nicht perfekt, aber anscheinend haben sie ja funktioniert.« Er breitete die Arme aus. »Es ist total voll.«

»Das ist natürlich nur dein Verdienst«, bestätigte Kat.

»Na ja, ein bisschen spielt bestimmt auch mit rein, dass sich niemand jemals die Chance entgehen lassen würde, uns drei live auf der Bühne zu sehen.«

Kat legte sich die Hände über die Brust und seufzte. »Das hast du schön gesagt. Fast so, als hätten wir dich nicht überreden müssen, heute Abend herzukommen.«

Daniel grinste und stieß ihr mit dem Ellbogen in die Seite. »Aber auch nur, weil heute das Casting war. Du weißt doch, dass ich mir unseren Auftritt nie entgehen lassen würde.«

Noah bemerkte meinen fragenden Gesichtsausdruck und beugte sich näher zu mir, während Daniel und Kat sich unterhielten. »Daniel hatte heute ein Casting für eine Band, die er schon lange bewundert. Deswegen spielt er auch die ganze Zeit so nervös mit dem Ring an seinem Finger.« Ich sah zu Daniel hinüber, der genau das in diesem Moment tat. »Ist eine ziemlich große Sache für ihn. Und er muss sich noch bis nächste Woche gedulden, bis er von ihnen hört, weil das Casting noch weiterläuft.«

»Kennst du ihn schon lange?«, wollte ich wissen und drehte mich zu Noah um. Was eine schlechte Idee war, denn nun stand er mir so nahe, dass ich aufblicken musste, um ihm in die Augen zu sehen. Vielleicht bildete ich es mir ein, aber auch Noah schien die Nähe zwischen uns zu bemerken, denn sein Atem stockte kurz, bevor er warm meine Wange streifte. Allerdings wich er nicht zurück, sondern blieb ruhig stehen.

»Ja«, sagte er. »Wieso fragst du?«

»Weil du sogar seine nervösen Ticks kennst. Und deine Stimme gerade so klang, als wäre das Casting auch für dich eine große Sache.«

Noah legte den Kopf schief. »Er ist mein bester Freund.« Er zuckte mit den Schultern. »Seine Erfolge freuen mich genauso wie meine Erfolge. Natürlich bin ich da mit ihm aufgeregt.«

Noah sagte das so gelassen, als wäre es wirklich das Normalste der Welt. Dabei wusste ich, dass es das nicht war. Dass solche Freundschaften leider eher die Ausnahme darstellten.

»Das ist schön«, sagte ich und behielt meine Gedanken bei mir. Noah lächelte mir zu. Seine braunen Augen wirkten im dämmrigen Licht der Bar viel dunkler als heute Mittag im Café. Und sein Blick so viel intensiver. Er hatte markante Wangenknochen und volle Lippen, die von einem leichten Bartschatten umspielt wurden. Auf der linken Seite schien eine kleine, dünne Narbe von der Nasenspitze bis zu seiner Oberlippe zu verlaufen, zumindest waren die feinen dunklen Haare dort nicht zu finden. Als ich bemerkte, dass ich auf seine Lippen starrte, wandte ich den Blick eilig ab und sah stur geradeaus auf das fein melierte Muster seines Shirts. Aber da meine Augen nun nicht mehr mit seinem Gesicht beschäftigt wären, nahm ich umso intensiver seinen herben, frischen Geruch wahr. Mein Herz klopfte einen Tick schneller, als mir lieb war.

»So. Ich glaube, es wird Zeit.« Kat gab Daniel einen Stups. »Ich sammle Oliver ein und wir sehen uns hinten, ja?«

Sie wandte sich Noah zu und ihr Blick schnellte zwischen ihm und mir hin und her.

»Viel Spaß und macht ein bisschen Lärm! Dann hört auch keiner, wenn Daniel seinen Einsatz verkackt«, sagte sie.

Meine Wangen wurden warm, als hätte sie uns bei etwas Verbotenem erwischt. Was natürlich nicht zutraf. Wir hatten uns nur unterhalten. Mehr nicht. Instinktiv wollte ich einen Schritt zur Seite weichen und wieder mehr Raum zwischen Noah und mich bringen. Jedoch war es mittlerweile so voll, dass das kaum möglich war.

Noah klopfte seinem Freund kurz auf die Schulter.

»Haha. Einmal in meinem Leben, Katja. Hört das nie auf?«, fragte Daniel.

»Nö«, erwiderte sie knapp und streckte ihm die Zunge raus. Dann machte sie sich auf den Weg zur Bühne. Daniel trank sein Bier aus und stellte die Flasche eine Spur zu kraftvoll zurück auf den Tisch.

»Nervös?«, fragte Noah.

»Ne, ich glaube, ich hab all mein Adrenalin schon heute Morgen verbraucht.« Er winkte uns kurz zu. »Bis später!«

Ich winkte zurück, während Noah ihm ein »Hals- und Beinbruch« hinterherrief. Schnell nutzte ich die Gelegenheit, um mich an die andere Seite des Stehtischs zu schieben, wo Daniel soeben noch gestanden hatte. Noah kommentierte es nicht, doch da war dieser fragende Ausdruck in seinen Augen. Fast wirkte er ein bisschen verletzt – aber das bildete ich mir ganz sicher nur ein.

»Was ich dich im Café schon fragen wollte«, nahm ich das Gespräch wieder auf, »weil Phuong so überrascht war, dich zu sehen: Wo warst du denn vorher?«

»Erst in Bolivien, dann in Argentinien«, antwortete Noah. »Aber nicht wirklich zum Reisen. Ich wollte ein Semester lang ins Ausland, mir verschiedene Unternehmen ansehen, die was im Bereich Environmental Engineering machen. Mein Vater arbeitet in der Umwelttechnik. Ihm gehört eine Firma, die Solartechnik optimiert und mittlerweile auch an Filtern für Luft und Wasser arbeitet. Besonders bekannt geworden ist er eigentlich erst vor Kurzem, weil er Prototypen von Solarzellen gebaut hat, die auch unter Wasser effizient arbeiten können. Na ja, aber im Moment ist alles mehr auf Verkauf ausgerichtet. Ich will aber in die Forschung und dachte, ich kann dort gerade mehr lernen ...« Er hielt inne. »Sorry, das sollte nicht so ausufern.« Ich wartete darauf, dass er weitersprach, doch stattdessen griff er nach seiner Flasche und trank einen großen Schluck.

»Das macht nichts«, erwiderte ich. Und ich meinte es auch so. Ich hatte zwar keine Ahnung von dem Thema, aber Noah sprach davon, als würde er dafür brennen. »Das klingt, als wäre das genau dein Ding. Aber wieso bist du dann zurückgekommen?«, hakte ich nach.

Er stellte die Flasche wieder auf den Tisch.

»War einfach doch nichts für mich«, sagte er ganz normal, beinahe beiläufig, aber ich kannte diesen Ton. Den Ton, den man aufsetzte, wenn man nicht weiter über etwas reden wollte, betont locker, damit die andere Person nicht ahnte, dass mehr dahintersteckte. Damit sie sich keine Sorgen machte oder aber in ihrer Sensationslust weiter nachhakte. Ich kannte diesen Ton, weil ich ihn selbst zu oft verwendet hatte. Und obwohl ich neugierig war und gern den wirklichen Grund für Noahs

Rückkehr gewusst hätte, hielt ich genau deshalb meine Worte zurück.

Wir schwiegen eine Weile, da ich nicht wusste, was ich sagen sollte, und Noah so aussah, als wäre er mit seinen Gedanken an einem völlig anderen Ort.

Plötzlich wurde es still um uns herum und das Licht weiter heruntergedreht, sodass nur durch die schmalen Fenster noch das restliche Licht des Abends nach innen drang. Bis auf vereinzeltes Getuschel und das Klirren einiger weniger Gläser war nichts mehr zu hören. Dann ertönten Schritte auf der Bühne, das Geräusch eines Mikrofonständers, der gerichtet wurde, ein leichter Testschlag auf den Drums.

Und dann erhellten zwei kreisförmige Lichtstrahlen die Bühne und Oliver begann zu singen.

# 7. KAPITEL

## Noah

Ich sollte dem Konzert zuhören. Meinen besten Freund anfeuern. Den vorerst letzten Auftritt dieser Band genießen, bevor *Gone Gone Gone* ihrem Namen alle Ehre machten und tatsächlich fort waren. Aber stattdessen schaute ich immer wieder zu Lia hinüber. Wenn wir uns noch nicht im Café begegnet wären, wäre sie mir spätestens jetzt aufgefallen, da war ich mir sicher. Sie hatte sich in der Sekunde, in der die erste Note gespielt wurde und Oliver das erste Wort gesungen hatte, komplett in dem Song verloren. Ihr Mund stand leicht offen, ihre großen grünen Augen waren auf die Bühne gerichtet und ihr Körper wiegte sich sanft zur Melodie. Die Musik hatte sie an einen anderen Ort befördert, der nur ihr allein gehörte. Zu gerne hätte ich ihre Gedanken gelesen und diesen Ort gesehen.

Ich schüttelte leicht meinen Kopf und zwang mich, diese Gedankengänge zu unterbrechen und nach vorn auf die Bühne zu sehen, wo Olivers rauchige Stimme die Menge gefesselt hielt. Was war nur los mit mir?

Lia machte nicht den Eindruck, als hätte sie Interesse an mir. Also sollte ich mir jegliche Gedanken in die Richtung am besten gleich aus dem Kopf schlagen. Dass sie meine Nummer nicht gewollt hatte, war verständlich, wir kannten uns ja kaum. Aber so wie sie eben auf die andere Seite des Tischs geflüchtet war, hatte sie nicht nur den anderen Menschen ausweichen wollen. Außerdem war ich mir ziemlich sicher, dass sie mich schon gesehen hatte, bevor ich ihren Namen gerufen hatte. Doch das sollte mir nichts ausmachen. Warum auch? Ich hatte dieses Mädchen vor einem Tag zum ersten Mal gesehen.

Das Lied endete und die Menge um uns herum brach in lauten Beifall aus. Ich klatschte mit, auch wenn ich kaum etwas von dem Auftritt wahrgenommen hatte.

*Es macht dir aber etwas aus*, flüsterte eine leise Stimme in mir, als Lia Daumen und Zeigefinger zwischen die Lippen steckte und einen lauten Pfiff ausstieß. Dann klatschte sie begeistert weiter, bis die Band das nächste Lied anspielte.

Daniels Auftritt war viel zu schnell vorbei. Er und die beiden anderen waren ein eingespieltes Team. Kaum zu glauben, dass sie seit einem Jahr nicht mehr gemeinsam auf der Bühne gestanden hatten. Kats blonder Schopf tauchte am Rand der Bühne auf und die drei machten Fotos und unterhielten sich mit einigen Leuten, bevor sie wieder zu uns an den Tisch kamen.

»Ihr wart genial«, sagte ich und klopfte Daniel anerkennend auf die Schulter.

»Du warst so gut!«, stimmte Lia mir zu und wandte sich dann an Kat. »Und du auch. Und deine Stimme erst«, wandte sie sich an Oliver, der zwischen Kat und Daniel stand, »ich habe so etwas noch nie gehört.«

Er lachte verlegen und griff sich in die hell gefärbten Haare. »Danke.«

Ich schmunzelte. Ich kannte Oliver selbst nach all den Jahren nicht gut, aber entgegen seines Auftretens auf der Bühne war er eher schüchtern und ruhig und konnte offensichtlich nicht gut mit solchen Komplimenten umgehen.

»Wenn die nächste Band auch nur halb so gut ist …«, ließ Lia den Satz unvollendet zwischen uns stehen.

»Ist sie«, meinte Kat. »Ich hab sie schon ein paarmal spielen hören, sie sind der Hammer.«

Oliver legte die Hand auf den Tisch, um die Aufmerksamkeit auf sich zu lenken. »Mein Freund steht an der Bar.« Er winkte kurz. »Ich geh mal Hallo sagen. Wir sehen uns später.«

»Ich komm mit, ich sterbe vor Durst!«, sagte Kat und umarmte Daniel zum Abschied von hinten, bevor sie Oliver an der Hand in Richtung Bar zog.

»Wenn du bei dem Casting so gespielt hast wie heute Abend, nehmen sie dich ganz sicher!«, sagte Lia und nickte, um ihre Worte zu bekräftigen.

Daniel sah Lia überrascht an. Dann wanderte sein Blick von ihr zu mir. »Soso. Ich lasse euch kurz allein und du erzählst ihr alles über meine geheimsten Träume und Pläne.«

Ich zog die Augenbrauen hoch. »Du hast es auf Instagram geteilt. In deinem Feed und den Storys. Du hast einen Frage-Sticker hinterlassen, damit die Leute dir viel Glück wünschen können, und dann hast du sie über dein Outfit abstimmen lassen.«

Zu meiner Überraschung – und Freude, wie ich mir eingestehen musste –, lachte Lia neben mir auf.

»Wirklich?«

Daniel rollte mit den Augen, musste nun aber auch lachen. »Ja, wirklich Lia. Ich war eben aufgeregt. Tu nicht so, als hättest du nicht bereits etliche Fotos von dem einmaligen Erlebnis geteilt, *Gone Gone Gone* live auf der Bühne zu sehen.«

Sie schüttelte nur den Kopf. »Ich bin nicht auf Instagram.«

Er legte seinen Arm auf ihre rechte Schulter und sah ihr in die Augen. Dann zog er ihn wieder weg und zuckte mit den Schultern. »Sorry, wollte nur sichergehen, dass du auch echt bist.«

Nun war es Lia, die mit den Augen rollte. »Sehr witzig.«

Daniel hob die Schultern. »Gibt einfach nicht so viele von euch. Und Noah meinte, du machst irgendwas mit Fotos oder Film. Da dachte ich, …«

Mein Fuß traf Daniel unterm Tisch am Schienbein.

»Was zur …«, begann Daniel, hielt aber den Mund, als er meinen Gesichtsausdruck sah. Nun wusste Lia also, dass ich meinem besten Freund von ihr erzählt hatte.

Es schien ihr tatsächlich nicht entgangen zu sein, denn kurz trafen ihre Augen auf meine, bevor sie sich wieder Daniel zuwandte.

»Ich bin nicht hier, um Essensfotos und Sonnenaufgänge auf Instagram zu stellen.«

»Wozu bist du dann hier?«, fragte Daniel sie.

Ich hätte am liebsten die Augen gerollt. Süß, wie er versuchte, die Situation zu retten.

Lia ließ sich etwas Zeit mit ihrer Antwort. Im Hintergrund waren die ersten Töne des Soundchecks der nächsten Band zu hören.

»Ich will ein bisschen was für ein Portfolio filmen«, antwortete sie schließlich. Ihre Finger zupften kleine Papierkügelchen vom Etikett ihrer leeren Bierflasche. »Ansonsten mal sehen.« Sie hob erneut die Schultern. »Das war alles etwas unüberlegt. Ich hab noch nicht wirklich einen Plan. Vielleicht geh ich ins Theater oder schau mir eine Kunstausstellung an, ein bisschen Sightseeing …« Sie dachte kurz nach. »Bei Phuong im Café lagen auch Pläne für Yoga aus, vielleicht melde ich mich da für die nächsten Tage in einem Kurs an. Ich will einfach die Sommerferien genießen.«

»Vergiss Yoga«, sagte Daniel bestimmt. »Noah nimmt dich mal mit zum Boxen. Dann kannst du dich richtig auspowern.«

»Nein«, meinte ich im selben Moment, als Lia »Wirklich?« fragte, eine Spur von Begeisterung in ihrer Stimme.

Verwirrt sah Daniel mich an. Auch Lias Blick traf mich, doch sie wirkte weniger verwirrt als vielmehr verletzt.

»Boxt du nicht mehr? Ich dachte, jetzt wo du wieder hier bist, gehst du auch wieder ins Studio«, verteidigte sich Daniel.

»Ja …«, erwiderte ich gedehnt, »hab ich vor. Aber ich weiß nicht, ob das so eine gute Idee ist.« Daniel sah mich immer noch an, als ob ich sie nicht mehr alle hatte. Womit er vermutlich richtiglag, denn wie es aussah, war ich bei Lia in ein weiteres Fettnäpfchen getreten. Dabei hatte ich sie nur nicht in die Situation bringen wollen, mir einen weiteren Korb geben zu müssen. »Ich meine, weil du dich doch sicher nicht fürs Boxen interessierst«, fügte ich schnell an Lia gewandt hinzu, in der Hoffnung, die Stimmung wieder zu lockern.

»Wieso? Weil ich ein Mädchen bin?« Das Funkeln in Lias Augen rührte jetzt definitiv nicht mehr daher, dass ich sie verletzt hatte. Es sah eindeutig wütend aus.

Daniel verkniff sich das Lachen, eilte mir aber auch nicht zu Hilfe. »Ich hol uns mal allen was Neues zu trinken.« Er schnappte sich unsere leeren Flaschen und Gläser und verschwand in Richtung Bar.

Toll. Wofür hatte man Freunde, wenn sie einen in Notsituationen alleinließen? Lia sah mich abwartend an, die Augenbrauen hochgezogen, ihr Blick eine einzige Herausforderung.

Ich holte tief Luft und überlegte, wie ich mich am besten wieder aus der Situation herausmanövrierte. Vielleicht sollte ich es einfach einmal mit etwas probieren, was ich in letzter Zeit selbst so vermisst hatte: Ehrlichkeit.

»Ich hab das nicht gesagt, weil du ein Mädchen bist.« Ich schüttelte den Kopf, weil der Gedanke wirklich abwegig war. »Boxen hat nichts mit dem Geschlecht zu tun. Meine kleine Schwester trainiert viel mehr als ich. Wenn du magst, nehm ich dich wirklich gern mal mit. Ich wollte sowieso wieder hingehen.«

»Wieso hast du es dann gesagt?«

»Na ja«, ich zuckte mit den Schultern, dabei war es mir sehr viel weniger egal, als diese Geste vermuten ließ, »ich hatte einfach nicht den Eindruck, dass du das möchtest. Also, Zeit mit mir zu verbringen.«

Gott, ich klang, als wäre ich wieder in der Schule. Der Grundschule.

Lias Augenbrauen zogen sich zusammen und eine kleine, niedliche Falte bildete sich oberhalb ihrer Nase. Sie öffnete den Mund, als wollte sie etwas erwidern, hielt dann aber inne. Ihre Miene wurde nachdenklich.

»Tut mir leid«, sagte sie nun mit sanfterer Stimme, in der auch Verunsicherung lag. »Das war keine Absicht. Ich … bin normal nicht so.« Noch während sie diese Worte sprach, sanken ihre Schultern leicht in sich zusammen und die Losgelöstheit, die sie eben während des Konzerts gezeigt hatte, schien völlig verflogen. Na toll. Ich war ein Idiot. Ich kannte diese Frau seit einem Tag und gab ihr schon das Gefühl, sich hier falsch zu verhalten.

»Das sollte kein Vorwurf sein. Selbst wenn es so wäre, ist es dein gutes Recht.« Vorsichtig lächelte ich sie an, in der Hoffnung, sie wieder aufzubauen. Dabei sagte ich es nicht nur deshalb, es war wirklich ihr gutes Recht.

Ihr Blick, mit dem sie mir in die Augen sah, war so intensiv, dass er mir eine Gänsehaut verursachte, obwohl es nach wie vor alles andere als kalt war. In ihren grünen Augen entdeckte ich goldene Flecken. Ich hielt ihrem Blick stand, bevor sie ihn auf ihre Hände wandte. Sie spielte mit dem Wachs, das von der langen weißen Kerze auf den Tisch getropft war.

»Ich würde mich freuen, wenn du mitkommst. Das stand

zwar nicht auf deiner Liste eben, aber es wäre eine Erfahrung, die die ganzen Touristen hier nicht haben.« Als sie nicht aufsah, seufzte ich. »Aber ich kann natürlich verstehen, wenn du Angst hast.«

Ich grinste, als ihr Blick zu mir hochschoss. Für einen kurzen Moment wirkte sie verunsichert, ihre Brauen fuhren zusammen und gaben ihrem Gesicht einen nachdenklichen Ausdruck. Dann wich die Verunsicherung einer Entschlossenheit.

»Challenge accepted.« Wie ich erleichtert feststellte, hoben sich nun auch ihre Mundwinkel.

»Ich ruf Marc, meinen Trainer, mal an.« Dann zögerte ich. Ich hatte Lias Nummer nicht und würde auch nicht noch einmal danach fragen.

»Was hältst du von Frühstück morgen?«

Lia blickte auf. »Frühstück?«

»Frühstück. Weißt du, dieses Essen, das man für gewöhnlich morgens einnimmt. Manche behaupten sogar, es sei die wichtigste Mahlzeit am Tag.«

Lia rollte mit den Augen.

»Dann kann ich dir sagen, ob das mit dem Training klargeht. Außerdem hab ich grad noch frei und bin ein super Touristenführer. Falls du Lust auf etwas abseits deiner Sightseeing-Liste hast.«

Wieder musterte sie mein Gesicht und ich rechnete schon mit einer erneuten Absage, als sie schließlich nickte. Ich wusste nicht wieso, aber mir fiel ein kleiner Stein vom Herzen.

»Alles klar. Morgen früh im Poet's Corner? Oder magst du woandershin?«, fragte sie.

»Klingt perfekt. So gegen zehn?« Dann wäre Phuong anwesend und Lia würde sich hoffentlich etwas sicherer fühlen, als sie es gerade tat – warum auch immer. Anscheinend sollte ich meine Wirkung auf Frauen dringend überdenken. Lia nickte mit einem Lächeln und dennoch machten sich in mir plötzlich Zweifel breit. Denn der Gedanke an Marc und das Studio brachten automatisch auch die Gedanken an Elias mit sich. Er hatte mir das Studio damals gezeigt.

*Was tue ich hier eigentlich?*

Ich war nicht hier, um zu flirten. Ich war hier, um das mit Elias und unseren Eltern zu fixen. Stattdessen war das Erste, was ich tat, mich mit einem Mädchen zu verabreden.

Ich zuckte zusammen, als mir eine Hand auf die linke Schulter schlug.

»Ich hab's verpasst, oder?« Phuong schob sich an mir vorbei an den Tisch.

»Gott. Du hast mir fast einen Herzinfarkt verpasst.«

»Stell dich nicht so an«, sagte Phuong und sah zur Bühne, wo die nächste Band sich gerade unter Applaus aufstellte. »Shit. Ich hätte die drei echt gern noch mal spielen sehen.« Sie seufzte, umrundete den Tisch und zog Lia in eine Umarmung. »Schön, dich so schnell wiederzusehen.«

Lias aufgerissenen Augen nach zu urteilen, hatte sie damit nicht gerechnet. Erst nach ein paar Sekunden legte auch sie ihre Arme um Phuong. Ich konnte es verstehen, Phuongs Herzlichkeit hatte mich anfangs auch überrumpelt. Und tat es manchmal immer noch, selbst nach all den Jahren.

»Freut mich, dass du hier bist«, sagte Lia. »Musstest du so lange arbeiten?«

Phuong schüttelte den Kopf. »Ne, ich hatte früh genug Schluss. Aber dann hab ich Netflix angemacht und bin eingeschlafen.« Sie sah zerknirscht aus. »Erzähl das bloß nicht den anderen. Offiziell hat mein Chef seine arme Aushilfe ausgenutzt und Überstunden schieben lassen.«

Lia lachte. »Okay, verstanden.«

Phuong zwirbelte eine glatte, glänzende Strähne um ihren

Zeigefinger. »Also …«, sagte sie, wobei sie die letzte Silbe in die Länge zog, »nicht, dass mich das groß interessieren würde, aber hat Kat zufällig nach mir gefragt?«

Ich wackelte mit den Augenbrauen. »Sollte Kat denn nach dir fragen?«

Phuong warf mir einen Blick zu, der die meisten Menschen mit Sicherheit in die Knie gezwungen hätte, aber dafür kannte ich sie zu gut. »Hat sie nicht«, sagte ich ehrlich, um sie nicht länger auf die Folter zu spannen. »Zumindest mich nicht. Aber vielleicht Daniel.« Ich nickte in Richtung Tresen. »Sie ist mit Oliver an der Bar.«

Phuong biss sich auf die Lippe. Ich wusste nicht, was genau zwischen ihr und Kat vorgefallen war, aber Phuong hatte bei einem Konzert – und unter Einfluss einiger Flaschen Bier – mehr als deutlich gemacht, wie attraktiv sie die blonde Gitarristin fand.

Lia beobachtete das Ganze, stellte jedoch keine Fragen. So wie sie bei mir zuvor nicht weiter nachgehakt und mir somit erspart hatte, mir eine Ausrede einfallen lassen zu müssen. Entweder war sie einfach nicht neugierig oder aber, und das glaubte ich eher, sie war einer der wenigen Menschen, die anderen ihren Raum gaben und warteten, bis sie sich von selbst öffneten. Das machte sie mir gleich noch sympathischer.

Aus dem Augenwinkel sah ich Daniel, der sich seinen Weg von der Bar zu uns bahnte, drei Gläser zwischen die Finger geklemmt. Er stellte sie vorsichtig auf unserem Stehtisch ab, bevor er aufblickte.

»Hi, Phuong! Noah, Lia? Streit beseitigt?«

»Streit?«, fragte Phuong und griff nach einem Glas.

Daniel schlug ihr auf die Finger. »Denk nicht mal dran. Stell dich selbst an oder sei nächstes Mal pünktlich, wenn deine Lieblingsstars auf der Bühne stehen.«

Phuong schnaubte und nahm erst einen großen Schluck, bevor sie das Glas vor Daniel abstellte.

»Wir hatten eine kleine Diskussion darüber, wer wen beim Boxen besiegen würde«, sagte Lia.

»Oh. Na, in dem Fall: Go, Lia!« Phuong boxte mit der Faust in die Luft.

»Wow«, meinte ich trocken. »So schnell ist es also mit deiner Loyalität vorbei. Lia ist gerade einmal einen Tag hier und schon fällst du mir in den Rücken.«

Phuong zuckte mit den Schultern. »Wir Frauen müssen zusammenhalten.« Dann sah sie Lia an, ein verschmitztes Lächeln auf dem Gesicht. »Du weißt ja, wohin du zielen musst, wenn es richtig wehtun soll.«

»Und noch einmal: Denk nicht mal dran«, sagte Daniel trocken. »Alter, wir müssen uns neue Freunde suchen«, sagte er kopfschüttelnd in meine Richtung. »Die hier rauben mir nämlich den letzten Nerv.«

# 8. KAPITEL

## Lia

Ich stieß ein wohliges Seufzen aus. Kaffee. Genau das hatte ich jetzt gebraucht. Und der Blaubeermuffin, den Phuong mir empfohlen hatte, verströmte einen süßen Duft und war sogar noch leicht warm. Ich war zu früh dran und hatte einfach nicht auf das Frühstück warten können. Ich fühlte mich wie überfahren, dabei hatte ich gestern gar nicht viel getrunken. Das kommt wohl davon, wenn man wochenlang kaum das Haus verlässt – jetzt fühlte ich mich völlig reizüberflutet. Die fremde Gegend, die neuen Menschen, das großartige Konzert – nach der Einöde der vier Wände meines Zwanzig-Quadratmeter-Zimmers im Wohnheim war mein Gehirn wohl überfordert. Außerdem – und ich traute mich kaum, es überhaupt zu denken – hatte ich Spaß gehabt. Richtigen Spaß.

Und jetzt saß ich hier im Café bei dieser Frau, die ich eigentlich kaum kannte und die mich trotzdem mit offenen Armen empfangen hatte, und wartete auf einen Mann, den ich genauso wenig kannte. Ich war mir nicht ganz sicher, wieso ich zugestimmt hatte, mich heute mit ihm zu treffen. Zu einem Teil, weil ich nach dem gestrigen Tag keine Lust hatte, schon wieder mehrere Stunden lang alleine auf Sightseeingtour zu gehen. Klar, das gehörte dazu. Aber ein Teil von mir wollte Noah auch einfach genauer kennenlernen. Und dieser Teil überraschte mich.

Ich wollte mehr über ihn erfahren. Auch wenn ihm das natürlich nicht klar sein konnte. Während ich meinen Kaffee trank, spielte ich den gestrigen Abend in meinem Kopf noch einmal durch. Bei ihm hatte ich offensichtlich den Eindruck hinterlassen, dass ich ihn nicht mochte. Dabei hatte mein seltsames Verhalten rein gar nichts mit ihm zu tun. Aber vielleicht war es ja besser so …

»Nachschub?« Phuong lächelte mich mitleidig an und winkte mit der Kaffeekanne. Sicher dachte sie, ich wäre verkatert.

Ich nickte ihr zu und streckte die Tasse zur Seite. Wenn es mir kostenlosen Kaffee bescherte, würde ich das Missverständnis nicht aufklären.

»Geht ihr heute schon boxen?«

Ich zuckte mit den Schultern. »Keine Ahnung, was Noah genau vorhat.«

»Du bist bei ihm auf jeden Fall in sicheren Händen«, sagte Phuong und drehte die altmodisch anmutende Kanne wieder zu. »Er ist einer von den Guten.«

Das Gefühl hatte ich auch. Allerdings hatte sich meine Menschenkenntnis in der jüngeren Vergangenheit nicht gerade als die beste erwiesen. Ich lächelte Phuong dankend zu, als ihre Augenbrauen sich kritisch zusammenzogen.

»Im Gegensatz zu dieser Sorte Gast«, murmelte sie, während die Glocke am Eingang neue Besucher ankündigte.

»Hey!«, rief eine Männerstimme. »'nen Kaffee. Schwarz.«

Der Kerl würdigte Phuong kaum eines Blickes, während er ihr seine Bestellung entgegenrief, sich an meinem Tisch vorbeischob und irgendwo hinter mir niederließ, wie das Knarzen von Holz verriet.

Ich warf Phuong einen mitleidigen Blick zu, von meiner Arbeit in der Bar kannte ich das nur zu gut. Sie verdrehte kurz die

Augen nach oben, zwinkerte mir dann aber zu und ging zurück hinter den Tresen.

Kurz darauf ertönte die Glocke an der Tür erneut.

»Ist hier noch frei?« Ohne eine Antwort abzuwarten, schob Noah sich auf den Stuhl mir gegenüber.

»Du bist früh dran«, sagte ich nach einem Blick auf die Uhr.

»Ja …«, sagte Noah gedehnt, »daheim war ein bisschen dicke Luft. Außerdem bist du genauso früh dran.« Er deutete auf meinen halben Muffin. »Und hast sogar schon mit einem äußerst nahrhaften Frühstück losgelegt.«

Ich versuchte mich an einem reumütigen Gesichtsausdruck. »Ich hatte Hunger.«

Noah grinste. »Voll okay. Ich hab eine gute und eine schlechte Nachricht. Oder sagen wir weniger gute. Welche magst du zuerst?«

»Ähm, die weniger gute?«

»Ich hab Marc aus dem Studio gestern noch geschrieben, er meinte, wir können jederzeit vorbeikommen.«

»Und was genau ist daran nicht gut?«, fragte ich.

»Jederzeit, nur nicht heute. Heute hat er irgendein Turnier mit den Kindern.«

»Ich nehme an, die gute Nachricht beinhaltet eine grandiose Alternative?«

Noah nickte. »Eine viel bessere sogar. Du kannst sie quasi als Aufwärmübung fürs Boxen sehen«, er hob einen Zeigefinger, wie um seine nächsten Worte zu betonen, »und hast noch dazu ein Erlebnis, das sich vom normalen Touri-Programm abhebt.«

Bevor ich darauf reagieren konnte, zupfte Noah sich eine Ecke meines Muffins ab und schob sie sich in den Mund.

»Oh Gott, der ist gut.«

»Bist du eigentlich immer so …« Ich suchte nach dem passenden Wort.

»Charmant? Liebreizend?«

Ich schnaubte. »So einnehmend, wollte ich eigentlich sagen.«

»Das ist dieser alte Handwerkertrick. Verhalte dich überall so, als würdest du zu hundert Prozent dort hingehören, egal, ob das der Fall ist oder nicht.«

»Und wieso Handwerker?«

»Hast du an deiner Uni oder so schon mal Leute in Blaumännern angehalten, weil sie Beamer oder sonstige Elektronik aus dem Gebäude befördert haben?«

Ich dachte nicht, dass Noah darauf eine Antwort erwartete, bis er mich abwartend ansah. Ich schüttelte den Kopf.

»Eben, weil sie offiziell aussehen. Dabei könnten es einfach Diebe in Blaumännern sein.«

»Und genau das machst du also?« Ich nahm mir selbst ein Stück vom Cupcake.

Er nickte. »Fake it till you make it!«

»Ich danke Ihnen vielmals für die Lebensweisheiten, Herr …«, ich zögerte, weil ich Noahs Nachnamen gar nicht kannte.

»Seger. Und gern geschehen. Wo das herkam, ist noch viel mehr.«

Ich schüttelte den Kopf und meine Mundwinkel zuckten. »Gib mir gern etwas davon ab. Was du jetzt aber noch nicht verraten hast, ist, wie dein grandioser Alternativplan aussieht.«

»Na, das würde ja auch die Überraschung kaputt machen.«

»Ich bin nicht mehr so der größte Fan von Überraschungen.«

»Jeder liebt Überraschungen«, sagte Noah.

»Na ja, offensichtlich nicht.« Ich hob die Schultern und Noah dachte kurz nach.

»Wie wär's, wenn ich dir drei Hinweise gebe?«

»Ich höre.«

»Es ist gut, dass du flache und feste Schuhe anhast. Ich bin extra mit dem Auto hergekommen, in der Hoffnung, dass du Ja sagst. Und wir sollten gleich ein ordentliches Frühstück bestellen, weil du die Energie brauchen wirst«, sagte Noah. »Oh, und du kannst deine Kamera schon einmal bereit machen«, fügte er hinzu.

Ich spürte, wie mein Herz bei seinen Worten stolperte. Es fühlte sich an, als hätte man mir einen schweren Stein auf die Brust gelegt. Es war eindeutig mein schlechtes Gewissen, das mich so fühlen ließ. Ich hatte die Kamera noch kein einziges Mal ausgepackt, seit ich in Berlin war. Ich versuchte, mir nichts anmerken zu lassen, ging aber auch nicht weiter auf seinen Kommentar ein.

»Das waren vier Hinweise.«

»Ja, ich hab einen guten Tag.« Noah schmunzelte. »Also, was sagst du?«

Ich trank einen Schluck Kaffee, um nicht direkt antworten zu müssen. Ja, was sagte ich dazu? Ein Teil von mir wollte ablehnen und auch wenn ich mir eben noch gewünscht hatte, den Tag nicht alleine verbringen zu müssen, klang das plötzlich verlockend. Aber ein anderer Teil von mir, der Teil, der begraben unter all den Zweifeln lag, hatte direkt Ja geschrien. Und war ich nicht irgendwie auch hier, um diesen Teil wieder hervorzuholen? Keiner hier kannte mich und ich kannte diesen Mann nicht wirklich. In jedem normalen Fall wäre das vielleicht ein Grund, abzulehnen. In meinem jedoch war es genau umgekehrt. Denn die Menschen, die ich kannte, hatten mich bereits enttäuscht.

Ich stellte die Tasse zwischen uns auf den Tisch.

»Okay«, sagte ich und merkte, wie mein Herz schon wieder unruhig schlug. Allerdings war es dieses Mal ein gutes Gefühl.

Es fühlte sich nach Vorfreude an, nach Aufregung – und vor allem ein wenig mehr nach mir selbst.

Noahs fröhliches Lächeln verstärkte das Hochgefühl noch. Als Phuong kam und unsere Bestellung aufnahm, freute ich mich tatsächlich auf den bevorstehenden Tag.

# 9. KAPITEL

## Noah

Im Auto neben Lia zu sitzen war etwas anderes, als ihr im Café gegenüberzusitzen. Ich wusste nicht, ob es an der Nähe zu ihr lag oder daran, dass wir uns nicht ansehen konnten – oder ob Autofahrten mit Menschen, die man noch nicht so gut kannte, einfach immer irgendwie seltsam waren. Die Stimmung war auf jeden Fall eine andere als bisher. Ich zumindest war nervöser.

Ich setzte den Blinker, um gen Westen zu fahren, und schaute dabei kurz zu Lia hinüber. Sie sah zufrieden aus und blickte lächelnd geradeaus aus dem Fenster. Ich entspannte mich etwas.

»Warum hat hier eigentlich jeder ein Auto, obwohl alle zwei Minuten eine U-Bahn fährt?«, fragte sie, ohne sich zu mir umzudrehen.

»Das gehört meinen Eltern«, gab ich zurück. »Sehe ich echt aus, als würde ich einen Mercedes fahren? Gibt es überhaupt Leute in unserem Alter, die einen Mercedes fahren?«

»Okay, Punkt für dich«, gab Lia lachend zu.

»Hast du deine Kamera eigentlich dabei?«, fragte ich.

Lia zögerte kurz, bevor sie den Kopf schüttelte.

»Vergessen? Wir können schnell beim Hostel halten.«

»Müssen wir nicht extra«, sagte Lia.

»Es macht mir wirklich nichts aus. Ich will nicht zu sehr angeben, aber wenn du sowieso noch Aufnahmen für dein Portfolio brauchst, ist da sicher was dabei.«

»Okay«, sagte Lia, klang aber wesentlich weniger begeistert, als ich es mir erhofft hatte. Ich hätte gern versucht, ihre Gedanken in ihrem Gesicht abzulesen, doch sie blickte weiter geradeaus.

»Wenn ich dich mit der ganzen Aktion überrumpelt habe, kannst du es übrigens sagen. Also wenn du lieber hier etwas unternehmen willst …«

Wieder schüttelte sie den Kopf. »Nein, das ist es gar nicht«, sagte sie schnell. »Wirklich nicht.« Sie richtete ihren Blick nun doch auf mich. »Lass uns die Kamera holen.«

Lia nannte mir die Adresse ihres Hostels und ich reihte den Wagen auf die linke Spur Richtung Friedrichshain ein.

Nach nur wenigen Minuten betrat Lia den Parkplatz des Hostels auch schon wieder. Um ihren Hals hing die Kamera. Außerdem hielt sie eine gelbe Flasche mit Sonnencreme in der Hand. Sie ließ sich wieder neben mir auf den Beifahrersitz fallen.

»Hier drin ist es so viel angenehmer.«

Fragend blickte ich auf die Sonnencreme, die Lia gerade in ihrer Handtasche verschwinden ließ.

»Na ja, ich bin nicht ganz schwer von Begriff. Deine Tipps klangen nach Outdoor. Und du hast meine Haut gesehen.« Sie deutete auf ihr Gesicht. »Das hier nähert sich sonst sehr schnell meiner Haarfarbe.«

»Also war es doch ein Tipp zu viel.«

»Noch nicht genug, um das Ausflugsziel zu erraten.« Sie wackelte mit den Augenbrauen, was mich zum Lachen brachte. »Vergiss es, mehr kriegst du nicht.«

Ich legte den Rückwärtsgang ein, verließ den Parkplatz und reihte mich wieder in den Straßenverkehr ein.

Lia holte ihr Handy aus der Handtasche, bevor ihr Blick zu meinem wanderte, das in der Mittelkonsole lag.

»Du hast nicht zufällig Spotify?«

»Doch klar, bedien dich.« Ich griff mit der rechten Hand nach meinem Handy und hielt es ihr hin. Gespannt, welche Musik sie wählen würde. Da ihr Daniels Konzert gefallen hatte, machte ich mir keine großen Gedanken. Aus dem Augenwinkel konnte ich erkennen, wie sie eine Weile auf und ab scrollte. Kurz darauf ertönte Hozier aus den Lautsprechern und Lia lehnte sich in ihrem Sitz zurück, die Augen auf die vorbeifliegende Szenerie gerichtet.

Ein angenehmes Schweigen breitete sich zwischen uns aus, während Hoziers sanfte Stimme die Stille unterbrach. Es war seltsam, wie wohl ich mich dabei fühlte, nichts zu sagen und einfach nur neben Lia zu sitzen. Die Nervosität von eben war vollkommen verflogen.

Kurz bevor wir die Stadtgrenze passierten, legte ich noch einen Stopp an der Tankstelle ein. Lia stieg mit mir aus und lehnte sich gegen das Auto.

»Wir verlassen also Berlin«, kommentierte sie. »Ich hab gelesen, dass es in der Umgebung einige schöne Seen gibt. Wird es davon einer?«

Ich steckte den Tankschlauch in den Wagen und konnte ein Grinsen nicht unterdrücken, schwieg aber.

»Komm schon, ein weiterer Tipp? Eine ungefähre Richtung?«

»Du bist echt nicht gut in Überraschungen, oder?«

Lia zuckte mit den Schultern. »Hab ich doch gesagt.«

»Wenn es okay für dich ist, würde ich dir gerne was anderes zeigen als die typischen Touri-Spots.« Ich warf ihr einen kurzen Blick zu. »Es sei denn, du möchtest doch noch einen Instagram-Account eröffnen und brauchst was für dein Berliner Travelgram.«

»Hashtag Travelgram«, sagte sie trocken.

»Was?«

»Wenn du schon beschließt, ein Idiot zu sein, dann mach es bitte richtig.« Sie überkreuzte Zeige- und Mittelfinger ihrer beiden Hände. »Hashtag Travelgram. So reden die wirklich coolen Kids.«

»Ist das so?« Ich musste lachen. Schon wieder. Obwohl mir heute Morgen am Tisch mit meinen Eltern noch so gar nicht danach war, schaffte Lia es irgendwie, dass ich entspannte und mit den Gedanken voll und ganz hier war. Bei ihr und in diesem Moment.

»Interessant, dass du dich so gut auskennst, wo du doch nicht einmal Instagram hast.«

»Ich hab auch kein Raumschiff und weiß von der Mondlandung.« Sie sah mich an, als wäre ihre Argumentation vollkommen schlüssig. Mein Grinsen war mittlerweile wie in mein Gesicht gestanzt. Selbst wenn ich gewollt hätte, ich wäre es wohl nicht losgeworden.

Für einen Moment hörte man nur das gleichmäßige Brummen der Zapfsäule.

»Ich bin ein bisschen überrascht«, sagte ich und Lia, die sich gerade mit den Fingern durch die Haare kämmte, hielt in der Bewegung inne und sah mich fragend an. »Dass du einfach so mitkommst«, fügte ich hinzu.

Lia legte sich die roten Haare über die linke Schulter und lehnte sich wieder an das Auto. Kurz schien sie nachzudenken, dann umspielte ein leichtes Lächeln ihre Lippen. »Ich auch.«

Der Zapfhahn signalisierte, dass der Tank voll war, und beendete unser Gespräch.

»Komm, wir gehen Wasser und so was holen. Du hast noch ein paar Stunden vor dir.«

»Da hast du mir ganz unfreiwillig noch einen weiteren Tipp

gegeben«, meinte Lia. »Und der klingt, als sollte ich mich sicherheitshalber mit richtig viel Essen eindecken.«

»Ein hartes Los«, sagte ich und hielt Lia die Tür des Tankstellenhäuschens auf. Sie trat hinein und ihre Haare wippten bei jedem Schritt. Kopfschüttelnd folgte ich ihr.

# 10. KAPITEL

## Lia

Noah ließ den Wagen auf einem vertrockneten Wiesenstück ausrollen.

»Sicher, dass wir hier parken dürfen?«

Ich hatte ihn schon zuvor dreimal gefragt, ob wir diesen Weg überhaupt mit dem Auto langfahren durften. Unterwegs waren wir an mehreren Parkplätzen und Aussichtspunkten vorbeigekommen, die Noah ignoriert hatte. Auch jetzt zwinkerte er mir bloß zu, schnallte sich ab und verließ den Wagen. Ich kletterte ebenfalls aus dem Auto und ein Schwall Hitze schlug mir entgegen. Entweder war es noch wärmer geworden oder es lag am Kontrast zum klimatisierten Wagen.

»Vítejte.« Noah streckte die Arme aus. »Wir sind da.«

»Vítej-was?«, fragte ich.

»Herzlich willkommen auf Tschechisch«, sagte Noah. »Mehr kann ich leider nicht.«

Wir waren etwa drei Stunden unterwegs gewesen und in der letzten halben Stunde hatte auf den Straßenschildern neben Deutsch auch Tschechisch gestanden. Aber Noah hatte weiterhin dichtgehalten und nicht verraten, wohin der Ausflug führte. Hier stand der Mercedes nun auf einem Stück Rasen.

»Das nennst du Sightseeing?« Grinsend blickte ich zu Noah, der gerade einen Rucksack aus dem Kofferraum nahm.

»Was denn? Ich hab gesagt, ich will dir was abseits der typischen Orte zeigen.«

»Ziel erreicht, würde ich sagen.«

Wir befanden uns in einem Tal inmitten von grauen Bergen, auf denen allen Widrigkeiten zum Trotz etliche Bäume wuchsen. Ich ließ meinen Blick schweifen und blickte ehrfürchtig an den rauen Felsformationen hoch. Seit meiner Kindheit war ich nicht mehr in den Bergen gewesen und überrascht, wie klein ich mich plötzlich fühlte. Ich drehte mich einmal um die eigene Achse und ließ alles auf mich wirken. Tief atmete ich ein, bis ich spüren konnte, wie die Luft meinen Brustkorb nach außen presste. Es roch angenehm frisch, und obwohl wir eben noch auf einer viel befahrenen Landstraße unterwegs gewesen waren, war davon nun nichts mehr zu hören. Es war still und friedlich.

»Das ist definitiv nicht mehr Berlin.«

»Nicht ganz«, bestätigte Noah. »Schlimm?«

»Nein«, sagte ich. »Überhaupt nicht.« Ich blickte erneut an den Felsen hinauf. Plötzlich war ich froh, dass Noah das hier als Überraschung gestaltet hatte. Hätte er eine dreistündige Fahrt angekündigt, wäre ich vielleicht nicht in den Wagen gestiegen. Sogar die Autofahrt war viel angenehmer gewesen, als ich erwartet hatte. Davon abgesehen, dass Noahs Musikgeschmack fast so gut wie mein eigener war, hatte es keinen einzigen unangenehmen Moment zwischen uns gegeben.

Er beobachtete mich lächelnd, dann drehte er sich um und lief ein paar Schritte voraus. »Komm mit, ich will dir was zeigen.«

Ich hängte mir die Kamera um den Hals und folgte ihm einen Trampelpfad entlang. Die leichte Steigung konnte ich dank der vielen Kilometer gestern in den Oberschenkeln spüren. Wow, ich war wirklich so gar nicht mehr trainiert.

»Wo genau sind wir hier?«, wollte ich wissen.

»Im Elbsandsteingebirge. Im Tschechischen klingt das sicher cooler.« Noah zuckte im Gehen mit den Schultern. »Aber ich liebe es hier.«

Kurz darauf blieb er stehen und wartete, bis ich zu ihm aufgeschlossen hatte.

»Hier war früher mal ein kleiner Campingplatz. Ich bin mit meiner Familie öfter hergekommen.« Noah blickte zurück zum Auto. »Damals konnte man hier noch offiziell parken, also geht das bestimmt klar.«

»Wieso hat er geschlossen?«, wollte ich wissen.

Noah zuckte mit den Schultern. »Keine Ahnung, ehrlich gesagt. Es ist Jahre her, dass wir campen waren. Mein Vater hatte einige Jahre keinen Urlaub, beziehungsweise, er nahm ihn sich nicht, und als Elias, also mein Bruder, alt genug zum Autofahren war und wir herkamen, war die Anlage bereits geschlossen.«

In einiger Entfernung konnte ich ein großes Holzschild ausmachen, das möglicherweise ein Hinweis auf die ehemalige Campinganlage war. Es war das erste Mal, dass Noah etwas von sich erzählte. Im Auto hatten sich die Gespräche auf Musik, Essen und Netflix-Serien beschränkt. Gut, da war die kurze Unterhaltung beim Konzert gewesen. Aber da hatte ich nicht weiter nachfragen wollen.

»Vermisst du es?«, fragte ich jetzt, bevor ich mich zurückhalten konnte.

»Was? Den Campingplatz?«

»Wie es früher war, meine ich.«

Noah hielt inne. Ich hatte mit einer sarkastischen Antwort gerechnet, nicht damit, dass er sich Zeit nahm, um nachzudenken. Und noch weniger mit seinen nächsten Worten.

»Ja, wenn ich ehrlich bin. Weniger die Ausflüge und all das, eher das Gefühl von damals. Dass alles irgendwie an seinem richtigen Platz war, falls das Sinn ergibt.«

»Tut es.« Und wie es das tat.

Noah sah mich für einen kurzen Moment auf eine Art an, die mir das Blut in den Kopf schießen ließ. Ich räusperte mich und wippte auf den Füßen vor und zurück.

»Und wo gehen wir jetzt hin?«

»Jetzt gehen wir an den schönsten Ort im ganzen Nationalpark.« Noah klemmte seine Daumen unter die Riemen seines Rucksacks, bevor er den Pfad weiter entlangmarschierte.

»Seger Tours ist also genauso bescheiden wie sein Inhaber«, meinte ich trocken, als ich ihm folgte.

»Dir wird es noch früh genug die Sprache verschlagen, wart's ab.«

»Oh Gott, ich kann nicht mehr.«

»Liaaaa ...«, sagte Noah gedehnt und sah mit hochgezogenen Augenbrauen dabei zu, wie ich die Hände auf die Knie stützte und heftig ein- und ausatmete.

»Was ... was erwartest du denn, wenn du mich ohne Vorwarnung solche Gebirge hier heraufschleppst? Als du meintest, es würde mir die Sprache verschlagen, hab ich eigentlich an was anderes gedacht.«

Noah lachte. »Wenn du jammern kannst, kannst du auch noch weiterlaufen. Weisheit von meinem Vater.«

Er holte eine Flasche Wasser aus seinem Rucksack und reichte sie mir.

»Außerdem willst du ja auch mit zum Boxen. Betrachte das hier einfach als dein Warm-up.«

Nach ein paar großzügigen Schlucken seufzte ich und verstaute die Flasche in Noahs Rucksack. »Okay, geht wieder.«

Ich ließ meinen Blick wandern. Das Auto war von hier aus nicht mehr zu sehen und so klein wie die Bäume unter uns teilweise aussahen, hatten wir bereits eine beachtliche Strecke zurückgelegt. Zu unserer Linken befand sich ein Geländer und rechts befanden sich bemooste Felsen und die ein oder andere Tanne. Ich stützte mich auf das Geländer und blickte auf die graugrüne Szenerie.

»Hier ist es eigentlich auch schon richtig schön«, sagte ich.

Noah schüttelte den Kopf. »Nichts da. Weiter geht's. Die beste Aussicht muss man sich immer erkämpfen.«

»Ich hoffe, du hast recht. Das hoffe ich für dich.«

Die nächsten Meter waren leichter und die Minuten verstrichen schneller. Nicht, weil es weniger anstrengend wurde – im Gegenteil –, sondern weil wir immer höher stiegen und die Ausblicke mir jetzt schon den Atem raubten. Meine Finger zuckten mehrmals in Richtung Kamera, doch ich ließ die Hand immer wieder sinken. Etwa eine Stunde später musste ich zugeben, dass Noah recht behalten hatte. Wir hatten das Ende der Strecke und somit den Gipfel des Berges erreicht und diese Aussicht war es definitiv wert gewesen.

»Wow«, hauchte ich.

»Ich weiß«, sagte Noah.

Vielleicht hatte ich mich bisher geirrt, was das Filmen anging. Keine Kamera der Welt würde das hier jemals einfangen können. Es waren nicht die Rocky Mountains, es flossen keine Wasserfälle und über unsere Köpfe flogen keine exotischen Vögel hinweg. Aber das Gebirge hatte seine ganz eigene Schönheit. Noah hatte uns einen Berg hochgeführt, dessen Spitze flach und wie abgeschnitten aussah, sodass wir auf ebenem Grund standen und genug Platz hatten, uns umzusehen. Die Aussicht war atemberaubend, dabei war es nicht einmal der höchste Berg. Wir konnten von hier aus das Blätterdach der Wälder überblicken und zu unserer Rechten ragten noch höhere Gebirgsspitzen auf. Die sandsteinfarbenen Felsformationen waren wolkenumhangen und schienen gen Himmel zu streben. Die Szenerie wirkte so fremdartig und atemberaubend schön, als entstammte sie einem Film – oder zumindest einem entfernt gelegenen Land. Egal wohin ich sah, war ich von ungebändigter Natur umgeben.

Ich atmete tief durch und genoss den Wind, der durch meine Haare strich. Hier oben fühlte er sich angenehm kühl im Vergleich zur sommerlichen Hitze an und die Luft roch erdig und frisch. Ich konnte nicht sagen, wann ich mich zum letzten Mal so frei gefühlt hatte.

Als ich mich umdrehte, sah ich, dass Noah mich mit leicht angehobenen Mundwinkeln beobachtete. In seinen Augen lag ein Ausdruck, den ich nicht einordnen konnte. Dann bemerkte er meinen Blick, bückte sich und wühlte in seinem Rucksack.

»Picknick?«, fragte er und sah zu mir auf, in der linken Hand eine Decke, in der rechten die Tüte mit den Snacks aus der Tankstelle.

»Zu Essen sag ich nie Nein.« Ich nahm ihm die karierte Decke ab und breitete sie auf dem steinigen Boden aus.

»Du hast noch gar nicht gefilmt«, sagte Noah in meinem Rücken.

Ich schüttelte den Kopf und war froh, dass er meinen Gesichtsausdruck nicht sehen konnte. »Mach ich gleich.«

Während ich die Decke auf dem Boden glättete, spürte ich das Gewicht der von meinem Hals baumelnden Kamera noch ein Stückchen schwerer als zuvor.

»Gott, war das gut.«

Satt ließ ich mich nach hinten fallen und schirmte mit gespreizten Händen die Sonne ab. Durch die Lücken zwischen meinen Fingern sah ich den vereinzelten weißen Wolken dabei zu, wie sie träge über den sonst strahlend blauen Himmel trieben. Wie schon am Tag zuvor konnte ich die Muskeln in meinen Oberschenkeln spüren, aber nicht unangenehm. Etwas unangenehm war höchstens die knallende Hitze, die durch den Stoff meiner Hose drang. Irgendwo zirpten Grillen und der Wind in den Bäumen klang ein wenig wie Meeresrauschen.

Als ich ein Ziehen an meiner Kopfhaut spürte, drehte ich den Kopf zur Seite. Noah hielt eine meiner Haarsträhnen in der Hand.

»Sorry, du hattest einen Krümel im Haar.« Wie zum Beweis streckte er mir Daumen und Zeigefinger entgegen, die einen Krümel – vermutlich vom Bagel – festhielten. Dann schnippte er ihn zur Seite und fuhr sich durch die Haare. »Sorry«, murmelte er erneut.

Etwas hatte sich an der Stimmung zwischen uns geändert. Im Auto hatte es mir rein gar nichts ausgemacht, mit Noah gemeinsam zu schweigen. Hier aber war die Stille von etwas gefüllt, das ich nicht benennen konnte.

»Danke«, murmelte ich.

Noah nickte.

»Nicht für den Krümel«, sagte ich, »für all das hier. Ich fühle mich irgendwie …« Ich suchte nach den richtigen Worten. *Weniger scheiße als sonst?* Das wollte ich nicht unbedingt sagen. »Ruhiger«, sagte ich stattdessen und realisierte, dass es stimmte. Ich konnte mich immer noch nicht vollends entspannen, was nicht an Noah lag, sondern an dem Wissen um das ausgeschaltete Handy in meiner Tasche – und die ebenso inaktive Kamera am Rand der Picknickdecke. Ihre Präsenz spürte ich umso stärker und sie war anziehend und abstoßend zugleich. Dennoch fühlte ich mich ausgeglichener und ruhiger, als es in den letzten Tagen der Fall gewesen war.

Noah lächelte auf mich herunter. »Ich weiß, was du meinst. Genau deshalb liebe ich diesen Ort so. Nachdem wir nicht mehr im Urlaub her sind, sind Elias und ich manchmal noch hier raufgefahren, wenn einem von uns alles zu viel wurde. Hier ist es einfach immer ruhig und man kommt wieder zum Denken.«

Noah ließ den Blick wieder über die Szenerie wandern und auch wenn er es nicht ausgesprochen hatte, vermutete ich, dass er diesen Ausflug genauso gebraucht hatte wie ich.

»Darf ich dich was fragen?«, platzte ich heraus.

»Klar.«

Wenn ich die nächsten Worte aussprach, war es das vermutlich mit der entspannten Stimmung, aber ich war zu neugierig, um es nicht zu tun, vor allem jetzt, wo Noah sich etwas geöffnet hatte. Vielleicht hatte es auch ein kleines bisschen damit zu tun, dass ich weniger über mich selbst sprechen musste, wenn ich die Aufmerksamkeit auf ihn lenkte.

Ich setzte mich auf, um mit Noah auf einer Augenhöhe zu sein und zog die Beine in den Schneidersitz.

»Du musst nicht antworten, wenn du nicht magst. Aber warum hast du deine Südamerikareise abgebrochen? Phuong war so überrascht, dich hier zu sehen. Und die Stimmung zwischen euch war auch etwas«, ich zögerte, »na ja, merkwürdig?«

Noah atmete geräuschvoll aus, wirkte aber nicht böse, dass ich die Fragen gestellt hatte. Eher resigniert.

»Du bist ganz schön aufmerksam, weißt du das?«

»Ja. Deshalb entgeht mir auch nicht, dass du mit einer Gegenfrage geantwortet hast.«

Noahs linker Mundwinkel schob sich nach oben und malte ihm ein schiefes Lächeln ins Gesicht, was ihn für einen Moment jünger wirken ließ. Dann wurde sein Ausdruck wieder ernst.

»Meine Eltern haben meinen Bruder rausgeworfen, weil er eine Schlägerei angefangen haben soll. Nicht von zu Hause, er ist älter als ich und wohnt allein, aber aus der Firma.« Noah hielt inne. »Und anscheinend haben sie sich so gestritten, dass sie jetzt keinen Kontakt mehr haben möchten. Nicht solange zumindest, bis Elias sich für alles entschuldigt hat.«

Ich hielt kurz den Atem an, um seine nächsten Worte nicht zu verpassen. Aber da kamen keine Worte, um das Ganze weiter auszuführen.

Noah nahm einen erneuten tiefen Atemzug. Es dauerte einige Sekunden, bis er wieder sprach.

»Ganz schön komisch, das so auszusprechen. Das macht es irgendwie real.«

»Shit. Das muss hart sein. Versteht ihr euch gut?«, fragte ich vorsichtig.

»Ja, ziemlich«, sagte Noah und zupfte ein paar Grashalme aus dem Boden, die er zwischen seinen Fingern hin und her drehte. »Er ist sonst nicht so, wirklich nicht.«

»Wie geht es ihm?«

Er hielt in der Bewegung inne und sah mich an. Oberhalb der Nase zwischen seinen Augen hatte sich eine kleine Falte gebildet, als er mich einfach nur musterte.

»Was?«, fragte ich verunsichert.

»Nichts, das ist nur für gewöhnlich nicht die erste Frage, die man da stellen würde, oder? Ich hatte eher mit einem ›Wie konnte er nur?‹ oder einem ›Was ist passiert?‹ gerechnet.«

Noah widmete sich wieder dem Grashalm und ich sah zu, wie er sich zwischen seinen Fingern immer schneller drehte.

»Ihm geht's nicht so gut. Deshalb bin ich wieder hier.«

»Auf die Gefahr hin, das gute Bild von mir zu zerstören: Magst du darüber reden, was genau passiert ist?«

Noah warf den Grashalm zur Seite und sah mich nicht an, als er antwortete.

»Angeblich hat er einen Typ auf einer Feier krankenhausreif geschlagen.«

»Angeblich?«, fragte ich nach.

»Er ist nicht so«, sagte er leiser. Dann sah er mir wieder ins Gesicht. »Elias ist nicht nur mein Bruder, er ist einer meiner besten Freunde. Klar, er baut mal Scheiße und nervt und all das. Aber er ist kein Schlägertyp. Er war immer mein Ruhepol. Ich war der, der sich auf dem Schulhof geprügelt hat und beim Direktor abgeholt werden musste. Elias war derjenige, der mich deshalb zusammengeschissen und dafür gesorgt hat, dass ich mich entschuldige und beim nächsten Mal zusammenreiße. Und das hab ich. Die Enttäuschung in seinen Augen war immer viel, viel schlimmer als die meiner Eltern.« Er schüttelte den Kopf. »Deshalb weiß ich einfach, dass irgendwas an der Sache nicht stimmt.«

»Was sagt er denn dazu?«

Noah schnaubte. »Er stimmt dem Ganzen zu und bleibt bei seiner Geschichte. Und entschuldigen möchte er sich auch nicht, was ich einfach nicht verstehe.«

Ich hatte keine Geschwister und konnte mir deshalb nicht vorstellen, wie es Noah in der Situation ging. Aber ich wusste, dass auch Menschen, von denen man es nie geglaubt hätte, eine dunkle Seite hatten. Diejenigen, denen man am meisten traute, konnten einen am schlimmsten verletzen.

»Irgendetwas stimmt an der Sache nicht, Lia.« Noahs Stimme war klar und der Ausdruck in seinem Gesicht wieder gewohnt selbstbewusst. Ich kannte seinen Bruder nicht und hatte selbst auf die harte Tour gelernt, wie es enden konnte, wenn man den falschen Menschen bedingungslos vertraute. Dennoch glaubte ich Noah.

»Und was willst du jetzt tun?«

Er hob die Schultern bis zu den Ohren an und ließ sie wieder fallen. »Keine Ahnung. Wirklich nicht. Ich weiß nicht einmal, ob es etwas bringt, dass ich zurück nach Berlin gekommen bin. Aber ich konnte nicht mehr dableiben, nachdem ich erfahren hab, was passiert ist. Meine Mutter wollte unbedingt, dass ich bleibe und das Praktikum durchziehe. Aber ich hab mich so nutzlos gefühlt. Elias hat mir nur karge Antworten gegeben und ich war Hunderte Kilometer weit weg und musste aus der Ferne dabei zusehen, wie meine Familie zerbricht.« Er lächelte grimmig. »Und jetzt bin ich hier und kann aus nächster Nähe zusehen. Viel mehr hat sich noch nicht geändert.«

»Hast du denn eine Idee, wie du helfen könntest?«

»Zuerst einmal möchte ich meine Eltern überreden, ihn zu besuchen. Er sagt es nicht, aber ich glaube, es setzt ihm ganz schön zu, dass sie noch nicht da waren.«

»Sie haben ihn seitdem also wirklich gar nicht besucht?«

»Nein.« Noah rieb sich durchs Gesicht und lächelte mich schief an. »Und mir haben sie auch ganze drei Wochen verschwiegen, dass Elias aus der Firma entlassen wurde. Dann haben sie jeglichen Kontakt abgebrochen. Zu mir meinten sie, es wäre das Beste für die Familie. Der Kerl, den Elias geschlagen hat, ist der Sohn eines Familienfreundes und Geschäftspartners. Die Stimmung ist jetzt schon nicht gerade rosig laut meinem Vater und sie haben Angst, Aufträge zu verlieren.«

»Aber er ist ihr Sohn. Der Partner deines Vaters kann ihnen doch wohl kaum übel nehmen, dass sie ihn besuchen. Er hat doch selbst ein Kind.«

»Bin ganz bei dir. Und das habe ich ihnen auch schon so gesagt. Ich glaube, diese Ausrede nutzen sie nur, um ihr Gewissen zu beruhigen. Ich hab keine Ahnung, wie der Streit zwischen ihnen ablief, aber gerade haben weder meine Eltern noch mein

Bruder Lust auf ein Gespräch. Und es hat nicht gewirkt, als ob ich sie überzeugen könnte. Am liebsten würde ich es mal bei Christopher probieren.« Noah fuhr sich durchs Haar, einige braune Strähnen standen nun nach oben.

»Ist Christopher der Typ, auf den dein Bruder losgegangen ist?«

Noah nickte. »Ja, Christopher Rothe, aber keine Ahnung, ob er bereit ist, mit mir zu reden. Wir gehen auf die gleiche Hochschule und verstehen uns eigentlich ganz gut. Aber wir sind keine Freunde, wir sagen uns Hallo auf dem Gang und trinken vielleicht mal was zusammen, falls wir zufällig im gleichen Club sind. Mehr aber auch nicht.«

»Was hast du zu verlieren, wenn du es probierst? Du kannst ja klarmachen, dass nicht Elias oder deine Eltern dich darauf angesetzt haben. Ich denke, dir macht niemand einen Vorwurf, nur weil du seine Sicht der Dinge hören willst«, meinte ich. »Christophers Vater arbeitet aktuell noch mit deinen Eltern, also scheint er euch nicht die Schuld an der Situation zu geben. Nur ihnen solltest du vielleicht sagen, dass du hinfährst. Sonst machst du genau das, was du ihnen vorwirfst: Geheimnisse haben. Und das führt in der Regel nur zu noch größeren Problemen.«

Meine letzten Worte hallten in meinen Ohren wider. Geheimnisse führten zu Problemen. Ich hatte Geheimnisse. Und ich hatte sie mit nach Berlin genommen. Schlimmer noch, ich hatte um sie herum weitere Geheimnisse angesammelt. Das ungute Gefühl in meinem Magen machte sich wieder breit.

Noahs Augen ruhten auf mir und sein Mund verzog sich zu einem leichten Lächeln. Irritiert erwiderte ich den Blick.

»Was?«, fragte ich, als er nichts sagte, seinen Blick aber auch nicht abwendete.

»Nichts. Das waren nur ziemlich weise Worte.«

Weise war jetzt nicht das Wort, mit dem ich mich gerade beschrieben hätte. Ich zuckte mit den Schultern und lächelte leicht.

*Reiß dich zusammen.*

»Und jetzt bin ich platt von der Wanderung. Du hast mich noch nicht in Bestform erlebt«, sagte ich im Bemühen, mir meine lästigen Gedanken nicht anmerken zu lassen.

Ich erwartete, dass Noah lachte, aber er sah mich nur weiter aus seinen braunen Augen an, einen undefinierbaren Ausdruck im Gesicht. Ich merkte, wie sich mein Herzschlag unter seinem Blick beschleunigte. Meine Augen wanderten von seinen hinunter bis zu seinem Mund und der kleinen Narbe, die sich von dort bis zu seinem Nasenflügel zog. Ich sah zurück zu seinen Augen. Zwischen ihnen hatte sich eine leichte Falte gebildet. Seine Konzentration war weiterhin auf mich gerichtet. Seine Iris war innen bernsteinfarben, beinahe hellbraun, während sie nach außen hin immer dunkler wurde. Obwohl keiner von uns etwas sagte, hatte sich die Stimmung ganz deutlich verändert. Ich schluckte, um gegen die plötzliche Trockenheit in meiner Kehle anzukämpfen. Gleichzeitig spürte ich, wie mein Gesicht unter seiner Musterung warm wurde, doch ich schaffte es nicht, wegzuschauen.

Einen Atemzug später schüttelte Noah den Kopf, als hätte ihn jemand aus einem Gedankengang gerissen. Er räusperte sich, stand auf und klopfte sich Grashalme von den Shorts.

»Wenn wir noch ein bisschen was sehen wollen, sollten wir besser weiter.« Er blickte auf seine Uhr und dann zu mir herunter. »Es ist jetzt fast vier und wir haben auch noch drei Stunden Rückfahrt vor uns. Schaffst du noch ein paar Kilometer?«

Die restliche Wanderung würde die Aussicht hier zwar nicht mehr toppen können, doch ich nickte und klopfte meine Kleidung ab, für den Fall, dass sich weitere Krümel darin verfangen hatten. Dann packte ich die Bageltüten und meinen restlichen Kram zusammen.

»Ich bin bereit«, meinte ich.

Noah stand auf und schien kurz zu zögern, hielt mir dann aber seine Hand entgegen, damit ich mich an ihr hochziehen konnte. Unsere Blicke trafen sich erneut und der warme Druck seiner Finger sorgte ebenfalls dafür, dass sich mein Bauch zusammenzog und ich ein Kribbeln spürte. Was zur Hölle sollte das bloß? Ich kannte diesen Kerl gerade mal seit drei Tagen. Und ich war nicht der Typ dafür, mich so schnell zu verlieben. Ganz im Gegenteil. Erst recht nicht nach allem, was geschehen war. Ich wollte Menschen nicht mehr leichtfertig vertrauen. Vermutlich war die Sonne doch stärker, als ich gedacht hatte, und ich hatte mir einen Sonnenstich eingefangen. Das musste es sein.

Als ich vor ihm stand, hielt Noah meine Hand etwas länger fest als nötig. Dann klaubte er die Decke vom Boden auf und verstaute sie wieder im Rucksack.

»Ich mach noch schnell ein paar Bilder für meine Schwester«, sagte er, zog sein Handy aus der Hosentasche und schoss ein paar Fotos der Aussicht. Als er sich wieder umdrehte, fiel sein Blick auf die Kamera, die sich nun wieder um meinen Hals befand.

Noch bevor Noah etwas sagen konnte, nahm ich die Kamera in die Hand und trat an das Geländer am Rand des Felsvorsprungs. Ich klappte die Kamera aus und filmte die Umgebung. Die Bäume. Die Felsen. Den Fluss, den man in der Ferne von hier aus sehen konnte. Die Vögel. Die Wolken. Und ich fühlte nichts dabei. Ich wusste beim besten Willen nicht, was ich am Ende mit den einzelnen Sequenzen tun sollte. Wenn ich die Kamera sonst in den Händen hielt, hatte ich das Gefühl, flüchtige Momente für immer konservieren zu können. Ich sah etwas und hatte fast im gleichen Moment die Kamera vor meinem Auge. Jetzt hingegen blickte ich durch sie hindurch und da war – nichts. Ich machte ein, zwei weitere Aufnahmen, dann klappte ich sie zu und ließ sie wieder an dem Lederband um meinen Hals baumeln.

Ich drehte mich zu Noah um. »Jetzt bin ich fertig«, sagte ich und hoffte, dass das Lächeln, das ich aufgesetzt hatte, überzeugend wirkte.

»Dann los.«

Ich nickte und lief schnell voraus, damit er nicht sehen konnte, wie meine Mundwinkel langsam nach unten sanken.

# 11. KAPITEL

## Noah

Durch das flache, eiserne Tor betrat ich die Einfahrt der Rothes. Vor dem Haus parkte ein schwarzer Pick-up mit dem Aufkleber der Berlin Bats. Die Cartoon-Fledermaus der Handballmannschaft schien mir mit ihren spitzen Zähnen hämisch entgegenzugrinsen und machte mich nervöser, als ich ohnehin schon war. Ich hatte keine Ahnung, wie Christopher oder Herr Rothe reagieren würden, wenn sie mich sahen. Selbst vor meiner Reise war ich jahrelang nicht mehr ohne meine Eltern in diesem Haus gewesen.

Ich kannte Christophers Zimmer noch aus Kindertagen, als wir zusammen Basketball gespielt und Wettrennen auf unseren Fahrrädern veranstaltet hatten. Dann kam die weiterführende Schule, und wir wurden lose Freunde. An der Uni hatten sich unsere Wege dann komplett getrennt. Nun waren wir Familienfreunde, mehr nicht. Ich konnte nur hoffen, dass die Erinnerung an die alten Zeiten genügte, um zu Christopher durchzudringen.

In den Scheiben des schwarzen Wagens sah ich mein Spiegelbild und war froh, dass ich mich für eines der besseren Shirts entschieden hatte – und für ein dunkles. Denn die Bahn war brechend voll gewesen und Berlin, Sommer, und U- und S-Bahn waren eine Kombination, der selbst das beste Deo nicht standhalten konnte. Dann fiel mein Blick auf meine Füße.

Mist. Ich klopfte meine Schuhe gegen die Steine, die den Weg zur Haustür zierten und versuchte, den Dreck, der von der gestrigen Wanderung noch an ihnen haftete, abzuschütteln. Aber es brachte nichts. Wieso fiel mir das jetzt erst ein?

Herr Rothe legte in meiner Erinnerung zwar nicht übermäßig viel Wert auf Äußeres, aber ich wollte heute lieber gleich vorweg einen guten Eindruck hinterlassen. Nach dem gescheiterten Gespräch mit meinen Eltern konnte ich ein Erfolgserlebnis gebrauchen. Ich hatte noch einmal versucht, sie auf die Situation anzusprechen, allerdings hatten sie jegliche Fragen direkt unterbunden. Sie blieben dabei, dass sie Elias nicht sehen wollten, solange er nicht zur Vernunft kam. Nun stand ich also in der Einfahrt der Familie Rothe. Ich ging den offiziellen Weg, den ohne Geheimnisse. Nicht zum ersten Mal wünschte ich mir, ich hätte Lias Nummer. Ein paar motivierende Worte hätte ich jetzt gut gebrauchen können.

Genau in dem Moment vibrierte das Smartphone in meiner Hosentasche. Ich zog es heraus und blickte auf das Display. Eine Nachricht von Daniel.

*Schnapp sie dir, Tiger!* Kurz darauf erschienen drei Tiger-Emojis.

Ich rollte mit den Augen, musste aber lachen. Gestern hatte ich Daniel auf den neusten Stand gebracht. Als ich ihn vor meinem Rückflug nach Deutschland angerufen hatte, hatte er sogar angeboten, das Casting ausfallen zu lassen, um mich mit Elias oder meinen Eltern zu unterstützen. Das hätte ich natürlich niemals angenommen. Trotzdem fühlte es sich gut an, ihn auf meiner Seite zu wissen. Auch gestern hatte er wieder angeboten mitzukommen, und im gleichen Atemzug vorgeschlagen, Lia nach ihrer Nummer zu fragen. Früher oder später würde ich mit weiteren Fragen zu unserem Ausflug rechnen müssen. So unterstützend Daniel auch war, er war wie ein zweiter Bruder für mich und konnte auch genauso nervig sein.

Ich schob das Handy zurück in die Tasche. Mit Blick auf die schicke Veranda wappnete ich mich innerlich für das Gespräch, das ich vor mir hatte. Instagram sei Dank wusste ich, dass Christopher aufgrund seiner Verletzungen aktuell zu Hause wohnte. Leider hatte ich dort auch die zahlreichen Kommentare unter den letzten beiden Fotos gelesen. Christopher war in der Handballszene ziemlich bekannt und hatte eine nicht geringe Followerzahl – während der Großteil ihm gute Besserung wünschte, waren ein paar allen Ernstes sauer auf ihn, weil er nicht bei den nächsten Spielen dabei sein würde. Das hatte meinem unguten Gefühl bei der ganzen Sache nicht gerade geholfen.

Ein tiefer Atemzug, dann stieg ich die kleine Treppe hinauf und klingelte an der schwarzen Tür. Erst rührte sich nichts, dann waren Schritte im Haus zu hören. Die Tür öffnete sich, und ich blickte in das freundliche Gesicht von Herrn Rothe.

»Noah, was für eine schöne Überraschung. Wie geht es dir?«

Innerlich atmete ich erleichtert auf. Herr Rothe schien mir gegenüber keinerlei Wut zu empfinden. Seine graublauen Augen, die von Lachfältchen umgeben waren, zeigten ehrliches Interesse.

»Ganz gut. Und Ihnen?«

»Ich kann mich auch nicht beklagen.« Er lächelte und trat dann einen Schritt zur Seite, um mich hineinzulassen.

»Was führt dich her? Und was machst du überhaupt hier? Jonathan sagte, du seist gerade in Argentinien.«

Ich folgte seiner einladenden Geste und betrat den Hausflur, der angenehm kühl war.

»Das hängt beides miteinander zusammen«, begann ich vorsichtig. »Ich habe gehört, was passiert ist, und die Reise abgebrochen.«

Herr Rothes Stirn zog sich in Falten. »Tut mir leid, das zu hören. Es liegt nicht an mir, das zu beurteilen, aber … Bist du dir sicher, dass das die richtige Entscheidung war?«

Ich räusperte mich. »Na ja, wie Sie sich bestimmt vorstellen können, kam das Ganze für mich … überraschend.«

Herr Rothe äußerte einen Laut, der ein Lachen, aber auch ein Schnauben hätte sein können. »Überraschend, du bist lustig, Junge. Schockierend trifft es wohl eher. Aber wem sag ich das, für dich muss es ein viel größerer Schock sein als für uns alle. Ihr standet euch immer so nahe.«

*Stehen*, dachte ich. *Wir stehen uns nahe. Elias ist nicht tot und er ist immer noch mein Bruder.*

Ich biss mir auf die Innenseite meiner Wangen, um die Worte nicht laut zu äußern und lächelte. Falls es verkrampft wirkte, schob Herr Rothe es hoffentlich auf mein Unwohlsein gegenüber Elias' Rauswurf und nicht auf seine Worte.

»Ja«, erwiderte ich gedehnt. »Und deshalb bin ich hier.« Ich blickte ihm fest in die Augen und reckte das Kinn leicht vor. Wenn ich eins von meinen Eltern gelernt hatte, dann, dass man Forderungen selbstbewusst stellen musste, sonst hatte man schon verloren, bevor sie überhaupt fertig formuliert waren. »Ich möchte mit Christopher sprechen. Mir seine Sicht der Dinge anhören. Natürlich nur, wenn er möchte. Ich weiß, dass das Ganze für ihn schwer gewesen sein muss und er vielleicht gar nicht daran zurückdenken möchte.«

Herr Rothe nickte.

»Aber es würde mir sehr dabei helfen, zu verstehen, was passiert ist«, erklärte ich weiter. »Meine Eltern wollen das Ganze lieber ruhen lassen und sagen mir nur das Nötigste. Ich würde mir gerne beide Seiten anhören, um ihre Entscheidung besser zu verstehen.«

Es war niemandem geholfen, wenn Christopher oder sein

Vater dachten, dass meine Eltern mich geschickt hatten oder womöglich sogar Elias selbst. Und dass sie an dem stupiden Deal, den sie alle getroffen hatten, zweifelten. Denn das tat offensichtlich nur ich.

Herr Rothes Augen ruhten noch eine Weile auf mir, dann nickte er. »Ich gehe nach oben und gebe ihm Bescheid.«

Er war gerade zwei Schritte weit gekommen, als er sich über die Schulter zu mir umdrehte. »Du bist erwachsen geworden, Noah. Bedachter, weniger impulsiv, wie mir scheint.« Seine Mundwinkel hoben sich leicht und um seine Augen legten sich kleine Fältchen. »Du wirst deine Eltern in der Firma sehr stolz machen.«

Dann ging er die Wendeltreppe nach oben, ohne auf meine Antwort zu warten und ließ mich mit Zweifeln an seinen Worten zurück.

»Was gibt's?«, fragte Christopher und ließ sich mir gegenüber auf einen Stuhl fallen. Den geschienten Arm legte er behutsam auf dem Tisch ab. Ich hatte vorgeschlagen, das Gespräch draußen zu führen, damit Herr Rothe nicht alles mithörte, aber Christopher hatte nur abgewunken und war ins Esszimmer gegangen. Die Tür blieb offen, also musste ich meine Worte wohl noch bedachter wählen.

Er sah aus wie immer mit den dunkelblonden Haaren, den blauen Augen und der Sportkleidung, die er nicht nur auf dem Handballfeld, sondern auch auf dem Campus trug. Ich wusste nicht viel über Knochenbrüche, aber irgendwie hatte ich erwartet, ihn in lädierterem Zustand vorzufinden. Sein Arm hing in einer stabilen schwarz-blauen Schlinge.

Christopher schien meine Gedanken zu erahnen.

»Glatter Bruch«, sagte er und deutete auf sein Auge. »Was Glück im Unglück war. Anders hätten sie das Jochbein wieder zusammenschrauben müssen. Aber Schmerzmittel muss ich trotzdem noch nehmen. Und kein Sport für mehrere Wochen.«

»Wie geht's deiner Schulter?«

Er rollte langsam mit der rechten Schulter, wobei es einmal knackte. Er verzog das Gesicht, als hätte ihm die Bewegung Schmerzen bereitet.

»Geht so. Ich dachte erst, sie wäre nur ausgerenkt, aber sie mussten operieren. Irgendein Band oder irgendwas, was an einem Band befestigt ist – was weiß ich –, ist gerissen. Also kann ich Handball erst mal vergessen. Oder Bewegung allgemein. Außer Physiotherapie. In zwei, drei Wochen kommt die hier weg«, er klopfte auf die gehärtete Schlinge an seinem Arm, »ab dann soll ich langsam wieder anfangen, die Schulter zu bewegen.« Seine Miene verfinsterte sich kurz, bevor er weitersprach. »Es muss einfach wieder werden, weißt du. Der Arzt meinte, die Saison kann ich vorerst knicken und ich soll froh sein, wenn ich danach überhaupt auf voller Leistung weiterspielen kann. Den Arm nach außen drehen ist wohl erst mal nicht drin.« Er schnaubte. »Was natürlich super ist, wenn man mit dem Team endlich Chancen auf den Aufstieg hat.«

»Ihr seid mittlerweile in der 3. Liga, hab ich gehört?«

Christopher nickte mit grimmigem Gesichtsausdruck. »Ja. Und der Coach meinte, dass das mit dem Staffelsieg echt was werden könnte dieses Mal.«

Er sah mir direkt in die Augen und sein Blick verfinsterte sich noch einmal. »Ich muss das wieder hinkriegen. Meinetwegen gehe ich jeden Tag zu dieser beschissenen Physiotherapie und lass noch zehnmal an mir herumdoktern. Es muss wieder gut werden.« Er schüttelte zweimal ruckartig mit dem Kopf, wie um zu beweisen, dass er keine andere Alternative zulassen würde.

»Tut mir echt leid, Mann«, sagte ich. Handball und die Berlin Bats waren alles für ihn. Vermutlich kam das Risiko, den Sport und alles, was dazugehörte, zu verlieren, dem gleich, was ich fühlte, jetzt wo Elias aus der Firma ausgeschlossen war und unsere Zukunft im Familienbetrieb auf der Kippe stand.

Christopher blies die Wangen auf und ließ die Luft geräuschvoll entweichen.

»Ist ja nicht deine Schuld, du warst ja gar nicht hier.«

Leider fühlte ich mich genau deshalb schuldig. Meine Hände griffen wie automatisch nach dem Serviettenring vor mir und ich begann, ihn zwischen den Fingern zu drehen. Jetzt kam der schwere Part. Und es war sogar noch schwerer, als ich es mir ausgemalt hatte. Denn nun sah ich Christopher vor mir. Den Ausdruck in seinen Augen, wenn er davon sprach, vielleicht nie wieder so spielen zu können wie früher. Ich glaubte nach wie vor, dass mein Bruder mir etwas verschwieg und mehr hinter der ganzen Sache steckte. Aber egal, was es war, ich war mir nicht sicher, ob es rechtfertigte, was mit Christopher passiert war. Ob eine Provokation rechtfertigte, die Zukunft eines jungen Mannes zu gefährden. Und deshalb war ich mir auch nicht mehr sicher, ob ich die Wahrheit und alles, was mit ihr zusammenhing, wirklich hören wollte.

»Aber jetzt bist du hier …«, begann Christopher, »weil?«

Ich holte einmal tief Luft, legte den Serviettenring zur Seite und sah Christopher fest in die Augen. Sie waren von einem helleren Blau als die seines Vaters, blickten mich aber ebenso offen und freundlich an, was mich nur noch mehr verunsicherte.

»Ich muss wissen, was passiert ist«, sagte ich geradeheraus. »Meine Eltern wollen nicht mit mir darüber sprechen. Elias genauso wenig. Aber ich …« Ich überlegte, wie ich Christopher meinen Standpunkt am besten verdeutlichen konnte, und entschied mich dafür, ihm einfach offen darzulegen, was ich dachte.

»Du warst Elias besuchen?«, fragte Christopher und fixierte mich mit seinem Blick.

»Ja, natürlich«, sagte ich geradeheraus. »Elias war immer mein Vorbild. Er ist mein großer Bruder, aber auch mein bester Freund. Was er getan haben soll – getan hat«, korrigierte ich mich, um Christopher nicht gleich zu Beginn vor den Kopf zu stoßen, »es passt einfach nicht zu dem Bild, das ich von ihm habe.« Ich zuckte mit den Schultern. »Ganz ehrlich, ich weiß nicht, was ich von dir hören will. Klar, am liebsten, dass er es nicht war.« Ich deutete auf Christophers Arm, der rechtwinklig vor dessen Brust lag, um seine Schulter zu schonen. »Aber offensichtlich kann ich das vergessen. Also will ich einfach nur wissen, wieso. Was ist passiert?«

Christopher rieb sich mit der linken Hand übers Kinn, wobei seine Bartstoppeln bei der Berührung ein kratzendes Geräusch verursachten. Dann ließ er sie wieder auf den Tisch sinken.

»Ich glaube, so wie dir ging es allen. Ich hätte Elias so was auch niemals zugetraut.« Er seufzte. »Es war wirklich dumm. Wir hatten alle zu viel getrunken, ich auch. Es war ein lustiger Abend, die Stimmung war gut. Na ja …« Christopher zögerte, bevor er weitersprach. »Ich bin nicht ganz unschuldig an dem, was passiert ist. Es waren knapp zweihundert Gäste da. Mein Vater und deine Eltern haben alle möglichen Partner und Leute aus der Gegend eingeladen. Elias hat schon ziemlich früh mit einer Brünetten angebandelt. Kann sein, dass er sie sogar mitgebracht hat. Nadine.« Er zog eine Grimasse. »Ich weiß nicht, was in mich gefahren ist, aber die Kurzfassung ist, dass dein Bruder Nadine und mich knutschend auf dem Männerklo erwischt hat.«

Ich wartete darauf, dass Christopher weitersprach, aber er sah mich nur an und kaute auf seiner Unterlippe.

»Und dann?«

»Den Rest kennst du. Er hat mich von ihr weggezerrt und mir eine runtergehauen. Das hätte schon völlig gereicht, ich konnte echt nicht mehr aufstehen und hatte höllische Schmerzen.« Christopher nickte in Richtung meiner Arme. »Dir sieht man das Training auch an, aber bei Elias' Armen würde es mich nicht wundern, wenn mein Kopf einen Abdruck in der Wand hinterlassen hat.«

Ich schluckte. Konnte das wirklich sein? Ja, Elias war stark, er liebte Kampfsport, aber er war nicht gewalttätig.

*Aber deine Eltern haben ihn gesehen, Noah. Das Blut. Elias. Christopher.*

Was, wenn sie recht hatten? Was, wenn ich Elias doch nicht so gut kannte, wie ich geglaubt hatte?

Ich stieß die Luft, die ich unbewusst angehalten hatte, geräuschvoll aus. Nein. Zweifel hatten sich in meinen Kopf eingenistet, jetzt, wo ich Christopher gesehen und gehört hatte. Aber ich konnte Elias nicht einfach so aufgeben. Er hatte mich verteidigt, als die Nachbarsjungs damals mein Fahrrad gestohlen hatten und ich weinend im Garten saß. Er hatte die Wut im Zaum gehalten, die mich als Teenager umgetrieben hatte, als ich mich nirgends dazugehörig gefühlt hatte – am allerwenigsten in unserer Familie. Er hatte unsere kleine Schwester Kyra von jedem Kinobesuch und jeder Party abgeholt, weil er sie in Sicherheit wissen wollte. Er hatte diesen hässlichen grünen Kauknochen, den Balloon so liebte, dreißigmal auf Vorrat gekauft, als sie ihn aus dem Sortiment nahmen. Obwohl es dem Hund vermutlich egal gewesen wäre. Das war mein Bruder. Seit wir beide nicht mehr daheim wohnten, mochten wir uns nicht mehr so häufig sehen wie früher. Aber aus dieser

Person konnte kein Mensch geworden sein, der anderen willentlich Schmerzen bereitete.

Ich bemühte mich um ein neutrales Gesicht, um keinen meiner Gedanken nach außen zu tragen.

»Danke, Chris.«

»Tut mir leid, Mann. Ich wünschte, ich hätte bessere Neuigkeiten.« Zerknirscht sah er mich an und leider musste ich mir eingestehen, dass es aufrichtig wirkte.

»Falls es dir irgendwie hilft: Ich hab meinem Vater schon gesagt, dass ich nichts in die Wege leiten werde, um ihn anzuzeigen und dranzukriegen oder so.«

Ich nickte. Hatte er das selbst entschieden oder war das Teil des Plans, die Zusammenarbeit um keinen Preis zu gefährden?

»Danke«, sagte ich dennoch.

Hatten meine Eltern recht und wir sollten uns glücklich schätzen, dass alles so glimpflich verlaufen war? Ein unangenehmes Schweigen entstand. Ich hatte keine Ahnung, wie ich es beenden sollte. Was sagte man noch in so einer Situation? Christopher rettete mich, als er mit der gesunden Hand einmal auf den Tisch klopfte und aufstand.

»Ich will dich nicht rausschmeißen, aber ich bin gleich noch mit zwei Kumpels verabredet.«

Ich erhob mich ebenfalls und folgte Christopher in den Flur. Herr Rothes Stimme war von oben zu hören, vermutlich führte er ein Telefonat im Büro. Also hatte er immerhin nichts von unserem Gespräch mitbekommen. Irgendwie erleichterte mich das – obwohl ich wusste, dass ich mit dieser Unterhaltung nichts Verbotenes getan hatte. Ich drehte mich zu Christopher um.

»Danke«, sagte ich noch einmal. Das Gespräch mochte mich in Sachen Elias nicht viel weitergebracht haben, ich wusste im Prinzip genauso wenig wie zuvor. Aber immerhin schien

Christopher keinen Groll gegen meine Familie zu hegen, was eine kleine Last von meinen Schultern nahm. Christopher und ich mochten nicht viel gemeinsam haben, aber er war ein guter Mensch. Vielleicht würden wir trotz des Zwischenfalls einmal so gut zusammenarbeiten können, wie es unsere Eltern taten.

Christopher nickte mir ein letztes Mal zu. Dann öffnete ich die Tür und trat hinaus auf die sonnenbeschienene Veranda.

»Und jetzt? Willst du es auf sich beruhen lassen?«, wollte Daniel wissen. »Ich meine, nächstes Jahr ist sicher alles vergessen. Christopher und Herr Rothe sehen die Sache viel entspannter als erwartet, Elias kann sein Studium abschließen, ihr beide könnt wie geplant in der Firma arbeiten und – Happy End.« Daniel verschränkte die Hände hinter seinem Kopf und ließ sich nach hinten auf den Rasen fallen. Es war mittlerweile später Nachmittag, und obwohl ich in den letzten Stunden an nichts anderes gedacht hatte, wusste ich immer noch nicht, was ich tun sollte.

»Elias sagte, er wäre nicht traurig, wenn Christopher nie wieder spielen könnte. Irgendwas ist falsch an der Sache.«

»Tja, dann ist Elias wohl der Einzige, der dir mehr dazu sagen kann.«

Ich seufzte und ließ mich ebenfalls auf den Boden fallen. Das Gras pikste in meiner Schulter. Es hatte zu lange nicht mehr geregnet. »Schätze, du hast recht.«

Wir lagen auf einem Hügel auf dem alten Spielplatz hinter der Pension von Daniels Oma. Zwischen uns lag mein Smartphone und spielte irgendeine Spotify-Sommer-Playlist.

Daniel rollte sich auf die Seite und schnipste mir einen Stein gegen den Arm. »Und was ist mit Lia?«

Die Erwähnung ihres Namens reichte bereits, um mein Herz ein wenig schneller schlagen zu lassen.

»Was soll mit ihr sein?«, fragte ich.

»Sie ist nett«, sagte Daniel.

»Jap.«

»Und hübsch.«

»Hmhm.«

»Sehr hübsch sogar.«

»Stehst du neuerdings auf Frauen?«, fragte ich und sah ihn mit erhobenen Augenbrauen an.

»Ich meine ja nur«, erwiderte Daniel. »Wenn mir schon auffällt, dass sie hübsch ist, dann wird das anderen sicher auch so gehen. Man sollte Gelegenheiten nicht verstreichen lassen. Ich spreche aus Erfahrung. Wie lang ist sie überhaupt hier?«

»Danke, alter, weiser Mann. Und keine Ahnung, die Semesterferien über, schätze ich.«

»Na dann, worauf wartest du? Ruf sie an!« Daniel schob das Handy näher zu mir.

»Apropos Anruf: Hat die Band sich schon gemeldet?«, wollte ich wissen.

»Nein. Und jetzt lenk nicht vom Thema ab.«

»Das war ehrliches Interesse. Darf ich nicht mehr wissen, wie es um die Zukunft meines besten Freundes steht?«

»Darfst du. Ich meine ja nur, ihr seid offensichtlich aneinander interessiert. Sonst wäre sie wohl kaum mit dir gewandert. Wobei das schon fast als Urlaub zählt, ihr wart im Ausland.«

»Ja, für drei oder vier Stunden«, sagte ich lachend. »Und ich weiß nicht, ob sie wirklich interessiert ist. Ich hab sie danach am Hostel abgesetzt, wir haben uns nicht neu verabredet und ich wollte auch nicht aufdringlich sein.«

»Trotzdem. Du kannst Ablenkung und etwas Positives gut gebrauchen. Sie ist in einer fremden Stadt und freut sich sicher, von dir zu hören. Es ist kein verdammter Film, du musst keine drei Tage warten, um dich bei ihr zu melden. Außerdem wolltet ihr doch eh noch boxen gehen«, drängte Daniel.

»Lia ist mehr wert als eine bloße Ablenkung. Und für eine Beziehung hab ich keine Zeit, das weißt du selbst.«

»Du hast gestern die ganze Nacht Diablo in deinem Zimmer gezockt.« Daniel warf mir einen wissenden Blick zu. »Gut, vor Argentinien hast du wirklich nur gearbeitet. Aber das ist eh ungesund. Ich glaube, etwas Abwechslung würde dir guttun.«

»Du kannst ganz schön nervig sein, weißt du das?«

»Durchsetzungsstark ist das Wort, das Sie suchen, Herr Seger.« Daniel lächelte zufrieden.

»Ich kann sie gar nicht anrufen und sie wollte meine Nummer nicht, als ich gefragt hab«, sagte ich, bevor ich über meine Worte nachdenken konnte.

Bestraft wurde ich mit einem schallenden Lachen. Daniel richtete sich auf und hielt sich den Bauch. »Sorry«, schnaufte er. »Das ist fies, ich weiß. Ich sollte mich nicht so freuen.«

»Alter«, sagte ich grinsend, weil ich genau gewusst hatte, dass er so reagieren würde, »das mit dem besten Freund überlege ich mir vielleicht doch noch mal.«

»Das ist echt eine Premiere, weißt du.« Daniel bemühte sich sichtlich, nicht weiterzulachen, was ihm nicht wirklich gelang. Seine Grübchen traten deutlich hervor und in seinen dunklen Augen funkelte es amüsiert. »Ich bin ein bisschen schadenfroh.« Er schnappte sich mein Handy, bevor ich reagieren konnte. Dann tippte er meine PIN ein und drückte auf dem Display herum.

»Was machst du da?«

Ohne mir zu antworten, hielt er sich das Handy ans Ohr.

»Daniel, was auch immer du da tust, lass es.« Daniel drehte sich zur Seite, bevor ich ihm das Handy entreißen konnte.

»Hi, Phuong!«, sagte er. »Ne, ich bin's, Daniel.«

Ich stand auf, um ihm das Handy abzunehmen, aber er war schneller aufgesprungen und entfernte sich einige Schritte von mir.

»Jap, alles gut. Nicht viel. Hör mal, hast du zufällig Lias Nummer?«

Ich warf ihm meinen bösesten Blick zu. Hatte er sie noch alle? Was sollte Lia jetzt bitte denken? Dass ich meinen Freund vorschickte und ihr Nein nicht akzeptierte?

»Oh, umso besser. Klar.«

»Daniel, leg auf, jetzt«, sagte ich und ging auf ihn zu. Daniel drückte mir die flache Hand gegen meine Brust und hielt mich auf Abstand.

»Hi, Lia!«, sagte er fröhlich. *Na toll.* »Was machst du so?« Er hörte eine Weile zu, dann breitete sich ein Lächeln auf seinem Gesicht aus. »Oh, ich liebe es da! Hast du Lust, einem hoffnungslosen Fall weiterzuhelfen?« Seine Stirn zog sich kraus. »Nicht ich. Also bitte, du hast mich gesehen. Ich brauche da offensichtlich keine Hilfe.« Daniel warf mir einen pikierten Blick zu. »Ich habe dich eben noch als nett bezeichnet, aber vielleicht nehme ich das besser zurück. Ich meinte natürlich Noah.«

Einige Sekunden herrschte Stille.

»Cool, dann bis gleich.« Er legte auf und reichte mir mein Handy. »Komm«, sagte er und lief los. »Wir haben ein Date. Wir gehen shoppen.«

# 12. KAPITEL

## *Lia*

»Nimm eees!«, flehte Phuong zum wiederholten Mal.

Ich hatte nach einem weiteren Besuch auf der Museumsinsel kurz im Poet's Corner vorbeigeschaut. Eigentlich hatte ich nur einen Kaffee und Schutz vor der Hitze gesucht. Phuong hatte gerade ihre Schicht beendet und auf ihren Vorschlag hin waren wir in dem Secondhandladen gelandet, aus dem das Outfit stammte, das ich zuvor so an ihr bewundert hatte.

Nun stand ich selbst in einem von ihr gewählten Outfit hier und betrachtete mich kritisch im Spiegel. Ich trug ein kurzes weißes Kleid mit Carmen-Ausschnitt, sodass meine Schlüsselbeine und Schultern zu sehen waren. Auf das Kleid waren dunkelrote Blüten mit schwarzen Rändern gestickt, ich hatte mich direkt in das Muster verliebt. Das Kleid war unter der Brust etwas enger gefasst und fiel von da an locker und fließend nach unten. Allerdings war es kurz. Sehr kurz.

»Ich weiß nicht«, sagte ich, als ich mich umdrehte und mich über die Schulter im Spiegel von hinten betrachtete. Das Kleid war immer noch kurz. Überraschung.

»Aber es passt so toll zu deinen Haaren. Die Blumen haben fast die gleiche Farbe«, beharrte Phuong. »Gefällt es dir echt nicht?«

»Doch«, gab ich zu, »richtig gut sogar.«

»Wo ist dann das Problem?«, fragte sie, legte den Kopf schief und musterte mich im Spiegel.

Ich seufzte. »Ich fühl mich nicht wohl in kurzen Sachen.« *Halbwahrheiten.*

Phuongs Stirnrunzeln vertiefte sich noch etwas. »Aber … was?« Sie stellte sich vor mich und obwohl ich sie um einen halben Kopf überragte, versperrte sie mir so den Blick auf meine Beine und zwang mich, ihr ins Gesicht zu sehen. »Mal ganz davon abgesehen, dass sich jede Frau in kurzen Sachen wohlfühlen sollte – was für einen Grund hast du bitte, das nicht zu tun?«

Ich hob die Schultern. »Ist wohl nicht jeder so selbstbewusst wie du.«

»Bullshit. Das wäre nur ein Grund mehr, es zu kaufen. Konfrontationstherapie, oder so.«

Phuong wollte gerade noch etwas ergänzen, als sie jedoch zur Seite trat und an mir vorbeischaute.

»Daniel!«, rief sie und ging auf ihn zu, um ihn zu umarmen. Hinter ihm betrat Noah den Laden. Und er beachtete weder Phuong noch Daniel. Sein Blick war direkt auf mich gerichtet.

Ein Schauer fuhr von meinem Scheitel ausgehend durch meinen ganzen Körper. War mir das Kleid eben nur zu kurz gewesen, fühlte ich mich jetzt nackt. Dabei sah Noah mir ins Gesicht, ließ seinen Blick nicht wandern. Doch gerade deshalb fühlte es sich an, als würde er direkt in mich hineinsehen. Ich horchte auf die Reaktion meines Körpers, erwartete, dass meine Hände kalt wurden und mein Herzschlag sich unangenehm beschleunigte. Nichts von dem geschah. Mein Herz mochte zwar etwas schneller schlagen, aber merkwürdigerweise fühlte es sich nicht schlimm an und wurde auch nicht von den sonstigen Symptomen begleitet. Ich wusste nicht warum, doch es machte mir nichts aus, dass er mich so betrachtete.

Noah unterbrach den Blickkontakt, um Phuong zu umarmen, und kam dann auf mich zu. Ich stand immer noch vor dem Spiegel, als wüsste ich plötzlich nicht mehr, wie man seine Beine bewegt.

»Hi«, sagte er.

»Hi«, antwortete ich.

Wow. Wir waren so eloquent.

»Sag Lia mal, dass sie das Kleid braucht«, rief Phuong uns zu. Sie hielt gerade eine verwaschene, dunkle Jeansjacke vor Daniels Oberkörper.

Ich verdrehte die Augen, aber Noah lachte leise.

»Gewöhn dich dran, das ist Phuong.« Dann ließ er seine Augen doch kurz über mich wandern. »Du siehst wirklich schön aus.«

Mein Hals und Gesicht fühlten sich warm an. Hoffentlich wurde ich nicht schon wieder rot.

»Danke«, sagte ich und drehte mich selbst wieder zum Spiegel, betrachtete meine Beine und die freien Schultern. Vielleicht hatte Phuong recht. Vielleicht musste ich mich hier nicht verstecken. Vielleicht konnte ich für die nächsten paar Tage noch einmal sein wie früher. Andererseits … ich war nicht wie früher.

»Du siehst nicht ganz überzeugt aus«, sagte Noah und ich konnte die Frage aus seinen Worten hören.

Ich würde es ja nicht direkt anziehen müssen …

»Ich glaube, ich nehm es«, sagte ich mehr zu mir selbst.

Noah lächelte mir im Spiegel kurz zu. »Hast du morgen schon was vor?«

»Fragst du, weil du bereit für deine Niederlage bist?«

Noah lachte. »Wenn du es so nennen willst. Ich dachte, ich gönne dir einen Tag Erholung nach der Wanderung gestern und morgen kannst du dich dann wieder auspowern.«

»Sag mir einfach, wann ich wo sein soll.« Ich hatte zwar tatsächlich einen leichten Muskelkater, aber fürs Boxen würde ich ja die Arme brauchen. Nicht dass ich dort ausgeprägtere Muskeln hätte als in den Oberschenkeln.

»Brauche ich irgendwas? Boxhandschuhe oder so?«

Noah schüttelte den Kopf. »Ne, ein Handtuch und Sportkleidung, das reicht.«

»Gleich morgens?«, fragte ich.

Noahs Stirn legte sich kurz in Falten. »Lieber etwas später. Und …«, er zögerte, »wäre es für dich okay, wenn mein Bruder dabei ist?«

»Natürlich«, sagte ich sofort. Es hätte mich zwar nicht gestört, den Tag mit Noah allein zu verbringen, aber ich war genauso neugierig darauf, seinen Bruder kennenzulernen. Besonders nach dem, was Noah gestern erzählt hatte.

»Warst du eigentlich bei diesem Typen?«, fragte ich. »Hast du etwas rausfinden können?«

Noah setzte gerade zu einer Antwort an, als Phuong in den Ankleideraum trat.

»Und? Hast du sie überzeugen können?« Phuong lehnte sich an die Wand der Kabine, in der ich mich eben umgezogen hatte.

»Jap«, meinte Noah.

»Jetzt weiß ich nicht, ob ich mich freuen oder beleidigt sein soll, dass du Noahs Urteil mehr vertraust als meinem.« Mit gespielt gekränktem Gesicht sah sie mich an. »Aber du kannst mir gleich ein Eis kaufen und ich vergebe dir.«

»Deal«, erwiderte ich und lachte.

»Und ich nehm die hier auch«, sagte Daniel und warf sich die Jeansjacke über die Schulter.

Phuong seufzte. »Und ich nehme nichts und spare für mein Praxissemester.«

Daniel stupste Phuong in die Seite. »Von dem du wesentlich mehr haben wirst als von neuen Kleidern.«

»Was macht ihr überhaupt hier?«, wollte ich wissen. »Bist du echt nur wegen der Jacke und der Stilberatung hergekommen?«

»Ich brauche immer noch keine Stilberatung!«, sagte Daniel mit Nachdruck. »Ich ertrage Noahs Gesellschaft nur in kleinen Dosen. Danach brauche ich Beistand. Du hast gestern mehr als genug Zeit mit ihm verbracht, also weißt du sicher, wovon ich rede. Er ist laut, man muss ständig auf ihn aufpassen, wie auf ein kleines Kind ...«

Ich grinste. »Er ist nicht gerade bescheiden.«

»Ganz und gar nicht«, stimmte Daniel mir zu. Noah sah uns mit erhobenen Augenbrauen an.

»Rücksichtslos!«, fügte ich hinzu. »Er hat mich trotz schmerzender Beine einen Berg hochgejagt.«

»Oder trinkt den für Kunden bestimmten Alkohol«, warf Phuong ein.

»Respektlos, er hat mich heute sogar alt genannt. Dabei bin ich nur zwei Monate älter als er«, sagte Daniel.

»Und mir meinen Muffin weggegessen«, meinte ich und sah, wie Noahs Mundwinkel zuckten.

»Ja, Manieren sind ihm ein Fremdwort«, pflichtete mir Daniel mit ernster Miene bei. »Du verstehst also, dass ich Verstärkung brauchte.«

»Absolut«, nickte ich.

»Okay«, lachte Noah. »Ich danke euch, dass ihr es trotzdem irgendwie mit mir aushaltet.«

Phuong richtete sich auf und setzte dem Gespräch ein Ende. »Okay. Daniel, zur Kasse! Lia, umziehen! Noah, aus dem Weg! Ich hab mir mein Eis verdient.«

# 13. KAPITEL

## Noah

Ich drückte zum zweiten Mal auf den Klingelknopf. War Elias vielleicht gar nicht zu Hause? Er hatte nicht auf meine Nachrichten geantwortet. Ebenso wie Kyra immer noch nicht auf mein Foto von vor zwei Tagen geantwortet hatte, obwohl sie selbst fröhlich Fotos aus Frankreich auf Instagram teilte. Ich hatte mich sehr zusammenreißen müssen, ihr keinen patzigen Kommentar unter das neueste zu schreiben. Als ich gerade ein drittes Mal klingeln wollte, knackte es in der Freisprechanlage.

»Ja?«, ertönte die Stimme meines Bruders.

»Hey, Bruderherz.«

Die Tür summte, aber mir war das Stöhnen am anderen Ende der Leitung nicht entgangen. Großartig.

Ich lief die drei Stockwerke nach oben. Elias' Wohnungstür stand offen, also kickte ich meine Schuhe von den Füßen, warf meine Sporttasche daneben und betrat die Wohnung.

Im Gegensatz zu meinem letzten Besuch, wo nicht einmal das Geschirr gespült war, hätte man nun vom Boden essen können. Es roch leicht nach Zitrone, als ob gerade erst geputzt worden wäre. Ich schloss die Tür hinter mir und steckte meinen Kopf ins Wohnzimmer, wo Elias allerdings nicht zu sehen war.

»Hier draußen«, rief er.

Ich umrundete die große Couch und trat auf den Balkon, der so früh zum Glück noch im Schatten lag.

»Hey, was machst …«, ich stockte. »Hast du deine Liebe fürs Urban Gardening entdeckt?«

Elias zog sich die Gartenhandschuhe aus, stützte seine Hände auf den Knien ab und sah zu mir auf. »Irgendwie muss ich die Zeit ja rumkriegen, oder?«

Er hatte sich rasiert und nur noch leichte, dunkle Stoppeln im Gesicht. Ich wertete das als positives Zeichen, allerdings sah er immer noch ziemlich müde aus.

»Und deshalb pflanzt du jetzt Tomaten?«

Er zuckte mit den Schultern. »Na ja, Kartoffeln machen sich schlecht auf 'nem Balkon, oder?«

Ich grinste und Elias lächelte leicht zurück.

»Dir … scheint es besser zu gehen?«, fragte ich vorsichtig. Elias seufzte, richtete sich auf und lehnte sich ans Geländer, wo er einen Finger nach dem anderen aus den Handschuhen befreite.

»Bitte sag mir, dass du nicht hier bist, weil du Babysitter spielen willst«, sagte Elias.

»Bin ich nicht. Wirklich nicht.«

Elias' braune Augen fanden meine. »Und warum bist du dann hier?«

»Weil ich heute mal wieder ins Studio wollte. Ich hab Marc angerufen und er meinte, du warst schon eine ganze Weile nicht mehr da.«

Elias brummte nur zur Zustimmung.

»Also?«, fragte ich.

»Was also?«

»Kommst du mit?«

Er griff sich an die Stelle zwischen seinen Augenbrauen, als hätte ihn meine bloße Frage angestrengt.

»Das ist keine so gute Idee.«

»Aber du liebst Boxen«, erwiderte ich.

»Ja, du hast recht«, sagte er. »Ich schlag 'nen Typen zusammen und das erste Mal, dass ich das Haus wieder verlasse, geh ich direkt ins Studio, um auf einen Sandsack einzudreschen.« Seine Lippen verzogen sich zu einem schmalen Lächeln und er gab mir einen Daumen hoch. »Richtig gut. Lass uns am besten gleich ein Selfie an die Rothes schicken. So richtig schön mit Boxhandschuhen.«

»Ja, aber du musst doch irgendwann mit deinem normalen Leben weitermachen«, protestierte ich. So leicht würde ich ganz sicher nicht lockerlassen. Nicht wenn es ihm offensichtlich schon besser ging. »Dir ist klar, dass das hier deine Wohnung ist und kein Gefängnis?«, fügte ich hinzu und deutete in Richtung Flur. »Du hast da so eine praktische Erfindung namens Tür, Elias. Sie hat eine Klinke. Du kannst sie benutzen, rausgehen und alle möglichen Dinge tun.«

»Kannst du mir nicht einfach glauben, dass das keine gute Idee wäre? Ich hab dir gesagt, wir halten den Ball erst mal flach.«

Ich biss mir auf die Zunge, um die Worte zurückzuhalten, die mir beinahe entkommen wären. Nämlich, dass die Rothes viel entspannter waren als erwartet und er übertrieb. Denn so grimmig, wie Elias bei dem Thema guckte, sollte ich ihm meinen Besuch bei Christopher wohl besser noch verschweigen. Auch wenn ich zu gerne mit ihm darüber gesprochen hätte. Über Details wie Elias' angebliches Date namens Nadine, das er mir verschwiegen hatte.

Ein Schatten schien sich über Elias' Miene zu legen.

»Noah«, sagte er in diesem nervigen, belehrenden Tonfall, den ich nur zu gut kannte.

Ich rollte mit den Augen. »Ist ja gut. Ich mach mir einfach

Sorgen, okay? Ist es zu viel verlangt, dass du wenigstens wieder mit mir zum Sport gehst? Es ist ätzend genug, dass du nicht auf der Arbeit sein wirst.«

»Du wirst's überleben«, sagte Elias trocken.

»Also ist das ein Nein?«, fragte ich.

Elias stand mit verschränkten Armen und Erde am Shirt auf dem Balkon und blickte mich nur stur an, als wäre jede andere Antwort völlig abwegig. So langsam ging mir seine Tour auf die Nerven.

»Du erzählst mir nichts, aber du kannst mir nicht verbieten, mehr herausfinden zu wollen, und noch dazu genervt sein, dass Leute dich weiterhin in ihrem Leben haben wollen. Reiß dich zusammen.«

Elias hob die Augenbrauen. »Ich soll mich zusammenreißen? Darf ich dich daran erinnern, dass eben nicht alle Leute mich weiter in ihrem Leben haben wollen?«

»Ja und denkst du, du bist der Einzige, der darunter leidet? Für mich ist das genauso scheiße. Es war immer unser Traum, Seger gemeinsam zu übernehmen. Du und ich. Als Team. Ich habe alles, was ich bisher getan habe, jede Entscheidung, danach ausgerichtet.« Ich schüttelte den Kopf. »Wenn ich mir das schon abschminken darf, dann könntest du doch wenigstens versuchen, den Rest aufrechtzuerhalten. Oder sollen wir jetzt auch keinen Kontakt mehr haben?«

Elias' Blick wurde weicher und er ließ die Arme wieder sinken.

»Dein Traum ist doch nicht gefährdet, weil ich aus der Firma raus bin. Ganz im Gegenteil. Du musst ihn einfach nur allein umsetzen.«

Ich konnte das spöttische Lachen, das mir entwich, nicht zurückhalten. »Während du auf deinem Balkon Gemüse anbaust?«

»Also genau genommen sind Tomaten Obst«, entgegnete Elias in dem Versuch, mich aufzumuntern.

Mit verschränkten Armen ließ ich den Blick über die umliegenden Balkone und den Innenhof wandern. »Du weißt ganz genau, dass es so nicht läuft«, sagte ich leiser. »Als ob Mama und Papa mir den Betrieb überlassen. Ich bin nicht du.«

Ich musste mich nicht umdrehen, um Elias' mitleidigen Ausdruck vor Augen zu haben. Diesen Ausdruck hatte ich schon oft genug gesehen und hatte ihn satt. Gleichzeitig fühlte ich mich wie ein Arsch, weil ich das Thema nach so langer Zeit wieder angeschnitten hatte. Ich schluckte mein schlechtes Gewissen hinunter. Wenn ich Elias verletzen musste, um eine Reaktion aus ihm herauszubekommen, dann war es das wert. Einige Sekunden lang sprach keiner von uns, dann stupste Elias mich mit dem Ellbogen an.

»Stimmt, du bist nicht ich. Aktuell spricht das aber nur für dich, oder?«

Ich rollte mit den Augen.

»Hey, ich versuch nur, dich aufzumuntern.«

Ich zog meine Augenbrauen hoch. »Na, dann komm mit ins Studio. Das würde mich echt aufmuntern.«

Elias lächelte, schüttelte aber dennoch den Kopf. »Vielleicht nächstes Mal, ja?«

Ich seufzte. Die Hoffnung, die ich beim Betreten der aufgeräumten Wohnung verspürt hatte, war verschwunden. Und sowohl Elias als auch ich wussten, dass seine Worte mehr Floskel als Versprechen waren.

»Darf ich dir dann wenigstens helfen, einen neuen Job zu finden? Es muss ja noch mehr in der Branche geben.«

Elias' Blick ähnelte dem, mit dem er mich gemustert hatte, als ich damals aufgrund irgendeines Streits seinen Lego-Todesstern kaputt getreten hatte.

Abwehrend hob ich die Hände. »Okay, okay, ich geh ja schon.«

Zu meiner Überraschung zog mein Bruder mich in eine Umarmung. »Du bist eine echte Nervensäge. Aber trotzdem schön, dass du da warst. Sag Marc liebe Grüße.« Elias ließ mich wieder los.

»Mach ich. Aber dann wird er auch nur fragen, warum du nicht dabei bist.«

»Denk dir halt was aus.« Er sah mir dabei zu, wie ich meine Turnschuhe anzog. »Sorry, dass du allein gehen musst.« Er klang aufrichtig und ein Teil seiner fröhlichen Fassade schien zu bröckeln.

»Ich geh nicht allein«, sagte ich und hob die Sporttasche auf die Schulter. »Ich geh eigentlich nur, weil ich einem Mädchen versprochen hab, sie mal mitzunehmen.«

Elias hob die Augenbrauen. »Ich wusste gar nicht, dass du 'ne Freundin hast!«

Ich rollte mit den Augen und öffnete die Tür. »Ciao.«

»Freundin oder Date?«

Auf meinen erhobenen Mittelfinger, den ich ihm im Rausgehen zeigte, antwortete er mit einem tiefen Lachen. Immerhin ein Anfang.

# 14. KAPITEL

## *Lia*

Marc zog den Klettverschluss der roten Boxhandschuhe fester um meine Handgelenke. »So, das sollte passen.«

Ich betrachtete meine Hände – oder besser gesagt, die klobigen Dinger, in denen meine Hände nun steckten. So was hatte ich außer in Filmen noch nie gesehen. Vor allem aber hatte ich nie gedacht, dass ich das einmal an meinen Händen haben würde. Ich schlug die Fäuste gegeneinander. Es fühlte sich komisch an und erzeugte einen dumpfen Laut, als der Schlag von dem Polster um meine Finger gedämpft wurde.

»Sitzt?«, fragte mich Marc knapp.

Ich nickte. »Ja, denke schon.«

Marcs Augen wanderten einmal von meiner Kleidung bis zu meinen Schuhen. »Na dann, worauf wartet ihr?«, meinte er, als er meine Ausrüstung für ausreichend befunden hatte.

»Danke, Marc!«, rief Noah.

Der hatte sich bereits zum Gehen gewandt und hob nur kurz die Hand.

»Also … was mache ich jetzt?«, fragte ich, während die Handschuhe meine Arme wie zwei schwere Gewichte nach unten zogen. Noah hatte nach wie vor keine Handschuhe an und nur seine Schuhe gewechselt.

»Jetzt machen wir dich erst mal warm, damit du dich nicht verletzt. Dann geht es an die Technik und danach zeige ich dir ein paar Übungen am Sandsack, damit du die Technik auch wirklich draufhast.«

Ich blickte zum Ring. »Und da gehen wir gar nicht rein?«

Noah lachte und mein Körper reagierte bei dem warmen, tiefen Geräusch prompt mit einem verräterischen Schauer. Sein Mund war zu einem schiefen Lächeln verzogen, als er mich ansah. Ich war erleichtert, dass er wieder bessere Laune hatte. Als er auf meine Frage hin erklärt hatte, wieso Elias doch nicht beim Training dabei war, hatte er bedrückt gewirkt.

»Ich mag, dass du so ambitioniert bist, Lia. Aber sowohl Marc als auch Phuong würden mir die Hölle heißmachen, wenn ich dich gegen jemanden antreten lasse.«

»Du meinst, ich schaffe dich nicht?«

Sein Grinsen wurde breiter. »Du schaffst mich ganz schön, glaub mir. Seit deiner ersten schnippischen Bemerkung im Café.«

»Ich bin nicht schnippisch«, meinte ich empört. »Du bist es wohl nur nicht gewohnt, dass dir jemand Kontra gibt.«

Noah machte einen Schritt auf mich zu, sodass ich den Kopf leicht in den Nacken legen musste, um seinem Blick standzuhalten.

»Aber ich könnte mich dran gewöhnen«, sagte Noah leise.

Ich schluckte. Was tat ich hier? Flirteten wir gerade miteinander? Flirtete Noah mit mir?

Seine Augen wanderten von meinen ausgehend über mein Gesicht, als suchten sie etwas darin. Ich beschloss, dem Ganzen ein Ende zu setzen, bevor es zu weit ging. Spielerisch boxte ich ihm mit der Faust auf die Brust.

»Kannst du haben«, sagte ich betont locker, während mein Herz immer noch zu schnell schlug und meinen Ton Lügen strafte.

Noah schüttelte grinsend den Kopf und deutete in Richtung der freien Fläche neben dem Ring. »Los jetzt, Warm-up!«

Schwitzend und schwer atmend leerte ich die halbe Wasserflasche in einem Zug. Ich hatte noch nicht einmal richtig angefangen und war schon völlig außer Puste. Das hier war wirklich nicht das Gleiche wie Yoga. Und dass ich geglaubt hatte, heute nur meine Arme zu brauchen, konnte ich nun nur schwach belächeln. Meine Beine zitterten bei jeder Bewegung. Ich wischte mir die feuchten Hände an meiner Sporthose ab. In den Handschuhen war es mit jeder Minute heißer geworden, aber Noah hatte darauf bestanden, dass ich sie anbehielt, um mich an das zusätzliche Gewicht zu gewöhnen. Meine Arme fühlten sich an wie Pudding, dabei hatten wir laut Noah bisher nur Trockenübungen gemacht. Ich hatte keine Ahnung, wie ich gleich noch den Boxsack treffen sollte. Mit dem Oberarm wischte ich mir den Schweiß von der Stirn. Dann drehte ich die Flasche zu und ging zurück zu Noah.

Dieser sah mir stirnrunzelnd entgegen. »Keine Verschnaufpause?«

»Nein. Wenn ich jetzt aufhöre, fall ich um und fange nie wieder an.«

»Wie du meinst.« Noah grinste und nickte in Richtung der Handschuhe, die ich auf dem Boden hatte liegen lassen.

Ich zog eine Grimasse. »Können wir nicht …«

»Nein«, unterbrach er mich. »Deine Finger werden es mir danken, glaub mir.«

»Meine müffelnden Finger werden es dir danken«, murmelte ich, klaubte die Handschuhe aber vom Boden auf und schob sie über meine Hände. Bäh. Profis hatten vermutlich atmungsaktivere Ausrüstung. Aber ich sollte mich nicht beschweren, es war eine neue Erfahrung und ich hatte viel zu lange keinen Sport mehr gemacht. Ich zog den Verschluss des zweiten Handschuhs mit den Zähnen zu und rollte ein paarmal meine Schultern, um die angespannte Muskulatur zu lockern. Dann nickte ich Noah zu. »Startklar.«

»Versuch die Schläge, die ich dir eben gezeigt hab, mal an dem Sandsack.«

Alles klar. Ich stellte mich in Position und achtete darauf, die Beine genau so zu positionieren, wie Noah es eben vorgemacht hatte. Dann hob ich die Hände und schlug zu.

Okay, das war erbärmlich. Ich hatte wirklich keinerlei Kraft in den Armen. Ich sah mich um. Zum Glück war es leer und niemand konnte meine schwachen Schläge beobachten. Nun ja, niemand bis auf Noah, der mich aus dunklen Augen musterte, zu meiner Erleichterung jedoch nicht belustigt aussah oder mich sonst wie verurteilte.

»Noch mal. Und fester«, sagte er ruhig.

Ich begab mich wieder in Position und vollführte ein paar weitere Schläge.

»Noch mal«, sagte Noah, und ich sah aus dem Augenwinkel, wie er sich wegbewegte, vermutlich, um seine Wasserflasche zu holen. Ich schlug wieder und wieder auf den Boxsack ein und merkte, wie meine Arme langsam schwer wurden. Doch ich wollte Noah nicht enttäuschen. Und was noch viel wichtiger war: Ich wollte mich nicht enttäuschen.

»Achte auf deine Deckung«, rief Noah. Ich konzentrierte mich weiter auf den Boxsack. Mein Atem ging nicht mehr im Rhythmus mit den Schlägen, sondern wurde immer schneller. Ein paar weitere Male schlug ich zu, dann stützte ich die Fäuste auf die Knie und schnaufte schwer.

Als ich wieder einigermaßen zu Atem kam, richtete ich mich auf – und erstarrte. Denn ich blickte geradewegs in eine Kameralinse. Meine Kameralinse. Ich hatte die Kamera nach der Wanderung in meiner Handtasche gelassen. Mein Herz setzte einen Schlag aus.

»Hey, was soll das?«, rief ich und machte einen Schritt auf Noah zu.

Er ließ die Kamera um seinen Hals fallen und hob beschwichtigend die Hände. »Sorry. Ich dachte nur … Am ersten Tag im Café meintest du, dass du kaum Aufnahmen von dir hast, weil du immer diejenige bist, die andere filmt und fotografiert. Und dass es schwer ist, nur aus Landschaftsaufnahmen was zu bauen. Ich dachte, du willst vielleicht auch ein paar Erinnerungen an deine Reise und an das hier.« Er hielt inne und biss sich auf die Unterlippe.

Mein Atem, den ich gerade erst beruhigt hatte, ging nun wieder zitternd. Ich versuchte, ihn zu kontrollieren, damit meine Stimme mich nicht verriet.

»Will ich nicht«, sagte ich. Meine Stimme zitterte nicht nur trotz meiner Bemühungen, sie klang auch sehr viel unfreundlicher als beabsichtigt.

»Okay«, sagte Noah gedehnt und sah mich unsicher an.

Ein betretenes Schweigen machte sich breit und es war das erste Mal, dass die Stille zwischen uns mir unangenehm war. Doch ich wusste auch nicht, wie ich sie mit Worten füllen sollte. Denn was hätte ich sagen sollen, um mein Verhalten zu erklären – ohne mich gleichzeitig in das Loch zu befördern, aus dem ich mich immer noch nach Kräften herauskämpfte?

Dann räusperte Noah sich und machte einen Schritt auf mich zu. »Entschuldigung, Lia. Das war dumm, ich hätte fragen sollen.«

Ich schluckte und schüttelte den Kopf. Es war nicht Noahs Schuld, dass ich so überempfindlich war, wenn es um die Kamera ging. Er hatte mir nur aufmerksam zugehört, obwohl wir uns zu dem Zeitpunkt erst wenige Minuten gekannt hatten.

Unter anderen Umständen hätte mir das wirklich viel bedeutet. Ich bemühte mich zu einem Lächeln.

»Nein, mir tut es leid. Ich hab überreagiert. Du hast recht. Ich hab tatsächlich kaum Videos von mir. Ich bin nur etwas eigen, wenn es um meine Kamera geht.«

Noah zog sich den Gurt der Kamera über den Kopf und verstaute sie wieder in meiner Handtasche. Dann legte er sich die Hand aufs Herz. »Ich verspreche hiermit hoch und heilig, sie nie wieder ohne deine Erlaubnis anzufassen und sie erst nach strikter Einweisung wieder zu bedienen.«

»Spinner«, sagte ich, musste aber schmunzeln. »Dir sei verziehen.«

»Wie fühlst du dich?«, fragte er.

Für einen kurzen Moment dachte ich, seine Frage bezöge sich auf die Kamera, doch dann sah ich seinen Blick in Richtung meiner Boxhandschuhe.

»Nicht besonders stark, wenn ich ehrlich bin.«

»Das ist deine erste Stunde, was hast du erwartet? Alles, was man danach fühlen sollte, ist ein heftiger Muskelkater.«

Damit konnte ich morgen sicher dienen. Ich deutete auf den Sandsack. »Eine Runde noch?«

Noah nickte. »Und damit schlägst du dich schon besser als die meisten anderen hier. Du gibst nicht gleich auf, wenn's ungemütlich wird.« Wenn ich mich nicht täuschte, blitzte in seinen Augen so etwas wie Stolz auf. Aber das konnte auch Wunschdenken sein.

Noah trat hinter den Boxsack und hielt ihn von hinten fest. Wir standen uns direkt gegenüber, die einzige Barriere zwischen uns bildete der von der Decke baumelnde rote Sack.

»Noch mal. Ich halte ihn fest, das macht es für dich ein wenig leichter. Versuch, nicht zu schnell zu schlagen, sondern probier erst einmal, mehrere Male auf die gleiche Stelle zu zielen.

Mit sauberer Technik. Das heißt, auch an die Deckung denken. Auch wenn der hier nicht zurückschlagen kann. Die Schnelligkeit kommt nach und nach.« Noahs Kopf ragte rechts hinter dem Boxsack hervor, er sah mir direkt in die Augen. Dass sich mein Herzschlag beschleunigte, lag jetzt definitiv nicht nur am Sport. »Und dann gib alles, was du hast. Wenn es hilft, stell dir jemanden oder etwas vor, das dich zuletzt so richtig wütend gemacht hat. Und dann lass es einfach raus.«

Noah hatte gut reden. Ich schlug mit der rechten Faust auf den Sandsack und spürte den Widerstand auf meinen Knöcheln, gepolstert vom Handschuh. Dafür musste ich nicht erst meine Fantasie bemühen. Ich hatte genug Dinge, die mich wütend machten. Oder besser gesagt gemacht hatten.

Jetzt die linke Hand.

Leider war die Wut einer Mischung aus Enttäuschung und Verunsicherung gewichen.

Noch ein Schlag.

Ich war viel mehr verletzt als wütend. Ich brauchte mir weder Alexander noch Mona noch sonst jemanden vorzustellen, als ich auf den Boxsack einschlug. Denn die Wut, die ich anderen gegenüber fühlen sollte, richtete sich nur noch auf mich.

Ein weiterer Schlag, diesmal fester.

Dabei sollte ich wütend sein dürfen.

Ich schlug noch fester zu.

Weil mir so viel genommen wurde und ich so machtlos gegenüber alldem gewesen war.

Rechts, links. Ich spürte den Widerstand härter an meinen Fingern, hörte jedoch nicht auf zu schlagen, im Gegenteil.

Es war kein Gesicht, das ich mir vorstellte, während ich immer kräftiger auf das Rot vor mir einschlug. Ich musste mir überhaupt nichts vorstellen, denn all das war real, war in mir, jeden einzelnen Tag, jede Minute. Bestimmte jede Handlung, jeden Gedanken. Ich schlug und schlug und schlug und merkte, wie das Blut in meinen Ohren zu rauschen begann, mein Mund trocken wurde und die Schrift auf den Handschuhen vor meinen Augen verschwamm. Dass es Tränen waren, die meine Sicht verschleierten, begriff ich erst, als sich das Salz den Weg in meinen schwer atmenden Mund und auf meine Zunge bahnte. Ich nahm meinen Namen in weiter Entfernung wahr, irgendwo hinter dem Rauschen in meinem Kopf. Doch ich hörte nicht auf, wurde nur noch wütender. Auf mich und meine Schwäche. Wann hatten Tränen einen jemals weitergebracht? Ich schlug weiter zu, obwohl meine Hände verkrampften und schmerzten, doch irgendwie fühlte es sich gut an – und dann wurde mein Schlag gestoppt und ich merkte, wie sich zwei kräftige Arme von hinten um mich legten. Ich stieß meine Beine in den Boden und wand mich, wollte mich befreien, bis ich bemerkte, dass es Noahs Arme waren, die mich festhielten.

Er zog mich fester an sich, zwang mich, stillzustehen. Mein Herz raste und meine Muskeln verkrampften sich, sodass ich vor Anstrengung zitterte. Mir war warm und kalt zugleich. Mein Atem rasselte in meiner Brust und ich wollte mir die Nässe von den Wangen wischen, doch Noah gab meine Arme nicht frei. Sie hingen nutzlos an meinem Körper herunter, die Finger unbeweglich in diesen stickigen Handschuhen.

»Es ist okay«, ertönten Noahs sanfte Worte an meinem Ohr. Seine Stimme vibrierte in seiner Brust und an meinem Rücken. »Es ist alles okay.«

Ich schluckte und schüttelte den Kopf, wobei Noahs Kinn meinen Scheitel berührte. Nichts war okay. Ich riss mich zusammen, um nicht vor Noah die Nase hochzuziehen. Es war schon lange nicht mehr okay, auch wenn ich mir das einzureden versucht hatte. Wie hatte ich mich so selbst vergessen können? Nicht nur hier am Boxsack, sondern auch all die Wochen davor?

# 15. KAPITEL

## *Noah*

Ich atmete Lias Duft ein. Ihr kupferrotes Haar roch nach Beeren und Wärme. Genau vier Atemzüge brauchte es, bis sie sich langsam in meinen Armen entspannte. Zitternd atmete sie aus. Es war ungewohnt, ihr so nahe zu sein, wo wir uns gerade erst kennengelernt hatten. Unter anderen Umständen wäre es sogar schön gewesen. Aber nicht so. Nicht unter Tränen und erst recht nicht mit so viel Schmerz in ihren Augen. Ich wusste, wie es war, sich in seiner Wut zu verlieren. Und jetzt, wo ich den Ausdruck in Lias Gesicht gesehen hatte, ahnte ich endlich, wie es Daniel und Elias gegangen sein musste, wenn sie mich so gesehen hatten.

Zwei weitere Atemzüge, dann löste ich meine Arme langsam von Lia und trat einen Schritt zurück. Ihre Schultern sackten zusammen und am liebsten hätte ich sie direkt wieder in die Arme geschlossen, ihr Halt gegeben und sie spüren lassen, dass sie nicht allein war.

Aber wenn sie auch nur ansatzweise so tickte wie ich, würde sie sich sammeln wollen. Unschlüssig, was ich tun sollte, blieb ich einfach hinter ihr stehen und wartete. Lia schniefte einmal und wischte sich mit den Unterarmen über die Augen. Ihre Schultern hoben und senkten sich unter ihren tiefen Atemzügen. Dann drehte sie sich um und schenkte mir ein kleines Lächeln.

»Hilfst du mir?«

Sie hob die Hände mitsamt den klobigen Handschuhen hoch.

»Klar.«

Ich löste die Verschlüsse und zog ihr die Boxhandschuhe sanft von den Händen. Lia zischte leise, als sie über ihre Finger glitten. Nicht, dass ich überrascht war. Die Handschuhe waren gut gepolstert und dämpften das meiste ab, aber Lia war fürs erste Mal Boxen nicht gerade sorgsam mit ihrer Kraft oder ihren Händen umgegangen. Die Handschuhe unter den rechten Arm geklemmt trat ich näher an sie heran, um ihre Hände zu betrachten. Sie wackelte mit den Fingern und befühlte vorsichtig die Knöchel ihrer rechten Hand.

»Alles okay?«

»Ja«, sagte sie kaum hörbar. »Ja, alles gut«, wiederholte sie etwas lauter und sah mir in die Augen. Von Tränen, Schmerz oder Wut war darin nichts mehr zu erkennen. Ich wusste nicht wie, aber Lia hatte sich wieder vollkommen im Griff. Sie war nicht nur mutig und spontan, sondern hatte offensichtlich auch noch eine enorme Selbstbeherrschung.

»Ich hol dir trotzdem etwas Eis, okay? Nur, um einer Schwellung vorzubeugen.«

Lia nickte, und ich gab ihr ihre Wasserflasche, bevor ich in die kleine Mitarbeiterküche am anderen Ende der Halle ging. Elias hatte vor Jahren hier gearbeitet – mit mir am Rockzipfel –, daher zuckte Marc nicht einmal mit der Wimper, als ich die Tür mit der Aufschrift »Zutritt verboten« öffnete. Ich nahm ein Kühlpad aus der Gefriertruhe und suchte in den Schubladen nach einem sauberen Geschirrtuch, das ich um das Pad wickelte.

Als ich mit beidem zurückkehrte, saß Lia im Schneidersitz an der Hallenwand und spielte mit dem Deckel ihrer Flasche.

»Danke«, sagte sie, als ich ihr das Pad in die Hand drückte. »Und … Entschuldigung.« Sie sah mir in die Augen. Ihre Haut war vom Sport noch leicht gerötet, was das Grün ihrer Augen noch intensiver wirken ließ.

Ich runzelte die Stirn. »Entschuldigung wofür?«

»Dass du das sehen musstest.« Sie wandte ihren Blick ab, als wäre sie nicht sicher, ob sie die nächsten Worte aussprechen sollte oder nicht. »Normalerweise habe ich mich besser unter Kontrolle.«

Ich ging vor Lia in die Hocke, sodass sich unsere Knie fast berührten und zwang sie so, mir ins Gesicht zu sehen.

»Es gibt nichts, rein gar nichts, wofür du dich entschuldigen müsstest. Okay?«

Eine Weile erwiderte sie meinen Blick nur. Dann schluckte sie und nickte. »Okay.« Ihre Stimme war kaum mehr als ein Flüstern, doch ihre Augen hielten meine fest.

Auch wenn es absolut die falsche Situation dafür war, spürte ich, wie sich mein Herzschlag beschleunigte und mein Bauch unter der Intensität ihres Blicks warm wurde. Ich wurde nicht schlau aus dieser Frau. Sie war wie ein Mosaik, bei dem man zuerst bloß das Gesamtbild sah. Bei näherem Hinschauen offenbarten sich dann die einzelnen kleinen Puzzleteile, die eigentlich nicht recht zusammenpassten und dennoch ein Ganzes ergaben. So verletzlich ihre Stimme gerade geklungen hatte, so stark war sie eigentlich. So locker sie sich in unseren Gesprächen gab, trug sie offensichtlich doch Ballast mit sich, über den sie nicht redete. Sie wirkte unsicher im einen Moment, erkundete im nächsten eine ihr völlig fremde Stadt auf eigene Faust. Sie war offen und herzlich und fuhr in der nächsten Sekunde ihre Mauern hoch. Und sie faszinierte mich – trotz all dieser Widersprüche oder gerade deswegen. Es war albern, mir das nicht einzugestehen. Es war falsches Timing, es war unklug und vor allem war es überhaupt nicht das, weshalb ich zurück in Berlin war, – aber ich realisierte in diesem Moment, dass mir das egal war.

Ein Räuspern erklang neben uns.

»Alles okay bei dir?«, erschallte Marcs raue Stimme. Er war es gewohnt, gegen den Lärm im Studio ansprechen zu müssen und konnte gar nicht anders, als zu laut zu reden.

Lia sah zu ihm auf. »Ja. Hab mich wohl nur etwas verausgabt. Danke, dass ich herkommen durfte.«

Marc verschränkte die Arme vor der Brust. »Jederzeit. Du hast offensichtlich Kampfgeist.« Er blickte auf das Kühlpad, das Lia gegen die Knöchel ihrer rechten Hand gepresst hielt. »Aber erhol dich erst mal. Damit ist nicht zu spaßen, du musst deine Grenzen kennen.«

Lia nickte, sagte jedoch nichts. Das hätte mich auch gewundert, denn ich hatte noch nie gehört, dass irgendjemand Marc widersprochen hätte. Dafür strahlte er zu viel Autorität aus. Oder er machte den Leuten Angst, das war bei dem Durchmesser seiner Oberarme durchaus auch möglich.

Ich stand auf und schlug mit Marc ein. »Danke, Mann.«

»Nicht dafür. Und lass dich ruhig mal wieder blicken.« Er schlug mir mit der anderen Hand auf die Schulter und zog mich in eine halbe Umarmung. »Und bring Elias mit. Ich hab ihn ewig nicht hier gesehen.«

»Ja, er hat grad viel zu tun.« *Mit seinen Tomaten.*

Marc schlug mir noch einmal mit seiner breiten Hand auf die Schulter, dann ließ er mich los. Er wechselte noch ein paar Worte mit Lia, bevor er ein paar Typen begrüßte, die gerade das Studio betraten.

»Er ist echt nett«, sagte Lia.

»Ja«, stimmte ich zu. »Marc ist der Inbegriff des Spruchs ›Harte Schale, weicher Kern‹.«

Lia stemmte sich ebenfalls hoch. »Hat er das ernst gemeint, dass ich jederzeit kommen kann?«

»Willst du das denn?«, fragte ich überrascht.

Sie biss sich auf die Unterlippe und schien einen Moment nachzudenken, bevor sie antwortete. »Ja, ich glaube schon. Ich würde es zumindest noch einmal probieren. Abgesehen hiervon«, sie wedelte mit dem Kühlakku, »hat es sich wirklich gut angefühlt. Ich hab viel zu lange keinen Sport mehr gemacht.«

»Er hat es auf jeden Fall ernst gemeint. Und wenn du magst, komme ich gern wieder mit. Natürlich nur, falls du möchtest. Marc scheint dich zu mögen, du brauchst mich definitiv nicht als Eintrittskarte.«

Lias Mundwinkel zuckten, als würden meine Worte sie amüsieren. »Schon lustig. Als Daniel in der Bar vorgeschlagen hat, dass ich mitkomme, wollte ich erst Nein sagen.« Sie boxte mir leicht gegen den Bizeps. »Ich dachte, Boxen wäre nur was für irgendwelche hohlen Muskelprotze.«

»Meine geistreichen Kommentare und mein Charme haben dich aber eines Besseren belehrt?«

Lia lachte. »Das und deine Bescheidenheit.«

»Besser das als klischeehaftes Denken, was?«

Ihr Lächeln wich nicht aus ihrem Gesicht. »Touché«, murmelte sie.

Während ich mir eben noch Sorgen um Lia gemacht hatte, stellte das Funkeln in ihren Augen nun seltsame Dinge mit mir an. Nur so konnte ich mir die Worte erklären, die nun meinen Mund verließen, bevor ich sie aufhalten konnte.

»Wie stehst du mittlerweile zu Überraschungen?«

»Wieso? Was hast du vor?«

»Okay, offensichtlich nicht so gut, denn du hast das Prinzip von Überraschungen immer noch nicht verstanden.«

Lia lachte leise. »Doch, ich bin mir nur nicht sicher, ob meine Muskeln noch eine deiner Aktivitäten mitmachen.«

»Sie hat nichts mit Sport zu tun, versprochen.«

»Bekomme ich wieder Tipps?«

»Lass mich überlegen. Du kannst wieder flache Schuhe anziehen, musst aber nicht. Diesmal nehmen wir nicht das Auto, sondern die U-Bahn. Frühstücken würde ich trotzdem empfehlen, da das Ganze mittags stattfindet. Oh, und die Kamera würde ich an deiner Stelle auch mitnehmen.«

Ich achtete auf die Regungen in Lias Mimik, aber konnte daraus nichts ablesen. Wie beiläufig spielte sie mit einer Haarsträhne, die sich aus ihrem Zopf befreit hatte. Mir war nicht entgangen, wie zögerlich sie bei unserer Wanderung gefilmt hatte. Ich hatte keine Ahnung, woran es lag, ich war kein Künstler. Gab es so etwas wie Filmblockaden? So oder so hatte ich gestern, nach dem Eisessen mit den anderen, etwas gefunden, das Lia mit Sicherheit gefallen würde. Wenn sie überhaupt Lust hatte, schon wieder Zeit mit mir zu verbringen.

Ich merkte erst, wie angespannt ich auf ihre Antwort gewartet hatte, als sie nickte und sich meine Muskeln wieder lockerten.

»Wann denn? Heute?«

»Ne, keine Sorge. Ich geb dir etwas Schonfrist«, sagte ich mit einem Grinsen, auch wenn es mich gar nicht gestört hätte, noch mehr Zeit mit Lia zu verbringen. Aber ich durfte trotz allem nicht aus den Augen verlieren, warum ich hier war: um Elias zu helfen. Und dafür, so hatte ich beschlossen, würde ich ein weiteres Mal mit meinen Eltern reden und ihnen wohl oder übel meinen Besuch bei Christopher beichten müssen. »Morgen um elf? Soll ich dich am Hostel abholen?«

»Alles klar.« Lia klaubte ihre leere Wasserflasche vom Boden auf.

»Wie ist das Hostel eigentlich? Hast du mit den anderen in deinem Zimmer schon was unternehmen können?«

Lia schüttelte den Kopf. »Ne, ich hatte in den fünf Tagen jetzt schon dreimal neue Leute im Zimmer. Dafür hab ich endlich das Bett unten ergattern können.«

»Oh, Hochbetten?«, fragte ich. »Das weckt doch Gefühle an die Jugendherbergen früher.«

»Yay«, sagte Lia mit deutlichem Sarkasmus in der Stimme.

»Das Angebot mit der Pension von Daniels Oma steht. Es würde dich auch mit Sicherheit weniger kosten. Frau García ist quasi Familie. Ich habe dort in meiner Kindheit genauso viel Zeit verbracht wie daheim. Wir könnten zusammen hin, ich bin mir sicher, sie würde sich freuen, dir ein Zimmer anzubieten.«

»Ich weiß nicht«, sagte sie zögerlich. Dieses Mal schien sie ernsthaft über das Angebot nachzudenken.

»Was hält dich ab?«

»Ich kann nicht einfach eine fremde Frau ausnutzen.«

»Du nutzt sie ja nicht aus. Du nimmst Hilfe an. Außerdem hat sie so auch mehr davon, als wenn ein Zimmer leer steht.«

Lia wirkte immer noch nicht so ganz überzeugt.

»Das Frühstück ist großartig«, sagte ich. »Und du würdest so sogar mir helfen, weil wir morgen vor unserem Ausflug noch etwas essen könnten.«

Zwischen Lias Augenbrauen bildete sich erneut diese niedliche Falte.

»Gehen dir die Argumente aus?«, fragte sie. »Du kannst auch woanders was essen.«

»Morgen um neun vor deinem Hostel – mit Gepäck«, sagte ich, um der Diskussion ein Ende zu setzen.

»Um neun? Eben war es noch um elf.«

»Ja, aber dann haben wir um einen Umzug und ein Frühstück erweitert«, sagte ich schulterzuckend. Ich griff nach meiner Tasche und warf mir mein Handtuch über die Schultern. Dann holte ich das zweite aus meiner Sporttasche und warf es Lia zu, die es mit einer Hand fing.

»Cool. Dann bis nach der Dusche«, sagte ich und ging voraus.

»Du bist unmöglich«, murmelte sie in meinem Rücken. Ich drehte mich noch einmal um, sodass mir Lias herausgestreckte Zunge nicht entging, dann verschwand ich lachend in der Männerumkleide.

# 16. KAPITEL

## *Noah*

Ich sprang die schmalen Stufen zur Haustür meiner Eltern hoch. Ihr Wagen stand in der Einfahrt. Es war zwar Samstag, aber das hatte bei meinen Eltern nichts zu bedeuten. Sie waren oft genug auch am Wochenende in der Firma. Ich steckte den Schlüssel ins Schloss und trat ein. Richtig wohl war mir nicht bei dem Gedanken an das bevorstehende Gespräch, aber wenn ich es nicht weiter versuchte, hätte ich auch genauso gut in Argentinien bleiben können. Ich musste ihnen von meinem Besuch bei Christopher erzählen, sie würden es von Herrn Rothe sowieso früher oder später erfahren. Und ich musste ihnen erzählen, dass die Sache für mich trotz aller Beteuerungen hinten und vorne nicht zusammenpasste. Ich wollte das Geld und die Zeit nicht umsonst geopfert haben. Und mein Praktikumszeugnis des zweiten Betriebs, das ich in die Tonne hauen könnte. Mein Chef hatte für das Argument »familiäre Schwierigkeiten« nur bedingt Verständnis aufgebracht. Für meinen abrupten Aufbruch noch etwas weniger.

Meine Schuhe warf ich achtlos zur Seite – nur um danach wieder umzudrehen und sie zu den anderen fein säuberlich ins Schuhregal zu stellen. Ich wollte nicht schon wieder eine unnötige Diskussion über Ordnung entfachen. Es wurde Zeit, dass ich mich um ein Wohnheimzimmer kümmerte oder, noch besser, wieder bei Daniel einzog. Auch wenn die Chancen dafür schlecht aussahen. Mein Zimmer in unserer WG war für das gesamte nächste Semester untervermietet. Selbst ein Wohnheimzimmer wäre allerdings besser, als noch länger in meinem alten Kinderzimmer zu wohnen. Wenn die Uni wieder losging, wollte ich definitiv hier raus sein. Und obwohl meine Eltern mir sicher auch ohne Probleme eine eigene Wohnung besorgen konnten, hasste ich es, von ihrem Geld zu leben. Ich beschloss, noch einmal mit Daniel zu reden und sonst noch diese Woche ein paar Wohnheime anzuschreiben, bevor alle Plätze weg waren.

Als ich die Küche betrat, sprang Balloon mir freudig aus dem Wohnzimmer entgegen und ich ging in die Hocke, um ihn hinter den Ohren zu kraulen. Als ich mich wieder aufrichtete, fiel mein Blick auf den Stapel Post auf der Kücheninsel. Obenauf lag eine Karte mit Bildern aus Paris. Ich nahm die Karte, drehte sie um und sah wie zu erwarten Kyras fein säuberliche Handschrift. Ich fotografierte die Postkarte und schickte das Foto an Kyra.

*Kommunizierst du nur noch analog? Ich seh genau, dass du meine Nachrichten liest.*

Ich hielt inne. Dann schickte ich eine weitere Nachricht hinterher.

*Gib wenigstens kurz Bescheid, dass es dir gut geht. Vermisse dich, du Nervensäge.*

Kyra hatte gerade erst ihr Abi gemacht. Vielleicht reagierte ich über und hatte gar kein Recht, sauer auf sie zu sein. Zumindest nicht dafür, dass sie in Paris war. Aber dass sie mir nichts von dem Vorfall erzählt hatte, nahm ich ihr übel. Dennoch vermisste ich sie und ihren Optimismus gerade mehr als alles andere.

Vielleicht hatte sie das Ganze genauso mitgenommen wie mich und während ich in das Chaos hineingelaufen war, war sie davor geflohen. Ich starrte die beiden Nachrichten an, aber sie wurden nicht als gelesen markiert und Kyra war auch nicht online. Erneut checkte ich ihr Instagram-Profil. Meine Sorge um sie war komplett unbegründet. Vor gerade einmal zwei Stunden hatte sie ein Foto aus einer Pâtisserie in ihrer Story geteilt. Ungläubig schüttelte ich den Kopf. Wie konnte sie sich in Frankreich amüsieren, während ich sogar meine eigene Auslandsreise abgebrochen hatte? Wie konnte sie mich mit all dem Mist hier alleine lassen? Frustriert schickte ich ihr zwei alleinstehende Fragezeichen als Reaktion auf die Story. Es konnte doch nicht ihr Ernst sein, dass sie mich ignorierte und sich so konsequent aus allem raushielt.

Ich blickte auf, als ich das Knarzen der Treppe hörte. Kurz darauf betrat meine Mutter die Küche.

»Hey, Großer«, begrüßte sie mich, und Balloon rannte aufgeregt auf sie zu, als wäre sie von einer Weltreise zurückgekehrt.

»Du warst heute Morgen so früh aus dem Haus«, sagte sie und füllte Balloons Napf mit Trockenfutter.

»Ja, war beim Training«, erwiderte ich.

»Oh, schön.« Sie gab einen tadelnden Laut von sich, als Balloon sich wie ausgehungert auf das Futter stürzte.

»Ist Papa auch da?«

Meine Mutter nickte. »Ja, draußen. Wir waren im Gartencenter. Irgendwie hat er sich in den Kopf gesetzt, den Garten auf Vordermann zu bringen.« Sie zuckte mit den Schultern. »Und wir haben Grillholz geholt. Wir dachten, wir könnten heute Abend vielleicht etwas grillen, was meinst du? Wir wollten sowieso noch mit dir reden.«

Verunsichert blickte ich auf. Hatten sie mitbekommen, dass ich bei Christopher gewesen war? Die Unruhe legte sich, als meine Mutter einfach weiterplauderte.

»Frag Daniel doch auch, ob er kommen mag. Ich hab ihn schon ewig nicht mehr gesehen. Er kann gern seinen Freund mitbringen.«

»Die beiden sind nicht mehr zusammen«, sagte ich bloß.

Offensichtlich wussten sie nichts von meinem Besuch bei den Rothes, sonst hätte meine Mutter mir wohl direkt eine Standpauke gehalten. Vor allem aber hätte sie Daniel nicht eingeladen. Vermutlich ging es nur darum, wann ich wieder auf der Arbeit anfangen konnte.

»Oh, das tut mir leid. Aber dann tut ihm die Ablenkung vielleicht gut.«

»Hmhm«, machte ich abwesend und überlegte, ob ich bis heute Abend warten sollte, um das Thema anzuschneiden. Einerseits wollte ich Daniel ungern in die Geschichte mit reinziehen, andererseits würde seine Anwesenheit dafür sorgen, dass das Ganze nicht eskalierte. Und wenn doch, hätte ich direkt einen Fluchtplan und einen Schlafplatz.

»Ich frag ihn mal«, sagte ich.

»Mach das.« Meine Mutter lächelte. »Jonathan hat sowieso wieder viel zu viel Holz gekauft.«

Ich schnappte mir mein Handy von der Kücheninsel. »Ich ruf ihn an und bin mal 'ne Runde mit Balloon«, sagte ich. Dieser horchte direkt auf und sprang aufgeregt in den Flur, als er die Aufbruchsstimmung bemerkte.

»Okay«, antwortete meine Mutter. »Aber denk dran, ihm die Pfoten abzuwischen, falls ihr wieder im Wald herumlauft. Und zieh die Schuhe nachher draußen aus, ich hab heute Morgen geputzt!«

»Jaha«, rief ich zur Antwort, leinte Balloon an und trat

hinaus in die Sonne. Es wurde definitiv Zeit, dass ich wieder eine eigene Wohnung fand.

Meine Mutter nahm mit der Grillzange das Gemüse und die Würstchen vom Rost und stapelte alles auf Tellern, die sie zu uns an den Tisch trug.

»Die hier sind vegetarisch«, sagte sie mit Blick zu Daniel, der neben mir im Gras kniete und versuchte, Balloon sein Kuscheltier abzunehmen.

»Oh, danke, Linda«, sagte er. »Das hättest du nicht extra holen müssen.«

Meine Mutter winkte ab. »Ist doch selbstverständlich. Wie ist es eigentlich gerade in der WG? Verstehst du dich mit dem neuen Mitbewohner?«

Daniel gab den Kampf mit Balloon auf. Er zuckte mit den Schultern. »Ist okay. Ich hatte noch nicht so viel Gelegenheit, ihn kennenzulernen. Aber er räumt die Spülmaschine definitiv öfter aus als dein Sohn.«

»Haha«, sagte ich trocken, während meine Mutter leise lachte.

Mein Vater kam in den Garten und stellte zwei Karaffen mit Wasser in der Mitte des Tischs ab. Dann setzte er sich auf den Stuhl mir gegenüber. Daniel nahm neben mir Platz. Ich war froh, dass er hier war. Auch wenn normalerweise Elias auf diesem Stuhl sitzen würde. Ich musste einfach darauf hoffen, dass ich heute zu meinen Eltern durchdringen würde und mein Bruder in Zukunft wieder dabei wäre.

»Bin ich froh, dass Samstag ist«, sagte mein Vater und schaufelte Nudelsalat auf seinen Teller. Balloon witterte seine Chance und setzte sich hechelnd neben ihn. »Vergiss es«, murmelte mein Vater in seine Richtung.

»Harte Woche auf der Arbeit?«, fragte Daniel.

Papa nickte. »Elias fehlt«, antwortete er trocken.

Überrascht blickte ich auf. Meine Eltern hatten das Thema Elias in den letzten Tagen penibel vermieden. »Gleichzeitig hat Herr Steinbeck Mitte der Woche angerufen und gefragt, was genau es mit Elias' Abwesenheit auf sich hat.«

»Was hast du gesagt?«, fragte ich.

Mein Vater zuckte mit den Schultern. »Nicht viel, aber ich habe auch nicht gelogen. Hab ihm aber versichert, dass es die Zusammenarbeit nicht beeinträchtigen wird. Fürs Erste konnte ich ihn beruhigen, glaube ich.« Er rieb sich mit zwei Fingern über die Nase, sodass er seine Brille beinahe verlor. »So gut die Zusammenarbeit mit Stefan auch laufen mag, die meisten wollen es sich mit ihm natürlich nicht verscherzen. Und wenn sie zwischen Seger und Rothe wählen müssen ...« Er hob die Schultern. »Unsere Produkte kriegen sie so oder so ähnlich auch anderswo. Rothes Stimme im Beirat wiegt schwerer.«

»Vielleicht wäre ein öffentliches Statement mit ihm gemeinsam ein gutes Zeichen«, sagte meine Mutter. »Ich kann mit ihm reden und wir können sicher eine Pressemitteilung rausschicken. Zeigen, dass die Kooperation stärker ist als Gerüchte oder brenzlige Situationen.«

Elias war also eine brenzlige Situation? Ich nahm mein Wasserglas und schluckte meinen Missmut hinunter. Ich musste ruhig bleiben, Wut und Streit brachten mich meinem Ziel nicht näher. Ich beschloss, mit einer positiven Botschaft zu starten, bevor ich Forderungen stellte.

»Ich hab nachgedacht. Ich hab gerade ja eh noch mein Praxissemester bei der HTW gemeldet. Ich bin mir sicher, ich kann die Arbeitsstelle umtragen lassen und es stattdessen bei euch machen. Dann könnte ich nächste Woche schon wieder bei euch einsteigen. Und direkt vierzig Stunden die Woche arbeiten statt wie sonst nur zwanzig.«

Meine Mutter sah mich skeptisch an. »Du sollst studieren. Du hast letztes Semester schon zu viel gearbeitet.«

»Ihr braucht mich offensichtlich. Und wo ist der Unterschied, ob ich das Praxissemester jetzt hier oder im Ausland mache?«

»Der Unterschied«, sagte meine Mutter, »liegt darin, dass du im Ausland noch ganz andere Erfahrungen sammeln würdest. Rausgekommen wärst. So wie ich dich kenne, stürzt du dich hier wieder Hals über Kopf in die Arbeit und bist danach gar nicht mehr dazu zu bewegen, wieder an die Uni zu gehen.« Sie sah mich mit erhobenen Augenbrauen an und ich sparte mir eine Erwiderung, weil ich wusste, dass sie richtiglag.

Mein Vater legte den Kopf schief. »Deine Mutter hat recht. Aber das heißt nicht, dass du nicht wieder einsteigen kannst. Eigentlich wollte ich sogar genau darüber mit dir reden.«

Gespannt sah ich ihn an.

»Ich habe überlegt, dich auf eines der neuen Forschungsprojekte anzusetzen. Wenn du Lust hast, diesen Sommer doch schon wieder zu starten – aber die Frage hat sich ja schon geklärt.« Er lächelte und wandte sich meiner Mutter zu. »Dann hätten wir auch einen Anlass für die Pressemitteilung.«

Ich horchte auf. Ich hatte seit zwei Jahren förmlich gebettelt, in die Forschung involviert zu werden, da es genau das war, worin ich mich später sah und worauf ich mich auch im Studium konzentrieren wollte. Doch all meinen Versuchen zum Trotz hatte mein Vater mich bisher immer dem Vertrieb zugeteilt, wo die Werkstudenten üblicherweise beschäftigt waren.

»Wirklich?«, fragte ich überrascht.

Mein Vater nickte. »Ja, das wolltest du doch. Du würdest mit Stefan zusammenarbeiten, und wir geben der Fachpresse ein paar Infos zum Projekt und Fotos von euch, das sollte auch die

Kunden wieder beruhigen.« Er sah mich an. »Aber ganz davon abgesehen, traue ich dir die Arbeit auch zu. Das ist kein bloßer Marketing-Gag.«

Ich nickte. Es war nett von ihm, das zu sagen. Aber ganz ehrlich? Ich hätte mich auch auf die Arbeit gestürzt, wenn es bloße PR gewesen wäre. Ich trank einen weiteren Schluck Wasser, um mein Grinsen im Zaum zu halten.

*Endlich.* Wie lange ich darauf gewartet hatte. Klar, es würde anstrengend neben der Uni werden – aber es würde mich so viel weiterbringen als bloße Theorie.

»Also …?«, fragte mein Vater. Als ob mir die Antwort nicht vom Gesicht abzulesen war.

»Ja, na klar«, sagte ich und versuchte gar nicht, meinen Enthusiasmus zu verbergen. »Hast du mit was anderem gerechnet?«

Mein Vater stieß ein tiefes Lachen aus. »Nicht wirklich, nein.«

»Dann wäre es mir aber wirklich lieber, wenn du wieder mit Daniel zusammenwohnst. Dann weiß ich wenigstens, dass jemand ein Auge darauf hat, dass du dich nicht überarbeitest«, sagte meine Mutter und kniff ihre Augen zusammen, als wäre sie noch nicht ganz überzeugt von der Sache.

»Ach«, sagte Daniel zwischen zwei Bissen. »Der macht das schon. Und wenn's hart auf hart kommt, ekel ich den neuen Mitbewohner halt einfach raus.«

Ich verdrehte die Augen. »Ich schaff das. Außerdem ist es perfekt. Dann krieg ich die praktische Erfahrung auch ohne die Praktika im Ausland. Vielleicht kann ich mir ja sogar was anrechnen lassen.«

»Ich mache einen Termin mit Stefan«, sagte meine Mutter. »Ihr könnt klären, welches Projekt am sinnvollsten ist. Ich würde gerne so früh wie möglich damit rausgehen.«

Mein Vater nickte, und die beiden verloren sich im Gespräch über die Arbeit. Ich hingegen war noch zu perplex, um mich daran aktiv zu beteiligen, ich konnte mein Glück kaum fassen. Endlich würde ich meinen Schreibtisch räumen und einen Stock höher ins Labor ziehen können. Ich schob mir ein Stück Kräuterbaguette in den Mund, als mein Handy, das neben dem Teller lag, vibrierte. In der Hoffnung, dass Kyra endlich geantwortet hatte, entsperrte ich es. Die eingegangene Nachricht war allerdings von Daniel.

*Schätze, die Sache mit Christopher verschieben wir? Käme jetzt eher semi-gut.*

Ich schluckte das Baguette hinunter und legte das Handy wieder ab. Das Essen lag mir plötzlich schwer im Magen. Etwas wurde mir in diesem Moment klar. Es hätte mir von der ersten Sekunde an klar sein sollen.

*Natürlich hast du den Platz nur deshalb …*

Mein Vater hatte mir versichert, dass es kein PR-Stunt war. Das glaubte ich ihm sogar. Aber ich wäre dumm zu glauben, dass ich die Stelle auch bekommen hätte, wenn Elias noch im Betrieb wäre.

*Wäre das nicht ein Grund mehr, den Besuch bei Christopher anzusprechen?*

Ich kaute auf der Innenseite meiner Lippe herum und konnte das schlechte Gewissen nicht leugnen. Entweder ich zog meinen Plan durch, erzählte meinen Eltern die Wahrheit und überredete sie, mit Elias zu sprechen – und verlor meinen neuen Job so schnell, wie ich ihn bekommen hatte. Oder aber ich sagte erst einmal nichts, wartete ab und behielt meinen Job, auf den ich so lange hingearbeitet hatte.

*Elias' Job. Nicht deinen.*

Aber hatte Elias nicht sogar selbst gesagt, ich sollte den Ball flach halten? Wäre jemandem geholfen, wenn ich jetzt etwas sagte? Meine Eltern wären enttäuscht, Elias vermutlich wütend, dass ich nicht auf ihn gehört hatte, und ich wäre im besten Fall die neue Stelle los und im schlimmsten gleich jeglichen Posten in der Firma.

»Ich leg noch mal neues Fleisch auf«, murmelte ich und ging zum Grill, in der Hoffnung, kurz mit meinen Gedanken allein sein zu können. Ich redete mir ein, dass es der einzig logische Schluss war, nichts zu sagen. Die Sache – zumindest vor meinen Eltern – ruhen zu lassen, so wie Elias mich gebeten hatte. Aber warum wurde ich dann das ungute Gefühl nicht los, meinen Bruder gerade zu hintergehen?

# 17. KAPITEL

## *Lia*

Mein Handywecker klingelte um Punkt sieben Uhr, und ich brachte ihn zum Verstummen. Nicht, dass ich ihn gebraucht hätte, ich lag seit etwa zwei Stunden wach. Nie erinnerte ich mich an Details der Albträume, die mich weckten. Meist wachte ich einfach mit klopfendem Herzen auf sowie einer inneren Unruhe, gegen die ich einfach nicht ankam. Auch hier nicht. Immerhin war ich gestern Abend direkt eingeschlafen, was selten der Fall war. Nach dem Boxen und der Wanderung mit Noah am Tag zuvor war selbst mein überladener Kopf zu müde für anstrengendes Gedankenchaos gewesen.

Nun hatte ich noch zwei Stunden, bis Noah hier wäre, was mir mehr als genug Zeit zum Duschen und Packen ließ. Zumal ich in diesem Zimmer gar nicht erst die Möglichkeit gehabt hatte, richtig auszupacken. Ich richtete mich vorsichtig auf, um mir den Kopf nicht am oberen Bett zu stoßen. Den Fehler hatte ich gestern gemacht und schmerzlich bereut. Abgesehen von meinem waren nur noch zwei Betten belegt, wobei eine der anderen Frauen auch schon wach war und etwas auf ihrem Handy tippte. Als unsere Blicke sich trafen, winkte sie lächelnd und flüsterte mir mit britischem Akzent ein »Guten Morgen« entgegen.

»Morning«, flüsterte ich zurück. Dann schwang ich mich mit einem Ruck aus dem Bett. »Scheiße«, fluchte ich leise, was mir einen amüsierten Blick der Britin einbrachte. Jeder Muskel in meinen Beinen protestierte. Wer hätte denn auch ahnen können, dass Boxen so viel Beinarbeit beinhaltete? Ich drückte mit den Fingerspitzen auf meinen Oberschenkeln herum, um die verkrampften Muskeln etwas zu lockern, aber vergebens. Da würde ich wohl durchmüssen. Ich hoffte inständig, dass Noah die Wahrheit gesagt hatte und wir heute nicht viel laufen würden.

Mit steifen Beinen und eher abgehackten als eleganten Bewegungen sammelte ich meine Utensilien für den Gang zur Dusche zusammen. Es war bereits mein sechster Tag in Berlin und so langsam hatte ich eine Art neue Routine entwickelt. Nichtsdestotrotz war ich froh über Noahs Angebot, in die Pension zu wechseln. Hätte er nicht so gedrängt, hätte ich es vermutlich niemals angenommen, aber nach einem erneuten Blick auf meinen Kontostand war ich nun mehr als dankbar. Auch wenn ich natürlich noch nicht genau wusste, wie viel mich die Pension kosten würde. Lieber überwand ich meinen Stolz und nahm die Hilfe an, als vorzeitig abreisen zu müssen.

*Sechs Tage erst.*

Noch nicht einmal eine ganze Woche war ich hier, und doch fühlte es sich bereits viel länger an. Drei Wochen lang hatte ich meine WG nur verlassen, um beim Bäcker eine Straße weiter zu halten. Hier erlebte ich in drei Tagen mehr als dort in drei Wochen. Und ich hatte bereits Freunde gefunden. Vermutlich durfte man nach so kurzer Zeit noch nicht von »Freunden« sprechen, wahrscheinlich waren die anderen nur nett zu mir, weil ich hier alleine gestrandet war. Aber ich fühlte mich so gut wie schon lange nicht mehr. Und obwohl ich so wenig wie möglich von mir preisgab, hatte ich das Gefühl, dass sie mich akzeptierten, wie ich war. Wie konnte man sich bei eigentlich fremden Menschen in so kurzer Zeit so wohlfühlen?

Ich baute meinen üblichen kleinen Turm aus Waschbeutel, Handtuch, Seife, Haarbürste – und hielt nachdenklich inne, als ich meine Kleidung aus dem Koffer ziehen wollte. Ganz oben lag die Papiertüte aus dem Secondhandshop mit dem weißen Kleid.

*Soll ich?*

Meine Finger schwebten einen Moment lang über der Tüte, berührten beinahe das braune Recyclingpapier – dann griff ich danach, um einen langen Rock und eine Bluse herauszuziehen. Es fühlte sich wie eine kleine Niederlage an, aber ich schob die Gedanken beiseite. Ich würde sie heute nicht zulassen, heute würde ich mich gut fühlen. Denn auch wenn ich Überraschungen wirklich nicht mochte, konnte ich die Vorfreude nicht leugnen. Ich hatte nach wie vor keine Ahnung, was er vorhatte. Trotzdem jagte der Gedanke an den Ausflug ein Kribbeln durch meinen Körper. Ich freute mich darauf, die Stadt zu sehen. Oder das Umland, falls er wieder eine Wanderung geplant hatte. Und wenn ich ehrlich zu mir war, musste ich mir eingestehen, dass ich mich auch darauf freute, Noah wiederzusehen.

Ohne dass ich etwas dafür tat, formte mein Mund ein Lächeln. Denn dieses Gefühl hatte ich viel zu lange nicht mehr gespürt.

»Noah!«

Die ältere Frau hinter der Rezeption stieß einen Schrei aus und schlug sich die Hände lachend vor das Gesicht. Dann kam sie hinter der Theke hervor und umarmte Noah, der sie um mindestens zwei Köpfe überragte.

»Daniel hat mir schon verraten, dass du wieder hier bist. Ich wollte es erst gar nicht glauben.« Sie hielt ihn kurz auf Abstand, um ihm ins Gesicht zu sehen, bevor sie ihn wieder fest in ihre Arme schloss. »Es ist so gut, dich zu sehen.« Sie legte eine Hand an seine Wange. »Bist du hier fürs Frühstück? Habt ihr Hunger?« Ihr Blick fiel nun auch auf mich und sie lächelte mich herzlich an.

Noah grinste. »Freut mich auch, Sie zu sehen, Frau García. Das hier ist Lia«, sagte er und deutete auf mich.

»Hi«, sagte ich und erwiderte Frau Garcías Lächeln, woraufhin sich die Fältchen um ihre Augen weiter vertieften. Sie war mir auf Anhieb sympathisch.

»Frühstück wäre tatsächlich super«, sagte Noah. »Aber ich wollte auch fragen, ob Sie zufällig noch ein Zimmer frei haben.«

Frau García nickte. »Daniel hat schon gesagt, dass dein Raum belegt ist. Ist es bei Mama und Papa zu weit zu fahren oder geht ihr euch auf die Nerven?«

Noah lachte. »Ja zu beidem, um ehrlich zu sein. Aber es geht gar nicht um mich. Lia ist zu Besuch und wohnt aktuell in einem Hostel.«

Frau García machte eine wegwerfende Bewegung mit der Hand und schnalzte passend dazu mit der Zunge. »Nichts da Hostel.« Sie sah mich kopfschüttelnd an, als hätte ich sie persönlich damit beleidigt, die letzten Nächte dort verbracht zu haben. »Du bleibst natürlich hier. Bin gerade am Freitag eine ganze Schulklasse losgeworden. Platz ist genug«, sagte sie mit Nachdruck. Ihr Blick fiel auf meinen Koffer und dann auf Noah. Sie ging hinter die Theke, kam mit einem Schlüssel in der Hand zurück und streckte ihn Noah entgegen.

»Mach dich nützlich und bring ihre Sachen schon mal auf die 103. Und dann kommt ihr direkt nach hinten in den Saal. Es ist Sonntag, Büfett gibt's noch bis mittags.«

»Ich kann das selbst tragen«, widersprach ich, als Noah nach meinem Koffer griff.

»Wenn du das machst, dann hab ich Hausverbot oder so.«

»Das hab ich gehört, Noah. Stimmt.« Sie blickte zu mir. »Gibst du mir deinen Personalausweis, Liebes? Dann buche ich den Raum für dich.« Sie trat zurück an den Tresen und tippte auf der Tastatur des PCs. »Und du glaub ja nicht, dass du mir so leicht davonkommst!«, rief sie Noah hinterher, der gerade am Aufzug stand. »Ich will alles über deine Reise hören. Daniel erzählt mir ja nichts.«

»Beim nächsten Mal bringe ich Zeit und Kuchen mit, versprochen.«

Noah stieg in den Aufzug und Frau García musterte mich mit einem leichten Kopfschütteln. »Das war eine Drohung. Der Junge kann viel, aber backen definitiv nicht.«

Dann schob sie sich die Brille, die an einer Kette um ihren Hals hing, auf die Nase und übertrug die Daten von meinem Ausweis in ihren PC. Mein Herz stolperte und mein Hals fühlte sich warm an, als sie das Dokument studierte.

»Gefällt es dir in Berlin?«

Ich räusperte mich. »Ja«, sagte ich. »Es ist auf jeden Fall mehr los als daheim.«

Sie lächelte, dann zog sie sich die Brille wieder von der Nase und gab mir meinen Perso zurück, den ich sofort wieder im Portemonnaie verstaute.

»Das freut mich. Und Noah tut es auch gut, endlich mal was zu unternehmen, anstatt nur auf der Arbeit zu sitzen.«

»Soll ich das Zimmer im Voraus bezahlen?«, fragte ich, als Frau García schon wieder hinter dem Tresen hervortrat, ohne eine Kreditkarte sehen zu wollen. Erneut schüttelte sie leicht den Kopf. »Jetzt erst mal Frühstück. Komm.«

Kurz darauf schob ich mir eine Portion des wohl besten Omelettes meines Lebens in den Mund und gab ein genüssliches Seufzen von mir.

»Wer hätte gedacht, dass man dich mit Essen so glücklich machen kann«, sagte Noah mit einem Grinsen. Er stellte einen kleinen geflochtenen Korb in die Tischmitte. Darin lagen Baguettehälften und einige Scheiben knusprigen Toasts. Dann setzte er sich auf den Stuhl mir gegenüber. Vor mir stand nun alles von Saft und Kaffee über Müsli, Brötchen, bis hin zu Obst und allen möglichen Aufstrichen. Ich war im Paradies.

»Wen kann man mit Essen denn bitte nicht glücklich machen? Du hast auf jeden Fall nicht gelogen, das Frühstück hier ist echt großartig.«

Noah nickte. »Daniel und ich haben früher manchmal heimlich vor der Schule Essen aus der Küche geklaut. Leider gibt's während der Woche kein Büfett, da wäre es unauffälliger gewesen.«

»Sie mag dich sehr«, sagte ich. »Frau García, meine ich.« Ich beobachtete die Frau dabei, wie sie den kleinen Speisesaal wieder in Ordnung brachte. Ihre Griffe wirkten routiniert und sie trug bei allem, was sie tat, ein Lächeln im Gesicht.

»Daniel und ich waren ständig entweder hier oder bei mir zu Hause. Wirklich ständig. Es war ein bisschen, als hätten wir abwechselnd beieinander gewohnt.«

»Außerdem ist es auch gar nicht so schwer, dich zu mögen«, sagte ich, ohne nachzudenken.

Noah stutzte und zog die dunklen Augenbrauen in die Höhe. Einen Moment lang sah er mich verblüfft an, dann legte er sein Messer ab und schenkte mir ein schiefes Grinsen. »Ist das so?«

Ich zuckte mit den Schultern und biss mir von innen auf die Lippe. Hätte ich doch nur nichts gesagt.

Noahs Mundwinkel zuckten erneut, er hakte aber zum Glück nicht weiter nach.

»Nimmst du deine Kamera eigentlich mit?«, fragte er stattdessen und biss von seinem Baguette ab.

Ich hob meine Handtasche, die neben mir auf der Bank lag, in die Höhe. »Ist da drin.«

Noah nickte zufrieden. Ich lächelte und spießte gedankenverloren ein Tomatenstück mit der Gabel auf. Dass ich in den vergangenen Tagen nur dann gefilmt hatte, wenn er mich daran erinnert hatte, konnte er nicht wissen. Dass mein Kopf nach wie vor leer war, ich keine Ideen hatte und auch gar nicht zur Kamera greifen wollte, ebenso wenig.

Noah verdrückte sein Frühstück in rekordverdächtigem Tempo und sprang, als auch ich fertig war, auf, um zu bezahlen. Laut eigener Aussage, weil er pünktlich sein wollte – wo auch immer, denn das verriet er mir nach wie vor nicht.

»Nein, du zahlst natürlich nichts!«, sagte Frau García entrüstet. Dann fiel ihr Blick auf mich. »Und du auch nicht. So weit kommt es noch, dass Familie bei mir fürs Essen bezahlt.« Sie sah Noah tadelnd an.

»Aber …«, begann ich, doch Frau García hob die Hand und brachte mich damit zum Schweigen.

»Und jetzt raus mit euch beiden. Ihr haltet mich vom Arbeiten ab. Außerdem habt ihr bei eurem Date doch sicher Besseres vor, als einer alten Frau zu widersprechen.«

Nach einer wegscheuchenden Handbewegung wandte sie sich dem Geschirr auf unserem Tisch zu, ohne uns eines weiteren Blickes zu würdigen.

Hatte sie gerade Date gesagt? Ich merkte, wie meine Wangen warm wurden. War das hier wirklich ein Date?

Verstohlen sah ich Noah von der Seite an. Wenn ich seinen Gesichtsausdruck richtig deutete, war auch ihm die Bemerkung nicht entgangen und – vielleicht täuschte ich mich – er sah nervös aus. Ich nahm meinen Mut zusammen und stellte mich mit verschränkten Armen vor Noah.

»Ein Date also, hm?« Mit erhobenen Augenbrauen sah ich zu ihm auf und registrierte mit Genugtuung, wie er sich verunsichert durchs Haar fuhr.

»Warte erst mal ab, ob es dir gefällt, dann kannst du entscheiden, ob es eines Dates würdig war.«

Ich verkniff mir ein Lachen. »So läuft das bei Dates eigentlich nicht, Noah. Man entscheidet nicht im Nachhinein.«

»Auf jeden Fall sollten wir jetzt wirklich los, sonst kommen wir zu spät.« Er zwinkerte mir zu, nahm meine Hand und führte mich zum Ausgang. Seine Berührung an meinen Fingern brachte mich so aus dem Konzept, dass ich völlig vergaß, was ich hatte sagen wollen. Seine Hand fühlte sich warm und vertraut an und ich konzentrierte mich mit all meinem Sein darauf, meine Finger nicht fester um seine zu schließen. Es war eine beiläufige Geste, um mich zum Mitkommen zu bewegen. Nicht mehr und nicht weniger. Ich durfte nichts in die Berührung hineininterpretieren.

*Und was, wenn es doch mehr ist? Was ist mit dem Moment beim Wandern?*

Vor meinem inneren Auge sah ich wieder den Ausdruck in Noahs Gesicht, sah, wie seine Pupillen zu meinen Lippen geglitten waren. In meinem Bauch machte sich ein ähnlich warmes Gefühl breit wie vor drei Tagen.

Okay, das reichte jetzt eindeutig. Das musste aufhören. Ich war nur auf Zeit hier. Das durfte ich nicht aus den Augen verlieren.

Als Noah meine Hand losließ, dachte ich, ich hätte die letzten Worte laut ausgesprochen, aber er hatte den Griff nur gelöst, um mir die Tür aufzuhalten. Mit einem kurzen Lächeln trat ich hinaus in die Sonne und versuchte, nicht daran zu denken, wie leer sich meine Hand ohne seine anfühlte und wie sehr sich ein Teil von mir doch wünschte, er würde sie wieder ergreifen. Was er natürlich nicht tun würde. Es war eine beiläufige Geste gewesen. Mehr nicht.

Leider behielt ich damit recht, denn Noah hielt in ebendieser Hand gerade sein Handy. Sein Lächeln war aus seinem Gesicht verschwunden.

»Alles okay?«, fragte ich.

»Ja, tut mir leid«, erwiderte er und ließ das Handy in die hintere Tasche seiner Jeans gleiten. »Ich erreiche nur meine Schwester nicht, seit ich wieder hier bin.« Er rollte mit den Augen. »Sie ist in Paris und hat gerade die Schule beendet, also wahrscheinlich ist sie entweder verkatert oder noch am Feiern.«

»Was dir in dem Alter natürlich im Traum nicht eingefallen wäre«, zog ich ihn auf. »Sie meldet sich sicher noch.«

Noah nickte. »Ja, bestimmt. Aber egal, los jetzt.« Er ging einen Schritt schneller.

»Dir ist es wirklich wichtig, pünktlich zu sein, was?«, fragte ich und bemühte mich, mit seinem Tempo mitzuhalten.

Noah grinste mich an. »Wenn du siehst, wo wir hingehen, weißt du, wieso.«

# 18. KAPITEL

## *Lia*

»Da sind wir«, sagte Noah, als wir ausstiegen und die Türen der gelben U-Bahn sich hinter uns schlossen. Der Luftzug der weiterfahrenden Bahn ließ meine Haare um meinen Kopf und den langen Rock um meine Beine wehen – leider war selbst diese Brise warm und sorgte für keinerlei Abkühlung. Das ovale weiße Schild an der gegenüberliegenden Wand wies die Haltestelle als Uhlandstraße aus. Allerdings half mir das kein Stück weiter, ich wusste immer noch nicht, wo wir uns befanden oder wo Noah uns hinbrachte.

Von oben drang Violinenmusik zum Bahnsteig hinunter. Zahlreiche Menschen kamen und gingen, aber es war nicht unangenehm voll. Ich atmete tief ein und schloss die Augen.

»Hast du gerade ernsthaft die miefige Luft hier unten geschnuppert?«

Als ich die Augen wieder öffnete, starrte ich in Noahs verstörtes Gesicht.

»Ja. Irgendwie ist der Geruch hier für mich Berlin. Das dachte ich vorhin beim Einsteigen schon.«

»Für mich riecht es einfach nach abgestandener Luft, aber jeder hat wohl andere Vorlieben.« Noah betrachtete mich kopfschüttelnd, sein Mund verzog sich zu einem leichten Schmunzeln.

»Und wo gehen wir jetzt hin?«

Noah deutete in Richtung der Treppen. »Erst mal hier raus, es sei denn, du brauchst noch ein paar tiefe Atemzüge?«

»Haha«, erwiderte ich und marschierte in Richtung Treppe.

Noah schloss zu mir auf und sah mich nachdenklich an. »Ich hätte eine Augenbinde oder so mitnehmen sollen.«

»Um mich damit durch Berlin zu führen?«, fragte ich. »Nein, danke. Ich wäre mit Sicherheit irgendwo gegengelaufen.«

Er griff sich an die Brust. »Autsch. Du vertraust mir immer noch nicht.«

Ich rollte mit den Augen und nahm die letzten Stufen nach draußen. Prompt schlug mir die Sommerhitze wieder entgegen und mit ihr der muffige, aufgewärmte Geruch von Abgasen. Ich liebte den Sommer, aber hier in der Stadt fühlte es sich so viel wärmer an als in Hallingen. Die Hitze stieg vom asphaltierten Boden auf und schien sich inmitten der Menschenmassen und belebten Straßen zu stauen. Unruhig wippte ich in meinen Sandalen auf und ab. »Und jetzt?«

»Zum Glück bist du nicht ungeduldig«, erwiderte er wieder grinsend.

»Stimmt, du hast wahnsinniges Glück.«

»Komm mit.« Er lachte leise.

Ich folgte Noah über eine Ampel, die gerade auf Grün gesprungen war. Wir gingen einige Minuten an der Hauptstraße entlang, bevor wir in eine Seitenstraße abbogen. Kurz darauf ging es erneut nach links. Hätte ich den Weg allein zurückfinden müssen, wäre ich verloren gewesen.

Überall sah ich etwas Interessantes, was mich meine Schritte verlangsamen ließ: kleine Läden, Cafés, einen Straßenmusikanten, dessen Stimme ich mir auch in einer vollen Konzerthalle angehört hätte. Was mich jedoch stehen bleiben ließ, war etwas ganz anderes. Zwischen einer Dönerbude und einem Laden für Zeitschriften und Comics entdeckte ich ein Graffiti auf einem völlig heruntergekommenen Garagentor. Ein kleines Mädchen bewarf einen mit Helm und Visier geschützten Polizisten mit einem Haufen Gänseblümchen. Wo die Blumen das Visier trafen, spritzten bunte Farben in die Luft und auf das graue Tor. Die Waffe des Polizisten war nach unten gerichtet und baumelte lose an einem Finger, als wäre sie im Begriff, auf den Boden zu fallen. Die Szene beinhaltete so viel Bewegung, obwohl es nur ein einzelnes Bild war – ganz im Gegensatz zu den Aufnahmen, die ich immer machte. Mein Blick wanderte über das Bild. Ich wollte auch wieder so etwas schaffen. Kunst, die irgendwie bewegte und Leute innehalten ließ.

Ohne den Blick zu lösen, spürte ich Noah, der schon weitergelaufen war, wieder neben mir.

»Entschuldigung, dass ich so lang brauche«, sagte ich.

»Nein, mir tut's leid. Das ist dein Tag heute.« Er besah sich das Graffiti eine Weile, dann lächelte er mich an. »Außerdem würde mir all das sonst vermutlich nie auffallen.«

Ich erwiderte sein warmes Lächeln und setzte mich wieder in Bewegung. Es war Noah wichtig, pünktlich zu sein. Er hatte sich so viel Mühe gegeben und diesen Tag mit ihm konnte ich nicht einfach wiederholen.

Als er mich nach ein paar Schritten noch nicht eingeholt hatte, drehte ich mich zu ihm um.

»Kommst du endlich? Wir kommen noch zu spät!«

Noahs Antwort war ein Kopfschütteln, doch er konnte sein Grinsen nicht verbergen.

»Ihr Ticket, bitte.« Die Frau am Schalter lächelte freundlich, und Noah reichte ihr zwei längliche weiße Tickets. Sie hielt uns eine Broschüre entgegen. »Falls Sie etwas an der Garderobe ablegen möchten, folgen Sie einfach dem Gang dort rechts. Ansonsten können Sie direkt ins Foyer gehen. Die Getränke sind inklusive und in etwa zehn Minuten geht es los. Fotos und Aufnahmen sind erlaubt, außer in den Räumen, in denen es noch einmal extra gekennzeichnet ist. Ich wünsche Ihnen viel Spaß!«

»Danke«, sagten Noah und ich gleichzeitig.

Wir befanden uns in einer Galerie, die wir über einen Hinterhof erreicht hatten und die von außen unscheinbar aussah. Doch der Eindruck hatte sich schlagartig geändert, als Noah mich durch den Eingang geführt hatte. Hier drin trafen unterschiedliche Stile und Kunstrichtungen aufeinander. Marmorstatuen standen neben bunten Installationen an den Wänden, und an der hohen Decke hing ein fantasievolles Skelett über unseren Köpfen, das mit Spiegeln versetzt war, die das hereinfallende Sonnenlicht reflektierten. Helle Punkte und Streifen tanzten auf der Wand und beleuchteten die anderen Kunstwerke. Ich kannte mich zu wenig mit Kunstgeschichte aus, um die einzelnen Stücke einer Epoche oder gar Künstlern zuordnen zu können, aber – und das war vermutlich viel wichtiger – es gefiel mir unglaublich gut. Es war lebendig und mutig.

Als ich mich Noah zuwandte, bemerkte ich, wie er mich aus dunklen Augen beobachtete. Die Wärme, die mich durchflutete, rührte nicht mehr von der Sommerhitze. Ich schluckte gegen die plötzliche Trockenheit in meiner Kehle an, aber hielt seinem Blick stand. Zu meiner Überraschung war er es, der den Blick zuerst abwandte.

»Magst du etwas trinken?« Noahs Stimme klang tiefer und rauer als sonst.

»Klar«, antwortete ich und wir gingen ins nebenanliegende Foyer, das ebenso beeindruckend gestaltet war. Hier hatten sich bereits einige andere Besucher versammelt. Manche trugen schicke Kleider und Anzüge, andere waren, wie Noah und ich auch, leger gekleidet.

»Sekt?«, fragte Noah, als wir an der Bar angekommen waren.

»Nein, Orangensaft oder so reicht.«

Ich wartete an einem Stehtisch, bis Noah mit zwei Gläsern und kleinen Flaschen mit Saft zurückkam. Er schenkte uns ein und prostete mir mit einem schiefen Lächeln zu.

»Auf unser Vielleicht-Date.«

Ich musste lachen. »Auf das Vielleicht-Date.« Während ich trank, betrachtete ich die Wand hinter Noah. Es gab drei verschlossene Tore in unterschiedlichen Grüntönen, vor denen große Leinwände hingen.

»Was genau ist das hier?«, fragte ich.

Noah drehte sich um, sodass er die Wand ebenfalls betrachten konnte, wobei er unweigerlich ein Stück näher zu mir rutschen musste. Sein Arm lag neben meinem auf dem Stehtisch. Wir berührten uns nicht, aber ich konnte die Wärme, die von seinem Körper ausging, praktisch spüren. Meine Finger kribbelten und ich schloss die Hand kurz zur Faust, um das Gefühl loszuwerden und mich wieder konzentrieren zu können.

»Das«, antwortete Noah, »ist deine Überraschung.«

Genau in dem Moment wurden die Vorhänge hinter uns zugezogen und das Licht ging aus. Ein Raunen ging durch die Menge, als alles in Dunkelheit gehüllt wurde. Dann knackte es hinter uns, ein Beamer sprang an und projizierte ein Bild auf die mittlere Leinwand.

»Wow, das war Timing«, flüsterte ich.

»Tz. Das war natürlich geplant«, antwortete Noah, und im Halbdunkel konnte ich das Weiß seiner Zähne aufblitzen sehen, als er grinste. Ich stieß ihm mit dem Ellbogen in die Seite und beobachtete das Geschehen vor uns.

Auf der Leinwand tanzte eine alte Frau in einem verlassenen Studio. Die Farben hatten einen leichten Sepia-Ton, und das Bild hakte an einigen Stellen, passend zur untermalenden Musik, was die Szenerie noch atmosphärischer machte. Die

Bewegungen der Frau waren anmutig und grazil und ließen sie viel jünger wirken, als sie offensichtlich war. Sie sah wunderschön aus, während sie sich drehte und dabei eine ausladende Bewegung mit dem Arm machte, woraufhin ein weiterer Beamer den Film auf die linke Leinwand ausweitete. Auf ihr war dasselbe Studio zu sehen – doch nun mit einer Gruppe Mädchen. Sie standen an der Stange und vollführten auf die Anweisungen der Lehrerin hin eine Übung nach der anderen. Das letzte Mädchen in der Reihe war dabei immer einen Schritt zu langsam, machte einige der Bewegungen unsauber und wurde zunehmend unsicherer. Ab und an drehte eines der vorderen Mädchen sich um und kicherte, als es das hintere Mädchen bei den missglückten Versuchen beobachtete.

Als eine weitere Figur, die die Lehrerin vorführte, nicht gelingen wollte, stoppte es in der Bewegung, zog sich die Schuhe von den Füßen, warf sie in die Ecke und lief weinend aus dem Saal. Die anderen Mädchen und die Lehrerin probten unbeirrt weiter.

Mein Blick wurde von der traurigen Szene losgerissen, als ich bemerkte, wie die alte Frau in der Mitte nicht länger tanzte, sondern sich in einer letzten Drehung auf eine Ledercouch vor einen Fernseher setzte. Sie griff nach Wolle und Stricknadeln und begann, kleine Strümpfe zu stricken, während das Mädchen auf der linken Leinwand einem normalen Schulalltag nachging, nach Hause lief und die Tanzschuhe in einem Karton weit hinten in seinem Kleiderschrank verstaute. Dann schloss sie die Schranktüren.

Der gleiche Kleiderschrank war plötzlich auf der dritten Leinwand ganz rechts zu sehen, als ein weiterer Beamer ansprang. Seine Türen öffneten sich in dem Moment, in dem sie auf der ersten Leinwand zufielen. Und während das kleine Mädchen auf der linken Leinwand schlafen ging, öffnete das gleiche Kind auf der rechten die Kiste mit den Schuhen, stülpte sie über die Füße und übte, eine Hand um den Bettpfosten geschlungen, eine Figur nach der anderen. Durch das Fenster im Zimmer war der Mond zu sehen, der langsam über den Himmel wanderte, und erst als der Morgen bereits graute, ging das Mädchen zu Bett. Der nächste Tag verlief für beide Mädchen gleich und die Frau in der Mitte ging einem gewöhnlichen Alltag nach: Sie sah fern, backte, telefonierte. Sie sah nicht unglücklich dabei aus, aber von der Anmut und dem Zauber des Tanzes war nichts zu sehen.

Dann plötzlich unterschieden sich der erste und dritte Film wieder voneinander. Während das Mädchen auf der linken Leinwand nach Hause ging, begab sich das andere Mädchen ins Tanzstudio. In schwarzer Leggings und schwarzem Top saß es auf dem Boden und zog sich die Schuhe an. Die alte Dame war wieder in ihrem Wohnzimmer und saß vor dem Fernseher. Dann begann das Mädchen zu tanzen, ein entschlossener Ausdruck lag in seinen Augen. Die alte Frau erhob sich langsam und schritt zu dem Fenster auf der rechten Seite ihres Wohnzimmers und sah nach draußen, als würde sie dem tanzenden Kind zusehen.

Das Mädchen drehte und drehte sich, vollführte Sprünge und Figuren – und obwohl sie längst nicht perfekt waren, zogen sie doch alle Blicke auf sich. Ich konnte niemanden im Publikum entdecken, der die linke Leinwand betrachtete. Ein kurzer Blick zeigte mir, dass das Mädchen dort nach wie vor über seinen Schulbüchern gebeugt saß, doch dann sah ich wieder zu dem anderen, um nichts zu verpassen. Sie wiederholte die Übungen, mit denen sie nicht zufrieden war, und mit jeder Sekunde schwoll die Musik weiter an. Erst als ich bemerkte, wie sich auf dem mittleren Bildschirm etwas tat, löste ich meinen Blick von ihr.

Die alte Frau wandte sich vom Fenster ab, nahm die Fernbedienung, die auf dem Couchtisch lag, und schaltete den Fernseher links im Bild aus – wodurch im gleichen Moment die linke Leinwand erlosch und das Mädchen, das bis eben noch über den Aufgaben gebeugt saß, nicht länger zu sehen war. Die mittlere und rechte Leinwand schoben sich langsam aufeinander zu, bis sie ein Bild ergaben, und das Mädchen und die Frau kamen sich so nahe, bis sie sich beinahe an den Händen berührten. Das Sofa und der Fernseher verblassten. Das Studio verblasste. Die Musik verblasste. Und setzte neu ein, als beide im Einklang zu tanzen begannen. Während die Bewegungen des Mädchens nach und nach detaillierter und ausdrucksstärker wurden, gewannen die der alten Frau wieder an Anmut und Kraft. Beide schienen durch den Tanz eine Energie zu gewinnen, die sie zuvor nicht hatten, und waren in ihren Bewegungen perfekt aufeinander abgestimmt. Sie waren so unterschiedlich und ergaben doch ein wunderschönes Bild zusammen. Weil sie glücklich waren.

Sie endeten in einer synchronen, anmutigen Geste, verbeugten sich, und die drei Leinwände wurden nach oben eingefahren. Gedämpftes Licht erfüllte das Foyer, von dem ich völlig vergessen hatte, es überhaupt betreten zu haben. Die drei grünen Tore, die bis eben von den Leinwänden verdeckt waren, öffneten sich und gaben den Blick auf die Ausstellung frei. Doch keiner der Anwesenden rührte sich. Keiner setzte sich in Bewegung, um die Ausstellung zu betreten. Dafür erfüllten Beifall und Jubel den Saal. Vereinzelt ertönten begeisterte Pfiffe. Ich klatschte so fest, dass meine Hände schmerzten, und wurde erst aus meiner Trance gerissen, als ich einen Finger auf meiner Wange spürte.

»Lia«, sagte Noah mit sanfter Stimme.

Ich blickte zu ihm auf und hielt inne, als ich seinen besorgten Blick sah. »Ja?«, fragte ich perplex, in Gedanken noch völlig in der Welt auf dem Bildschirm.

»Du weinst ja«, sagte er, und ich griff an die Stelle, die Noah eben berührt hatte. Meine Wange war feucht. Irritiert blickte ich auf meine tränennassen Finger. Ich lachte kurz auf, was mir einen verwirrten Blick von Noah einbrachte. Vermutlich zweifelte er gerade an meinem Verstand. Dabei hatte er mir soeben, ohne es zu wissen, das schönste Geschenk überhaupt gemacht. Die letzten Wochen hatte ich mich so taub gefühlt, hatte gezweifelt, überhaupt noch fühlen zu können. Klar, beim Boxen hatte ich Tränen der Wut geweint. Aber das waren keine richtigen Emotionen. Was dieser Film jedoch in mir hervorgerufen hatte … das war echt. Pur. Und wunderschön.

Ich wischte mir über die Wangen und lächelte Noah an. Als der Applaus noch einmal aufbrandete, wandte ich meinen Blick von ihm ab und sah, wie eine junge Frau mit blauen Haaren von zwei anderen Frauen sanft nach vorn geschubst wurde. Einige Besucher pfiffen durch ihre Finger und ein Mann in der vorderen Reihe warf sogar eine Rose, woraufhin die Frau lachte und einen kleinen Knicks andeutete. Sie verbeugte sich kurz und trat nur wenige Sekunden später wieder zurück in die Menge. Offensichtlich war das ihre Ausstellung oder zumindest ihr Film. Ich reckte den Kopf, um zu sehen, wo sie hinging. Ich wollte unbedingt mit ihr reden.

Das Klatschen ebbte langsam ab und ich blieb mit kribbelnden Fingern, klopfendem Herzen und einem vollen Kopf zurück. Die Besucher traten nach und nach durch die grünen Tore, bis nur noch wenige Gäste zurückblieben. Inklusive Noah und mir.

»Alles okay?«, fragte er und sah mich mit schief gelegtem Kopf an.

»Noah, das …«, ich hielt inne, um die richtigen Worte zu finden, um das, was ich gerade erlebt hatte, zu beschreiben. Aber es gab keine. »Danke«, sagte ich bloß und merkte, wie ich am liebsten schon wieder geweint hätte. Gott, wann war ich denn bitte so weich geworden? Das war ja grauenhaft.

Doch Noah lächelte, und sollte er das Glänzen in meinen Augen bemerkt haben, so sagte er nichts dazu.

»Sollen wir reingehen?«, fragte er.

Ich ließ den Blick noch einmal durch das Foyer wandern, konnte die Frau mit den blauen Haaren jedoch nirgends entdecken. Also nickte ich und folgte ihm ins Innere der Ausstellung.

Ich hatte kein Gefühl für Zeit mehr. Nur mein Magen gab irgendwann protestierende Laute von sich. Das Frühstück war wohl schon zu lange her. Aber sosehr ich Essen auch liebte, war diese Sorge gerade zweitrangig. Die Ausstellung war atemberaubend schön und nahm meine gesamte Aufmerksamkeit in Anspruch. Sie bestand vollständig aus Kurzfilmen – von 15-sekündigen Aufnahmen im Stil von Instagram-Storys bis hin zu minutenlangen Sequenzen. Ich hatte etwas Derartiges noch nie in meinem Leben gesehen, nicht einmal daran gedacht, dass auch Filme in Galerien ausgestellt werden konnten. Die Räume der Galerie waren verwinkelt, einzelne Bereiche wurden mit Paletten oder Vorhängen abgeschirmt, und mit Headsets konnte jeder dem Ton der Filme lauschen.

Ich war von einem Raum zum nächsten gewandert und hatte die erzählten Geschichten in mich aufgenommen. Bei den Stücken, die mir besonders gut gefallen hatten, hatte ich die Namen der Künstler fotografiert. Ich wollte später unbedingt schauen, ob ich mehr über sie herausfinden konnte. Davon abgesehen hatte ich meine Kamera kein einziges Mal benutzt. Zwar waren Aufnahmen, bis auf einzelne Ausnahmen bei Filmen, in denen Gewalt- und Sexszenen zu sehen waren, erlaubt, aber es kam mir nicht richtig vor, die Werke anderer zu filmen. Es war beeindruckend genug, dass sie ihre Kunst mit uns – mit mir – teilten.

Noah hatte ab und an das Handy herausgeholt, aber ich war mir nicht sicher, ob er Fotos schoss oder jemandem textete. Vermutlich sollte ich ein schlechtes Gewissen haben, dass ich mich nicht mit ihm unterhielt, aber ich hatte bislang nur Augen für die Filme und die Gestaltung der Galerie gehabt.

Unsicher drehte ich mich zu Noah um. Doch er sah weder genervt noch gelangweilt aus. Nicht einmal ungeduldig, obwohl wir Stunden hier drin im Halbdunkel verbracht hatten. Stattdessen lächelte er.

Mein Herz zog sich zusammen, als meine Augen auf seine trafen. Wieso tat er all das für mich?

»Kann ich dich zum Essen einladen?«, fragte ich, als er vor mir zum Stehen kam.

»Eigentlich war das mein Plan gewesen.«

Ich schüttelte den Kopf. »Du hast mir schon das hier geschenkt. Lass mich mich wenigstens mit Essen revanchieren.«

»Das hier war ein Geschenk, Lia. Für Geschenke muss man sich nicht revanchieren.«

»Dann schenke ich dir eben Essen«, sagte ich schulterzuckend und wandte mich Richtung Ausgang, bevor er weiterprotestieren konnte.

Kurz bevor wir das grüne Tor erreicht hatten, blieb ich so abrupt stehen, dass Noah mich von hinten anrempelte. Sofort hielt er mich an den Schultern fest, damit ich nicht stolperte.

»Alles okay?«, hörte ich seine Stimme an meinem Ohr.

»Da ist sie!«, sagte ich mit Blick auf einen blauen Haarschopf am Ausgang zum Foyer. Die Frau verabschiedete sich gerade von einer Vierergruppe und schüttelte jedem Einzelnen von ihnen die Hand.

Aufgeregt drehte ich mich zu Noah um. »Gibst du mir fünf Minuten? Ich muss mit ihr reden!«

Noah lachte leise. »Klar, wieso fragst du überhaupt?«

»Oh Gott, aber was sag ich ihr?«

Noah schubste mich leicht in die Richtung der Fremden, sodass mir keine Zeit blieb, zu grübeln. Dann zog er sich ein paar Schritte zurück. Die Frau bemerkte mich und lächelte mir zu, also nahm ich meinen Mut zusammen und ging zu ihr.

»Hi«, sagte ich.

»Hey«, grüßte sie zurück.

»Ist das deine Ausstellung?«, wollte ich wissen.

Sie wiegte den Kopf hin und her. »Jein. Der Film vom Anfang und der dahinten hinter den blauen Vorhängen«, sie deutete auf eine Ecke des Raums, »die sind von mir. Den Rest habe ich zusammengetragen. Einige aus Berlin, andere überall aus Deutschland. Eine Norwegerin war auch beteiligt«, erzählte sie und daran, wie ihre Augen leuchteten, merkte ich, wie sehr sie für das hier brannte.

»Wow, das ist …«, ich zuckte mit den Schultern, »ich würde sagen, wenn ich groß bin, will ich mal werden wie du, aber vermutlich bist du gar nicht viel älter als ich.«

Mein Gegenüber warf den Kopf in den Nacken und lachte laut auf. Ihr Lachen war unfassbar sympathisch und echt. Sie streckte mir die Hand entgegen. »Melina, fünfundzwanzig.« Ihr Mund war zu einem Grinsen verzogen.

»Lia«, sagte ich und ergriff ihre Hand, »Zwanzig.«

»Freut mich. Du interessierst dich also auch für Filme? Oder Kunst?«

Ich nickte. »Filme. Ich versuche mich schon seit Jahren daran und schreibe Skripte. Aber dein Film – das war einfach der Wahnsinn, wirklich! Wie du die drei verschiedenen Szenen genutzt hast und mit den drei Toren verbunden hast. Jede einzelne Aufnahme war perfekt und …«, ich hielt inne, weil ich es erst jetzt realisierte, »du hast etwas geschafft, was seit Wochen nichts und niemand hinbekommen hat.« Ich sah ihr in die blauen Augen. »Ich möchte endlich wieder selbst an etwas arbeiten. Danke.« Noch nie hatte ich etwas so aus ganzem Herzen gemeint wie dieses Danke.

Melina strahlte mich an, als hätte ich ihr gerade ein Geschenk gemacht und nicht andersherum. »Das ist wohl das größte Kompliment! Warte.« Sie griff in die braune Tasche, die quer über ihre Brust hing, und zog ein Blatt heraus, das sie mir reichte. »Es ist nicht mehr wahnsinnig viel Zeit, aber vielleicht hast du ja Lust mitzumachen.«

Ich klappte den Zettel auf und überflog die Zeilen. »Berlin Short Film Festival«, murmelte ich.

»Wenn du deine Motivation jetzt direkt nutzt und anfängst, schaffst du es bestimmt noch bis zum Einsendeschluss.« Sie lächelte mir zu. »Vielleicht hast du ja sogar schon ein fertiges Projekt, das geht natürlich auch. Ich werde auch mitmachen, also kennst du sogar schon jemanden. Oh, und studierst du zufällig Film?«

Bevor ich antwortete, sah ich mich nach Noah um, konnte ihn jedoch nicht finden. Vermutlich war er schon vorgegangen. Ich wandte mich wieder Melina zu und nickte.

»Dann kannst du dir die Teilnahme sogar anrechnen lassen!« Sie stutzte. »Ich hab dich noch nie auf dem Campus gesehen, dabei sind wir gar nicht so viele am Institut.«

»Ich bin nicht aus Berlin.« Bei dem Gedanken an meine Hochschule daheim machte sich ein Gefühl der Enge in meiner Brust bemerkbar.

»Oh, schade«, sagte Melina. »Na ja, aber vielleicht magst du ja trotzdem mitmachen.«

Ich nickte. »Ich überlege es mir auf jeden Fall«, sagte ich und wusste im gleichen Moment, dass es keinen Sinn hatte. Zum Zeitpunkt des Festivals würde ich längst wieder zu Hause sein. Ich schluckte das, was sich verdächtig nach Enttäuschung anfühlte, hinunter. »Ich danke dir, wirklich. Ich werde deine nächsten Filme auf jeden Fall weiterverfolgen.« Ich verabschiedete mich mit einem Lächeln von Melina.

»Hat mich gefreut, Lia!« Sie winkte zum Abschied, und als ich mich umdrehte, um Noah zu suchen, bemerkte ich, dass ein älteres Paar bereits auf seine Chance gewartet hatte, mit Melina zu sprechen. Sie zwinkerte mir noch einmal zu und deutete auf den Zettel, den ich immer noch in der Hand hielt. Dann schenkte sie dem Paar ein ebenso strahlendes Lächeln wie mir zuvor.

Ich fand Noah im Foyer mit dem Handy am Ohr. Als er mich sah, steckte er es in die Hosentasche und lächelte mir entgegen. Ich konzentrierte mich auf sein Gesicht und verscheuchte die lästigen Gedanken, die nach dem Gespräch in meinem Hinterkopf herumgeisterten. Das Papier verstaute ich im Gehen in meiner Tasche. Es würde mir als Erinnerung dienen. Ich konnte vielleicht nicht an dem Event teilnehmen, aber ich hatte meine Worte ernst gemeint: Melinas Kurzfilm hatte in mir endlich wieder die Lust geweckt, selbst aktiv zu werden. Und dafür war ich ihr so dankbar. Dafür war ich Noah dankbar. Ohne ihn wäre ich niemals hier gewesen. Ich hatte wirklich das Gefühl, dass der Film, die Ausstellung und das Gespräch mit Melina etwas in mir bewegt, einen Schalter umgelegt hatten. Zum ersten Mal seit sehr langer Zeit verspürte ich Vorfreude bei dem Gedanken daran, herauszufinden, welche Möglichkeiten ich jetzt hatte.

Ich stellte mich vor Noah und strahlte ihn an. »Essen?«

# 19. KAPITEL

## *Noah*

Meine Wangen schmerzten vor Anstrengung, nicht dauerhaft zu lächeln. Ich hatte bis zum heutigen Tag keine Ahnung gehabt, dass das möglich war.

Lia verstaute die Dessertkarte, aus der wir gerade gewählt hatten, wieder in der dafür vorgesehenen Halterung und grinste mich an. Dass sie ihre Portion Pasta überhaupt geschafft hatte, wunderte mich. Nicht weil ich ihr keinen gesunden Appetit zutraute, sondern weil sie mehr geredet als gegessen hatte. Sie hatte ununterbrochen über die Ausstellung und die einzelnen Filme gesprochen und war dabei so voller Leidenschaft, dass es ansteckend wirkte. Selbst auf mich, und ich hatte wirklich so gar keine Ahnung von Kunst.

»Wie hast du das Event eigentlich entdeckt?«, fragte Lia.

»Olivers Stiefmutter hatte mal eine Vernissage dort, auf die Daniel mich mitgeschleppt hat. Ich fand die Galerie damals schön und dachte, dass sie dir auch gefallen könnte. Den Rest hat Google erledigt und dass es sich um Kurzfilme handelte, war ein glücklicher Zufall. Oder Schicksal, wie du magst.«

Lia grinste leicht. »Ich glaube nicht an Schicksal. Das wäre auch unfair Melina gegenüber.« Sie seufzte. »Ich weiß, ich wiederhole mich, aber sie war so cool! Sie hat das alles ganz allein auf die Beine gestellt. Und ich heule rum, weil mir nichts für ein Skript einfällt.«

Ich runzelte die Stirn. »Aber das wird es.«

»Seit heute glaube ich das auch wieder.« Sie nickte und strich sich eine rote Haarsträhne hinters Ohr. »Danke dafür. Ich weiß, dass ich noch nicht so weit bin, so etwas schaffen zu können, aber irgendwie bin ich viel zuversichtlicher.« Sie schien einen Augenblick zu zögern, drehte sich dann zur Seite und zog etwas aus ihrer Tasche, das sie vor mich auf den Tisch legte.

»Ein Filmfestival?«

Sie nickte. »Mit einem Wettbewerb. Melina hat mich darauf hingewiesen.« Sie zögerte erneut, dann deutete sie auf das Datum. Mein Blick folgte ihrem Finger. Das Event wäre in einem Monat. Vier Wochen waren nicht viel Zeit, um einen Kurzfilm auf die Beine zu stellen. Dann machte es klick. Vier Wochen. Lia würde gar nicht mehr hier sein. Eine Tatsache, die die ganze Zeit in meinem Hinterkopf herumschwirrte, aber nie an die Oberfläche gedrungen war. Weil es schon fast selbstverständlich war, dass Lia hier war. Dabei war sie erst so wenige Tage da. Es fühlte sich richtig an, als gehöre sie hierher. Ich erwiderte Lias Blick und war nicht zum ersten Mal von dem intensiven Grün ihrer Augen überrascht. Sie schien meine Reaktion abzuwarten und meine Gesichtszüge genau zu beobachten.

Ich lächelte. »Das wäre doch ein guter Grund für einen erneuten Besuch.« Tief in mir drin hoffte ich, dass das nicht der einzige Grund für Lia wäre, wieder nach Berlin zu kommen. Aber diese Gedanken behielt ich für mich.

Lias Blick huschte über mein Gesicht, als suchte sie nach einer Antwort auf eine unausgesprochene Frage. »Wäre das okay?«

»Ja, natürlich wäre das okay. Die Stadt gehört schließlich nicht mir«, antwortete ich lachend. »Außerdem würde ich mich freuen.« Tief in mir drin wurde es warm, als Lia bei meinen letzten Worten lächelte.

Eine Weile sahen wir uns nur in die Augen und ich merkte, wie sich mein Herzschlag durch ihren intensiven Blick beschleunigte. Die Möglichkeit, sie wiederzusehen, versetzte mich zusätzlich in Hochstimmung und führte meine Gedanken in eine Richtung, die ich ihnen in den letzten Tagen verboten hatte. Mir war klar, dass all das hier zu schnell ging. Es war schließlich nicht normal, sich nach so kurzer Zeit derart zu einem Menschen hingezogen zu fühlen, oder? Für mich zumindest war es alles andere als normal. Daniel hatte ich erklärt, dass ich Ablenkung von der Sache mit meinem Bruder brauchte und Lia deshalb die Umgebung zeigte. Aber das war eine glatte Lüge, wie ich gerade feststellte. Ich war hier, weil ich es wollte. Weil ich gerade nirgends lieber wäre. So viel konnte ich mir eingestehen. Aber diese dämliche Hoffnung, die ich eben gespürt hatte, als Lia den Wettbewerb erwähnt hatte, musste ich ganz tief in meinem Inneren verschließen.

»Euer Tiramisu«, unterbrach der Kellner meinen Gedankengang und stellte einen rechteckigen Teller in unsere Mitte. »Lasst es euch schmecken!«

Auf dem Teller lagen zwei Löffel. Wir hatten nur eine Nachspeise bestellt, weil wir beide bereits pappsatt waren, aber Lia darauf bestanden hatte, zumindest ein Dessert auszuprobieren. Sie hielt mir einen kleinen Löffel hin und unsere Fingerspitzen berührten sich, als ich ihn nahm. Einen Moment zu lang verharrten wir in der Bewegung, Fingerspitze an Fingerspitze, dann nahm ich den Löffel an mich und auch Lia griff nach ihrem und tauchte ihn in die Schichten des Tiramisus. Ich tat es ihr gleich und bemühte mich, meine Gedanken und meinen Herzschlag wieder zu normalisieren.

*Reiß dich zusammen, Noah!*

Das war leichter gesagt als getan. Was zur Hölle war bloß los mit mir? So kannte ich mich gar nicht. Ich hatte bisher zwei Beziehungen gehabt. Klar war da Bauchkribbeln gewesen, aber nie ein solches Interesse gleich zu Beginn. Und vor allem hatte ich nie das Bedürfnis gespürt, eine Person – abgesehen von Daniel und meinen Geschwistern – jeden Tag zu sehen. So sehr sogar, dass ich dafür die Arbeit hintanstellte.

Wir aßen das Tiramisu, und Lia sei Dank herrschte kein unangenehmes Schweigen, denn nach wie vor konnte sie vor Begeisterung über die Ausstellung kaum still sitzen – geschweige denn still sein. Nicht dass es mich störte. Ich liebte das Feuer in ihren Augen, wenn sie von den Dingen sprach, die sie begeisterten.

»Ich hätte nicht gedacht, dass ich das mal sage, aber ich glaube, es passt nichts mehr rein«, sagte Lia und lehnte sich in ihrem Stuhl zurück, die Hände auf den Bauch gepresst. »Nicht einmal mehr Eis. Nichts. Ich bin voll.« Sie ließ den Kopf nach hinten fallen, sichtlich erschöpft, als wäre sie gerade einen Marathon gelaufen.

»Also war es doch gut, dass wir nicht jeweils ein Dessert genommen haben?«

Sie hob den Kopf weit genug an, um mir einen spöttischen Blick zuzuwerfen. »Was magst du hören? Dass du recht hattest?«

Ich verschränkte die Arme vor der Brust und zuckte mit den Schultern.

Sie schnaubte. »Vergiss es! Ich muss dein Ego nicht noch künstlich aufblasen.«

Lia trank den letzten Schluck Wasser aus ihrem Glas und sah mich abwartend an. »Und jetzt?«

»Und jetzt?«, wiederholte ich ihre Frage wenig eloquent.

»Es ist erst drei Uhr«, sagte Lia.

»Und du hast noch nicht genug?«, fragte ich. »Glaub mir, das ist viel besser für mein Ego, als recht zu haben.«

Lia schüttelte den Kopf, sodass ihr kupferne Strähnen ins Gesicht fielen, die ihr Grinsen aber nicht verstecken konnte.

»Ich hab eine Idee«, sagte ich.

Lia schnappte sich ihre Tasche, holte ihr Portemonnaie hervor und sprang von ihrem Stuhl auf. »Na dann, worauf warten wir?«

»Das ist … wow!« Lia ließ sich auf eine der Bänke fallen und wandte ihren Kopf langsam von links nach rechts, um die Szenerie aufzunehmen. Ich setzte mich neben sie und folgte ihrem Blick. Ja, wow beschrieb es ganz gut. Ich war ewig nicht mehr hier gewesen und konnte nicht einmal sagen, wieso. Berlin bot so viel und trotzdem bewegte ich mich in meinem Alltag viel zu selten aus meiner gewohnten Umgebung hinaus.

Trotz der Hitze liefen Jogger an uns vorbei. Das Geräusch ihrer Schritte auf dem staubigen Boden mischte sich mit dem von spielenden Kindern und dem Wasserplätschern des kleinen Brunnens einige Meter weiter. Nicht zum ersten Mal fragte ich mich, wieso sich dieser Teil des Tiergartens Rosengarten nannte, wenn die Rosen hier eindeutig in der Unterzahl waren neben dem lilafarbenen Lavendel, den man strauchweise in die Mitte gepflanzt hatte.

Ich beobachtete einen Mann, der mit seinem Sohn auf die Statue eines Hirschs kletterte und von seiner Frau fotografiert wurde. Blumen in allen Farbvariationen zierten die Beete und die hochgewachsenen Bäume spendeten dringend benötigten Schatten.

»Es ist kein Nationalpark«, sagte ich, »aber es kommt der Natur am nächsten.«

»Es ist perfekt«, sagte Lia mit einem Lächeln. Sie wirkte

so viel entspannter als in den letzten Tagen. Es war schön, auch diese Version von ihr kennenlernen zu dürfen. Ich wusste nach wie vor nicht, was hinter ihren Mauern und ihren Tränen steckte, aber umso mehr bedeutete es mir, dass sie sich bei mir etwas zurücklehnen konnte.

Eine Weile sprach keiner von uns und obwohl es keine unangenehme Stille war, wollte ich das Gespräch aufrechterhalten.

»Früher war ich häufiger mit meinen Eltern hier«, begann ich. »Die beiden lieben ihren Garten und haben sich in allen möglichen Parks und Anlagen Inspiration gesucht. Elias, Kyra und ich durften uns bei jedem Ausflug eine Pflanzenart aussuchen, und danach sind wir ins Gartencenter und haben sie gekauft.« Ich lächelte bei der Erinnerung. »Allerdings mussten wir uns alle auf eine Pflanze einigen und eigentlich endete es immer im Streit.«

»Wer hat meistens gewonnen?«, fragte Lia.

»Kyra«, antwortete ich, ohne nachzudenken.

»Weil sie die kleine Schwester ist?«

Ich lachte. »Falls du damit meinst, dass wir sie aus Mitleid haben gewinnen lassen, lautet die Antwort ganz klar: Nein. Kyra brauchte unseren Welpenschutz schon damals nicht.«

»Hat sie dir mittlerweile geantwortet?«, fragte Lia.

»Nicht auf meine Nachricht, ne. Aber das Bild aus dem Park hat sie mit einem Herzchenaugen-Emoji kommentiert«, sagte ich und hob die Schultern.

Die kleine Familie, die eben noch Fotos geschossen hatte, lief an unserer Bank vorbei. Ich überlegte, wann wir das letzte Mal etwas zu fünft unternommen hatten, abgesehen von Weihnachten oder Familienfeiern. Einfach so, nur zum Spaß. Sosehr ich mich auch zu erinnern versuchte, die meisten Tage und Ausflüge, die mir einfielen, lagen weit in der Vergangenheit.

»Noah?«

»Hm?«

»Danke. Für heute. Und generell.«

Ich winkte ab und hätte mich direkt im nächsten Moment am liebsten für die wegwerfende Geste geohrfeigt. Das Letzte, was ich wollte, war Lia zu vermitteln, dass mir dieser Tag nichts bedeutete. Denn das tat er. Ich hatte kaum ein Auge zugetan, seit mein Vater mir den neuen Job angeboten hatte, und Daniel hatte mich nur bedingt beruhigen können. Ich musste Elias davon erzählen. Ich wusste nur nicht, wie. Aber dank Lia hatte ich diese Gedanken ruhen lassen können.

»Ich danke *dir*«, sagte ich. »Dass du dich jetzt schon zweimal auf meine Überraschungen eingelassen hast, obwohl du eigentlich gar kein Fan davon bist.«

»Vielleicht hat Phuong recht und ich bin doch mutig.«

Ich nickte. »Das steht sowieso außer Frage.«

Lia blickte zu mir auf und strich sich eine Strähne hinter das rechte Ohr. Meine Augen folgten der Bewegung und mir wurde bewusst, wie nah wir uns waren. Wenn ich wollte, könnte ich die Sommersprossen auf ihrer Nase zählen. Lias Lippen waren leicht geöffnet, was meine Aufmerksamkeit unweigerlich auf ihren Mund lenkte.

»Ich glaube, das ist kein Vielleicht-Date«, murmelte Lia.

»Nein?«, fragte ich.

»Nein«, sagte sie und kam mir so nah, dass ich ihren Atem auf meinen Lippen spüren konnte. Sie roch so unfassbar gut. Süß und warm. Vielleicht war es ihr Parfum, der Duft erinnerte mich an Frühling. Ich schluckte und wandte meine Aufmerksamkeit wieder den unglaublich grünen Augen zu, die mich geradewegs ansahen. Ich sah keinen Zweifel darin, kein Zögern. Und obwohl ich mit meinem Blick um stillschweigende Erlaubnis bat, war es Lia, die den letzten Zentimeter zwischen uns überbrückte – und ihre Lippen sanft auf meine legte.

Ich schloss die Augen und unterdrückte ein Seufzen. Meine Hand fand wie von selbst den Weg an Lias Wange und zog sie noch enger an mich. Ich konnte ihr weiches Haar an meinem Daumen spüren, den Atem, den sie zitternd ausstieß, auf meiner Haut. Und als Lia ihre Lippen öffnete und ihre Zunge auf meine traf, verwandelte der Kuss sich von etwas Sanftem, Herantastendem in etwas Hungrigeres. Meine Zunge erkundete ihre, und ich glaubte – nein, ich war mir sicher, mich noch nie so gefühlt zu haben. Ich fühlte Lias Lächeln an meinem Mund. Sie rückte näher auf der Bank und legte ihre Hand auf meinen Oberschenkel. Ihr wohliges Seufzen vibrierte an meinem Mund und jagte mir eine Gänsehaut über den gesamten Rücken. Mein Herz schlug heftig in meiner Brust, und als Lia ihre Hand von meinem Bein zu meiner Brust wandern ließ, wo sie die Finger in meinem T-Shirt vergrub, hätte ich sie am liebsten auf mich gezogen. Eben noch hatte ich nirgends lieber sein wollen als in dem Park. Jetzt jedoch wünschte ich mir, mit ihr allein zu sein. Auf der Stelle. Ich konnte mich nicht erinnern, jemals so empfunden zu haben. Ich atmete ihren Duft tief ein und ließ sie erst wieder los, als ich glaubte, keine Luft mehr zu bekommen. Atemlos sah ich Lia an und stellte mit einiger Genugtuung fest, dass sie ebenso außer Puste war. Ihre Lippen waren leicht geschwollen und der schönste Hinweis auf das, was wir gerade getan hatten.

»Definitiv ein Date«, stimmte ich ihr zu.

Lia zog ihre Stirn kraus. »Dabei soll man das hier doch frühestens beim dritten Date machen.«

»Das steht nur in Magazinen, die von einer ganz anderen Generation geschrieben werden«, erwiderte ich. »Außerdem waren wir Wandern und Boxen. Wenn wir das gelten lassen, ist das hier unser drittes Date. Wenn wir das Konzert auch mitzählen, ist es sogar das vierte. Das hier war also längst überfällig.«

Lia schmunzelte, doch ihre Augen fokussierten eine Stelle hinter mir, sie schien mit ihren Gedanken plötzlich woanders zu sein. Hatte sie eben noch losgelöst gewirkt, war die Anspannung nun wieder da, die sie die ersten Tage begleitet hatte.

Verwirrt drehte ich mich um, um zu sehen, was diese Reaktion ausgelöst hatte. Doch da, wo sie hinschaute, war nichts zu sehen. Meine Bewegung schien Lia aus ihren Gedanken zu reißen. Sie strich sich eine Strähne aus dem Gesicht, die sich verselbstständigt hatte.

»Sollen wir nach Hause?«, fragte ich. Zwar hätte ich am liebsten noch den Rest des Tages mit ihr verbracht, doch vielleicht waren ihre Worte ernster gemeint, als sie klangen, und ihr ging das Ganze wirklich zu schnell.

Lia biss sich auf die Unterlippe und sah mich zögernd an.

»Alles okay?«, fragte ich. »Ist es, weil ich ›nach Hause‹ gesagt habe? Ich meinte zurück.«

Abrupt schüttelte sie den Kopf, als wäre der Gedanke abwegig. »Glaub mir, ich habe mich hier in den letzten Tagen mehr zu Hause gefühlt als in den letzten Wochen in meiner Heimat.« Sie hob die Schultern. »Wir können gern noch wohin.«

Ich wollte gerade nachfragen, was genau sie damit meinte, als der Klingelton meines Handys mich ablenkte. Ich holte es aus der Hosentasche und las den Namen meines Bruders auf dem Display.

»Elias, hi!«, meldete ich mich überrascht und warf Lia einen entschuldigenden Blick zu. Sie erwiderte ihn mit einem Lächeln.

»Noah«, begann mein Bruder, und seine Stimme klang alles andere als amüsiert. *Oh Shit.*

Hatte er irgendwie mitbekommen, dass ich befördert wurde? Ich hätte es ihm doch direkt sagen sollen.

»Wo bist du gerade? In der Stadt?«, fragte er.

»Ja, Tiergarten, wieso?«

»Gut, kannst du vorbeikommen?«

Ich zögerte. »Jetzt?«, fragte ich.

»Ja, jetzt«, wiederholte Elias. »Oder hast du sonntags was Besseres zu tun?«

Mein Blick fiel auf Lia, die mich mit fragendem Ausdruck ansah.

»Noah?«, hakte mein Bruder hörbar genervt nach, als ich nicht direkt antwortete.

»Ja, ist ja gut. Ich brauch aber locker 'ne halbe Stunde bis Kreuzberg.«

»Passt. Bis gleich.« Bevor ich noch etwas fragen konnte, hatte er auch schon wieder aufgelegt.

»Wow«, sagte ich mit Blick auf mein Handy.

»Dein Bruder?«, fragte Lia. »Musst du los?«

Nachdenklich fuhr ich mir mit der Hand übers Gesicht. Ich hätte nicht gedacht, dass Elias so sauer sein würde. Klar, Begeisterung hatte ich auch nicht erwartet, aber doch, dass er sich zumindest ein wenig für mich freute. Oder hatte ich durch mein eigenes schlechtes Gewissen zu viel in seine Worte reininterpretiert?

»Ja, er will über irgendwas mit mir reden«, antwortete ich und sah Lia zögernd an. Ich wollte unseren Tag noch nicht enden lassen. Vor allem nicht so abrupt.

»Klang dringend«, sagte Lia, woraufhin ich nickte.

»Meinst du, er will mit dir endlich über den Abend reden?«

»Hm«, machte ich nur. Der Gedanke war mir nicht in den Sinn gekommen. Hatte Elias deshalb so angespannt geklungen? »Ich glaube nicht, um ehrlich zu sein.« Ich seufzte. »Meine Eltern haben mir gestern eine Stelle in der Forschung angeboten. Bisher hab ich immer nur den Vertrieb gemacht.« Ich zuckte mit den Schultern. »Das wollte ich schon ewig.«

»Und das sagst du erst jetzt?«, fragte Lia überrascht. »Herzlichen Glückwunsch!«

»Danke.«

»Es klang, als würde da noch ein Aber folgen.«

»Na ja, es ist quasi Elias' alte Stelle. Und ich hab's nicht nur dir noch nicht gesagt, sondern auch ihm nicht. Keine Ahnung, ob er es jetzt irgendwie anders erfahren hat. Vielleicht hat meine Mutter schon irgendwelche Branchennews verschickt, auch wenn das etwas früh wäre.«

»Geh!« Lia lächelte mich aufmunternd an.

»Aber …«

»Ich bin groß, ich komm klar«, unterbrach sie mich.

Trotzdem wollte ich Lia nicht auf dieser Bank sitzen lassen und einfach gehen, nachdem wir uns gerade erst geküsst hatten.

»Wie wär's, wenn du mitkommst? In der Nähe von Elias' Wohnung gibt's eine tolle Eisdiele. Ich weiß, du bist pappsatt, aber es lohnt sich. Sie haben außergewöhnliche Sorten und sogar essbaren Keksteig für auf die Hand.«

Lia zögerte. »Ich weiß nicht. Ich kenn deinen Bruder nicht. Und es klingt nach einem Gespräch, das ihr besser unter vier Augen führt.«

»Vermutlich hast du recht«, murmelte ich.

»Ich kann auch mit nach Kreuzberg kommen und mir dort so lange die Zeit vertreiben.« Sie klopfte mit der Hand auf ihre Tasche. »Ich hab bisher kaum Aufnahmen von Berlin und nach der Galerie heute wirklich wieder Lust, die Kamera auszupacken.«

»Wenn das okay für dich ist?«

»Klar«, sagte sie. »Ich weiß nicht, ob es dir aufgefallen ist, aber wenn ich hier in Berlin eins habe, dann ist das Zeit.« Sie grinste. Und dann sagte sie etwas, womit ich nicht gerechnet hatte. »Ich geb dir meine Nummer, dann kannst du einfach anrufen, wenn du fertig bist.« Sie streckte mir ihre leere Hand entgegen, ich gab ihr mein Smartphone und beobachtete, wie sie ihre Nummer eintippte. Das war das erste Mal, dass ich sie mit Smartphone in der Hand sah.

Sie gab mir mein Handy zurück und erhob sich von der Bank. »Wollen wir?«

Ich stand ebenfalls auf und lächelte sie an.

»Lia?«

»Ja?«

»Danke«, sagte ich. Dann grinste ich und wiederholte die Worte, die sie vor wenigen Minuten an mich gerichtet hatte. »Für heute. Und generell.«

# 20. KAPITEL

## *Noah*

Während ich die Treppen hochging, schickte ich Lia die Aufnahmen, die ich in der Galerie gemacht hatte. Ich wusste nicht, ob sie damit etwas anfangen konnte, aber sie selbst hatte weder fotografiert noch gefilmt. Und so begeistert, wie sie von der Ausstellung war, würde sie sich vielleicht über die Erinnerungen freuen.

Die Wohnungstür meines Bruders stand offen. Ich trat ein, legte meine Sachen ab und ging in die Küche, aus der Musik drang. Elias saß am Küchentisch und sah aus, als hätte er dort die letzten Minuten auf mich gewartet. Vor allem aber sah er nicht gerade glücklich aus. Ganz und gar nicht.

»Hi«, sagte ich verunsichert und es klang wie eine Frage.

»Setz dich«, sagte Elias und ich kam seiner Aufforderung ohne einen Kommentar nach. Elias war gewöhnlich nur schwer aus der Ruhe zu bringen. Nicht zuletzt war genau das der Grund, weshalb ich die ganze Geschichte mit Christopher nicht glaubte. Er wurde nie laut. Sein kühler Ton machte mich daher umso nervöser.

»Was ist los?«, fragte ich und verschränkte die Hände auf dem Tisch ineinander.

Die Sonne schien durch die großen, geöffneten Fenster und erhellte den Raum, was so gar nicht zur aktuellen Stimmung passte. Im Hintergrund spielte irgendein Song von Passenger.

»Das sollte ich eigentlich fragen«, sagte er und sah mich abwartend an.

»Meinst du wegen der Arbeit?«, fragte ich und wollte zu einer Erklärung ansetzen, als Elias die Augenbrauen zusammenzog.

»Was interessiert mich denn jetzt die Arbeit?« Er stützte sich mit den Ellbogen auf dem Küchentisch ab. »Ich hab dir gesagt, du sollst dich aus der Sache raushalten und das Erste, was du machst, ist zu Christopher zu rennen? Hast du sie noch alle?«

*Oh.*

Ich hatte mit allem gerechnet, aber tatsächlich nicht damit, dass er von meinem Besuch bei den Rothes erfahren hatte.

»Woher weißt du das?«

»Das tut jetzt nichts zur Sache, meinst du nicht auch? Obwohl, vielleicht doch. War nämlich ein geiles Gefühl, davon von Christopher zu erfahren anstatt von dir.«

»Weil ich genau wusste, dass du überreagierst.«

»Echt jetzt, Noah? Das ist deine Entschuldigung? Ich komme mir vor, als ob ich mit 'nem Fünfjährigen spreche.«

»Ich bin ja wohl nicht derjenige, der sich hier unreif verhält«, sagte ich und konnte nichts dagegen tun, dass meine Stimme lauter wurde. Elias hob spöttisch die Augenbrauen, als hätte ich ihm mit meinem Tonfall gerade genau das Gegenteil bewiesen. »Du bist doch der, der sich querstellt und aus Trotz schweigt und nicht mal mehr das Haus verlässt. Und ich verstehe echt nicht, wieso. Die Rothes sind viel entspannter, als erwartet. Christopher wirkte nicht mal besonders wütend auf dich.«

Dafür konnte ich dabei zusehen, wie mein Bruder immer wütender auf mich wurde.

»Ich hab dich genau um eine einzige Sache gebeten, Noah«, sagte Elias, und seine Stimme war, auch wenn sie ruhig blieb, messerscharf. »Dass du dich von Christopher Rothe fernhältst. War das wirklich so schwer?«

Ich hob die Arme und ließ sie mit einem Knall wieder auf den Tisch fallen. »Ob das schwer war? Dein Ernst? Lass mich mal nachdenken. Ist es schwer zu ertragen, dass dein Bruder von deinen Eltern aus der Firma gekickt wurde, wovon er dir nichts sagt, oder dass du dein Auslandspraktikum abbrichst, zurückfliegst und dann keiner auch nur ein Wort darüber verliert, warum das Ganze geschehen ist? Ist es schwer, wenn deine Eltern und dein Bruder sich so zerstreiten, dass sie nicht einmal mehr ein Wort miteinander reden?« Ich zuckte mit den Schultern und lächelte gepresst. »Nö, ganz und gar nicht schwer.«

Elias atmete hörbar aus. »Du siehst Probleme, wo keine sind.«

»Tu ich das? Und was hat es mit dieser Nadine-Geschichte auf sich? Du würdest doch niemals deshalb auf jemanden losgehen. Seh ich da auch Probleme, wo keine sind?«

»Ja, tust du. Halt dich einfach von ihm fern, okay?«

»Warum?«

»Weil ich es sage, darum«, sagte er mit scharfer Stimme.

»Wer bist du? Mama?«

»Wenn du dich einmischst, machst du es nur noch schlimmer. Meinst du echt, dass das irgendjemand von uns gebrauchen kann? Ich hab Scheiße gebaut und sitze sie aus. Komm darauf klar«, presste Elias wütend hervor. »Hör auf, deine True-Crime-Podcasts zu hören und komm in der Realität an. Konzentrier dich auf die Firma. Mama und Papa brauchen dich jetzt mehr denn je. *So* hilfst du mir. Nicht, indem du irgendeiner Illusion nachhängst, hier den Helden spielen zu können. Verstanden?«

Elias fixierte mich und seine Augen funkelten vor unterdrückter Wut. Mein Herz trommelte in meiner Brust.

Ich blickte auf meine Hände, die ich so fest zur Faust geballt hatte, dass der Abdruck meiner Fingernägel sich weiß auf meiner gebräunten Haut abzeichnete.

Elias holte tief Luft. »Verstanden?«

»Papa hat mir deinen Job angeboten. Ich soll nächste Woche in die Forschung und Mama will eine Pressemitteilung dazu rausgeben.«

Während ich sprach, studierte ich Elias' Gesicht. Ich wusste, wie scheiße es war, ihm das unter die Nase zu reiben. Aber ich musste eine Reaktion aus ihm herausbekommen. Irgendeine.

Seine Miene zeigte keine Regung, sein Tonfall war dafür noch kälter, was ich nicht für möglich gehalten hatte.

»Herzlichen Glückwunsch. Dann hast du ja jetzt alles, was du immer wolltest.« Er lächelte, aber es wirkte völlig deplatziert in seinem Gesicht und erreichte seine Augen nicht. »Und vor allem brauchst du die Sohn-zweiter-Klasse-Karte nicht mehr spielen.«

Fassungslos starrte ich ihn an. »Was?« In meinem Bauch machte sich Kälte breit, und ich nahm nicht einmal mehr die Playlist wahr, die im Hintergrund spielte. Da waren nur noch Elias' Worte in meinem Kopf.

Ich war nie Plan A gewesen, das war immer Elias. Dieser Tatsache war ich mir schmerzlich bewusst. Aber wann immer ich diese Gedanken geäußert hatte, war er es gewesen, der sie entkräftet hatte. Diese Worte jetzt aus seinem Mund zu hören …

»Das meinst du …«

»Es ist besser, wenn du gehst.« Elias stand auf. »Und es ist auch besser, wenn du mich nicht mehr besuchen kommst. Du hast ja jetzt eh 'ne Menge zu tun. Mit deinem neuen Job und so.«

Seine braunen Augen, die meinen so ähnlich waren, strahlten nichts von der üblichen Wärme aus. Ich schluckte, viel zu sehr vor den Kopf gestoßen, um etwas zu erwidern.

*Dann hast du ja jetzt alles, was du immer wolltest.*

Dachte er das wirklich von mir?

Unter Elias' auffordernden Blick stand ich vom Küchenstuhl auf und ging in den Flur, wohin meine Beine mich ohne mein bewusstes Zutun trugen. Mein Bruder stand mit verschränkten Armen an der Wand, ohne ein weiteres Wort an mich zu richten, während ich in meine Schuhe schlüpfte. Ich traute mich nicht einmal mehr, ihn anzusehen, weil ich wusste, welche Kälte ich in seinem Blick finden würde. Und das war nicht der Ausdruck, den ich von Elias kannte. Ohne mich noch einmal umzudrehen, öffnete ich die weiße Wohnungstür und verließ die Wohnung. Die Tür fiel mit einem dumpfen Knall, der durch das Treppenhaus hallte, ins Schloss und ließ den kleinen Funken Hoffnung, den ich noch hatte, erlöschen.

Ich sah Lias roten Haarschopf schon von Weitem und steckte das Handy weg, nachdem nur Freizeichen an mein Ohr drangen. Auf dem Weg hatte ich mehrmals versucht, meine Schwester zu erreichen, aber sie ignorierte mich nach wie vor gekonnt. Ich zwang mich, meine schlechte Stimmung im Zaum zu halten, bis ich wieder daheim war. Ich wollte Lia nicht den Tag vermiesen. Schlimm genug, dass ich mittendrin einfach abgehauen war. Sie stand vor einer kleinen Buchhandlung und stöberte in einer Kiste mit reduzierten Titeln, die vor dem Schaufenster stand. Es war nicht leicht gewesen, sie zu erreichen. Meine WhatsApp-Nachrichten waren nicht zu ihr durchgedrungen, und ich hatte wirklich anrufen müssen.

»Hey«, sagte ich, als ich bei ihr war. Sie drehte sich um und schirmte ihre Augen mit der Hand gegen die Sonne ab.

»Hi«, erwiderte sie. »Wie war's? Alles okay?«

Ich hob die Schultern. »Geht so, um ehrlich zu sein.«

»Magst du drüber reden?«

Ich trat mit der Fußspitze in den staubigen Boden. Wollte ich? Ja. War es klug? Vermutlich nicht.

Lia legte das Buch, das sie eben noch betrachtet hatte, zurück. »Du kannst ruhig mit mir drüber reden«, sagte sie mit Nachdruck. »Du hast in den letzten Tagen alles Mögliche für mich gemacht. Außerdem haben wir sicher noch ein bisschen Fußweg bis zur Eisdiele, oder?«

Ich erwiderte das Lächeln, das sie mir schenkte, und erzählte von Elias, dem Streit und meinen nach wie vor anhaltenden Zweifeln an der ganzen Sache. Als ich fertig war, hatten wir fast den Landwehrkanal erreicht und standen gerade an einer Ampel. Der Verkehr rauschte lautstark vorbei und dennoch entgingen mir Lias nächste Worte nicht.

»Ich glaube dir.«

»Was?« Irritiert sah ich sie an.

»Ich glaube dir«, wiederholte sie. »Dein Bruder verschweigt dir etwas. Da ist mehr an der Sache dran.«

Ich schluckte, weil es so unfassbar guttat, diese Worte endlich zu hören. Nachdem meine Eltern die Sache ohne Weiteres abgetan hatten. Nachdem Christopher die falsche Spur gewesen war. Und nachdem Elias mir gerade gesagt hatte, dass ich nicht mehr kommen sollte.

»Danke«, sagte ich einfach und es kam mir viel zu schwach vor. »Aber selbst wenn ich recht habe, ich weiß nicht, ob es was bringt, weiter drauf zu beharren.«

»Wie meinst du das?«, fragte Lia.

»Na ja, was hat es mir bisher gebracht außer Streit mit meinen Eltern und Elias?« Ich zuckte mit den Schultern. »Ich kann meine ganze Energie da reinstecken, klar. Aber wofür? Es führt nirgendshin.«

Lia schien eine Weile nachzudenken, bevor sie bedächtig nickte. »Ich würde dich gern anspornen, nicht aufzugeben, aber ich weiß, was du meinst. Manchmal ist der faire und gerechte Weg nicht der richtige, weil er die Dinge nur noch schwerer macht.« Sie schenkte mir ein schiefes Lächeln. »Aber das macht es nicht weniger scheiße.«

Ich lachte auf. »Wem sagst du das?«

Die Ampel sprang auf Grün und wir überquerten die Straße. Es war Scheiße. Allerdings hatte Lia wohl keine Ahnung, wie viel beschissener es wäre, wenn sie nicht hier wäre. Nicht dass ihre Anwesenheit meine Probleme irgendwie beseitigt hätte, das nicht. Aber sie lenkte mich genug davon ab, um nicht in dieser Gedankenspirale gefangen zu sein.

»Darf ich dich was Persönliches fragen?« Lia wandte sich im Gehen zu mir um.

»Klar«, sagte ich und bemerkte, wie sie sich auf die Unterlippe biss. Es dauerte ein paar Sekunden, bis sie weitersprach.

»Ich weiß, dass du Elias helfen willst, aber wieso bist du so besessen von der Idee, mit ihm gemeinsam in der Firma zu starten? Im schlimmsten Fall braucht er länger, bis Gras über die Sache gewachsen ist. Aber du könntest so lange doch einfach übernehmen. Außerdem bist du mitten im Studium und das Ganze ist noch so lange hin.« Sie musterte mich abwartend.

Sosehr ich mich Lia gegenüber auch geöffnet hatte, das hier würde sie nicht verstehen. Nicht dass ich es ihr nicht zutraute. Aber das Gefühl, das ich hatte, die Ängste, die ich mit mir herumtrug, – das alles konnte man nur verstehen, wenn man es selbst erlebte.

Als ich nicht antwortete, sprach sie weiter, als hätte sie meine Gedanken gelesen. »Du hast gesagt, dass du den Job niemals bekommen hättest, wenn Elias nicht rausgeflogen wäre. Warum glaubst du das?«

Ich schüttelte den Kopf. »Das ist kompliziert.«

Wieder breitete sich Schweigen zwischen uns aus. Es war nicht direkt unangenehm, aber es war auch kein entspanntes wie bei der Wanderung. Ich wollte nicht darüber reden. Gerade wollte ich nur eins: nach Hause. Mich von Balloon ablenken lassen, meine Kurse fürs nächste Semester planen und mit Daniel in die Bar, um all diesen Mist zu vergessen. Vor allem, dass mein Bruder mich nicht mehr sehen wollte.

»Okay …«, sagte Lia gedehnt. »Liegt es daran, dass er älter ist? Deine Eltern hätten dir die Position sicher nicht gegeben, wenn sie sie dir nicht zutrauen würden.«

Ich atmete tief durch. Lia meinte es nur gut, aber ich wollte dieses Thema gerade einfach ruhen lassen. Ich wollte diesen einen Tag genießen, an dem ich nicht über die Probleme innerhalb meiner Familie nachdenken musste. Leider hatte ich das bereits vergeigt, indem ich Elias besucht hatte. Es hatte alles nur noch schlimmer gemacht.

»Das ist es nicht«, antwortete ich wortkarg und Lia öffnete den Mund, um nachzuhaken, doch ich kam ihr zuvor. »Ich möchte nicht drüber reden, okay?«, sagte ich und merkte selbst, wie kalt und abweisend meine Stimme klang.

Immerhin schien Lia endlich zu merken, dass die Fragerei zu nichts führte, und nickte bloß stumm. Schweigen stand zwischen uns und nun war es definitiv eines der unangenehmen Sorte. Es wurde nur durchbrochen von vorbeifahrenden Autos und dem Geschrei der Kinder im Freibad, an dem wir gerade vorbeigingen. Plötzlich bekam ich ein schlechtes Gewissen. Es war nicht Lias Schuld, dass gerade alles den Bach runterging. Und das hier war schließlich ihr Tag. Es war ihr gegenüber nicht fair. Dass sie überhaupt ehrliches Interesse an der ganzen Sache zeigte und zu helfen versuchte, war nicht selbstverständlich. Dass sie jetzt, in diesem Moment, neben mir stand, genauso wenig. Denn wenn ich könnte, würde ich am liebsten aus meiner eigenen Haut fahren. Und doch war sie hier.

Ich stoppte mitten in der Bewegung, woraufhin auch Lia stehen blieb und mich verwirrt ansah. Mein Blick wanderte von ihren Schuhen zu ihren Augen, die mich unsicher musterten. In meinem Magen machte sich ein ungutes Gefühl breit, weil ich der Auslöser für diese Unsicherheit war. Dabei war ich so froh darüber gewesen, dass Lia aufgetaut und gerade heute nichts von ihrer Befangenheit zu spüren war. Kein Ausweichen, keine schüchternen Blicke und Missverständnisse wie noch beim Konzert. Heute hatte Lia gestrahlt und so losgelöst gewirkt. Dafür war ich – zumindest zu Teilen – verantwortlich, und das bedeutete mir mehr, als ich mir selbst eingestehen wollte.

»Ich bin adoptiert.« Die Worte platzten heraus, bevor ich genauer über ihre Tragweite nachdenken konnte.

Lia neigte den Kopf leicht, als ob sie versuchte, ein Rätsel zu lösen. Nur dass sie kein Rätsel betrachtete, sondern mich. Und ich würde nie genug sein. Beinahe genug, nah dran, das ja, aber nicht genug.

»Deshalb kann ich die Firma nicht allein übernehmen«, fuhr ich fort. »Seger Solar – unser Nachname steckt im Firmennamen, aber ich bin nicht einmal ein Seger.«

Lia warf mir einen Seitenblick zu. »Haben deine Eltern das gesagt?«, fragte sie leise.

»Nein, natürlich nicht.«

Ihre Stirn zog sich kraus. »Glaubst du denn, dass deine Eltern das denken?«

Ich zuckte mit den Schultern. »Bestimmt nicht wortwörtlich. Ich weiß, dass sie mich lieben. Aber ich war nie wie Elias. Nie so schlau, nie so gut. Dass ich der Jüngere bin, hat auch nicht unbedingt geholfen.«

»Ich kenne deine Eltern nicht. Ich hab keine Ahnung, wie ihr zueinander steht. Aber ich kann mir nicht vorstellen, dass sie so über dich denken. Dass sie dich überhaupt auf diese Weise mit deinem Bruder vergleichen.« Lia lächelte leicht.

»Was?«, fragte ich.

»Auf die Gefahr hin, dein Ego wieder aufzublasen: Jeder, mit dem ich dich bisher gesehen habe, liebt dich. Frau García hat sich fast nicht mehr eingekriegt vor Freude. Daniel und du habt die reinste Bromance. Phuong mag dich. Marc hat Respekt vor dir. Daniels alte Band schien dich auch zu mögen.« Lias Mundwinkel zogen sich noch weiter nach oben, und sie trat mit ihrer Schuhspitze gegen meine Sneaker. »Und ich finde dich auch ganz okay.«

Wider Erwarten brachte sie mich mit ihren letzten Worten nun doch zum Lächeln. »Danke für den Pep Talk.«

»Gern geschehen. Aber ernsthaft: Ich wette, wenn du deine Bedenken auch nur ein einziges Mal deinen Eltern gegenüber äußern würdest, könnten sie sie dir direkt nehmen.«

»Möglich«, gab ich zu. »Aber das ist nichts, worüber ich einfach so rede.«

»Außer natürlich mit dem Mädchen, das du erst diese Woche kennengelernt hast.« Lia nickte. »Ergibt Sinn.«

Ich lachte leise. »An der Sache ergibt generell nicht viel einen Sinn.

»Was meinst du?«, fragte Lia.

»Uns.«

Lias Lächeln wurde sanfter, sie sah im warmen Licht des Nachmittags so wunderschön aus, dass ich sie am liebsten noch einmal geküsst hätte. Allerdings hatten wir soeben unser Ziel erreicht, was auch Lia nicht entging. Lächelnd reihte sie sich in die Schlange vor der Eisdiele ein, die wie immer gut besucht war.

»Guck nicht so«, sagte Lia. In ihrem Mundwinkel klebte geschmolzene Schokolade, was es enorm erschwerte, meinen angewiderten Gesichtsausdruck aufrechtzuerhalten.

»Du hast mich auf die besonderen Sorten hingewiesen. Denkst du, da nehme ich Vanille und Erdbeer?«

»Nein«, erwiderte ich, »aber Sea Salt Kitkat mit einer Kugel Wasabi zu kombinieren, grenzt an Körperverletzung.«

Lia zuckte mit den Schultern.

»Kürbis-Nougat und Tiramisu«, sagte die Bedienung und reichte mir meine Waffel mit den zwei Kugeln über den Tresen. »Lass es dir schmecken.«

»Danke«, sagte ich und trat mit Lia zur Seite, um den nächsten Kunden Platz zu machen.

»Gott, das ist so gut«, seufzte Lia.

»Wärst du nicht gerade mit mir unterwegs, würde ich an deinem Geschmack zweifeln.«

»Schön zu sehen, dass dein Selbstbewusstsein zurückgekehrt ist«, konterte Lia mit einem Augenrollen.

»Anna?«, rief jemand.

Ich blieb stehen, als ich bemerkte, dass Lia zurückblieb.

»Hey, Anna!«

Ich drehte mich in Richtung der Stimme. Eine dunkelhaarige junge Frau, etwa in unserem Alter, sah uns verblüfft entgegen und trat aus der Schlange vor der Eisdiele.

Verwirrt sah ich von ihr zu Lia, die sie offensichtlich verwechselte. Zumindest glaubte ich das, bis ich Lias Gesicht sah. Sie hatte mitten in der Bewegung innegehalten und schien nicht einmal zu bemerken, wie das Eis schmolz und sich seinen Weg über die Waffel und ihren Zeigefinger bahnte. Ihre Augen waren geweitet und wenn ich mich nicht täuschte, las ich darin Angst.

# 21. KAPITEL

## *Lia*

»Anna?«

*Fuck.*

*Fuck. Fuck. Fuck.*

Zu mehr war mein Kopf gerade nicht in der Lage. Aus dem Augenwinkel registrierte ich Noahs fragenden Blick. Wie im Nebel spürte ich das Eis klebrig über meine Hand laufen. Selbst Elenas überraschte Miene nahm ich nicht wirklich wahr. Mein Kopf war wie leer gefegt und gleichzeitig so unfassbar laut und voll. Ich wollte wegrennen. Aber dafür war es zu spät. Und ich hatte keine Ahnung, wie ich aus dieser Sache wieder rauskommen sollte. Denn egal ob ich rannte oder blieb und die Sache ausstand: Ich würde Noah verletzen. Und viel schlimmer war die Angst davor, wie er reagieren würde – ob er mich weiterhin so ansehen würde –, wenn er die Wahrheit erfuhr.

»Anna, hey! Was für eine Überraschung!« Elena trat aus der Schlange und begrüßte mich mit einer halben Umarmung, darauf bedacht, sich nicht mit ihren langen Locken in meiner Eiscreme zu verfangen. Unfähig, mich zu bewegen, stand ich stocksteif da. Dass ich sie nicht begrüßte, schien Elena nicht weiter zu stören. »Mit dir hab ich ja gar nicht gerechnet. Was machst du denn in Berlin? Besuchst du auch Verwandte?«

Am liebsten hätte ich Elena mein halb geschmolzenes Eis mitten ins Gesicht gedrückt. Dafür, dass sie genauso schauspielerte wie ich und so tat, als wären wir alte Freundinnen. Dafür, dass sie hier war, wo ich doch endlich in Sicherheit sein sollte. Aber ich tat nichts dergleichen, denn ich spürte noch immer Noahs Blick auf mir. Er wirkte ähnlich angespannt wie ich.

»Nein«, flüsterte ich. Ich räusperte mich, weil ich meine Stimme kaum wiedererkannte, schwach, wie sie war. »Nein«, sagte ich lauter. »Ich bin nur verreist.«

»Oh, schön!«, sagte Elena fröhlich, als würde sie gar nicht bemerken, wie seltsam die Situation war. »Dann nutzt du die Semesterferien ja prima. Ich bin den kompletten Sommer über bei meiner Cousine. Sie startet nächstes Semester an der Humboldt. Ich wusste gar nicht, dass deine Klausuren schon vorbei sind.«

Als hätte sie nicht schon längst mitbekommen, was passiert war. Dass ich während meiner letzten Klausur aufgestanden und gegangen – gerannt – war. Gerüchte verbreiteten sich auf dem kleinen Campus wie ein Lauffeuer.

Elena blickte von mir zu Noah, und als ich keine Anstalten machte, die beiden miteinander bekannt zu machen, streckte sie ihm ihre Hand entgegen. »Ich bin Elena«, flötete sie. »Anna und ich gehen auf die gleiche Hochschule und hatten letztes Semester ein Seminar zusammen.«

»Noah«, murmelte er knapp und ergriff die ausgestreckte Hand.

»Bist du Annies Freund?«, fragte Elena mit unverhohlenem Interesse. *Annie* … mir drehte sich der Magen um.

»Nein«, sagte Noah bestimmt. Der Klang seiner Stimme jagte mir einen kalten Schauer über den Rücken. Er klang so distanziert, dass es mir einen Stich versetzte. »Ich kenne Anna kaum«, sagte er und die Art, wie er den Namen betonte, ließ mich zusammenzucken.

Selbst Elena schien nicht mehr zu entgehen, dass irgendetwas nicht stimmte. Sie lächelte schmal und ihr Blick glitt noch einmal zwischen uns hin und her.

»Nun«, sie wippte einmal auf die Fußballen und zurück. »Ich stell mich mal wieder an, ich war eigentlich gerade auf dem Weg zu meiner Cousine.« Sie zögerte kurz und entschied sich dann dagegen, mich noch einmal zu umarmen. »Ich richte Mona liebe Grüße aus, wenn ich sie sehe.«

Ich schluckte, als Übelkeit in mir aufstieg. Denn ich verstand die versteckte Drohung in ihren Worten.

*Mona.*

Ein weiteres Gesicht, an das ich hier nicht hatte denken wollen.

»Aber wir sehen uns dann ja eh nach den Semesterferien. Hat mich gefreut«, ergänzte sie an Noah gerichtet.

Dieser nickte nur, wartete darauf, dass Elena sich wieder in die Schlange eingereiht hatte, und ging dann ohne ein Wort davon.

Ich erwachte aus meiner Schockstarre und lief ihm hinterher. Mein zerlaufenes Eis warf ich in den nächsten Mülleimer. Es hätte sowieso nicht mehr geschmeckt. Meine schokoladenverschmierten Hände wischte ich nachlässig an meinem Rock ab. Dass es mein Lieblingsrock war und die Flecken womöglich nie wieder rausgingen, war mir egal. Es war unwichtig.

»Noah, warte. Bitte«, sagte ich, als ich ihn fast eingeholt hatte, doch er lief stur weiter. Ich versuchte, Schritt zu halten, und hielt ihn am Handgelenk fest. »Bitte.«

»Warum, Lia?« Er stieß ein schnaubendes Lachen aus. »Oder Anna. Oder was auch immer.« Er sah mich geradewegs an, die Kälte in seinen Augen ließ mein Blut gefrieren. Sein Blick hatte nichts mehr von der Wärme, die nach unserem Kuss darin gelegen hatte. Er presste die Lippen zusammen, und seine Stirn lag in Falten. »Nenn mir einen Grund, warum ich warten sollte.«

»Weil es nicht so ist, wie es gerade rüberkam. Ich habe dich nicht belogen. Ich kann es erklären.«

Noah sah mich mit hochgezogenen Augenbrauen an. »Auf die Erklärung bin ich gespannt. Also heißt du gar nicht Anna, kennst diese Elena nicht, hast mich nicht belogen und dich in Wahrheit nur mit ihr unterhalten, um eine arme, verwirrte Frau zu besänftigen?«

»Mein Name ist wirklich Anna«, sagte ich mit kratziger Stimme. Mein Kopf fühlte sich heiß und mein Hals trocken an. Ich durfte jetzt nicht weinen.

Noah stieß ein ungläubiges Lachen aus und fuhr sich durch die Haare. »Das nennst du ›nicht lügen‹? Dich mir und meinen Freunden unter einem falschen Namen vorzustellen? Zu behaupten, du machst eine inspirierende Reise nach dem Abi, wenn du in Wahrheit schon studierst? Kein Wunder, dass du immer so wenig über dich erzählen wolltest.«

»So ist es nicht, ich …«, begann ich, doch Noah ließ mich nicht zu Wort kommen.

»Ich fass es nicht. Ich öffne mich dir gegenüber, erzähle dir *alles* und du …« Er schüttelte fassungslos den Kopf. »War überhaupt irgendetwas wahr?« Noahs Stimme war lauter geworden.

Ein älteres Paar blieb einige Meter von uns entfernt stehen und sah verunsichert zu uns herüber. Der Mann kam einen Schritt auf uns zu und suchte meinen Blick. »Ist alles in Ordnung bei Ihnen?«

Ich nickte ihm zu, und er schien beruhigt. Am liebsten hätte ich gelacht. Er wollte mich vor Noah beschützen. Als ob der mir jemals wehtun würde. Ich war diejenige, vor der er Noah beschützen sollte. Denn offensichtlich hatte ich ihm wehgetan. Obwohl das nie meine Absicht gewesen war.

»Ich will deine Erklärung gar nicht hören.«

»Noah, bitte!« Mit rasendem Herzschlag stellte ich mich ihm in den Weg, sodass er mich einfach ansehen musste. Ich wusste nicht, wie ich ihn zum Zuhören bringen sollte, wenn er so aufgebracht war.

Noah verschränkte die Arme vor der Brust und sah mich herausfordernd an. »Wieso gibst du dich als jemand aus, der du nicht bist?«

»Ich …«, fing ich an und suchte nach den richtigen Worten, aber es gab keine. Da waren nur falsche. Denn egal, was ich sagte, es würde die Sache nur schlimmer machen. Verzweifelt schüttelte ich den Kopf. »Das kann ich dir nicht sagen. Es ist kompliziert und …«

Mit einem ungläubigen Schnauben schob sich Noah an mir vorbei, warf sein Eis ebenfalls in einen Mülleimer am Straßenrand und ging.

»Noah, warte!« Wieder lief ich ihm hinterher und hielt ihn am Arm fest. Er blieb stehen, drehte sich jedoch nicht zu mir um.

»Es ist also kompliziert? Und was ich dir erzählt habe, war nicht kompliziert? Ich hätte dir die Sache mit Elias auch verschweigen sollen.« Noahs leise Stimme durchschnitt den Straßenlärm Kreuzbergs wie ein Messer. Seine nächsten Worte trafen mich genauso messerscharf. »Ich hätte mich überhaupt nicht mit dir treffen und dir vertrauen sollen.«

»Noah, ich …«

»Spar dir deine Entschuldigungen und Ausreden, Anna«, sagte Noah mit so viel Spott in der Stimme, dass ich meine Hand ruckartig zurückzog, als hätte ich mich an seinem Arm verbrannt. Ich schlang die Arme um meinen Oberkörper, doch die Kälte, die ich fühlte, kam von innen. Trotz meines Versuchs, ihr zu entkommen, hatte sie mich wieder eingeholt. Alles hatte mich eingeholt. Weil ich meiner Vergangenheit nicht entkommen konnte. Und jetzt hatte ich den Menschen verloren, bei dem ich mich zum ersten Mal seit Langem – vielleicht sogar jemals – wie ich selbst gefühlt hatte. Damit schwand auch jegliche Hoffnung, hier oder irgendwo mit meiner Kunst Fuß fassen zu können. Denn Anna war nicht Lia. An ihrem Namen hafteten zu viele Erinnerungen. Anna war der Name, der fortan immer der Stein in meinem Weg sein würde.

»Findest du allein zurück?«, riss Noahs Stimme mich aus meinen Gedanken.

»Was?«, fragte ich und ich verachtete mich für die Schwäche, die in meiner Stimme lag.

»Findest du allein zurück zu deiner Pension?« Noah sah mich über die Schulter hinweg an.

Ich nickte. »Google Maps«, sagte ich tonlos.

Als er sich wieder von mir abwandte, suchte ich nach Worten, irgendetwas, um ihn davon abzuhalten, so zu gehen. Aber mein Kopf war immer noch wie leer gefegt. In der Sekunde, in der ich Elena gesehen hatte und in der all die Erinnerungen wieder über mich eingebrochen waren, war das Kartenhaus, das ich mir hier aufgebaut hatte, in sich zusammengefallen.

»Ich hätte gleich wissen müssen, dass irgendwas nicht stimmt«, sagte Noah. »Ich hätte mich auf Elias konzentrieren sollen. Auf meine Familie. Auf den Job.« Seine Augen fanden meine. »Ich hoffe echt, das bisschen Spaß und Urlaub waren es dir wert.«

Plötzlich wünschte ich mir, er wäre doch einfach gegangen.

Wie hatte der schönste Tag seit Langem so enden können?

Ich lag auf meinem Bett, das Handy in der Hand. Die mobilen Daten waren nach wie vor ausgeschaltet. Ich hatte mich noch nicht getraut, das Internet wieder zu aktivieren. Noah hatte mich nach seinem Besuch bei Elias angerufen und Google Maps hatte ich wider Erwarten nicht benötigt, da die Pension vom Alexanderplatz aus leicht zu finden war.

*Dass Noah sich überhaupt noch darum gesorgt hat, ob ich den Weg finde …*

Ich drehte mich auf die Seite und hätte am liebsten die Decke über meinen Kopf gezogen, wäre es nicht ohnehin schon zu warm gewesen. Mein Finger schwebte über dem Display. Jetzt kam ich nicht mehr umhin, wieder online zu gehen. Nicht, wenn ich wissen wollte, ob Noah sich gemeldet hatte. Ich tippte mit dem Daumen auf das ausgegraute Symbol. Mein Handy brauchte einen kurzen Moment, dann trafen die Nachrichten ein. Meine Mutter, Lisa – und Noah. Fünfmal Noah. Zweimal verpasste WhatsApp-Anrufe, bevor er mich am Nachmittag auf dem normalen Weg erreicht hatte.

Mit klopfendem Herzen öffnete ich die drei übrigen Nachrichten.

*Ich weiß, ich habe gesagt, ich frage nächstes Mal, aber ich dachte, an den Moment willst du dich vielleicht erinnern.*

Darunter waren ein Foto und ein Video von mir und Melina in der Galerie zu sehen. Ich hatte nicht mitbekommen, dass er uns fotografiert hatte.

Mein Blick fiel auf die Zeitanzeige. Er hatte es geschickt, als er auf dem Weg zu seinem Bruder war. Ich schluckte die Enttäuschung hinunter. Ich hatte gehofft, dass die Nachrichten aktuell wären. Dass er versucht hatte, mich zu kontaktieren. Dass er reden wollte. Aber wieso sollte er auch?

*Ich würde auch nicht mit mir reden wollen.*

Auf dem Foto und dem Video mit Melina sah ich glücklich aus. Das versetzte mir einen noch tieferen Stich. Ich hatte das alles unwiderruflich zerstört. Mein Daumen schwebte über der Tastatur. Stoppte. Ich wollte ihm schreiben, *musste* ihm schreiben. Aber was?

*Danke*, tippte ich das Erste, was mir in den Sinn kam.

*Können wir reden? Bitte!*

Ich blickte auf die beiden grünen Haken neben meinen Texten und hoffte, dass sie blau wurden. Dass Noah reagieren würde. Aber sie blieben grün. Wahrscheinlich hatte er Besseres zu tun, als wie ich aufs Handy zu starren und auf Nachrichten zu warten. Ich hatte den Gedanken kaum zu Ende gedacht, als unter seinem Namen ein kleines »Online« erschien. Ich hielt die Luft an und starrte wie hypnotisiert auf das Display. Einige Sekunden vergingen. Eine Minute. Zwei Minuten. Dann war Noah wieder offline. Meine Nachrichten blieben ungelesen.

Ich ließ die angehaltene Luft entweichen, drehte mich auf den Rücken und warf das Handy neben mich. Ich konnte es ihm nicht verübeln. Noah hatte mich hinter seine schlagfertige, selbstbewusste Fassade blicken lassen. Er hatte sich mir gegenüber geöffnet und mich in sein Leben, seine Familie und sogar seine Geheimnisse eingeweiht. Währenddessen hatte ich sein Vertrauen missbraucht und alles kaputt gemacht.

*Wäre es wirklich so viel schlimmer, wenn er die Wahrheit wüsste?*

Ja. Denn ich wollte das alles nicht noch einmal durchleben müssen. Dabei wusste ich schon jetzt nicht, wie ich damit umgehen sollte, wenn ich wieder zurück an der Hochschule war. Außerdem würde Noah dann erst recht nicht mehr mit mir reden.

Ich könnte einfach weiterreisen. Schließlich war ich ohne Plan in Berlin angekommen, da konnte ich mir genauso gut ein neues Ziel suchen. Ich könnte morgen den Bus nehmen und in eine neue Stadt aufbrechen. Weg von Berlin. Weg von Noah.

Weg von all dem Chaos, das ich wieder einmal hinterließ. Nur den Schmerz würde ich nicht zurücklassen können, das hatte ich gelernt. Denn der verfolgte einen überallhin, wenn er sich dabei auch etwas Zeit ließ – im Endeffekt fand er einen immer.

# 22. KAPITEL

## Noah

Ich wischte mir den Schweiß von der Stirn und leerte die Wasserflasche in wenigen Zügen. Dann warf ich sie achtlos auf den Boden zu meinem Handtuch und prügelte in einer schnellen Abfolge von Schlägen wieder auf den Boxsack ein. Ich behielt das Tempo bei, bis meine Arme so schmerzten, dass ich den Boxsack nicht mehr vernünftig traf, und die Haut an meinen Knöcheln, die ich nur mit einer Bandage abgebunden hatte, zu reißen drohte.

Schnaufend ließ ich mich auf den Boden fallen, vergrub das Gesicht im Handtuch und fuhr mir damit über die schweißnassen Haare. Wirklich gut ging es mir immer noch nicht, aber zumindest konnte ich wieder klarer denken. Ich nahm die leere Flasche in die Hand und stieß mich vom Boden hoch. Auf dem Weg zu einem der Wasserspender, die am Rand der Halle standen, stoppte Marc mich.

»Alles okay?«, fragte er mit seiner brummigen, lauten Stimme.

Ich nickte ihm nur zu, hielt die Flasche unter den Hahn und trank die Hälfte in einem Zug aus, bevor ich sie erneut füllte.

Marc lehnte sich mit verschränkten Armen an die Wand. Er beobachtete mich, sagte aber kein Wort. Als er den Blick nicht von mir abließ, drehte ich mich genervt zu ihm um.

»Was?«

»Es sieht aber nicht aus, als ob alles okay ist«, sagte er trocken.

»Dann glaub mir halt nicht.« Ich zuckte mit den Schultern. »Nicht mein Problem.« Mir war klar, dass ich mich danebenbenahm und Marc es nur gut meinte. Aber ich war nicht hergekommen, um über meine Gefühle zu reden, sondern um sie loszuwerden.

Als ich mich abwenden wollte, versperrte Marc mir den Weg. »Ich hab letztes Mal gesagt, dass du immer willkommen bist, und das meine ich auch so. Aber vergiss nicht, wieso Elias dich damals überhaupt mit hergenommen hat.«

»So bin ich nicht mehr«, erwiderte ich. »Ich hab mich im Griff.«

Marc schüttelte den Kopf. »Das meine ich nicht. Ich weiß, dass du niemanden schlagen würdest. Ich glaube auch nicht, dass er dich deshalb hergebracht hat. Deine Wut damals war begründet. Er wollte sie nicht unterdrücken, er wollte, dass du dich damit auseinandersetzt. Und was auch immer dich jetzt so auf die Palme bringt: Du solltest dich damit auseinandersetzen.«

Ich schluckte eine patzige Erwiderung hinunter. Marc hatte recht, das wusste ich tief in meinem Inneren. Er erwartete zum Glück keine Antwort, sondern schlug mir einmal auf die Schulter und ließ mich allein. Ich trank noch etwas Wasser und ging zurück zum Boxsack. Allerdings hatte ich keine Lust mehr, mich weiter zu verausgaben. Mir war bewusst, dass ich überreagierte. Das tat ich bei Geheimnissen immer. Mein Leben war stets von Geheimnissen bestimmt worden. Ich war mit ihnen aufgewachsen. Als ich erfahren hatte, dass ich adoptiert war, brachen sie über mich herein. Dabei spielte es gar keine Rolle, wo ich herkam. Weder für mich noch für meine Geschwister oder meine Eltern. Es hatte sich trotzdem scheiße angefühlt.

Ich hatte gedacht, dass solche Geheimnisse der Vergangenheit angehörten. Doch nun belogen mich meine Eltern schon wieder. Genau wie Elias. Und jetzt Lia. Ich hatte es einfach so satt.

Ich nahm mein Handy, um eine weitere Nachricht an Kyra zu schicken und stutzte, als ich auf dem Display zwei Push-Benachrichtigungen von Lia, oder besser gesagt Anna, sah. Ich lachte bitter auf. Ohne sie zu öffnen, schickte ich meiner Schwester genau die Nachricht, die Lia mir geschickt hatte.

*Hey, können wir reden?*

Frustriert klaubte ich meine Sachen vom Boden auf und ging in Richtung Duschen.

Meine Gedanken kreisten in einem schonungslosen Chaos, das selbst Balloon mit seiner freudigen Begrüßung nicht beruhigen konnte. In der Küche stützte ich die Arme auf die Theke, legte meinen Kopf darauf und fluchte in meinen Unterarm hinein, als ob es irgendetwas nützen würde. In was für ein Chaos war ich bitte zurückgekommen? Wie hatte sich während meiner Abwesenheit nur so viel verändern können? Vielleicht war das der Fehler. Vielleicht hätte ich einfach hierbleiben sollen, dann stünde ich jetzt nicht auf diesem Scherbenhaufen, der einmal meine Familie und meine sorgsam geplante Zukunft gewesen war.

Ich blickte auf, als meine Mutter die Küche betrat.

»Alles okay?«, fragte sie und blieb mitten im Raum stehen.

Ich nickte. »Langer Tag.«

»Es ist noch Salat von gestern im Kühlschrank. Soll ich dir noch was dazu machen?«

»Ne, alles gut«, sagte ich und fühlte mich schuldig. Nicht, weil ich das Angebot ablehnte, sondern weil ich so viel Mist gebaut hatte und sie keinerlei Ahnung hatte. Und weil Elias recht hatte. Das Beste wäre gewesen, mit offenen Karten zu spielen. Ich sollte von meinem Besuch bei Christopher erzählen. Aber dann würde ich womöglich meinen Job riskieren. Und so ungern ich es mir eingestand – die Stelle war tatsächlich das, was ich immer gewollt hatte. Elias' Worte hatten mich getroffen. Das taten sie immer noch. Aber lag das nicht auch daran, dass sie insgeheim wahr waren?

Jede meiner Entscheidungen war auf die Firma ausgerichtet. In meiner Kindheit hatte ich meinen Vater regelmäßig angebettelt, mich mitzunehmen, und war jedes Mal beinahe vor Stolz geplatzt, wenn er mich seinen Mitarbeitern als seinen Sohn vorstellte. Wenn ich bei etwas assistieren durfte, war es das Highlight meines Tages gewesen. Als ich älter war und mit sechzehn mein Praktikum im Betrieb machen durfte, stand mein Plan fest: Ich wollte in die Fußstapfen meines Vaters treten. Und ich war gut in dem, was ich tat. Aber war es dieses Ziel wert, dafür das gute Verhältnis zu meinem Bruder aufs Spiel zu setzen?

»Hm?«, machte ich, als ich den kritischen Blick meiner Mutter sah.

»*Gut* sieht aber anders aus.«

»Reicht auch: unzufrieden mit der Gesamtsituation?«

Die Mundwinkel meiner Mutter hoben sich leicht, aber ihr Lächeln wirkte vielmehr schuldig als amüsiert. Sie trat zu mir und strich mir kurz über den Arm. »Es wird wieder besser, okay? Versprochen. Wir stehen das schon durch.«

Ich versuchte mich an einem Lächeln, aber ich brauchte keinen Spiegel, um zu wissen, dass mir das wohl misslang. Meine Mutter legte den Kopf schief.

»Wir haben das seit Jahren nicht mehr gemacht, aber wie wär's mit einem Filmabend?«

Einerseits tat es gut zu sehen, wie sie sich sorgte. Andererseits war ich nicht in der Stimmung, einen auf heile Welt zu machen. Ich mochte mich mit Elias gestritten haben, aber ich verzieh meinen Eltern trotzdem nicht, dass sie ihm den Rücken gekehrt hatten.

»Ich war eigentlich mit Daniel verabredet«, log ich.

»Schade.« Meine Mutter gab sich alle Mühe, nicht enttäuscht auszusehen, aber ihre Augen konnten es nicht verbergen.

»Daniel und ich hatten, seit ich zurück bin, noch nicht so richtig Zeit zusammen. Wir wollen einfach eine Runde zocken.«

»Na klar, gar kein Problem.« Meine Mutter löste ihre Hand unsicher von meinem Arm. Ich hasste unsere Situation. Aber ich wusste auch nicht, wie ich sie glauben machen sollte, dass alles okay war.

»Sag Daniel liebe Grüße!« Sie lächelte und drückte noch einmal kurz meinen Arm. In ihren Augen lag kein Vorwurf, was das Ganze nur noch schlimmer machte. Ich hatte ihr schon oft genug Sorgen bereitet und mir geschworen, sie nicht mehr zu enttäuschen. Wieso hatte ich dann trotzdem das starke Gefühl, dass ich genau das gerade tat?

Ich erwiderte ihr Lächeln knapp, dann ging ich die Treppen nach oben in mein altes Zimmer, zog mir ein frisches Shirt an und schickte eine Nachricht an Daniel. Ich glaubte zwar nicht, dass ein paar Runden auf seiner PlayStation mich wirklich auf andere Gedanken bringen würden. Eine Ablenkung konnte ich trotzdem gebrauchen.

# 23. KAPITEL

## *Lia*

Ich musste eingeschlafen sein, denn ich zuckte zusammen, als mein Handy klingelte. Eilig wühlte ich in meiner Decke nach dem Smartphone – doch es war nicht Noah, der anrief. Warum sollte er auch? Phuongs Name stand auf dem Display. Ich hatte ihr meine Nummer gegeben, aber bisher hatten wir noch nie telefoniert, nicht einmal geschrieben.

Kurz überlegte ich, nicht ranzugehen, aber ich wollte sie nicht auch noch verletzen.

»Hallo?«, fragte ich mit belegter Stimme und räusperte mich.

»Hey, Lia!« Phuongs gut gelaunte Stimme drang an mein Ohr. Im Hintergrund waren andere Menschen und Straßenlärm zu hören. »Hast du heute Abend schon was vor?«

*Ja, im Bett liegen und in einer Mischung aus Selbsthass und Selbstmitleid zerfließen.*

»Nein, wieso?«

»Weil ich dich dann abholen komme! Wir gehen feiern! Du kennst Berlin noch gar nicht bei Nacht. Dabei ist das Nachtleben hier legendär.«

»Ich weiß nicht, ob das so eine gute Idee ist.«

»Warum nicht? Wir müssen nicht ins Berghain, keine Sorge.« Sie lachte.

»Das meinte ich nicht«, sagte ich zögernd.

»Alles okay bei dir?« Phuong klang besorgt, und mein schlechtes Gewissen wurde gleich noch größer. Ich wollte ihr nicht auch noch die gute Stimmung versauen.

»Lange Geschichte, aber mir geht's nicht so gut.«

Phuong schwieg kurz, im Hintergrund ertönte lautes Hupen, bevor sie weitersprach. »Ich will dich nicht zwingen, wenn du wirklich nicht magst, aber vielleicht würde dir etwas Ablenkung ja ganz guttun? Darf ich vorbeikommen?«

Ich setzte mich auf und sah mich in dem mittlerweile dunklen Zimmer um. Irgendwann würde ich es sowieso wieder verlassen müssen. So wäre ich immerhin nicht allein.

»Okay. Aber gib mir ein paar Minuten, ich muss mich noch umziehen.«

»Yay!«, rief Phuong. »Und kein Thema. Ich helf dir beim Stylen! Schickst du mir die Adresse vom Hostel?«

»Ich bin in der Pension von Daniels Oma.«

»Oh cool. Das ist gar nicht so weit weg, bin unterwegs. Bis gleich!«

Noch bevor ich etwas erwidern konnte, hatte sie aufgelegt.

»Lia?«, hörte ich Phuong, während es gleichzeitig an der Tür klopfte.

Mit einem Bein in der Strumpfhose, hüpfte ich zur Tür und öffnete.

»Hey«, sagte ich.

»Hey!«, rief Phuong und hielt eine Flasche Sekt in die Höhe. »Überraschung! Ich hab unterwegs noch am Kiosk angehalten. Wenn meine Party-Playlist und ich deine Laune nicht verbessern, dann schafft die hier es auf jeden Fall.« Sie stieß die Tür mit der Hüfte hinter sich zu. »Uh, das Kleid steht dir!« Phuong betrachtete mich mit anerkennendem Blick. »Hast du hohe Schuhe dabei?«

Ich schüttelte den Kopf. »Nein, mein Koffer war so schon viel zu voll.«

»Soll ich dir noch welche holen? Welche Größe hast du?«

»Nicht nötig. So halte ich wenigstens den Abend durch.«

Phuong nickte. »Außerdem bist du sonst noch ein Stück größer als ich. Aber willst du die Strumpfhose nicht weglassen? Es ist total warm draußen.« Sie stellte die Flasche auf der Kommode ab und sah sich suchend in dem kleinen Raum um. »Hast du Gläser oder so?«

Ich schüttelte den Kopf, froh, dass sie ihre Strumpfhosen-Frage schon wieder vergessen zu haben schien. »Unten im Aufenthaltsraum müssten Tassen sein. Oder wir nehmen die Zahnputzbecher aus dem Bad.«

Phuong gab mir einen Daumen hoch und flitzte aus dem Zimmer.

»Die unbenutzten!«, rief ich ihr nach und lachte über ihren Enthusiasmus. Plötzlich war ich sehr, sehr dankbar, dass sie hier war. Es war unmöglich, in Phuongs Gegenwart Trübsal zu blasen.

Ich nutzte die Gelegenheit, meine Strumpfhose vollständig anzuziehen, bevor Phuong mit zwei Gläsern zurückkam.

»Ich hoffe, die wollte keiner benutzen. Aber hier handelt es sich schließlich um einen Notfall.« Sie stellte die Gläser mit leichtem Klirren auf die Kommode. Dann machte sie sich am Verschluss der Flasche zu schaffen.

»Ist es das?«, schmunzelte ich.

»Jap«, sagte sie, drehte sich um und stupste mir auf die Nase. »Dir geht's nämlich nicht gut, und das müssen wir ändern.«

»Phuong?«, fragte ich.

»Ja?«

»Hast du schon was getrunken?« Ich konnte ein Grinsen nicht unterdrücken.

Phuong rollte mit den Augen. »Sooo ein bisschen«, sagte sie und verdeutlichte es mit Daumen und Zeigefinger, »mit meinem Kollegen im Café. Mehr nicht. Ich hatte auch keinen guten Tag.«

»Oh«, erwiderte ich und fühlte mich direkt wieder schlecht. Ich hatte nicht einmal gefragt, wie es ihr ging, so sehr kreisten meine Gedanken um meine eigenen Probleme. »Magst du drüber reden?«

Phuong winkte ab. »Später vielleicht. Familienstress. Meine beste Freundin antwortet seit Tagen nicht wirklich. So ein Kram. Aber erst mal mag ich drüber trinken.«

Phuong schenkte die beiden Becher voll und reichte mir einen von ihnen. »Uh, warte!« Sie stellte ihr Glas ab und fischte ihr Handy aus der kleinen Tasche, die noch um ihre Schulter hing. »Mooooment.« Nach ein paar Klicks auf ihrem Display erklang *Timber* von Pitbull und Kesha.

»So, jetzt können wir anstoßen.«

Damit brachte sie mich wieder zum Lachen. »Das ist deine Musikwahl?«

Sie zuckte mit den Schultern. »Alles zur Einstimmung. Du glaubst doch nicht, dass wir auf irgendwelche coolen R'n'B- oder Hip-Hop-Floors gehen?« Sie schnaubte kurz abfällig. »Kannst du vergessen. Ich will betrunken mitsingen können.« Sie nahm ihr Glas und hielt es in die Höhe. »Auf …« Nachdenklich zog sie ihre Stirn kraus. »Auf …«

»Auf uns und auf das Hier und Jetzt«, sagte ich. Denn wenn ich eins wollte, dann die letzten paar Stunden vergessen.

»Genau, darauf!«, stimmte Phuong zu und ließ ihr Glas an meines klirren. So langsam bezweifelte ich, dass sie tatsächlich nur ein kleines bisschen zu trinken hatte.

»Was hättest du gemacht, wenn ich nicht mit feiern gegangen wäre?«, fragte ich.

Phuong spitzte die Lippen und schien kurz nachzudenken. Dann zuckte sie mit den Schultern. »Wahrscheinlich wäre ich zu Hause und würde *Friends* gucken oder so. René, der Typ, der auch manchmal im Café aushilft, hatte seinen letzten Tag. Er wollte nicht tanzen gehen, aber wir haben drauf angestoßen. Bisschen viel vielleicht.«

Mit diesen Worten trank sie einen weiteren Schluck und sah von meinen Füßen angefangen an mir hinauf. »Darf ich dich schminken und dir die Haare machen?«

»Klar«, stimmte ich schulterzuckend zu.

»Gut! Und dann kann ich ein Selfie mit dir auf Instagram posten, und was auch immer Noah verbockt hat, er wird es dann so richtig bereuen.« Phuong sah mich abwartend an. »Ich nehme an, das ist Grund für deine miese Laune?«

Ich spielte kurz mit dem Gedanken, sie in das, was geschehen war, einzuweihen, verwarf ihn aber schnell wieder. Phuong war Noahs Freundin, nicht meine. Sie sollte nicht zwischen den Stühlen stehen müssen. Außerdem war ich für sie noch Lia. Und ich wollte mich gerade weder mit dem Geschehenen auseinandersetzen noch Phuong als Freundin verlieren.

»Ist nicht so wichtig«, winkte ich ab.

Phuong ging nicht weiter darauf ein und kramte in meiner Make-up-Tasche herum.

»Danke«, sagte ich.

»Kein Ding. Ich liebe so was. Ich hab schon als Kind immer meine Schwestern frisiert.«

»Das meine ich nicht. Ich meinte dafür, dass du da bist und so nett bist.«

»Aw!« Phuong griff sich an die Brust und kurz darauf schlang sie ohne Vorwarnung die Arme um mich. »Das ist gerade zu zehn Prozent der Alkohol, aber ich mag dich echt gerne – und ich hab 'ne gute Menschenkenntnis.«

Phuong löste sich wieder von mir und machte sich an meinen Make-up-Paletten zu schaffen. Ich trank einen weiteren Schluck Sekt und kurz darauf war Phuong mit Haarklammern an meinen Haaren zugange.

»So, fertig!« Phuong klatschte begeistert in die Hände. Es hatte sie viel weniger Zeit gekostet, als ich gedacht hätte. Ich betrachtete mich im Spiegel, während sie sich hinter mir im Takt der Backstreet Boys bewegte.

»Oh, wow«, sagte ich.

»Ja, oder?« Phuong nickte zufrieden und schenkte mir den Rest aus der Sektflasche in mein Glas. »Der Lippenstift bringt deine Augen so richtig toll zur Geltung«, sagte sie und leerte ihren Becher in einem letzten Zug.

Ich trat einen Schritt näher an den Spiegel heran. Phuong hatte recht. Ich mochte mein Gesicht, aber was sie mit ein wenig Make-up hervorgehoben hatte, war wirklich Wahnsinn. Das hätte ich mit zehn YouTube-Tutorials nicht geschafft. Meine Haut war eben, aber nicht so stark abgedeckt, dass man meine Sommersprossen nicht mehr sah. Der rote Lippenstift ließ meine Augen grüner wirken. Die wiederum waren mit einem perfekten Lidstrich versehen, den ich so nie hinkriegen würde, und meine Haare waren zur Hälfte hochgesteckt, während einige lange Strähnen mein Gesicht umrahmten.

»Kannst du das bitte jeden Tag machen?«, fragte ich.

»Nö«, sagte Phuong. »Dann wäre es nichts Besonderes mehr. Außerdem bin ich dazu zu faul.«

Ich blickte erneut in den Spiegel und fühlte mich ein kleines bisschen besser. Zumindest heute Abend wollte ich noch einmal alles vergessen. Wie es danach weitergehen sollte, darum würde ich mich morgen kümmern.

Als ich mir meinen Becher nahm, um den Sekt zu leeren, riss Phuong ihn mir aus der Hand. »Ruinier mein Kunstwerk nicht. Dein Lippenstift ist bestimmt noch nicht getrocknet.«

Sie trank mein Glas aus, stellte es zu der leeren Flasche zurück auf die Kommode und griff nach ihrer Jacke. »Bereit? Das ist die perfekte Zeit! Wir sind nicht zu früh, aber noch früh genug, um kostenlos reinzukommen.«

»Wo gehen wir überhaupt hin?«, fragte ich und schlüpfte in meine Sandalen, die immerhin ein bisschen höher waren als meine Sneaker und meine Beine länger wirken ließen.

»Ins Infinity Project, das ist ein Club hier in der Nähe. Die Musik ist echt gut, so 'ne Mischung aus 90ern und frühen 2000ern, die Drinks sind bezahlbar und die Security passt auf, dass man nicht doof angegraben wird.«

»Klingt gut.«

»Das wird gut!« Phuong hakte sich bei mir unter und zog mich zur Tür. »Ich wette, nach drei Songs auf der Tanzfläche hast du deine schlechte Laune komplett vergessen.«

»Noch zwei für mich und meine Freundin hier«, sagte Phuong und streckte dem Barkeeper einen Zwanzigeuroschein entgegen, während sie mit der anderen Hand die leeren Gläser auf dem Tresen abstellte.

»Noch zwei was?«, fragte der Barkeeper amüsiert und hielt nicht dabei inne, das Glas in seiner Hand abzutrocknen. Fasziniert beobachtete ich, wie die Bewegungen die Tattoos auf seinen Armen zum Tanzen brachten.

»Zwei …« Phuongs Blick suchte die Regale hinter dem Tresen ab. »Es war rot und gelb. War es doch, oder Lia?«

Ich nickte und merkte, wie meine Haare im Nacken klebten. So viel hatte ich schon lange nicht mehr getanzt. Durch die Menschenmenge war der Laden enorm aufgeheizt.

»Das ist Kirsch-Bananensaft auch«, erwiderte der Barkeeper. »Und der würde dir vielleicht ganz guttun.«

Phuong blies die Wangen auf. »Ich weiß, das war böse gemeint, aber ich verzeihe dir, weil ich deinen Bart echt mag.«

Der Barkeeper lachte laut und holte kopfschüttelnd zwei frische Gläser.

Ich stützte mich mit den Armen auf der Theke ab und sah zu Phuong.

»Ich bin echt froh, dass ich mitgegangen bin!«, rief ich gegen die Musik an.

Phuong lehnte ihren Kopf an meinen und seufzte. »Dito. Es wäre echt cool, wenn du nach den Ferien einfach hierbleiben könntest.«

»Ja, das fände ich auch.« Ich nickte, wodurch mein Kopf gegen Phuongs Schläfe stieß, was sie aus dem Gleichgewicht brachte. Lachend hielt sie sich an der Theke fest, und der Anblick brachte auch mich zum Lachen und vertrieb die dunklen Gedanken, die sich durch die Vorstellung, nach Hause zurückzumüssen, fast wieder eingeschlichen hätten.

»Zweimal Beyond Infinity für die Damen.« Der Barkeeper stellte zwei hohe Gläser vor uns ab, in denen gelbe und rote Flüssigkeit miteinander zu tanzen schien.

»Dann hat Buzz Lightyear es also geschafft?« Phuong strahlte den Barkeeper an. Der wollte ihr Wechselgeld zurückgeben, doch Phuong winkte ab. »Trinkgeld.«

Anstatt sich zu freuen, beugte er sich über die Theke und legte die Münzen vor Phuong ab. »Du hast mir eben schon zu viel gegeben. Nimm das. Dank mir morgen.«

Phuong seufzte gerührt. »Er ist echt niedlich, oder?«, sagte sie viel zu laut in mein Ohr. Dann nahm sie ihren Drink und prostete erst mir und dann dem Barkeeper zu. »Auf Buzz Lightyear!«

»Auf Buzz«, erwiderte der lachend und prostete Phuong mit dem leeren Glas zu, das er gerade abtrocknete.

Verwirrt blickte ich zwischen den beiden hin und her, das Glas immer noch erhoben. »Ich versteh's nicht.«

»Hast du nie *Toy Story* gesehen?« Phuong sah mich mit weit aufgerissenen Augen an.

Ich schüttelte den Kopf.

»Lia!« Phuong zog an ihrem Strohhalm, dann griff sie nach meiner Hand und nickte dem Barkeeper zu. »Bye-bye! Ich muss meiner Freundin hier die weite Welt zeigen. Sie hat noch zu wenig davon gesehen, wie es aussieht.«

»Hey«, beschwerte ich mich lachend und nahm einen Schluck von dem Getränk, bevor es durch Phuongs ruckartige Bewegungen überschwappen konnte. »Ich bin nicht diejenige, die vorm TV gesessen und Toy Story geguckt hat. Ich war draußen und so!«

»Deine Freundin ist ein Banause!«, rief der Barkeeper uns hinterher. Ich streckte ihm die Zunge raus und ließ mich von Phuong in die tanzende Menge ziehen.

Wir hatten gerade unseren Platz auf der Tanzfläche zurückerobert, als der DJ eine schnellere Version von Lady Gagas *Poker Face* auflegte, und dabei eindeutig zu viel Spaß mit den Special Effects seines Mischpults hatte.

»Ich *liebe* das Lied!«, quiekte Phuong und sprang auf und ab – auf hohen Schuhen und ohne auch nur einen Tropfen ihres Longdrinks zu verschütten, was an ein Wunder grenzte.

Die nächsten Lieder verschwammen in einem Meer aus Tönen und Farben, und ich wusste nicht, ob mir von den Drinks schwindlig war oder weil Phuong mich zum wiederholten Mal im Kreis herumwirbelte. Wie sie noch aufrecht stehen konnte, war mir ein Rätsel. Bei mir drehte sich alles. Lachend hielt ich

Phuong auf Abstand und stieß dabei aus Versehen gegen den Mann hinter mir.

»Sorry!«, rief ich, dabei hatte er bereits lächelnd abgewinkt und sich wieder seiner Gruppe zugewandt. Mein Blick blieb an einer mir bekannten männlichen Rückseite hängen. Der Anblick hatte sich mir spätestens seit der Wanderung im Nationalpark ins Gedächtnis gebrannt. Ich sah vielleicht nicht mehr ganz klar, doch es bestand kein Zweifel.

»Alles gut?«, fragte Phuong und legte von hinten die Arme auf meine Schulter.

Es war absurd, dass ich bei Noahs Anblick dieses Loch in meiner Brust fühlte, obwohl er doch nie ein fester Bestandteil meines Lebens gewesen war.

»Noah ist da«, sagte ich etwas zu leise. Ich wandte den Blick von ihm ab und zwang meine Füße, wieder die üblichen Links- und Rechtsschritte zu vollführen, die man im Club automatisch machte. Es lief irgendein Song von Taylor Swift, der mich normalerweise euphorisch hätte werden lassen. Doch ich war nicht mehr bei der Sache und fühlte mich bloß noch körperlich anwesend. Mein Körper bewegte sich wie von selbst zum Takt der Musik, meine Gedanken jedoch waren auf der anderen Seite der Tanzfläche bei Noah.

Phuong hielt mein Gesicht mit beiden Händen fest. Durch ihre Absätze war sie fast so groß wie ich. »Soll ich ihn rausschmeißen? Ich mach das! Hätte ich Ärmel, würde ich sie schon hochkrempeln!« Sie sah mich so ernst an, dass ich nicht anders konnte, als loszuprusten. Phuong sprang ein Stück zurück.

»Igitt, Lia! Du hast mich angespuckt!« Lachend wischte sie sich übers Gesicht. »Du bist wie ein Lama!«

»Was?« Ich hielt mir den Bauch vor Lachen.

»Na, weil die doch auch spucken. Aber keine Sorge, Lamas sind die neuen Einhörner und voll im Kommen. Oder waren das Alpakas?« Sie tätschelte mir den Kopf und wir brachen wieder in Lachen aus.

Es verging mir schlagartig, als sie das genaue Gegenteil von dem tat, was sie gerade angedroht hatte. Sie winkte Noah zu und bedeutete ihm, zu uns zu kommen.

»Nein«, zischte ich.

»Ihr seid keine zwölf mehr. Wenn ihr ein Problem habt, redet drüber.« Sie zuckte mit den Schultern, als sie meinen ungläubigen Blick sah.

Leider hatte Noah Phuongs Winken nicht übersehen. Er schaute genau in unsere Richtung – und blickte mich geradewegs an. Er sah nicht direkt wütend aus, musterte mich aber intensiv, als suchte er in meinem Gesicht nach etwas. Ich unterdrückte den Impuls wegzuschauen und hielt seinem Blick stand, während er auf uns zukam. Wenn ich Pech hatte, würde gleich zum zweiten Mal alles zusammenbrechen, wenn er Phuong offenbarte, was er heute herausgefunden hatte. Konnte ich es ihm verübeln? Noah war fast bei uns. Mein Herz raste. Ich wollte das nicht alles noch einmal. Ich wollte nicht noch einen Streit, ich wollte nicht die gleiche Enttäuschung in Phuongs Augen lesen. Ich wollte nicht.

»Ich geh mal kurz aufs Klo«, rief ich Phuong zu, als Noah gerade mal zwei Meter von uns entfernt einem tanzenden Paar auswich.

»Was?«

Das Letzte, was ich sah, war Phuongs irritierter Gesichtsausdruck, bevor ich in Richtung der Toiletten flüchtete.

# 24. KAPITEL

## *Noah*

»Auch eine?« Oliver streckte mir eine Zigarette entgegen. Seine blond gefärbten Haare zierte eine hellblaue Strähne an der Stirn. Ich schüttelte den Kopf. Was den Reiz am Rauchen ausmachen sollte, hatte ich noch nie verstanden, und ich würde jetzt sicher nicht damit anfangen.

»So, Jungs!« Daniel schob sich zwischen uns, in den Händen hielt er ein schwarzes, rundes Tablett, auf dem sich drei Gläser und drei Flaschen befanden.

»Wo hast du das denn aufgetrieben?«, fragte Oliver lachend, bevor er sich zur Seite drehte, um seine Kippe anzuzünden.

»Hat der Barkeeper mir mitgegeben.« Daniel sah uns abwechselnd an. »Weil niemand mitkommen wollte.«

»Wir dachten ja auch, du holst nur Bier«, erwiderte Oliver und nahm sich eine Flasche.

»Weil ich ein guter Freund bin, gibt's die Überraschung obendrauf.« Daniel stupste mich mit dem Ellbogen an. »Und damit du wieder bessere Laune bekommst.«

Ich fabrizierte eine Mischung aus Schnauben und Lachen. »Ich glaub nicht, dass sich mein Problem – oder irgendeins – mit Alkohol lösen lässt.«

Daniel rollte mit den Augen und drückte mir das Tablett an die Brust, sodass ich gar nicht anders konnte, als mir ebenfalls eine Flasche zu nehmen.

»Was ist das?«, fragte ich und deutete aufs Glas.

»Überraschung, sagte ich doch.«

Ich nahm das Glas mit der anderen Hand und beäugte es kritisch. Der Inhalt bestand aus einer blauen und einer grünen Schicht, und obwohl ich das Glas hin und her wiegte, wollten sich die beiden Farben nicht vermischen.

»Das löst deine Probleme zwar nicht, aber danach sieht der Streit mit Lia vielleicht nur noch halb so schlimm aus.«

Daniel drückte Oliver dessen Glas in die Hand, balancierte seine Getränke in einer Hand und stellte das leere Tablett, mangels eines Stehtischs hier draußen, zwischen seinen Beinen auf dem Boden ab.

Ich hatte Daniel nicht erzählt, was los war. Ich hatte ihm nicht einmal erzählt, dass überhaupt etwas los war, aber wie zu erwarten, hatte er es in dem Moment bemerkt, als ich das Haus betrat. Details hatte ich ihm keine verraten, und er hatte zum Glück auch nicht nachgefragt. Stattdessen hatte er mich kommentarlos in unser Wohnzimmer manövriert, einen Kasten Bier aus dem kleinen Abstellraum neben dem Badezimmer hervorgezogen und die Konsole gestartet. Ich wusste schon, warum wir beste Freunde waren.

Daniels Mitbewohner für den Übergang war nicht zu Hause gewesen, also konnte ich die Aktion »Gewinn dein Zimmer zurück« noch nicht starten.

Wir stießen mit den Gläsern zuerst an.

»Auf ex, sonst wird's vermutlich eklig«, rief Daniel, setzte das Glas an die Lippen und warf den Kopf in den Nacken. Oliver und ich taten es ihm gleich, und während Oliver das Gesicht verzog und sich kurz schüttelte, trank ich einen Schluck Bier nach, um den widerlich süßen Geschmack loszuwerden. Als ich die Flasche wieder absetzte, merkte ich eindeutig, wie mir schwindlig wurde. Mist. Daniel und ich hatten uns zwar extra noch Pizza bestellt, bevor wir losgegangen waren, aber wie viel Bier hatte ich bei ihm eigentlich getrunken?

»Alles okay?«, fragte Daniel.

»Jop. Hab grad beschlossen, dass es jetzt eh egal ist.« Ich zuckte mit den Schultern, setzte die Flasche wieder an und trank sie in einem Zug aus. »Ich hol uns Nachschub.« Ich nahm das Tablett vom Boden und nahm den beiden die leeren Gläser ab. Daniel warf mir einen besorgten Blick zu, hielt mich aber nicht zurück.

»Wir kommen gleich nach«, sagte Oliver und hielt die Hand hoch, die immer noch die Zigarette hielt. »Gib mir eine Minute.«

Im Club startete gerade irgendein Song von den Pussycat Dolls, was mit Begeisterungsrufen begrüßt wurde. Ich manövrierte mich zur Bar hindurch und stellte die leeren Gläser und meine Flasche auf dem Tresen ab. Eine blonde Barkeeperin schnappte sich die Gläser und begann, sie zu spülen.

»Darf's noch was sein?«, fragte ein Barkeeper mit Bart und einer Menge bunter Tattoos auf den Armen.

Ich nickte. »Ich nehm einen Whiskey Sour, einen Gin Tonic und …«, ich überlegte, wie ich Daniel die süße Pampe von eben heimzahlen konnte, »und einmal den widerlichsten Cocktail, den ihr habt.«

Der Barkeeper sah mich mit zusammengekniffenen Augen an. »Habt ihr 'ne Wette am Laufen oder so?«

Ich sah ihn nur verdutzt an.

»Du bist nicht zufällig mit einem Kerl im Katzenhemd hier?«

»Das sind Luchse, keine Katzen«, korrigierte ich ihn. »Daniel hat 'ne Katzenhaarallergie.«

»Also ja«, grinste der Barkeeper. »Weil dein Kumpel eben genau das Gleiche bestellt hat.«

»Was?«

»Dreimal den ekligsten Cocktail auf der Karte.« Der Mann zuckte mit den Schultern.

Ich lachte laut. Womit hatte ich meinen besten Freund nur verdient?

»Dann übertriff dich bitte und mach ihm noch was Ekligeres. Und das bitte doppelt«, bat ich ihn.

Der Barkeeper schüttelte den Kopf, grinste aber ebenfalls. »Immer, wenn ich denke, der Job könnte eintönig werden …« Er wandte sich ab und begann, Flaschen aus dem Regal zu ziehen. Ich fischte mein Smartphone aus der Tasche und checkte kurz meine Nachrichten. Nichts von Kyra. Eine Nachricht meiner Mutter, dass sie mir Essen in den Kühlschrank gestellt hatte und ich es nur aufwärmen bräuchte.

»Bitte sehr.« Zwei tätowierte Arme schoben die Drinks vor mich auf den Tresen. Dann faltete der Barkeeper mit geübten Fingern ein kleines lilafarbenes Schirmchen auseinander und schob es in Daniels Cocktail.

Ich lachte. »Perfekt.«

»Danke«, erwiderte der Mann trocken. »Dein Freund tut mir jetzt schon leid. Wenn ihm schlecht wird, bring ihn bitte auf die Toiletten.«

»Er ist hart im Nehmen, das wird schon«, sagte ich und reichte dem Barkeeper meine Karte zum Zahlen. Beim erneuten Blick aufs Handy gab ich mir einen Ruck und öffnete Lias Nachrichten. Sie hatte nichts Neues mehr geschrieben.

Der Barkeeper hielt meine Kreditkarte ans Kartenlesegerät und hielt sie mir anschließend wieder entgegen.

»Hey, alles okay?«, rief er mir über die Musik zu, als ich die Karte nicht wieder an mich nahm und immer noch auf mein Handy starrte.

»Ja«, sagte ich gedehnt und ließ meinen Blick über das Regal hinter ihm schweifen. »Kann ich noch drei Berliner Luft haben?«

Zwei Hände legten sich von hinten auf meine Schultern.

»Hast du die Spendierhosen an?« Daniel schob sich an die Theke, um das Getränk mit dem Schirmchen näher zu betrachten. »Lass mich raten, das ist meins?«

Der Barkeeper nickte als Antwort auf meine oder auf Daniels Frage. Dann tippte er wieder auf das Kartenlesegerät und hielt meine Karte davor.

»Das sind ja wirklich Luchse«, sagte er mit Blick auf Daniels Oberteil, als er mir die Karte zurückgab, schnappte sich die Flasche Berliner Luft und füllte drei Shotgläser mit der klaren Flüssigkeit.

»Zum Wohl!«, rief er, dann trat er einen Schritt nach links, um sich um die anderen Gäste zu kümmern.

Ich schob die Karte zurück ins Portemonnaie, packte mein Handy endlich wieder weg und beschloss, mich morgen weiter darum zu sorgen. Zumindest heute wollte ich eine Pause, genießen, dass ich wieder hier war und mit meinen Freunden gemeinsam feiern konnte.

»Na dann«, sagte ich und schob Daniel und Oliver, der sich daneben auf einen Barhocker setzte, die kleinen Gläser zu.

»Auf Noah, der viel zu spendabel ist und morgen beim Blick ins Portemonnaie einen Schock erleiden wird«, sagte Oliver.

»Auf dass ich den Drink danach überlebe«, sagte Daniel und drehte das Schirmchen bedeutungsvoll zwischen den Fingern hin und her.

»Auf Berlin, ich hab's echt vermisst.« Ich setzte das Glas an die Lippen, schloss die Augen und nahm mir fest vor, wenigstens für heute Abend all meine Sorgen zu vergessen.

Ich hatte keine Ahnung, wie lange wir schon im Infinity Project waren. Daran gemessen, wie sich der Raum beim Tanzen um mich drehte, war es bereits eine Weile. Allerdings legte immer noch der gleiche DJ auf wie auch schon bei unserer Ankunft, also waren in Wahrheit vermutlich nicht einmal zwei Stunden vergangen.

Eine Frau in einem schwarzen Lederrock und einer dunkelroten Bluse tanzte mich von der Seite an. Die Arme hatte sie über den Kopf gestreckt, und als sie sich umdrehte, fuhr sie sich mit der linken Hand durch die langen schwarzen Haare. Unter normalen Umständen hätte ich mich geschmeichelt gefühlt. Nicht nur das, ich hätte die Avancen mit ziemlicher Sicherheit erwidert. Aber heute? Fehlanzeige. Ich lächelte ihr knapp zu und drehte mich dann bewusst weg. Nur um einen irritierten Blick von Oliver zu ernten. Aber vielleicht bildete ich mir das auch ein. Verdammt, was war nur los mit mir? Ich wollte es nur zu gern auf den Streit mit Elias schieben. Aber das war es nicht. Tief in meinem Inneren kannte ich den wahren Grund für mein Desinteresse an der Frau. Der eigentliche Grund hatte kupferrotes Haar, Sommersprossen und einen trockenen Humor.

Ich stoppte in meiner Bewegung, als meine Augen genau das Gesicht streiften, das mich schon den ganzen Abend vom Geschehen um mich herum ablenkte.

Lia.

*Anna*, korrigierte mein Kopf ganz von selbst.

Sie tanzte ein paar Meter von uns entfernt mit Phuong. Die beiden schienen sich ziemlich zu amüsieren, Phuong warf lachend den Kopf nach hinten und auch Lia hielt sich den Bauch, die andere Hand wanderte vor ihren Mund, als wollte sie das Lachen zurückhalten. Ich wünschte, sie täte es. Denn ich hatte geglaubt, dass ihr unser Streit wenigstens ein bisschen zu schaffen machte. Gleichzeitig ärgerte ich mich über mich selbst, weil ich mich daran störte. Was hatte ich denn erwartet? Dass Lia mir hinterhertrauerte? Dass sie ihre Zeit in Berlin weniger genießen würde, nur wegen heute Mittag? Dass ihr der Kuss etwas bedeutete? Sie war gerade mal ein paar Tage in Berlin – noch dazu war sie hier, um Spaß zu haben. Dazu brauchte sie mich ganz sicher nicht.

Ich war einfach kein Stück erwachsener geworden. Es machte mir immer noch etwas aus, was andere über mich dachten. Es störte mich, wenn ich ihnen egal war, wenn ich nicht dazugehörte. Ich sah Lia lachen, und obwohl Wut und Enttäuschung in mir brodelten, wünschte ich mir gleichzeitig, dass ich ihr Lachen noch einmal aus nächster Nähe hören könnte. Dass ich vielleicht der Auslöser dafür sein könnte.

Phuong drehte sich zu mir um, entdeckte mich und winkte ausladend mit ihrer Hand. Auch Lia wandte sich in meine Richtung, wenn auch wesentlich zögerlicher, und blickte mir geradewegs in die Augen.

»Fuck.«

»Alles okay, Mann?«, rief Daniel gegen die Musik an.

Ich nickte, nur um gleich darauf den Kopf zu schütteln.

Daniel lachte. »Was denn jetzt?«

»Lia ist hier«, murmelte ich.

»Was?« Daniel deutete auf sein Ohr. »Ich hab kein Wort verstanden.«

Ich klopfte Daniel auf die Schulter und deutete in Richtung Toiletten, was bei der Lautstärke leichter zu erklären war. »Bin gleich zurück«, rief ich an seinem Ohr.

Ich hielt nach dem vertrauten Schopf roter Haare Ausschau und kämpfte mich auf gut Glück in die Richtung durch, in der ich Lia zuletzt gesehen hatte.

Die Tanzfläche war so voll, dass ich den ganzen restlichen Song damit kämpfte, sie zu überqueren. Dass der DJ den zweiten Track von Taylor Swift in Folge auflegte und nun wirklich alle auf die Tanzfläche strömten, war auch nicht gerade hilfreich. Außerdem waren die letzten Shots definitiv zu viel gewesen, denn der Raum wankte leicht von rechts nach links, und ich schien mich viel langsamer und schleppender fortzubewegen als normalerweise. Leider war mir in der Zeit dennoch nicht eingefallen, was ich gleich zu Lia sagen könnte. Kurz überlegte ich, doch noch umzudrehen. Hatte ich ihr überhaupt etwas zu sagen? Aber ich konnte Phuong auch nicht einfach ignorieren. Wusste sie, wer Lia wirklich war?

Als ich endlich bei Phuong ankam, war von ihr keine Spur mehr zu sehen. Sicher dachte Lia, dass ich nur hier war, um sie bloßzustellen. Denn dass ich kein Interesse am Reden hatte, hatte ich ihr ja bereits klargemacht.

Unerwartet nagte das schlechte Gewissen an mir.

*Ob ich sie hätte ausreden lassen sollen?*

Aber was hätte sie schon erklären können? Was gab es für einen Grund, dass sie wegen so entscheidender Dinge wie ihrem Namen oder ihrer Ausbildung log?

»Huch«, machte Phuong, die eben noch über ihre Schulter nach hinten geblickt hatte, drehte sich zu mir und fiel mir um den Hals. »Hey, Noah! Lia war eben auch noch da.« Sie ließ von mir ab und blickte zu mir auf, wobei sie ihren Kopf trotz der hohen Schuhe ziemlich in den Nacken legen musste. »Habt ihr euch gestritten?«

Ich zuckte mit den Schultern. »Ein bisschen.« Untertreibung des Jahres.

»Ich glaub, sie musste aufs Klo.« Phuong deutete mit dem Arm in die Richtung, in die sie soeben noch geschaut hatte.

Ich nickte. »Danke, ich schau mal nach ihr. Oliver und Daniel sind draußen, wenn du magst.«

Sie schüttelte den Kopf und hielt sich die Nase zu. Offensichtlich klang alleine zu tanzen für sie sehr viel verlockender als der Raucherbereich. Grinsend sah ich dabei zu, wie sie nahtlos wieder in den Rhythmus des Taylor-Songs fand und einfach weitertanzte.

Ich fand Lia im Gang zu den Toiletten an die Wand gelehnt. Ihr Hinterkopf ruhte an der Wand und ihr Blick war nach oben gerichtet, als gäbe es dort etwas Interessanteres zu sehen als die mit Postern zugepflasterte Decke des Clubs. Sie trug ein dunkles Kleid, das ihr bis zu den Knien reichte, und ihre langen Beine endeten in dunklen Sandalen. Die Arme hatte sie um sich geschlungen, als wäre ihr kalt, dabei war es hier drin alles andere als frisch.

Lia sah nicht aus, als ob sie gestört werden wollte. Ein Teil von mir wollte ihre abweisende Haltung als Zeichen verstehen, einfach wieder umzudrehen. Aber ein sehr viel größerer Teil in mir trieb mich dazu an, ihr nahe zu sein, und so bewegten sich meine Füße wie von selbst auf sie zu.

Sie hielt den Blick an die Decke gerichtet und ich wollte gerade ansetzen, etwas zu sagen, als sie mir zuvorkam.

»Hey.«

Das war alles. *Hey.* Sie sah mich nicht einmal dabei an.

»Hey«, erwiderte ich.

Das Schweigen zwischen uns dauerte mit ziemlicher Sicherheit nur wenige Sekunden, doch es fühlte sich an, als ob Stunden ungenutzt verstreichen würden. Ich hatte so viel zu sagen und keine Ahnung, wo ich beginnen sollte. Der alkoholbedingte Nebel in meinem Kopf war auch nicht gerade hilfreich.

Lia senkte den Kopf und lehnte ihre linke Schulter an die Wand, sah mir ins Gesicht. Ihre Augen waren dunkler geschminkt als sonst, und ihre Haare fielen ihr in sanften Wellen bis zur Brust. Für einen Augenblick vergaß ich, wo wir uns befanden, blendete die Musik und all den Trubel aus und nahm nur noch Lia wahr. Die dunkelgrünen Augen, die roten Haare, die ihr Gesicht umspielten, ihre weichen Lippen, die noch vor wenigen Stunden meine berührt hatten. Ihre Lippen schlossen sich, als sie schluckte.

»Verrückter Tag, was?«, fragte sie.

Ich lachte auf. »Kann man so sagen. Dieser Tag fühlt sich eher an wie eine ganze Woche, so viel wie passiert ist.«

Lia nickte und öffnete und schloss zweimal den Mund, bevor sie sprach. »Ich hatte Spaß heute. So viel wie lange nicht mehr. Das werde ich dir nie vergessen. Es tut mir leid, dass ich dir den Tag verdorben habe.« Die Worte verließen ihren Mund vorsichtig, beinahe ängstlich. Sie atmete geräuschvoll aus. »Es tut mir nicht leid, dass ich dir nicht die Wahrheit gesagt habe.« Ihre Augen fanden meine, und auch wenn Lias Blick vom Alkohol getrübt war, sah ich darin keine Zweifel, sondern Entschlossenheit. Das waren nicht die Worte, mit denen ich gerechnet hatte. »Ich fühl mich mies und ich wünschte, es wäre anders gelaufen, aber ich bereue trotzdem nicht, dass ich manches verschwiegen habe.« Lia verschränkte die Arme wieder vor der Brust. »Das hat nichts mit dir zu tun, sondern mit mir. Ich kann das einfach noch nicht. Dir alles sagen, meine ich.«

Für einen kurzen Moment schwiegen wir wieder, und ich beobachtete die Tanzenden durch die Öffnungen in der Wand des Ganges. Sie hüpften zu Taylor auf und ab, als gäbe es kein Morgen mehr. Dann sah ich wieder zu Lia. Betrachtete ihr Gesicht, das mir trotz der kurzen Zeit schon so vertraut war. Lag es wirklich an ihr, dass ich so wütend geworden war? Oder lag es mehr an der Wut, die ich ohnehin schon in mir trug?

»Ich frag mich …« Ich hielt inne.

»Was?« Lia trat näher an mich heran. Ob es daran lag, dass sie betrunken war, mich besser verstehen wollte oder – und das wagte ich kaum zu hoffen – mir einfach näher sein wollte, konnte ich nicht sagen.

»Was fragst du dich?«, wiederholte sie.

»Was, wenn Taylor recht hat?«

Lia sah mich verwirrt an. »Taylor?«

»Na, Taylor Swift. Was, wenn sie recht hat mit«, ich deutete mit dem Finger auf die Boxen über uns, »You need to calm down«, erklärte ich. »Was wenn sie recht hat, und ich komplett überreagiere?«

Lia biss sich auf die Unterlippe, was meinen Blick zu ihrem Mund lenkte und meine Gedanken zurück zu dem Moment im Park. Wie gerne ich sie jetzt küssen würde. Dann tat sie, womit ich am wenigsten gerechnet hatte, und prustete los.

»Was?«, fragte ich irritiert, während Lia sich gar nicht mehr einbekam.

»Du …«, fing sie an und musste erneut lachen, »du hast dich nicht ernsthaft mit einer Taylor-Swift-Referenz entschuldigt?«

Ich verschränkte die Arme vor der Brust. »Und?«

Lia grinste. »Nichts und. Ich hätte nur nicht gedacht, dass ich das mal erleben darf.«

»Bist du betrunken?«, fragte ich mit erhobenen Augenbrauen.

»Nicht so betrunken, dass ich Taylor Swift zitieren würde. Aber vielleicht so ein kleines bisschen.« Sie hielt mir ihre Hand vors Gesicht und deutete eine klitzekleine Menge an. Dann wurde sie ernst. »Aber eigentlich war ich gerade dabei, mich zu entschuldigen.«

»Nein, eigentlich warst du gerade dabei zu sagen, dass es dir nicht leidtut und du nichts bereust«, sagte ich.

Lia nickte. »Ja. Aber es tut mir trotzdem leid, dass wir gestritten haben. Der Rest nicht.«

»Das ist okay.« Vielleicht sprach auch der Alkohol aus mir, aber in dem Moment meinte ich es genau so, wie ich es sagte. Es war okay, wenn Lia mir nicht alles offenbaren wollte. Wir kannten uns seit sechs Tagen. Wer war ich, ihr vorzuschreiben, wie weit sie sich mir gegenüber zu öffnen hatte? Alles, was ich ihr gegenüber von mir preisgegeben hatte, hatte ich ihr komplett freiwillig erzählt. Es war unfair, von ihr eine Gegenleistung zu erwarten.

Lia sah mich mit großen Augen an. »Wie meinst du das?«

»Genau so, wie ich es sage. Es ist okay, wenn du mir noch nicht alles über dich verraten möchtest. Ich habe überreagiert.«

Lia schwieg einige Augenblicke. Ihre Augen wanderten über mein Gesicht, als könnte sie nicht glauben, was ich gerade gesagt hatte. Ich wusste nicht, ob es ihr Blick war oder es doch am Alkohol lag, aber mir wurde plötzlich ziemlich warm. Wer wusste schon, was in dem blau-grünen Drink war, den Daniel geholt hatte?

»Meinst du das ernst?«, fragte Lia schließlich. »Du bist nicht sauer?«

»Na ja, ich würde lügen, wenn ich sagen würde, dass ich begeistert bin, dass du mir nicht deinen wahren Namen genannt hast«, gab ich zu. »Aber … ich würde dich gerne besser kennenlernen. Und vielleicht magst du mir irgendwann doch mehr erzählen. In deinem Tempo. Ich mag dich, Lia.« Die letzten Worte waren mir herausgerutscht, bevor ich mich bremsen konnte. Okay, ich war definitiv betrunken. Mehr, als ich gedacht hatte. Ich bemerkte Lias Blick und wünschte, ich könnte meine Worte zurücknehmen.

*Fuck*, wieso hatte ich das gesagt? Wieso hatte ich mich nicht einfach entschuldigt und es dabei belassen? Lias Augen ruhten immer noch auf mir, und ihre Miene verriet leider nicht, ob meine Worte etwas in ihr ausgelöst hatten. Vielleicht hatte sie mich im allgemeinen Lärm des Clubs auch gar nicht verstanden.

Ich räusperte mich und versuchte in dem Nebel aus Bier und seltsam bunten Drinks ein sinnvolles Gesprächsthema zu finden.

»Möchtest du jetzt eigentlich lieber Anna genannt werden?«

»Nein!«, antwortete Lia wie aus der Pistole geschossen. »Bitte nicht.«

In ihren Worten lag so viel Dringlichkeit, dass ich nickte. »Okay. Lia passt auch viel besser zu dir.«

Sie schenkte mir ein kleines Lächeln und schaffte es allein damit, dass sich für einen kurzen Moment alles wieder richtig anfühlte.

# 25. KAPITEL

## Lia

Wieso sah er so gut aus? Und noch viel wichtiger: Wieso zeigte er so viel Verständnis für mich? Und hatte ich schon gefragt, wieso er heute Abend so gut aussah?

Ich hatte kurz für mich sein und durchatmen wollen. Ich dachte, eine Begegnung mit Noah würde Chaos bedeuten, insbesondere nach dem Streit. Aber das Gegenteil war der Fall. Er brauchte nur neben mir zu stehen, und schon fühlte ich mich wieder ruhig. Als hätte ich alles im Griff. Das war natürlich weit von der Wahrheit entfernt, aber es fühlte sich so an. Noah erdete mich. Mir wurde erst bewusst, dass ich ihn angestarrt haben musste, als seine Augenbrauen sich zusammenzogen.

»Was?«, fragte er und sein Atem kitzelte auf meiner Nasenspitze, so nah stand er vor mir.

»Alles, was ich sagen würde, würde dein Ego nur noch weiter aufblasen«, gab ich zu.

Noah schmunzelte. »Was, wenn ich dir sage, dass ich das nach dem Tag heute echt gebrauchen könnte?«

Ich wiegte den Kopf hin und her, als würde ich überlegen. »Dann würde ich vielleicht darüber nachdenken, es dir zu verraten.«

Der nächste Song startete und riss mich aus meinen Gedanken. Wie lange war ich nun schon fort? Phuong vermisste mich vielleicht schon. Phuong …

»Noah …«, begann ich zögerlich und biss mir auf die Unterlippe, unsicher, wie ich die nächste Frage am besten formulieren sollte.

»Ja?«, fragte Noah.

»Ich weiß, das ist zu viel verlangt, und ich hab gar kein Recht, dich darum zu bitten, aber …«, ich atmete durch, »könntest du Phuong bitte nichts davon erzählen? Von der Sache mit dem Namen meine ich. Und … könntest du Daniel vielleicht auch bitten, es für sich zu behalten?«

Ich versuchte, die Regungen in Noahs Gesicht zu deuten – nur dass dort keine waren. Er blickte mich nur unverwandt an. Vermutlich hatte ich mit meinen Worten gerade jegliche Leichtigkeit zerstört, die sich gerade erst wieder zwischen uns aufgebaut hatte. Verdammt. Ich hatte kein Recht, ihn das zu fragen. Es waren seine Freunde.

Dann atmete Noah geräuschvoll aus. »Ich hatte nicht vor, es Phuong zu sagen. Oder Daniel.«

»Du hast gar nicht mit ihm darüber geredet?« So nahe, wie die beiden sich standen, war ich fest davon ausgegangen. Eine Welle der Erleichterung durchflutete mich.

Noah schüttelte den Kopf. »Nein. Ich wollte erst, aber …«

»Aber?«, hakte ich nach.

Noah sah zur Seite und zuckte mit den Schultern. »Dann hatte ich wieder dein Gesicht vor Augen und hab mich daran erinnert, wie du ausgesehen hast, als diese Elena dich angesprochen hat.«

Bei dem Gedanken an den Schock, den ich in dem Moment gefühlt hatte, wurde mir für einen kurzen Moment wieder ganz anders. Mein sorgsam erbautes Kartenhaus war so kurz davor gewesen, in sich zusammenzufallen. Und ich wusste ehrlich nicht, was ich dann getan hätte. Wohin ich noch hätte davonlaufen können.

»Deshalb konnte ich nichts sagen. Und sobald ich mich abreagiert hatte … na ja, ich war schon noch sauer, aber letzten Endes hab ich nicht zu entscheiden, wem du was wann erzählst. Und ich habe dich nicht so kennengelernt, dass du so etwas aus böser Absicht tun würdest.«

Ich schluckte gegen den Kloß an, der sich in meinem Hals gebildet hatte. »Danke«, flüsterte ich, und in diesem einen Wort lag so viel, von dem ich nicht wusste, wie ich es zum Ausdruck bringen konnte.

»Schon okay.«

»Ich mag dich auch.« Meine Stimme war kaum mehr als ein Flüstern. Noahs Kopf schnellte zu mir herum. Kurz sah er mich verdutzt an, dann wich der Ausdruck einem breiten Grinsen. »Du hast mich also doch gehört.«

In seinen Augen lag ein Funkeln, und mit einem Mal war jegliche Anspannung zwischen uns gewichen. Ich hatte mit allem gerechnet, als ich Noah heute Abend gesehen hatte, aber nicht damit, dass *er* sich bei mir entschuldigte. Und noch viel weniger, dass er mir so viel Verständnis entgegenbrachte. Mehr noch als ich mir selbst es zugestand.

»Noah?«

»Ja?« Seine braunen Augen wirkten in der spärlichen Beleuchtung fast schwarz und ruhten auf meinen. So wie seine Berührung mir bei meinem Zusammenbruch beim Boxen Stabilität und Kontrolle gegeben hatte, so vermittelte sein Blick mir jetzt Ruhe und Sicherheit.

Ohne mich bewusst dazu entschieden zu haben, stellte ich mich auf die Zehenspitzen und lehnte mich vor. Meine linke Hand fand ihren Weg in Noahs weiches Haar, meine rechte lag an der Stelle zwischen seinem Hals und seiner Schulter. Ich spürte ihn zitternd ausatmen, als die Luft meine Oberlippe streifte, dann legten sich seine Hände um meine Taille und zogen mich enger zu sich heran. Meine Lippen trafen auf seine, und ich musste mich zusammenreißen, nicht laut aufzuseufzen. Noahs Geruch, sein Geschmack, seine Nähe – all das brachte mich beinahe um den Verstand. Als meine Zunge auf seine traf, gruben seine Finger sich in meine Hüfte, er presste mich gegen die Wand in meinem Rücken und vertiefte den Kuss. Ich stieß einen Ton aus, der einem Wimmern ziemlich nahkam. Toll, so viel zur Selbstbeherrschung. Ich musste die Augen nicht öffnen, um Noahs Grinsen zu sehen, denn ich spürte es ganz deutlich an meinem Mund. Zur Strafe biss ich ihn in die Unterlippe, was er jedoch nur mit einem tiefen Lachen quittierte, das ich an meiner Brust spüren konnte. Und doch war er nicht nah genug, konnte gar nicht nah genug sein.

Ich wusste nicht, ob Sekunden oder Minuten vergangen waren, als wir uns schwer atmend voneinander lösten. Noahs Hände ruhten nach wie vor an meiner Hüfte. Ich lehnte den Kopf an die Wand, um zu ihm aufblicken zu können.

»Schön, dass wir das geklärt haben«, sagte ich.

»Hmhm«, war Noahs einzige Antwort. Sein Blick war weiterhin auf meinen Mund gerichtet, und diesmal war er derjenige, der die letzten Zentimeter zwischen uns überbrückte.

»Wo warst du denn? Ich hab mir Sorgen um dich gemacht!« Phuongs flache Hand traf mich am Oberarm. Die Bewegung brachte sie so aus dem Gleichgewicht, dass sie zur Seite taumelte. Zum Glück war es selbst am Rand der Tanzfläche mittlerweile so voll, dass keine Gefahr für sie bestand umzufallen.

»Au«, beschwerte ich mich. Ohne meinen Muskelkater hätte der Schlag vermutlich gar nicht wehgetan.

Phuong schien gerade etwas erwidern zu wollen, doch dann formte ihr Mund ein perfektes, rundes O, und sie sah mich mit geweiteten Augen an.

»Ich weiß, ich bin betrunken, aber ich hätte nicht gedacht, dass ich schon zu halluzinieren anfange!«, rief sie.

Ich merkte, wie ich rot wurde, was unter den bunten Partylichtern hoffentlich niemandem auffiel.

Phuongs Blick schnellte zu dem Mann hinter mir und dann an meinem Arm hinunter. »Oh mein Gott, Lia!«, rief sie nun noch lauter und sprang auf und ab. »Du hältst Händchen mit Noah!«

Mir hätte klar sein sollen, dass ich mit einem Kommentar von Phuong rechnen musste.

»Ja, äh, ich weiß«, antwortete ich und merkte, wie meine Wangen warm wurden. Noah war es, der mich an der Hand genommen und zurück auf die Tanzfläche befördert hatte. Und nun fühlte es sich zu gut an, als dass ich seine Hand loslassen wollte. Phuong stieß ein Quietschen aus und schlug sich die Hände vor den Mund.

»Sorry, ich bin sonst nicht so«, rief sie und hibbelte von einem Fuß auf den anderen, »daran ist der zweite Zahnputzbecher schuld.«

»Was?«, fragte Noah hinter mir.

»Sekt«, sagte ich. »Wir hatten keine normalen Gläser.«

»Darauf müssten wir eigentlich noch einmal anstoßen!« Phuong nickte zur Bestärkung und wollte in Richtung Bar marschieren, doch ich stoppte sie mit einem ausgestreckten Arm. »Trink erst mal ein Wasser.«

Phuong rollte mit den Augen. »Musst du so vernünftig sein?« Sie stupste mir mit dem Zeigefinger auf die Nase. »Aber ich mag dich immer noch.«

Phuong wandte sich Noah zu. »Und jetzt, wo es euch wieder gut geht, zurück zu meinen Problemen.« Phuong hielt inne, und für einen Augenblick dachte ich, sie hätte vergessen, was sie hatte sagen wollen. Dann aber sprach sie weiter. »Hast du mal was von Kyra gehört? Sie antwortet nicht. Seit Tagen nicht.« Phuong zwirbelte ihre Kette an ihrem Zeigefinger auf. »Und ich weiß nicht, was ich falsch gemacht habe.«

Ich hatte nicht gewusst, dass Phuong mit Noahs Schwester befreundet war. Aber das erklärte, woher die beiden sich kannten.

»Nein«, sagte Noah, »mir antwortet sie auch nicht. Na ja, abgesehen von Emojis und vereinzelten Wörtern. Hast du sie mal angerufen? Vielleicht geht sie bei dir ja ran.«

»Ich weiß nicht.« Phuong nuschelte die Worte so, dass sie beinahe wie eins klangen. »Sie war in letzter Zeit irgendwie schon so seltsam.«

»Was meinst du mit seltsam?«

»Viel ruhiger als sonst. Sie wollte weder mich noch Miriam wirklich treffen, und kurz darauf war sie dann in Paris.« Phuong hob die Schultern.

Noahs Miene wurde nachdenklich, und ich meinte, Sorge in seinen Augen zu lesen. Er schwieg für einen Moment.

»Ich schreib dir, sobald ich was von ihr höre, ja? Aber jetzt lass ich euch in Ruhe. Ich will euren Abend nicht weiter stören.«

»Tz, zu spät«, meinte Phuong, sah aber zum Glück belustigt aus.

»Ich mach mich mal auf die Suche nach Daniel und Oliver.« Noah drückte meine Hand kurz, bevor er sie losließ. Ein warmes Kribbeln breitete sich in meinem Bauch aus. Wie konnte eine so einfache Berührung nur so eine Wirkung auf mich haben? »Ich schreib dir morgen. Hab Spaß«, flüsterte er an meinem Ohr, dann bahnte er sich seinen Weg durch die Menge.

»Oh. Mein. Gott.« Phuong strahlte mich an, als hätte Lady Gaga persönlich den Club betreten. »Ich fass es nicht. Da bist du gerade einmal ein paar Tage hier, und jetzt datest du Noah! Ah!«

Phuong schien sich ehrlich für mich zu freuen, trotzdem hinterließen ihre Worte einen bitteren Beigeschmack in mir. »Es geht zu schnell, oder?« Ich schluckte, während das Hochgefühl, das die Musik, Noah und der Alkohol in mir ausgelöst hatten, mit einem Mal aus mir hinausfloss. Was blieb, war eine nur zu bekannte Leere. Natürlich ging es zu schnell. Hatte ich denn nichts gelernt?

»Was?« Phuong sah mich verdutzt an.

Kurz glaubte ich, sie hatte mich über die Musik, die aus den Boxen über uns dröhnte, einfach nicht verstanden, doch ihre nächsten Worte zerstörten diese Hoffnung.

»Was geht zu schnell?«

»Die Sache mit Noah. Ich bin nicht nach Berlin gekommen, um irgendeinen Kerl kennenzulernen. Ganz im Gegenteil eigentlich. Und jetzt hatte ich ein Date. Und es ist genau, wie du sagst: Ich bin erst seit ein paar Tagen hier.« Frustriert starrte ich nach unten ins Dunkle, wo ich meine Füße vermutete, und wünschte mir, der Boden würde sich auftun und mich ebenso unsichtbar machen.

»Na und? Lia, so war das nicht gemeint.« Phuong stupste mich an und zwang mich so, ihr wieder meine Aufmerksamkeit zu schenken. »Denkst du ernsthaft, es ist wichtig, mit wem du wann und wie schnell ausgehst? Du könntest jeden Tag einen anderen Typen mit in die Pension nehmen, und ich wäre die Letzte, die dich dafür verurteilt. Wir sind erwachsen. Und ich arbeite nicht bei der Bravo.«

Ihre Worte und ihr Gesichtsausdruck brachten mich zum Grinsen, vertrieben die Sorgen aber nur bedingt. Sie hatte recht. Ich würde selbst auch niemals eine Frau fürs Daten oder für sonst etwas verurteilen. Aber das traf leider nicht auf alle Menschen zu. Ich atmete tief ein und wieder aus, um meinen Herzschlag zu beruhigen.

Phuong sah mich mit hochgezogenen Augenbrauen abschätzend an.

»Alles okay?«, fragte ich.

»Wir machen dir eine Power Pose.«

»Eine was bitte?«

»Eine Power Pose«, sagte sie sachlich. Dann sprang sie in die Höhe und streckte die rechte Faust energisch in die Luft. »So was!«

Widerwillig musste ich lachen. »Okay, für einen kurzen Moment hast du wieder nüchtern gewirkt, aber ich hab mich wohl geirrt. Was soll das sein?«

Phuong verdrehte die Augen und hob dann meinen Arm in die Höhe. »Nicht so schlaff. Streck ihn mal durch. Ja, besser! Und, wie fühlt sich das an?«

»Bescheuert«, sagte ich.

»Dann ist das noch nicht die richtige Power Pose für dich. Wir finden eine. Ich hab keine Ahnung, wieso du so unsicher bist, aber die machst du dann immer, wenn dich etwas verunsichert. Du weißt nicht, ob es okay ist, Noah zu daten?« Phuong zog meinen Arm noch ein Stückchen höher. »Power Pose! Du steigst an der falschen Haltestelle aus und steckst orientierungslos mitten im Wedding fest? Power Pose! Du stehst seit Minuten, ohne zu tanzen, auf einer Tanzfläche und wirst von allen angerempelt? Egal, Power Pose!«

Jetzt hatte Phuong es geschafft, und ich musste doch lachen. »Okay, okay. Ich hab das Prinzip verstanden.«

Sie nickte zufrieden. »Gut.« Dann nahm sie mich an den Händen und bewegte meine Arme im Takt hin und her, bis ich gar nicht anders konnte, als wieder zur Musik zu tanzen. Ich wusste nicht wie, aber diese junge Frau, die mich erst seit wenigen Tagen kannte, hatte wieder einmal dafür gesorgt, dass ich mich entspannte und meinen kreisenden Gedanken entkam.

# 26. KAPITEL

## *Noah*

Nachdem die Bar und die Tanzfläche Fehlanzeige waren, fand ich Olivers weißblonden Schopf im Raucherbereich. Wieder einmal.

»Na, endlich«, sagte ich und schlug Oliver auf die Schulter, der zur Seite trat, damit ich mich zwischen ihm und Daniel in den kleinen Kreis schieben konnte. Die zwei Typen, die bei Oliver und Daniel standen, kamen mir vage bekannt vor, aber ich konnte sie nicht zuordnen. Ich kniff die Augen zusammen, um mich besser konzentrieren zu können, aber wieder drehte sich alles leicht. Fuck, ich hätte diese seltsamen Mischungen nicht trinken sollen.

»Noah!« Oliver deutete auf die beiden Kerle. »Das ist Thomas, das ist Ben. Wir kennen uns durch seinen Bruder.« Er drehte sich zu mir. »Und das ist …«

»Noah Seger«, sagte der Kerl, der mir gerade als Ben vorgestellt wurde. Er war ein winziges Stück kleiner als ich, hatte dunkelblondes Haar und perfekte Zähne, die er mir gerade mit einem breiten Grinsen präsentierte. Er sah aus wie aus einem Magazin. Irgendetwas an diesem Grinsen wirkte überheblich. Ich mochte ihn nicht.

»Kennen wir uns?«, fragte ich.

Ben taxierte mich weiter aus hellblauen Augen, schwieg jedoch so lange, dass Daniel einsprang, um die unangenehme

Stille zu überbrücken. »Thomas und Ben sind im gleichen Handballteam wie Christopher.«

*Na toll.* Das erklärte dann auch, woher sie meinen Namen kannten. Mein Bruder war wahrscheinlich ihr Feind Nummer eins, nachdem er ihren Kapitän spielunfähig gemacht hatte. Ich hielt Bens Blick stand und beschloss, mich nicht provozieren zu lassen. Vermutlich war genau das sein Ziel.

»Freut mich«, sagte ich trocken.

»Wie geht's deinem Bruder?«, fragte Ben, und ich sah, wie auch Thomas' Mundwinkel zuckten. Neben mir verlagerte Oliver unruhig das Gewicht von einem Bein aufs andere.

»Bestens«, antwortete ich knapp. Mein Herzschlag beschleunigte sich bei dem Gedanken an Elias und daran, dass Christopher den beiden mit Sicherheit alles brühwarm erzählt hatte.

»Und deiner kleinen Schwester?« Bens Ton klang beiläufig, während seine Augen auf mir ruhten, als wartete er nur darauf, dass mein Gesicht meine Gefühle preisgab. Als ich nicht antwortete, legte Ben den Kopf schief. »Richte ihr gern mal meine Grüße aus.«

»Wieso sollte ich?«, fragte ich mit eisiger Stimme.

Ben zuckte mit den Schultern. »Schadet ja nicht, sie sich mal warmzuhalten. Was man so hört, lässt sie jeden ran.«

Plötzlich nahm ich weder die Musik noch die Blicke meiner Freunde wahr. Nur noch Bens arrogantes, überhebliches Grinsen.

»Wie bitte?« Meine Worte zerschnitten die Luft zwischen Ben und mir wie ein Messer. Meine Hände waren zu Fäusten geballt. Trotzdem hatte Ben die Nerven, weiter zu grinsen.

»Hab gehört, Kyra ist im Ausland. Wir wussten ja, dass sie 'ne Schlampe ist, aber dass sie sogar auswandern muss, weil sie in Berlin schon alle durchhat?« Ben grinste Thomas an. »Das war sogar mir …«

Weiter kam er nicht, da meine Faust seine Worte unterbrach und Ben mit einem befriedigenden dumpfen Knall zu Boden beförderte. In meinem Inneren war ein Chaos aus Stimmen, die mich anschrien, es nicht zu tun. Ich hatte seit fünf Jahren niemanden mehr geschlagen. Seit Elias mir beigebracht hatte, meine Wut zu überwinden und zu erkennen, dass deren Quelle in mir lag und nicht in den Leuten um mich herum. Gerade heute hatte ich zu Marc gesagt, dass ich nicht mehr so war. Deshalb flehten die Stimmen mein Inneres an, aufzuhören und wegzugehen, nicht noch einmal zuzuschlagen. Aber die andere Seite in mir beförderte meine Faust noch einmal nach unten, befreite meinen Arm aus Daniels Griff und sorgte dafür, dass ich auf Ben landete und nur noch rotsah. Es war alles zu viel. Die Unsicherheit. Elias' müdes, eingefallenes Gesicht. Der Streit. Die Angst. Bens Grinsen und die abfälligen Worte über meine kleine Schwester. Kyra, die der sanfteste, optimistischste Mensch war, den ich kannte. Und die sich nicht meldete. Das Gefühl, nicht gut genug zu sein. Den Job nur zu haben, weil ich zweite Wahl war und immer sein würde.

Ich hörte Olivers und Daniels Stimmen über mir, aber ich konnte ihre Worte nicht ausmachen, als meine Hand sich um den Kragen von Bens Jacke klammerte und sein Gesicht vom Boden zu mir anhob.

»Fürs Protokoll«, zischte ich an seinem Ohr, »ich schlag dich nicht, weil ich Kyras Ehre verteidigen möchte. Sie kann tun und lassen, was und mit wem sie will. Aber du lässt die Finger von ihr. Und wenn du sie noch einmal Schlampe nennst, kannst du was erleben.«

Erst dachte ich, dass Ben hustete, doch dann sah ich sein Lachen. Seine Unterlippe war aufgeplatzt und blutete, aber er grinste trotz allem.

»Sicher, dass du adoptiert bist?«, fragte er spöttisch. »›Der Apfel fällt nicht weit vom Stamm‹ passt dafür grad viel zu gut.«

Bevor ich etwas erwidern konnte, wurde ich an beiden Armen nach oben gerissen, wodurch meine Finger sich von Bens Jacke lösten und sein Kopf unsanft zu Boden fiel. Gut so. Geschah ihm recht.

Ich drehte mich zu Daniel um, um meinen Arm aus seiner Umklammerung zu lösen. Nur dass ich nicht in Daniels Gesicht sah, sondern in das eines breitschultrigen und grimmig dreinblickenden Mannes. Er war komplett in Schwarz gekleidet und einen halben Kopf größer als ich. Security. Fuck. Hinter ihm stand ein Typ mit schwarzen Haaren, dunklem Shirt, verschränkten Armen und ebenfalls grimmigem Gesichtsausdruck. Offensichtlich hatte er die Security gerufen. Danke, Arschloch.

In dem Moment, in dem der Mann mich nach hinten zog, griff Ben sich ins Gesicht und begann laut zu stöhnen. Thomas beugte sich zu ihm und griff ihm an die Schulter. Mit der anderen Hand hielt er sein Handy umklammert. Fuck, hatte er die Polizei gerufen?

»Scheiße, alles okay Mann? Ist was gebrochen?« Er rüttelte leicht an Bens Schulter, als würde er anders keine Reaktion aus ihm herausbekommen. Ben stöhnte nur weiter und hielt die Augen geschlossen.

War das ihr verdammter Ernst? Ich schnaubte und hätte Thomas am liebsten zu Ben auf den Boden befördert für das Theater, das sie gerade abzogen. Doch mir dämmerte, dass sie genau darauf spekuliert hatten. Auf das Theater. Darauf, dass ich mich nicht im Griff haben würde. Aber warum?

Daniel, der das plötzliche Schauspiel genauso ungläubig beobachtete wie ich, ging einen Schritt auf den Security-Typ zu, doch ich bedeutete ihm mit einem Kopfnicken, stehen zu bleiben. Es hatte keinen Sinn, wenn ich uns beiden Probleme bereitete. Fuck, am liebsten würde ich mir selbst eine reinschlagen dafür, dass ich mich hatte provozieren lassen. Ohne den Schleier der Wut, der mich eben noch benebelt hatte, sah ich, dass meine Reaktion einfach nur dämlich war. Wieso hatte ich mich nicht im Griff gehabt? Kyra war durch meinen Ausraster nicht geholfen, und ich fühlte mich auch nicht besser.

Na ja, vielleicht ein bisschen, wenn ich Bens Gesicht so sah.

»Kommst du so mit oder muss ich dich raustragen?«, brummte der Mann in meinem Rücken.

»Er hat angefangen«, sagte ich.

Die Hand an meiner Schulter zog mich leicht zurück und der Mann beäugte mich kritisch. »Dann würdest du ganz anders aussehen, aber netter Versuch.«

Der Typ mit den schwarzen Haaren schob sich an uns vorbei und beugte sich über Ben. »Alles okay?«

Ben nickte, hielt sich jedoch weiter das Gesicht. Die andere Hand streckte er dem Schwarzhaarigen entgegen, damit dieser ihm aufhalf. Allerdings tat er das nicht, sondern stand weiter mit verschränkten Armen da. »Stell dich nicht so an und steh auf.«

»Mann, Milan, das tut echt weh!«, jammerte Ben. Vielleicht war all das doch nicht nur für den Security-Typen gespielt. Er würde sich noch ein paar Tage daran erinnern.

»Pech, das hättest du dir vorher überlegen sollen. Wir können echt nicht noch einen Ausfall gebrauchen.« Kurz trafen die Augen des Schwarzhaarigen – Milan – meine, dann sah er wieder zu Ben. »Und du hast's halt echt verdient.«

Meinungsänderung. Er war vielleicht doch kein Arschloch.

Ein weiterer Mann des Security-Teams trat durch die Tür in den Raucherbereich und sah zu seinem Kollegen. »Brauchst du Hilfe?«

»Ne Schlägerei, hab's im Griff. Ich bring den da nach draußen.«

Ohne ein weiteres Wort schob mich die Hand in meinem Rücken vom Raucherbereich zurück in den Club. Na toll. Wir würden den langen Weg an der Bar vorbei nehmen. Auch wenn ich mit Sicherheit drängendere Probleme hatte, betete ich, dass Lia mich nicht sah, sondern irgendwo am anderen Ende des Raums tanzte.

»Hattest du 'ne Jacke dabei?«, fragte der Security-Typ, als wir an der Garderobe angelangt waren.

»Klar, Daunen. Mach ich immer so bei 30 Grad im Schatten.«

Der Druck an meinem Rücken verstärkte sich. Hatte ich vermutlich verdient. Ich stieß die Tür mit ausgestrecktem Arm auf und wäre die drei Stufen vorm Eingang nach unten gestolpert, hätte mich die Hand an meiner Schulter nicht mit einem Ruck in die Gerade gezogen.

Hinter meinem Rücken ertönte ein Seufzen. »Vielleicht solltest du nächstes Mal bisschen weniger trinken?«

Ich schnaubte zur Antwort. Klar, ich hatte zu viel getrunken, aber ich war mir nicht sicher, ob das der einzige Grund war, wieso ich Ben geschlagen hatte.

»Dass du Hausverbot hast, ist dir klar?«

Ich zuckte mit den Schultern. »Gibt genug Clubs in Berlin.«

Am Ende der Stufen angekommen, löste sich die Hand endlich von meiner Schulter, und ich griff mir an die schmerzende Stelle, um sie zu massieren.

»Sieht aus, als wären deine Freunde da.«

Ich verschränkte die Arme vor der Brust und wandte mich dem Kerl zu. Er stand ebenfalls mit verschränkten Armen da und wirkte im Gegensatz zu mir entspannt. Wahrscheinlich war das hier für ihn reine Routine.

»Was?«

Mit einem Kopfnicken deutete er nach links. »Dein Freund und Helfer ist da. Sorry, Mann.«

Der Groschen fiel, als ich seiner Bewegung folgte und die beiden blau uniformierten Polizisten sah. Fuck.

»Haben Sie angerufen?« Die blonde Polizistin kam vor mir zum Stehen und sah den Security-Mann fragend an. Ihr Kollege wartete beinahe gelangweilt ein paar Schritte hinter ihr.

»Ne, muss einer von den Kids gewesen sein. Nehmt ihr ihn mit?«

*Thomas, du Wichser.* Er hatte die Chance also echt genutzt und die Polizei gerufen.

»Gleich. Wir gehen erst noch rein und schauen uns den anderen an.

Die blauen Augen der Frau musterten mich. »Hast du getrunken?«

»Jap.«

Sie winkte ihren Kollegen heran, ein Mann mittleren Alters, der unter anderen Umständen einen sympathischen Eindruck gemacht hätte.

»Passt du auf ihn auf? Bin gleich wieder da.«

Ich trommelte mit den Fingern auf das Laken und wartete. Keine Ahnung, worauf. Ich hatte überhaupt keinen Plan, wie das Ganze hier ablief. Ich war einmal in eine Schlägerei verwickelt gewesen, die mit der Polizei geendet war. Ich war minderjährig gewesen und hatte von meinen Eltern abgeholt werden müssen. Damals hatte ich mir felsenfest geschworen, es nie wieder so weit kommen zu lassen.

Ob Elias sich so gefühlt hatte, nachdem er auf Christopher losgegangen war? Hatten sie ihn auch mitgenommen?

Ich ließ mich nach hinten gegen die Wand fallen. Sie hatten

meine Personalien aufgenommen und Handy und Portemonnaie weggeschlossen. Ich hätte jemanden anrufen dürfen, aber hatte abgelehnt. Wen auch? Meine Eltern ganz sicher nicht. Elias, der normalerweise meine erste Wahl gewesen wäre, fiel auch flach. Daniel hatte ja mitbekommen, was passiert war. Kyra vergnügte sich lieber in Paris, als mir oder sonst jemandem aus der Familie zu helfen. Und Lia …

Ich schüttelte den Kopf, als könnte ich den Gedankengang so verwerfen. Doch das Einzige, was passierte, war, dass der Raum sich drehte – wenn auch nicht mehr so schlimm wie noch zuvor. Ich saß in einer Ausnüchterungszelle, obwohl ich dafür lange nicht betrunken genug war. Vielleicht war alles andere voll? Oder aber die Polizistin wollte, dass ich mich in diesem kargen, kalten Raum dreckig fühlte. Erziehungsmaßnahme oder so. Was ich nicht wusste, war, wie lange ich schon hier drin saß. Es gab kein Fenster nach außen, und ich hatte kein Zeitgefühl mehr.

Scheiße, Mann. Ich wollte hier raus. Ich musste hier raus. Was wenn sich das alles negativ auf Elias auswirkte? Oder wenn sie meine Eltern vielleicht trotzdem einfach anriefen? Quatsch, ich war einundzwanzig und selbst für den Mist verantwortlich, den ich mir einbrockte.

Ich schlug meinen Hinterkopf gegen die Wand und der Schmerz brachte kurz Klarheit in meine Gedanken.

*Reiß dich zusammen, Noah!*

Nur war das leichter gesagt als getan. Denn ich erinnerte mich noch zu gut an das letzte Mal. An den Blick meiner Mutter, als sie mich vom Revier abholte. An Elias' starre Miene. Ich konnte im Nachhinein nicht mehr sagen, was mich mehr belastet hat: Elias oder meine Mutter zu enttäuschen. Vermutlich war Mamas Blick der schlimmere, denn in ihren Augen hatte ich nicht nur Enttäuschung gelesen, es lag auch jede Menge

Schuld mit darin. Schuld, die ich sie niemals hätte fühlen lassen dürfen. Das war kurz nachdem ich erfahren hatte, dass ich adoptiert war. Bis zu dem Tag und dem Wutausbruch hatte ich gar nicht gemerkt, dass mich diese Tatsache belastete. Bis heute verstand ich nicht, wieso, denn dadurch änderte sich nichts. Ich hatte nie an der Liebe meiner Familie gezweifelt. Ich hatte noch nicht einmal das Bedürfnis gespürt, meine leiblichen Eltern überhaupt kennenzulernen. Und doch hatte ich seit diesem Moment an – bis heute – das Gefühl, mich doppelt so sehr anstrengen zu müssen. Mir meinen Platz hier verdienen zu müssen.

Ich liebte meine Familie. Das war keine Ausrede, die rechtfertigte, dass ich Ben geschlagen hatte. Aber bei seinen Worten über Kyra hatte ich rotgesehen. Gleichzeitig bekam ich bei dem Gedanken an meine Schwester ein schlechtes Gewissen. Wenn sie laut Phuong ruhiger geworden war, wieso hatte sie sich nicht an mich gewandt? Offensichtlich nahm sie die ganze Sache doch mehr mit, als es online den Anschein machte. Aber wieso redete sie nicht mit mir? Dass sie ihren Freundinnen nichts von Elias erzählten wollte, okay. Aber das erklärte nicht, wieso sie sich von mir fernhielt.

Neben mir an der Tür klackte es und kurz darauf schwang sie auf. Der Polizist sah mich an und nickte in Richtung Gang.

»Raus mit dir. Du kannst dir deine Sachen vorne abholen.«

»Ich darf gehen?«

»Ja. Denkst du, wir behalten dich hier wegen einer Prügelei?«

*Nein, aber ich dachte auch nicht, dass ihr mich in eine Ausnüchterungszelle steckt.*

»Herr Morawe will keine Anzeige erheben, also haben wir keinen Grund, Sie hierzubehalten. Wir sind so schon viel zu voll.«

»Herr Morawe?«

Der Polizist zog die Augenbrauen in die Höhe. »Der Mann, dem du eine verpasst hast? Klingelt da was?« Der Polizist sah mich kopfschüttelnd an. Vermutlich hatte er weder Nerven noch Respekt für Leute wie mich. Und verurteilte, ohne die Hintergründe zu kennen. »Willst du jetzt raus oder gefällt es dir hier drinnen echt so gut?«

Ich verkniff mir meinen Kommentar und ging ohne ein Wort an ihm vorbei. Nachdem ich mein Handy und Portemonnaie am Schalter zurückbekam, wurde ich zurück ins Foyer gebracht. Gott, ich fühlte mich eklig. Der Schweiß vom Club klebte noch an meinem Shirt, und ich hatte das dringende Bedürfnis, mir die Zähne zu putzen, um den Biergeschmack loszuwerden. Aber auch von innen fühlte ich mich irgendwie dreckig. Ich bereute es, Ben eine reingehauen zu haben. Weniger seinetwegen als vielmehr, weil ich mich besser unter Kontrolle hätte haben müssen. Es stand zu viel auf dem Spiel.

»Noah?«

Verwirrt blickte ich auf.

»Lia, was machst du denn hier?«

Lia hatte sich mit einem Cardigan zugedeckt und saß auf einer der Holzbänke im Eingangsbereich. Neben ihr saß Daniel, der genauso fertig wirkte, wie ich mich fühlte. Als Lia mich sah, stand sie auf und legte sich die Stoffjacke über den Arm.

»Daniel hat mir erzählt, was passiert ist. Oliver und Phuong sind auch erst mitgekommen, aber vor etwa einer Stunde heim.«

»Alles in Ordnung bei dir?«, fragte Daniel.

Ich sah auf das Display meines Handys. Es war fast vier Uhr.

»Shit«, murmelte ich nicht zum ersten Mal an diesem Abend – oder Morgen.

»Ja, alles okay so weit«, sagte ich an Daniel gerichtet. Wobei okay relativ war. Mein Kopf schmerzte und das nicht nur von den Nachwirkungen des Alkohols. Lias Blick schweifte kurz zu dem Polizisten, der noch immer in meinem Rücken stand, dann wieder zu mir. Ich hatte ihn beinahe vergessen. Halb drehte ich mich zu dem Mann um und nickte ihm knapp zu. Was zur Hölle sagte man in so einem Moment? Auf Wiedersehen mit Sicherheit nicht. Zumindest war das nicht mein Plan.

»Danke. Ich finde dann selbst raus.«

»Pass auf dich auf. Mit so 'nem Verhalten schadet man nicht nur sich selbst.«

Perplex sah ich den Polizisten an. Der verabschiedete sich kurz von Lia und Daniel und ging zurück in Richtung der Büros.

Wusste er von meinem Bruder? Fuck, sicher hatten sie Einblick in die Akten und die Verbindung zwischen uns gesehen. Würde Elias Probleme bekommen? Aber das konnte er nicht, schließlich hatte Christopher ihn nicht angezeigt, richtig? Was sollte dann diese Warnung? In diesem Moment wünschte ich mir nichts sehnlicher, als die Zeit einen Tag zurückdrehen zu können. Oder noch besser gleich einige Monate. Ich würde die blöde Reise nicht planen, an der Feier teilnehmen und nicht von Elias' Seite weichen. Doch so lief das Leben nun mal nicht. Leider musste ich mit den Konsequenzen leben.

Draußen war schon Vogelgezwitscher zu hören, obwohl es noch dunkel war und die Straße nur spärlich von den Laternen am Rand erhellt wurde. Ich ließ mich auf einen der steinernen Pflanzenkübel vor der Tür sinken und atmete geräuschvoll aus.

»Wie geht es dir?«, fragte Lia im gleichen Moment, in dem Daniel »Brauchst du was?«, fragte.

Trotz allem musste ich lächeln. Weil die beiden es immer wieder schafften, mich zu überraschen.

»Wollt ihr nicht wissen, wieso ich den Kerl vermöbelt habe?«

»Doch«, sagte Daniel, während Lia immerhin nur neugierig schaute.

Ich stöhnte und vergrub das Gesicht in den Händen.

»Weil ich dumm bin?«, nuschelte ich in meine Handinnenfläche. So dumm. Wenn ich Elias mit meiner Aktion irgendwie weiter gefährdet hatte, würde ich mir das nie verzeihen. Egal, was zwischen uns vorgefallen war. Ich blickte wieder auf, als Daniel leise lachte.

»Ja, aber das wissen wir ja schon.«

Lia ließ sich neben mir nieder. »Magst du reden?«, fragte sie und reicht mir eine kleine Flasche Wasser. »Trink. Dann geht's dir gleich ein bisschen besser.«

In wenigen Zügen leerte ich die Flasche zur Hälfte. Ich hatte gar nicht gemerkt, wie durstig ich war. »Danke.«

Eine Weile sagte keiner von uns etwas, aber ich konnte Daniels Blicke spüren. Er räusperte sich. »Wenn bei dir alles okay ist, dann geh ich jetzt heim und hau mich hin. Meld dich, wenn ich was tun kann, ja?«

Ich stand auf und umarmte Daniel zum Abschied. »Danke dir.« Daniel nahm auch Lia kurz in den Arm, bevor er in Richtung U-Bahn ging.

Ich setzte mich wieder und nahm noch einen Schluck Wasser. Meine Kehle fühlte sich wie ausgetrocknet an. Erneut hüllte sich Schweigen um uns, das nur von dem Piepen der nahe gelegenen Ampeln und gelegentlich vorbeifahrenden Autos durchbrochen wurde.

»Ich glaube, er meinte mich. Nicht Elias«, sagte Lia schließlich.

Ich blickte sie fragend an.

»Der Polizist. Darüber grübelst du doch gerade, oder?« Lia musterte mich und lächelte. Ihr Mascara war um die Augen herum verschmiert und sie hatte die Haare, die sich mittlerweile vollends aus der Frisur gelöst hatten, hinter die Ohren gestrichen. Ihr Kopf musste ähnlich dröhnen wie meiner. Trotzdem war sie hier. Und ich war so unendlich dankbar dafür. Ich wusste nicht, was ich als Nächstes tun sollte. Wie ich nach Hause fahren sollte, ohne dass meine Eltern bemerkten, was los war. Ich wusste gar nichts mehr – nur dass ich froh war, dass Lia gerade neben mir saß.

»Er hat sich vorhin mit mir unterhalten, er ist eigentlich echt nett. Als er gesagt hat, dass du auch anderen schadest, meinte er mich, glaube ich. Er hat versucht, mir die Sorgen ein bisschen zu nehmen.« Lia zögerte. »Ich glaube, er dachte, wir sind zusammen.«

Es war immer noch zu düster, um es richtig zu erkennen, aber wenn ich mich nicht irrte, wurde Lia schon wieder rot. Sie ließ mir keine Chance, auf ihren letzten Satz zu reagieren, da sie sofort weiterredete.

»Und selbst wenn er Elias gemeint hätte: Dein Verhalten beeinflusst ihn nicht. So wie seines deins nicht beeinflusst hat.« Lia hob die Schultern. »Also natürlich hat es dich beeinflusst, aber ich meine so im rechtlichen Sinn.« Lia biss sich auf die Lippe, wie um ihren Redefluss zu stoppen, und sah mich abwartend an.

Ich stieß die Luft in einem Schwall aus, als mir zumindest dieser Stein vom Herzen fiel. Ich lächelte Lia an. »Danke«, sagte ich. »Ich würde dich jetzt echt gern küssen, aber …« Ich verzog den Mund und sah sie kritisch an. »Ich würd mir noch viel lieber vorher die Zähne putzen.«

Lia lachte. »Das ist wahre Romantik. Danke.« Ihre Augen funkelten, und auch meine Stimmung hob sich langsam wieder.

»War ein verrückter Tag, was?«, fragte ich.

Lia schnaubte. »Kannst du laut sagen. Aber er endet doch eigentlich ganz okay.« Sie schenkte mir ein leichtes Lächeln, das ich erwiderte. Weil sie recht hatte. Der Tag war eine einzige Achterbahnfahrt gewesen. Aber ich wollte einfach daran glauben, dass wir uns gerade wieder auf dem Weg nach oben befanden.

# 27. KAPITEL

## Lia

Mir fiel ein Stein vom Herzen, als ich Noahs schiefes Lächeln sah. Gerade eben noch auf dem Revier hatte mich sein Gesichtsausdruck das Schlimmste befürchten lassen. In der kurzen Zeit, die ich Noah kannte, hatte er nie so besorgt und zerrissen gewirkt. Nicht mal, als er mir von seiner Adoption erzählt hat. Oder von der Sache mit Christopher. Oder nach dem Streit mit Elias. Er hatte immer Ruhe und Selbstsicherheit ausgestrahlt, hatte mich gehalten, als ich das Gefühl hatte, mich aufzulösen. Es fühlte sich gut an, jetzt ausnahmsweise für ihn da sein zu können.

»Danke«, flüsterte Noah und sein Atem streifte meine Nasenspitze. Er schien es selbst zu bemerken, denn er drehte den Kopf weg und verzog wieder das Gesicht.

»Kaugummis hast du nicht zufällig dabei? Ich fühle mich widerlich.«

Ich schmunzelte. »Nein. Aber ist es nicht schön, dass du dir darum wieder Gedanken machen kannst?«

Noah schnaubte kurz. »Mach dich nur lustig.«

»Soll ich uns ein Uber bestellen? Erst kann es mich absetzen und dich danach heimfahren. Zu deiner Zahnbürste«, schlug ich vor.

Noahs Stirnrunzeln vertiefte sich noch.

»Was?«, fragte ich.

»Nichts. Ich hab mir nur grad vorgestellt, auf meine Eltern zu treffen.«

»Du musst ihnen ja nicht sagen, was passiert ist.«

Noah sah mich mit schief gelegtem Kopf an. »Du hast es sicher schon gemerkt, aber ich bin nicht so der Fan von Geheimnissen.«

Ich spürte, wie mir das Blut in die Wangen schoss. Noah hielt mich sicher für ganz schön verlogen. Erst die Sache mit dem falschen Namen, jetzt schlug ich ihm auch noch vor, die heutige Nacht vor seinen Eltern geheim zu halten. Obwohl ich genau wusste, wie wichtig ihm Familie war.

Noah legte eine Hand auf mein Knie. »Das war kein versteckter Vorwurf, Lia. Ich hab es zwar betrunken gesagt, aber ich meine es nüchtern ganz genauso: Du kannst mir alles in deinem Tempo erzählen.«

Ich lächelte, aber das flaue Gefühl in der Magengegend blieb. Es war unfassbar nett von Noah, das zu sagen. Es war mehr, als ich verdient hatte. Vor allem, da er das Ausmaß seiner Worte nicht begriff. Denn in dieser Hinsicht war mein Tempo Stillstand. Ich wusste nicht, ob ich jemals darüber reden wollen würde, was passiert war. Ich war nicht wie Noah. Er mochte Geheimnisse hassen, ich erbaute mit ihnen meterhohe Schutzwälle. Sie waren meine Waffen gegen die Welt.

»Danke«, sagte ich trotzdem und versuchte, die lästigen Gedanken zu verdrängen. Noah legte den Kopf in den Nacken und schloss die Augen. Ich nutzte die Gelegenheit, um sein Profil zu betrachten. Seine Haare standen in alle möglichen Richtungen ab, aber das taten sie sowieso immer, das hatte nicht zwangsläufig etwas mit dem Aufenthalt in der Zelle zu tun. Seine Nase war gerade, seine vollen Lippen unversehrt. Ich merkte, wie ich mich entspannte. Ich war froh, mit eigenen Augen sehen zu können, dass er in Ordnung war. Auch wenn das bedeutete, dass Noah wirklich zuerst zugeschlagen hat, wie Daniel berichtet hatte.

*Aber so ist Noah doch gar nicht …*

»Noah«, begann ich zögerlich.

»Hm?«, machte er, ohne die Augen zu öffnen. Er sah friedlich aus, auch wenn durch seinen Kopf gerade Tausende Gedanken rasen mussten.

»Wieso hast du diesen Kerl geschlagen? Daniel hat nur erzählt, dass er dich ziemlich provoziert hat.«

Noah seufzte, lehnte sich nach hinten und schaute in den Berliner Nachthimmel, der sehr viel heller war als bei uns daheim. Oder aber die Sonne war schon im Begriff wieder aufzugehen.

Ich biss mir auf die Lippe. »Sorry. Du musst natürlich auch nicht antworten.« Am liebsten hätte ich meine Worte zurückgenommen. Er gab mir alle Zeit, die ich brauchte, und ich hielt es keine zwanzig Minuten aus. Toll.

Noah setzte sich gerade hin und wandte mir den Kopf zu. »Nein, kein Thema. Ich hab ja sowieso viel früher mit der Frage gerechnet.« Er seufzte. »Es war dumm, ich hätte es nicht tun dürfen. Ben hat Dinge gesagt, von denen er genau wusste, dass ich darauf anspringe.« Noah zuckte mit den Schultern. »Und na ja, das bin ich dann auch und hab zugeschlagen.« Er fuhr sich mit der Hand übers Gesicht. »Glaub mir, ich weiß wie dumm das war. Ich hätte mich besser im Griff haben müssen.«

»Hat er Dinge über Elias gesagt?«

Noah fuhr sich mit der Hand übers Gesicht, bevor er weitersprach. »Auch, ja. Und er hat meine Schwester beleidigt.« Er schüttelte den Kopf. »Wenn ich es ausspreche, merke ich selbst, wie kindisch das alles klingt. So eine Scheiße.«

Für einen Moment sah Noah so gequält aus, dass sich in

meiner Brust etwas zusammenzog. Ich hätte ihm so gerne geholfen.

»Tut mir leid«, murmelte ich.

Noah lachte leise. »Dir hat überhaupt nichts leidzutun. Ich bin einfach ein Idiot.«

»Bist du nicht. Ich hätte genauso reagiert, wenn …« Wenn was? Jemand etwas über meine Geschwister gesagt hätte? Ich hatte keine. Wenn jemand meine Freundinnen beleidigt hätte? Auch die hatte ich nicht mehr.

Noah deutete meine plötzliche Stille völlig falsch und grinste leicht. »Siehst du, hättest du nicht. Weil es eine absolut dumme Kurzschlussreaktion war. Ich habe verdammtes Glück, wenn Ben die Sache fallen lässt. Ich kann meinen Eltern nicht noch mehr Kummer bereiten.« Noah seufzte erneut. »Ich weiß, das ist keine Ausrede, aber die Sache mit Elias nimmt mich mehr mit, als ich dachte. Ich frage mich permanent, ob ich dem Ganzen weiter nachgehen soll. Natürlich nicht bei den Rothes, aber ob ich vielleicht irgendwie Kontakt zu dieser Nadine aufnehmen soll.«

»Nadine?«

»Noahs Date, von dem ich erzählt habe. Sie war ja angeblich der Auslöser für die Schlägerei. Aber erstens hat Elias sie nie auch nur mit einem Wort erwähnt, und wir reden sonst echt über alles. Und zweitens würde er sich niemals wegen einer Frau schlagen.« Er hob die Schultern. »Gleichzeitig weiß ich einfach, dass es alles nur noch schlimmer machen würde. Elias redet ja so schon nicht mit mir. Und meine Eltern dürften es auch nicht mitbekommen. Und Herr Rothe genauso wenig, sonst gibt es auf der Arbeit noch mehr Probleme. Also egal, was ich mache, ich kann eigentlich nur jemanden enttäuschen.« Noah fuhr sich mit der rechten Hand übers Gesicht. »Und leider muss ich direkt damit anfangen, Leute zu enttäuschen. Denn so langsam sollte ich nach Hause. Oder ich schlafe bei Daniel, falls ich ihn wach geklingelt bekomme.«

Mein Herz merkte vor mir, welche Wörter ich sprechen wollte, da es bereits heftig schlug, als sie mir über die Lippen kamen.

»Du könntest auch bei mir übernachten.«

Für einen kurzen Moment herrschte Stille, in der Noah mich aus dunklen Augen ansah, als suchte er etwas in meinem Gesicht. Ich wagte es kaum zu atmen und spürte dadurch umso heftiger mein Herz in der Brust pochen. In meinem Bauch zog sich etwas kribbelnd zusammen und schoss von dort in meinen ganzen Körper. Ich war unfähig, die Wörter zurückzunehmen. Ich hätte es gerne auf eine Schockstarre geschoben, aber irgendwie vermutete ich, dass ich sie nicht zurücknehmen konnte, weil ich es tief in meinem Inneren gar nicht wollte. Aber warum nicht?

*Was zur Hölle, Lia. Was hast du dir dabei gedacht?*

Ich hatte mir geschworen, so was nie, nie, nie wieder zu tun. Und mit so was meinte ich Männer und überstürzte Handlungen. Und jetzt lud ich diesen hier zu mir ein. Warum?

*Weil es Noah ist.*

*Weil es sich richtig anfühlt.*

Irgendwo in meinem Gehirn, das ich wohl vorübergehend ausgeschaltet hatte, wusste ich, dass das kein Grund war. Aber nichtsdestotrotz stimmte es. Noah war anders als alle Menschen, die ich kannte. Er hatte meine Mauern, die ich in den letzten Wochen erbaut hatte, mit einem Mal eingerannt. Das war selbst meiner Mitbewohnerin Lisa nicht gelungen, und die hatte wirklich alles versucht. Noah hingegen hatte nicht einmal gewusst, dass diese Mauern existierten, hatte keinen blassen Schimmer, was an der Hochschule in Hallingen geschehen war, und es trotzdem geschafft, zu mir durchzudringen. Vielleicht auch, weil er sie in Wahrheit gar nicht eingerissen hatte. Er hatte mir, im Gegensatz zu allen anderen, erlaubt, sie aufrechtzuerhalten. Bis ich mich selbst dazu entschied, die Steine nach und nach zu entfernen.

Noah sah mich immer noch mit unergründlichem Blick an.

»Bist du sicher?«, fragte er mit rauer Stimme. Äußerlich wirkte er gefasst wie immer, aber sein Tonfall verriet mir, dass auch ihn mein Vorschlag überrascht hatte.

Ich nickte. »Ja«, sagte ich, um dem ganzen Nachdruck zu verleihen. Die Frage mochte mir so rausgerutscht sein. Doch meine Zustimmung war es ganz und gar nicht, denn so chaotisch mein Leben auch sein mochte, einer Sache war ich mir sicher: Ich wollte Noah. Ich wollte ihn mit jeder Faser meines Körpers.

Noah schlug die Tür des Wagens hinter uns zu, der Uber-Fahrer wendete seinen schwarzen VW Golf und fuhr in Richtung Zentrum. Ich holte den Schlüssel aus meiner Handtasche und drehte mich zu Noah um. Bei seinem Blick schoss mir sofort wieder die Hitze in die Wangen. Ich fühlte mich wie der reinste Teenager. Zumindest nicht so, wie ich mich mit meinen zwanzig Jahren fühlen sollte.

Ich legte einen Finger auf die Lippen und bedeutete Noah, mir zu folgen.

Er grinste. »Es ist kurz nach vier. Frau García ist ganz sicher schon wach und bereitet das Frühstück vor.«

»Ein Grund mehr, leise zu sein. Sonst kriegt sie sich wieder nicht ein vor Freude, wenn sie dich sieht. Und sosehr ich Frühstück liebe«, ich drehte mich zu Noah um und deutete mit der Hand einmal an mir herab, »wie deutlich zu sehen ist, brauche ich Schlaf. Dringend.«

Noah lachte leise. »Dann los.«

Ich knipste die kleine Nachttischlampe neben meinem Bett an und löschte das große Licht im Raum. Viel besser. Im orangegelben Licht sah das Pensionszimmer richtig gemütlich aus – und meine Haut hoffentlich weniger müde und fahl. Die Dusche hatte mir die Make-up-Reste zum Glück vom Gesicht gewaschen, und der Blick in den Spiegel war weniger erschreckend als der davor. Denn meine Wimperntusche und mein Eyeliner waren nicht mehr gewesen, wo Phuong sie aufgetragen hatte. Stattdessen hatte sich alles schwarz um die Lider herum abgesetzt, und ich war die letzten Stunden wie ein Panda durch Berlin gelaufen, ohne dass jemand etwas gesagt hatte. Nicht einmal der Polizist auf dem Revier. Aber gut, in Berlin war man mit Sicherheit ganz anderes gewohnt. Dank des warmen Wassers fühlte ich mich beinahe wieder menschlich.

Ich fuhr mir mit den Fingern durch die Haare und flocht sie mir für die Nacht aus dem Gesicht. Gleichzeitig versuchte ich, tief ein- und auszuatmen, um meinen Herzschlag zu beruhigen. Was schwer war, da sich Noah genau in dem Moment räusperte und mir somit nur zu bewusst machte, dass er auf dem Bett saß. Auf meinem Bett. In meinem Zimmer. Im Gegensatz zu mir hatte er nach der Dusche wieder seine normale Kleidung anziehen müssen. Nur die Schuhe hatte er ausgezogen. Eine Zahnbürste hatte ich ihm zwar geben können, aber meine Shirts und Schlafhosen passten ihm bei Weitem nicht.

»Wenn du es dir anders überlegt hast, kannst du mich jederzeit rausschmeißen. Das weißt du, ja?«

Ich band den Haargummi um das Ende meines Zopfs und schüttelte den Kopf.

»Nein, alles gut. Solange ich auf der Wandseite schlafen darf.«

Noah sah mich mit hochgezogenen Augenbrauen an. »Lieblingsseite?«

»Jap.« Ich kletterte an ihm vorbei auf die andere Seite des Betts. Noah beobachtete mich sichtlich amüsiert. »Ich hab mein Bett in meinem Zimmer am Campus auch an die Wand geschoben, nachdem ich bei einem Albtraum mal aus dem Bett gefallen bin.«

Noahs Schmunzeln verschwand. »Wovon hast du geträumt?«

»Nicht so wichtig«, erwiderte ich, bevor er seine Frage überhaupt fertig gestellt hatte.

»Hast du öfter Albträume?«

Erst wollte ich das Thema wechseln, aber Noahs Blick war warm, und er wirkte ehrlich interessiert. Ich ließ mich auf ein Kissen fallen, zog die Decke über mich, als könnte ich die Welt drumherum damit ausblenden, und richtete meinen Blick starr an die schwach beleuchtete Decke.

»Manchmal«, sagte ich und war selbst überrascht, wie monoton und trocken meine Stimme klang, wo ich gerade doch zum ersten Mal darüber sprach. Zwar hatten die Albträume im Vergleich zu den ersten Wochen nachgelassen, doch die Anspannung, wann immer ich ins Bett ging, war geblieben. Die Angst, dass sie zurückkamen, und, was viel schlimmer war, die Angst vor meinen eigenen Gedanken.

Noah ließ sich neben mich fallen und drehte sich in meine Richtung.

»Ich hatte auch jahrelang Albträume.«

Ich drehte den Kopf zur Seite, bis mein Nacken schmerzhaft spannte. »Wirklich?«

Er nickte, und ich legte mich ebenfalls auf die Seite, um ihn besser ansehen zu können.

»Nachdem ich von der Adoption erfahren habe.«

»Wann hast du es rausgefunden?«, wollte ich wissen.

»Mit fünfzehn«, sagte Noah.

Ich runzelte die Stirn. »Deine Eltern haben es dir erst mit fünfzehn gesagt?« Das war wirklich ganz schön spät. Kein Wunder, dass Noah so damit zu kämpfen gehabt hatte.

»Meine Eltern haben es mir gar nicht gesagt.« Seine Mundwinkel hoben sich leicht. Es war kein fröhliches Lächeln, aber es lag auch keine Wut in seinen Augen. Er sagte den Satz einfach daher, als würde er über das Wetter sprechen.

»Du hast es selbst rausgefunden?«, fragte ich nach, als Noah nicht von alleine weitersprach.

Er nickte. Und mit diesem einen Nicken ergab plötzlich alles so viel mehr Sinn. Kein Wunder, dass er Geheimnisse so hasste. Kein Wunder, dass er unbedingt die Wahrheit von Elias erfahren wollte.

»Wussten deine Geschwister davon? Gerade Elias – wie viel älter ist er eigentlich?«

Noah schüttelte den Kopf. »Ne, die wussten auch nichts. Kyra ist jünger und Elias gerade mal ein Jahr älter als ich. Ich glaube, meine Eltern hatten vor, es mir zu sagen. Ich mach ihnen heute auch nicht mehr so einen großen Vorwurf wie früher. Wahrscheinlich haben sie den Moment verstreichen lassen, in dem es noch einfach gewesen wäre. Und dann wird es mit der Zeit immer schwerer.«

Ich schluckte. Weil mir das sehr bekannt vorkam.

»Wie hast du es denn rausgefunden?«, fragte ich.

»Es war kurz vor einer Klassenfahrt«, sagte Noah. »Ich war einer der Jüngeren in meiner Klasse. Die meisten waren schon sechzehn und hatten ihren Personalausweis schon. Also wollte ich auch unbedingt meinen, obwohl ich erst fünfzehn war. Meine Eltern waren vehement dagegen, was ich überhaupt nicht verstanden hab. Also wollte ich ihn auf eigene Faust beantragen und hab nach den nötigen Dokumenten gesucht.«

»Oh … Du hast die Geburtsurkunde gefunden?«

Noah nickte, wobei seine Bartstoppeln über das Kissen kratzten. »Jap.«

»Shit«, sagte ich leise. »Das muss hart gewesen sein.«

»Ja, war es. Ich war erst total ruhig. Ich bin einfach zu meinen Eltern und hab sie darauf angesprochen. Es gab kein großes Drama, bis auf dass meine Mutter geweint hat. Aber bei mir war es erst einmal wie taub. Die Wut und all das kamen später.« Er schwieg kurz, bevor er weitersprach. »Das Ganze hat mich irgendwie aus der Bahn geworfen. Eine Zeit lang hatte ich das Gefühl, mein Bruder, zu dem ich immer so aufgeschaut habe, ist gar nicht mein Bruder. Ich hab ihm immer nachgeeifert, und plötzlich haben wir nicht die gleiche DNA.«

»Aber er ist doch trotzdem dein Bruder.«

»Klar, das weiß ich ja. Aber irgendwas hat sich in dem Moment geändert, und es hat eine ganze Weile gedauert, bis wir alle wieder zu uns zurückgefunden haben.«

Noah zögerte, bevor er weitersprach. »Ich weiß nicht, warum du Albträume hast, und ich will meine Situation auch gar nicht mit deiner vergleichen, aber mir hat es damals geholfen, mit jemandem zu reden.«

Ich verzog das Gesicht zu einer Grimasse. »Hast du vielleicht schon gemerkt, aber darin bin ich nicht gerade die Beste.«

Noah grinste. »Hab ich. Aber das ist das Tolle daran: Man kann es üben. Und man muss gar nicht gut darin sein – wenn das Gegenüber gut im Zuhören ist, hilft es trotzdem.«

»So wie du das sagst, klingt es so einfach«, murmelte ich.

»Ist es nicht. Aber das sind die Albträume auch nicht, oder?«

Ich seufzte. »Ich mag's nicht, wenn du recht hast.«

Das entlockte Noah erneut ein sanftes Lachen. »Ich dafür umso mehr.«

Ich lächelte. Eine Weile sagte keiner von uns etwas. Ich hatte erwartet, dass ich sofort einschlafen würde, sobald mein Kopf in Kontakt mit dem Kissen kam, doch das Gegenteil war der Fall. Ich war wieder hellwach. Auch Noah hatte die Augen weiter geöffnet und auf mich gerichtet.

»Du solltest schlafen«, flüsterte ich.

Noah schüttelte langsam den Kopf.

»Bist du nicht müde?«, fragte ich. »Es ist bald fünf Uhr.«

»Doch«, flüsterte Noah zurück, »aber ich möchte nichts verpassen.«

»Verpassen?«, fragte ich lachend.

»Von dir«, erwiderte Noah. Ich unterdrückte das Schnauben, das mir beinahe entwischt wäre. »Was?«, fragte er grinsend, als er meinen Gesichtsausdruck bemerkte.

»Nichts. Das war echt kitschig.«

Lachend richtete ich mich auf und streckte den Arm über Noah hinweg nach dem Schalter der Nachttischlampe aus. Bevor ich das Licht ausschalten konnte, hielt Noah mich sanft am Arm fest.

»Nicht.«

Ich sah ihn fragend an und stockte, als ich bemerkte, dass mein Gesicht genau über seinem war. Lange Wimpern umrahmten seine dunklen Augen, sein Mund war leicht geöffnet. Obwohl der Stoff der Decke sich zwischen uns befand, war ich mir nur zu bewusst, wie mein Körper fast auf seinem lag. Hitze strahlte von der Stelle aus, an der meine Beine seine berührten, und in meinem Bauch zog es sich gefährlich zusammen.

Noahs Finger schlossen sich um mein Handgelenk und zogen meinen Arm neben sich aufs Bett, sodass ich seinem Gesicht noch näher kam. Die Hitze schoss nun auch in meinen Kopf, und ich konnte mir nur zu gut vorstellen, wie rot meine

Wangen gerade sein mussten. Sie machten meinen Haaren sicher Konkurrenz.

»Du bist so wunderschön«, hauchte Noah und wischte mit nur vier Worten all meine Bedenken beiseite. Seine Finger wanderten meinen Arm hinauf bis zu meinem Gesicht und umschlossen sanft meine rechte Wange. Er hob seinen Kopf und zog mich zeitgleich noch ein Stückchen tiefer, bis sich unsere Lippen berührten. Seine Zunge streifte meine Lippen, und ich öffnete meinen Mund. Als meine Zunge auf seine traf, konnte ich ein Seufzen nicht mehr unterdrücken. Noahs Finger vergruben sich in meinen Haaren und zogen meinen Kopf noch weiter an seinen heran. Ich schob mein rechtes Bein auf die andere Seite der Matratze, bis ich über ihm saß, und vertiefte den Kuss. Mein Herz schlug bis in meinen Hals hinauf. Ich fühlte mich – lebendig. So lebendig wie seit Langem nicht mehr. Als ich mein Gewicht verlagerte und meine Hüfte auf Noahs legte, stöhnte er an meinem Mund. Es war das schönste Geräusch, das ich jemals gehört hatte.

Noah unterbrach den Kuss und sah mich im dämmrigen Licht der kleinen Lampe an. Sein Daumen fuhr die Kontur meiner Unterlippe nach.

»Alles okay?«, fragte ich.

Noah lachte kurz auf. »Ob alles okay ist? Mehr als okay.«

»Dann will ich nicht aufhören.« Ich senkte meinen Kopf wieder, hielt aber inne, kurz bevor meine Lippen Noahs berührten. Als er sich mir entgegenbewegte, zog ich meinen Kopf leicht zurück, sodass er mich nicht ganz erreichte.

Noah stieß ein raues Lachen aus. »Du bist gemein.«

Ich grinste ihn an und senkte meine Lippen dann an seinen Hals. Ich küsste ihn an der weichen Stelle unter dem Ohr, wanderte von den Stoppeln an seinem Kinn bis hinunter an sein Schlüsselbein.

»So gemein«, flüsterte Noah und strich mit den Händen an meinen Seiten entlang. Seine Finger hinterließen ein warmes Kribbeln auf meiner Haut, dabei hatte er sie nicht einmal berührt, weil der dünne Stoff meines Schlafanzugs uns noch voneinander trennte. Als könnte er meine Gedanken lesen, schoben seine Fingerspitzen sich unter den Saum meines T-Shirts und hoben es leicht nach oben. Seine Hände legten sich um meine Taille, und er zog mich weiter an sich heran.

Ich stöhnte an seinem Hals auf, als ich bemerkte, wie hart Noah geworden war.

»Oh Gott«, flüsterte ich.

Ich spürte Noahs Lachen an meiner Brust. »Frag mich mal.«

Wie von selbst wanderten meine Hände unter sein Shirt und schoben es bis zu seinem Hals nach oben. Noah hielt mich mit einer Hand weiter an der Taille fest, mit der anderen zog er sich das Shirt über den Kopf und unterbrach den Körperkontakt nur kurz, um sich sein Oberteil über den anderen Arm zu schieben.

»Du bist auch wunderschön«, sagte ich und ließ meinen Blick von seinem Gesicht über seinen Oberkörper wandern.

»Ich weiß«, grinste Noah.

»Einen Tag lang dein Selbstbewusstsein haben, davon träum ich.« Ich musste lachen, wurde jedoch wieder ernster, als Noah mein Shirt langsam aufwärtsschob.

Abwartend sah er mich an. »Darf ich?«

Ich schluckte. Und nickte. Ich wusste nicht, was es war, aber bei Noah waren all meine Schutzmauern runtergefahren. Da war keine Unsicherheit, keine Scham. Ich fühlte mich wieder wie ich selbst.

Noah schob mein Shirt quälend langsam nach oben und zog es mir über den Kopf. Als seine Hände nach unten in Richtung meiner Shorts wanderten, strich er mir mit den Daumen über die Brustwarzen und ließ mich aufkeuchen. Seine Finger verhakten sich im Bund meiner Schlafshorts und zogen sie in einer fließenden Bewegung von meinen Beinen.

Nachdem Noahs Jeans folgte und neben meiner Kleidung auf dem Boden landete, zog er mich wieder auf sich und in einen innigen Kuss, der mir den letzten klaren Gedanken raubte.

»Du bist so wunderschön, Lia.«

Ich presste mich fester auf ihn, verlor mich im Gefühl seiner Haut, seinem Geschmack und seinem herben Geruch. Mit klopfendem Herzen fand meine Hand ihren Weg nach unten und umschloss ungeduldig die Beule in seiner Boxershorts. Noahs tiefes Stöhnen entlockte mir ein Lachen. Noah wechselte unsere Position, sodass ich auf dem Rücken lag. Seine Arme stützte er neben meinem Kopf ab. Für einen kurzen Moment ließ er seinen Blick über mein Gesicht wandern, dann beugte er sich nach unten und küsste mich.

Ich verlor mich in dem Kuss, in dem Gefühl, seinen Körper auf meinem zu spüren, sein Gewicht an meiner Haut und fuhr mit den Fingerspitzen über seinen Rücken. Als ich seine Gänsehaut fühlen konnte, jagte es auch mir einen Schauer über den Rücken. Noah war perfekt. Absolut perfekt.

Er verlagerte sein Gewicht auf eine Hand, fuhr mit der anderen quälend langsam an meinem Bauch hinab, bis er an meinen Schenkeln angekommen war. Mit den Fingern hob er meinen Slip und fand schließlich meine Mitte.

Die Muskeln in meinen Oberschenkeln spannten sich ohne mein Zutun an. Mein Herz setzte kurz aus und schlug dann unangenehm schnell weiter. Ich kniff die Augen zusammen.

»Ich will dich«, raunte Noah an meinem Ohr und küsste mich auf die Stelle unter meinem Ohrläppchen.

Ich wusste nicht, ob es diese drei Worte waren oder seine Hand zwischen meinen Beinen, aber von der einen auf die andere Sekunde legte sich ein Schalter in meinem Kopf um.

Meine Muskeln verkrampften sich und meine Atmung ging schneller – jedoch nicht länger aus Erregung.

Noah schien meine Anspannung zu spüren, er hob den Kopf und sah mich fragend an.

Ich schluckte, mein Hals fühlte sich eng und trocken an. »Nein, stopp«, sagte ich, aber konnte meine eigenen Worte kaum verstehen, so krächzend klang meine Stimme.

Noah reagierte sofort, zog seine Hand zurück und rollte sich im selben Moment von mir herunter.

»Alles okay?«, fragte er mit einem besorgten Gesichtsausdruck, sodass ich mich am liebsten unter der Decke verkrochen hätte.

Ich räusperte mich, um das unangenehme Gefühl an meiner Kehle loszuwerden, aber es wich nicht.

»Ja«, flüsterte ich.

*Nein.*

»Ich brauch nur … ich …« *Ja, was?*

Ich setzte mich auf und zog die Decke vor meine Brust.

Noah rückte noch ein Stück zurück, bis er mit dem Rücken an der Wand lehnte. Ich strich mir meine Haare, die ein reinstes Chaos waren, über die Schulter. Dabei fiel mein Blick auf meine Finger. Sie zitterten.

Noahs Augenbrauen zogen sich zusammen und verliehen ihm einen sorgenvollen Ausdruck. Trotzdem lächelte er mir leicht zu.

»Soll ich dir dein Shirt geben?«, fragte er leise. Ich nickte und Noah stand auf, um meine Kleidung, die wir eben noch achtlos auf den Boden geworfen hatten, zusammenzusuchen. Wortlos nahm ich den Schlafanzug und zog ihn mir wieder über. Auch Noah zog sein Shirt wieder an und setzte sich dann an den Rand des Betts.

»Tut mir leid, falls ich zu …«

»Nein«, unterbrach ich ihn und schüttelte den Kopf. »Du hast überhaupt nichts falsch gemacht, mir tut es leid.« Ich atmete zitternd aus. Wieso hatte ich mich nicht besser unter Kontrolle?

»Dir muss gar nichts leidtun«, sagte Noah sanft. »Ist alles okay?«

»Das hast du gerade schon einmal gefragt.«

»Ja, aber ich hab das Gefühl, dass du mir nicht ganz ehrlich geantwortet hast.« Er lächelte schief.

Ich sah wieder auf meine Hände. Meine Finger lagen ruhig auf der Decke in meinem Schoß. Auch mein Herzschlag hatte sich wieder normalisiert. Aber Noah hatte recht. Nichts war okay.

»Es ging mir einfach doch etwas zu schnell«, sagte ich.

»Soll ich heimfahren?«, fragte Noah.

In mir zog sich etwas zusammen. Natürlich wollte er heim. Wieso sollte er auch bleiben wollen? Alle anderen waren auch gegangen.

»Klar, wenn du magst«, sagte ich betont locker, als würde mir die Vorstellung nichts ausmachen, – tat sie aber. Ich konnte mir gerade nichts Schlimmeres vorstellen, als allein in diesem Raum zu sein. Wobei, ich war nicht allein. Denn meine Gedanken waren leider da.

»Ich mag natürlich nicht«, sagte Noah. Er rutschte ein Stück näher an mich heran, so vorsichtig, als könnte er mich verschrecken. Ich schaute zu ihm hoch und was auch immer er in meinem Gesicht sah, schien seine Sorge noch zu verstärken.

»Ich würde gerne bleiben, wenn ich darf«, fügte er sanft hinzu.

Ich nickte und Noah deutete lächelnd auf die Stelle, an der das Bett die Wand berührte. »Na dann, deine Seite des Betts, schon vergessen? Du blockierst meine.«

Ich lächelte, froh, dass Noah die Stimmung zu lockern versuchte. Als ich wieder an der Wand lag, zog ich mir die dünne Decke bis über die Nase. Noah legte sich auf die gegenüberliegende Seite. Zwischen uns hätte eine weitere Person gepasst, so viel Abstand ließ er.

»Du kannst auch näher kommen«, flüsterte ich. Er sollte keine Berührungsängste entwickeln. Nicht, dass ich es ihm verübeln konnte. Noah rutschte näher an mich heran, legte einen Arm um mich und zog mich so nah an sich, dass meine Nase in der Kuhle unter seinem Kinn verschwand. Das Gefühl seiner Hand an meinem Rücken und sein Geruch erdeten mich und verliehen mir ein Gefühl von Sicherheit. Ich schloss die Augen und atmete tief ein.

Kurz darauf spürte ich Noahs Lippen sanft an meiner Stirn.

»Alles ist gut.« Seine Stimme war ein kaum hörbares Flüstern, und die Worte waren eine reine Floskel. Dennoch schafften sie es, dass ich mich entspannte. Seine Finger zogen behutsame Linien über meinen Rücken, und obwohl ich mich zum ersten Mal seit Langem bemühte, wach zu bleiben, da ich dieses Gefühl von Geborgenheit nicht verlieren wollte, wurden meine Lider immer schwerer und mein Atem immer tiefer.

# 28. KAPITEL

## *Lia*

Als ich aufwachte, merkte ich im gleichen Moment, dass etwas anders war. Ich streckte mich ausgiebig, bis meine Füße unter der Decke hervorlugten, und versuchte, herauszufinden, was genau mich so irritierte. Dann fand meine Hand wie von selbst ihren Weg an meine linke Brust. Mein Herz schlug ruhig und in normalem Takt.

*Ich hatte keinen Albtraum.*

Stattdessen hatte ich durchgeschlafen, und obwohl es nach fünf Uhr morgens gewesen sein musste, bis wir eingeschlafen waren, fühlte ich mich erholt. Ich wandte den Kopf nach rechts.

Noahs Gesicht lag genau vor meinem. Sein Mund war leicht geöffnet, seine Brust hob und senkte sich langsam und gleichmäßig. Ich hatte keine Ahnung, wie viel Uhr es war. An den Seiten der Vorhänge bahnte sich die Sonne ihren Weg ins Zimmer und tauchte alles in ein warmes Licht.

Noah sah unglaublich friedlich aus, wie er dalag, und wie durch ein Wunder waren seine Haare noch unordentlicher als sonst. Ich lauschte Noahs sanftem Atem noch eine Weile, dann stieg ich vorsichtig aus dem Bett, bedacht darauf, ihn nicht aufzuwecken. Ich schnappte mein Handy vom Nachttisch und sah auf die Uhr. Es war erst elf Uhr. Viel Schlaf hatte ich nicht bekommen, aber ich fühlte mich fitter als sonst.

*Weil ich keinen Albtraum hatte.*

Ich hielt inne und fühlte in mich hinein. Mir ging es wirklich gut. Ich hatte keinen Albtraum gehabt, war nicht einmal aufgewacht, mein Herz schlug in gesundem Rhythmus und ich war entspannt. Aber warum? Nach gestern hatte ich erwartet, in ein erneutes Loch zu fallen. Ich blickte zurück zum Bett. Noah war noch da. Er war nicht gegangen. Lag es daran? Ich wusste es nicht, aber vielleicht brachte es auch gar nichts, das Warum zu hinterfragen. *Dass* es so war, war eine unglaubliche Erleichterung.

Trotz der nächtlichen Dusche fühlte ich mich, als könnte ich schon wieder eine gebrauchen.

Ich nahm ein weißes Handtuch aus der kleinen Kommode und begab mich auf die Suche nach Kleidung. Ich griff meine lange, hellblaue Jeans aus dem Koffer. Meine Mutter scherzte jedes Mal, ob ich beim Kellnern nicht genug verdiente, um mir Hosen ohne Löcher kaufen zu können, aber ich liebte sie. Dazu nahm ich ein weißes T-Shirt mit V-Ausschnitt und frische Unterwäsche. Ich legte die Sachen zum Handtuch und schnappte mir zuletzt Seife und meine Zahnbürste, die ich ebenfalls zu dem Stapel legte, darauf bedacht, keine Geräusche an der Holzkommode zu verursachen, um Noah nicht aufzuwecken. Dann sah ich mich im Raum nach meiner Armbanduhr um. Gestern hatte ich sie definitiv noch gehabt. Bei dem Chaos, das im Zimmer herrschte, war es allerdings kein Wunder, dass sie mir nicht direkt ins Auge fiel. Bevor Frau García ins Zimmer kam, um den Mülleimer zu leeren und das Bett zu machen, sollte ich definitiv aufräumen. Mit dem Fuß kickte ich meine Klamotten vom Feiern zu einem Haufen, um wenigstens die größte Unordnung zu beseitigen.

Als ich zurück ins Zimmer kam, lag Noah auf dem Bett und hörte einen Podcast. Er musste mittlerweile auch im Bad gewesen sein, seine Haare waren leicht feucht, und er trug wieder die Kleidung vom Vortag. Als er mich sah, ließ er sein Handy verstummen und richtete sich auf.

»Und ich dachte schon, du wärst einfach abgehauen.« Spielerisch griff er sich an die Brust.

Ich schüttelte den Kopf, wobei die feuchten Haarspitzen an meinen Oberarmen kitzelten. »Das ist mein Zimmer, schon vergessen? Außerdem hab ich dir was mitgebracht. Hier.« Ich hielt ihm die dampfende Tasse Kaffee entgegen, die ich im Speisesaal geholt hatte.

»Du bist meine Rettung!«

Ich ließ mich auf den Stuhl vor dem Tisch am Fenster fallen. Er knarzte leicht und für einige Momente war es das einzige Geräusch im Raum. Es war keine unangenehme Stille, trotzdem wusste ich nicht, wie ich mich am besten verhalten sollte. Was tat man am Morgen nach so einer Nacht? Was waren Noah und ich? Waren wir überhaupt etwas? Würde er ansprechen, was passiert war? Sollte ich es tun?

»Irgendwelche Pläne für heute?«, unterbrach Noah die Stille und sah mich über den Tassenrand hinweg neugierig an. Ich entspannte mich etwas, froh, dass er mir Zeit gab. Andererseits sollte mich das nicht überraschen. Noah war in Bezug auf mich bisher die Geduld in Person gewesen.

Mein Blick fiel auf meine Handtasche, die an der Kommode lehnte.

*Vielleicht …*

»Ich glaube, ich gehe filmen«, sagte ich, bevor ich meine Gedanken vollendet hatte, und überraschte mich selbst mit meiner Antwort.

Auch Noah wirkte erstaunt, schien sich aber ehrlich zu freuen. »Hast du ein Konzept? Wann ist das denn passiert?«

»Salz in die Wunde.« Ich verzog das Gesicht. Eine Idee

hatte ich nach wie vor nicht. »Ehrlich gesagt, ist das der Haken an der ganzen Sache. Aber mir wird schon etwas einfallen. Bestimmt kommen mir Ideen beim Filmen.«

»So inspiriert, wie du nach der Ausstellung warst, wird das sicher kein Problem.« Noah trank seinen Kaffee aus und stellte die leere Tasse auf den Nachttisch. Er checkte sein Handy und seufzte.

»Ich muss leider gleich los.«

»Zu deinen Eltern?«

Noah schüttelte den Kopf. »Ich wollte zur Uni. Eigentlich bin ich für das nächste Semester für die Praktika noch beurlaubt. Aber meine Eltern lassen mich den Job in der Firma nur machen, wenn ich dabei mein Studium fortführe.« Er seufzte. »Auch wenn ich keine Ahnung habe, was es noch bringen soll, diese Ordnung aufrechtzuerhalten. Es ist sowieso alles ein einziges Chaos. Meine Familie ist ein einziges Chaos.«

Noahs Lächeln sah so traurig aus, dass sich mein Herz zusammenzog. Ich wünschte mir in diesem Moment nichts sehnlicher, als ihm helfen zu können. Durch bloße Floskeln und gutes Zureden war das nicht getan. Das merkte ich in diesem Moment nur zu deutlich, denn bei dem Gedanken an das nächste Semester, den er durch seine Worte gerade hervorgerufen hatte, verkrampfte sich mein Magen. Ich wollte nicht zurück. Denn auch dort wäre alles ein einziges Chaos.

*Und was, wenn du nicht zurückgehst?*

Der Gedanke war leise wie ein Flüstern inmitten all dem Chaos in meinem Kopf. Er war kaum zu hören. Aber er war da. Ich wusste nicht, wo ich stattdessen hinsollte. Aber musste ich denn wirklich zurück an den Campus?

Ich würde die Leistungspunkte der bereits bestandenen Module verlieren und noch dazu meine Mutter zur Verzweiflung bringen, da ich alles dafür getan hatte, an dem kleinen, auf mein Wunschfach spezialisierten Campus studieren zu können. Aber würde ich so überhaupt weiterstudieren können? Und selbst wenn, war es das wert? Mich kaputt zu machen für ein Studium?

»Alles in Ordnung?«

Noahs Stimme riss mich aus meinen Gedanken.

Ich nickte. »Ja, alles gut«, antwortete ich, und schon drifteten meine Gedanken direkt wieder zu dem Thema ab. Dieser unbewusste, beiläufige Gedanke hatte sich nun eingenistet. Wer sagte, dass ich nach den Semesterferien wieder nach Hallingen musste?

Ja, es war mein Traum gewesen. Und ein Teil in mir war zu stolz, diesen aufzugeben und ihn mir von anderen nehmen zu lassen. Sollte ich nicht darüberstehen? Oder wäre es möglich, diesen Traum auch woanders zu leben? Ich hatte gedacht, all das aushalten zu können. Zu warten, bis sich all das Chaos legte, und einfach weiterzumachen. Aber Berlin hatte mich zwei Dinge gelehrt: Dass ein Neustart möglich war. Und dass ich diesen Neustart mit Ballast wagen musste – denn die Vergangenheit konnte ich nicht einfach abschütteln.

Nur weil ich ein paar gute Tage mit netten Menschen in Berlin verbracht hatte, war ich noch lange nicht hier angekommen, so naiv war ich nicht. Ich wollte nicht, dass Noah oder Phuong das Gefühl hätten, Babysitter spielen zu müssen. Ganz davon abgesehen war das keine Entscheidung, die ich von Noah oder irgendjemand anderem abhängig machen wollte. Diese Entscheidung würde ich nur für mich treffen.

Ich zuckte zusammen, als Noah sachte meine Hand berührte, was ihm ein Lachen entlockte.

»Bist du gedanklich schon bei deinem Skript?«

Es dauerte zwei Sekunden, bis ich verstand, worauf er hinauswollte, so vertieft war ich in meine Überlegungen gewesen.

»Sorry«, murmelte ich. »Ich hatte nur gerade einen … Durchbruch.«

»Dann stör ich dich nicht weiter und fahr mal los.« Noah schob sein Portemonnaie in die eine und das Smartphone in die andere Hosentasche.

Er warf mir einen unsicheren Blick zu. »Sicher, dass alles in Ordnung ist? Du bist so ruhig. Willst du über gestern …«

»Nein«, sagte ich schnell und versuchte mich an einem unbekümmerten Lächeln. »Es ist wirklich alles okay. Ich war nur in Gedanken.«

»Ist es, weil ich mich direkt aus dem Staub mache? Ich würde noch bleiben, ich muss nur …«

»Noah!«, unterbrach ich ihn lachend. »Ich nehme, seit ich hier bin, fast deine gesamte Zeit in Anspruch, also mach dir deshalb keine Gedanken. Du musst dich nicht rechtfertigen.« Ich erhob mich von meinem Stuhl und begann, die Sachen aus der kleinen Handtasche, die ich beim Feiern dabeihatte, in meinen Rucksack zu räumen. »Ich sollte selbst bald los, damit ich noch was vom Tag hab.«

Als Noah sich immer noch nicht in Bewegung setzte, machte ich eine scheuchende Geste mit der Hand. »Jetzt schnapp dir deine Sachen und kümmer dich um den Unikram. Sonst muss ich dich leider rausschmeißen.«

»Jawoll, M'am!« Noah salutierte. »Ich schreib dir später, falls ich meine Eltern überlebe und keinen Hausarrest bekomme.« Er hielt inne. »Warte, ich bin einundzwanzig. Das können sie gar nicht, oder?«

Ich lachte, und auf Noahs Gesicht formte sich ein Lächeln.

»Na also, so gefällst du mir schon besser. Aber ernsthaft, am besten schaue ich nach der Uni gleich nach neuen WGs. Oder noch besser, ich schmeiße Daniels neuen Mitbewohner raus und erobere mein Zimmer zurück. Sehen wir uns morgen?«

Ich nickte. »Bestimmt.«

Noah beugte sich herab, bis seine Lippen meine Stirn berührten. Ich atmete seinen Duft ein, und für einen kurzen Moment verflog meine Anspannung mitsamt den Gedanken an meinen Aussetzer gestern, die fast leere Speicherkarte in meiner Kamera und die Möglichkeit, die Universität zu wechseln. Für einen kurzen Moment waren da nur Noah und ich. Alles schien an seinem richtigen Platz zu sein.

»Ich schreib dir«, sagte Noah. Im gleichen Moment klingelte sein Handy. »Daniel«, sagte er. »Er will bestimmt wissen, ob alles okay ist.«

»Du hast ihm noch nicht geschrieben?«

Noah zuckte mit den Schultern. »Entschuldige bitte, Lia. Ich hatte Wichtigeres zu tun.« Noah grinste mich schief an und strich mir ein letztes Mal über die Wange. Dann nahm er das Gespräch an, zwinkerte mir zu und machte sich auf den Weg nach draußen.

Ich packte meine restlichen Sachen in den Rucksack und ging in den Aufenthaltsraum, um meine Wasserflasche zu füllen. Das Gewicht der Kamera um meinen Hals löste ein kurzes Unwohlsein aus, das ich vertrieb, indem ich mich an das Erlebnis in der Galerie erinnerte. An Melinas strahlende Augen, als sie über ihr Projekt gesprochen hatte. An den Kurzfilm mit der alten Dame und dem kleinen Mädchen. Ich strich mit dem Daumen über die Kamera.

»Mir wird schon was einfallen«, murmelte ich mir selbst Mut zu, dann schob ich die Flasche in den Rucksack, schloss den Reißverschluss und ging los, um Berlin zu erkunden.

*Mir wird schon was einfallen …* Dass ich nicht lachte. Ich ließ mich auf die Holzbank fallen, legte den Kopf in den Nacken und schloss die Augen. Die Sonne zauberte bunte Muster unter meine Lider. Mir war rein gar nichts eingefallen. Ich hatte Aufnahmen vom Brandenburger Tor, der Spree, dem Monbijoupark und allen möglichen anderen Sehenswürdigkeiten und fühlte mich zu einhundert Prozent wie ein Touristin. Nicht wie eine Künstlerin.

Ich dachte, durch die Ausstellung hätte ich meine Kreativität zurückerlangt. Jetzt fühlte ich mich immer noch wie blockiert. Es war eine ähnliche Blockade, wie ich sie heute Nacht mit Noah gespürt hatte. Mein Kopf machte einfach dicht. Würde das denn nie aufhören? Ich kannte mich so nicht. Zumindest nicht, bevor all das passiert war. Ein Ortswechsel brachte anscheinend rein gar nichts. Vielleicht lag es an mir, und ich musste etwas ändern. Wobei dann auch der Gedanke unsinnig war, den Campus zu wechseln. Aber was konnte ich dann tun?

Frustriert stieß ich die Luft aus und blinzelte gegen die Nachmittagssonne an. Boote fuhren den Fluss entlang, Jogger wichen Touristen aus und Kinder rannten um die Wette. Ein perfekter Tag. Nur meine Laune spiegelte das gar nicht mehr wider. Ich wollte wieder etwas schaffen, wollte wieder kreativ sein. Und unsinnigerweise hatte ich geglaubt, dass der bloße Wille ausreichen würde. Aber dem war nicht so. Was ich nun hatte, waren zusammenhangslose Aufnahmen. Ich konnte meine Kamera wieder berühren, ohne Ekel zu empfinden, ja. Aber das war es auch schon. Wofür wollte ich das Ganze überhaupt noch machen, wenn ich mir jetzt nicht einmal mehr sicher war, ob es sich überhaupt lohnte, an den Campus zurückzukehren? Frustriert stieß ich mit der Spitze meiner Sandalen in den Boden und wirbelte Dreck unter der Parkbank auf. So kam ich nicht weiter. Trotz der Galerie, trotz der Motivation des gestrigen Tages, trotz allem, was Noah unwissentlich hervorgerufen hatte …

Noah …

Ich mochte mein Problem nicht lösen können, aber was, wenn ich ihm helfen könnte? Ich dachte an den Ausdruck in seinem Gesicht, nachdem er Elias besucht hatte. Die Schuldgefühle, weil er glaubte, seinem Bruder den Platz genommen zu haben. Die Hilflosigkeit in seinen Worten.

Ich zog mein Handy aus dem Rucksack, entsperrte es und öffnete den App-Store. Mein Herz protestierte, indem es beinahe schmerzhaft in meinem Brustkorb schlug. Noah hatte so viel für mich getan. Es war an der Zeit, dass ich auch ihm einmal helfen konnte. Ich lud die Instagram-App runter, erstellte einen neuen Account und gab »Elias Seger« ins Suchfenster ein.

# 29. KAPITEL

## Noah

»Wenn der Semesterbeitrag bei uns eingegangen ist, können Sie sich ganz normal in die Kurse eintragen. Ihr Zugang ist noch freigeschaltet und Ihren Status habe ich schon umgetragen. Sie finden dann alles digital.«

Die Dame vom Prüfungsamt lächelte mich an. »Kann ich sonst noch etwas für Sie tun?«

»Nein, danke«, sagte ich und wollte bereits aufstehen.

»Wenn Sie einen Bericht über die ersten Monate Ihres Praktikums schreiben, haben Sie gute Chancen, doch noch Credits zu bekommen. Wenden Sie sich mal an Herrn Böhm, er drückt da oft mal ein Auge zu, gerade wenn etwas Familiäres dazwischenkam.«

»Das ist gut zu wissen, vielen Dank.« Ich erwiderte das Lächeln, stand auf und schob den Stuhl an den Tisch heran. »Haben Sie noch einen schönen Tag.«

»Sie auch, Herr Seger. Sie können dann den Nächsten reinlassen.«

»Alles klar.«

Ich öffnete die Tür in den dämmrigen Gang, in dem bereits sechs weitere Studierende an der Wand lehnten oder auf dem Boden saßen und warteten. Ich hielt einem blonden Mädchen die Tür auf. Unter ihrem Arm klemmten zwei gebundene rote Bücher, die starke Ähnlichkeit mit einer Abschlussarbeit hatten. Die Glückliche. Ich würde gerade alles dafür geben, auch direkt ins Berufsleben einsteigen zu können. Dabei war es nicht einmal so, dass ich mein Studium nicht mochte. Die meiste Zeit machte es mir wirklich Spaß. Nur lag mir die Praxis wesentlich mehr, das war schon immer so gewesen. Ich wollte etwas machen, nicht bloß in Hörsälen und Seminarräumen sitzen, gerade jetzt, wo ich endlich in dem Bereich arbeiten konnte, der mich interessierte. Auch wenn ich es ohne Elias tun musste.

Ich war in Gedanken noch bei meinem Bruder, als ich um die Ecke bog und beinahe mit einem mir entgegenkommenden Mann zusammenstieß. In letzter Sekunde bremste ich ab und wich zur Seite aus.

»Noah?«, fragte eine Stimme, die mir bekannt vorkam.

»Herr Rothe?«, erwiderte ich. »Was machen Sie denn hier?«

Herr Rothe lächelte, doch es sah eindeutig gequält aus.

»Ich bin wegen Christopher hier.« Herr Rothe hob den Arm und wedelte mit einem dünnen Hefter in der Luft. »Atteste und all so was. Ich dachte, ich bringe den Papierkram persönlich vorbei und kläre noch gleich, wie es mit dem Nachholen der Klausuren aussieht.«

»Er macht Immobilienwirtschaft, oder?«, fragte ich.

Herr Rothe nickte. »Ja. Auch wenn er kaum erwarten kann, dass es vorbei ist und er sich nur noch auf Handball konzentrieren darf.« Herr Rothe hob kurz die Schultern und ließ sie wieder sacken. »Wobei ich ziemlich froh bin, dass er sich doch dazu durchgerungen hat, das Studium zu machen. Man sieht ja, wie schnell die Handballkarriere vorbei sein kann.« Er hob die Dokumente erneut an. »Deshalb bin ich auch hier. Chris hat heute noch eine Untersuchung an der Schulter.«

Wieso hatte ich gefragt, anstatt einfach meine Klappe zu halten? Jetzt plagte mich wieder das schlechte Gewissen, obwohl ich nichts falsch gemacht hatte. Nicht wirklich zumindest. Ich überlegte gerade, was ich auf seine Worte erwidern sollte, als Herr Rothe sich mit einer Hand durch das ergrauende Haar fuhr und mit gesenkter Stimme weitersprach.

»Es wäre gut, wenn du deinen Eltern nicht auch noch Sorgen bereitest.«

Perplex sah ich ihn an.

Herr Rothe griff sich mit den Fingern an die Nasenwurzel, als überlegte er, ob er die nächsten Worte wirklich aussprechen sollte. »Ich mag deine Familie und mir liegt viel an der Zusammenarbeit mit euch. Ich habe mich auch sehr über Jonathans Entscheidung gefreut, dich in diesem Sommer mit in die Forschung zu holen, und werde nächsten Monat die Förderung unterschreiben. Aber ich kann solche Ausbrüche und Fauxpas nicht ewig tolerieren, Noah.«

Kurz überlegte ich, mich dumm zu stellen, aber Herr Rothe kam direkt zur Sache.

»Ich weiß wirklich nicht, was in dich gefahren ist, Ben so anzugehen. Hast du eine Ahnung, wie das für dich hätte enden können? Eiferst du Elias so sehr nach, dass du auch einen Rauswurf riskieren möchtest?«

Natürlich wusste er davon. Christopher war einer von Bens besten Freunden.

Als ich nicht reagierte, atmete Herr Rothe tief ein und aus und wirkte auf einmal viel älter. In sein Gesicht stand die Sorge geschrieben, und ich wusste nicht, ob es Sorge um mich, seinen Sohn oder die Zusammenarbeit mit unserem Betrieb war.

»Ich hoffe, du weißt, was für ein Glück du hast, dass wir Ben davon abhalten konnten, weitere Schritte einzuleiten.«

»Das waren Sie?« Verblüfft erwiderte ich seinen Blick.

»Ja, und ich wäre dir sehr verbunden, wenn das unter uns

bleibt. Ich kenne Ben und vermute, dass er nicht ganz unschuldig war. Er und sein Team sind sehr gereizt, weil Chris so lange ausfällt und sie gerade eine wichtige Phase haben.« Er musterte mich. »Aber ich dachte auch wirklich, dass du dich besser unter Kontrolle hast, als dich durch Gerede provozieren zu lassen.«

Ich schluckte. Das hatte ich auch gedacht.

»Chris will sich auf seine Heilung konzentrieren. Und ich für meinen Teil würde es gutheißen, wenn wir alle uns darauf konzentrieren, dass es im Betrieb möglichst schnell wieder geregelt weitergeht. Seit der Jubiläumsfeier jagt ein Skandal den nächsten. Das muss enden.« Herr Rothe taxierte mich mit erhobenen Augenbrauen.

Ich widerstand dem Drang, mit einem »Ja, Sir!« zu antworten. Er war ein Stück kleiner als ich, hatte Lachfalten um die Augen, strahlte aber von Kopf bis Fuß Autorität aus. Ich nickte. »Verstanden.«

Eine Dozentin, bei der ich im letzten Semester ein Seminar in Elektrotechnik belegt hatte, ging an uns vorbei und grüßte uns. Herr Rothe lächelte knapp und wandte sich dann wieder mir zu.

»Entschuldige. Ich bin nicht in der Position, dich zu belehren. Nur haben deine Eltern in der letzten Zeit wahrlich genug mitgemacht. Dir wird jetzt eine wichtige Position im Betrieb zuteil, und du wirst ihn, langfristig gesehen, sicher einmal übernehmen. Wenn das noch dein Wunsch ist?«

Ich brauchte einen Moment, um zu bemerken, dass er eine Antwort erwartete. »Natürlich.« Jede Entscheidung, die ich in den letzten Jahren getroffen hatte, hatte ich mit diesem Wissen und diesem Ziel getroffen. Na gut, abgesehen von der Entscheidung der letzten Nacht, als ich meine Faust in Bens Gesicht versenkt hatte.

Herr Rothe nickte. »Gut. Dann sei dir deiner Verantwortung bewusst.« Er legte mir die Hand auf die Schulter und drückte sie leicht. »Du hast so viel Talent und einen solchen Ehrgeiz. Verbau dir deine Chancen nicht durch deinen Zorn.«

Als eine Gruppe von Studenten um die Ecke bog, löste Herr Rothe seine Hand wieder von mir. »War schön, dich getroffen zu haben, Noah. Grüß deine Eltern von mir.«

Er warf mir einen wissenden Blick zu. Dann winkte er mir mit der freien Hand und ging, den Ordner in der anderen, in den Gang, aus dem ich gekommen war.

Das heiße Wasser prasselte auf meine Stirn, lief über mein Gesicht und den Körper hinab. Es war eigentlich viel zu warm, um die Dusche auf diesen Temperaturen laufen zu lassen, besonders in Hinblick auf die Kopfschmerzen, die ich dem Alkohol zu verdanken hatte, aber Gott, fühlte sich das gut an. In den letzten Stunden war so unfassbar viel passiert. Ich wollte gar nicht wissen, was Herr Rothe über mich dachte. Nachdem er für mich die Sache mit Ben geregelt hatte, lief ich ihm übernächtigt und in meinen müffelnden Klamotten vom Vortag an der Uni über den Weg. Es war ein Wunder, wenn er meinen Eltern wirklich nichts sagte.

Was mich ebenso viel beschäftigte, war die Nacht oder besser gesagt dieser Morgen. Der Ausdruck in Lias Augen hatte mich lange wachgehalten. Während sie irgendwann in meinen Armen eingeschlafen war, war ich alle Worte, jede Bewegung, jede Berührung in Gedanken durchgegangen, um herauszufinden, ob ich etwas Falsches gesagt oder getan hatte. Lia hatte gesagt, dass es ihr zu schnell gegangen war. Das war zwar gut möglich, aber ich war auch nicht dumm. Das war jedenfalls nicht der einzige Grund. Ich hatte ihr Zittern gesehen, ihren verkrampften Körper unter meinem gespürt … Hätte ich weiter nachhaken sollen? Hätte sie jemanden zum Reden gebraucht? Gleichzeitig hatte ich sie nicht vor den Kopf stoßen wollen. Ich hatte schon gelernt, dass sie gewisse Dinge lieber in ihrem Tempo teilte.

Ich drehte das Wasser ab und fuhr mir in schnellen Bewegungen durchs tropfnasse Haar. Wenn der Zeitpunkt passte, würde ich Lia noch einmal darauf ansprechen.

Notdürftig trocknete ich mich ab, trocknete mich ab und zog mich an, bevor ich zurück nach unten ging.

Mein Vater saß mit einem Kaffee in der Küche und las Zeitung. Er blickte mich über den Rand des Papiers an.

»Bist du jetzt erst heimgekommen?«

Ich nickte und nahm mir ein Glas aus dem Schrank, das ich am Wasserhahn auffüllte. »Hab bei Daniel geschlafen.« Wie ich es hasste zu lügen und noch mehr, wie leicht mir diese Lüge über die Lippen kam. Aber Herr Rothe hatte recht. Meine Eltern hatten genug durchgemacht. Den Gesichtsausdruck meines Vaters, wenn er erfuhr, dass ich die Zukunft der Firma ebenso leicht aufs Spiel setzte, wie es Elias angeblich getan hatte, wollte ich mir gar nicht erst vorstellen. Meinen Job wäre ich los, so viel war klar.

»In deinem alten Zimmer?«

Ich lehnte mich gegen die Theke, sodass ich meinen Vater angucken konnte. »Nein, das ist noch belegt. Keine Ahnung, ob ich es zum nächsten Semester schon wieder haben kann.«

»Du kannst auch hier …«, er hielt inne und grinste, als er meinen Gesichtsausdruck sah. »Oder auch nicht. Ich wollte es nur angeboten haben.«

Ich erwiderte das Lächeln, aber es fühlte sich verkrampft und falsch an. »Ist Mama mit Balloon Gassi?«, fragte ich, um das Thema vom gestrigen Abend wegzulenken.

»Nein, sie hat einen Interviewtermin und ist im Büro. Sie

war heute Morgen in deinem Zimmer und wollte fragen, ob du dabei sein möchtest.«

»Tut mir leid.«

Mein Vater schüttelte den Kopf und nahm einen Schluck aus seiner Tasse. »Muss es nicht. Du hast bald mehr als genug zu tun. Es ist nicht verkehrt, wenn du die freie Zeit jetzt noch mal genießt.«

»Ein bisschen zu viel«, gestand ich, »mein Schädel brummt immer noch.«

Mein Vater schielte auf seinen Arm. »Es ist nach vier.«

Ich zuckte mit den Schultern. »Eindeutig ein Zeichen, dass ich alt werde.«

»Wenn du alt wärst, würdest du die Tricks kennen. Mehr Wasser und schon vorm Schlafengehen die erste Kopfwehtablette nehmen.«

Ich lächelte meinen Vater an und er lächelte zurück. Obwohl alles dem Anschein nach in Ordnung war, lag mir meine Lüge schwer im Magen. Diese ganze Unterhaltung, die vorgegaukelte Entspanntheit – das war alles so falsch. Wie sollte ich meine Arbeit in den nächsten Wochen und Monaten genießen, wenn da immer der Gedanke war, dass ich den Job nur hatte, weil Elias gefeuert wurde?

Mein Handy piepte und zeigte eine Nachricht von Daniel an. Mein Vater widmete sich wieder seiner Zeitung.

*See heute Abend? Ich stelle das Bier. Du kannst Lia mitbringen. Ich hab eventuell auch jemanden dabei. Schreib Phuong auch gern. Die Band hat keine Zeit.*

Ich zog eine Grimasse und konnte beinahe spüren, wie mein Magen flau wurde, als ich nur das Wort Bier las. Gleichzeitig schrie alles in mir nach einer Ablenkung und danach, an einem Ort zu sein, an dem ich die Fassade nicht aufrechterhalten musste.

*Wie kannst du schon wieder ans Trinken denken? Nein, definitiv nein.*

*Übung, Noah. Du bist einfach nur aus der Übung. Und Nein zum Bier, Nein zum See oder Nein zu Lia mitbringen? Das sah gestern Abend nämlich nicht nach einem Nein aus.* 😏

*Ich war nie* in *der Übung. Nein zum Bier. Ja zum Rest.*

*Yay. Kannst du jetzt bitte noch fragen, was ich damit gemeint hab, dass ich auch jemanden mitbringe?*

*Wen bringst du denn mit, Daniel? Bitte verrate es mir, ich sterbe fast vor Neugier.*

🙄🙄🙄

Eine Weile passierte nichts, und ich hatte schon den leisen Verdacht, dass Daniel jetzt den Beleidigten spielte. Doch dann folgte ein Link zu einem Instagram-Profil. Ich musste mir ein Augenrollen verkneifen, weil die Person so sehr Daniels Typ entsprach, dass die beiden sich mit Sicherheit auf Tinder oder PlanetRomeo gefunden hatten.

*DOPPELDATE!*

Ich lachte kurz auf und steckte das Handy weg. Mein Vater sah mich fragend an.

»Ich geh mal 'ne Runde mit Balloon und bin heute Abend mit den anderen am See. Brauchen wir noch irgendwas, was ich einkaufen soll?«

Mein Vater schüttelte den Kopf. »Nicht nötig. Wenn du

magst, kannst du das Auto zum See nehmen. Schlüssel hängen im Flur.«

Ich nickte und winkte ihm zum Abschied. Als ich mit Balloon an der Leine das Haus verließ und die Sommerluft einatmete, fühlte es sich trotz allem, was passiert war, nach einem ganz normalen Tag an. Als ob alles beim Alten wäre. Und obwohl ich es eigentlich nicht verdient hatte, beschloss ich, diesen Moment zu genießen.

# 30. KAPITEL

## Lia

Ich wartete. Dafür, dass ich mein Handy die ganze Woche über nicht genutzt hatte, schaute ich jetzt ziemlich oft auf das Display. Alle fünf Minuten prüfte ich, ob ich eine neue Benachrichtigung erhalten hatte. Schon wieder griff meine Hand zum Smartphone. Schon wieder nichts.

Dann griff ich zur Kamera und klickte mich durch die einzelnen Aufnahmen, die seit meiner Abreise aus Hallingen entstanden waren. Allzu viele waren es nicht. Die Aufnahmen der Wanderung waren, wie zu erwarten, alles andere als gelungen. Die heutigen … Sie waren nicht schlecht. Mit etwas Zeit könnte ich daraus sogar etwas Gutes schneiden. Aber sie waren einfach nicht ich. Ich wollte keinen Imagefilm für Berlin schaffen, ich wollte eine Geschichte erzählen.

Frustriert seufzend legte ich den Kopf an die gepolsterte Lehne. Ich war vor der Hitze in einen Starbucks geflüchtet. Das durfte ich Phuong niemals erzählen, aber ich hatte eine Klimaanlage und etwas Kaltes zu trinken gebraucht – und einen Ort, an dem ich problemlos lange herumsitzen konnte. Nicht dass es mir etwas nützte. Mein Notizbuch lag offen vor mir, die Seiten waren immer noch weiß. Mein Kopf war leer. Genauer gesagt war er voll, nur eben voll mit den falschen Dingen: Selbstzweifeln, Angst, Unsicherheit und all diesen Gefühlen, die ich am liebsten tief in meinem Inneren verschließen würde. Sie verdrängten die Kreativität und den Drang, etwas zu kreieren.

Meine Finger spielten mit dem kleinen Rad der Kamera und ließen die Aufnahmen von links nach rechts und wieder zurück laufen. Berlin, Phuong und ich, wie wir uns angetrunken fertig machten, die Namen der Künstler in der Galerie, Phuong beim Shoppen, das Elbsandsteingebirge, Noah beim Wandern und … ich. Mein Daumen hielt in der Bewegung inne, und ich führte die Kamera näher an mein Gesicht, als ob sich das Bild, das ich sah, dadurch verändern würde.

Ich drückte auf Play und sah mir die Aufnahme ohne Ton an. Das war ich. Beim Boxen. Ich hatte beinahe vergessen, dass Noah mich dabei gefilmt hatte. Die Aufnahme war nur wenige Sekunden lang, zehn maximal. Ich spielte sie immer und immer wieder ab. Die Lia auf dem Bildschirm war vollkommen vertieft, während sie den Boxsack bearbeitete. Ihre Haare waren zerzaust, ihr Kopf rot und ihre Schläge lange nicht so schnell und kraftvoll, wie es sich für mich an dem Tag angefühlt hatte. Ich zoomte näher an mein eigenes Gesicht heran. Ich würde nicht sagen, dass dieses Mädchen auf dem Bildschirm glücklich wirkte, denn das war sie nicht. Aber trotz allem war da ein leichtes Lächeln zu sehen. Und eine Hingabe, wie ich sie lange nicht mehr an mir selbst bemerkt hatte. Angestrengt stieß ich die angehaltene Luft aus, als ich merkte, wie meine Augen zu brennen begannen. Ich würde nicht schon wieder weinen. Erst recht nicht bei Starbucks.

Noch einmal spielte ich die Aufnahme ab und konzentrierte mich dieses Mal auf das Gesicht. Mein Gesicht. Und dann fasste ich einen Entschluss: Von jetzt an würde ich alles dafür tun, diesen Gesichtsausdruck auf dem kleinen Bildschirm auch wieder im Spiegel zu sehen. Ich würde alles geben, um mich selbst wieder darin zu sehen. Es würde kein leichter Weg werden, aber – und zumindest das konnte ich mir versprechen – ich würde darauf hinarbeiten. Und ich würde sofort damit anfangen.

Knapp eine Stunde später rauchte mein Kopf, und die Seiten meines Notizbuchs waren nicht länger weiß. Nicht, weil ich ein Skript hatte, sondern weil ich die letzte Stunde auf Google verbracht und mir alle möglichen Hochschulen im Filmbereich angesehen hatte. Bei zwei Hochschulen hatte ich bereits E-Mails an die Studienberatung geschickt, was über das Handy eher mühselig war. Trotzdem fühlte es sich gut an. Ich wusste zwar noch nicht, wie alles mit den Leistungspunkten und vor allem finanziell funktionieren sollte, aber ich hatte immerhin etwas getan. Dass sich eine der Optionen, die ich entdeckt hatte, in Berlin befand, hatte die Aufregung noch verstärkt. Zwar würde ich hier auf Kreatives Schreiben verzichten müssen, jedoch könnte ich mich auf Regie spezialisieren. Allerdings waren die monatlichen Gebühren immens hoch. So oder so hatte mich die letzte Stunde voller Tatendrang zurückgelassen. Ich hatte Lust, etwas zu verändern und Dinge anzupacken.

*Sicher, dass du dich nicht nur ablenken willst?*

Diese fiese kleine Stimme war zurück in meinem Kopf und beschwor die Bilder der letzten Nacht wieder hoch. Noahs Berührungen, wie ich sie genossen hatte, und wie schnell alles umgeschlagen war. Die Stimme erinnerte mich an sein erschrecktes Gesicht und was noch viel schlimmer war: Sie brachte die Erinnerungen, die daran verknüpft waren und die ich zu verdrängen versuchte, wieder hervor.

*Ich will dich.*

*Schlampe.*

Wütend schlug ich mein Notizbuch auf dem Tisch zu, mein Getränk wackelte gefährlich. Ich würde das nicht zulassen.

Weder die Gedanken noch die Spirale, in die sie mich zwangsläufig wieder befördern würden. Stattdessen würde ich an meinem Tatendrang festhalten.

Passenderweise leuchtete genau in dem Moment das Display meines Handys auf und zeigte eine neue Nachricht auf Instagram an. Mit klopfendem Herzen entsperrte ich mein Smartphone und öffnete die Nachricht.

*Jackpot.*

Ich biss mir auf die Unterlippe, während ich meine Antwort tippte. Dabei merkte ich, wie das Adrenalin durch meine Adern floss. Ich hatte recht gehabt. Ich las die eingegangene Nachricht noch einmal. Kein Zweifel. Aufregung und auch ein kleines Triumphgefühl durchfluteten mich und ließen meine Füße unter dem Tisch nervös tippeln. Ich überflog meine Antwort noch einmal, bevor ich auf Senden drückte. Kaum hatte ich mein Handy gesperrt, leuchtete es auch schon wieder auf. Dieses Mal war die Nachricht jedoch von Noah. Noah. Dem ich alles erzählen könnte, sobald ich wirklich Gewissheit hatte. Ich öffnete seine Nachricht.

*Pack deinen Bikini ein, du wurdest auserwählt, deinen Abend an einem mit Sicherheit überfüllten Strand im Wedding zu verbringen. In bester Gesellschaft.*

Ich runzelte die Stirn. Einen Bikini hatte ich nicht dabei und würde ganz sicher auch keinen an einem vollen Badesee mitten in der Stadt tragen. Sosehr ich Noah wiedersehen wollte, der bloße Gedanke daran ließ meine Hände nass von kaltem Schweiß werden.

*Ich passe, macht ihr ruhig mal was unter euch. Viel Spaß euch. :)*

Noah schrieb eine ganze Weile, dann verschwand die Anzeige, ohne dass eine neue Nachricht auftauchte. Hoffentlich hatte ich Noah nicht vor den Kopf gestoßen. Ich packte die Sachen im Café zusammen und hängte mir meine Kamera wieder um. Für den Abend hatte ich noch keinen Plan. Phuong hatte mir geschrieben und gefragt, wie es mir ging. Vielleicht hatte sie ja Lust, etwas zu unternehmen. Als ich das Café verließ, vibrierte mein Handy schon wieder. Noahs Nachricht erschien am oberen Rand des Displays.

*Ich will dich nicht zwingen, wenn du nicht magst, aber es wäre echt schöner, wenn du dabei bist.*

Ich biss mir auf die Unterlippe und überlegte, was ich am besten antworten könnte. Keine zehn Pferde würden mich an einen Badesee bekommen. Ich fühlte mich nicht mehr wohl dabei, so viel nackte Haut zu zeigen. Es glich schon einem Wunder, dass ich gestern feiern gewesen war.

*Nächstes Mal, ja? Ich schnapp mir Phuong heute Abend. Hast du morgen Zeit? :)*

Hoffentlich klang die Antwort nicht abweisend. Noah sollte nicht denken, er hätte irgendetwas falsch gemacht. Aber genauso wenig hatte ich Lust, am See auf dem Präsentierteller zu sitzen. Außerdem wollte ich nicht, dass Noah das Gefühl hätte, ich käme hier nicht alleine klar. Ich öffnete den Chat mit Phuong.

# 31. KAPITEL

## *Noah*

»Noah!«

Ich blickte in die Richtung, aus der mein Name erklang, Daniel stand auf einem Handtuch und winkte. Ich schulterte meine Sporttasche und ging zu ihm und seiner Begleitung.

Trotz des Angebots meines Vaters war ich mit dem Bus zum See gefahren. Ich hoffte inständig, dass es keine schlechte Idee gewesen war, herzukommen. Eigentlich sprengte ich Daniels Date, denn ohne Lia war das hier kein Doppel-Date, sondern vielmehr eine Invasion meinerseits. Und ich hoffte, dass Lias Absage nichts mit unserer Nacht zu tun hatte. Sie hatte nicht abweisend gewirkt, aber ich sorgte mich trotzdem um sie. Der Abend mit Phuong war vielleicht genau das, was sie gerade brauchte.

Daniel umarmte mich kurz und deutete dann auf sein Date. Der Mann stand auf und war offensichtlich unsicher, ob er mich ebenfalls umarmen sollte.

»Das ist Felix. Felix, das ist Noah.«

Felix hatte dunkelblondes Haar, blaue Augen, helle Haut und ein markantes Kinn – und war optisch somit genau das Gegenteil von Daniel.

Da es nichts Schlimmeres gibt als diese Mischung aus Händeschütteln und Umarmung, zog ich ihn ebenfalls in eine Umarmung und breitete mein Handtuch neben ihnen aus.

Daniel rümpfte die Nase. »Sag mir, dass das nicht das Handtuch ist, mit dem du dich nach dem Sport abgetrocknet hast.«

Ich rollte mit den Augen. »Nach dem Duschen ist man in der Regel sauber. Und mit Sicherheit sauberer, als es der See hier ist.«

Felix lachte, aber Daniel schien nicht ganz überzeugt.

»Kommt Lia noch?«

Ich schüttelte den Kopf. »Ne, leider nicht.«

»Deine Freundin?«, fragte Felix.

Ich schüttelte den Kopf, als Daniel die Frage bejahte.

»Sie ist zumindest näher dran als alle anderen in der letzten Zeit«, meinte Daniel, und ich widersprach nicht. Ich hatte keine Ahnung, wie ich das zwischen Lia und mir definieren sollte. Vielleicht brauchte es auch gar keine Definition. Ich wusste nur, dass ich mich in ihrer Gegenwart unglaublich wohlfühlte. Und dass ich nicht darüber nachdenken wollte, dass sie Berlin bald wieder verlassen musste.

Ich räusperte mich und verdrängte die Gedanken. Es hatte keinen Sinn, darüber zu grübeln. »Und woher kennt ihr euch?«

Daniels Gesicht verwandelte sich in ein einziges breites Grinsen, und Felix warf ihm einen Seitenblick zu.

»Du hast es ihm noch gar nicht erzählt?«

»Was erzählt?«

Daniels Grinsen wurde noch breiter, auch wenn ich das kaum für möglich gehalten hätte. »Ich bin drin!«

Ich sah ihn verdutzt an. »Wo drin?«

»In der Band! Felix ist der Gitarrist!«

»Du hast das Casting geschafft?«, rief ich eine Spur zu laut.

»Ja! Und in drei Tagen ist schon der erste Gig!«

Lachend zog ich Daniel an mich und wuschelte ihm mit der rechten Faust durchs Haar, weil ich genau wusste, wie sehr er das hasste.

»Lass das!« Daniel stieß mich von sich, musste aber lachen.

»Glückwunsch, Mann! Und dir auch«, sagte ich an Felix gewandt. »Ihr habt euch den besten Schlagzeuger in ganz Berlin an Bord geholt.«

Felix grinste. »Daran habe ich keinen Zweifel.«

»Und schaffst du den Gig in drei Tagen schon?«, fragte ich Daniel. Ich kannte ihn lange genug, um zu wissen, wie talentiert und ehrgeizig er war – aber eben auch schlecht darin, Nein zu sagen.

Daniel nickte zuversichtlich. »Ich hab einen Großteil der Songs schon vorm Casting geübt.«

»Streber«, warf Felix ein.

Daniel zuckte mit den Schultern und warf ihm einen abschätzenden Blick zu. »Dich hat's überzeugt.«

»Wo und wie viel Uhr?«, wollte ich wissen.

Daniel schnappte sich mein Handy, gab den Pin ein und speicherte Zeit und Ort in meinem Kalender. Dann ließ er sich nach hinten auf die Ellbogen fallen und hielt das Gesicht in die Sonne.

»Es ist schön, dass du wieder da bist.«

»Wieso?«, fragte ich. »Angst, dass sonst niemand im Publikum sitzt?«

Ohne die Augen zu öffnen, trat Daniel mir mit dem Fuß gegen die Wade und grinste. Ich setzte mich im Schneidersitz auf mein Handtuch und genoss es, zur Abwechslung einmal nichts zu tun, außer dem Treiben im und um den Badesee zuzusehen und das Wetter zu genießen.

Ich öffnete die Kamera meines Smartphones und schickte ein Foto an Lia.

*Du fehlst.*

Es war mir egal, dass meine Nachricht kitschig klang. Lia fehlte mir wirklich. Genau wie schon zuvor brauchte sie nur wenige Sekunden, um zu antworten, was mich wunderte, da sie ihr Handy sonst nie draußen hatte.

*Wow, das sieht wunderschön aus!*

*Was habt ihr beiden heute Abend geplant?*

Ich lächelte, als sie mir ein Foto zurückschickte. Allerdings war sie darauf leider nicht zu erkennen. Dafür Phuong, die sich spielerisch den Schweiß von der Stirn wischte.

*Bin spontan kellnern. Irgendein Influencer hat das Poet's Corner in seinen Monatsfavoriten genannt und es ist die Hölle los. Also helf ich Phuong ein bisschen.*

*Lust, morgen was Entspannendes zu machen? Ich hab ein WG-Casting, aber danach Zeit.*

Diesmal dauerte es etwas länger, bis Lia antwortete. Dann erschien ein High-Five-Emoji.

*Klingt perfekt. Ich bin so lange mal weiter Kaffeebohnen auffüllen. Viel Spaß euch.*
*Freu mich auf morgen. :)*

Ich merkte, wie ich mein Handy angrinste, und Daniels Schnauben nach zu urteilen war es auch ihm nicht entgangen. Er blinzelte mir durch ein halb geöffnetes Auge zu. »Nicht deine Freundin, klar.«

Ich wollte gerade etwas erwidern, als das Vibrieren in meiner

Hand erneut meine Aufmerksamkeit forderte. Statt wie erwartet Lias Namen auf dem Display zu sehen, stand dort »Mama«, hinterlegt von einem Selfie mit Kyra, ihr und mir im Garten.

»Geh ruhig ran«, sagte Daniel. »Sie soll ihren Hintern herbewegen, wenn sie dich eh die ganze Zeit ablenkt.«

»Das ist meine Mutter.« Ich hob eine Hand, damit Daniel kurz still war.

Ich drückte auf den grünen Hörer und wusste in dem Moment, in dem meine Mutter meinen Namen sagte, dass irgendetwas ganz und gar nicht stimmte.

# 32. KAPITEL

## Noah

»Mama?«, rief ich, als ich die Tür öffnete. Sie hatte mir nicht gesagt, was los war, nur, dass ich schnellstmöglich nach Hause kommen sollte. Also war ich ohne weitere Fragen aufgebrochen. Statt einer Antwort kam mir Balloon entgegen, den ich jedoch ignorierte und das Haus betrat. Von oben waren keine Geräusche zu hören. Die Küche war gegen die Sonne abgedunkelt, auch hier war niemand. Ich knipste das Licht an und erschreckte mich beinahe zu Tode, als ich eine Bewegung aus dem Augenwinkel wahrnahm. Meine Mutter saß nebenan im Wohnzimmer auf dem Sessel.

»Wieso sitzt du denn im Dunkeln?«, fragte ich und schob die linke Flügeltür zum Wohnzimmer ebenfalls auf. Dann ging ich zur Stehlampe neben der Couch und schaltete sie an. Die Jalousien waren, wie immer bei dem Wetter, heruntergelassen, damit sich die Zimmer nicht aufheizten, während alle aus dem Haus waren. Ich blickte auf meine Uhr. Sie hätte längst auf der Arbeit sein sollen. Meine Mutter hatte immer noch keinen Ton von sich gegeben und blickte starr nach unten.

»Mama, alles okay?«

Zischend atmete sie aus. Mit einem Mal wurde mir schlecht. Ich hatte sie erst einmal so gesehen, das war, als mein Großvater verstorben war und sie uns die Botschaft übermitteln musste. Und ein anderes Mal hatte ich sie so gehört: am Telefon, als sie mir von Elias' Prügelei berichtet hatte.

»Ist mit Papa alles okay? Und mit Elias und Kyra?«

»Ob mit deinem Vater alles okay ist?«

Nun richtete sie den Blick doch auf mich, die Lippen zu schmalen Linien gepresst. Ihre Augen waren gerötet, als ob sie geweint hatte.

»Die Frage ist eher, ob mit dir alles okay ist.« Ihre Stimme klang tonlos und angespannt.

»Was meinst du?«, fragte ich verwirrt.

»Setz dich.«

»Ist was passiert?«

»Ich sagte, setz dich.« Ihre Stimme klang so schneidend, dass ich ihrem Befehl folgte und mich mit einem Mal wieder fühlte, als wäre ich zwölf, nicht einundzwanzig. Als ich mich auf das Sofa zu ihrer Linken gesetzt hatte, wartete sie einen weiteren quälend langen Atemzug, bevor sie einen Briefumschlag vor mir auf den Couchtisch legte, den sie bis eben in den Händen gehalten haben musste.

»Was ist das?«, fragte ich.

Meine Mutter antwortete nicht, also nahm ich den Umschlag. Das weiße Papier war am oberen Rand ordentlich mit einem Brieföffner aufgeschnitten worden, doch der Rest des Umschlags war zerknittert und abgenutzt, als hätte man ihn durch etliche Hände gereicht. Meine Hand erfühlte dünnes Papier. Als ich es herausnahm und ansah, blieb mein Herz kurz stehen.

»Ja, ungefähr so habe ich auch geguckt«, meinte meine Mutter trocken.

Das Foto in meiner Hand zeigte mich, wie ich auf Ben kniete, aufgenommen genau in dem Moment, in dem ich die Faust erneut erhob, während Ben mit blutiger Nase vor mir auf dem

Boden lag – und zugegebenermaßen ziemlich wehrlos aussah. Also hatte Thomas mit seinem Handy nicht nur die Polizei gerufen, sondern die Gelegenheit genutzt und gleich ein Foto geschossen. Hatte er die Bilder wirklich auf Papier gedruckt und an meine Eltern geschickt? Oder war es Ben gewesen? War das seine Art der Rache? Was für ein Problem hatte er bitte mit mir? Ließ er seine Wut darüber, dass Chris in dieser Saison ausfiel, nun an mir aus? Ich schnaubte.

»So hab ich auch reagiert. Und es geht nicht gerade besser weiter.«

Ich schob das Bild zur Seite und dahinter kam ein weiteres zum Vorschein. Es zeigte mich in Begleitung des Polizisten, der mich auf dem nächsten Bild hinten ins Auto schob. Ich kniff die Augen zusammen, das Bild war ziemlich verschwommen, vermutlich durch den Zoom der Handykamera.

»Noah?«, die Stimme meiner Mutter klang ungewohnt kalt und holte mich abrupt zurück in unser Wohnzimmer.

»Kannst du mir bitte erklären, was das ist?« Ich war mir sicher, wenn sie gekonnt hätte, würden mich ihre Blicke gerade wortwörtlich durchbohren und mich an dieser Couch festnageln.

Ich atmete einmal geräuschvoll ein und wieder aus und betrachtete erneut die Fotos. »Hat Papa die Bilder schon gesehen?«, fragte ich und betete, dass das nicht der Fall war. Denn sonst dürfte ich die Firma in nächster Zeit möglicherweise nicht mal betreten.

»Ich habe ihn angerufen. Dein Vater ist auf dem Weg hierher. Aber das beantwortet meine Frage nicht«, erwiderte meine Mutter.

Was sollte ich schon zu den Fotos sagen? Es war offensichtlich darauf zu erkennen, was passiert war. Und nachdem sie bei Elias mit absoluter Abweisung reagiert hatten, bildete ich mir nicht ein, mich aus der Sache rausreden zu können.

Balloon neben mir sprang auf und lief durch die Küche in den Flur. Einen Augenblick darauf hörte ich, wie der Schlüssel sich im Schloss der Eingangstür drehte. Ein Klirren durchbrach die Stille. Daran gemessen, mit welcher Wucht mein Vater den Schlüssel gerade in die Schale geworfen haben musste, erübrigte sich die Frage, ob er sauer war.

Er würdigte mich nur eines kurzen Blicks, als er das Zimmer betrat und meiner Mutter die offene Hand entgegenstreckte. Sie deutete auf mich. »Er hat die Fotos.«

Kommentarlos gab ich sie meinem Vater und beobachtete sein Gesicht, als er die Aufnahmen betrachtete. Bis auf ein leichtes Kopfschütteln blieb seine Miene jedoch regungslos. Er legte die Bilder auf den Wohnzimmertisch, ließ sich auf die Couch sinken, nahm seine Brille von der Nase und fuhr sich mit der Hand über das Gesicht.

Mein schlechtes Gewissen nagte an mir und meine Verteidigungshaltung brach. Er sah müde aus. Geschafft. Und noch viel schlimmer: enttäuscht. Von mir.

»Was hast du dir nur dabei gedacht, Noah?«

Ich schluckte. »Ben hat mich provoziert. Er hat Dinge über Kyra gesagt, die …«

»Ich dachte wirklich, wir hätten das durch«, unterbrach mich mein Vater. Seine Stimme war ruhig. Ich wünschte, er wäre laut geworden. Aber das wurde er nie. »Es ist mir vollkommen egal, wer was zu dir gesagt hat. Nichts rechtfertigt Gewalt, Noah. Gar nichts.« Er griff sich mit Zeigefinger und Daumen an die Nasenwurzel und seufzte.

»Ich nehme an, den neuen Posten in der Firma kann ich dann vergessen?«, fragte ich.

Meine Mutter lachte auf. »Du sorgst dich um *deine* Position?«, fragte sie ungewohnt laut. »Wenn das der Fall ist, bist du offensichtlich noch nicht für sie bereit. Hier geht es nicht um dich, Noah. Es geht ein einziges Mal nicht um dich, verstehst du das? Gott, es wird Zeit, dass du erwachsen wirst.«

Wow. Das saß. Ich schüttelte ungläubig den Kopf. »Weil es sonst ja immer um mich geht, ja?« Ich lachte, aber es lag keinerlei Emotion darin. »Wann ging es denn um mich, Mama? Es ging doch sowieso immer nur um Elias und Kyra. Elias war immer das Vorzeigekind – bis vor Kurzem. Seitdem bin ich dann plötzlich doch gut genug für die Firma. Ihr hättet mir die Stelle doch sonst niemals angeboten. Aber hey, dafür habt ihr dann ja mich als Ersatzkind. Dann lohnt sich die ganze Arbeit auch endlich, was?«

Meine Mutter sah mich fassungslos an. Kurz spiegelte sich Schmerz in ihren Augen, dann wurden ihre Lippen schmal und die Gesichtszüge wütend. »Wir ermöglichen dir alles, Noah. Alles. Und als Dank hast du mit deiner Eskapade dafür gesorgt, dass einer unserer größten Kunden abgesprungen ist.« Sie holte ein gefaltetes Stück Papier aus ihrer Jeanstasche. »Der hier kam mit den Fotos.« Sie entfaltete das Papier, das bis zur Hälfte bedruckt war, gab es mir aber nicht zum Lesen. »Deine Bilder sind online. Das hier ist ein Schreiben mit der Bitte um außervertragliche Kündigung. Weißt du überhaupt, was du da angerichtet hast? Elias ist mit seinem Ausfall sogar in der Fachpresse gelandet. Willst du das allen Ernstes auch?«

»Echt jetzt? Das ist das Einzige, was du dazu zu sagen hast? Dass ein Kunde abgesprungen ist?« Ich biss meine Kiefer fest zusammen, als ich merkte, dass meine Stimme zu zittern begann. Ob aus Wut oder weil ich den Tränen nah war, konnte ich in all dem Chaos meiner Gefühle nicht einmal sagen. Aber egal, was es war, ich würde den Gefühlen nicht nachgeben. Alles, nur das nicht. Das würde meine Eltern nur darin bestätigen, dass ich erwachsen werden musste.

»Deine Mutter hat recht«, sagte mein Vater, allerdings wesentlich ruhiger. »Es geht jetzt nicht um dich oder um Elias oder um irgendwelche Komplexe. Es geht um Schadensbegrenzung. Was glaubst du, wie wir gerade dastehen? Ist dir klar, dass dieser eine Kunde nur der Anfang sein könnte? Dass andere dem Beispiel folgen könnten?«

Was dachten meine Eltern eigentlich? Dass ich stolz auf meine Tat war? Dass mir nicht klar war, wie scheiße ich mich verhalten hatte?

»Und ich dachte, ich nehme die Arbeit zu ernst«, sagte ich, um eine ebenso ruhige Stimme bemüht wie mein Vater. »Aber bei mir kommt tatsächlich noch eine Sache über der Arbeit: Familie.«

Langsam stand ich auf.

»Oh nein, wir sind hier noch nicht fertig. Setz dich«, sagte meine Mutter und deutete auf den Sessel, von dem ich mich gerade erhoben hatte.

»Doch, sind wir.« Mein Blick wanderte zwischen meiner Mutter und meinem Vater hin und her. »Ich hätte mich entschuldigt. Ich hätte euch sogar erklärt, wie es überhaupt dazu kommen konnte. Vielleicht hättet ihr es ja sogar verstanden. Aber nein, die Firma ist natürlich wichtiger. Wichtiger als Elias. Offensichtlich wichtiger als ich – und, hey, Kyra ist auch lieber in Paris als hier.« Mein Herz trommelte in meiner Brust. Am liebsten hätte ich den Tisch mitsamt der Fotos darauf umgeworfen. Aber das hätte meinen Eltern nur in die Karten gespielt. Ich nahm einen tiefen Atemzug, um normal weitersprechen zu können. »Ich bin echt der Letzte, der nicht alles für die Firma geben würde. Aber merkt ihr ernsthaft nicht, wie es unsere Familie kaputt macht? Wir können doch nicht einfach so tun, als ob alles normal weitergehen kann.« Jetzt wurde ich doch lauter. »Checkt ihr irgendwann mal, dass es wichtigere Dinge als Geld und die Firma gibt?«

Jetzt stand auch meine Mutter sehr energisch auf.

»So lasse ich nicht mit mir reden. Alles, was dein Vater und ich tun, ist für euch. Wir bauen diese Firma auf. Für euch. Wir ermöglichen euer Studium – wir schicken dich sogar nach Südamerika, obwohl in unseren Augen Europa vollkommen gereicht hätte. Und was müsst ihr dafür tun? Nichts, genau. Erzähl mir nicht, da ist es zu viel verlangt, dass ihr keine Schlägereien anfangt, die dann überall im Internet landen!«

»Ich bring die beiden um«, murmelte ich mit Blick auf die Fotos auf dem Tisch.

»Hörst du uns überhaupt zu? *Du* bist dafür verantwortlich, Noah. Nicht dieser Junge hier.« Meine Mutter hielt mir das Bild vor die Nase, den Zeigefinger auf Ben gerichtet. Bevor ich etwas erwidern konnte, brachte sie mich mit einer bloßen Handbewegung zum Schweigen. »Mir ist total egal, was du zu deiner Verteidigung zu sagen hast. Dein Vater hat es schon gesagt: Nichts gibt dir das Recht, diesen Jungen zu schlagen. So haben wir dich nicht erzogen. Gott, es ist als wärst du wieder fünfzehn, so wenig hast du dich im Griff!«

Ihre Augen blitzten wütend, und in diesem Moment fühlte ich mich wirklich wie ein Fünfzehnjähriger, der gleich auf sein Zimmer geschickt würde. In meinem Inneren kämpfte die Wut mit meinem schlechten Gewissen. Das schlechte Gewissen, weil ich genau wusste, dass ich im Unrecht war und Kyra nur hatte verteidigen wollen, anstatt meiner Familie zu schaden. Die Wut, weil ich mein ganzes verdammtes Leben nach dieser Familie ausrichtete und alles tat, um ihr und dem Betrieb zu helfen. Und nun machte ein einziger Fehltritt das in den Augen meiner Eltern völlig zunichte.

»Ich schlaf heute Nacht bei Daniel«, sagte ich.

Meine Mutter lächelte grimmig. »Und genau deshalb bist du noch nicht bereit, in die Fußstapfen deines Bruders zu treten, Noah. Du rennst weg, während dein Vater gerade versucht, deinen Mist zu beheben. Elias hat wenigstens den Anstand, zu seinen Fehlern zu stehen und badet sie selbst aus.«

Der Angriff prallte völlig an mir ab, denn alles, was ich hörte, war das Wort »Fußstapfen«. Weil es genau darum ging. Ich konnte mich noch so sehr anstrengen, ich würde immer nur die Fußstapfen anderer ausfüllen, anstatt meine eigenen zu hinterlassen. Und selbst wenn ich versuchte, einen eigenen Weg zu finden, dann nur, weil meine Eltern mich ließen, – so war es mit meiner Südamerikareise gewesen und so würde es auch in der Zukunft sein.

Ohne ein weiteres Wort drehte ich mich um und ging.

# 33. KAPITEL

## *Lia*

Ich lief die Treppen der U-Bahn-Station Kleistpark hinauf und wartete, bis mein Handy wieder Verbindung zum Internet hatte und mir den korrekten Weg anzeigen konnte. Die Street-Art-Führung im Prenzlauer Berg, aus der ich gerade durch Noahs Nachricht hinausgerissen worden war, sollte eigentlich drei Stunden lang gehen. Diese Zeitspanne war mir viel zu lang für ein paar Wandkritzeleien vorgekommen, aber dann war ich völlig begeistert von den unterschiedlichen Graffiti und Schriftzügen gewesen. Die ersten zwei Stunden waren wie im Flug vergangen. André, unser Guide, der manche der Bilder selbst gesprayt hatte – wobei er nicht verraten wollte, welche das waren –, erzählte mit so viel Herzblut von den Künstlern und den unterschiedlichen Techniken, dass ich gar nicht mitbekommen hatte, dass mein Handy klingelte. Als ich es zufällig aus der Handtasche holte, zeigte es mir bereits drei verpasste Anrufe von Noah an. Auf meinen Rückruf hatte er nicht reagiert, aber er hatte mir eine Nachricht mit der Adresse von Daniels Wohnung geschickt. Seine Bitte vorbeizukommen klang dringend, und so hatte ich mich auf dem Weg zum nächsten Spot vom Guide verabschiedet, ihm fünf Euro in die Hand gedrückt und die U-Bahn in Richtung Schöneberg genommen.

Noah hatte in seiner Nachricht kein Wort darüber verloren, was los war. Nachdem er schon gestern irgendwann nicht mehr auf meine Nachrichten geantwortet hatte, war ich erleichtert gewesen, heute von ihm zu hören – auch wenn der Anlass kein positiver zu sein schien.

Ich wusste schon, wie ich ihn aufmuntern konnte – zumindest hoffte ich das. Gestern war ich nicht dazu gekommen, ihm die Neuigkeiten zu erzählen. Das, was ich herausgefunden hatte, würde ihn sicher ablenken. Es fühlte sich gut an, endlich mal für Noah da sein zu können. Egal ob es um Elias ging, um mich, meine Verschwiegenheit und meine Blockaden, um Daniel und sein Casting – Noah war immer für andere da, war immer verständnisvoll. Jetzt konnte ich endlich einmal etwas zurückgeben.

Mein Handy schickte mich um eine Ecke, wenige Meter weiter kam ich neben einer Bäckerei zum Stehen. Hausnummer 16, das musste es sein. Ich las die Klingelschilder. Da: García/Seger. Sogar Noahs Name stand noch immer dort.

»Dritter Stock«, ertönte Daniels Stimme aus der Freisprechanlage, kurz bevor er den Türöffner drückte. Ich nahm immer zwei Stufen auf einmal, bis ich den dritten Stock endlich erreicht hatte. Auf dem Stockwerk befanden sich drei Wohnungen, die mittlere Tür war nur angelehnt. Vorsichtig schob ich die Tür ein Stück weiter auf.

»Hallo?«, rief ich in den Hausflur und hoffte, dass es sich wirklich um die richtige Wohnung handelte.

»Hey, komm rein«, rief Daniel. Kurz darauf folgte ein lautes »Fuck!« von Noah.

Ich schlüpfte hinein und öffnete die Riemen meiner Sandalen, die ich zu dem Berg an Turnschuhen an die Wand stellte. Wie konnte ein Zweipersonenhaushalt so viele Schuhe besitzen? Dann folgte ich dem Lärm ins Wohnzimmer und blieb grinsend an der Tür stehen. Noah und Daniel saßen auf der türkisgrünen Couch, die Arme auf die Knie gestützt und den Blick nach vorn gerichtet. Allem Anschein nach waren sie gerade in ein erbittertes Mario-Kart-Match vertieft. Kein Wunder, dass Daniel nicht an der Tür hatte warten können.

»Achtung, Banane«, sagte ich trocken und zwei Köpfe schnellten zu mir herum.

Daniel grinste und konzentrierte sich sofort wieder auf den Bildschirm. Noah hingegen legte den Controller zur Seite, stand auf und kam auf mich zu. Er trug eine schwarze Jogginghose und ein locker sitzendes graues Star-Wars-Shirt. Das Outfit erinnerte mich an unser Treffen im Boxstudio. Da hatten wir uns gerade erst kennengelernt. Kaum zu glauben, wie vertraut mir jetzt jeder seiner Gesichtszüge war. Deshalb entging mir auch die Sorge in seinem Blick nicht, als er mir gegenüberstand und mein Gesicht mit den Händen umfasste.

»Hey«, flüsterte er leise. Und dann berührten seine Lippen meine.

Ob ich mich jemals daran gewöhnen würde? An den Druck seiner Fingerspitzen, den Geruch seines Aftershaves und den Geschmack seiner Lippen? Vermutlich nicht. Und doch war er mir so vertraut, dass ich mich bei ihm mittlerweile völlig fallen lassen konnte.

Ich erwiderte seinen Kuss und musste mich zusammenreißen, nicht zu seufzen. Trotz meiner außerordentlichen Selbstkontrolle ertönte hinter Noahs Rücken ein Räuspern.

»Nehmt euch ein Zimmer.« Kurz darauf folgte Daniels Worten ein Kissen, das Noah am Rücken traf und auf den Boden fiel.

Noahs Blick glitt über mein Gesicht und zu meinen Lippen, was mir einen wohligen Schauer über Rücken und Arme jagte, dann erst wendete er sich seinem Freund zu.

»Würden wir. Aber wie du weißt, ist mein Zimmer besetzt.«

Daniel fuhr gerade als Dritter ins Ziel ein, legte den Controller zur Seite und sah Noah mit verschränkten Armen an. »Dein Zimmer ist nicht besetzt, es ist vermietet. Und deshalb gerade auch nicht *dein* Zimmer.« Daniel deutete mit dem Kopf in Richtung Flur. »Wenn du es zurückwillst, regelt das untereinander. Der Typ ist doppelt so breit wie ich. Ich erkläre ihm bestimmt nicht, dass er sich so kurz vor Semesterstart ein neues Zimmer suchen soll.«

»Kannst du nicht ein paar extra laute Bandproben ansetzen, damit er freiwillig geht?«, fragte Noah.

Daniel nickte. »Super Idee, dann sind wir die Nachbarn auch gleich los.«

Er warf Noah einen vielsagenden Blick zu. »Wenn du endlich deine Eltern fragen würdest, hättest du übrigens schon längst eine eigene Wohnung und all deine Probleme wären gelöst. Lern endlich mal, Hilfe anzunehmen. Wie ich sie kenne, würden sie das eh liebend gern tun.«

»Grade eher nicht«, murmelte Noah so leise, dass Daniel es höchstwahrscheinlich nicht gehört hatte. Ich hingegen schon. Fragend sah ich ihn an.

Er drückte kurz meine Hand und rief in Daniels Richtung: »Ich hol mir was zu trinken. Magst du auch was?«

»Nee«, antwortete Daniel, »aber geht ihr ruhig weiter rummachen.«

Noah beachtete Daniels Worte nicht weiter, zog mich mit sich in die WG-Küche und schloss die verglaste Schiebetür hinter uns.

»Ist etwas vorgefallen bei dir und deinen ...« Weiter kam ich nicht, denn von einem auf den anderen Moment waren Noahs Lippen auf meinen. Stürmisch küsste er mich, seine Hände fanden ihren Weg an meine Taille, und er drückte mich gegen die Küchentheke. Völlig überrumpelt schaffte ich es nicht einmal, die Augen zu schließen. Dafür sah ich jetzt aus nächster Nähe, wie sich feine Linien zwischen Noahs Augen bildeten, als versuchte er, etwas Unangenehmes auszublenden. Noah drängte sich enger an mich, und auch wenn deutlich zu spüren war, dass ihn etwas bedrückte, konnte ich nicht anders, als die Augen zu schließen und seinen Kuss zu erwidern. Er fühlte sich so gut an. So richtig. Die Weise, wie sich seine Finger in meine Hüfte gruben, sich seine Lippen um meine schlossen. Die Art, wie er roch. Nach einer Weile ließ er von mir ab, und ich holte tief Luft. Konnte einem vom Küssen schwindlig werden? Es fühlte sich verdammt danach an.

»Alles in Ordnung?«, fragte ich.

Noah atmete schwer, seine Augen flogen über mein Gesicht, als suchten sie etwas darin. »Jetzt ja.« Er schluckte hart. »Lia?«

»Hm?«, machte ich. Zu mehr war ich nicht in der Lage, da sein Daumen mir sanft über die Lippe strich und mir so jegliche Kontrolle über meine Gedanken nahm.

»Ich will nicht, dass du gehst.«

»Ich auch nicht«, sagte ich ohne Zögern und merkte, wie wahr diese Worte waren.

Noah gab ein Geräusch von sich, das gefrustet, aber gleichzeitig leidenschaftlich klang und zog mich wieder an sich. Dieses Mal umfassten seine Hände mein Gesicht. Seine Lippen strichen sanft über meine. Erst als ich den Mund leicht öffnete, küsste er mich weiter. Seine Zunge strich über meine, und ich wusste nicht, was mich mehr in den Wahnsinn trieb – sein Geschmack oder das Gewicht seines Körpers, das mich nun fester gegen die Theke drückte und mich wünschen ließ, wir wären ungestört, ohne Daniel, der im Nebenzimmer Videospiele spielte.

Noah vertiefte den Kuss, bis ich aufstöhnte.

»Ich wünschte, wir wären allein«, flüsterte nun auch er an meinen Lippen. Die Worte jagten ein Kribbeln durch meinen gesamten Körper.

Ich sah zu ihm hoch, als er meinen Blick erwiderte, konnte ich die unterschiedlichen Emotionen darin kämpfen sehen.

»Wir können Daniel schlecht aus seiner eigenen Wohnung werfen«, flüsterte ich.

Noah küsste mich ein letztes Mal sanft und trat wenige Zentimeter zurück, sodass die Küchentheke nicht länger in meinen Rücken drückte.

»Nein.« Sein Blick wanderte an mir vorbei. »Können wir nicht. Außerdem bist du mehr wert als ein IKEA-Tisch mit Brötchenkrümeln.«

Ich lachte auf. »Danke?«

»Gern geschehen.«

Als seine Augen wieder meine fanden, wurde er ernst und strich mir mit dem Daumen über die Wange.

»Wenn wir das erste Mal Sex haben, werde ich mir Zeit nehmen, Lia.« Noahs Stimme klang rau, und ich hielt unwillkürlich die Luft an. »Und du dir auch. Ich will, dass deine Knie schwach werden, und ich will, dass du meinen Namen rufst.« Seine Lippen streiften meine Stirn. Ich ließ meinen Kopf an seine Halsbeuge fallen und atmete zitternd aus. Meine Knie wurden ja jetzt schon schwach. Wie sollte es dann erst werden? »Wenn wir das erste Mal Sex haben, wird es besonders, und ich will, dass du danach vor Erschöpfung nicht mehr stehen kannst.«

»Wenn du weiter solche Dinge sagst, ist es mir egal, dass Daniel nebenan ist.«

Ich spürte Noahs Lachen in seinem Hals vibrieren. Dann schob er mich sanft von sich weg und atmete einmal tief durch.

»Das ist nicht normal, was du mit mir machst«, flüsterte er.

»Gleichfalls«, sagte ich und räusperte mich, als ich merkte, wie belegt meine Stimme war. Ich fasste mir an die Wangen. »Ich bin rot, oder?«

Noah schmunzelte. »Ich wäre enttäuscht, wenn es nicht so wäre.«

Ich fächerte mir Luft zu, als ob es etwas nützte, während Noah mich amüsiert beobachtete. Er kam wieder näher und hielt sanft meine Hände fest.

»Ich mag es, wenn du rot wirst.«

»Ich dafür umso weniger«, gab ich zurück. »Ich werde nicht niedlich-rot wie in den Filmen, sondern fleckig-rot.«

Noah schüttelte grinsend den Kopf, als wäre es absurd, dass ich mir deswegen Gedanken machte. Vielleicht war es das ja auch, aber es war eben nicht jeder mit dem Selbstbewusstsein Noah Segers ausgestattet.

»Komm, wir gehen zu Daniel. Du kannst dein Können in Mario Kart unter Beweis stellen, wenn du magst«, sagte er und wollte mich an einer Hand mit sich ziehen.

Als ich stehen blieb, drehte Noah sich mit fragendem Blick zu mir um.

»Magst du nicht reden?«, fragte ich und musterte sein Gesicht. Zwar glaubte ich ihm, dass er mich sehen wollte, aber ich war nicht dumm. Ich hatte die Verzweiflung in seinem Kuss spüren können, und es war offensichtlich, dass etwas vorgefallen war.

Noah lächelte schief. »Ehrlich gesagt nicht. Gerade will ich mich einfach nur ablenken.« Er hob die Schultern. »Und Daniel, du und Mario Kart auf der Wii klangen da perfekt.«

*Jetzt oder nie*, sagte ich mir in Gedanken. Schließlich war das, was ich zu erzählen hatte, auch Ablenkung – noch dazu sehr positive. Trotzdem merkte ich, wie ich nervös wurde. Allerdings war es mehr eine Art freudige Aufregung. Ich wusste nicht, warum er schlechte Laune hatte und was mit seinen Eltern vorgefallen war. Aber ich wusste, dass ich ihn aufmuntern konnte. Und vielleicht war es besser, wenn ich ihm nicht vor Daniel sagte, was ich herausgefunden hatte. Auch wenn Noah bestimmt keine Geheimnisse vor seinem ältesten und besten Freund hatte, wollte ich ihm die Entscheidung überlassen, ob und wann er das Wissen mit anderen teilte.

Ich ließ Noahs Hand los und zog einen der Küchenstühle beiseite.

»Setzt du dich kurz?«

»Schlechte Neuigkeiten?«, fragte Noah mit erhobenen Augenbrauen.

Ich schüttelte den Kopf. »Nein, ganz und gar nicht. Also – na ja, vielleicht auch nicht wirklich gute, aber irgendwie doch.«

Noah war die Verwirrung deutlich anzusehen, aber er folgte meinem Wunsch kommentarlos und setzte sich auf den Stuhl. Ich setzte mich im Schneidersitz auf den Stuhl daneben und wandte mich ihm zu.

»Ich hab Neuigkeiten, was Elias angeht«, platzte ich so schnell heraus, dass die Worte zu einem einzigen wurden.

»Was?«, fragte Noah.

Ich zog mein Handy aus der Gesäßtasche meiner Jeans und suchte kurz nach der Unterhaltung. Dann legte ich das Handy auf den Tisch, aber zwang Noah, mich wieder anzusehen.

»Also, ich hab diese Nadine gefunden.«

»Wen?«, fragte Noah, bevor ich weitersprechen konnte.

»Nadine. Das ist die Frau, mit der Elias auf der Party deiner Eltern war, erinnerst du dich? Also, online waren Fotos mit den beiden zu sehen, und einen Teil der Gästeliste gab es in der offiziellen Pressemitteilung.« Ich merkte, wie mein Herzschlag sich beschleunigte, so aufgeregt war ich, Noah endlich den Rest erzählen zu können. Es war schwer genug gewesen, nicht gleich im Poet's Corner mit allem herauszuplatzen. Aber nun hatte ich die Gewissheit, die ich brauchte – die wir brauchten.

»Dann war es ganz leicht, Nadine zu finden. Ich habe sie auf Instagram angeschrieben. Sie hat meine Anfrage angenommen, als ich gesagt hab, dass es um Elias geht. Ich wollte ihre Sicht der Dinge hören, weil du doch meintest, dass es bei der Schlägerei um sie ging.« Noah sah mich unergründlich an, sagte aber nichts. Also sprach ich weiter.

»Du hast doch erzählt, dass Elias Christopher und Nadine auf der Toilette miteinander erwischt hat. Und du warst dir so sicher, dass dein Bruder deswegen niemals Gewalt anwenden würde. Du hast recht!«

Ich spürte, wie Adrenalin durch meine Adern floss, und wäre am liebsten aufgesprungen. Wir hatten endlich etwas in der Hand, um das Geschehene wiedergutzumachen.

»Nadine war und ist gar nicht mit deinem Bruder zusammen. Sie waren zusammen dort, aber nicht als Paar!«

Noahs Miene spiegelte meine Euphorie nach wie vor nicht wider, also nahm ich das Handy, dessen Display mittlerweile wieder schwarz geworden war, und entsperrte es erneut, um ihm Nadines Nachricht zu zeigen, die sie mir vorhin geschickt hatte.

»Und Elias kann Nadine auch gar nicht mit Christopher im Bad erwischt haben, weil sie zu dem Zeitpunkt gar nicht da war.« Ich hielt ihm mein Handy vor die Nase, damit er die Nachricht lesen und das Foto, das Nadine dazu geschickt hatte, sehen konnte. Zum Zeitpunkt der Schlägerei war sie mit zwei Freundinnen auf der Dachterrasse gewesen. Und obwohl Social Media mein Leben zerstört hatte, war ich nun dankbar, dass eine ihrer Freundinnen ein Foto des Ausblicks auf Instagram gepostet hatte, auf dem auch Nadine zu sehen war.

Gespannt wartete ich auf Noahs Reaktion. Im Gegensatz

zu mir schien er jedoch gar nicht aufgeregt. Er schaute nicht einmal auf mein Handy, das ich ihm immer noch entgegenstreckte. Stattdessen blickte er mich unverwandt an. Und er wirkte nicht froh oder dankbar, seine Miene war wie aus Stein gemeißelt, keine Regung war darin zu erkennen. Er sah mich einfach nur an.

»Alles … alles okay?«, fragte ich verunsichert.

»Du hast hinter meinem Rücken Nachforschungen angestellt?« Noahs Stimme war ruhig, aber die Anspannung war aus seinen Worte deutlich herauszuhören.

»Ja«, sagte ich, aber es klang mehr wie eine Frage.

»Hast du daran gedacht, mich einzuweihen? Oder vielleicht mal zu fragen?«

Jetzt schlug mein Herz noch schneller, allerdings nicht vor positiver Aufregung, sondern weil ich das Gefühl hatte, mich verteidigen zu müssen.

»Du hattest genug um die Ohren«, gab ich vorsichtig zurück. »Und es sah nicht aus, als wärst du überhaupt noch bemüht, den Grund für Elias' Verhaftung weiter herauszufinden, also dachte ich …«

Noah lachte auf. »Du dachtest, du nimmst das Ganze mal in die Hand? Hast du vielleicht auch mal darüber nachgedacht, warum ich zurückgerudert bin? Oder dachtest du ernsthaft, mein Bruder ist mir plötzlich egal und du hast das Recht, das alleine zu regeln?«

Ich ließ die Hand endgültig sinken und legte das Handy zur Seite, dem Noah immer noch keine Beachtung geschenkt hatte.

»Ich wollte mich nicht einmischen, ich …«

»Hast du aber«, unterbrach Noah mich. »Was wolltest du damit bitte erreichen? Wir haben schon Kunden verloren, weil ich mich nicht rausgehalten habe. Elias will nicht mehr mit mir reden. Ich habe riesigen Streit mit meinen Eltern. Also schön, dass du dich nicht einmischen wolltest, aber das hast du. Und dann auch noch hinter meinem Rücken.«

»Ja, aber du hast mir von alldem nichts erzählt. Ich wollte dir nur helfen.«

»Gerade *du* wirfst mir vor, dass ich dir nichts erzähle?« Noah gab ein ungläubiges Schnauben von sich. »Ich fasse es nicht. Ich stochere doch auch nicht in deiner Privatsphäre rum!«

»Das ist nicht das Gleiche«, sagte ich. In mir lieferten sich Hitze und Kälte ein Gefecht, als die Bilder vor meinem inneren Auge wiederauftauchten.

»Ach, ist es nicht? Warum? Weil es bei mir um das Leben meines Bruders und die Zukunft meiner Familie geht? Und bei dir um irgendein scheiß Berlin-Abenteuer?«

Ich zuckte zusammen, als hätten seine Worte meinen Körper getroffen und nicht bloß mein Inneres. »Das hier ist kein scheiß Berlin-Abenteuer. Und ich wollte dir wirklich nur helfen«, gab ich zurück ich. Wut gesellte sich zu meiner Unsicherheit hinzu.

»Ja, wow«, sagte Noah sarkastisch. »Du hilfst ganz großartig. Du hilfst uns, Kunden loszuwerden. Du hilfst mir dabei, einen noch größeren Keil zwischen mich und meinen Bruder zu treiben. Mit etwas Glück, wenn meine Eltern erfahren, dass Nadine in die ganze Sache reingezogen wurde, hilfst du mir sogar dabei, meinen Job endgültig loszuwerden.« Noah beugte sich im Stuhl vor, die Lippen zu einem grimmigen Lächeln verzogen. »Weißt du, warum das alles gar nicht hilft? Weil es scheißegal ist, ob diese Nadine involviert ist oder nicht. Elias ist nach wie vor raus. Und das wird sich durch deine Aktion auch nicht ändern, weil Elias nicht mit der Sprache rausrückt und auch gar nicht will. Und weil die Firmenpolitik über dem Ganzen steht. Was glaubst du denn bitte? Dass du eine Woche nach Berlin kommen kannst und plötzlich meine Situation besser kennst als ich? Du schaffst es doch nicht einmal, mit deinen eigenen Problemen klarzukommen, *Anna.*«

Das letzte Wort spuckte er mir förmlich entgegen und ich atmete zitternd aus.

»Nenn mich nicht so.«

»Warum?«, fragte Noah. »Weil es sich scheiße anfühlt, wenn sich jemand in deine Angelegenheiten einmischt? Soll ich auch einfach mal googeln und Grenzen übertreten, weil mir danach ist?«

Mein Herz raste, und ich spürte, wie mir übel wurde beim bloßen Gedanken daran. Ich stand auf und umklammerte den Stuhlrücken mit meinen Fingern, als würde er mir Halt geben können, wenn gerade alles in sich zusammenfiel. Schon wieder.

»Was hast du dir hiervon überhaupt erhofft?«, fragte Noah und stand ebenfalls auf. Ich wusste nicht, ob er damit Berlin meinte oder uns. Oder meinen Versuch, Elias zu helfen, mit dem ich anscheinend alles nur noch schlimmer gemacht hatte. Aber es war auch egal, denn Noah ließ mir gar keine Zeit nachzudenken oder zu antworten. »Du sagst mir ja nicht einmal deinen fucking Namen.« Noah wandte den Blick zur Seite. »Ich weiß echt nicht, was in mich gefahren ist, mich in dich zu verlieben. Ich kenne dich gar nicht.« Er blickte zurück zu mir, aber seine sonst so warmen braunen Augen waren kühl und unnahbar.

*Verlieben.*

Ich schluckte. Meinte er das ernst?

»Du hast dich in mich …«, ich zögerte, als Noah leicht den Kopf schüttelte. »Klar, dass du das als Einziges raushörst. Es ist sowieso egal«, sagte Noah. »Offensichtlich hab ich mich getäuscht. Ich weiß ja nicht einmal, was echt ist von dem, was du mir erzählt hast.«

»Noah, ich hab gesagt, dass es mir leidtut!«

»Schön, und jetzt?«

Wir starrten uns an. Ich hatte keine Ahnung, was ich sagen sollte, um es wiedergutzumachen. Ich hatte nie beabsichtigt, ihm zu schaden. Ganz im Gegenteil.

»Wie heißt du wirklich? Dein voller Name?«

Ich schluckte. »Das kann ich dir nicht sagen.«

»Wow.« Noah atmete geräuschvoll aus und biss so fest die Zähne zusammen, dass sein Kiefer sich anspannte. »Warum bist du hier?«

Ich kniff die Augen zusammen und atmete einmal tief durch, bevor ich wieder zu Noah aufblickte, der mich weiter so kalt ansah, dass es förmlich wehtat. Sein Gesicht wirkte verändert, sodass ich mich kurz fragte, ob ich ihn vielleicht genauso wenig kannte, wie er mich.

»Das kann …«

»Lass mich raten«, unterbrach Noah mich. »Das kannst du mir auch nicht sagen? Große Überraschung.« Noah verschränkte die Arme vor der Brust.

Ich bohrte die Finger mittlerweile so fest in das Holz des Stuhls, dass sie schmerzten.

»Es ist besser, wenn du gehst«, sagte Noah.

Ich schluckte. »Aus … aus der Wohnung oder allgemein?«, fragte ich und hasste mich dafür, dass meine Stimme so schwach und erbärmlich klang.

Er zuckte die Schultern, beinahe gleichgültig. »Ich bin nicht der Bürgermeister von Berlin. Mach, was du willst.« Er legte den Kopf schief. »Wie wär's mit 'nem neuen Namen und 'ner neuen Stadt? Hamburg soll ganz cool sein. Vielleicht fliegst du da ja nicht auf.«

Meine Augen brannten und ich blinzelte, um die aufkommenden Tränen nicht überquellen zu lassen. Ich hatte schon immer mehr aus Wut als aus Traurigkeit geweint, aber gerade war es eine Mischung aus beidem. Und wütend war ich nicht nur auf Noah, sondern auch auf mich. Ich war so dumm gewesen. Und ich wollte nichts mehr, als noch einmal von vorne anzufangen. Noah gegenüber offen zu sein, sodass er sich mir gegenüber vielleicht auch öffnen konnte. Ich wollte nichts mehr, als ihm die ganze Wahrheit zu sagen. Aber ich konnte nicht. Erst wollte ich heilen. Ich konnte das nicht noch einmal durchleben, die Wunden aufreißen und mich so zeigen, wie ich mich selbst nie, nie wieder sehen wollte.

Noahs Blick war hart, die Muskeln seines Kiefers angespannt, seine Arme weiterhin vor der Brust verschränkt. Ich wusste, dass es zu spät war, Noah gegenüber mit offenen Karten zu spielen. Sein Bild von mir war schon jetzt so beschädigt – ich würde die Sache nur noch weiter verschlimmern. Und wenn ich mit all dem Spott und den Kommentaren zu Hause schon nicht klargekommen war, dann wusste ich eines ganz sicher: Wenn Noah ebenso reagieren würde, wäre es vorbei. Ich spürte seinen Blick schmerzhaft auf mir, aber was ich noch weniger ertragen würde, war, wenn er die Wahrheit wüsste und ebenso über mich urteilen würde wie alle anderen. Lieber war mir, er behielt mich als Lügnerin in Erinnerung, als so kaputt und schwach, wie ich eigentlich war.

Noah hielt meinem Blick immer noch stand.

»Geh«, sagte er ruhig, fast schon tonlos.

Dieses Mal versuchte ich nicht, dagegen anzureden. Ich nahm mein Handy vom Tisch und sah Noah ein letztes Mal an. Seine Augen, die mich sonst so liebevoll angesehen hatten. Sein Mund, der mir durch die leichteste Berührung Schauer durch den ganzen Körper jagen konnte. Seine dunklen Haare, die zu jeder Tageszeit unordentlich waren, auch in diesem Moment. Seine starken Arme, die mich gehalten hatten, als ich beim Boxen geweint hatte. Die feine Narbe über seiner Lippe, die mir schon ganz am Anfang aufgefallen war.

Er mochte mir wehgetan haben. Aber viel mehr tat es mir weh, ihn nie wiedersehen zu können und zu wissen, dass ich daran schuld war. Die Gewissheit, dass ich alles, was wir hätten sein können, im Keim erstickt hatte. Weil ich trotz der letzten Tage immer noch nicht ich selbst war. Weil ich getan hatte, als wäre alles okay, wenn es ganz und gar nicht okay war. Dieses Wissen tat mehr weh als alles andere. Noahs Gesicht verschwamm vor meinen Augen, ich wischte mir wütend die Träne von der Wange, die ich nun doch nicht hatte zurückhalten können.

Ich öffnete den Mund, um etwas zu sagen, aber es kam nichts. Da waren keine Worte, die das Chaos, das ich war, hätten erklären können. Also sprach ich das einzige ganz und gar Aufrichtige aus.

»Danke«, flüsterte ich. Dann stürmte ich nach draußen und rannte im Flur beinahe Daniel über den Haufen, der mir besorgt entgegenblickte. Ich ließ ihn stehen, nahm mir meine Handtasche und schlüpfte in meine Sandalen, ohne sie richtig zuzuschnüren. Ich drehte mich nicht noch einmal um.

»Alter, das war ganz schön hart«, hörte ich Daniel noch sagen, bevor die Tür ins Schloss fiel – und mit ihr die Chance auf eine neue Zukunft, die ich mir hatte aufbauen wollen.

# 34. KAPITEL

## Noah

Ich schlug die Tür so fest hinter mir zu, dass das Glas darin gefährlich klirrte. Mir egal. Sollte es meinetwegen in tausend Stücke zerspringen, meine Eltern waren ja sowieso schon sauer auf mich. Ohne die Schuhe auszuziehen, lief ich nach oben, um meine Sportsachen zu holen. Ich musste hier raus. Musste mich ablenken und vor allem abreagieren. Die Wut auf Lia flammte erneut in mir auf. War ich sauer, dass Lia hinter meinem Rücken Dinge losgetreten hatte, die meiner gesamten Familie schadeten? Ja.

Aber fast noch größer war die Enttäuschung. Nicht einmal über Lias übergriffiges Verhalten, sondern dass es mit uns aus war, bevor es überhaupt erst richtig angefangen hatte.

Lias Gesicht, als sie geweint hatte, stand mir wieder zu deutlich vor Augen, und in meiner Brust zog es sich schmerzhaft zusammen. Scheiße, Mann. Ich war wütend, ja, aber mich beschlich das Gefühl, dass Daniel recht hatte. Ich hätte sie nicht so angehen müssen. Aber ich wurde einfach nicht schlau aus dieser Frau. Ich wusste überhaupt nicht mehr, was von dem, was sie mir erzählt hatte, stimmte und was nicht.

Ich stopfte gerade meine Handschuhe in die Sporttasche, als ich hörte, wie sich im Flur eine Tür öffnete. Ich stöhnte genervt auf. Das hatte gerade noch gefehlt. Nachdem mich Balloon nicht im Flur begrüßt hatte, war ich davon ausgegangen, dass meine Eltern nicht hier waren. Ich hatte wirklich nicht die Nerven, noch eine weitere leidige Diskussion zu führen. Ich war das Streiten leid.

Schnell griff ich nach dem erstbesten Shirt, das ich in die Finger bekam, und schloss den Reißverschluss der Tasche. Kurz hielt ich inne und lauschte, aber vor meiner Tür war nichts mehr zu hören. Gut so. Ich wollte einfach auf direktem Weg das Haus verlassen, ohne meiner Mutter oder meinem Vater über den Weg zu laufen. Meine Tasche geschultert, riss ich die Tür auf – und spürte zwei Arme, die sich um meinen Hals legten, ein sanftes Gewicht an meiner Brust, und hatte gleichzeitig einen warmen, blumigen Duft nach Jasmin in der Nase, der mir so vertraut war.

»Noah«, erklang die sanfte Stimme meiner kleinen Schwester, die mich noch ein Stück enger in die Umarmung zog.

»Kyra?«, fragte ich verdutzt und legte die Arme um sie. Wir standen sicher eine ganze Minute so da, bevor sie sich von mir löste und zu mir aufsah.

»Was machst du in Berlin?«, fragte ich im gleichen Moment, in dem sie mit kritisch erhobener Augenbraue sagte: »Du musst dich rasieren.«

Ich fuhr mir mit der Hand ans Kinn und lachte. »Meine Gesichtsbehaarung war in der letzten Zeit nicht gerade auf Platz eins meiner Prioritätenliste.«

»Hab's bemerkt«, gab Kyra zurück. »Deshalb bin ich hier.«

Als ich die Stirn runzelte und sie fragend ansah, seufzte Kyra. »Ich hab Bilder von dir auf Facebook gesehen. Mit der Polizei.«

»Wer benutzt denn heute noch Facebook?«, fragte ich. »Also unter fünfzig, meine ich.«

Kyra boxte gegen meinen Oberarm und das nicht gerade sanft. »Was hast du dir nur dabei gedacht?«

Ich rieb mir die Stelle, an der sie mich getroffen hatte. Kyra hatte Elias noch regelmäßiger ins Training begleitet als ich, und das spürte ich nun deutlich.

»Ist das nicht irgendwie unfeministisch von dir, mich zu schlagen, wenn ich es gleichzeitig nicht tun soll?«

Sie quittierte mein Ablenkungsmanöver mit einer erhobenen Augenbraue. »Ein blauer Fleck ist dein geringstes Problem, Bruderherz. Wenn Mom und Dad das sehen …«

»Haben sie schon«, murmelte ich.

Kyras Mund formte ein O. »Shit«, sagte sie.

»Ja, Shit«, stimmte ich ihr zu.

Sie stupste mit zwei Fingern gegen meine Sporttasche, die mir nach wie vor um die Schulter hing. »Wolltest du deshalb ins Studio?«

Ich nickte, hielt dann aber in der Bewegung inne. »Na ja, unter anderem, um ehrlich zu sein. Ist eine lange Geschichte.«

»Wie gut, dass ich Zeit habe. Kann ich mit?«

Ich nickte. »Klar.«

»Und könnten wir das Auto nehmen?«

Verdutzt sah ich sie an. »Bist du sonst nicht diejenige, die uns Vorträge über den öffentlichen Nahverkehr hält? Hast du in Paris Klima- und Frauenrechte vergessen?«

Kyra verdrehte die Augen. »Ich vergesse *mich* gleich, wenn du nicht die Klappe hältst und ein bisschen Wiedersehensfreude zeigst.«

Ich legte den freien Arm um Kyra und führte sie aus meinem Zimmer heraus. Dann wuschelte ich ihr mit der Hand durch das braune, glatte Haar und lachte, als sie versuchte, mich abzuschütteln. Im Gegensatz zu Elias' und meinem Haar stand Kyras nie in alle Himmelsrichtungen ab, sondern fiel glatt und geordnet nach unten. Außerdem hatte Kyra im Gegensatz zum Rest der Familie keine braunen, sondern blaue Augen. Manchmal scherzte sie, dass in Wahrheit sie diejenige war, die adoptiert war.

»Ich zieh mich schnell um. Wag es ja nicht, ohne mich zu fahren.«

Die Autofahrt über war Kyra erstaunlich ruhig gewesen. Meine Schwester plapperte sonst wie ein Wasserfall, und an normalen Tagen hätte ich sie dafür bezahlt, mir fünf Minuten Stille zum Denken zu geben. Okay, in Kindertagen hatten Elias und ich genau das auch getan. Leider war Kyra schon damals sehr viel schlauer als wir gewesen und hatte daraus schnell ein Geschäftsmodell entwickelt, um ihr Taschengeld aufzubessern. Die Erinnerung brachte mich zum Lächeln. Beim Fahren schielte ich immer wieder zu meiner kleinen Schwester rüber, die mit ihren Gedanken offensichtlich an einem ganz anderen Ort war.

»Wie war Paris? Was hast du so gemacht?«, fragte ich, um wenigstens irgendeine Art von Gespräch in Gang zu bringen.

»Schön, hab ich doch gesagt.« Kyra schob sich ihre Sonnenbrille auf die Nase. Sie war ein ganzes Stück kleiner als ich, sodass die Sonnenblende des Autos gerade einmal ihre Stirn vor dem grellen Licht schützte. »Ich war im Louvre, hab zu viel Macarons gegessen – die typischen Touristendinge eben.«

»Du warst im Louvre?«, fragte ich nach, »ich dachte, du verstehst nichts von Kunst.«

Kyra streckte mir die Zunge raus. »Tu ich auch nicht, aber ich kann sie mir doch trotzdem anschauen. Außerdem war es irgendwie ruhig. Obwohl es total überlaufen war.«

»Ich hab mir ganz schön Sorgen gemacht«, sagte ich. »Du hättest dich mal öfter melden können.«

»Du klingst wie Mom. Aber ja, du hast recht.« Sie seufzte. »Tut mir auch echt leid. Ich war nicht so viel am Handy.«

Ich seufzte. Ich hatte keine Lust, auch noch mit Kyra zu streiten, aber ich musste es trotzdem loswerden. »Es wäre gut gewesen, dich hier zu haben. Ich verstehe, dass du dir Besseres für die Zeit nach dem Abi vorstellen kannst, aber Elias braucht uns.« Ich warf ihr einen Blick von der Seite zu. »Und ich hätte dich auch gebraucht.«

Kyra sah mich an. Zumindest glaubte ich das, es war durch ihre dunkle Brille schwer zu erkennen.

»Du hättest nicht zurück nach Deutschland kommen sollen«, sagte sie so leise, dass ich sie kaum verstand.

»Was?«, fragte ich.

Sie räusperte sich. »Du hättest nicht ...«

»Das hab ich verstanden. Aber was meinst du? Nach Südamerika kann ich immer, Familie geht vor.« Zumindest hatte ich das geglaubt.

Kyra quittierte meine Worte jedoch bloß mit einem »Hm« und sah wieder zur anderen Seite aus dem Fenster.

»Kyra!«, ertönte Marcs brummige Stimme, als meine Schwester und ich das Studio betraten.

»Hey, Marc«, antwortete Kyra und schlang die Arme um ihn, was ihn sichtlich überraschte. Dann fing er sich und legte Kyra eine große Hand auf den Rücken. »Willkommen zurück, Kleine.«

Empört löste sich Kyra wieder aus der Umarmung.

»Tz, ich bin nicht klein. Ihr seid nur alle beide Riesen.«

»Du wirst für mich immer die Kleine bleiben. Für alles andere kenne ich dich zu lang«, gab Marc zurück. Dann wandte er sich an mich. »Wo hast du deine Freundin gelassen?«

Kyra wirbelte zu mir herum und sah mich mit großen Augen an. »Bitte was?« Ihre Stimme war eine Oktave höher als gewöhnlich. »Wann hast du denn Zeit gehabt, neue Menschen kennenzulernen, geschweige denn eine Freundin zu finden?«

»Haha«, sagte ich trocken. »Manchmal verlasse ich auch das Haus, weißt du.«

»Ja, um in die Uni oder ins Büro zu gehen«, schoss Kyra zurück.

»Hast du sie gesehen?«, fragte Kyra an Marc gewandt.

Marc nickte, und ich unterbrach ihn, bevor er Kyra antworten konnte.

»Sie ist nicht meine Freundin. Sie ist eine … Bekannte«, bei dem letzten Wort merkte selbst ich, dass ich alles andere als überzeugend klang. Das entging auch Marc und Kyra nicht, denn die Blicke der beiden sprachen Bände.

»Du hast es verkackt, was?«, sagte Marc, und es klang aus seinem Mund weniger wie eine Frage als vielmehr nach einer sachlichen Feststellung.

»Nett, dass du gleich davon ausgehst, dass es meine Schuld ist«, sagte ich, was Marc mit einem breiten Grinsen quittierte.

»Du hast mir sooo viel zu erzählen«, meinte Kyra. Dann band sie sich die langen Haare in einem fest sitzenden Zopf zusammen. »Ich wärme mich mal auf. Glaub bloß nicht, dass das Gespräch beendet ist.«

Ich sah Kyra hinterher, die zu einem der Laufbänder ging. Genau das hatte ich befürchtet. In meinem Magen flammte erneut die Wut auf, von Lia belogen worden zu sein. Zusammen mit der Wut, dass ich so dumm gewesen war, Gefühle für ein Mädchen zu entwickeln, das ich eigentlich gar nicht kannte.

»Was?«, fragte ich, als ich Marcs Blick nach wie vor auf mir spürte.

»Du bist so stur wie dein Bruder.«

Ich zuckte mit den Schultern.

»Willst du einen Ratschlag hören?«

»Hab ich eine Wahl?«, fragte ich.

»Könntest dir die Ohren zuhalten«, erwiderte Marc. Dann legte er eine Pause ein, bevor er weitersprach. »Menschen tun manchmal schlechte Dinge aus den richtigen Gründen. Keine Ahnung, was bei euch vorgefallen ist, aber es ist immer schwer, eine Sache zu beurteilen, wenn man die Hintergründe nicht kennt.«

Ich sagte nichts. Was hätte ich auch sagen sollen? Lia hatte ja von Anfang an nicht zugelassen, dass ich die Hintergründe kannte. Außerdem traf der Spruch genauso gut auf Lias Taten zu. Sie kannte die Hintergründe nicht.

Marc musterte mich mit wissendem Blick und ich sah zur Seite, um nicht mit den Augen zu rollen.

»Ich geh mich auch mal aufwärmen«, murmelte ich und folgte meiner Schwester.

»So«. Kyra ließ sich schwer atmend zu Boden fallen und trank in langen Zügen aus ihrer Flasche. »Dann erzähl mal.«

»Was genau?«, fragte ich.

»Alles«, sagte Kyra und rieb sich mit dem Handtuch über das Gesicht. »Wieso wurdest du verhaftet? Wo kommt die Freundin her? Und vor allem: Wo ist sie hin? Wie war Südamerika?« Sie legte eine Pause ein. »Wie geht's Elias?«

Die letzte Frage war fast geflüstert, und die Sorge war deutlich aus Kyras Stimme herauszuhören. Wie hatte ich nur denken können, dass er ihr egal war und sie in Paris keinen Gedanken an ihn verschwendete? Offensichtlich war ich einfach miserabel darin, andere Menschen einzuschätzen.

»Wenn ich dir all das beantworte, erzählst du mir dann auch, warum du einfach verschwunden bist und dich bei niemandem gemeldet hast? Selbst bei Phuong nicht.«

Kyras Stirn legte sich in Falten. »Ist sie sehr sauer auf mich?«

Ich hob die Schultern. »Sie hat nicht sauer gewirkt, eher besorgt.«

Kyra ließ den Kopf nach hinten in den Nacken fallen und sah zur Decke. »Ach Shit.«

»Hm?« Ich stupste Kyras Fuß mit meinem an.

»Ich hab das einfach nicht richtig durchdacht. Ich weiß, ich hätte nicht so übereilig aufbrechen sollen. Und mich vor allem melden sollen. Es ist ein bisschen kompliziert.« Sie seufzte. »Können wir da vielleicht ein andermal drüber reden?« Sie sah sich um. »Und nicht hier?«

Gegen meinen Willen musste ich lachen und erntete einen irritierten Blick von Kyra.

»Was?«, fragte sie.

»Nichts«, erwiderte ich. »Ich hör das so beziehungsweise so ähnlich nur nicht zum ersten Mal. Und so langsam glaube ich, wir hätten nur halb so viele Probleme, wenn wir einfach alle miteinander reden würden.«

Kyra lächelte schief. »Na dann, fang du an.«

»Ich wurde verhaftet, weil ich jemandem ins Gesicht geschlagen hab«, sagte ich.

Kyra blickte auf. »Ben, ja. Was zur Hölle sollte das denn?«

»Er hat es verdient.«

»Ich dachte, dir ist mittlerweile endlich mal egal, was diese Kerle über dich sagen«, meinte Kyra trocken.

»Ist es auch. Aber sie haben nichts über mich gesagt.«

Kyra legte den Kopf schief. »Haben sie was über deine Freundin gesagt?«

»Sie ist nicht …«, ich seufzte. »Egal. Nein, sie haben was über dich gesagt. Zufrieden?«

Kyras Miene gefror und sie sah mich mit zusammengekniffenen Augen an. »Was haben sie gesagt?«

»Unwichtig.«

»Was haben sie gesagt?«

Ich schüttelte den Kopf. »Ich werd diese Worte bestimmt nicht wiederholen. Außerdem ist es total egal, was sie gesagt haben. Die Sache ist erledigt und …«

»Du wurdest also meinetwegen von der Polizei abgeführt?«, fragte Kyra leise. »Wieso reiße ich eigentlich jeden runter?«

Den letzten Satz sagte sie so leise, dass er kaum zu verstehen war, als spräche sie mit sich selbst. Ich hatte ihn trotzdem gehört und hätte Kyra am liebsten an den Schultern gepackt und geschüttelt. Ich ging in die Hocke, sodass sie mir ins Gesicht sehen musste.

»Ich war nicht deinetwegen auf der Polizeistation, sondern meinetwegen, okay? Du warst nicht einmal da. Du bist nicht für meine Taten verantwortlich.«

Kyra atmete zitternd aus und wandte den Blick ab, aber zu spät. Ich hatte ihre feuchten Augen gesehen. Nachdem sie sich so lange nicht gemeldet hatte, war ich davon ausgegangen, dass die Sache mit Elias sie kaltließ. Offensichtlich hatte ich damit falschgelegen. Kyra weinte nie vor anderen Menschen.

Sanft legte ich meine Hand auf ihre Schulter. »Hey, ist alles okay? Es tut mir leid. Ich hab mich nächstes Mal besser unter Kontrolle. Du hast rein gar nichts mit der Sache zu tun, also mach dir keine Vorwürfe.«

Kyra schüttelte den Kopf. »Wie soll alles okay sein? Alles geht den Bach runter, Noah.« Sie wischte sich mit beiden Händen über die Augen. »Hast du deshalb Probleme mit deiner Freundin? Weil du abgeführt wurdest?«

»Sie ist nicht meine Freundin«, antwortete ich erneut, in der Hoffnung, dass das Gespräch damit erledigt war.

»Okay, verrätst du mir dann ihren Namen?«

Ich merkte, wie die Wut in meinem Bauch wieder an die Oberfläche zu brodeln drohte. »Das kann ich nicht.«

Kyras Blick trübte sich wieder. »Ich kann verstehen, dass du sauer bist, dass ich einfach weg bin, kann ich wirklich.« Sie schluckte. »Aber bitte, Noah. Die Situation ist schon scheiße genug, wie sie jetzt ist, ich will mich nicht auch noch mit dir streiten.«

Ich setzte mich neben Kyra und ließ den Kopf gegen die Wand fallen. Mein Blick war auf die grauen Deckenplatten und das helle Licht der Neonröhren gerichtet. Ich war das alles so leid. Ich war einfach nur noch müde. Seufzend rieb ich mir über die schweißnasse Stirn.

»Es hat nichts damit zu tun, dass ich sauer bin. Ich kann es dir nicht sagen, weil ich es nicht weiß.«

Aus dem Augenwinkel sah ich, wie Kyra sich mir zuwandte. »Du weißt nicht, wie sie heißt?«

Ich schloss die Augen und blendete so nicht nur das grelle Licht, sondern auch Kyra aus. Leider ließ sie nicht locker und stupste mir mit einem Finger sanft in die Seite.

»Nein, weiß ich nicht. Ich weiß gar nichts über sie.«

Obwohl ich das Thema am liebsten auf sich hätte beruhen lassen, verbrachte ich die nächste Stunde mit meiner kleinen Schwester an eine Hallenwand gelehnt und erzählte ihr alles. Ich erzählte von Lia, von dem Streit mit unseren Eltern, von Elias, dem Job – die Worte sprudelten aus mir heraus, als hätten sie nur darauf gewartet, endlich meinen Mund verlassen zu dürfen.

Als ich den Wagen in unsere Einfahrt steuerte, merkte ich, wie sich meine Muskeln, die sich nach dem Sport angenehm locker und ausgelaugt angefühlt hatten, direkt wieder verspannten. Ich hatte alle Anrufe und Nachrichten meiner Mutter ignoriert, mein Vater hatte nicht einmal versucht, mich zu kontaktieren, also vermutete ich, dass beide noch sauer auf mich waren. Was auf Gegenseitigkeit beruhte. Daniel hatte angeboten, dass ich weiter bei ihm unterkommen könnte, bis ich ein neues Zimmer gefunden hatte, aber selbst dafür musste ich wohl oder übel das Haus betreten, um ein paar Sachen zusammenzupacken. Widerwillig ließ ich die Autotür hinter mir zufallen und nahm meine Sporttasche aus dem Kofferraum.

»Danke fürs Fahren«, sagte Kyra und holte ihrerseits Handtuch und Turnschuhe aus dem Wagen.

»Kein Ding, aber gewöhn dich nicht dran«, gab ich zurück.

Kyra verschränkte die Arme vor der Brust und zog die dunkelbraunen Augenbrauen in die Höhe.

»Was?«, fragte ich.

»Ich hab nur auf deinen Kommentar gewartet, dass ich endlich meinen Führerschein machen soll. Du lässt doch sonst keine Gelegenheit verstreichen.«

»Schonfrist, weil du gerade erst wieder zurück bist«, murmelte ich und warf einen prüfenden Blick in Richtung Küchenfenster. Dahinter war niemand zu sehen. Mit ein bisschen Glück waren meine Eltern immer noch weg. Wer wusste schon, was sie dank meines Ausrutschers nun alles zu tun hatten.

»Alles okay?« Kyra folgte meinem Blick. »Wenn du magst, lenk ich die beiden ab. Sollte kein Problem sein, sie wissen noch gar nicht, dass ich wieder hier bin.«

»Du hast ihnen nichts gesagt?«, fragte ich überrascht.

Kyra schüttelte den Kopf. »Nein. Ich wusste nicht … ich weiß noch nicht, ob ich bleibe. Ich wollte nur sehen, ob bei dir und Elias alles okay ist.«

Ich betrachtete meine kleine Schwester. Sie hatte nach wie vor die Arme vor der Brust verschränkt und trug ihre Haare in einem strengen Zopf. Wann war sie bitte so erwachsen geworden? Ihre hohen Wangenknochen ließen ihr Gesicht so viel älter erscheinen, als es noch vor ein paar Jahren der Fall war, und in ihrem Blick lag etwas Trotziges, aber ebenso Entschlossenes.

»Also gehst du wieder zurück nach Paris?«, fragte ich.

Kyra schnaubte. »Offensichtlich kann man dich nicht allein lassen, also nein.« Sie lächelte mich schief an. »Ich helf dir erst mal, deinen Mist wieder auf die Reihe zu kriegen.«

Ich erwiderte Kyras Lächeln. Ich wusste nicht, wann wir uns zum letzten Mal so gut und so lange wie heute unterhalten hatten. Ich hatte sie vermisst.

»Na dann. Bringen wir's hinter uns«, sagte ich und wappnete mich innerlich, meinem Vater gegenüberzutreten.

»Du klingst, als würdest du zu deiner Hinrichtung gehen«, sagte Kyra, überholte mich und ging vor mir die Stufen zur Haustür hinauf.

Ich folgte ihr mit etwas Abstand.

*Vielleicht nicht zu meiner Hinrichtung. Aber mit hoher Wahrscheinlichkeit zu meiner Kündigung.*

Und davor, das merkte ich gerade, hatte ich wirklich Angst. Wenn eine Schlägerei alles war, was es brauchte, um Elias rauszuschmeißen, dann lag die Messlatte bei mir eher niedriger als höher.

Kyra schloss die weiße Haustür ab und streifte sich die Sandalen von den Füßen. Ich schmiss meine Schuhe daneben und wollte gerade die Treppe hinaufschleichen, bevor mich jemand bemerkte, als ich eine laute Stimme aus dem Wohnzimmer hörte. Papa.

»Vielleicht gibt es ja eine Erklärung für alles!«

Mama. Ihre Stimme war nicht ganz so laut wie die meines Vaters, aber da meine Eltern sonst nie laut wurden, wirkte es so oder so beunruhigend.

»Wie willst du das denn bitte erklären? Ich dachte, wir wären uns einig.« Mein Vater lachte auf, aber ich konnte, auch ohne sein Gesicht zu sehen, erkennen, dass er das, worüber auch immer sie sprachen, ganz und gar nicht zum Lachen fand.

Ich ließ das Treppengeländer wieder los und ging zu Kyra, die vor der angelehnten Wohnzimmertür stehen geblieben war. Durch den Spalt sah ich meine Mutter, die mit in die Hüfte gestützten Händen vor dem Bücherregal stand.

»Es ist niemandem geholfen, wenn du vorschnell reagierst, Jonathan!«

Die Fußspitze meines Vaters schob sich ins Bild und meine Mutter verschränkte die Arme vor der Brust, so wie es eben noch Kyra getan hatte. Sie sahen sich für einen Augenblick unglaublich ähnlich. Nur dass Kyra im Moment eine Hand an der Tür und die andere an der zitronengelben Wand abgestützt hatte und sich keinen Millimeter bewegte.

»Ich kümmere mich nur darum, dass uns nicht noch jemand abspringt. Das hat nichts mit vorschnellem Reagieren zu tun, sondern mit Schadensbegrenzung«, donnerte mein Vater.

»Auf die Gefahr hin, unsere beiden Söhne zu verlieren?«

»Jetzt dramatisier das doch nicht.«

»Wir trennen Berufliches und Familie aber schon lange nicht mehr!« Die Stimme meiner Mutter war nun definitiv laut.

»Deshalb nennt es sich ja Familienbetrieb«, erwiderte mein Vater trocken.

Meine Mutter setzte gerade zu einer Antwort an, als sie den Kopf zur Seite drehte, wobei ihr Blick auf uns fiel. Sie schloss den Mund, und ihre Augen weiteten sich.

Vor mir schubste Kyra die Wohnzimmertür auf. »Surprise«, rief sie trocken.

Von einer auf die andere Sekunde schien meine Mutter den Streit vergessen zu haben. Sie schlug sich die Hände vor den Mund, bevor sie auf Kyra zulief und sie fest in die Arme schloss.

»Du bist wieder zurück! Wieso hast du denn nicht Bescheid gegeben, wir hätten dich vom Flughafen abgeholt.« Sie drückte Kyra noch einmal fest und schob sie ein Stück von sich. »Wie geht es dir? Du hast abgenommen, kann das sein? Tante Maren kocht so gut wie nie, ich hätte dich vorwarnen sollen. Magst du etwas essen? Wir könnten etwas bestellen, wenn du magst. Hast du schon ausgepackt? Brauchst du Hilfe?«

Ich blendete den Redeschwall meiner Mutter aus und fixierte stattdessen Dad, der sich plötzlich bemühte so zu schauen, als wäre nichts gewesen. Nur hatten wir schwer überhören können, dass ganz offensichtlich etwas los war. Auch Kyra schien das Ganze suspekt, denn sie löste sich aus dem Griff unserer Mutter und sah sie skeptisch an.

»Worüber habt ihr gerade geredet?«

»Nicht so wichtig«, sagte mein Vater im gleichen Moment, als meine Mutter sagte: »Komm erst einmal in Ruhe an!« Wie schön, dass sie wieder einer Meinung waren.

Ich lehnte mich gegen den Türrahmen und biss mir auf die Zunge. Wann genau war unsere Familie eigentlich so kaputtgegangen, dass wir alles voreinander verheimlichten? War es, als Elias nach der Schlägerei verhaftet wurde? Oder lief schon viel länger etwas schief, und ich hatte den Moment verpasst, in dem ich alles noch hätte geradebiegen können?

Mein Vater ging nun auch auf Kyra zu und zog sie in seine Arme.

»Schön, dass du wieder da bist«, sagte er ruhig.

»Finde ich auch«, gab Kyra zurück. »Vor allem bei all der Harmonie, die hier herrscht. Da erwachen meine heimatlichen Gefühle.« Sie löste sich aus der Umarmung. »Ich bin nicht für euch hier, sondern für Noah und Elias. Und so, wie sich das gerade angehört hat, war das wohl die richtige Entscheidung.« Sie hielt einen Moment inne, und ich wusste, dass sie jetzt die

Frage stellen würde, die ich mich nicht zu stellen traute. »Ihr habt vor, ihn auch noch rauszuwerfen, richtig?«

Eine Weile sagte niemand etwas. Mein Blick flog zwischen den dreien hin und her. Meine Mutter knetete nervös ihre Finger und sah mich schließlich an. Ihr Blick war Antwort genug. Das einzige Zeichen von Anspannung, das mein Vater zeigte, waren seine Kieferknochen, deren Bewegung sich an seinem Kinn abzeichnete.

»Tja, ich werd den Laden nicht übernehmen«, sagte Kyra und sah meine Eltern abwechselnd an.

»Wir haben noch gar keine Entscheidung getroffen, was Noah angeht«, sagte meine Mutter und warf meinem Vater einen eindringlichen Blick zu. Klar, denn er hatte sie ja offensichtlich schon getroffen.

»Äh, ich stehe übrigens genau hier.« Unnötigerweise winkte ich mit der Hand. Ich hasste es, dass sie über mich sprachen, als wäre ich gar nicht anwesend.

»Worin wir uns allerdings einig sind«, fuhr mein Vater fort, ohne auf meinen Einwand einzugehen, »ist, dass wir keine weiteren Skandale gebrauchen können.«

Kyra schnaubte. »Interessiert ihr euch eigentlich für irgendetwas außer dieser Scheißfirma?«

Meine Mutter hob besänftigend die Hände. »Ich will keinen Streit. Du bist gerade erst wieder nach Hause gekommen. Lasst uns morgen alle zusammen über die Sache reden, okay? Es ist schon spät.«

»Alle zusammen?«, fragte Kyra. »Also kann Elias kommen, ja?« Der sarkastische Unterton ließ erahnen, dass sie die Antwort darauf eigentlich schon wusste.

»Kyra, du weißt …«, begann mein Vater.

»Ja, ich weiß«, unterbrach Kyra ihn. »Gut, dass ich noch nicht ausgepackt habe. Ich schlafe heute Nacht bei Phuong.«

Kyra klang beinahe gleichgültig, kehrte meinen Eltern den Rücken zu und ging, ohne sich noch einmal umzudrehen, beinahe geräuschlos die Treppe hinauf. Sie wirkte völlig ruhig und gefasst. Bis auf ihre feuchten Augen, die ich gesehen hatte, als sie an mir vorbeigegangen war.

# 35. KAPITEL

## *Lia*

Die Tasse in meinen Händen drehend, sah ich dabei zu, wie die Flüssigkeit hin und her schwappte. Der Tee war mittlerweile kalt. Ich hatte nicht die leiseste Ahnung, wie lange ich hier schon saß. Ich hatte generell kein Zeitgefühl mehr. Nach meiner Ankunft gestern hatte ich mein Gepäck in den Flur geworfen und war direkt ins Bett gegangen. Meine Mitbewohnerin war jetzt, wo die Klausuren vorbei waren, bei ihren Eltern im Süden, und so hatte ich den Luxus, niemandem begegnen zu müssen.

Irgendwann war ich aufgewacht – und seitdem saß ich hier auf dem Balkon und starrte ins Grün der Bäume. Glücklicherweise war unser Balkon in den Innenhof des Wohnheims gerichtet und zu dieser Zeit des Jahres sicher vor den Blicken der anderen Studierenden. Ich hatte es nicht einmal aus meinem Schlafanzug herausgeschafft. Geschweige denn mir die Zähne geputzt oder die Haare gekämmt. Alles, was ich am heutigen Tag erreicht hatte, war, den Wasserkocher anzuschalten und mich mit meiner Tasse Tee auf einen der mitgenommen wirkenden Balkonstühle zu schleppen. Hier saß ich nun, die Beine angewinkelt am Balkongeländer abgestützt, den Tee immer noch in meinen Händen. Und wartete. Auf nichts. Ich fuhr die Konturen des kleinen Zettels des Teebeutels mit dem Zeigefinger nach und konzentrierte mich auf meine Atmung.

In mir tobten die verschiedensten Gefühle. Da war mein schlechtes Gewissen, weil ich mich nicht von Phuong verabschiedet hatte. Nach Noahs Worten hatte ich meine Sachen im Pensionszimmer in meinen Koffer gestopft, bei Frau García die noch offene Rechnung gezahlt und war zum Busbahnhof gefahren, um den nächsten Fernbus zurück nach Hallingen zu erwischen.

Zu meinem schlechten Gewissen mischte sich eine tiefe Traurigkeit, denn ich würde Noah nicht mehr wiedersehen. Und ich konnte ihm seine Zurückweisung nicht einmal verübeln. Was hatte ich mir nur dabei gedacht? Wie hatte ich gedacht, dass ich mir ohne Weiteres eine zweite Identität aneignen konnte? Dass ich in der Lage war, seine Probleme für ihn zu lösen, wenn ich mit meinen eigenen noch nicht einmal klarkam? Dass er mich mögen – vielleicht sogar lieben – könnte, wenn ich ihm eine Halbwahrheit nach der anderen auftischte? Andererseits … würde er mein echtes Ich jemals akzeptieren können? All die Unsicherheiten?

Ich verkrampfte die Finger um meine Tasse, sodass meine Fingerspitzen weiß wurden. Denn da war noch ein Gefühl: Angst. Ich dachte, Berlin würde etwas in mir ändern, würde mich ändern. Aber ich war in der Sekunde, in der mich der Bus an der Haltestelle in Hallingen rausgelassen hatte, wieder zurückkatapultiert worden. Und jetzt fühlte es sich exakt so an wie vor meiner Reise. Ich hatte Angst, das Haus zu verlassen. Angst, anderen Menschen zu begegnen. Angst, an die Uni zu gehen und zu fragen, ob ich meine Klausur nachholen konnte.

Ich lockerte die Hände um meine Tasse und ließ den Kopf einmal kreisen. Mein gesamter Körper war angespannt, die Muskeln schmerzten, als ob etwas in mir nur darauf wartete, jeden Moment aufzuspringen. Und früher oder später würde ich genau das wohl auch tun müssen. Denn auch wenn ich kein

Zeitgefühl hatte, mein Magen hatte es ganz eindeutig. Wann hatte ich zum letzten Mal etwas gegessen? Bevor ich zu Noah gefahren war? Wie lange war das her?

Ich blinzelte durch das Dickicht der Bäume der Sonne entgegen. Vermutlich war es bereits später Nachmittag. Ob ich einfach warten sollte, bis es dunkel war, um dann kurz vor Ladenschluss etwas zu essen zu besorgen?

Genau in dem Moment gab mein Magen ein protestierendes Grummeln von sich. Ich legte mir die Hand auf den Bauch. Dann hatte sich das wohl erledigt. Lisa hatte mir einen Zettel auf dem Küchentisch hinterlassen, dass sie für zwei Wochen nach Nürnberg zu ihren Eltern gefahren war, mir aber sonst keine Nachricht geschrieben und auch nichts im Kühlschrank hinterlassen. Nicht dass ich ihr einen Vorwurf machte. Schließlich war ich diejenige, die von einem auf den anderen Tag spurlos verschwunden war und erst nach mehreren Nachrichten verraten hatte, wohin. Einen Grund hatte ich ihr zumindest nicht nennen müssen. Sie hatte alles mitbekommen.

Mein Magen verkrampfte sich, ich war mir ziemlich sicher, dass es nicht vom Hunger rührte, sondern von den Gedanken, die gegen meinen Willen wieder nach Berlin gewandert waren. Ich stellte die Tasse auf dem Balkontisch ab und stand auf. Es würde nicht besser werden, wenn ich weiter hier herumsaß. Ich massierte meine Oberschenkel, die von der gekrümmten Haltung auf dem Stuhl schmerzhaft verspannt waren, kreiste die Schultern ein paarmal und beschloss, es einfach hinter mich zu bringen.

Ich legte eine Packung Käse zu den anderen Dingen in den Einkaufswagen. Dann bog ich in den nächsten Gang mit den Tiefkühlprodukten. Halb so wild. Ich hatte es fast geschafft.

Bisher hatte mir keiner Beachtung geschenkt, alle waren in ihre Einkäufe vertieft. Was, wenn ich mich doch völlig umsonst gesorgt hatte? Immerhin waren Semesterferien, die meisten hatten ihre Klausuren bereits hinter sich gebracht und würden die freie Zeit in der Heimat oder im Urlaub verbringen. Vielleicht hatte Lisa auch recht, und mit etwas Zeit wäre alles vergessen. Nach den Semesterferien hätten alle andere Dinge im Kopf, und alles, was passiert war, würde der Vergangenheit angehören. Das zumindest hatte sie mir immer wieder vorgehalten, um mir Mut zu machen.

Ich schloss das Tiefkühlregal und besah mir meine Einkäufe. Das sollte reichen. Zu viel wollte ich auch nicht holen, der Laden lag immerhin zehn Minuten zu Fuß vom Wohnheim entfernt. Und auch wenn mein Magen nach Nahrung verlangte – Appetit hatte ich keinen. Die Grundnervosität, die ich verspürte, seit ich hier angekommen war, wirkte sich nicht gerade positiv auf mein Bauchgefühl aus.

An der Kasse begann ich, die Produkte aufs Band zu legen, als ich hinter mir das Lachen zweier Frauen hörte. Mein Rücken kribbelte, und ich war mir sicher, dass die beiden mich ansahen und ihr Lachen mir galt. Mit zusammengebissenen Zähnen legte ich die Waren weiter aufs Band, hielt den Blick stur geradeaus gerichtet und zwang mich, mich nur auf die Bewegung meiner Hände zu konzentrieren. Nicht auf das Gespräch hinter mir – was nicht gerade einfach war, da die beiden ihren Einkauf nun auf das gleiche Band legten.

Ich atmete tief aus. Was war mit mir los? Ich übertrieb vollkommen. Nicht alles drehte sich um mich. Auch in dieser kleinen Stadt und auf diesem familiären Campus nicht. Ich warf eine Packung Knäckebrot zu den anderen Sachen und schob meinen nun leeren Wagen ein Stück nach vorne. Mit beiden Händen zog ich meinen Pferdeschwanz enger und linste dabei unter meinem linken Arm nach hinten. Die Frauen waren in meinem Alter, aber ich kannte sie beide nicht. Die vorne stehende Blonde schenkte mir ein kleines Lächeln, als unsere Blicke sich trafen, und ich entspannte endlich ein wenig.

*Du bist echt kaputt, Lia,* dachte ich und biss mir im gleichen Moment auf die Unterlippe, als ich bemerkte, welchen Namen ich mir gegenüber selbst verwendet hatte. *Wie wär's mit 'nem neuen Namen und 'ner neuen Stadt?* Noahs harte Worte drangen so deutlich in mein Bewusstsein, als stünde er neben mir und hätte sie genau in dem Moment gesprochen. Sie taten auch nicht weniger weh als in dem Moment, als er sie gesagt hatte. Aber war es wirklich ein solches Verbrechen, einem Menschen nicht direkt alle Teile zu zeigen, aus denen man zusammengesetzt war? War es so verwerflich, dass ich meinen Zweitnamen Emilia genutzt hatte? Vor allem, da Lia sich so viel richtiger und so viel mehr nach mir anfühlte. Anna war der Name, unter dem man mich hier kannte, aber es war auch der Name, über den man hier hinter vorgehaltener Hand tuschelte. Es war der Name, der für mich mit Scham verbunden war. Aber ich wusste, dass das nicht der eigentliche Grund für Noahs Wut war. Oder eher Abscheu, wenn ich mir seinen Blick ins Gedächtnis rief. Es war die Mischung aus allen kleinen Fehlern. Bis der letzte schließlich das Fass zum Überlaufen gebracht hatte. Und das konnte ich ihm wohl nicht verübeln.

»Das macht dann 32,48 Euro«, sagte die Kassiererin und riss mich abrupt aus meinen Gedanken. Mist, ich war völlig weggetreten gewesen und hatte nicht einmal meine Einkäufe zurück in den Wagen gelegt.

»Karte oder bar?«

»Karte«, murmelte ich und warf ein Produkt nach dem anderen achtlos zurück in den Einkaufswagen. Ich legte die Kreditkarte an das Kartenlesegerät, wartete, bis das Piepen ertönte, und schob den Wagen an die Fensterfront des Ladens, um dort die Einkäufe in Stoffbeutel zu verstauen.

»Und ich dachte, die hätte endlich begriffen, dass sie hier nicht erwünscht ist.«

Mitten in der Bewegung hielt ich inne. Diesmal bestand kein Zweifel, dass die Worte mir galten. Ich zwang mich dazu, mich nicht umzudrehen, sondern die letzten Dinge in den zweiten Beutel zu stopfen. Ich würde es einfach ignorieren. Nach Hause gehen. Und dann drinbleiben. Ich hatte genug Essen für die Woche. Ich hatte Netflix. Kein Grund also, das Haus noch einmal zu verlassen.

»Unkraut vergeht nicht oder wie sagt man so schön?«, sagte eine zweite Stimme abfällig.

Ich spürte das Blut in meinen Ohren rauschen. Es dämpfte die Geräusche des Supermarkts, aber leider nicht genug, um die nächsten Worte auch auszublenden.

»Schlampe sagt man dazu, glaube ich.«

Ich fuhr herum und blickte in zwei mir nur zu bekannte Gesichter. Alessa und Mona.

Alessa, die mich gerade als Schlampe bezeichnet hatte, sah mich mit hochgezogenen Augenbrauen an. »Was ist? Hast du ein Problem?«

Ob ich ein Problem hatte?

Sie warf sich die langen schwarzen Locken über die Schulter und musterte mich abschätzig von oben bis unten. Wir waren nie Freundinnen gewesen, und aus irgendeinem Grund mochte sie mich seit der ersten Projektarbeit, für die man uns in eine Gruppe gesteckt hatte, nicht besonders. Aber den blanken Hass, den sie mir seit einigen Wochen entgegenbrachte, konnte und wollte ich einfach nicht verstehen.

*Aber hat sie nicht sogar das Recht, dich zu hassen?*

Mona stand mit verschränkten Armen einen halben Schritt hinter ihrer Freundin und sah mich an. Sie hatte noch viel mehr Anlass, mich nicht zu mögen.

»Mona, ich …«

Mona verzog ihr schönes Gesicht zu einer Grimasse, und Alessa hob im gleichen Moment die Hand.

»Spar dir die Luft, Anna.« Sie grinste, aber es erinnerte mehr an einen hungrigen Wolf, der sich jeden Moment auf seine Beute stürzte. Und die Beute war ich. Nur dass ich nicht einmal mehr einen Fluchtinstinkt zu haben schien. Ich stand einfach nur da. Starr und ohne eine schlagfertige Antwort oder einen Willen, mich noch weiter gegen die Worte zu wehren.

»Glaub mir, uns allen wäre geholfen, wenn du überhaupt keine Luft mehr in deine Lungen pumpst. Ich dachte, du wärst endlich weg? Nach deinem peinlichen Abgang in der Klausur.« Sie blickte kurz zu Mona. »Und nach allem, was du meiner besten Freundin angetan hast.«

»Ich habe mich entschuldigt. Ich wusste wirklich nicht, dass …« Ich schluckte. »Meint ihr nicht, alles, was danach passiert ist, war Strafe genug?«

Fuck. Ich merkte, wie mir Tränen in die Augen schossen und spürte die Hitze in mein Gesicht schießen. Ich würde nicht weinen. Nicht vor den beiden. Nicht schon wieder.

Leider entgingen Alessa meine feuchten Augen nicht.

»Oh, süß. Heulst du gleich? Wie alt bist du? Dreizehn?« Sie legte den Kopf schief. »Nein, warte. Sex darf man in Deutschland erst mit vierzehn haben, also geht das wohl nicht.« Sie ging einen Schritt auf mich zu, und ich wich nur deshalb nicht vor ihr zurück, weil ich mich nicht rühren konnte, selbst wenn ich gewollt hätte. Wie zu einem Eisblock erstarrt stand ich da und konnte keinen einzigen Muskel meines Körpers bewegen. Nur dass ein Eisblock eine willkommene Abwechslung gewesen wäre, denn innerlich fühlte ich mich wie in Brand gesteckt. Mir war heiß, ich schwitzte und in mir brannten Angst, Wut und Scham.

»Ich glaube nicht, dass es eine gute Idee für dich ist, nächstes Semester noch hier zu studieren.« Ihre braunen Augen ließen nicht von meinen ab. »Oder was meinst du, Mona?« Ohne meinen Blick von ihren Augen zu lösen, sah ich, wie sich ihre Mundwinkel leicht nach oben zogen. »Aber vielleicht hat dir all das ja einfach noch nicht gereicht. Denn anscheinend hast du immer noch nicht begriffen, was du getan hast. Du hast echt keinen Selbstrespekt, oder?«

»Alessa, komm«, sagte Mona, die die ganze Zeit über ruhig gewesen war. »Sie ist es nicht wert.«

»Sie ist nichts wert, meinst du wohl.« Alessa ließ den Blick einmal mehr über mich schweifen, dann richtete sie ihren Zeigefinger auf mich. »Wag es ja nicht, mir oder meinem Freund zu nahe zu kommen. Es reicht, dass du eine Beziehung zerstört hast. Und wenn wir wieder einen Kurs zusammen haben, dann wirst du dir wünschen, nicht mehr an die Uni zurückgekehrt zu sein.«

Mona ging einen Schritt auf uns zu und packte Alessa sanft am Arm. »Komm jetzt, sonst kommen wir zu spät und müssen wieder die erste Runde schmeißen.«

Ohne ein weiteres Wort an mich zu richten, drehte Alessa sich um und verließ gemeinsam mit Mona den Laden. Ich sah den beiden nach, bis sie um die Ecke in Richtung der Innenstadt verschwanden, dann erst gab ich meinen zitternden Beinen nach und ließ mich gegen einen Einkaufswagen fallen, der ein Stück zurückrollte, bis er von der Fensterfront gestoppt wurde. Ich versenkte das Gesicht in meinen Händen, doch ich weinte nicht. Das Feuer und der Selbsthass in mir hatten jegliche Tränen ausgebrannt. Ich stand einfach nur da.

*Schlampe. Schlampe. Schlampe.*

Zitternd atmete ich aus. Ich hatte es nicht gewusst. Ich hatte Monas Beziehung nicht zerstören wollen. Ich hatte gar nichts von dem gewollt. Und ich wünschte, ich könnte all das ungeschehen machen. Ich wünschte, ich wäre nie auf diese Party gegangen. Ich wünschte, ich hätte nicht auf Alexander gehört. Ich wünschte, ich hätte nicht so viel getrunken. Ich wünschte, Noah wäre hier.

# 36. KAPITEL

## Noah

Ein schrilles Klingeln durchriss die Stille und ließ mich vom Sofa hochfahren. Ich brauchte ein paar Sekunden, um es zuzuordnen. Es war nicht mein Handywecker, sondern kam von der Tür. Völlig gerädert rieb ich mir die Augen und reckte mich. Ich konnte nicht viel geschlafen haben. Die Couch, auf der ich lag, war total durchgesessen.

Es klingelte erneut und ich tippte mit einem genervten Stöhnen auf mein Handydisplay. Es war gerade einmal halb acht. Das war selbst für die Post zu früh. Bevor es ein drittes Mal klingeln konnte, hob ich die Decke an und stand von der Couch auf. An der Tür angekommen, hob ich den Hörer von der Freisprechanlage.

»Ja?« Meine Stimme klang total belegt.

»Na endlich, mach auf.«

Kyra klang viel zu wach für meinen Geschmack. Ich drückte auf den Öffner, ging zurück ins Wohnzimmer und warf mich wieder auf die Couch. Kurz darauf ging eine Tür im Flur auf und Daniel schlurfte ins Wohnzimmer.

»Was war das?«

»Kyra ist da. Sorry.«

»Kein Ding. Ich wollte eh früh aufstehen und noch üben.«

»Du willst so früh für den Gig morgen üben? Dann bist du deinen Mitbewohner echt bald los, find ich gut.«

Daniel winkte ab. »Der ist eh ständig weg. Ich glaub, er hat die Nacht auch gar nicht hier geschlafen.«

»Hey, hey«, erklang Kyras Stimme. Die Wohnungstür fiel ins Schloss und Kyra streckte ihren Kopf ins Wohnzimmer.

»Oha. Ich wollte sagen, dass ihr so fertig ausseht, wie ich mich fühle, aber eigentlich seht ihr noch schlimmer aus.«

»Halt die Klappe«, sagte Daniel mit einem Grinsen und nahm ihr die Brötchentüte ab, die sie mitgebracht hatte.

»Was machst du hier?«

Kyra schob meine Füße zur Seite und ließ sich aufs Sofa fallen. »Dich abholen.« Sie sah mich abschätzig an. »Nachdem du duschen warst und einen Kaffee hattest.«

Ich stöhnte leise. »Machst du mir einen?«

Kyras Mundwinkel zuckten. »Du bist morgens genauso eine Dramaqueen wie ich.«

»Wozu musst du mich denn abholen?«

»Wir fahren zu Elias.«

Ich richtete mich auf. Diese vier Worte bekamen mich wacher, als Koffein es an diesem Morgen könnte.

»Er will mich nicht sehen, Ky.«

»Das glaube ich nicht. Und selbst wenn: Er will mich sehen.« Sie zuckte mit den Schultern. »Dann muss er dich wohl auch ertragen.«

»Ich glaub trotzdem nicht, dass das eine gute Idee ist.«

»Dein Urteilsvermögen, was gute Ideen angeht, ist in letzter Zeit aber auch fraglich.« Sie musste Ben gar nicht erwähnen, ich wusste auch so, auf was sie hinauswollte. »Bitte, Noah.«

Ich blickte zu meiner Schwester auf und stöhnte.

»Solche Blicke dürften eigentlich gar nicht mehr funktionieren. Du bist achtzehn.«

Sie grinste. »Also ist das ein Ja?«

Ich setzte mich auf und rieb mir den restlichen Schlaf aus den Augen. »Ich geh duschen.«

Kyra war ein gutes Stück kleiner als ich, trotzdem hatte ich Probleme, Schritt zu halten, so wie sie durch Kreuzberg rannte.

»Wie war es eigentlich bei Phuong?«, fragte ich, als ich zu ihr aufgeschlossen hatte.

Sie wiegte den Kopf hin und her. »Gut eigentlich. Aber ich glaube, sie ist ziemlich sauer, dass ich einfach weg bin.« Sie seufzte. »Verständlicherweise. Wäre ich auch.«

»Phuong ist nicht nachtragend, ich bin sicher, das renkt sich wieder ein.«

Wir bogen links ab und blieben vor dem vierten Haus der Seitenstraße stehen, wo Kyra, ohne zu zögern, auf den Klingelknopf drückte. Ich wurde langsam nervös. Seit dem Sonntag nach der Galerie hatte ich Elias nicht mehr gesehen. Das war erst vier Tage her, aber mit allem, was seitdem passiert war, fühlte es sich so viel länger an.

»Ich weiß echt nicht, ob er mich sehen will«, murmelte ich.

»Mir egal«, sagte Kyra. Das Summen der Türöffnung ertönte, und sie drückte die dunkle Holztür auf. »Ihr klärt das jetzt.«

Elias sah wesentlich fitter aus als ich, als er uns die Tür aufhielt. Offensichtlich war er schon länger wach. Sein Blick streifte kurz meinen, aber er sagte nichts. Stattdessen schloss er Kyra in die Arme und ließ sie eine ganze Weile nicht los.

»Hey, Ky.«

»Okay, reicht jetzt«, sagte Kyra nach einigen Sekunden und machte sich aus seiner Umklammerung los.

»Wie geht es dir?«, fragte Elias.

»Gut«, sagte sie. »So wie heute Morgen, als ich angerufen habe. Und vor zehn Minuten auf dem Weg hierher. Hat sich nicht viel geändert.« Sie trat zur Seite, damit ich in die Wohnung kommen konnte.

»Hi«, sagte ich.

»Du sahst auch schon mal besser aus«, meinte Elias trocken.

Ich sollte beleidigt sein, aber ich war einfach nur erleichtert, dass mein Bruder mit mir redete.

»Hab mich auch schon mal besser gefühlt«, gab ich zurück und schloss die Tür hinter mir.

»Kaffee?«

»Ja«, sagte ich in dem Moment, in dem Kyra den Kopf schüttelte.

»Irgendwann bringt all das Koffein dich ins Grab«, sagte Kyra. »Hast du's mal mit genug Schlaf probiert stattdessen?«

»Darf ich dich daran erinnern, zu welcher Uhrzeit du mich heute geweckt hast?«

Sie zuckte nur mit den Schultern zur Antwort und ging vor in die Küche.

»Kann ich dir sonst was bringen?«, fragte Elias, als Kyra und ich am Küchentisch saßen. Ich vor meinem Kaffee, sie vor einem Glas Wasser.

»Gott, Elias, setz dich einfach.« Kyra lächelte schief. »Ich muss wohl öfter weg, wenn ich danach so eine Sonderbehandlung von euch beiden krieg.«

»Du siehst ja, was passiert, wenn du uns allein lässt«, sagte Elias lächelnd und setzte sich auf den Stuhl in der Mitte.

Ich fuhr mit dem Finger den Rand meiner Tasse nach und betrachtete meinen Bruder im Profil. Ob Kyra ihm schon von dem Streit mit meinen Eltern erzählt hatte? Vermutlich. Redete er deshalb wieder mit mir, da ich ja nun mit großer Wahrscheinlichkeit nicht länger seine Stelle in der Firma ausfüllte?

Elias' Blick zuckte zwischen Kyra und mir hin und her, bevor er sie abwartend ansah. »Und jetzt?«

Kyra holte tief Luft, mit den Händen hielt sie das Wasserglas fest umklammert. »Wir müssen reden. Ich …«

Ich lachte leise. »Gute Idee. Hab ich noch gar nicht versucht.« Ich sah Elias mit hochgezogenen Augenbrauen an. »Elias redet richtig gern darüber, wieso er Christopher verprügelt hat.«

»Wie ich gehört hab, hast du das Ganze auch gleich mal ausprobiert, also solltest du vielleicht nicht zu große Töne spucken«, gab Elias zurück.

»Echt jetzt? Ich …« Ich hielt inne, als Kyra eine Hand hob.

»Ich hab gesagt, dass wir reden sollen. Das Ziel war eigentlich, dass wir danach nicht mehr streiten. Und nicht, dass ihr einen neuen Streit vom Zaun brecht. Und ich würde gerne …«

»Du hast gelogen«, sagte ich an Elias gewandt und unterbrach meine Schwester.

Elias rollte mit den Augen, sprang aber nicht auf meine Worte an. Stattdessen sah er zu Kyra, die ihre Hände auf dem Tisch betrachtete.

»Nadine war gar nicht da, als du auf Christopher losgegangen bist.« Ich wünschte, ich hätte die Nachricht gelesen, die Lia mir gezeigt hatte. Dann hätte ich jetzt Details gehabt. Aber dem Gesichtsausdruck meines Bruders nach zu deuten, war das vielleicht gar nicht nötig.

»Was meinst du?«, fragte er.

»Ich hab mit dieser Nadine geschrieben«, log ich. Elias musste nicht wissen, dass Lia in die ganze Sache involviert war. »Und sie war überhaupt nicht in deiner Nähe, sondern auf der Dachterrasse. Mal ganz davon abgesehen, dass sie überhaupt nicht dein Date war und sich auch nicht mit Christopher getroffen hat.«

Elias schwieg. Dafür öffnete Kyra nun den Mund, als ob sie etwas sagen wollte, schloss ihn jedoch wieder. Ich wusste, wie sie sich fühlte. Noch vor wenigen Tagen war ich in ihrer Situation gewesen und hatte auch nicht glauben wollen, dass Elias grundlos zu Gewalt neigte – ich glaubte es immer noch nicht. Umso eindringlicher sah ich ihn nun an und hoffte, dass er endlich mit der Wahrheit rausrückte.

Doch das tat er nicht. Er erwiderte meinen Blick, schwieg jedoch weiterhin, bis er nach einer gefühlten Ewigkeit endlich das Wort erhob.

»Ich hab dir gesagt, du sollst die Sache ruhen lassen.«

Entnervt ließ ich die Hände auf den Tisch fallen.

»Willst du mich verarschen? Kannst du nicht endlich einfach mit der Wahrheit rausrücken?« Kopfschüttelnd sah ich ihn an. »Es ist doch jetzt eh egal, ich hab nichts mehr zu verlieren.«

»Es geht hier aber nicht um dich!«, platzte Elias heraus und lehnte sich über den Tisch, bis mir sein Gesicht sehr nah war.

»Ich wusste, dass es unnötig ist, herzufahren. Du bist so stur, es ist zum Kotzen, wirklich!«

Ein Küchenstuhl schabte über den Boden und ließ Elias und mich herumfahren. »Könnt ihr bitte endlich aufhören!« Kyra war aufgesprungen und stand, die Arme vor der Brust verschränkt, da. Hatte sie Tränen in den Augen?

»Ky?«, fragte ich und sah aus dem Augenwinkel, wie Elias leicht den Kopf schüttelte. Doch was immer er Kyra zu verstehen geben wollte, es schien sie nicht zu interessieren.

»Es geht um mich, Noah. Okay?«

»Was?«

Elias schloss die Augen und fuhr sich mit der Hand übers Gesicht. »Du musst es nicht sagen«, warf Elias ein.

Kyra lachte freudlos auf. »Natürlich muss ich es sagen. Deshalb bin ich hier. Was soll ich deiner Meinung nach denn sonst machen? Zusehen, wie ihr euch weiter streitet oder gar nicht mehr miteinander redet? Daran schuld sein, dass unsere Familie auseinanderbricht und Mom und Dad alle Kunden abspringen?« Sie schüttelte den Kopf. »Ganz sicher nicht.«

Kyra atmete hörbar tief durch. Dann sah sie mich direkt an, und ihre blauen Augen waren bar jeder Emotion, als sie weitersprach.

»Elias hat Christopher und mich auf der Toilette gesehen.«

Ich nickte auffordernd, damit sie weitersprach. »Und?«, fragte ich, als sie es dennoch nicht tat.

»Und ich war nicht freiwillig dort«, war alles, was Kyra erwiderte.

Mein Blick wich nicht von ihrem Gesicht. »Was?«

Und dann setzte Kyra sich und erzählte, was geschehen war.

# 37. KAPITEL

## *Noah*

Es war beinahe wie früher. Phuong und Kat kochten und füllten die Küche mit dem Geruch von Curry, Oliver und Daniel spielten im Wohnzimmer irgendetwas auf der Gitarre, und Kyra stand mit Miriam, einer ihrer ältesten Freundinnen, draußen auf dem Balkon, der an die Küche grenzte. In der Konstellation hatten wir letzten Sommer viele Nachmittage und Abende in unserer WG verbracht, Video- und Brettspiele gespielt, den neuen Songs der Band gelauscht, gekocht und getrunken. Ich drückte die Minzblätter in meiner Limonade mit dem Glasstrohhalm nach unten und wartete darauf, dass sie wieder nach oben stiegen, nur um das Ganze dann zu wiederholen.

Es war beinahe wie früher. Aber eben nur beinahe. Denn abgesehen von den Gitarrenklängen waren die Geräusche viel gedämmter. Kyra und Miriam lachten nicht auf dem Balkon, Kat und Phuong führten ein geflüstertes Gespräch, seit ich nicht einmal versucht hatte, mich zu beteiligen, und ich saß einfach nur am Küchentisch und tat nichts. Ich wohnte ja nicht einmal mehr hier in der WG, und auch sonst hatte sich alles geändert. Ich wollte auch nicht so tun, als ob das nicht der Fall war. Den gesamten gestrigen Tag hatte ich mit Kyra bei Elias verbracht, ich fühlte mich so ausgelaugt wie noch nie in meinem Leben. Alles ergab jetzt Sinn. Kyras Verschwinden, Elias' Reaktion,

Christophers scheißfreundliche Art. Im ersten Moment tat es weh, dass Kyra sich mir nicht anvertraut hatte. Aber ich konnte es verstehen. Mehr noch, nachdem ich gesehen hatte, wie viel Überwindung und Kraft es sie gestern gekostet hatte, mir zu erzählen, wie Christopher sie festgehalten und angefasst hatte, war ich überrascht, dass sie es überhaupt getan hatte. Ich konnte mir nicht vorstellen, wie es war, das Ganze noch einmal zu durchleben.

Ich ließ meinen Kopf auf die Innenfläche meiner Hand sinken. Wie ich vor ein paar Tagen noch geglaubt hatte, dass ich Probleme hätte. Es war lachhaft. Ich beobachtete meine Schwester dabei, wie sie sich mit Miriam unterhielt. Sie hatte Elias und mir das Versprechen abgenommen, niemandem davon zu erzählen und sie normal zu behandeln. Was schwer war. Nicht, weil ich sie mit anderen Augen sah. Sondern weil ich sie einfach in den Arm nehmen wollte und mir Vorwürfe machte, nicht für sie da gewesen zu sein. Aber ich würde es jetzt sein. Wann immer sie mich brauchte. Und in ihrem Tempo.

*In deinem Tempo.*

Mein Mund verzog sich bei diesem letzten Gedanken. Dieses Versprechen hatte ich noch jemandem gegeben. Wie es Lia wohl gerade ging? Ich hatte Kyra und Elias von ihr erzählt. Am liebsten würde ich meinen Kopf gegen diese Tischplatte hauen – für meine Ungeduld und mein Unverständnis. Ich wusste nicht, was Lia passiert war. Wenn ich schon bei meiner eigenen Schwester so nichtsahnend gewesen war, wie hatte ich mir dann ein Urteil über Lia erlauben können? Meine Wut war mittlerweile völlig verpufft.

Die ganze Situation hatte mich in einen seltsamen Tatendrang versetzt. Daniel hatte mich heute Morgen bereits für verrückt erklärt, als ich um sieben Uhr begonnen hatte, die

Wohnung zu putzen. Dass ich dann einen Gruppenchat erstellt und unsere Freunde eingeladen hatte, hatte er erst bemerkt, als Oliver und Kat an der Tür standen. Ich mochte niedergeschlagen sein, aber ich war immer noch Daniels bester Freund, und heute war sein erster Auftritt mit der neuen Band. Das würde ich ihm durch meine schlechte Laune nicht mies machen. Elias hatte meine Einladung abgelehnt. Daher fehlte nur noch Felix, der Gitarrist und Daniels Quasi-Freund, wenn ich auf dem Laufenden war, dann wären wir komplett.

Meine Gedanken drifteten wie automatisch zu Lia und zu Daniels letztem Konzert, auf dem wir uns wiedergesehen hatten. Der Gedanke an sie tat weh. Laut Daniels Oma hatte sie aus der Pension ausgecheckt und nicht durchklingen lassen, ob sie noch in Berlin blieb. Davon abgesehen wusste ich gar nicht, ob ich überhaupt das Recht hatte, nach ihr zu suchen. Vielleicht wollte sie mich gar nicht mehr sehen. Trotzdem griff ich ständig zum Handy, um zu checken, ob sie sich gemeldet hatte.

Ich drehte den Strohhalm lustlos von der einen in die andere Richtung, was das Eis in meinem Glas zum Klirren brachte. Ich zuckte zusammen, als sich eine Hand auf meine Schulter legte.

»Alles okay bei dir?«

Ich hatte gar nicht bemerkt, dass Phuong zu mir gekommen war.

Ich nickte, aber wir wussten beide, dass das gelogen war.

»Ist bei dir und Kyra denn alles okay?«, fragte ich, um von mir abzulenken.

»Wieso?«, fragte Phuong sarkastisch. »Etwa, weil meine beste Freundin wochenlang verschwunden ist, ohne etwas zu sagen, und dann aufgetaucht ist, ebenfalls ohne etwas zu sagen? Und dann seit zwei Tagen bei mir übernachtet, wieder ohne mir zu sagen, warum überhaupt? Ja, doch. Alles bestens.«

Ich verzog das Gesicht. Bei genauerem Hinsehen war es wohl absolut nicht wie früher, denn ich hatte noch nie erlebt, dass Kyra und Phuong sich gestritten hatten. Kyra war nicht bereit darüber zu sprechen, was geschehen war. Blieb nur zu hoffen, dass die Sache nicht zwischen Phuong und ihr stehen würde. Phuong zog sich einen Stuhl zurück und ließ sich darauffallen.

»Nein, aber ist schon okay«, gab sie zu. »Ich merk ja, dass irgendwas im Argen liegt. Ich wünschte nur, sie würde mit mir reden. Sie wirkt total niedergeschlagen, aber wenn sie nicht sagt, warum, kann ich ihr auch nicht helfen.«

»Du hilfst ihr schon, indem du sie bei dir schlafen lässt und einfach nur für sie da bist, glaub mir.«

Phuong schwieg und wirkte nicht wirklich beruhigt.

»Es liegt nicht an dir, dass sie nichts sagt«, versicherte ich ihr. »Bei uns daheim geht es gerade drunter und drüber. Gib ihr noch etwas Zeit.«

Phuong schnaubte. »Ihr seid alle so was von verwandt.«

Irritiert blickte ich sie an.

»Ihr glaubt alle, dass ihr die Dinge besser allein lösen könnt, anstatt euch mal helfen zu lassen. Wenn es bei euch drunter und drüber geht, dann ist das doch nur ein Grund mehr, dass ihr euch helfen lassen solltet, das Chaos zu regeln.«

»Ich lass dich kochen«, sagte ich mit einem Schmunzeln. »Zählt das nicht auch?«

Phuong schnaubte.

»Hat Lia sich bei dir gemeldet?«, fragte ich vorsichtig.

Phuong schenkte mir ein schiefes, mitleidiges Lächeln. »Ne, sie antwortet mir nicht. Und hat sich nicht einmal verabschiedet.«

Ich nickte und spülte meine Enttäuschung mit einem Schluck Limo hinunter.

»Tut mir leid«, sagte ich.

Phuong hob die Schultern. »Du kannst ja nichts dafür.«

Ich wollte gerade erwidern, dass ich sehr wohl etwas dafürkonnte, als Phuong weitersprach.

»Kyra hat es mir erzählt. Ja, war vielleicht scheiße. Aber ihr seid beide nicht unschuldig, und sie hätte sich zumindest verabschieden können oder könnte genauso gut auf meine Nachrichten antworten. Das kostet nun wirklich nicht viel Zeit.« Sie schob sich eine schwarz-pinke Haarsträhne hinters Ohr und stützte ihren Kopf auf eine Hand.

Ich brummte zustimmend und blickte geradeaus aus dem Balkonfenster, wo meine Schwester weiterhin mit Miriam an das Geländer gelehnt stand. Sie lachte über etwas, was Miriam gesagt hatte, und der Anblick brachte mich auch zum Lächeln.

Ein Stapel grüner Schüsseln schob sich in mein Sichtfeld. »Essen ist fertig.« Kat stellte die Schüsseln vor mir auf den Tisch. »Bringst du das ins Wohnzimmer? Wir essen dort, hier ist nicht genug Platz. Und nimm den Stuhl am besten gleich mit rüber.« Dann deutete sie auf Phuong. »Besteck, Sojasoße und einen Untersetzer für den Topf. Go!«

»Sojasoße? Wieso brauchst du Sojasoße bei einem Süßkartoffelcurry?«, fragte Phuong, bevor sie aufstand und zur Schublade mit dem Besteck ging.

»Weil Sojasoße alles besser macht«, sagte Kat schulterzuckend und trug eine Karaffe mit Wasser aus dem Raum.

Ich beschloss, Miriam und Kyra zu holen, und trat auf den Balkon. Die Bäume im Innenhof spendeten hier nur morgens Schatten, sodass die Steinplatten fast schon unangenehm heiß an meinen Füßen waren.

»Wie haltet ihr es so lange in der Hitze hier aus?«, fragte ich und sah zu Miriam, die mit ihren blonden Haaren und dem hellen Teint normalerweise nach wenigen Minuten Sonnenbrand bekam. »Ich hoffe, du hast dich eingecremt.«

Miriam lachte und verdrehte die Augen. »Ich hab eigene Geschwister, aber danke, Noah.«

Ich zuckte mit den Schultern. »Essen ist fertig. Wenn ihr noch was haben wollt, bevor Kat alles auffuttert, solltet ihr reinkommen.«

Miriam nickte. »Cool, danke. Auch dass ich kommen durfte.«

»Klar«, sagte ich und trat zur Seite, um die beiden durchzulassen. Miriam schlüpfte an mir vorbei ins Innere, Kyra jedoch blieb draußen in der Sonne stehen.

»Alles okay?«, fragte ich vorsichtig, obwohl ich ihr versprochen hatte, sie nicht mit Samthandschuhen anzufassen oder anders zu behandeln. Offensichtlich erinnerte auch sie sich gerade an diese Worte, denn sie hob eine Augenbraue und warf mir einen kritischen Blick zu.

»Okay, sorry«, ruderte ich zurück. »Ich bin schon still.«

Sie lehnte sich ans Geländer. »Ich wollte kurz mit dir reden. Keine Ahnung, ob vor dem Konzert ein guter Zeitpunkt ist, aber es ist so oder so doof, egal wann ich es sage.«

»Kommt ihr essen?«, ertönte Phuongs Stimme einmal quer durch die Wohnung.

»Gleich!«, rief ich in Richtung Küche.

Kyra schien durch die Unterbrechung zu zögern. Ich schloss die Balkontür und lehnte mich ihr gegenüber an die Wand.

»Lass uns doch besser nach Daniels Konzert reden, ja?«

»Du kannst es mir jetzt sagen, oder wir warten noch eine halbe Stunde, bis das Essen kalt wird, alle genervt sind, und du sagst es mir dann, weil ich dich vorher sowieso nicht reinlasse.«

Kyra schenkte mir ein misslungenes Lächeln und ließ sich zu meiner Überraschung auf den Boden sinken, wo sie den

Rücken gegen die Hauswand lehnte. Mit der flachen Hand klopfte sie auf die Fliese neben sich.

»Setz dich.«

Ich leistete ihren Worten Folge und sah sie abwartend an.

»Ich konnte die Nacht nicht schlafen und nach allem, was du mir von Lia erzählt hast, hab ich ein bisschen online nachgeschaut.«

»Sie ist nicht auf Social Media. Oder …« Ich stutzte. Klar, das hatte sie zumindest behauptet. Wenn sie wegen ihres Namens und ihrer Hochschule gelogen hatte, wieso sollte das dann der Wahrheit entsprochen haben?

Kyra schüttelte den Kopf. »Nein, ist sie nicht. Ich weiß. Generell findet man unter dem Namen nicht so viel. Ein altes MySpace-Foto und so einen Kram, aber das war's.«

»Aber?«, fragte ich.

Kyra zog das Handy aus ihrer Tasche und drehte es zwischen ihren Fingern hin und her. »Aber man findet etwas, wenn man über ihre Kommilitonen geht.«

Ich kniff die Augen zusammen. »Ihre Kommilitonen? Wir wissen doch nicht einmal, wo sie studiert.«

Kyra betrachtete ihre Finger, die nach wie vor mit dem Handy spielte. »Eventuell doch?«

»Woher das denn?«

Ihr Blick huschte zurück nach oben. »Versprich mir, dass du nicht böse wirst.«

Ich legte den Kopf schief. »Wenn Sätze schon so anfangen …«

»Ich bin vielleicht zur Pension gefahren und hab was gemacht, was nicht so mit dem Datenschutz vereinbar ist.«

»Du hast nach ihrer Adresse geguckt?«

»Heute Morgen«, gab Kyra zu. »Frau García hat sie mir gegeben, ich bin nicht durch ihre Sachen gegangen.«

Ich war nicht einmal auf die Idee gekommen, dort nachzufragen. Aber klar. Lia hatte ihren Perso beim Check-in zeigen müssen.

»Eigentlich wollte ich nur nach ihrem Namen in Verbindung mit dem Ort oder der Uni suchen.«

»Aber warum?«, unterbrach ich meine Schwester. »Ich hab ihre Nummer. Sie hat meine. Wenn sie mit mir reden oder mich sehen will, dann braucht sie nur zu antworten. Warum sollte ich sie also auf anderem Weg kontaktieren? Ich will mich ihr ganz sicher nicht aufdrängen.«

Kyra schüttelte den Kopf und reichte mir ihr Handy. »Darum.«

Ich hielt den Hals der Bierflasche umklammert und nickte ab und an, damit Oliver das Gefühl bekam, dass ich zuhörte. Es tat mir leid, da gerade er so selten von sich aus ein Gespräch anfing, aber ich konnte mich unmöglich auf etwas konzentrieren. Dieses Bier trinken konnte ich genauso wenig. Mir schlugen sogar die paar Löffel des Currys auf den Magen, die ich mir mit Mühe und Not hinuntergezwungen hatte.

»Ist alles okay bei dir?«, fragte Oliver und sah mich mit schief gelegtem Kopf an.

»Ja, klar. Sorry.« Ich widmete ihm wieder meine Aufmerksamkeit und versuchte mich daran zu erinnern, was er gerade gesagt hatte. Ich wusste nur noch, dass es um seinen neuen Wohnort Hamburg ging. Danach hatte ich abgeschaltet.

»Also gefällt dir Hamburg? Geht es bald zurück?«, fragte ich, in der Hoffnung, dass es zu dem passte, was er gerade gesagt hatte.

Er nickte. »Ja. Auch wenn ich nicht weiß, ob ich nach dem Studium dableiben möchte. Berlin ist trotzdem mehr meins. Ich vermisse die WG mit Kat ziemlich. Meine ist okay, aber es ist nicht das Gleiche, wie mit der besten Freundin zusammenzuwohnen.«

Kyra, Miriam und Phuong traten zu uns, wobei Phuong Oliver glücklicherweise direkt in ein Gespräch verwickelte. Innerlich seufzte ich auf. Ich wollte einfach nur für Daniel hier sein, das Konzert nicht verpassen und danach – ja, was danach? Ich hatte keine Ahnung. Miriam fotografierte mit ihrem Handy die schon recht volle Location, währenddessen stellte Kyra sich neben mich, wodurch sie mich etwas vom Rest der Gruppe abschirmte. Ich hatte keine Ahnung, ob es Absicht gewesen war, aber ich war ihr dankbar. Sie rutschte noch ein Stück näher.

»Wenn du gehen willst, denke ich mir eine Ausrede für dich aus«, sagte sie leise genug, dass Miriam es nicht hören konnte.

Ich schüttelte den Kopf. »Nicht nötig.«

»Aber du willst doch mit Lia reden, oder? Wer weiß, wie es ihr geht.«

»Natürlich will ich das«, antwortete ich gepresst.

Scheiße, ich wollte, seit ich von Kyra die Wahrheit erfahren hatte, nichts dringender als das. Lia in die Arme schließen und sie wissen lassen, dass alles okay war. Aber wollte sie das überhaupt? Hätte sie dann nicht geantwortet? Und stand nicht zu viel Ungeklärtes zwischen uns?

»Daniel würde es absolut verstehen, wenn du dich auf den Weg machst«, sagte Kyra mit Nachdruck.

»Ich weiß, dass er es verstehen würde. Er würde mich wahrscheinlich sofort zwingen zu gehen. Aber genau deshalb hab ich es ihm nicht gesagt«, gab ich zurück. »Daniel ist mein bester Freund, und ich verpasse ganz sicher nicht seinen ersten Auftritt mit der neuen Band.«

»Und falls du meinetwegen zögerst … mir geht es gut, Noah.

Wirklich.« Ich sah runter in Kyras Gesicht und widersprach ihr nicht. Auch wenn ich mir kaum vorstellen konnte, dass ihre Worte der Wahrheit entsprachen.

Einige Augenblicke verstrichen, in denen keiner von uns beiden etwas sagte.

»Es tut mir leid«, sagte Kyra dann leise, »dass ich es dir nicht direkt gesagt habe. Ich ...«

»Du musst dich nicht entschuldigen. Du hast nichts falsch gemacht. Es tut mir leid, dass du es mir hast sagen müssen, bevor du bereit warst.«

Kyra lächelte mir zaghaft zu. »Schon okay. Irgendwie tut es gut, dass ihr es wisst.«

Wir schwiegen beide eine Weile. Ich war froh, dass Kyra sich mir anvertraut hatte. Jeglicher Ärger ihr oder Elias gegenüber war verpufft. Ich war Elias unendlich dankbar, dass er das Schlimmste hatte verhindern können – auch wenn es hierbei eigentlich keine Abstufung und kein Besser oder Schlimmer gab. Noch vor wenigen Stunden hatte ich geglaubt, meine Familie wäre kaputt. Ich hatte geglaubt, dass die Arbeit immer über dem Familiären stehen würde. Dabei waren unsere Bande so fest, wir alle so loyal zueinander, dass Elias sogar seinen Job aufgegeben hatte, um Kyra und unsere Familie zu schützen. Er war mir nicht böse gewesen, aber ich schämte mich trotzdem dafür, auch nur eine Sekunde an ihm gezweifelt zu haben. Und genauso schämte ich mich jetzt dafür, an Lia gezweifelt zu haben. Ich hatte einiges wiedergutzumachen.

Ich wurde aus meinen Gedanken gerissen, als Kyra meinen Blick plötzlich erwiderte.

»Ich kenne den Gesichtsausdruck. Du machst dir wieder Vorwürfe, oder?«

Ich hob die Schultern.

»Meinetwegen oder wegen Lia?«

»Beides, um ehrlich zu sein.« Ich seufzte. »Wobei ich jetzt gerade an Lia gedacht habe.«

»Aber du konntest es doch unmöglich wissen.«

»Vielleicht«, gab ich zu, »aber offensichtlich habe ich ihr nicht das Gefühl gegeben, sich mir gegenüber öffnen zu können. Und was für ein Mann bin ich bitte, wenn sie denkt, dass ich sie deswegen verurteilen würde?«

»Ob du es glaubst oder nicht, es geht hier nicht um dich«, gab Kyra zurück. »Du hast die Kommentare unter den Bildern gelesen. Wahrscheinlich haben sie mehr als genug Menschen verurteilt. Die ganze Gesellschaft verurteilt Frauen für solche Dinge. Jeden verdammten Tag. Wieso sollte sie dann davon ausgehen, dass es bei dir anders ist?«

»Weil mir so ein Scheiß egal ist?«

Kyra lachte auf. »Ja, aber dieser Scheiß«, sie formte mit ihren Fingern Anführungszeichen, »ist eben nicht egal. Er kann so ziemlich alles vom Selbstbewusstsein bis hin zu Existenzen zerstören.«

Uns gegenüber tauchte plötzlich Daniel auf und stockte. »Ich hab nur Selbstbewusstsein und Existenzen zerstören gehört.« Seine braune Haut wirkte einen ganzen Deut blasser als gewöhnlich. »Bitte sagt mir, dass es nicht um mich geht. Und wenn doch, dann sagt es mir auch, noch kann ich gehen.«

Ich hörte ihn zitternd ausatmen.

»Daniel«, begann ich verdutzt. »Hast du Lampenfieber?«

Er schluckte und sah kurz zur Bühne, bevor er sich wieder uns zuwandte. »Shit, ich glaub schon. Wieso hab ich Lampenfieber?«

Trotz allem konnte ich mein leichtes Grinsen nicht verbergen, was Daniel natürlich nicht entging. Er boxte mir gegen die Schulter.

»Hör auf mich auszulachen, das ist nicht lustig. Es fühlt sich schrecklich an. Mir ist schlecht, und mein Herz schlägt schneller als nach drei Espressi.«

»Aber du hast nie Lampenfieber«, sagte Kyra.

»Ich weiß!«, sagte Daniel. »Ich hab eben Backstage schon die Symptome gegoogelt und …«

»Lass mich raten: Es ist Krebs?«, fragte Kyra trocken.

»Haha. Ich wollte nur gucken, was ich dagegen tun kann. Und der Tipp, ruhig zu atmen, ist für den Arsch. Wie soll ich denn bitte ruhig atmen?« Er deutete mit einer schwungvollen Geste durch den Saal. »Ich hab noch nie vor so vielen Menschen spielen müssen.«

»Dürfen«, sagte ich. »Du hast noch nie vor so vielen Menschen spielen dürfen. Und das war immer dein Traum. Du packst das.«

Felix schob sich in die Lücke zwischen Daniel und mir und klopfte Daniel auf die Schulter.

»Startklar?«, fragte er, und wenn ich mich nicht täuschte, zuckten seine Mundwinkel bei Daniels Anblick amüsiert. Immerhin verkniff er sich jeglichen Kommentar.

»Hals- und Beinbruch. Stell dir alle nackt vor und was man sonst noch so vor Auftritten sagt«, meinte ich.

»Danke, Noah. Du bist wie immer die Hilfe in Person.«

Das Licht im Raum wurde gedämmt. Felix klatschte einmal in die Hände – mit sichtlicher Vorfreude, die ihm von Daniel einen skeptischen Blick einbrachte.

»Bis später, Leute. Macht bitte gut Stimmung!«

Miriam und Kyra nickten und ich umarmte Daniel kurz.

»Du schaffst das schon.«

»Danke, Mann.« Er zögerte kurz. »Geht es dir gut? Also … doofe Frage, dir ging es die ganzen letzten Tage nicht gut. Aber heute wirkst du besonders abwesend.«

Ich war wirklich ein toller Freund. Jetzt musste sich Daniel vor seinem großen Auftritt noch Sorgen um mich machen.

Ich zwang mich zu einem hoffentlich überzeugenden Lächeln. »Alles okay. Sorg dich lieber darum, dass du deinen Einsatz nicht verkackst.« Daniel rollte die Augen und verschwand hinter Felix in der Menge. »Bis später«, rief ich ihm hinterher.

Meine Schwester war wieder in ein Gespräch mit Miriam vertieft, Phuong, Kat und Oliver unterhielten sich ebenfalls. Erleichtert wandte ich mich zur Bühne um und hoffte, dass mich für den Rest des Abends einfach niemand mehr ansprach und ich wenigstens ein bisschen etwas von dem Konzert mitbekommen würde – falls meine Sorge um Lia das zuließ.

# 38. KAPITEL

## *Noah*

Erneut sah ich auf die Uhr. Es war so früh am Morgen, dass meine Eltern unmöglich schon im Büro sein konnten. Ich betätigte die Klingel noch einmal und merkte, wie ich nervös wurde. Mir graute fast genauso vor dem Gespräch wie vor dem gestrigen mit Elias – der trotz meines Bettelns nicht hatte mitkommen wollen. Aber ich musste da durch. Auch wenn meine Eltern Dinge gesagt hatten, die ich ihnen übel nahm, auch wenn ich nach wie vor nicht verstand, wie sie Elias hatten hinauswerfen können – ich wusste, dass sie aus Liebe zu uns handelten. Und das hatte mir den nötigen Ruck gegeben, doch das Gespräch mit ihnen zu suchen. Als ich zum dritten Mal klingen wollte, öffnete sich endlich die Tür.

»Noah«, sagte meine Mutter überrascht. »Du … hast du keinen Schlüssel?«

»Doch, aber ich wollte nicht einfach reinplatzen. Können wir reden?«

Meine Mutter lächelte. »Du platzt nicht rein, das ist immer noch dein Zuhause.« Sie hielt mir die Tür auf, sodass ich in den Flur treten konnte.

»Wir waren gerade im Garten am Frühstücken. Magst du etwas trinken?«

Ich meinte, Nervosität aus ihrer Stimme herauszuhören. Immerhin war ich mit meiner Aufregung wohl nicht allein.

»Ich mach mir einen Kaffee und komm dann raus.«

»Ich mach ihn dir. Geh ruhig schon einmal zu deinem Vater.«

Na toll. Ich hatte gehofft, noch zwei Minuten Schonfrist zu haben. Ich durchquerte das Wohnzimmer, öffnete das Fliegengitter und trat hinaus auf die Terrasse.

»Hey«, sagte ich.

Mein Vater blickte mit dem gleichen überraschten Gesichtsausdruck auf, den ich eben noch an meiner Mutter gesehen hatte. Balloon schien der Einzige zu sein, der sich aufrichtig über meinen Besuch freute. Er sprang aufgeregt hin und her und ließ sich nicht von der angespannten Stimmung beirren.

»Hi, Noah«, sagte mein Vater schließlich. Er saß vor einem halb aufgegessenen Brötchen und sah unfassbar müde aus. Wahrscheinlich war das mein Verdienst. Ich wollte mir gar nicht ausmalen, wie viel PR sie betreiben mussten, falls meine Fotos online nun wirklich die Runde machten.

Kaum hatte ich mich ihm gegenüber hingesetzt, legte Balloon sich auf meine Füße. Sein Hecheln und das Plätschern des kleinen Wasserfalls im Teich waren die einzigen Geräusche, die die Stille durchbrachen. Die Szene erinnerte mich stark an meinen ersten Besuch nach meiner Rückkehr. Wie lange war das her? Eine Woche? Zwei sogar? Wie unfassbar viel seitdem passiert war.

»So«, sagte meine Mutter, als sie mit einer Kaffeetasse in der Hand zu uns nach draußen trat. Sie stellte die Tasse vor mir auf dem Tisch ab und setzte sich neben mich. Ihre Gegenwart entspannte mich direkt. Sie war schon immer weniger nachtragend gewesen als mein Vater.

»Danke«, sagte ich und nahm einen Schluck Kaffee, um mich zu sammeln.

»Ich wollte mich entschuldigen«, begann ich. »Ich weiß, dass es absolut bescheuert war, auf Ben loszugehen. Ich hab nicht daran gedacht, welche Auswirkungen das für unsere Firma haben kann und …«

Ich hielt inne, als mein Vater den Kopf schüttelte.

»Was?«, fragte ich unsicher.

Er seufzte und nahm die Brille ab, wobei seine andere Hand die Stelle über seiner Nase zwischen seinen Augen rieb.

»Um ehrlich zu sein, habe ich genau darüber gerade mit deiner Mutter geredet, bevor du kamst.« Er blickte mich an und ohne Brille sah man die Schatten unter seinen Augen noch deutlicher. »Dass ihr immer glaubt, uns ginge es nur um die Firma. Klar sind wir auch sauer deshalb. Aber wir sind in erster Linie sauer, weil wir euch nicht so erzogen haben. Weil ihr *euch* Chancen verbaut. In eurem Fall haben die Chancen mit der Firma zu tun, ja. Aber glaub nicht, dass ich weniger wütend wäre, wenn du bei einer Bank arbeiten würdest oder sonst wo. Es geht uns bei allem um eure Zukunft.«

»Es tut mir leid«, sagte ich. »Ich weiß, dass das nicht genug ist, aber es tut mir wirklich leid. Es wird nie wieder vorkommen.«

Die Worte hatte ich genau so oder so ähnlich schon einmal ausgesprochen. Obwohl es Jahre her war, erinnerte ich mich nur zu gut daran.

Meine Mutter seufzte. »Das hast du uns schon einmal versprochen, Noah.«

»Ich weiß«, sagte ich schnell. »Aber das ist überhaupt nicht damit zu vergleichen.«

»Wirklich nicht?«, fragte mein Vater. Ich erwiderte seinen Blick und konnte nichts Anklagendes oder Vorwurfsvolles darin finden. Vielmehr sah er mich mit ehrlichem Interesse an. Konzentriert, als versuche er, eines der Kreuzworträtsel in seiner Tageszeitung zu knacken. Keine Ahnung, ob es dieser Blick war oder die Tatsache, dass meine Eltern mir mit so viel

Ruhe begegneten, wenn ich fest mit einem Streit gerechnet hatte, aber meine innere Mauer bekam Risse.

Ich rieb mir übers Gesicht und atmete tief und laut aus. »Vielleicht doch. Ich weiß es nicht.« Ich schüttelte den Kopf. »Auslöser für den Streit war wirklich, was Ben gesagt hat. Aber ich hätte mich viel besser unter Kontrolle haben müssen. Es ist nur …« Ich zögerte und überlegte, wie ich verständlich machen konnte, was in mir vorging. »Ich hab mich so gefreut, als ihr mir die Stelle angeboten habt. Ich reiße mir seit Jahren – sorry, Mama – den Arsch auf, um auf den Posten zu kommen. Ich weiß, du hast gesagt, ich hab ihn nicht nur bekommen, weil Elias raus ist, aber wir wissen beide, dass das nicht ganz stimmt.« Ich dachte wieder an die Worte, die Elias mir gegenüber im Streit geäußert hatte: Mit seinem Rauswurf und meiner Beförderung hatte ich endlich, was ich wollte. Er hatte sich bei unserer Aussprache dafür entschuldigt, und ich wusste, dass er die Worte nicht so gemeint hatte. Getroffen hatten sie mich dennoch. Weil sie auf fruchtbaren Boden fielen und die Selbstzweifel nährten, die ich schon so lange mit mir herumtrug.

Ich spürte, wie jeglicher Widerstand in mir brach und meine Schultern einige Zentimeter nach unten sackten. »Ich frag mich nur, ob ich irgendwann genug bin«, sagte ich leise und fühlte mich so unglaublich schwach, als ich diese Worte äußerte. Ich dachte, ich hätte die ganzen Unsicherheiten längst überwunden. Doch jetzt saß ich hier und fühlte mich genauso fehl am Platz wie mit fünfzehn.

Mein Blick war nach unten gerichtet.

»Noah, du bist genug.« Ich blickte zu meiner Mutter auf. In ihren Augen standen Tränen, aber es lag nach wie vor kein Vorwurf darin. Viel eher sah sie verzweifelt aus. Ich wandte den Blick wieder auf meine Hände. »Du warst schon immer genug, und ich weiß nicht, was wir noch tun und sagen können, um dir das deutlich zu machen.«

»Wieso habt ihr mir nicht einfach gesagt, dass ich adoptiert bin?«

Die Worte waren ausgesprochen, bevor ich über sie nachdenken konnte. Sofort war es, als fiele eine ungeheure Last von meinen Schultern. Sechs Jahre lang hatte ich diese Frage mit mir herumgetragen. Die Worte und Buchstaben waren all die Zeit tief in mir verschlossen gewesen. Vielleicht, weil ich insgeheim Angst vor der Antwort hatte. Doch jetzt musste ich mich der Realität stellen. Als ich etwas an meiner Hand spürte, blickte ich auf. Meine Mutter hatte ihre Hände um meine gelegt und sah mich intensiv an. Ich war mir nicht sicher, aber ich meinte, Tränen in ihren Augen schimmern zu sehen.

»Glaubst du deshalb, du wärst nicht genug?« Sie schüttelte vehement den Kopf. »Noah, wir hatten Angst. Das ist der einzige Grund, weshalb wir es dir nicht direkt gesagt haben. Nicht dass das eine Entschuldigung wäre. Wir hätten es dir von Anfang an sagen sollen, bevor es mit der Zeit immer schwieriger wurde.«

»Dass wir dir nicht früher noch mehr Verantwortung gegeben haben, hat nichts mit deiner Adoption zu tun«, sagte mein Vater. Seine Stimme klang ruhig wie immer, war aber belegt. »Du solltest dich auf dein Studium konzentrieren. Wir haben uns schon viel zu früh zu sehr auf Elias verlassen.« Er hob die Schultern. »Beim ersten Kind macht man vielleicht noch mehr Fehler – wir sind auch nicht perfekt. Dass du Dinge später bekommst, hat nichts damit zu tun, dass du sie dir weniger verdient hast, sondern damit, dass wir als Eltern dazulernen.«

Meine Mutter drückte meine Hand. »Vor allem hat es nichts mit Scham zu tun oder damit, dass wir dich weniger lieben, glaub mir.« Sie lächelte mir zu. »Wir haben uns dich ausgesucht.«

Ich wusste nicht, ob es ihr Lächeln war, ihre Berührung oder diese Worte, die ich so lange hatte hören wollen, aber ich spürte, wie meine Augen zu brennen begannen. Ich blinzelte gegen die aufkommenden Tränen an und atmete lang und zitternd aus.

Auch mein Vater ließ einen Stoß Luft entweichen. »Wir waren feige. Wenn ich die Chance hätte, würde ich es anders machen. Zumal sie einem in jedem bescheuerten Ratgeber sagen, dass man von Anfang an mit offenen Karten spielen soll. Wir haben uns eingeredet, dass es das Beste für dich und deine Geschwister wäre. Elias war gerade einmal ein Jahr alt, als wir dich adoptiert haben. Und ihr seht euch so ähnlich.« Er verstummte und schob sich die Brille auf der Nase zurecht. »Aber das ist keine Entschuldigung.«

»Die Entschuldigung schulden wir dir seit Jahren«, sagte meine Mutter leise. »Es tut uns wirklich leid, Noah. Wir haben so gehandelt, wie wir dachten, dass es am besten für euch wäre. Ist anscheinend ziemlich nach hinten losgegangen, was?«

»Ich bin euch nicht mehr böse. Ich war es, war ich wirklich. Aber dumme Entscheidungen liegen wohl einfach in der Familie. Insofern passe ich ja super rein.«

Mein Vater lachte leise, und meine Mutter wagte ein zartes, schiefes Lächeln. »Es tut mir wirklich unfassbar leid, dass du offensichtlich bis jetzt damit zu kämpfen hattest. Das war nie unsere Absicht.« Nun wurden ihre Augen wieder feucht.

Ich legte meinen Arm um ihre Schulter und zog sie in eine Umarmung. Da war keine Wut mehr in mir. Da mochten immer noch Fragen sein, aber jetzt hatten wir endlich den Weg geebnet, um diese zu klären. Und so führten wir das Gespräch, das wir schon vor Jahren hätten führen sollen.

# 39. KAPITEL

## *Lia*

Es klingelte an der Tür. Meine Augen wanderten müde zur dunklen Eingangstür, die alle Wohnungen des Wohnheims zierte. Ich löste meine Beine aus der angezogenen Haltung und stellte einen Fuß nach dem anderen auf den Boden, dann stand ich langsam vom Sofa auf.

Es klingelte erneut. Ich hatte kein Essen oder sonst irgendetwas bestellt, es war ja auch erst am Vormittag. Vermutlich war es eine von Lisas Freundinnen, die nicht wusste, dass sie für den Rest der Semesterferien nicht da war. Das Gleiche war schon gestern passiert und hatte mich aus meiner Apathie gerissen. Glücklicherweise hatte ein Blick auf meinen Zustand genügt, damit sich die Freundin meiner Mitbewohnerin von selbst wieder verabschiedete. Da ich auch ohne Blick in den Spiegel wusste, dass sowohl meine Haare als auch die dunklen Ringe unter meinen Augen noch schlimmer waren als gestern, würde sich auch diese Begegnung schnell klären. Hoffte ich zumindest.

Ich öffnete die Tür und hielt mir blinzelnd die Hand vor die Augen. Ich hatte gar nicht gemerkt, wie hell es draußen war. Seit der Begegnung im Supermarkt hatte ich das Haus nicht mehr verlassen und alle Rollläden unten gelassen, weil die Außenwelt das Letzte war, woran ich denken wollte.

»Frau Martens?«, fragte eine dunkle männliche Stimme. Ich

nahm die Hand von der Stirn und sah den Mann mit zusammengekniffenen Augen an. Er trug eine gelbe Uniform. Definitiv keine von Lisas Freundinnen.

»Ja?«, krächzte ich. Das trockene Jucken im Hals machte mir bewusst, wie wenig ich in der letzten Zeit gesprochen hatte.

»Ich hab hier 'n Päckchen für Sie«, sagte der Postbote und ließ seinen Blick über mich wandern. Wahrscheinlich dachte er, er hätte mich mit einem Kater aus dem Bett geholt, und sah sein Bild von Studierenden nun bestätigt.

Ich streckte die Hand aus und nahm das Päckchen entgegen, bevor ich auf dem kleinen schwarzen Computer unterschrieb.

»Na dann«, sagte er. »Schönen Tach noch.«

Stumm sah ich ihm hinterher, ging zwei Schritte zurück in die Wohnung und schlug die Tür zu. Manieren sahen anders aus, ja, aber es war sowieso alles egal. Mit schlurfenden Schritten ging ich zurück zum Sofa, ließ mich auf das Polster fallen und riss das braune Päckchen an der Seite auf.

Ich war nicht einmal neugierig zu wissen, was darin war. Ich fühlte mich einfach nur leer, und jede meiner Bewegungen fühlte sich an, als vollführte ich sie in einer geleeartigen Masse: langsam, schwer und als gehörten meine Gliedmaßen nicht zu meinem Körper.

Das Päckchen enthielt einen schwarzen Ordner. Ich nahm ihn aus der Verpackung heraus und ließ diese achtlos auf den Boden gleiten. Der schmale Ringordner gab ein leises Knarzen von sich, als ich seinen Deckel anhob. Ich fühlte, wie meine Stirn sich unweigerlich runzelte, als meine Augen die erste Seite erblickten. Auf ihr klebte ein gelber Notizzettel, den ich löste und las.

*Du stehst doch so auf Kurzfilme. Hier ist eine Drehbuchidee für dich, vielleicht kannst du die für was verwenden.*

Mein Blick fiel auf die erste Seite des Hefters. Ich kannte sie. Ich hatte sie letztes Semester selbst erstellt, als ich für eines meiner Seminare ein Skript schreiben musste. Es hatte mir unglaublich viel Spaß bereitet und war der letzte Push, den ich gebraucht hatte, um mich endgültig für meinen Schwerpunkt zu entscheiden. Ich fuhr mit dem Zeigefinger am linken Rand des Papiers entlang. Es war gerissen. Irgendjemand musste es aus meiner originalen Bindung gerissen und hier eingefügt haben.

Mit einem mulmigen Gefühl blätterte ich eine Seite weiter. Es war ein Skript. Aber nicht meines, lediglich der Aufbau war der gleiche.

*Fade in:*

*Innen – Alex' und Dominiks WG – Nacht*

Ich schluckte, als ich die Ortsbeschreibung las, und das mulmige Gefühl verwandelte sich in echte Übelkeit. Ich erinnerte mich an die Nacht, natürlich tat ich das. Meine Augen huschten hektisch über die Seite und überflogen die Szenenbeschreibung, die nun folgte. Die WG-Party, gewöhnliche Dialoge. Mein Atem stockte, als ich den Namen einer der mitspielenden Personen las. Mona.

Jegliche Zweifel, die ich mir noch hätte erlauben können, waren mit diesen vier Buchstaben fortgewischt. Ich wusste, was das hier war.

Trotzdem schnappte ich laut nach Luft, als ich die Seiten eine nach der anderen umschlug, bis ich fand, was ich suchte – und von Anfang an geahnt hatte.

*Cut to:*

Meine Augen verweilten auf den zwei klein gedruckten Wörtern am rechten Seitenrand, die in Drehbüchern genutzt wurden, um in neue Szenen überzuleiten. Mein Herz pochte rasend schnell und ich zwang mich, die Luft möglichst kontrolliert in meine Lungen zu leiten. Unter den zwei kurzen Wörtern stand kein weiterer Text. Dort klebten Fotos. Als Polaroids entwickelt, als könnte man das, was darauf zu sehen war, mit ein bisschen Vintage irgendwie kunstvoll darstellen. Ich schloss die Augen, weil ich es nicht sehen wollte.

Ich. Wollte. Es. Nicht. Sehen.

Zitternd atmete ich aus und spürte, wie Tränen unter meinen geschlossenen Lidern aufstiegen. Scheiße, wieso ließen sie mich nicht einfach in Ruhe? Würde das niemals enden? Hatte es ihnen nicht gereicht, dass ich nicht mehr in die Seminare und Vorlesungen kam? Hatte ich mich nicht entschuldigt? Und wieso bekam ich diesen ganzen Mist und all den Hass ab und alles, was Alexander sich anhören musste, war ein »Das war nicht so cool« von seinen Jungs. Von denen ihm die andere Hälfte hinterher mit ziemlicher Sicherheit noch gratulierend auf die Schulter geklopft hatte. Sogar seine Beziehung mit Mona konnte er retten, wie Instagram gezeigt hatte. Er hatte alles behalten können. Alles. Und ich?

Ich hatte Freundinnen verloren, Klausuren in den Sand gesetzt, diese Aufnahmen in meinen Unibüchern gefunden. Auf der Toilette. Auf Social Media. In meinem Kopf zu jeder denkbaren Sekunde, egal ob nachts oder tags. Ich hatte Anfeindungen ertragen, so lange, bis ich weggerannt war. Und jetzt ging es einfach so weiter?

Eine Träne löste sich und lief heiß und eklig über meine Wange. Wütend wischte ich sie weg. Ich hatte es satt, so schwach zu sein. Hätte ich mich wehren müssen, anstatt mich zu entschuldigen? Hätte ich es früher melden müssen?

Trotz meiner Anstrengung löste sich ein tiefes Schluchzen aus meiner Brust. Wieso war ich auf die Party gegangen? Wieso hatte ich mich mit Alexander unterhalten? Wieso nur war ich davon ausgegangen, dass er Single war? Wieso hatte ich mich nicht vergewissert? Wieso hatte ich einfach mit ihm geschlafen?

*Schlampe.*

Als sich eine weitere Träne löste und kurz darauf ein Tropfen auf dem Papier zu hören war, schlug ich die Augen auf. Verschwommen konnte ich die dunklen Stellen auf dem weißen Skript sehen, die meine Fotos waren.

*Meine*, dass ich nicht lachte.

Das waren nicht meine Fotos. Es waren seine. Hätte ich nichts getrunken, wäre mir die Kamera vielleicht aufgefallen, die irgendwo in dem Regal neben seiner Tür gestanden haben musste. In meiner Brust zog sich etwas schmerzvoll zusammen. Ich nahm den Ordner in die Hand und zwang mich zum ersten Mal, mir die Fotos genau anzusehen. Hinzusehen. Weitere Tränen durchnässten das Papier und meine Finger verkrampften sich um den schwarzen Rand des Ordners. Es waren nicht meine Fotos, und es war auch nicht meine Entscheidung gewesen sie aufzunehmen, geschweige denn zu veröffentlichen. Nichts davon war meine Entscheidung gewesen. Dadurch fühlte es sich an, als wäre das dort auf den Bildern nicht mein Körper. Als hätte er auch diesen genommen.

Ich hielt die Bilder näher an mein Gesicht und wischte mir mit der rechten Hand über die Augen, um besser sehen zu können.

Aber es war mein Körper. Und mit Alexander zu schlafen, war meine Entscheidung gewesen. Meine Finger schwebten über dem Polaroid, auf dem sich meine Haut hell in der Dunkelheit abzeichnete. Meine roten Haare stachen genauso hervor wie meine nackte Haut und fielen mir unordentlich über den Rücken. Einzelne Strähnen verdeckten mein Gesicht. Auf dem zweiten Bild darunter jedoch war es deutlich im Profil zu erkennen. So wie mein Bauch. Meine Beine. Meine Brüste. Und auch der Mann unter mir.

*Schlampe.*

*Schlampe.*

*Schlampe.*

Der Ordner rutschte von meinen Beinen und landete mit einem dumpfen Knall auf dem Holzboden. Meine Hände zitterten und meine Atmung ging viel zu schnell. Ich beugte mich über die Couch und suchte fahrig nach meinem Handy, bis ich es unter einem der Sofakissen fand. Ich schaltete den Flugmodus aus und sofort kündigten die vielen Pieptöne einkommende Nachrichten an. Mit einer Hand hielt ich mir ein Ohr zu und schaltete den Ton aus. Ich wollte es nicht hören.

Eine von ihnen hatte sicher noch meine Handynummer durch die Projektgruppen. Ich entsperrte mein Handy, ohne die zahlreichen einkommenden Nachrichten zu beachten, und öffnete die Kontakte. Dann tippte ich auf den Namen der einzigen Person, mit der ich gerade sprechen wollte. Der einzigen Person, von der ich wusste, dass sie mich niemals verurteilen würde.

Ich lauschte den drei tiefen Signaltönen, die es brauchte, bis sie abhob. Und mit dem einen fragenden »Ja?« auf der anderen Seite des Hörers brach alles in mir zusammen.

»Mama?«, schluchzte ich.

Meine Lunge brannte.

Das war das einzige Gefühl, das ich bewusst wahrnahm. Meine Lunge brannte.

Und es störte mich nicht einmal, denn der Schmerz war eine willkommene Ablenkung von allem anderen. Ich hatte keine Tränen mehr übrig, und ich hatte keine Gefühle mehr übrig. Ich lag in Embryohaltung auf meinem Bett und starrte auf das halb leere, weiße Bücherregal. Davor standen zwei Pappkartons, die ich abwechselnd mit Büchern und Kleidung gefüllt hatte.

Nach dem Telefonat mit meiner Mutter hatte ich zu packen begonnen. Zumindest so lange, bis ich wieder in Tränen ausgebrochen war, bei dem Gedanken daran, wegzuziehen und mein Studium womöglich nicht beenden zu können. Aber der Gedanke, nächstes Semester wieder auf den Campus zu gehen, war noch viel beängstigender. Meine Mutter hatte sich sofort ins Auto setzen und herfahren wollen. Und das obwohl das Theater, für das sie arbeitete, heute Abend eine Uraufführung hatte. Ich hatte es ihr ausreden können, ihr versprochen, meine Sachen zu packen und mir einen Wagen zu mieten, um morgen früh zu ihr zu kommen. Vermutlich würde ich eher noch nachts losfahren, damit mich niemand sah. Ich ließ meine Augen durch den Raum wandern. Es war noch eine Menge zu tun. Langsam richtete ich mich auf und ging zu meiner Kommode, um einen Blick auf die Armbanduhr zu werfen – es war bereits Nachmittag. Mein Handy hatte ich direkt nach dem Anruf ausgeschaltet. Dafür, dass Social Media früher mein Ventil für Kreativität gewesen war, ekelte ich mich nun fast schon davor, das Gerät überhaupt in die Hand zu nehmen. Ich legte die Holzarmbanduhr zurück zu dem restlichen Schmuck. Mein Blick streifte die Kamera, die ebenfalls auf der Kommode lag. Ich strich sanft mit zwei Fingern über das Gehäuse, bevor ich sie in den Kleiderberg wickelte, den ich bereits in meinem großen Koffer verstaut hatte. Ich hatte nicht das Gefühl, sie mir verdient zu haben. Nicht bevor ich nicht auch etwas zu sagen hatte. Und gerade konnte ich mir nicht vorstellen, dass dieser Moment wieder eintreffen würde.

Dann ging ich zurück zum Regal und packte die restlichen Bücher in Kisten. Wer hätte gedacht, dass sich meine Faulheit, die Umzugskartons zu entsorgen, nun auszahlen würde. Ich hatte gerade ein weiteres Regalbrett leer geräumt, als das Geräusch meiner Türklingel schrill die Stille durchriss. Eine Hand am Rand des Kartons, die andere am Boden, im Begriff mich wieder aufzurichten, hielt ich in der Bewegung inne. Leise atmete ich durch den Mund ein und aus. Wenn ich so tat, als wäre ich nicht da, würde die Person vielleicht wieder weggehen. Die Tür war abgeschlossen und nirgends brannte Licht. Auch die Vorhänge der Fenster an der Vorderseite der Wohnung waren zugezogen. Wer auch immer da draußen stand, konnte nicht wissen, dass ich hier drin war. Ich presste mir die Hand auf die Brust, als könnte ich mein Herz somit dazu zwingen, langsamer zu schlagen.

Es klingelte erneut und ich zuckte zusammen.

*Bitte, bitte, bitte geh einfach.*

Ich presste die Augen zusammen, wie damals als Kind, als ich der festen Überzeugung gewesen war, dass mich niemand entdecken konnte, wenn ich selbst niemanden sah. Nur leider funktionierte das nicht, denn kurz darauf ertönte ein Klopfen an der Tür. Dumpf. Laut. Eindringlich.

Vielleicht war es das Geräusch, die Tatsache, dass die Person einfach nicht ging, die Angst in mir – irgendetwas legte einen Schalter in meinem Kopf um. In der einen Sekunde hatte ich noch bewegungslos und still am Boden gekauert, in der nächsten sprang ich auf und ging, rannte fast auf die Tür zu. Ich drehte den Schlüssel, der im Schloss steckte, einmal um und riss die Tür in einer wütenden Bewegung weit auf.

»Lasst mich in … Noah?«

# 40. KAPITEL

## *Noah*

Sie sah richtig scheiße aus. Ihre Haare waren zu einem unordentlichen Knoten auf den Kopf gedreht – zumindest war es einmal ein Knoten gewesen, vermutete ich. Ob Lia wusste, dass sie ihr Shirt falsch herum trug? Der weiße Zettel mit den Waschanweisungen stand links von ihrer Hüfte ab. Aber all das war egal. Was dafür sorgte, dass sich in mir alles schmerzhaft zusammenzog, war, wie gerötet ihre Augen waren. Das Grün ihrer Iris, das sonst so deutlich hervorstach, wirkte matt, und feine, rote Äderchen zogen sich durch das Weiß ihrer Augen. Lia sah aus, als hätte sie tagelang nicht geschlafen. Und nächtelang geweint.

»Noah?«, fragte sie erneut, als wäre sie sich nicht sicher, ob ich es wirklich war, der vor ihr stand.

»Hey«, sagte ich leise.

Und in dem Moment war mir egal, was alles an ungeklärten Dingen zwischen uns stand. Was sie falsch gemacht hatte und was ich Falsches gesagt hatte. Es war egal, ob sie nun Anna oder Lia hieß – oder beide Namen nicht ihre waren. Es war egal, mit welchem Ziel sie nach Berlin gekommen war, und es war egal, was ihre nächsten Schritte waren. Es war alles egal.

Was nicht egal war, war sie.

Ich machte einen Schritt auf Lia zu, und als sie sich nicht rührte, mich nicht wegstieß, legte ich beide Arme um sie und zog sie an mich. Ich vergrub mein Gesicht in ihren Haaren und hielt sie einfach nur fest.

Für den Bruchteil einer Sekunde war sie angespannt, dann wurde ihr Körper weich an meiner Brust. Sie legte ihrerseits ihre Arme um mich und zog mich mit den Händen an meinen Schulterblättern noch ein Stück enger an sich. Ihr Gesicht ruhte in meiner Halsbeuge und ihr Atem kitzelte an meiner Haut. Keiner von uns sagte etwas. Wir standen einfach nur da und hielten uns aneinander fest.

Wie ich dieses Gefühl vermisst hatte. Wie ich sie vermisst hatte.

Nach einiger Zeit, die immer noch viel zu kurz war, löste Lia sich aus der Umarmung und sah mich mit einer Spur Verwunderung an.

»Wie hast du mich gefunden?«, fragte sie.

»Das war Kyras Verdienst.«

»Sie ist zurück?« Lia wirkte für einen Moment wieder so aufgeweckt und interessiert, wie ich sie kannte.

»Ja.« Ich nickte. »Das ist eine längere Geschichte.« Von der ich auch Lia nichts verraten durfte. Aber Lia und ich hatten ohnehin genug Redebedarf, ganz ohne alles, was daheim vorgefallen war. Ich musterte ihr Gesicht, wie um sicherzugehen, dass sie wirklich vor mir stand. Ich versuchte, mir jede Linie und jede Sommersprosse einzuprägen. Wie hatte ich sie nur gehen lassen können? Erst als sich ihre kupferroten Augenbrauen in die Höhe schoben, registrierte ich, dass sie eine Frage gestellt haben musste.

Sie neigte den Kopf in die abgedunkelte Wohnung. »Magst du reinkommen?«, fragte sie erneut.

Ich nickte und Lia trat einen Schritt zurück ins Innere der Wohnung, um mich vorbeizulassen. Dann streckte sie noch einmal den Kopf nach draußen auf die lange Veranda, die die einzelnen Wohnungen des Wohnheims miteinander verband, und sah in beide Richtungen, bevor sie die Tür hinter sich abschloss.

Plötzlich war es ziemlich dunkel. Die Luft in der Wohnung roch etwas abgestanden, als wäre mehrere Tage nicht richtig gelüftet worden. Ich sah mich um. Der Flur war klein, aber liebevoll dekoriert. An der Wand über dem Schuhregal hingen mehrere Fotos, einige davon zeigten Lia mit einer Gruppe von Mädchen. Ihre Freundinnen, vermutete ich. Andere waren Landschaftsaufnahmen und zwischendrin hingen Postkarten mit Sprüchen oder Konzerttickets.

Lia stand noch immer an der Tür, die Arme vor der Brust verschränkt. »Es ist seltsam, dich hier zu sehen«, sagte sie.

»Entschuldige, falls ich dich überrumpelt habe«, antwortete ich unsicher. »Ich hatte dir geschrieben, dass ich komme, aber dein Handy war aus, oder?«

Sie nickte. Dann fügte sie etwas leiser hinzu: »Du musst dich nicht entschuldigen. Ich bin froh, dass du da bist.«

Ich konnte nichts gegen das erleichterte Lächeln tun, das sich auf mein Gesicht stahl. Das war meine größte Angst gewesen: dass Lia mich nicht sehen wollte und direkt abweisen würde.

»Ich bin auch froh, dass ich da bin.«

Nun lächelte auch Lia leicht, allerdings wirkte es noch immer traurig und bedrückt. »Wir sollten reden, oder?«

»Ja, sollten wir«, gab ich zurück.

Lia deutete mit dem Kopf zur Tür zu ihrer Linken. »Mein Zimmer ist ein einziges Chaos, ich würde sagen, wir gehen ins Wohnzimmer. Magst du was trinken? Wasser? Kaffee?«

»Kaffee«, antwortete ich. »Ohne …«

»Ohne Milch und Zucker«, unterbrach Lia mich mit einem leichten Schmunzeln. »Ich weiß.«

Ich saß im Schneidersitz auf dem dunkelgrauen Sofa, Lia saß mir in ähnlicher Haltung genau gegenüber. Sie hatte sich nur ein Wasser geholt, während ich meine Kaffeetasse umklammert hielt. Wie begann man ein solches Gespräch? Hatte ich das Recht, die Fotos anzusprechen? Nachdem das Gespräch mit meinen Eltern so viele ungeklärte Fragen beantwortet und mir eine solch enorme Last von den Schultern genommen hatte, hatte ich nicht lange gezögert und war direkt zu Lia aufgebrochen. Mein Vater hatte mir ohne Nachfragen sein Auto überlassen, und ich hatte den gesamten Weg hierher überlegt, was ich am besten sagen sollte. Leider war die Theorie sehr viel einfacher, als ihr wirklich gegenüberzusitzen. Zu sehen, wie fertig sie war, und zu wissen, dass ich nicht für sie da gewesen war.

»Ich«, begann ich, doch hielt dann inne. »Es tut mir leid«, sagte ich genau in dem Moment, als Lia die gleichen vier Worte aussprach. Unsere Blicke fanden sich und zum ersten Mal seit Tagen hatte ich das Gefühl, dass vielleicht doch alles wieder gut werden könnte.

Lia setzte an zu sprechen, doch ich schüttelte den Kopf.

»Ich zuerst«, sagte ich und holte tief Luft. »Es tut mir leid, was ich gesagt habe. Ich hab überreagiert, als du gesagt hast, dass du mit Nadine gesprochen hast.« Geräuschvoll stieß ich die Luft aus, als könnte ich so Raum für die Worte schaffen, dir mir fehlten. »Ich hasse Geheimnisse. Mein halbes Leben war ein Geheimnis. Ich glaube nicht daran, dass Geheimnisse irgendetwas besser machen.« Lia wandte den Blick nach unten, und ich legte meine Hand auf ihre, damit sie mich wieder ansah. »Aber ich weiß auch, dass ich nicht das Recht habe, von mir auf andere zu schließen. Bei mir haben Geheimnisse ziemlich viel kaputt gemacht. Als ich damals rausgefunden habe, dass ich adoptiert bin, war nicht das das Problem. Dass ich adoptiert bin, meine ich. Das Problem war, dass meine Eltern es vor mir geheim gehalten haben – vor allen –, als hätten *sie* ein Problem damit. Als würde die Tatsache irgendetwas an unserer Liebe zueinander ändern.«

»Und dann hab ich so viel vor dir verheimlicht«, sagte Lia leise.

»Ja, aber darauf will ich nicht hinaus«, erwiderte ich. »Wenn es bei dir die Wahrheit ist, die dich kaputt macht, dann ist es dein gutes Recht, Geheimnisse zu haben.« Ich drückte ihre Hand. »Und das habe ich dir schon einmal gesagt, und deshalb tut es mir umso mehr leid, dass ich es dir trotzdem vorgehalten habe.«

Lias Blick wurde feucht. Wenn ich eins nicht wollte, dann dass sie meinetwegen weinte. Nicht schon wieder.

»Ich hätte nicht einfach hinter deinem Rücken handeln dürfen. Ich hätte mit dir reden sollen. Ich hab dein Nein einfach nicht akzeptiert«, sagte Lia mit einem Zittern in ihrer Stimme.

Ich nickte. »Ja, das war Scheiße.« Ich lächelte leicht. »Aber vielleicht hat es ja auch sein Gutes. So wusste ich, dass Elias wirklich etwas verheimlicht hat. Außerdem hab ich mir von Phuong schon anhören dürfen, dass ich nicht der Beste darin bin, Hilfe anzunehmen. Vielleicht lerne ich es so.«

Lia biss sich auf die Unterlippe und zögerte. »Wie geht es Phuong? Ich war nicht gerade eine gute Freundin in den letzten Tagen. Sie war von Anfang an so nett zu mir, und ich habe mich nicht einmal verabschiedet.«

»Sie war nicht begeistert, dass du einfach weg bist«, sagte ich ehrlicherweise, »aber ich bin mir sicher, sie freut sich, wenn du dich bei ihr meldest.«

»Mein Name ist übrigens wirklich Lia«, sagte Lia und sah mich an. »Und Anna auch. Anna Emilia Martens. Den Zweitnamen hab ich nur ewig nicht genutzt. Mein Vater hat mich früher immer Lia genannt.«

»Emilia passt zu dir«, sagte ich und lächelte. »Mein Name ist übrigens auch wirklich Noah.«

Lia rollte mit den Augen, musste aber trotz des schlechten Witzes lächeln. Ziel erreicht. Sie verschränkte ihre Finger mit meinen. Die Berührung löste ein Kribbeln in meiner Magengrube aus. Ich wäre am liebsten aufgesprungen, so erleichtert war ich, dass ich Lia gefunden hatte und mit ihr reden konnte. Allerdings hielt ich immer noch meine volle Kaffeetasse in der Hand.

»Wie hat Kyra mich denn jetzt eigentlich gefunden?«, fragte Lia erneut, und wenn ich mich nicht täuschte, sah sie nervös aus. »Ich bin nirgends auf Social Media.«

»Ja, ich weiß. Kyra kam zurück und ist direkt mitten ins Chaos gestolpert. Na ja, auf jeden Fall hab ich ihr alles über dich erzählt.« Er hielt kurz inne. »Reicht es dir, wenn ich sage, dass sie Online-Detektiv gespielt hat?« Ich hob die Schultern. »Nach ein bisschen Recherche hat sie auf jeden Fall herausgefunden, wo du bist.«

»Wow. Das Internet«, sagte Lia. Dann kniff sie die Augen zusammen. »Hast du die Serie YOU gesehen?«

Ich lachte, und auch Lia musste kurz grinsen.

»Ich verspreche dir, wir haben nicht mehr gegoogelt als nötig. Danach bin ich sowieso direkt losgefahren.« Ich zuckte mit den Schultern. »Und jetzt bin ich hier.«

»Und hast dich durch alle WGs und Wohnungen im Komplex geklingelt?«, fragte Lia.

Ich hatte gehofft, dass sie diese Frage nicht stellen würde. Aber wir würden das Thema früher oder später ansprechen müssen.

Ich schüttelte den Kopf. »Das musste ich nicht. An deiner Tür hing etwas.«

Lias Miene gefror, jegliche Fröhlichkeit, die für einen kurzen, schönen Moment darauf zu erkennen gewesen war, verschwand innerhalb eines Augenblicks. »Was?«

Einige Atemzüge verstrichen, während ich überlegte, das Ganze unter den Tisch zu kehren. Aber wenn wir das hier wollten – wenn wir uns wollten –, dann würden wir mit offenen Karten spielen müssen. Auch wenn es wehtat. Aus meiner Hosentasche holte ich das Blatt Papier hervor, ich öffnete es, strich es glatt und legte es zwischen uns. Mein Blick wich dabei nicht von Lias Gesicht. Schmerz, Wut und Scham schienen sich in ihrer Miene abzuwechseln.

*Anna ist ein Palindrom. Sie mag's von vorne wie von hinten.*

Ich musste nicht auf den Zettel schauen, um die Wörter, die darauf geschrieben standen, vor Augen zu haben. Sie hatten sich in mein Gedächtnis gebrannt, als ich sie zum ersten Mal gelesen hatte. Genau wie die beiden Bilder, die mit auf das Blatt Papier gedruckt waren, als könnten sie den Satz belegen. Als wären sie irgendetwas anderes als widerwärtiges, elendiges Mobbing. Ich wollte mir nicht ausmalen, wie sich das hier für Lia anfühlte. Ich hatte sicher geschlagene fünf Minuten vor der Tür gestanden, das Papier zwischen vor unterdrückter Wut zitternden Fingern gepresst, während alle möglichen Emotionen durch mich hindurchgerast waren. Ich konnte mir nicht im Geringsten ausmalen, was dann erst in Lia vorgehen musste. Jetzt suchte ich in ihrem Gesicht nach Hinweisen, nach irgendwas, das mir sagte, was ich am besten tun konnte, um ihr zu helfen.

»Wie literarisch«, sagte Lia mit monotoner Stimme. Ihr Gesicht zeigte keinerlei Regung. Sie starrte einfach auf das Blatt in ihrer Hand und wirkte dabei wie die Ruhe in Person. »Es wird niemals aufhören, nicht wahr?«, fragte sie leise.

Ich schluckte und rutschte ein kleines Stück näher an sie heran. Ich konnte ihr kein Versprechen geben und sagen, dass alles schon wieder gut werden würde. Denn das wusste ich nicht. Ich wusste nicht, wie lange das schon so ging. Ich wusste nicht, wer die Fotos gemacht hatte und warum man Lia hier so hasste. Ich wusste nicht, wie lange sich das noch weiterziehen würde, wenn Lia hierblieb und weiterstudierte. Vor allem aber wollte ich das, was hier geschah, nicht mit irgendwelchen Floskeln kleinreden.

»Möchtest du erzählen, was passiert ist?«, fragte ich stattdessen zurück. Denn auch wenn ich ihr keine tröstenden Versprechen geben konnte, was ich konnte, war zuhören.

Lia atmete tief ein und wieder aus. Dann legte sie den Zettel auf den Wohnzimmertisch, setzte sich neben mich auf die Couch und zog die Beine an ihren Körper, bevor sie sie mit den Armen umschlang. Und dann begann sie, das Gesicht starr geradeaus gerichtet, zu erzählen.

Ich wusste nicht, wann ich das letzte Mal geweint hatte, es musste Jahre her gewesen sein. Umso mehr überraschten mich meine feuchten Augen jetzt. Ich strich Lia sanft über das Haar, das sich mittlerweile vollständig aus ihrem Dutt gelöst hatte. Ihr Kopf lag auf meinem Schoß, ihre Brust hob und senkte sich in gleichmäßigen Atemzügen. Irgendwann während ihrer Erzählung hatte ich sie an mich gezogen, weil ich es nicht länger ertragen hatte, sie nicht zu berühren. Und als sie fertig war, hatte sie geweint. Wobei auch das jetzt schon mindestens eine Stunde her sein musste, zumindest war mein T-Shirt wieder getrocknet. Jetzt lag sie hier, völlig ausgelaugt, und schlief.

Wie hatte ich nicht bemerken können, wie viel Unsicherheit und Schmerz Lia mit sich herumtrug? Ich rieb mir mit der linken Hand über die brennenden Augen, während meine rechte nicht von Lia wich. Es tat weh darüber nachzudenken, was sie alles hatte durchstehen müssen. Und noch dazu allein, weil sich alle von ihr abgewandt hatten. Ich wusste nicht, für wen ich mehr Hass empfand. Für diesen Kerl, der Lia verschwiegen hatte, dass er in einer Beziehung war, und es dann gewagt hatte, gegen Lias Willen solche Aufnahmen zu machen. Für Lias Kommilitoninnen und Kommilitonen, die nichts Besseres zu tun hatten, als Lias Leben im Anschluss daran zur Hölle zu machen. Die ihr die Schuld an allem gaben, anstatt den Fehler bei diesem Alexander zu suchen. Oder für Lias sogenannte Freundinnen, die sich von ihr abgewandt hatten, nur um auf dem kleinen Campus ihr Gesicht zu wahren und ein einfacheres Leben zu haben. Ihnen allen gegenüber empfand ich pure Abneigung.

Meine Fingerspitzen wanderten von Lias Scheitel zu ihrer Wange und strichen vorsichtig über ihre Haut bis hinunter zu ihrem Kinn. Sie sah so viel friedlicher aus, jetzt wo sie schlief.

»Warum hast du es mir nicht einfach gesagt?«, flüsterte ich, während mein Zeigefinger sanft über ihre Unterlippe fuhr. Ich hatte die Frage nicht stellen wollen. Zum einen, weil ich nicht wollte, dass Lia sie womöglich als Vorwurf verstand. Sie hatte nichts falsch gemacht. Zum anderen, weil ich die Antwort ahnte. Wieso sollte sie? Wenn die Menschen, die sie kannten und mit denen sie sich täglich umgab, sie verurteilten – wie sollte sie uns, wie sollte sie mir dann vertrauen und sich in Sicherheit wiegen, dass ich sie nicht auch verurteilen würde? Und wie konnte ich überhaupt erwarten, dass jemand freiwillig noch einmal durch den Schmerz hindurchging? Wenn selbst meine Schwester es kaum über sich gebracht hatte, mir von dem Geschehenen zu erzählen, wie musste es dann erst für Lia sein? Ich hätte es von Kyra nicht erwarten sollen. Und von Lia genauso wenig.

Ich seufzte und das Geräusch oder die Bewegung meines Brustkorbs ließen Lias Augenlider flattern. Sie drehte ihren Kopf und sah mich an.

»Hab ich …« Sie hielt inne. »Hast du geweint?«

»Hab nur was im Auge«, sagte ich und fuhr mit meinem Zeigefinger die gerade Linie ihrer Nase nach. Lia rümpfte ihre Nase, als mein Finger die Spitze erreicht hatte, und richtete sich auf. Eine Weile sah sie mich nur an, dann fuhr sie mit dem Daumen an meinem Auge entlang.

»Du hast ganz schön viel im Auge«, murmelte sie, und ich konnte mir ein Lachen nicht verkneifen. »Ich würde sagen, das waren genug Tränen für einen Tag. Ein ganzes Jahr.« Lia ließ ihren Kopf kreisen, um die Muskulatur in ihrem Nacken zu lockern. »Ich wollte nicht einschlafen, tut mir leid.«

Ich schüttelte den Kopf. »Ich bin froh, dass du etwas Ruhe hattest.«

Lia tippte auf das Display meines Handys, das auf dem Tisch lag, und gab einen grummelnden Laut von sich, als sie die Uhrzeit darauf sah. »Es ist schon so spät, ich sollte weiterpacken. Und einen Wagen hab ich mir auch noch nicht gemietet.«

»Ich fahr dich«, sagte ich, ohne zu zögern.

»Das musst du nicht«, sagte Lia.

»Aber ich will. Und keine Sorge, ich setz dich nur ab. Ich muss meinen Eltern das Auto wiederbringen.« Außerdem wollte ich für Kyra da sein, was ich Lia jedoch so nicht sagen konnte.

»Danke«, sagte Lia. »Nicht nur fürs Fahren. Für alles. Es ist seltsam, aber … mir geht es besser, jetzt, wo du es weißt.« Etwas leiser fügte sie hinzu: »Und noch hier bist.«

Lächelnd strich ich ihr eine rote Strähne hinters Ohr, wobei meine Hand an ihrer Wange verweilte.

»Ich wäre nirgends lieber.«

Lia erwiderte mein Lächeln, und ich brauchte einen Moment, um mich von dem Anblick loszureißen.

»Wie wär's: Du zeigst mir, was gepackt werden muss, ich leg schon mal los und du gehst duschen.«

»Ist das eine charmante Art, um mir mitzuteilen, dass ich dringend mal ins Bad sollte?«

Ich wiegte den Kopf hin und her. »Ein bisschen vielleicht, ja. Und wenn wir schon dabei sind, würde ich auch mal lüften.«

Lias Mundwinkel zuckte. »Ich weiß, ich hab gesagt, ich will kein Mitleid. Aber ein bisschen mehr wäre dann doch okay.«

Ich stand auf und klatschte in die Hände. »Zeig mir lieber, wo die Kisten sind.«

Lia ging vor mir in ihr Zimmer und sah mich über die Schulter hinweg kritisch an. »Weißt du denn, wo alles hinmuss?«

»In … Kisten?«, fragte ich.

Lia grinste. »Ich sehe, du hast das Konzept ›Packen‹ verstanden.«

Es war gut vierzig Minuten später, als Lia wieder das Zimmer betrat. Ihre Haare waren feucht, und sie sah schon wieder viel fitter aus. Ihre Jogginghose hatte sie gegen eine Jeans getauscht. Darüber trug sie eine grüne Bluse, die ihre Augen betonte.

»Wie fühlst du dich?«, fragte ich.

»Wieder wie ein Mensch.« Sie sah sich im Zimmer um und nickte mir anerkennend zu. »Du bist ganz schön weit gekommen.«

Ich löste gerade die Lichterkette vom Rahmen des Betts. »Du hast ganz schön lang geduscht«, gab ich zurück. »Soll ich die Möbel auch abbauen, oder waren die schon im Wohnheim?«

Lia schüttelte den Kopf. »Die bleiben hier, das Zimmer war schon möbliert. Nur das kleine Regal da ist von mir.«

Sie ging in den Flur und kehrte mit einer Box voller unterschiedlicher Schraubenzieher zurück. Ich legte das Regal waagerecht auf den Boden und wir begannen, die einzelnen Schrauben, die es zusammenhielten, zu lösen. Als ich die letzte Schraube aus dem Brett drehte, merkte ich, wie Lia ihren Blick durch den Raum schweifen ließ. Ich legte den Schraubenzieher zur Seite.

»Ich kann es jederzeit wieder zusammenbauen, falls du dir doch nicht sicher bist. Du musst diese Entscheidung nicht heute treffen.«

Lia lächelte, schüttelte aber den Kopf. »Doch, die Entscheidung ist sowieso schon gefallen.« Sie hob die Schultern. »Es ist nur seltsam, den Raum so leer zu sehen. Nächstes Semester wird jemand anderes in diesem Zimmer wohnen. Andere Bilder aufhängen. Hoffentlich bessere Erfahrungen sammeln.«

»Das wirst du auch wieder.«

Lia nickte langsam. »Ja. Ich werde dran arbeiten.«

Ich legte die einzelnen Regalbretter auf einen Stapel an die Wand des Zimmers. »So, das war fast alles. Bei ein paar Sachen war ich mir unsicher, die hab ich einfach da gesammelt.« Ich deutete auf den Schreibtisch und die Kommode unter dem Fenster, auf denen sich noch vereinzelte Papiere und Gegenstände türmten. »Ich glaube, wir kriegen nicht alles auf einmal ins Auto«, gab ich zu bedenken. »Wenn du mir sagst, was du am dringendsten brauchst, packe ich das schon mal in den Wagen. Und die Sachen aus dem Nachttisch und der Kommode müsstest du noch einpacken. Da wollte ich nicht einfach drangehen.«

Lia überbrückte die Distanz zwischen uns, stellte sich auf

die Zehenspitzen und hauchte mir einen sanften Kuss auf den Mund.

»Danke«, flüsterte sie.

»Gern«, antwortete ich. »Wirklich.«

Lia blickte zu mir auf. Eine Weile sahen wir uns einfach nur an. Dann schob sie ihre Finger in die Haare oberhalb meines Nackens und zog mein Gesicht zu sich hinunter. Sanft fanden unsere Lippen zusammen. Lia seufzte leise und gab sich dem Kuss hin. Mein Herzschlag beschleunigte sich, und als Lias Zunge gegen meine Lippen strich, öffnete ich meine und gewährte ihr Zugang. Ich verlor mich in ihr und ihrem Duft und dem Gefühl, sie endlich wieder spüren zu können. Verlor mich in den Gefühlen, die sie in mir auslöste. Dem Verlangen.

Was als sanfter Kuss geplant war, entwickelte sich zu mehr, als Lia ihren Körper an meinen presste. An meiner Brust konnte ich spüren, wie sich ihre schneller hob und senkte. Ihre Finger vergruben sich in meinen Haaren. Ich vertiefte den Kuss und streifte mit meinen Zähnen ihre Unterlippe. Unser Kuss verwandelte sich von etwas Sanftem, Vorsichtigem in etwas Hungrigeres.

»Scheiß aufs Fertigpacken«, murmelte sie an meinem Mund. Ich legte meine Hände um ihre Taille und zog sie noch enger an mich, bis kein Blatt Papier mehr zwischen uns gepasst hätte. Lia stöhnte leise auf, als sie merkte, wie hart ich bereits war.

Ich unterbrach den Kuss, und Lia schnappte nach Luft. Ging das zu schnell? Vor wenigen Stunden erst hatte sie mir alles erzählt. Auf keinen Fall wollte ich die Situation ausnutzen oder etwas überstürzen. Ich wusste jetzt, wieso sie beim letzten Mal, als wir uns nahegekommen waren, dichtgemacht hatte. Unter keinen Umständen wollte ich sie zu etwas drängen, wozu sie noch nicht bereit war.

Lia legte Zeige- und Mittelfinger an mein Kinn und zog mein Gesicht wieder zu sich ran.

»Ich will das hier«, sagte sie, als hätte sie meine Gedanken lesen können. »Ich will mich endlich wieder wie ich verhalten.«

Sie lächelte leicht, beinahe schüchtern, zu mir auf. Dann küsste sie mich weiter und wischte damit jegliche Bedenken aus meinem Kopf. Ihre Hand fand ihren Weg zu meiner Hose, und ich stöhnte laut auf, als ihre Finger sich über der Jeans um mein Glied legten. Mit der anderen Hand öffnete Lia meinen Gürtel und anschließend den Knopf meiner Hose. In ihren Augen las ich die gleiche Lust, die auch ich empfand.

»Bett«, murmelte sie und schob mich sanft nach hinten. Am Bett angekommen, stupste ich Lia auf die Matratze. Lia hob die Arme, ich zog ihr das Shirt über den Kopf. Sie trug einen schwarzen BH, und ich umfasste ihre Brüste. Mit den Daumen strich ich über den Stoff. Ich unterbrach die Bewegung nur, weil Lias Finger den Saum meines Shirts nach oben schoben. Achtlos warf sie es zu ihrem auf den Boden. Dann hinterließ sie mit ihren Lippen eine brennende Spur von meinem Bauch über meine Brust bis hinauf zu meinem Hals. Nun wieder stehend, küsste sie die Stelle hinter meinem Ohr.

»Ich will dich«, flüsterte Lia.

»Und ich dich«, murmelte ich mit belegter Stimme und schob in einer fließenden Bewegung die Bücher und Klamotten vom Bett, um Platz für uns zu schaffen. Lia kniff die Augen zusammen und warf mir dann einen empörten Blick zu.

»Sei froh, dass ich dich mag. Das sind Bücher!«

Ich lachte an ihrem Hals. Meine Finger fanden den Verschluss ihres BHs, der kurz darauf auf den Shirts am Boden landete.

»Du bist so schön«, flüsterte ich. Meine Hände fuhren in sanften Bewegungen über Lias Körper, der von einer Gänsehaut überzogen war. Behutsam senkte ich Lia auf das Bett. Sie blickte zu mir auf und fuhr mit der flachen Hand meine Brust entlang bis nach unten.

Ich zog Lias Jeans von ihren Beinen und küsste erst ihre Unter- und dann ihre Oberschenkel, bis ich fast an ihrer Mitte angekommen war. Aus dem Augenwinkel sah ich, wie Lias Finger sich in die Bettdecke gruben.

Ich setzte mich auf und fuhr mit den Fingern die Konturen ihres Körpers entlang. »So schön.«

Sie lächelte leicht und atmete immer schneller, als ich über ihren Bauch nach unten strich, meine Finger unter den Saum ihres Höschens schob und es langsam hinunterzog. Lia tastete mit einer Hand nach der Schublade ihres Nachttischs und legte kurz darauf eine Packung Kondome auf das Bett.

»Danke, Universum«, murmelte sie mit geschlossenen Augen.

Ich lachte.

Jeans und Boxershorts fanden ihren Weg zu der restlichen Kleidung auf dem Boden. Bevor ich die Packung mit dem Kondom aufriss, hielt ich Lias Kinn mit einer Hand fest und zwang sie so, mir in die Augen zu sehen.

»Bist du dir sicher?«, fragte ich.

Ich zumindest war mir ziemlich sicher, dass Lias Nicken und das feine Lächeln in ihrem Gesicht das Schönste waren, was ich je gesehen hatte.

# 41. KAPITEL

## *Lia*

Noah war perfekt. Er war einfach perfekt.

Ich sah ihm dabei zu, wie er das Kondom langsam über sein steifes Glied streifte und fragte mich nicht zum ersten Mal an diesem Tag, womit ich einen Mann wie ihn verdient hatte. Sein Blick fand wieder meinen, und ich konnte die Lust in seinen Augen lesen. Zu wissen, dass ich für diesen Ausdruck in seinem Gesicht verantwortlich war, war unfassbar berauschend.

Noah küsste mich, hungriger diesmal. Wie hypnotisiert beobachtete ich, wie er seine Hände um meine Schenkel legte und meine Beine leicht auseinanderzog. Dann beugte er sich über mich und arbeitete sich in einer Spur von Küssen weiter nach unten. Ich atmete zitternd aus und schloss die Augen, um mich ganz der Empfindung hinzugeben. Als Noahs Mund an meiner Mitte angekommen war, konnte ich mein Stöhnen nicht länger unterdrücken. Der Anblick seines nackten Körpers an meinem sendete ein nervöses Kribbeln von meinem Rücken bis in meine Beine und brachte mein Herz zum Rasen. Aber es war ein Kribbeln der guten Sorte. Ich hatte keine Angst, da war nur positive Aufregung in mir. Ich wollte mehr.

Als hätte Noah meine Gedanken gehört, wanderte seine Hand tiefer. Als seine Zunge meinen Kitzler fand und Noah einen Finger in mich schob, stieß ich ein leises Wimmern aus.

Ich biss mir auf die Lippe, um die Laute zu unterdrücken, konnte meinen schweren Atem aber unmöglich zurückhalten. Ich schob mein Becken seinen Bewegungen entgegen und krallte eine Hand in mein Kopfkissen. Ich wollte mehr von ihm fühlen. Alles. Seine Bewegungen wurden schneller, und als ich laut stöhnte, traf sein Blick meinen. Ich wollte, nein, ich konnte nicht länger warten. Mit einer Hand griff ich seinen Arm und zog ihn sanft nach oben. Ich positionierte meinen Körper unter seinem und schob mich ihm entgegen, bis ich ihn hart an mir spürte. Noah schloss die Augen und stöhnte auf. Dann öffnete er sie wieder, umfasste mit seinen Händen meine Handgelenke und presste sie neben meinem Kopf in das Kissen.

Er sah mir tief in die Augen und schob sich langsam in mich. Ich drückte den Kopf nach hinten ins Kissen und gab ein wohliges Seufzen von mir. Noah fühlte sich so gut an.

Langsam zog er sich wieder hinaus, die Hände noch immer um meine Handgelenke gelegt, dann schob er sich ein weiteres Mal quälend langsam in mich. Als ich ihm mein Becken entgegenschob, um ihn noch tiefer in mich aufnehmen zu können, erhöhte Noah das Tempo. Mit jedem Stoß ging mein Atem unregelmäßiger. Ich schlang meine Beine um Noahs Hüfte, ging mit jeder seiner Bewegungen mit und spürte, wie alles, von meiner Mitte bis zu meinen Zehen zu kribbeln begann.

»Noah«, stöhnte ich, und er küsste mich fest und leidenschaftlich, während er sich immer weiter und immer tiefer in mich schob. Ich erwiderte den Kuss, kaum fähig, einen klaren Gedanken zu fassen. Mit jeder von Noahs Bewegungen sandte er Wellen der Lust durch meinen Körper und traf genau die richtige Stelle. Als seine Hand wieder den Weg nach unten zwischen meine Beine fand, zog sich in mir alles zusammen, und ich konnte spüren, wie Hitze von meiner Mitte bis hinauf in meine Wangen schoss. Ich stöhnte in Noahs Mund und spürte ihn an meinen Lippen lächeln, bevor auch er stöhnte, als ich mich ihm ein weiteres Mal entgegenschob.

»Gott, Lia. Du fühlst dich so gut an«, sagte er, und der raue, kehlige Ton seiner Stimme gab mir den Rest. Mein Rücken bog sich durch, und Noahs nächster Stoß brachte mich zuckend zum Höhepunkt. Pulsierende Hitze schoss durch meinen gesamten Körper und hinterließ ein angenehmes, elektrisierendes Kribbeln in all meinen Nervenenden. Ich hörte Laute oder Worte aus meinem Mund, die ich selbst nicht verstehen konnte. Noahs Hände fanden ihren Weg in meine Haare, er vergrub die Finger an meinem Hinterkopf, bevor er in kurzen, schnellen Bewegungen in mich stieß und an meinem Ohr ebenfalls stöhnend zum Höhepunkt kam. Heftig atmend lag er auf mir, und ich wusste nicht, wo sein Atem aufhörte und meiner anfing. Meine Finger strichen sanft über seinen Rücken, und ich konnte sein Herz an meiner Brust schlagen spüren.

»Das war …«, begann Noah.

»Fast so gut wie packen«, sagte ich, was mir ein Lachen und einen spielerischen Schlag gegen die Schulter einbrachte.

Ein lautes Hupen drang durch das gekippte Fenster herein und weckte uns gleichzeitig auf. Zumindest ließ Noahs müdes Blinzeln darauf schließen, dass auch er eingeschlafen war. Er hatte ein Bein um mich geschlungen, mein Kopf ruhte auf seinem Oberarm. Es war seltsam, sich so wohlzufühlen an einem Ort, der nichts Gutes mehr für mich bereithielt. Und es war seltsam, dass das der Wahrheit entsprach, und dass diese Tatsache mich plötzlich beruhigte. Hallingen, dieser Campus, die WG – all das hielt nichts mehr für mich bereit. Zumindest nichts, was ich haben wollte. War mein Studium es wert, dass ich mich selbst dafür aufgab? Mit Sicherheit nicht.

Ich wollte filmen. Ich wollte Geschichten schreiben und sie in Bilder verwandeln. Ich wollte Menschen bewegen. Dazu brauchte ich die Dozenten und die Vorlesungen hier nicht. Vielleicht würde ich einen anderen Studiengang finden, der mir all das vermittelte, was ich noch lernen wollte. Und wenn nicht, würde ich es mir selbst beibringen.

»Alles in Ordnung?«, erklang Noahs Stimme und sein Atem kitzelte an meiner Nase. »Du schaust irgendwie grimmig drein.«

»Nicht grimmig. Entschlossen«, verbesserte ich ihn.

»Okay, dann hab ich nichts gesagt.« Noah schmunzelte und drückte mir einen Kuss auf die Stirn. Er streckte sich ausgiebig und seufzte. Ich ließ meinen Blick durch mein Zimmer wandern. All meine Bücher und mein gesamter Kleiderschrank waren in Kartons verstaut. Mein Schreibtisch war leer. Das Einzige, was diesen Raum noch als mein Zimmer kennzeichnete, waren die Bilder über dem Schreibtisch und dem Bett. Und selbst diese wiesen Lücken auf, auch wenn das nur ich wusste, da ich selbst einzelne Bilder entfernt hatte.

Ich hatte es nicht über mich gebracht, sie wegzuwerfen, aber ich hatte sie auch nicht länger ansehen wollen. Sie erinnerten mich an den Beginn meiner Studienzeit und an die Freundinnen, von denen ich dachte, sie gewonnen zu haben. An eine Zeit, in der alles noch gut war.

Es ging mir besser als zuvor, und Noah gab mir Halt, aber ich bildete mir auch nicht ein, dass alles wieder in Ordnung war. Es war gut zu wissen, dass er mir beistand. Dass da draußen Leute waren, denen egal war, was andere sagten und von mir dachten. Die meiner Wahrheit glaubten. Ich konnte nur hoffen, dass der Rest sich fügte. Ich wünschte, irgendetwas oder irgendjemand würde mir ein Zeichen schicken, das mir den richtigen Weg zeigte. Aber dieser Gedanke war naiv und kindisch. Ich hatte lange genug apathisch in dieser Wohnung herumgesessen.

Ich richtete mich auf und sah auf meine Uhr. »Ich glaub, ich bring es hinter mich und packe fertig. Magst du duschen?«

Noah nickte und rieb sich über die Augen. »Ist wohl besser.«

»Du kannst die Handtücher und alles im Bad nehmen.«

Noah setzte sich auf das Bett, drückte mir einen Kuss auf die Schläfe und ging ins gegenüberliegende Bad.

Ich sah mich seufzend um und zog mir schnell etwas über. Zuerst machte ich mich an die restlichen Fotos, zog sie von den Wänden ab und legte sie in einem ordentlichen Stapel in eine der Kisten. Dann zog ich die oberste Schublade meines Schreibtischs auf, in der sich hauptsächlich Hefter und irgendwelche Ladekabel befanden. Ich nahm die Dinge heraus und legte sie zu den Fotos in den Karton. Der Inhalt der zweiten Schublade – Stifte, Washi Tape, eine Schere und alle möglichen Schreibutensilien – folgte ebenfalls. Die dritte Schublade enthielt alle möglichen Notizbücher und – ich stutzte.

Als ich aus Berlin zurückgekommen war, hatte ich meine Sachen in Windeseile ausgepackt, in sämtliche Ecken meines Zimmers gestopft und Rucksack sowie Koffer in den kleinen Abstellraum in Flur verbannt, weil ich sie nicht mehr sehen wollte. Das alles war so schnell und vor allem so geistesabwesend geschehen, dass ich nun umso überraschter war, als ich den Zettel erblickte.

Ich nahm den Flyer in die Hand und starrte eine Weile einfach nur darauf, ohne die Wörter bewusst wahrzunehmen. Die Ausstellung, die ich besucht hatte. Melina, die ich dort mitsamt ihrer Kollektion kennengelernt hatte. Der Flyer, den sie mir in die Hand gedrückt hatte.

»Berlin Short Film Festival« prangte dort in großen gelben Lettern auf dem Flyer. Das Festival war in knapp drei Wochen. Ich drehte das Papier in meiner Hand. Mein Herzschlag beschleunigte sich. Der Einsendeschluss war morgen.

Was, wenn das mein Zeichen war? Was, wenn ich nichts Übernatürliches brauchte, keinen Wink des Schicksals, sondern ich die Dinge selbst in die Hand nehmen konnte?

Ich faltete den Flyer einmal in der Mitte und schob ihn in die Tasche meiner Hose. Den Rest meines Schreibtischinhalts räumte ich völlig gedankenverloren in die jeweiligen Kisten, und ehe ich mich's versah hatte ich beinahe zwei Semester Unileben sorgsam in Kisten verstaut.

»Bereit?«

Noah und ich standen vor den gepackten Kisten, er hielt bereits den Autoschlüssel in der Hand.

Ich wollte nicken. Ich wollte nichts lieber, als Noahs Hand zu nehmen und mich von ihm zu meiner Mutter fahren zu lassen. An nichts zu denken. Das Geschehene geschehen sein lassen. Mir in Ruhe einen Plan B zu überlegen. Neu anzufangen.

Aber wenn mich die letzte Woche in Berlin eines gelehrt hatte, dann dass es nichts brachte, vor seinen Problemen und Ängsten fortzulaufen. Sie begleiteten einen überallhin. Sie waren in einem drin. Und wenn man sie wegschloss und ignorierte, dann fraßen sie einen irgendwann von innen heraus auf.

Vor meinem inneren Auge spielte sich eine Szene ab. Oder besser gesagt drei Szenen. Die von zwei jungen Mädchen und einer alten tanzenden Dame. Wollte ich wirklich das kleine Mädchen sein, das aufgab und brav einem vorgesehenen Weg folgte? Oder wollte ich Widerständen den Kampf ansagen und allen negativen Stimmen zum Trotz an mich und meine Träume glauben?

Ich atmete tief durch. Ich musste mich meinen Ängsten stellen.

»Noah?« Meine Stimme klang fester, als ich unter den Umständen erwartet hätte.

»Ja?«

»Kannst du mich zur Uni begleiten?«

Noah sah mich verdutzt an. Kein Wunder, noch vor Kurzem hatte ich unter Tränen gestammelt, dass ich nie wieder dorthin wollte. Doch trotz seiner offensichtlichen Verwirrung stellte er keine Fragen. Er schob einfach den Autoschlüssel in seine Jeanstasche und nahm meine Hand. Und wenn ich mich noch nicht in ihn verliebt hätte, spätestens jetzt wäre es der Fall gewesen.

»Natürlich. Wenn du das möchtest.«

Ich nickte. »Möchte ich. Nur nicht alleine.« Ich drückte seine Hand kurz, bevor ich mich löste und mich zu meinem fertig gepackten Koffer auf den Boden kniete. Mit einem Zurren des Reißverschlusses klappte ich die beiden Hälften auseinander und holte, eingewickelt in ein langes, grünes Sommerkleid, meine Kamera hervor.

»Jetzt bin ich bereit.«

Ich stieß die Tür des Cafés mit meinem Ellbogen auf, da meine Hände voll waren. In der einen hielt ich meine Kamera, in der anderen einen dünnen Hefter, der meine Exmatrikulationsbescheinigung enthielt. Ich ging durch das kleine, industriell eingerichtete Café zur gläsernen Tür, die in eine Art Garten führte, in dem weitere Tische standen. Noah blickte auf, als ich nach draußen trat, und sah mich neugierig an. Ich hatte ihm nicht gesagt, was ich vorhatte. Seine Nähe hatte mir die nötige Kraft gegeben, zum Campus zu gehen, aber den Rest hatte ich allein tun müssen.

»So lange hast du zum Exmatrikulieren gebraucht?«, fragte Noah und musterte den Hefter in meiner Hand.

Ich streckte ihm die dunkelblaue Mappe entgegen und setzte mich auf den hölzernen Gartenstuhl ihm gegenüber. »Jetzt bin ich erst mal keine Studentin mehr«, sagte ich, »zumindest bis ich etwas Neues gefunden habe.«

»Hast du gefragt, ob du dir deine Leistungspunkte woanders anrechnen lassen kannst?«, fragte Noah.

Ich nickte. »Ja. Das liegt allerdings mehr an der neuen Uni.« Ich zuckte mit den Schultern. »Aber das sehe ich dann. Wenn nicht, fange ich eben noch einmal an. Immerhin ist es dann weniger zu lernen, die Einführungskurse sollten sich ähnlich sein.«

»Ich bin stolz auf dich«, sagte Noah und sorgte mit diesen Worten für ein aufgeregtes Kribbeln in meinem Bauch. Denn ich war auch stolz auf mich. Sehr sogar. Und das nicht nur wegen der Exmatrikulierung.

Ich legte die Kamera auf den Tisch. »Deshalb habe ich so lange gebraucht.«

Noahs Blick glitt von der schwarzen Kamera fragend zu mir. Ich holte den Flyer aus meiner Hosentasche und legte ihn zur Kamera auf den Tisch. Seine Augen weiteten sich leicht, als er den Flyer in die Hand nahm und überflog.

»Du machst mit?«

Ich nickte.

»Ja. Ich habe gerade ein paar Szenen gefilmt.«

Noah sah vom Flyer zurück zu mir. In seinen Augen lag mindestens so viel Begeisterung, wie ich selbst fühlte.

»Heißt das, du hast ein Konzept?«

»Ja. Ich habe keine Ahnung, ob es so funktioniert, wie ich es mir vorstelle. Ich werde ein paar alte Aufnahmen nehmen müssen und die heute haben teilweise seltsames Licht.« Ich zuckte mit den Schultern. »Aber mehr war auf die Schnelle nicht drin.«

»Wann ist die Deadline?«

Ich blickte auf meine Armbanduhr.

»In etwa fünfundzwanzig Stunden.«

Noahs Augen weiteten sich erneut.

»Ähm. Sollen wir dann mal losfahren? Ich nehme an, du brauchst deinen Laptop?«

Ich lachte. »Trink ruhig aus.«

Noah nahm einen großen Schluck seines Kaffees, dann noch einen, und etwa zwei Sekunden später stellte er die leere Tasse mit einem Klirren vor sich ab. »Okay, fertig.« Er stand auf und nahm sein Portemonnaie vom Tisch. »Ich geh mal bezahlen, dann können wir sofort los. Magst du was to go?«

Seine Aufbruchstimmung brachte mich zum Lachen. »Nein, ich bin wach genug. Und aufgeregt genug.«

»Wegen deiner Idee?«

»Und weil ich meine Mutter wiedersehe.« Ich verzog den Mund. »Sie wird sich riesig freuen, mich zu sehen, aber ich geb ihr nur etwa fünf Minuten, bis der Ärger anfängt, weil ich mich so lange nicht gemeldet und ihr von nichts erzählt habe.«

Ich beäugte Noah. So lange, bis ihn mein Blick sichtlich irritierte. Er griff sich an den Kragen seines Shirts und blickte daran hinunter.

»Was? Hab ich Flecken? Ich bin etwas übereilt aufgebrochen.«

»Du kannst sie ablenken«, sagte ich.

»Bitte was?«

»Du könntest meine Mutter ablenken, während ich das Video schneide.«

»Ich soll deine Mutter nicht nur kennenlernen, ich soll sie ablenken?« Noah zog die Augenbrauen in die Höhe. »Der Deal war, dass ich dich hinfahre.«

»Angst?«, fragte ich mit einem spöttischen Grinsen.

»Ähm, ja?«, entgegnete Noah, »wem machen Begegnungen mit Eltern bitte keine Angst?«

»Okay.« Ich lachte. »Dann krieg ich das allein hin.«

Noah machte einen Schritt auf mich zu und überbrückte die Distanz zwischen uns. Sanft küsste er mich auf den Mund.

»Aber es würde mich freuen, wenn du mich in Berlin besuchen kommst. Und Phuong würde es sicher auch riesig freuen.«

Ich biss mir auf die Lippe, plötzlich geplagt von meinem schlechten Gewissen. Ich hatte Phuong immer noch nicht geschrieben. Ich hatte mein Handy nach wie vor nicht einmal wieder eingeschaltet.

»Ich hab ihr gesagt, dass es dir gut geht«, sagte Noah, als hätte er meine Gedanken erraten können. »Also … dass ich dich gefunden habe und du okay bist. Gut ist vermutlich relativ.«

»Danke«, sagte ich. Dann sah ich zu ihm auf. »Und … ich würde dich gern in Berlin besuchen. Wer weiß«, ich wedelte mit dem Flyer vor Noahs Nase in der Luft herum, »vielleicht hab ich ja bald zwei gute Gründe zurückzukommen.«

»Was nicht passieren wird, wenn du die Deadline nicht einhältst. Also los!«

Noah ging durch die Tür nach innen zur Theke, um zu zahlen. Ich sah ihm nach und spürte, wie mein Mund sich zu einem Lächeln verzog. Einem richtigen, echten Lächeln, das keinerlei Anstrengung erforderte, sondern einfach wie von selbst in meinem Gesicht erschien.

Ich hatte keine Ahnung, ob die Aufnahmen, die ich eben an der Uni gemacht hatte, etwas geworden waren. Oder ob ich bis zur Deadline morgen Abend einen brauchbaren Film zusammenschneiden konnte. Ich hatte keine Ahnung, ob das Skript, das nach und nach in meinem Kopf entstand, etwas taugte. Aber ich hatte zum ersten Mal seit langer Zeit wieder ein Ziel vor Augen. Und das wog schwerer als all die Unsicherheiten in mir.

# 42. KAPITEL

## Lia

*Drei Wochen später*

Eine Kamera hatte mein Leben zerstört.
Eine Kamera gab es mir nun zurück.

Ich sah mich in dem bestuhlten Saal um, und mein Herz machte einen deutlich spürbaren Hüpfer, als ich Noah am anderen Ende des Raums entdeckte. Er war in ein Gespräch mit Daniel und Phuong verwickelt. Phuong trug einen dunkelgrünen Blazer mit goldenen Knöpfen, der gleichzeitig ein Kleid war, und hatte das Ganze durch eine zerrissene Strumpfhose und ihre typischen Boots aufgelockert. Irgendwann würde ich noch einmal richtig mit ihr shoppen gehen müssen. Noah trug ein lockeres Hemd und Daniel ein Bandshirt. Ich lächelte. Sie waren alle drei gekommen und meinetwegen hier.

Aber auch sonst war das Festival bisher gut besucht. Es gab eine Ausstellung und einige Stände außen, aber die Vorführung der Shortlist und die Wahl der Gewinner würde hier stattfinden. Ich konnte es immer noch nicht fassen, dass ich es überhaupt auf die Shortlist geschafft hatte. Eigentlich hatte ich mich nicht über die anderen Teilnehmer informieren wollen, aber auf der Fahrt nach Berlin vor zwei Tagen hatte ich mich dann doch nicht mehr zurückhalten können. Ein Geschwisterpaar, das ebenfalls auf der Shortlist stand, kannte ich sogar. Ich hatte ihren YouTube-Kanal seit etwa zwei Jahren abonniert und liebte ihre Filme, weil sie mich jedes Mal aufs Neue überraschten und einen ganz eigenen Stil hatten, den ich unter hundert anderen Filmen wiedererkennen würde.

Hohe Chancen malte ich mir also nicht aus. Aber es war eine Ehre, überhaupt hier sein zu dürfen.

Der Raum war an zwei Seiten verglast, und ich fragte mich, ob man die Filme überhaupt gut würde erkennen können. Ich hatte einige dunkle Szenen. Wenn etwas auf der Leinwand reflektierte, hätten die Zuschauer womöglich Schwierigkeiten, es zu sehen. Nervös strich ich mein Kleid glatt, obwohl ich es im Hotel extra gebügelt hatte und es überhaupt keine Falten werfen konnte.

»Alles okay, Schatz?« Meine Mutter drückte mir ein Glas Wasser in die Hand, und ich nahm zwei Schlucke. Ich hatte gar nicht bemerkt, wie durstig ich war.

»Ja, ich bin nur nervös.«

Sie lächelte. »Das ist normal. Es wäre schlimm, wenn nicht. Dann würde das heißen, dass es dir egal ist. Aber ganz egal, den wievielten Platz du machst, ich bin unglaublich stolz auf dich.«

Ich stellte das halb volle Glas auf dem Stehtisch neben mir ab und drückte meine Mutter an mich. Sie roch nach dem gleichen Parfum, das sie schon seit meiner Kindheit verwendete, und gab mir so die Ruhe, die ich in diesem Moment brauchte.

»Danke, dass du mitgekommen bist.« Sie teilte sich ein Hotelzimmer mit mir – sehr zu Noahs Unmut. Aber ich würde im Anschluss noch eine Weile bei ihm bleiben. Meine Mutter schloss die Arme um mich. »Das ist doch selbstverständlich. Außerdem habe ich Berlin vorher noch nie gesehen.« Ich wusste, dass das nur die halbe Wahrheit war. Seit meiner Ankunft wachte sie mit Argusaugen über mich, als könnte hinter jeder Ecke eine neue Gefahr lauern. Meine Mutter seufzte und hielt mich dann auf Abstand, sodass sie mir kritisch in die Augen sehen konnte. »Und deinen Film auch nicht, den wolltest du mir ja nicht zeigen.«

Ich schmunzelte. Ich hatte ihn niemandem zeigen wollen. Jede von Noahs Nachrichten und Fragen am Telefon dazu hatte ich ignoriert. Phuongs drängende Bitten gestern. Hatte den Laptop zugeklappt, wenn meine Mutter ganz zufällig mit Tee, Essen oder der Aufforderung, doch mal eine Pause zu machen, in mein Zimmer geplatzt war. Nicht, weil ich nicht zu dem Film stand oder ihn nicht mochte – ganz im Gegenteil, ich war mir noch nie bei etwas so sicher gewesen. Aber weil ich mich an Noahs Blick erinnerte, als ich auf dem Sofa in meinem alten Wohnheim aufgewacht war. An seine feuchten Augen. Und an die meiner Mutter, als ich ihr nach meiner Ankunft alles erzählt hatte.

Ich wollte diesen Ausdruck und den Schmerz nicht öfter in ihren Augen sehen, als ich musste. Und ich wusste, dass mein Film diesen Effekt auf sie haben würde.

»Ich gehe noch einmal auf Toilette und suche mir dann schon einmal einen Platz, damit ich alles gut sehe«, sagte meine Mutter. »Jetzt siehst du noch nervöser aus. Du schaffst das schon.« Sie lächelte mich aufmunternd an, bevor sie in Richtung der Garderoben verschwand, hinter denen auch die Toiletten lagen.

Ich sah nicht nur nervöser aus, ich war es auch. Aber nicht, wie sie dachte, wegen des Films und der Verleihung. Der eigentliche Grund für meine Nervosität hatte gerade den Raum betreten und lief auf Noah zu. Ich spürte mein Herz bis zu meinem Hals schlagen. Elias und Noah sahen sich so ähnlich. Sie hatten eine ähnliche Statur, die gleiche Haarfarbe und selbst Elias' Gang erinnerte mich an Noah. Die beiden umarmten sich, und dann kam Noah mit Elias im Schlepptau auf mich zu. Ich hatte ihn gebeten, seinen Bruder einzuladen, war mir aber nicht sicher, ob er der Einladung folgen würde. Nicht nur dass er mich nicht kannte, den ersten Eindruck hatte ich mir durch die Nadine-Aktion auch schon vermasselt.

»Lia«, sagte er mit tiefer Stimme, als er vor mir stehen blieb und mir die Hand entgegenstreckte. Elias wirkte nicht weniger angespannt als ich, was mich irgendwie erleichterte.

»Danke, dass du gekommen bist«, sagte ich und nahm seine Hand.

Er schmunzelte. »Gern. Ich lass keine Gelegenheit verstreichen, um meinen Bruder zu blamieren.«

Ich lachte. »Das schafft Noah manchmal auch alleine ganz gut.«

Noah hob die Augenbrauen. »Bitte? Nenn mir eine Sache, bei der ich mich vor dir blamiert hätte.«

»Mir fallen gleich fünf ein«, sagte eine angenehme, samtige Stimme und kurz darauf schob sich ein Mädchen mit langen dunkelbraunen Haaren neben Elias. Als dieser ihr durch die Haare wuschelte, womit er eindeutig ihre Frisur zerstörte, fiel der Groschen bei mir. Sie stöhnte genervt auf, boxte ihn in die Seite und strich sich mit beiden Händen die Haare glatt.

»Ich wollte gerade sagen, dass es so schön ist, dich außerhalb deiner deprimierenden vier Wände zu sehen, vor allem, nachdem du uns beim Konzert versetzt hast. Aber ich nehme es zurück.« Ihre blauen Augen fixierten Elias genervt, bevor sie sich mir zuwandte. »Hi, Lia«, sagte sie und reichte mir die Hand. »Ich bin Kyra. Die einzige Hoffnung der Familie Seger.«

Ich lachte und nahm ihre Hand. »Hey, freut mich, dich endlich kennenzulernen.«

Für einen Moment wurde ich unsicher, als mir einfiel, dass auch sie meine Bilder gesehen haben musste. Aber die Unsicherheit verflog so schnell, wie sie gekommen war, da Kyra mir ein strahlendes, aufrichtiges Lächeln schenkte und sich wirklich zu freuen schien, mich kennenzulernen. Noah reckte den Hals und wandte sich dann wieder uns zu.

»Wir sollten uns langsam hinsetzen, sonst sind die besten Plätze alle weg.« Die anderen nickten, und Kyra ging bereits einige Schritte vor. »Ich sitze vor Elias! Sonst sehe ich nichts.«

Elias rollte mit den Augen, aber er genoss es sichtlich, wieder mit seiner kleinen Schwester rangeln zu können.

Noah drückte mir einen Kuss auf die Stirn. »Ich glaub an dich«, sagte er mit einem leichten Lächeln, bevor auch er Kyra folgte.

Ich sah ihnen nach. Sah meine Mutter in der zweiten Reihe sitzen und sah, wie sie Noah zuwinkte. Sah, wie Phuong und Daniel sich zu den anderen gesellten.

So viele Menschen, die meisten von ihnen kannte ich noch nicht einmal lange, und sie waren alle meinetwegen hier. Weil ihnen etwas an mir lag. Ich merkte, wie meine Augen feucht wurden, und blinzelte mehrmals hintereinander, um die Tränen zu vertreiben, auch wenn ausnahmsweise einmal Freude der Auslöser dafür war – nach den vergangenen Wochen eine mehr als willkommene Abwechslung.

Ich ging an den Stuhlreihen vorbei ganz nach vorne und setzte mich auf den Stuhl, auf dessen Lehne »Emilia Martens« stand. Die Frau neben mir lächelte mir kurz zu. Dank meiner Google-Recherche wusste ich, dass sie Christin hieß und schon einmal einen Preis bei einem kleinen regionalen Filmfestival gewonnen hatte. Ich lächelte zurück, zu nervös, um etwas zu sagen, und sah gespannt nach vorne.

Eine Frau mit perfekt frisierten blonden Haaren stellte die Höhe des Mikrofonständers ein und öffnete die kleine Glasflasche auf dem Rednerpult, um sich etwas Mineralwasser in ihr

Glas zu schenken. Sie legte in Seelenruhe die Papiere auf dem hohen schwarzen Pult zurecht, und ich konnte hinter mir hören, wie Stühle geschoben wurden, als der Rest der Gäste Platz nahm. Ich ließ meinen Blick schweifen, und stieß ein stummes Lachen aus, als ich an dem langen Tisch hinter ihr, an dem die Juroren saßen, die Frau erblickte, deretwegen ich überhaupt hier war: Melina. Ich war davon ausgegangen, dass sie sich mit einem Film bewerben, nicht, dass sie in der Jury sitzen würde. Ein aufgeregtes Kribbeln durchfuhr mich bei dem Gedanken, dass sie zu den ersten Menschen gehörte, die meinen Film gesehen hatten. Irgendwie fühlte es sich richtig an.

Die blonde Frau hob den Blick wieder, und die Menge verstummte wie einstudiert in ihren Gesprächen.

»Herzlich willkommen«, sagte sie in das Mikrofon und mein Herz schlug so laut, dass es mich wunderte, dass irgendjemand im Saal die Frau überhaupt noch hören konnte.

Es war nicht leicht, meinen Film zu sehen. Ich wusste, dass es für meine Freunde und für meine Mutter nicht leicht werden würde. Aber ich hatte nicht erwartet, dass es völlig fremden Menschen genauso gehen würde. Der Mann zu meiner Linken hatte die Hand vor den Mund gehoben und starrte gebannt auf die Leinwand. Gott sei Dank reflektierte sie kein Licht, da die Rollos an den Fenstern hinuntergelassen wurden. Zu gerne hätte ich mich umgedreht, um die Reaktionen der Gäste sehen zu können. Aber das hätte wohl mehr als seltsam gewirkt. Also machte ich, was Christin eben bei der Vorführung ihres Projekts getan hatte, und sah einfach nach vorne. Sah dabei zu, wie meine Geschichte sich für alle Anwesenden und alle, die den Livestream verfolgten, in bewegten Bildern abspielte. Von der Party, die ich mit echten Handyaufnahmen des Abends dargestellt hatte, über die Nacht bis hin zu mir, wie ich in meinem

Zimmer saß und meine Geschichte für die Nachwelt erzählte – und zwar so, wie sie wirklich geschehen war. Nicht so, wie Alexander, Mona, Alessa und alle anderen sie erzählt und beinahe auch mich hatten glauben lassen. Sogar die Fotos hatte ich verwendet, wenn auch weniger prekär. Ich hatte sie nicht auslassen, sondern meine Geschichte mit all ihren Facetten erzählen wollen. Ich hatte erwartet, dass das mir am schwersten fallen würden. Aber in dem Moment, in dem meine Fotos Teil meines Kunstprojekts wurden, in dem ich sie mir selbst zu eigen machen und für etwas Positives verwenden konnte, das mir nutzte – und nur mir –, hatten sie den schwarzen Schatten verloren, den sie so lange über mein Leben geworfen hatten. Ich verkniff mir ein Lachen, als ich ein »Yes, Girl« hinter mir hörte, als Noahs Aufnahmen auf der Leinwand erschienen und zeigten, wie ich den Boxsack bearbeitete und all meine Wut hinausließ. Ich registrierte das Lächeln des Mannes neben mir im Augenwinkel, als mein Film-Ich durch die Toiletten der Universität streifte und jeglichen sexistischen Mist in den Kabinen und auf den Wänden überklebte, die Sprüche übermalte, in denen Frauen andere Frauen beleidigten. Die Bilder wechselten sich immer schneller ab, die Stimmen, die ich aufgenommen und in verschiedenen Stimmlagen bearbeitet hatte, die eine Beleidigung nach der anderen aussprachen, verschwammen ineinander und alles wurde wilder, ungeordneter und nervenaufreibender. Bis es schließlich endete und ohrenbetäubend still wurde. Das Bild hielt an. Ich war mir unsicher gewesen, wie lange ich die Pause hier gestalten sollte, aber sie schien genau die richtige Länge zu haben. Im Saal hätte man eine Stecknadel fallen hören können.

Und dann erschien wieder ein Bild. Eine Maus fuhr über einen Schreibtisch. Ihre Bewegung wurde in dem Display des Monitors gespiegelt und mit einem Klicken betätigte ein Finger »Projekt einreichen«. Die Maus fuhr zurück, als die Hand sich von ihr löste, und in der Bewegung schubste der hintere Teil der Maus einen Stapel Bilder vom Schreibtisch, direkt in einen darunter stehenden Papiermülleimer hinein. Zwei Hände verschränkten sich hinter einem unordentlichen Dutt. Zwei grüne Augen schlossen sich und ein schiefes Lächeln erschien in einem sommersprossigen Gesicht.

*Scham stirbt, wenn Geschichten erzählt werden,* sagte meine Stimme auf dem Band ruhig und ich flüsterte die Wörter tonlos mit.

Die junge Frau auf der Leinwand stand auf und ging durch ein etwas unordentliches Zimmer. Finger schlossen sich um den Griff eines Koffers, die Finger einer anderen Hand um eine Türklinke und drückten diese nach unten. Sie trug Shorts. Sehr kurze Shorts. Etwas, was bis vor Kurzem noch undenkbar gewesen wäre. Ich legte meine Finger auf meinen Beinen ab und fühlte die Haut unterhalb meines Kleids, das über meinen Knien endete.

Die Tür auf der Leinwand öffnete sich und es war zu hell, um auszumachen, was hinter ihr lag. Aber die Frau zögerte nicht und sie schirmte auch ihre Augen nicht vor der Helligkeit ab. Sie trat einfach über die Schwelle.

*Und meine hat gerade erst begonnen.*

Ich fühlte alles, als wäre ich in Watte gepackt. Ich hatte immer noch nicht verarbeitet, dass einige Leute beim Abspann klatschend aufgestanden waren. Ich hatte den grandiosen Kurzfilm, der auf meinen folgte, ebenso wenig verarbeitet. Er war von dem Geschwisterpaar gewesen und hatte meinen Film technisch schon nach wenigen Sekunden abgehängt, da konnten meine Aufnahmen, die teils mit dem Handy gemacht worden waren, nicht mithalten. Und das war vollkommen okay.

Wenn es schon heilend gewesen war, das Video zu schneiden und abzusenden, dann war es dennoch nichts im Vergleich zu dem Gefühl gewesen, das ich empfunden hatte, als ich meinen Film, meine Geschichte auf der Leinwand sah. Als die anderen darauf reagierten und sich auf meine Seite stellten, wo es wochenlang andersrum der Fall gewesen war. Als sowohl der Mann links von mir als auch Christin zu meiner Rechten mir Worte der Anerkennung zugesprochen hatten. Und als mein Handy vibriert und etliche Wein- und Herz-Emojis von Phuong gezeigt hatte, die nur wenige Reihen hinter mir saß.

All das überforderte mich emotional komplett. Wie viel konnte ein einzelner Mensch fühlen? Vor allem, wenn er sich so lange jegliche Gefühle verboten hatte? Anscheinend sollte ich an diesem Tag genau das herausfinden, denn auf einmal hörte ich eine Stimme durch die Watte in meinem Kopf dringen.

»… Emilia Martens mit ihrem Film ›Breakaway‹. Herzlichen Glückwunsch.«

Um mich herum, vor allem in den Reihen hinter mir, brach Jubel aus. Ich starrte völlig irritiert nach vorne. Das konnte nicht sein.

»Frau Martens belegt den zweiten Platz des Berlin Short Film Festivals und konnte die Jury vor allem durch ihr mutiges, sozialkritisches Skript und die Kongruenz von Schnitt und Inhalt überzeugen. Ihre Herangehensweise entsprach keinen klassischen Konzepten, sondern verfolgte einen modernen Ansatz, der an die schnelllebige Abfolge von augenblicklich konsumierbaren Social-Media-Inhalten erinnert, die sich wiederum in der Geschichte selbst wiederfinden. Farbkonzept, Musik und Text runden das Ganze zu einem großartigen Gesamtbild ab. Das alles hat die Jury von Frau Martens' Können überzeugt, weshalb ich mich sehr freue, ihr heute den zweiten Platz und das Preisgeld überreichen zu dürfen.«

Erneuter Jubel. Ich spürte, wie sich eine Hand sanft auf meinen Arm legte.

»Emilia, ich glaube, du musst nach vorne«, sagte Christin lachend.

»Oh, okay«, sagte ich, immer noch völlig baff. Dass die Jury meine Handyaufnahmen der Party mitsamt ihren Filtern als einen modernen Ansatz interpretiert hatte, anstatt als das, was sie waren – schlicht und ergreifend das einzige Material der Nacht, das ich hatte –, war pures Glück. Ich ging die drei Stufen nach oben auf die Bühne und ließ mich von der blonden Frau mit der perfekten Kurzhaarfrisur umarmen, bevor sie mir einen Blumenstrauß, einen kleinen, silbernen Pokal und einen Umschlag überreichte.

Wie zur Hölle sollte ich drei Dinge mit nur zwei Händen festhalten, die noch dazu total schwitzig waren?

»Herzlichen Glückwunsch«, sagte die Frau und lächelte mir zu. Dann wandte sie sich Richtung Publikum, wobei sie immer noch einen Arm um mich gelegt hatte. Als ich ihrem Blick folgte, verstand ich wieso. Ich lächelte gerade noch rechtzeitig, bevor die ersten Kameras aufblitzten. Ich stand einige Sekunden da, die genauso gut Minuten hätten sein können. Dann führte mich die Moderatorin zur rechten Ecke der Bühne, wo bereits die Drittplatzierte stand. Sie lächelte mir zu und ich sah, dass sie ebenfalls noch Pokal, Blumen und Umschlag in der Hand hielt.

Sollte ich jemals ein Event wie dieses veranstalten dürfen, würde ich hier hinten auch Pulte positionieren. Ich ließ die Luft mit einem hörbaren Zischen aus meiner Lunge entweichen.

Oh mein Gott.

Ich stand tatsächlich hier oben. Melina zwinkerte mir von ihrem Tisch aus kurz zu, und ich spürte eine unendliche Dankbarkeit, die ich nicht hätte in Worte fassen können. Dass Melina mir den Flyer in die Hand gedrückt hatte, schien wie eine ferne Erinnerung. So viel hatte sich seitdem geändert. Und alles nur, weil ich in einer Kurzschlussreaktion beschlossen hatte, nach Berlin zu fahren. Und dann auf Noah traf.

Das Leben war seltsam.

»Und der erste Platz geht an Obscura Maxima und ihren Kurzfilm ›Hunted‹. Herzlichen Glückwunsch!«

Das Geschwisterpaar, deren Filme ich auf dem Weg hierher geguckt hatte, hatte gewonnen. Begeistert klatschte ich in die Hände – nur um mit dem Pokal den Kopf einer Blume abzuschlagen, die traurig auf den Boden segelte. Wow. Jetzt konnte ich also nicht einmal klatschen.

Ich sah den beiden zu, wie sie ihren Pokal entgegennahmen und nach der Erklärung der Jury zu uns traten. Wir gingen für ein gemeinsames Siegerfoto wieder nach vorne, und dieses Mal konnte ich gar nicht anders, als breit zu grinsen, weil ich meine Mutter, Noah, Elias, Kyra, Phuong und Daniel dort stehen sah.

Erst als ich nach mehreren Fotos von der Bühne trat, fiel mir ein weiteres bekanntes Gesicht in der Menge auf.

Elena.

Überrascht stellte ich fest, dass ich keine Angst hatte. Nicht einmal ein mulmiges Gefühl. Ganz anders als noch vor Kurzem, als sie mich vor der Eisdiele überrascht hatte. Es tat mir nach wie vor leid, was geschehen war. Aber es tat mir genauso sehr leid, was mir geschehen war. Und ich gab mir keine Schuld mehr daran.

Ich sah, wie Noah auf mich zukam und symbolisierte ihm, dass ich in einer Minute da sein würde.

Elena blieb auf der Stelle stehen, als hätte sie darauf gewartet, dass ich zu ihr kam.

»Hi«, sagte sie, als ich sie erreicht hatte.

»Hi«, sagte ich zögerlich, »was machst du hier?«

Sie hob abwehrend die Hände. »Ich bin nicht deinetwegen hier, versprochen. Wie du weißt, bin ich die Ferien über bei meiner Cousine und hab einen Aushang für das Festival gesehen. Ich wusste nicht, dass du teilnimmst.« Sie holte tief Luft. »Aber es trifft sich gut, weil ich versucht habe, dich zu erreichen. Schon nachdem wir uns in der Schlange getroffen haben. Aber auf Social Media bist du nicht mehr zu finden …«

»Aus gutem Grund«, warf ich ein. Elena hatte nicht wie Mona oder Alessa gegen mich gehetzt, aber sie hatte sich auch nicht gerade für mich ausgesprochen. Obwohl wir uns durch die Kurse kannten und in der gemeinsamen Projektarbeit gut verstanden hatten. Sie hatte weggesehen, wie die meisten, und sich auf Monas Seite gestellt.

»Ja, ich weiß. Ich …« Sie schluckte, ihr schien dieses Gespräch sehr viel unangenehmer zu sein als mir. Lustig, wie die Dinge sich änderten. »Es tut mir wirklich leid. Ich weiß, die Entschuldigung bringt dir jetzt auch nichts mehr, und ich sage das auch nicht, damit du mir verzeihst. Ich hätte mich nicht auf Monas Seite stellen sollen. Nicht nachdem die Fotos veröffentlicht wurden. Es tut mir wirklich leid, An… Lia«, korrigierte sie sich.« Aber deshalb wollte ich dich auch sprechen. Alexander war das nicht.«

»Was?«

»Alexander hat die Fotos nicht gemacht. Er ist ein betrügendes Arschloch, ja. Aber er hat die Fotos nicht gemacht. Das war Alessa.«

»Was?«, fragte ich erneut. Ich wusste, dass Alessa mich seit unserer Projektarbeit hasste. Aber würde sie so weit gehen und einer anderen Frau so etwas antun?

»Ich hab einen Streit zwischen ihr und Mona mitbekommen. Mona wollte die Sache auf sich beruhen lassen, aber ich hab die Ausdrucke bei Alessa gefunden.« Elenas Augenbrauen zogen sich zusammen. Auf ihrer glatten Haut bildeten sich Falten. »Ich wusste, dass sie dich nicht mochte. Sie hat es gehasst, dass du in allem besser warst als sie. Aber ich hätte nie gedacht, dass sie so weit geht, euch beim Sex zu fotografieren. Sie muss euch durch die Tür gesehen haben. Ich hätte sie einfach niemals so eingeschätzt, zumal sie mit Mona befreundet ist.« Elena holte tief Luft. »Emilia, es tut mir wirklich, wirklich unendlich leid. Dein Film … ich wusste nicht …« Erneut holte sie Luft. »Du kannst es dem Rektor sagen. Wenn du magst, gehe ich mit dir gemeinsam hin. Sie werden Alessa exmatrikulieren.«

Ich ließ ihre Worte wirken, spielte das Szenario in meinem Kopf durch und fühlte – nichts. Noch vor wenigen Wochen wäre es genau das gewesen, was ich gewollt hätte. Ich hätte mir nichts sehnlicher gewünscht, als das Warum zu erfahren und alles ungeschehen machen zu können. Meine Normalität am Campus zurückzugewinnen. Und jetzt, wo all das in greifbarer Nähe war, wollte ich es nicht mehr haben. Meine Wünsche und Ziele waren nicht mehr die gleichen. Die Feststellung ließ mich lächeln, was Elena wiederum falsch interpretierte.

»Ich geb dir meine Nummer. Du kannst mir jederzeit schreiben, wenn du zurück bist, und wir gehen hin. Ich hab den Kontakt zu Alessa abgebrochen und …«

»Nicht nötig«, unterbrach ich sie. Vermutlich würde ich Alexander schreiben, falls er die Wahrheit noch nicht kannte. Seine Nummer hatte ich nach wie vor blockiert, aber immerhin war auch er auf den Bildern zu erkennen und Alessa zum Opfer gefallen. Auch wenn er am Campus überhaupt keinen Hass zu spüren bekommen hatte. Was mich anging, verspürte ich überraschenderweise weder den Gedanken an Rache noch den

Wunsch, die ganze Sache noch einmal aufzurollen. »Aber danke dir«, fügte ich an Elena gewandt hinzu.

Perplex sah Elena mich an. »Aber was willst du denn jetzt machen? Deine Noten waren mega gut und alle anderen denken immer noch, dass du …«

»Das ist egal.« Ich zuckte mit den Schultern. »Ich kenne die Wahrheit. Und die Leute, auf die es mir ankommt, auch.« Ich warf einen Blick über die Schulter und sah, wie nicht nur Noah, sondern auch die anderen auf mich warteten. »Und jetzt muss ich los.« Ich lächelte Elena leicht zu. »Danke, dass du mir die Wahrheit gesagt hast. Und danke auch für das Angebot, das bedeutet mir wirklich viel. Mach's gut.«

»Mach's gut«, wiederholte sie leise, immer noch sichtlich verwirrt von meiner Reaktion. Was kein Wunder war, denn sie hatte mich an der Uni erlebt, als ich am Boden war.

Doch seitdem hatte sich alles geändert.

Noah hob mich hoch und küsste mich, was durch sein Lachen allerdings ziemlich misslang.

»Das war der Wahnsinn.« Er setzte mich wieder ab, nahm mein Gesicht in beide Hände und küsste mich erneut. »Ich bin«, er presste seine Lippen auf meine, »so verdammt«, er küsste mich noch ein weiteres Mal, »stolz auf dich.«

»Danke«, lachte ich.

Kurz darauf musste Noah von mir ablassen, weil meine Mutter mich fest in ihre Arme schloss.

»Ich hasse und liebe es, dass du so erwachsen geworden bist«, sagte sie, und ihre Augen schimmerten verdächtig.

»Danke? Schätze ich?«

Sie lachte und drückte mich erneut. »Soll ich dir etwas davon abnehmen?« Sie deutete auf Pokal, Blumen und Umschlag, die ich noch immer in meinen Händen hielt.

»Gott, bitte.« Ich streckte ihr alles entgegen.

Auch Phuong und Daniel umarmten mich. Elias zwinkerte mir zu, machte jedoch keine Anstalten, mich zu umarmen.

Ich lächelte zurück, bevor mein Blick auf Kyra fiel, die etwas abseits stand und unsicher auf ihren Füßen vor- und wieder zurückwippte. Dann schüttelte sie in einer kurzen Bewegung den Kopf, als hätte sie einen inneren Monolog mit sich beendet, überbrückte die Distanz zwischen uns und warf ihre Arme mit sehr viel mehr Elan um meinen Hals, als ich erwartet hätte. Sie hielt mich länger fest, als unter dem Umstand, dass wir uns gerade zum ersten Mal gesehen hatten, normal gewesen wäre.

Kurz bevor sie sich wieder aus der Umarmung löste, hörte ich ein geflüstertes »Danke« an meinem Ohr. Dann war sie weg, und das Einzige, was ich noch von ihr wahrnahm, war das Glänzen in ihren Augen, als sie sich wegdrehte, und der blumige Geruch ihres Parfums.

Verwirrt blickte ich ihr nach. Heute passierten nur seltsame Dinge. Ich kam nicht mehr hinterher.

»Frau Martens? Oder … Emilia?«

Ich blickte in zwei mir mittlerweile sehr bekannte Gesichter. Es waren die Gesichter hinter Obscura Maxima.

»Herzlichen Glückwunsch zum ersten Platz!«, platzte ich heraus. »Ich liebe eure Filme! Ich habe sie alle geguckt. Wirklich alle.«

Der Mann lachte. »Das freut uns. Ich bin Paul, das hier ist …«

»Yvonne, die für sich selbst sprechen kann«, sagte die Frau und reichte mir ihre Hand.

»Dein Kurzfilm war wunderschön. Du hast wirklich großes Talent.«

Ich merkte, wie mir die Hitze ins Gesicht schoss und ich mit ziemlicher Sicherheit knallrot anlief.

»Wirklich? Ich … Danke!«

»Studierst du hier in Berlin?«, fragte Paul.

»Nein, ich bin gerade auf der Suche nach einem neuen Studienplatz. Oder nach etwas anderem zur Überbrückung.«

Yvonne und Paul warfen sich einen kurzen Blick zu.

»Wenn du magst, gib uns gern deine Nummer.« Yvonne lächelte. »Wir haben hier eine Art Stammtisch mit anderen Filmemachern. Wenn es dich mal wieder nach Berlin verschlägt, komm gern dazu. Ich glaub, da würdest du gut reinpassen.«

»Ist das euer Ernst?«, fragte ich, was Yvonne zum Lachen brachte. »Natürlich möchte ich«, sagte ich und tippte kurz darauf meine Nummer in Pauls Handy. Heute war wirklich ein seltsamer Tag. Und ich könnte mich daran gewöhnen.

Paul klickte auf die Anruftaste, woraufhin mein Handy in meiner Handtasche vibrierte.

»Super.« Er lächelte. »Meld dich einfach bei uns, wenn du das nächste Mal da bist. Wir haben auch ein Studio in Moabit, falls du mal vorbeischauen magst.«

Ich konnte mein Strahlen nicht mehr zurückhalten. »Total gerne. Ich schreib euch dann.«

»Cool!«, sagte Yvonne.

»So, und jetzt holen wir uns einen Sekt. Ich freu mich auf deine Nachricht!«

»Danke!«, sagte ich und verabschiedete die beiden. Dann wirbelte ich zu Noah herum und strahlte ihn an.

»Guter Tag?«

»Guter Tag!«, bestätigte ich.

Er schmunzelte. »Deine Mutter meinte eben, du bleibst noch etwas länger in Berlin?«

Ich zuckte mit den Schultern. »Ich muss einer Freundin aushelfen. Oder … vielleicht sollte ich jetzt besser Chefin sagen.«

»Chefin?« Noah zog fragend die Augenbrauen zusammen.

»Das bin ich!« Phuong stoppte das Gespräch, das sie gerade mit Daniel geführt hatte, und sprang neben mich. »Also, genauer gesagt ist Karl dann dein Chef. Aber da ich dir den Job im Café besorgt habe, werde ich dich trotzdem rumkommandieren.«

Noahs Augen weiteten sich überrascht. »Also … bleibst du vorerst?«

Ich lächelte, als ich den Ausdruck in seinem Gesicht sah. »Ich hab noch keine Ahnung, was ich machen will. Und bisher bin ich damit in Berlin ganz gut gefahren.«

Phuong drückte kurz meine Hand. »Ich freu mich! Und jetzt lass ich euch alleine. Ich werde in der nächsten Zeit noch mehr als genug von dir haben.«

Lachend sah ich ihr hinterher, während sie mit Daniel in Richtung Theke ging.

»Das heißt, wir können an deiner Kondition beim Boxen arbeiten. Oder wandern. Oder endlich mal richtiges Sightseeing machen.«

Ich rümpfte die Nase. »Also bitte, Noah. Sightseeing ist was für Touristen.« Ich lächelte. »Und ich bin keine Touristin mehr. Ich bleibe erst einmal hier.«

Ich wusste vielleicht nicht, was die Zukunft brachte. Aber ich wusste, dass ich einen Ort gefunden hatte, an dem ich die nähere Zukunft verbringen wollte. Berlin hatte mich mit offenen Armen empfangen und gleichzeitig auch mich wieder offener werden lassen. Und von diesem Gefühl wollte ich mehr, denn das hier war definitiv erst der Anfang. Als Noah mein Kinn anhob und seine Lippen auf meine legte, da wusste ich, dass auch das mit uns erst der Anfang war.

# EPILOG

## *Kyra*

Ich wartete draußen auf dem Parkplatz auf Noah und Elias. Ich war so unendlich froh, dass Elias endlich wieder das Haus verlassen hatte. Und Noah – ich hatte ihn noch nie so glücklich gesehen wie mit Lia. Ich war noch nie verliebt gewesen, hatte also keine Ahnung, wie sich das anfühlte. Aber ich wollte jemanden, der mich so ansah, wie er Lia angesehen hatte, als sie auf der Bühne gestanden hatte. Tja, und damit standen die Karten für mich wohl ziemlich schlecht, denn ich glaubte nicht wirklich daran, dass es außer meinen Brüdern irgendwelche guten Kerle da draußen gab. Und bei den beiden war ich ziemlich parteiisch.

Elias trat aus dem verglasten Gebäude und legte sich die flache Hand an die Stirn, damit die Sonne nicht in seine Augen fiel. Als er mich sah, kam er in langen Schritten auf mich zu.

»Ist alles in Ordnung bei dir?«, fragte er mit einer Sorge in seinen Worten, die ich hasste. Er war mein großer Bruder, also machte er sich sowieso immer Sorgen um mich, aber seit dem Vorfall hatte es ein neues Level erreicht. Dabei hatte Elias das Schlimmste verhindert. Ich wollte vor mir selbst nicht kleinreden, was passiert war, – aber da draußen gab es so viele Frauen, die tagtäglich Schlimmeres erlebten, als auf einer Feier angefasst zu werden.

»Ja, alles okay«, gab ich zurück. »Ich will mit dir und Noah reden.«

Jetzt war die Sorge auch in seinem Gesicht zu lesen.

»Willst du es ihnen sagen?« Seine Stimme ließ keine Rückschlüsse darauf zu, was er davon halten würde.

Ich schluckte. Tja, das war der knifflige Part, was? Nicht, ob ich meine Geschichte erzählte, sondern wem ich sie erzählte.

»Scham stirbt, wenn Geschichten erzählt werden«, zitierte ich den Satz aus Lias Film.

»Das mag stimmen, aber fühl dich durch den Film nicht gedrängt. Auch Lia hat Zeit gebraucht, bis sie darüber sprechen konnte.«

Ich zog die Schultern an. »Aber ich hasse es einfach, dass zwischen uns alles so anders ist, so angespannt. Ich hasse mich dafür, dass du nicht zu Mom und Dad …«

»Nein«, unterbrach Elias mich, bevor ich weitersprechen konnte. »Du hast nichts, rein gar nichts falsch gemacht, hörst du?«

Ich nickte langsam. »Ich weiß, dass das, was passiert ist, nicht meine Schuld ist. Das ist es nicht, wofür ich mich hasse.« Elias wollte schon wieder etwas einwenden, aber ich hob die Hand, damit er mich ausreden ließ. »Ich hasse mich dafür, dass ich einen Spalt zwischen dich und unsere Eltern getrieben habe. Dafür, dass du unter diesem dämlichen Deal mit Herrn Rothe leidest, was sofort Geschichte wäre, wenn Mama und Papa wüssten, was in Wahrheit passiert ist. Dafür, dass ich euch alle immer weiter auseinandertreiben lasse, nur um mich selbst irgendwie zusammenzuhalten. Dafür hasse ich mich.«

Elias' breite Arme legten sich um mich, und er zog mich an seine Brust, was bei der Hitze eigentlich alles andere als angenehm war. Trotzdem beruhigte mich die Berührung. Elias hatte schon immer auf mich aufgepasst. Von klein auf. Er hatte mich vor Nachbarskindern verteidigt, die mich erst wegen meiner Zahnlücke geärgert hatten und später dann wegen meiner Zahnspange. Als ich älter und rebellischer wurde, hatte er manchmal mein Zimmer aufgeräumt, weil es anders ziemlich sicher Hausarrest gegeben hatte. Das wiederum hatte für Streit mit Noah gesorgt, weil er ihm die gleiche Hilfe nie hatte zuteilwerden lassen. Und als ich noch ein bisschen älter war und anfing, mit Jungs auszugehen und Partys zu besuchen, hatte er mich zu jeder noch so späten Uhrzeit abgeholt und dafür gesorgt, dass ich sicher nach Hause kam.

Als er auf der Jubiläumsfeier unserer Firma ins Männerklo gekommen war und gesehen hatte, wie Christopher mich gegen die Wand gepresst hatte, eine Hand über meinem Mund, die andere Hand unter meinem Kleid, war es also keine große Überraschung gewesen, dass Elias mich ein weiteres Mal beschützt hatte. Und selbst jetzt tat er es jeden Tag, indem er die Verantwortung für das Geschehene auf sich nahm und mir so Raum gab, alles zu verarbeiten.

»Ich weiß, du willst nicht, aber ich würde gern mit euch beiden zu Mama und Papa fahren. Als Noah letzte Woche bei ihnen war, meinten sie, sie würden sich freuen, dich zu sehen. Aber …« Ich zögerte. »Aber ich glaube, ich kann es Mama und Papa nicht sagen. Noch nicht.«

Ich spürte, wie Elias nickte, aber ich war noch nicht ganz bereit, mich wieder aus der Umarmung zu lösen.

»Dein Tempo. Alles in deinem Tempo. Und mach dir um mich keine Sorgen. Du bist mir wichtiger als dieser Job, du bist meine Schwester.«

Und ich wusste, dass auch Noah diese Worte äußern würde. Dass, egal wie schlimm manche Tage auch sein mochten, meine Brüder immer hinter mir stehen würden. Und an manchen Tagen reichte das und gab mir genug Kraft, um weiterzumachen. Denn meine Geschichte hatte gerade erst begonnen.

# DANKSAGUNG

Ich bin jetzt schon einige Jahre in der Buchbranche unterwegs und war trotzdem überrascht, wie viel Arbeit und wie viele Menschen es braucht, um so ein Buch zu vollenden. Aber hier ist es – yay!

Ich bin so dankbar, Lias und Noahs Geschichte erzählen zu dürfen, und dafür, dass ihr diese Geschichte nun in den Händen haltet, möchte ich mich bei einigen Menschen bedanken, ohne die es so nicht möglich gewesen wäre.

Zuallererst Danke an meine Mutter, die mich seit frühster Kindheit für Geschichten begeistert hat und danke an meinen Vater, der mich stets ermutigt hat, Fragen zu stellen. Danke, dass ihr immer hinter mir steht, egal wie groß oder ungewöhnlich meine Träume sind.

Ich danke meinem PJ-Squad: Alex, Ava, Bianca, Jesus, Klaudia, Laura, Marie, Nicole, Nina und Tami. Ihr macht jeden einzelnen Tag schöner und zu etwas Besonderem. Ein ganz großes Danke an dieser Stelle an Laura und ihre Anmerkungen zu meiner Idee ganz zu Beginn.

Danke auch an Carolin Wahl – deine erste Widmung an mich wurde jetzt wahr und manchmal hast du mehr an mich geglaubt als ich selbst.

Danke an meine beste Freundin Maike. Danke, dass du mich an Pausen erinnerst, dir täglich ewig lange Sprachnachrichten anhörst und schimpfst, wenn ich zu wenig schlafe (also sehr oft).

Danke an den LYX-Verlag und dessen Mitarbeiter*innen sowie dem Team bei Bastei Lübbe. Ich hätte keinen besseren Verlag für dieses Buch finden können. Ein ganz besonders großes Dankeschön an meine Lektorin Stephanie Bubley und an Simone Belack für all ihre Unterstützung. Danke auch an Christin Ullmann.

Danke an meine beiden Agentinnen Kristina Langenbuch Gerez und Gesa Weiß der Agentur Langenbuch & Weiß. Danke, dass ihr mich und meine Projekte unterstützt und trotz Zeitverschiebungen Zeit für Skype-Gespräche hattet.

Ich danke Jule, Saskia, Sabrina, Fabian, Mewa, Laura und Hanna fürs Testlesen und eure Anmerkungen.

Ein ganz großes von Herzen kommendes Dankeschön an meine wundervolle Community – sei es auf dem Blog, Instagram, Twitter, YouTube oder Twitch. Danke, dass ihr mich in den letzten Jahren begleitet habt, euch mit mir gefreut habt und so unglaublich unterstützend seid. Das ist keine Selbstverständlichkeit und ich bin jeden Tag dankbar dafür.

Und zu allerletzt: Danke an dich. Danke, dass du Lia und Noah deine Zeit geschenkt und dieses Buch gelesen hast. Ich freue mich, von dir zu hören!

## TRIGGERWARNUNG
(Achtung: Spoiler!)

Breakaway enthält Elemente, die triggern können.
Diese sind:

*Slutshaming, Beschreibung sexueller Gewalt*

# LESEPROBE

EMMA SCOTT

## Never Doubt

### Isaac

Zitternd wachte ich auf, fest in die Decke gewickelt, die nicht einmal ansatzweise dick genug war. Eisiges Licht fiel auf mein Bett, ohne Wärme zu bieten.

*Scheißtrailer. Als würde man in einer kaputten Eierschale wohnen.*

Ich warf die Decke zur Seite und stapfte in den Wohnbereich. Paps lag auf der Couch anstatt in seinem Zimmer hinter der Küche. Eine Flasche Old Crow ragte zwischen den Bierdosen auf dem klapprigen, fleckigen Couchtisch auf. Der überfüllte Aschenbecher qualmte noch.

Eines Tages würde mir warm genug werden, und zwar wenn eine von Paps' nicht richtig ausgedrückten Zigaretten einen Brand verursachte.

Sein Schnarchen erfüllte den Trailer, als ich zur Heizung rüberging. Wir mussten mit dem Thermostat vorsichtig sein – ich achtete darauf, dass er auf 18 °C stand –, aber der Trailer war schlecht isoliert und hatte keine Sockelverkleidung. Ich hielt die Hand vor die Lüftungsschlitze. Die Heizung lief und verpulverte unser Geld, ohne groß zu nützen. Unter uns pfiff ein kalter Januarwind, den ich durch den Boden spürte.

Durch das vordere Fenster sah ich den Schrottplatz, der unter einer weißen Decke lag. Dahinter befand sich unsere Wexx-Tankstelle. Sie war heute geschlossen. Nicht dass wir je irgendwelche Kunden hatten. Es war still dort draußen. Die rostigen alten Autos waren weiße Hügel, rein und makellos über dem verbogenen Metall. Ein Friedhof.

Ganz Harmony kam mir wie ein Friedhof vor, ein Ort, der einen begrub. Nur Touristen liebten es. Im Sommer kamen sie von überallher, um die Gegenwart zu verlassen und die USA um 1950 zu besuchen. Das Zentrum bestand aus sechs quadratisch angelegten Häuserblöcken mit viktorianischer Architektur, bunten Ladenfronten, einem Eis- und Burgerladen mit Jukebox und Postern von Elvis und Jerry Lee Lewis an den Wänden. Die einzige Ampel hing über der Main Street, und wir hatten einen Billigladen, der Souvenirs aus der Zeit des Sezessionskriegs verkaufte. In den grünen Hügeln zwischen Harmony und Braxton, dem nächstgelegenen Außenposten der Zivilisation, war eine wichtige Schlacht geschlagen worden. Die Touristen kamen wegen der Geschichte und eines Milchshakes und verschwanden dann wieder. Entflohen.

Ich sah zu Paps. Er war dreiundfünfzig Jahre alt und vielleicht zweimal aus Harmony rausgekommen. Einmal ins Krankenhaus in Indianapolis, als ich geboren wurde, dann noch einmal in dasselbe Krankenhaus, als meine Mutter vor elf Jahren gestorben war.

Er war wie die Autos, die wir verschrotteten, und die Tankstelle, die er manchmal aufmachte – vorzeitig gealtert, kaputt und nach seinem Lieblingskraftstoff stinkend. Er würde nicht mehr aus Harmony rauskommen, aber ich schon, und zwar todsicher.

Irgendwann.

Ich legte die Hand an die kalte Fensterscheibe. Eisige Windtentakel fuhren durch Risse in der Fensterbank. Ich hatte den ganzen Sommer auf bessere Fenster gespart – hatte für Martin Ford im Harmony-Community-Theater gearbeitet, wenn ich nicht hinterm Schalter der Tankstelle saß. Im Oktober hatte Paps versprochen, im Baumarkt neue Scheiben zu kaufen. Aber ich hatte ihm das Geld gegeben, und er war damit auf Sauftour gegangen.

Das passierte, wenn man jemandem vertraute.

Paps rührte sich, schnaubte und blinzelte, als er aufwachte. »Isaac?«

»Jepp. Willst du Frühstück?« Ich blies gegen meine kalten Finger und ging in die kleine Küche.

»Würstchen«, sagte er und zündete eine halb gerauchte Winston an.

»Es gibt keine Würstchen«, sagte ich und machte uns zwei Schüsseln mit Cornflakes. »Ich fahre nach der Schule einkaufen. Vor der Vorstellung heute Abend.«

»Und ob du das wirst!«

Grunzend wuchtete er sich von der Couch hoch und trampelte zu dem Klapptisch, der uns als Esstisch diente. Ich setzte mich ihm gegenüber und versuchte nicht darauf zu achten, wie er schlürfend und zwischen Zügen an seiner Zigarette seine Cornflakes aß.

Paps beugte sich über die Schüssel, das Gewicht seines Lebens zog ihn runter. Auf ihm lasteten die Jahre voller Mühen und Armut, die harten Winter, der Kummer und der Alkohol. Er war unrasiert, die Wangen hingen wie die Tränensäcke unter seinen feuchten Augen. Ich senkte den Blick, entschlossen, so schnell wie möglich aufzuessen und von hier zu verschwinden.

»Was ist heute Abend? Eine Vorstellung?«, fragte Paps.

»Jepp.«

»Was ist es diesmal?«

»*König Ödipus*«, sagte ich, als würde es nicht schon seit zwei Wochen laufen, ganz abgesehen von den vier Wochen Proben davor.

Er grunzte. »Griechische Tragödie. Ich bin nicht ganz blöd.«

»Das weiß ich«, antwortete ich gereizt. Bis jetzt hatte er nichts getrunken, und seine Gemeinheit schlummerte noch. Sein Mr Hyde erwachte meistens abends, und ich versuchte, ihm aus dem Weg zu gehen, bis er so betrunken war, dass er wegdöste.

»Und welche Rolle hast du?«

Ich seufzte. »Ich bin Ödipus, Paps.«

Er schnaubte, schaufelte sich einen Löffel Cornflakes in den Mund, und Milch bekleckerte sein unrasiertes Kinn. »Dieser Martin Ford hat einen richtigen Narren an dir gefressen.« Er zeigte mit dem Löffel auf mich. »Pass bloß auf. Der macht dich zu 'ner Schwuchtel, wenn du mit diesem Schauspielerblödsinn weitermachst. Wenn es nicht schon zu spät ist.«

Ich biss die Zähne zusammen und ballte die Hände zu Fäusten, aber ich schwieg. Er unterstellte nicht zum ersten Mal, dass Martin – der Leiter des Harmony-Community-Theaters – mich nicht aufgrund meines Talents, sondern aus anderen Gründen bevorzugte. In Wahrheit waren Martin und seine Frau Brenda mehr wie Eltern zu mir gewesen, als Paps es sich je hätte vorstellen können.

Aber das sagte ich ihm nicht. Man erwartet nicht, ein richtiges Gespräch zu führen, wenn man mit einem herumschreienden Idioten redet.

»Morgen Abend ist die letzte Vorstellung.« Ich wagte aufzusehen. Ich war nicht so dumm, ihn zu fragen, ob er kommen würde, aber der Teil von mir, der noch glauben wollte, dass er ein richtiger Vater war, gab nicht so leicht auf.

»Ach ja?«, sagte Paps. »Und was kommt danach? Du machst diese Scheiße seit Jahren. Das macht dich nur weich. Ich hinterlasse mein Geschäft keinem Homo.«

Die Worte glitten an mir ab. Ich hatte die Nummern von einem Dutzend Frauen in meinem Handy gespeichert, mit denen ich mich abwechselnd traf, und die Vorstellung, dass er mir die Pearce-Altautoverwertung oder die Wexx-Tankstelle hinterließ, war einfach lächerlich. Beides lief nicht mehr, abgesehen von den gelegentlich vorbeikommenden Reisenden, die zu blöd waren, zehn Kilometer weiter zu den glänzenden Tankstellen mit den großen Namen in Braxton zu fahren. Wir lebten von Paps' Erwerbsminderung und meinem Lohn im Theater. Oder sagen wir, er lebte, ich existierte. Ich lebte nur, wenn ich auf der Bühne stand.

Mit seinen Worten konnte ich umgehen. Es waren seine Fäuste, auf die ich aufpassen musste.

Mehr als einmal nach einem von Paps' Wutanfällen, nach denen wir meist beide bluteten, war ich in meinen alten blauen Dodge-Pick-up gestiegen, hatte ihn so schnell wie möglich durch die gewundenen Straßen aus Harmony hinaus gesteuert, um Indiana endlich hinter mir zu lassen. Dann stellte ich mir vor, wie Paps allein hier saß und zum Frühstück, Mittag- und Abendessen kalte Cornflakes aß, bis er sich in einem schlimmen Winter eine Lungenentzündung einfing. Oder sich vielleicht an einem Bucket mit gebratenen Hähnchenteilen überfraß und einen Herzinfarkt bekam. Und tot auf der alten Couch vermoderte, weil wochen- oder gar monatelang niemand vorbeischaute.

Ich hatte den verdammten Pick-up jedes Mal gewendet.

So etwas tat man für die Familie. Selbst wenn die Familie

ein Scheißalkoholiker war, der sich einen Dreck für einen interessierte.

»Gib mir noch was«, sagte Paps, als ich aufstand und meine Schüssel in die Spüle stellte.

Ich machte ihm eine zweite Portion Cornflakes, dann zog ich mich für die Schule an.

In meinem kleinen Zimmer – Bett, Kommode, Schrank von der Größe eines Sargs – zog ich meine besten Jeans an, Stiefel, ein Flanellhemd und meine schwarze Lederjacke. Ich zog die Wollmütze und die fingerlosen Handschuhe, die Brenda Ford für mich gestrickt hatte, unter einem Stapel von Skripten hervor und steckte ein Päckchen meiner eigenen Winston in die Innentasche. Ich hatte einen heimlichen Vorrat, von dem Paps nichts wusste, sonst hätte er ihn geplündert.

Paps starrte mit trüben Augen auf den Wandkalender – ein Vertreter hatte ihn nach einem vergeblichen Versuch dagelassen, uns eine Wohnungseigentümerversicherung anzudrehen. »Heute ist der Achte?«

»Ja«, sagte ich und schulterte im selben Moment meinen Rucksack.

Er drehte sich zu mir um, ein Anflug von Reue und Schmerz lagen in den geröteten Tiefen seiner tränenden Augen.

»Du bist jetzt neunzehn?«

»Ja«, sagte ich.

»Isaac?«

Ich erstarrte, die Hand auf dem Türgriff. Die Sekunden dehnten sich.

*Herzlichen Glückwunsch, mein Sohn.*

»Denk an die Würstchen.«

Ich schloss die Augen. »Mach ich.«

Dann ging ich.

Mein blauer 71er-Dodge, der neben dem Trailer parkte, war vereist. Ich schaffte es, den Motor anzulassen, und ließ ihn warm laufen, während ich das Eis von der Windschutzscheibe kratzte. Die Uhr auf dem Armaturenbrett verriet, dass ich zu spät kommen würde. Ich fluchte, und mein Atem bildete Wölkchen vor meinem Mund. In einen schon vollen Klassenraum zu kommen gehörte nicht gerade zu meinen Lieblingsbeschäftigungen.

Ich fuhr so schnell, wie ich wagte, über die vereisten Straßen am Stadtrand, dann über die Hauptstraße durchs Zentrum bis zur George Mason Highschool. Ich parkte, dann rannte ich ins Gebäude und hauchte mir in die Hände. Die Wärme drinnen ließ meinen Ärger ein wenig verrauchen. Wenn ich endlich hier rauskäme, würde ich irgendwo hinziehen, wo es niemals schneite. Hollywood war okay, aber ich hätte lieber auf einer Bühne gestanden als beim Film gearbeitet. Vielleicht würde ich ja auch in New York groß herauskommen, und dann könnte es so oft schneien, wie es wollte. Ich würde immer die Heizung anlassen und keinen Gedanken daran verschwenden, was es kostete.

Ich ging durch die leeren Gänge zu Mr Paulsons Englischstunde. Zum Glück war Mr Paulson ein bisschen zerstreut – er war noch dabei, seine Sachen auf dem Schreibtisch zu sortieren. Ich blickte geradeaus, ignorierte den Rest der Klasse und ging zu dem Pult in der dritten Reihe, wo ich immer saß.

Ein Mädchen saß auf meinem Platz.

Ein atemberaubend schönes Mädchen in einer teuren Jacke mit unglaublich langen blonden Locken, die ihr über den Rücken fielen, saß auf meinem verdammten Platz.

Ich blieb vor ihr stehen und starrte sie an. Das genügte in der Regel, damit die Leute mir aus dem Weg gingen, aber dieses Mädchen …

Sie sah zu mir hoch. Ihre Augen waren wie blassblauer Topas, und sie grinste herausfordernd, was nicht zu der traurigen Schwere passte, die über ihr hing. Sie warf einen schnellen Blick auf das leere Pult neben sich und hob eine Augenbraue.

»Alles in Ordnung, Mr Pearce?«, rief Mr Paulson von vorn.

Ich starrte das Mädchen an. Sie starrte zurück.

Dann setzte ich mich schnaubend auf den leeren Platz links von ihr und streckte die Beine in den Gang. Doug Keely, der Kapitän der Football-Mannschaft, der zwei Plätze weiter saß, zischte, um Justin Bakers Aufmerksamkeit zu erregen. Justin, ein Baseballspieler, drehte sich um. Doug zeigte mit dem Kinn auf die Neue, hob die Augenbrauen und formte mit dem Mund das Wort *heiß*.

Justin antwortete stumm: *Superheiß*.

»Guten Morgen.« Mr Paulson stand vorn im Raum. Es war erst kurz nach acht, und er hatte schon Kreidestaub auf seiner gebügelten Hose. »Ich hoffe, Sie hatten alle entspannte Feiertage. Wir haben eine neue Schülerin auf der George Mason. Bitte heißen Sie Willow Holloway herzlich willkommen. Sie kommt aus New York City zu uns.«

New York.

Es raschelte im Klassenraum, als ein paar der Schüler und Schülerinnen sich umdrehten und Willow musterten. Manche hoben grüßend die Hand. Hier und dort erklang ein gemurmeltes »Hi«. Nur Angie McKenzie – Herausgeberin des Jahrbuchs und Königin der Geeks – schenkte ihr ein echtes Lächeln, das Willow nicht erwiderte.

Sie brachte ein heiseres »Hi« heraus, das mir einen Schauder über den Rücken laufen ließ. Willow Holloway sah aus wie die Weide, von der sie ihren Namen hatte: hübsch, zart und trauernd. Nicht von außen, sondern von innen. Martin Ford hatte mir beigebracht, darauf zu achten, wie Menschen in ihren

Körpern wohnten, und nicht, was sie sagten oder taten. Dieses Mädchen war tiefgründig. Ihre Augen hatten sie verraten, als unsere Blicke sich begegnet waren.

*Natürlich ist sie traurig*, dachte ich. *Sie musste New York gegen das beschissene Harmony in Indiana tauschen.*

»Glühend heiß«, flüsterte Doug Justin Baker zu und betonte genüsslich jede Silbe. Justin grinste.

*Idioten.*

Aber sie hatten nicht unrecht. Während der ganzen Stunde musste ich ständig zu Willow Holloway sehen, und mir war extrem bewusst, wie gegensätzlich wir waren. Sie war nicht super ordentlich oder makellos – eher leicht zerzaust mit dem vollen langen Haar, das ein bisschen wild aussah. Aber ihre Stiefel und die Jeans bedeuteten Geld. Ihr ovales Gesicht war glatt wie Porzellan, als wäre sie nicht einen Tag im Leben Sonne oder Wind ausgesetzt gewesen. Und konkret an diesem Morgen war sie wahrscheinlich gut zwei Jahre jünger als ich.

*Zu jung*, dachte ich, auch wenn mein Blick an der Rundung ihrer Brüste unter dem Kaschmirpulli hängen blieb, und an dieser Mähne, die aussah, als wäre sie gerade aus dem Bett aufgestanden, und die ich berühren wollte.

*Wer ist jetzt der Idiot?*

Ich rutschte auf meinem Stuhl herum und ermahnte mich, dass ich mehr volljährige Frauen kannte, als ich verkraften konnte. Ich musste sie nur anrufen oder ihnen schreiben. Trotzdem. Für den Rest der Stunde war meinem Körper die Nähe von Willow extrem bewusst. Als es klingelte, blieb ich sitzen, um sie aufstehen zu sehen. Sie nahm ihre Bücher mit desinteressierter Sicherheit, als wäre sie seit Jahren auf der George Mason, nicht erst seit ein paar Minuten.

Mit einem nüchternen Lächeln drehte sie sich zu mir um. »Morgen kannst du deinen Platz zurückhaben.«

Ich sah ihr fest und schweigend in die Augen.

Sie zuckte mit den Achseln und ging, warf sich diese unglaubliche Masse weichen Haars über die Schulter. Es schwang zur einen Seite, dann zur anderen und beruhigte sich dann wie eine Gardine, die ihr fast bis zur Taille reichte.

*Vergiss es*, sagte ich mir. *Zu jung, zu reich, zu … alles, was du nicht bist.*

Ich war mein ganzes Leben lang arm gewesen. An den meisten Tagen war das okay. An anderen Tagen, wie heute Morgen, war es wie ein Schlag ins Gesicht.

## Willow

»Bitte heißen Sie Willow Holloway herzlich willkommen. Sie kommt aus New York City zu uns.«

Ich lächelte meine neue Klasse höflich an. Die Sportler in den Collegejacken hatten trotz ihres freundlichen Lächelns klare Hintergedanken. Das Mädchen mit den dunklen Locken und den Sommersprossen im blassen Gesicht würde sich zweifellos sofort nach dem Pausenklingeln auf mich stürzen. Dieser harte, rebellisch wirkende Typ, auf dessen Platz ich mich gesetzt hatte …

Ich konnte alle leicht ignorieren, nur ihn nicht.

Mein Gott, ich hatte in meinem ganzen Leben noch nie einen so umwerfenden Typen gesehen. Fast eins neunzig mit breiten Schultern, schlanken Muskeln und Filmstargesicht. Hohe Wangenknochen, gemeißeltes unrasiertes Kinn, dichte Augenbrauen, volle Lippen. Seine Augen waren graugrün wie die See vor Nantucket im Winter.

Alles an ihm war stürmisch und kalt, mit einer gefährlichen Strömung in der Tiefe. Seine schwarze Lederjacke roch leicht nach Zigarettenrauch, und es hätte mich nicht überrascht, wenn er in seinem Stiefel ein Klappmesser aufbewahrte. Es fühlte sich sogar gefährlich an, wie er mich ansah. Mein Körper reagierte sofort und überall, als würde sein forschender Blick mir unter die Haut gehen. Er sah mich an, als könnte er mich *sehen*.

*Du überreagierst, Mädchen. Aber so was von.*

Ich konzentrierte mich auf das Fenster und die trostlose Landschaft aus grauem Himmel und schmutzigem Schnee. Einfach alles war falsch. Der erste Schultag gehörte ans Ende des Sommers, wenn die Hitze dem kühlen Herbstwind noch nicht ganz gewichen war. Nicht mitten in den Winter mit Schneedecke auf der Erde und nur wenigen Monaten bis zum Abschluss.

Hätte es mir noch etwas ausgemacht, ob ich Freunde fand oder nicht, wäre das ätzend gewesen. Aber ich war in meinem eigenen ewigen Winter gefangen. Versiegelt in gefühllosem Eis, wie diese Mumien, die im Discovery Channel gezeigt wurden. Sie sahen fast lebendig aus, aber im Inneren … nichts.

Ich war immer gern zur Schule gegangen. Ich hatte mich auf die Schule gefreut. Meine Freundinnen waren manchmal mies drauf oder dramatisch, aber sie waren meine Freundinnen. Die Schulaufgaben waren entweder zu viel oder todlangweilig, aber ich war stolz auf meine Noten. Ich hatte es schrecklich gefunden, dass mein Durchschnitt in den Monaten nach der Party immer schlechter geworden war und mit ihm meine Aussichten auf ein gutes College. Ich hatte es schrecklich gefunden, meinen Eltern Sorgen zu bereiten, auch wenn sie sich nur am Rande für mich interessierten.

Ich sah mich aus der Sicherheit meines Eissargs im Klassenraum um. Ich wollte ja freundlich sein. Aber Freundlichkeit führte zu Freundinnen. Und Freundinnen führten zu Telefonaten und Nachrichten und nächtlichen Gesprächen unter der Bettdecke. Warme, gefährliche Umstände, bei denen die Eiswände schmelzen könnten und die schrecklichen Geheimnisse schließlich herauskämen, während sich ein unendlicher Strom von Tränen ergoss.

*Vergiss es.* Diese Leute hier konnten mich mögen oder hassen oder – meine bevorzugte Variante – ignorieren, und ich würde den Unterschied nicht bemerken. Nicht mal bei dem James Dean neben mir. Er konnte seinen blöden Platz morgen zurückkriegen. Ich konnte ihn und seine stürmischen grauen Augen, die bis unter meine Haut zu blicken schienen, nicht gebrauchen.

*Manchmal braucht man die Worte eines anderen, um seine Geschichte zu erzählen ...*

Emma Scott
NEVER DOUBT
Aus dem amerikanischen
Englisch von
Inka Marter
496 Seiten
ISBN 978-3-7363-1280-7

Für das, was vor einem Jahr geschah, hat Willow keine Worte. Erst als sie die Rolle der Ophelia am städtischen Theater bekommt, sieht sie eine Chance, ihren Schmerz mit den Zeilen Shakespeares in die Welt zu schreien. Ihr Hamlet ist Isaac Pearce, der Bad Boy der Stadt. Instinktiv versteht Isaac ihren Hilferuf, und mit jeder Konfrontation der tragischen Liebenden auf der Bühne kommen Willow und Isaac sich näher. Doch um wieder wirklich zu leben, muss Willow ihre eigenen Worte finden ...

»Es gibt nicht genug Worte, die beschreiben könnten, welche Gefühle Emma Scotts Geschichten in einem auslösen.« TOTALLY BOOKED BLOG

LYX